有爱的青春陪伴者

南声还胡

裁石青
著

图书在版编目（CIP）数据

南声函胡 / 裁石青著. -- 南京 : 江苏凤凰文艺出版社, 2023.4

ISBN 978-7-5594-7067-6

Ⅰ. ①南… Ⅱ. ①裁… Ⅲ. ①言情小说 - 中国 - 当代 Ⅳ. ①I247.5

中国版本图书馆CIP数据核字(2022)第135623号

南声函胡

裁石青 著

责任编辑　王昕宁
特约编辑　欧雅婷
出版发行　江苏凤凰文艺出版社
　　　　　南京市中央路165号，邮编：210009
网　　址　http://www.jswenyi.com
印　　刷　长沙鸿发印务实业有限公司
开　　本　880mm×1230mm 1/32
印　　张　11
字　　数　456千字
版　　次　2023年4月第1版
印　　次　2023年4月第1次印刷
书　　号　ISBN 978-7-5594-7067-6
定　　价　42.80元

目录 · NANSHENGHANHU

目录 · NANSHENGHANHU

第一章 / 慕尼黑的玫瑰种子

“啊！”

玻璃杯刚映出少女眉眼间的惊讶便“啪”地摔到了地板上。

热水溅到少女纤细的脚踝，又滑到脚背，留下几处红痕。

应照离完全没有想到和梁言再次相遇会是这种场景。

虽然她来德国之前打探到梁言在慕尼黑，但慕尼黑这么大，也没奢求能够偶遇上。

可她竟然在朋友租的别墅里遇见了自己暗恋几年的“白月光”学长梁言。

嗯，还是在对方刚洗完澡穿着浴袍的情况下。

想起自己失态的叫声，她舔了下嘴唇，扯出一个不算尴尬的笑容。

“你好。”

两个人四目相视，周围空气仿佛凝固住般，一片寂静。

梁言修长的手将浴室门带上。刚洗完澡，他脸上带了些血色，一双细长的眼睛微眯，对眼前的人十分好奇。

梁言嘴角上挑，看戏似的顺势倚在了门上：“我这张脸，还不至于吓得你摔杯子吧？”

他显然对面前的女人毫无印象。

应照离调整呼吸，微微抬头直视他，问道：“不介绍一下自己？”

男人敛起眉宇间的笑意，斜倚在墙上的身子站直，声音稳重而有磁性：“我叫梁言，言出必行的言。”

“应照离，应照离人妆镜台的那个。”她嘴角含笑。

应照离垂眸看见地上自己弄出来的“优秀成果”，转身去找扫把清理现场。

她抬脚的时候，拖鞋正好摩擦到脚背，整个人猛地像被针扎了，虽然不是特别疼，但她还是眉头紧皱，面露痛色。

“嘶——”

应照离弯腰握了握小腿，顺势用手擦了擦嘴上的口红，唇色浅了些，显得她有几分病态。

梁言站在原处未动，只是静静地看着。

过了几秒，他漫不经心地将毛巾搭到肩上，迈过一地碎玻璃碴儿，走到应照离面前。

走近后，梁言掖了掖浴袍，弯腰蹲下，伸手去够她长裙下露出的一截小腿。

应照离还没等他碰到腿，就主动抬起了自己纤细的脚踝。

梁言把她左脚的拖鞋脱了下来，她本身就是冷白皮，衬得脚背被烫伤的地方极为明显。

应照离将遮挡视线的头发别在耳后，低下头打量梁言。男人湿漉漉的头发带着洗发水的香味，轮廓清晰的侧脸下面是微微敞开的领口。

她下意识地控制上扬的嘴角，强制自己把目光挪开。

“你的脚伤不是很严重，一楼冰箱里有些冰块，冰敷下抹点药就好。”

梁言起身，垂眸看向她。因为近视，也没戴眼镜，此时他才将应照离的脸看得一清二楚。

——浓密棕黑的长鬈发，天生柳叶眼，眉梢上挑，一颗泪痣衬得眉眼柔媚，高鼻梁，但鼻尖稍钝，倒显得没有很强的攻击性，是一张艳丽妩媚的脸。

他见应照离盯着自己有些出神，声音带了点笑意打趣道：“下楼？”

梁言侧开身子，准备迈步。

应照离愣了愣，连忙回神，伸出胳膊，指尖勾住他的袖口，轻柔的声音里夹杂着几分请求的意味：“送佛送到西呗？这么长的楼梯，我自己下不去。”

梁言走近一步，弯腰按住她的裙边，很轻松地将她抱到怀里。

应照离顺势勾住他的脖子，被他抱着往一楼走去。

梁言先把她放到沙发上，然后走到厨房从冰箱里取出几块冰，用袋子套好封口。

他用肩膀上搭的毛巾把冰块包好，刚想关上冰箱的手一顿，眼神从上到下打量了一番，扭头问道：“喝点什么？”

“啊？”应照离的脑子还处在混乱之中，不假思索地说，“雪碧。”

“可乐行吗？”

“……我还是喝水吧。”

梁言伸向可乐的手停了一下，然后转而拿起旁边的矿泉水。他轻笑一声，不太清楚可乐和雪碧有什么区别。

梁言拧开瓶盖，伸手将矿泉水递到了应照离面前。

她坐在客厅沙发上，接过水。

下一秒，男人蹲下去，用右手托起她的脚踝，左手拿着裹着冰块的毛巾轻轻在她伤处敷着，绅士中带着点疏离感。

应照离抿抿嘴，尝试和梁言沟通：“我和贺予华是好朋友，来德国旅游的，借住在这儿。”

梁言：“小贺跟我提过。”

应照离：“哦。”

两个人尴尬又不失礼貌地结束了搭话。

梁言给应照离冰敷完又找来了药膏，力度很轻地给她上药。

“可以了。”梁言轻轻放下她紧绷的小腿，起身，语气不冷不热，“你先坐会儿，我去换个衣服。”

“好——”

她看着梁言慢慢走远。

应照离第一次见他穿浴袍的样子，像一只慵懒的狐狸。

不一会儿工夫，应照离听见“咔嚓”一声，回身往门口看，是林归梦和贺予华回来了。

贺予华走进来，扫了一眼应照离微微抬起的左脚背，关心地问：“脚怎么受伤了？”

林归梦听了这话一惊，攥起应照离的小腿，仔细地打量了一番：“幸好不严重，要不得留疤。”

“水太烫，我不小心把杯子打了。”应照离解释道。

她的脑子里忽地闪过梁言那张脸，开口问了句：“小贺，你怎么没说你家还有客人？”

贺予华眉头微蹙，有点疑惑，抬头看见正从楼上走下来的人，挑了一下眉，恍然大悟道：“这不是下来了。”

梁言抬眼看到贺予华，迈向门口的步子转了个弯，朝沙发旁走来。

他一身浅灰色的双排扣西装，系了黑色领带，身姿挺拔，似是比贺予华还高出不少，鼻梁上的方框金边眼镜稍微遮掩住眼睛里的冷然，透出点斯文模样。

林归梦回过身子看到梁言，瞳孔一缩，又低头瞥了一眼应照离受伤的脚，吞了吞口水，脑补了不可言喻的画面。

“我朋友梁言，来德国出差。”贺予华说完，忽然像是想到什么有趣的事情，“他是仁济中学的校友，大我们一届，你俩也许有印象。”

梁言朝林归梦点头示意，然后眼神直勾勾地盯着应照离，露出一个不冷不热的微笑，慢条斯理地说：“原来是学妹。”

应照离倚在沙发上的身子僵了一下，坐正后，嘴角带笑，轻抬胳膊打了个招呼。

贺予华扫了一眼梁言身上的正装，语气温和地问：“去忙工作上的事？”

梁言推了推眼镜，“嗯”了一声。

“那我们不等你吃晚饭了。”

“好。”

梁言提着皮质的电脑包，因为腿长，很快便消失在应照离视线里。

林归梦看他走了，刚想开口就被打断了。

“先做饭，我饿了。”应照离眨眨眼，说完歪了歪头，给她一个微笑。

林归梦看应照离的情绪起伏并不是很大，甚至眉眼间还透出了藏不住的笑意，还算令人放心，便去和小贺做了几个菜，端上餐桌。

吃完晚饭后，林归梦将洗碗的活推给小贺，拉着应照离跑了出去。

两个人出了门，走在街道上，墙身主体为黑白色的别墅散落分布着，两侧林立着高大的树木。

“离离，四年没见他了，你——还好吗？”

林归梦纠结得眉毛拧成一股绳，虽然她不太愿意提这件事，但还是扭头看向观赏四周景色的应照离，想着如何安慰安慰应照离。

“我想追他。”

“嗯，这就对了吗，早就该——等会儿，你说什么？”

林归梦翻了个白眼，有些恨铁不成钢，她还以为应照离早就放弃了，没想到还想着这破男人。

“不是，你还没喜欢够啊？你掰着手指头数数，这都快七年了，别的小姑娘都跟多少个哥哥谈过恋爱了，你呢？”

应照离弯了下柳叶眼，十分淡定自然地说：“我要让他做我的男朋友。”

林归梦无语。

几秒沉寂后，林归梦舔了舔嘴唇，好声好气地试图劝说：“离离，不值得啊，你又不是不知道他换女朋友的速度！”

应照离也不说话，就看着她。

过了半分钟，林归梦终于妥协道：“那我当你的僚机，你答应我，不要让自己受委屈。”

应照离神色略微严肃，很认真地盯着她：“归梦。”

“嗯，咋啦？”

“我不想只做他的一任女朋友。”

林归梦的脚步突然顿住，摆出一张不常见的正经脸：“你是认真的？”

“嗯，我想让他这辈子都逃不开我。”

林归梦仔细思考了一下，发现应照离并没有什么恋爱经历，然后慎重地建议：“要不——你在网上找找常见的搭讪手法？”

应照离被林归梦的话逗笑了，吐槽道：“你的脑袋里面整天装的什么有的没的？”

“我这不是看你没有恋爱经验吗！”林归梦说。

“山人自有妙招。”应照离说完，又补了句，“我好好想想怎么追他，你先回去吧。”

“你一个人散一会儿步？”

“嗯。”

林归梦知道应照离的习惯，也不多问。

应照离看着林归梦的背影远远地被树荫淹没，戴上耳机打开歌单，转身往前走去。

她望着四周的风景，心情不由得变得轻松愉悦，偶尔看到很喜欢的建筑就拿手机拍照。

过了半个多小时，天色转暗，耳机中的音乐还在响着，应照离在旁边的石椅坐下休息了会儿，细长白嫩的手指在手机屏幕上划了几下。

她点开了某网站。

只见搜索框上慢慢悠悠地蹦出几个字：女生怎么追到喜欢的男神？

她点击搜索，看到了以下答案：

1. 长得漂亮。

2. 身材好。

应照离觉得有些好笑，但也并不是没有道理。

绝大多数男人都不会拒绝一个主动投怀送抱并且胸大腰细屁股翘的美女。

来了兴致后，她又另外输入几个字：大美女怎么追喜欢的男神？

评论1：这还用追？

评论2：不要追他了，追我，希望你不要不识抬举。

她又翻看了几个答案：

1. 不要把自己放在“追求者”的位置。

2. 千万不要主动表白。

3. 适当地示弱能激起男生的保护欲。

…………

应照离在脑子里稍做总结，心里有点数之后，她抬头看向远处，放松一下酸痛的眼睛。

夕阳栖在白砖黑瓦间，天际是漫天昏沉的红橙色，像打翻了的番茄酱。

色彩斑斓的画面在应照离的眼中变成了一条细长的红线。

红线的那头，牵引来了一个修长的身影，他一步一步踏过她的脚印……

应照离的记忆挣破了束缚，像只张牙舞爪的可爱鬼，企图引诱她踏入爱河。

她拿起手机，对着眼前的美景按下了拍摄键。

真是“想曹操曹操到”。

梁言很快就走到她面前。

应照离看着他嘀咕道：“不知道装温柔、博学这一套行不行，先试试再说。”

可能是工作太忙有些疲乏，男人嗓音低哑，拖长的尾音中带着一丝懒倦：“应照离？你怎么在这儿？”

应照离抬头，柳叶眼弯成月牙，声音中透着温柔：“学长好。”

“出来散步？”梁言听到那声学长有点意外，出于礼貌回应一声。

“嗯。”

应照离与梁言并排走着，两个人的影子在地上拉得很长。

“工作进行得还顺利吗？”应照离像对朋友一样抛了个话题。

“后天差不多就收尾了。”

梁言用没拿电脑包的右手松了松领带，低头看到应照离还微微泛红的脚踝，询问道：“你呢？脚怎么样了？”

“好多了。”

话音刚落，应照离就被吹来的寒风激得打了个寒战。

她用手握住自己的胳膊，企图用掌心给身体增加点温度。

忽然，应照离感受到一件带着体温的西装外套从背后披了上来。

“慕尼黑邻近阿尔卑斯山脉，昼夜温差很大。”梁言把外套给了应照离，顺手将领带扯了下来，解开衬衫的第一颗衬扣，“晚上你最好还是不要穿条裙子就出来。”

应照离脸上存着笑意，将外套裹紧了一些：“谢谢啊！我都二十一岁了，早已经忘了当年地理学了什么。”

听到她说二十一岁，梁言淡淡问道：“大四的学生？”

“没，我研一，跳过级。”应照离的语气轻快，但又不让人觉得傲慢，自然而然地将“自己的优秀”显露出来，“而且真巧，你不仅是我仁济的学长。”

听到这句话，梁言挑挑眉，等着她说下文。

“我研究生也是在明华大学读的。”

“那是挺巧。”梁言脑中闪过刚刚碰见应照离的情景，问道，“刚刚你在拍什么？”

应照离：“拍风景。”

梁言抬手推了一下金边眼镜，微微仰头看向已经昏暗的天空，温和地说：“有这么好看吗？”

“有。”应照离放慢了脚步，然后停住，盯着梁言宽而不壮的后背，“它让我想起了歌德的一句话。”

或许是听到了德国作家，梁言被勾起了兴趣，扭头看到应照离站在后面，便回过身子来：“说来听听。”

应照离舒心的浅笑浮于眉眼间，她打量着梁言轮廓分明的五官，最后直勾勾地盯着他的眼睛。

“如果是玫瑰，它总会开花的。”

梁言不知她为何想到了这句话，更没想到还会有小姑娘读歌德的书。

不一会儿工夫，两个人便到了家门口。

梁言推开门，等应照离进去之后，才将大门关上并反锁。

走到客厅，应照离回头跟梁言说：“你吃饭了没？小贺专门给你留了饭菜，放微波炉里温一下就好。”

梁言点头：“好，早点休息。”

应照离将外套脱下来，递给他：“谢谢你的外套，晚安。”

“晚安。”梁言回道。

隔天一大早，应照离和贺予华将还在睡梦中的林归梦叫醒，整理出行用品。

收拾完后，三人便去了号称德国“小布拉格”的海德堡。

“老娘要登顶城堡拍最飒的照片！”林归梦刚到城堡外围的残垣断壁便开始兴奋，两眼直冒光。

林归梦拉着应照离往城堡内部走，三个人先是逛了右侧的医药博物馆，看林归梦还在那儿拍照，应照离便先行走上海德堡著名的大露台。

应照离走进城堡内部，从窗口往外望去，整个海德堡一览无余。白色的墙身被葱绿和金黄掺杂的树木遮盖，显露出来的，是连成一片红褐色的老城建筑屋顶。

其中也不乏德国式尖塔，巴洛克式、哥特式和文艺复兴式的典型三式风格建筑错落屹立，像一幅油画深深地烙印在应照离的脑海中。

林归梦走过来，看到应照离站在窗边，正拿着相机不停地拍照。

窗外洒进来的光正好将她的上半身罩住，长鬈发被光映成偏棕色，她侧脸温柔，肩颈线纤细——俨然一幅美人图。

“离离，我爱美女！”林归梦忍不住赞叹。

闻声，应照离回头看过来，见是林归梦，便跑去给她看自己的拍摄成果，然后说：“我给你也拍一张。”

林归梦整个人背对窗口，柔光落在她身上，她露出了甜甜的笑容，少了些优雅，多了点明媚。

在海德堡观赏完，几人还去游览了有特色涂鸦的学生监狱和哲学家小径。

等三人回到家，已经很晚了。

应照离回到卧室，把从海德堡买的明信片拆开，选了一张她从大露台看到的全景，拿起钢笔，在明信片上写了几行字。

翌日清晨。

应照离醒来，下楼时看到小贺正在做早饭，便过去帮忙。

贺予华说：“梁言昨天忙完了工作，他也没去过天鹅堡，叫他一起吧。”

“好，一会儿我叫他吧。”应照离应道。

“哎，对了，昨天梁言那么早就睡了估计是累了，你把握好时间，晚点叫他。我把票放客厅了。”

“嗯嗯。”

应照离抬腕看了眼手表，早上八点十几分了。她走到客厅拿起那四张票，若有所思片刻，然后抬脚上了楼梯，来到梁言的卧室门口。

“咚咚咚！”

梁言睡眠很浅，听到敲门声，便醒了过来。

他掀开被子，不慌不忙地走到门口，打开门，看到应照离，于是倚到门框上，问：“怎么了？”

梁言的头发有些凌乱，身上穿的灰色丝质睡衣松松垮垮的，整个人比平时多了几分不正经。

“叫你吃饭。”应照离平缓地说出口，嗅到了梁言身上散发出来的木质香，嘴角带了点笑意。

“哦，那我去换衣服。”

“还有——”应照离叫住他，眼睛一弯，从背后拿出一张门票，“小贺买了天鹅堡的票，一会儿我们一起去。”

梁言接过门票，垂眼看了看，而后对着应照离点了点头。

上午九点整，四个人准时出门。

火车上，林归梦主动拉着贺予华坐到前面，两个人有说有笑的。

因为天鹅堡在阿尔卑斯山脉中，得爬山，所以梁言今天穿了件黑T，搭了同色系的直筒裤，简单利落，稳重中透出了大男孩的感觉。

应照离坐在他旁边靠窗的位置，观赏着掠过的美景。

“如果你现在拿起相机，再过十秒你会感谢我。”梁言开了口，语气中带了点自信，又有不容抗拒的意味。

应照离很配合地将相机打开，对准了火车窗外。

十秒过后，连绵起伏的阿尔卑斯山脉映入眼帘，她觉得一整条山脉仿佛窝成狐狸状，乖顺地贴在她离窗最近的胳膊上。

像是一只白狐狸，像是眼前这个男人。

“谢谢，景色很美。”应照离对着梁言晃了晃相机，露出一个微笑。

下了火车，四个人从菲森小镇搭上公交车，最终到达天鹅堡的山脚下。

一切浪漫的童话在此实现。

“我的妈呀！这么漂亮的天鹅堡！”林归梦一下车便忍不住惊叹。

贺予华见她这么激动，淡淡道：“咳，注意素质。”

林归梦给应照离使了个眼色，拉着贺予华回过头来说道：“那个，我和小贺去拍点合照气气吴樯，让他有点危机感。照离，你先和梁言一块游览吧。”

应照离刚想说什么就被梁言打断：“好。临走时我们再集合？”

林归梦：“好嘞。”

贺予华和林归梦坐着马车前往山上。

应照离和梁言选择徒步上山，沿着树木葱茏的山路边走边聊天，一个转弯后，便看见了天鹅堡。

鲜红的大门伫立在眼前，白色的墙，浅灰蓝的屋顶，塔尖高低错落着。

梁言刚抬起脚往前走，衣角被轻轻扯了一下。他漫不经心地回头往下一瞥，是个七八岁的小女孩。

小女孩穿了一件简单朴素的方格布裙，浅亚麻色的头发松散地别在耳后，头上戴着一顶红色的花边檐帽子，手上挎了一个小花篮。

“哥哥，你的女朋友也太漂亮了！我帮你们拍张合照吧！”

小女孩嘴里说着德语，用大大的眼睛盯着梁言，看他不像德国人，又连忙指着应照离：“Sister，be beautiful，photo.”

应照离今天穿了一身纯白的裙子，手中拿着白色的西服外套，和这座基色调是白色的天鹅堡很搭，少了烟火气，透出一股纯净、优雅。

梁言刚想蹲下解释并回绝，应照离抓住了他的胳膊，悄悄跟他说：“帮个忙。”

应照离见他并没有拒绝，只是脸色冷漠地站着，于是她弯腰朝着小女孩笑了笑，语调明快：“好啊，谢谢你。”

应照离将相机交给了小女孩，小女孩从花篮里拿出一枝蓝色的矢车菊递给她。

应照离拿着花，和梁言站到城堡门前的正中央，两个人身高差很明显，但有种说不上来的般配。

阵阵微风将她的裙摆稍微吹散开。

应照离突然想到，这说不定是两个人第一张也是最后一张合照。

想到是最后一张，她决定放纵下自己——她狠下心，将头歪向梁言，莞尔。

两个人就这样被定格在照片中。

“请问，这枝花多少钱呢？”应照离掖好裙角，蹲下来，与小女孩平视。

“两欧元。”小女孩伸出手指，比画了个“二”。

应照离从口袋掏出钱包，在一沓欧元中拿出五欧元，盯着小女孩的眼睛递给她，并告诉她剩下的钱当作拍照的答谢。

小女孩露出甜甜的笑容，余光时不时地往应照离放钱包的口袋瞟。

她张开小小的手臂，似乎要跟应照离拥抱。

应照离很大方地将小女孩搂到怀里，感到自己外套往下一沉，重量减轻。她的嘴角微微上扬。

“祝你幸福。”应照离捏了捏小女孩的脸蛋，跟她告别。

小女孩遮了遮袖子，开心地提起花篮，刚想离开，突然感觉后脖颈一凉——衣领被人揪住了。

“小朋友，没人教过你——”

梁言缓缓蹲下，将小女孩塞在袖子里的钱包抽出来，声音温和中带着训诫：“漂亮姐姐的东西也不能随便拿。”

这是梁言第一次在应照离面前说德语，十分流利，低沉的声音既撩人又性感。

小女孩毕竟年纪小，脸皮薄，浑身颤抖地转过身来。

她不敢看梁言的眼睛，突然毫无征兆地开始抽泣，眼泪“哗啦哗啦”地往下流。

梁言整个人一僵，愣在那儿，神色复杂，半天吐不出一个字。

来往的游客纷纷侧头看过来，对着“欺负”小女孩的梁言指指点点。

应照离看着梁言，摇摇头，轻笑了一声。

她走到小女孩身边，蹲下后，握住小女孩的手，用德语和小女孩对话。

“你能告诉姐姐，为什么要拿姐姐的钱包吗？”她抬手轻柔地抹掉小女孩脸上的眼泪，微笑着问道。

小女孩慢慢停止抽泣，低着头，声音带着点呜咽，很羞愧地说：“我哥、哥哥生病了，家里没、没钱给他支付医药费了，我想让他好。”

应照离突然心一疼，看着小女孩，仿佛看见了儿时的自己。

顿了几秒，她起身问梁言：“你身上还有多少现金，能都借给我吗？我回去还你。”

梁言猜到应照离要干什么，掏出钱包里的现金递到她的手里。

应照离数了数梁言给的钱，在手机便笺上记了个数，然后把自己钱包里的钱也全掏了出来。

她弯下腰，将钱卷了卷，塞到小女孩裙子上的口袋里。

“小朋友，虽然姐姐没有权利要求你成为什么样的人，但是我希望，这种事情你以后还是不要做了。”

应照离握了握她肉嘟嘟又粗糙的小手，露出一丝苦笑：“贫穷是很不好受，但办法总比困难多，姐姐只能帮到这儿了。”

小女孩很认真地鞠了一躬，跟应照离说了一句话，然后与她告别。

应照离走回梁言身边，将他的钱包递给他，嘴角一弯：“谢了。”

梁言问：“你就不怕那小孩儿是骗你的？”

“骗就骗吧，家庭条件好的谁会让自家孩子出来卖花呢？”应照离兴致不高，淡淡地回道。

梁言突然有一种猜测，就她这善良性子，从小到大不知道被骗过多少次。

可应照离并没有那么善良，这只是她演的一场戏。她知道小女孩要偷钱包，只是想借小女孩的手，凸显一下自己的善良。她只是没想到，竟然假戏真做了。

两个人慢吞吞地逛着天鹅堡。

梁言问：“你也学过德语？”

应照离回答：“嗯，大学的时候我闲得无聊学的，当然，没有你那么专业。”

梁言没能理解小女孩最后那句奇奇怪怪的话，问道：“那小孩儿跟你说的最后一句话是什么意思？”

“是个传说。”应照离语气温柔地回，似乎是想到了什么，又开口道，“听说路德维希二世年轻的时候爱过一个女子，是巴伐利亚的伊丽莎白公主，但公主远嫁到了奥地利，最终成了万众瞩目的奥匈帝国皇后。而这座城堡，也寄托着路德维希二世的骑士情结吧，真可惜，最后他没能亲眼见证城堡的建成。”

“是挺可惜。”

“国王就是在这里被谋杀的。”应照离抬头看着梁言，一字一顿，缓缓地说出小女孩最后说的那句话，“少年国王终于逝去，骑士归来，迎娶了他心爱的姑娘。”

梁言轻笑一声，眼神中带了点温柔：“她还挺会说话。”

她扯起嘴角，淡淡道：“嘴甜的孩子，总会有人给糖吃。”

小女孩说的这句话，便是少年对有情人最美好的祝愿吧。

从城堡里出来后，林归梦和应照离跑到一家店里洗照片。两个人细细挑选了一番，然后让店主打出来。

等照片的时候，应照离无聊地观赏着周围，发现还有火漆印章，于是找林归梦借钱买了个中意的，店主还大方地送了信封。

天色渐暗，四个人也早早回到了家。

这两天除了天鹅堡，他们还逛了慕尼黑其他有名的景点。

某天晚上，应照离去敲贺予华的门找他借钢笔。他翻箱倒柜，终于找出一支钢笔，却没法用了。

他想起梁言那儿肯定有，便往梁言的卧室走去。

贺予华问："梁言，有钢笔吗？"

梁言抬手从书桌上拿起一支钢笔递给他。

"谢了。"贺予华刚想走，顿了一下，回头问，"你不急着用吧？"

"不急，这两天我不工作。"

然后这支钢笔便到了应照离的手中，她摩挲着它，盯着黑色的笔身看了一会儿，小心翼翼地将钢笔放进抽屉里。

很快，便到了慕尼黑啤酒节盛装巡游的日子。

远在国内的吴樯因为看到林归梦发来的亲密合照，气得当即就买了最快的航班机票，跑到贺予华家，差点把林归梦立马拖回国，最后被几人合力劝住留下玩两天。

九月末来德国，一定不能错过的就是啤酒节。

啤酒节这天，为了晚上出场能惊艳众人，林归梦下午就拉着应照离开始梳妆打扮。

"离离，你说我这头发卷成这样好看吗？"

"挺好看，显脸小。"

林归梦将头发卷成小弧度的卷，完成后，蓬松的头发衬得她脸蛋小了一圈，让她看起来更加活泼了。

应照离化完妆后回到了自己的卧室。

她换上了喜欢的长裙，拿起口红抹着。

"林归梦，走不走啊，你都弄了一下午了！就去喝个啤酒至于吗？"吴樯在客厅等得已经不耐烦了。

"好啦好啦，就让你等那么一会儿就不乐意了？"林归梦立刻瞪了眼他。

"行，等你一辈子我都乐意。"

五个人到了啤酒节会场，在帐篷里喝了一会儿啤酒。

帐篷里有许多穿着巴伐利亚传统民族服饰的男男女女——女人穿着颜色明

亮的蓬蓬连衣裙搭着白色木耳边泡泡袖衬衫，男人穿着黑色背带真皮短裤，搭配白衬衣，很特别。

乐队演奏着各种歌曲渲染调节啤酒节的气氛，是狂欢该有的模样。

喜欢凑热闹的林归梦和吴樯玩嗨了，林归梦非要拉着吴樯跑去看人们跳舞游街、去坐摩天轮。

应照离没办法，只能让小贺跟着他俩，别醉倒在外面。

另一边，梁言一个人在那儿喝酒。

有几个德国美女围过来跟他碰杯，他都委婉地拒绝了。

他漫不经心地抬了抬眼，瞥了一眼坐那儿看乐队演奏的应照离，她一身复古红丝绒裙子，衬得皮肤更加冷白，配上深棕色的长鬈发，性感妩媚。

应照离的第二杯啤酒已经快见底。

梁言走了过去，坐到她旁边。

他看应照离桌上一点食物都没有，问道："你要不要再吃点什么？光喝酒对胃不好。"

应照离扭头看着眼前的男人，上下打量了一番，舔了舔嘴唇，语气有些玩味："我想吃——"

他等着她的下文。

"皇帝烘饼。"应照离说完举起杯子，将剩下的啤酒灌进肚里。

看着她因仰起头而更加清晰的下颌线，洁白修长的脖颈上有一颗痣，梁言嘴角微微上扬，叮嘱道："你在这儿等我，我去买。"

"嗯——"

应照离并没有再看他，只是默默地往杯子里添酒。

梁言买完饼回来，却没有看到应照离的身影。他皱起眉，在人群中环视了一圈。

吵闹的帐篷里，有站在凳子上拿着酒瓶往自己头上浇灌啤酒的年轻男人，还有喝得扶着帐篷坐在地上的醉汉，也有穿着漂亮的民族衣裙和陌生帅哥热吻的德国美女。

混乱的音乐吵得梁言有些不耐烦。

他抬眼往门口一扫，看见一个高挑的身影，身上的红裙十分显眼。

梁言抬脚迈了出去，走到应照离身后，语气温和中带了点不悦："不是让你在那儿等我吗？"

应照离一顿，随即转过身来，咧开一个完美的笑容："你来了。"

她抬眼对上梁言深邃的眼眸，声音低柔慵懒："我见你一直不来，就想到外面寻一寻。"

"排队的人多。"梁言把手里的饼递给应照离，看到应照离白皙的脸颊上泛着红，抬手指她，却看到她往后退了一步，他轻笑了一声，"你这是喝了多少？"

"没多少。"

应照离想吃的皇帝烘饼，是奶黄色的碎面饼跟新鲜葡萄干烘制而成的，再撒上糖粉，甜而不腻。

她边吃边逛。

没一会儿，两个人看到一个装修风格很古典的酒馆。

应照离对酒馆颇有兴致，走了进去，梁言紧随其后。

酒馆内比较安静，人也不多，播放着德语情歌，很适合聊天喝酒。

两个人选了靠里一点的吧台。

应照离："不点酒喝？"

梁言瞟了一眼身旁捏着烘饼往唇边送的女人，淡淡道："还喝？"

"不喝来这儿干吗，听歌啊？"

梁言笑着摇摇头，点了两杯度数低的鸡尾酒，推给应照离一杯。

她一口一口地喝着，其间还不忘塞一块烘饼到嘴里。

"这酒的名字很好听。"梁言突然说了一句。

"叫什么？"应照离看着杯中猩红的液体，对它的名字产生了兴趣。

"旧城岛。"梁言盯着酒杯，慢条斯理地晃一晃。

可能是酒馆的情调加上喝了酒，他整个人懒洋洋的，侧过身来，目不转睛地盯着应照离："在那荒芜破旧的城岛上，你是我唯一的希冀。"

应照离愣了一秒，目光从男人斯文冷淡的脸上移开。她心里微微泛了点酸意，拿甜腻的烘饼都中和不了。

听着梁言这么熟练地说出这种话，应照离脑子里疯狂涌出梁言跟别的女人调情的画面。

她身体前倾，神色有些不豫，声音发闷："不好，该这么改——在那荒芜破旧的城岛上，只有杀了你，我才是唯一。"

梁言竖耳听着，有点意外。

他打量着应照离精致的侧脸，浓密卷翘的睫毛扑扇着，像是变了一个人，丝毫没有在天鹅堡时那般干净纯粹。

两个人饮尽一杯鸡尾酒的工夫，有个酒鬼趔趄地迈进了酒馆。

他顶着一头乱糟糟的头发，嘴里断断续续地吐着脏话，身上的烟酒气味冲鼻。他经过座位的时候，人们都下意识地后缩，露出嫌弃的表情。

酒鬼的目光带着露骨的打量，晃晃头，"呼哧呼哧"喘着粗气，朝应照离走来。

梁言眸色暗沉，眉头微蹙，起身挡到应照离面前。

酒鬼看到眼前这个身姿挺拔，五官端正，比他高出不少的男人，挺直身子，提高了嗓门，用并不怎么流畅的德语流里流气地说："哟，兄弟，这是要把美女拐上床了吗？"

梁言侧身避开他想抓自己肩膀的脏手，眼神冷峻，语气中带着烦躁："你嘴巴放干净点。"

"完事儿给我也玩玩呗。"

酒鬼并没在意梁言的态度，依旧色眯眯地盯着梁言身后的应照离。

应照离看着挡在前面的梁言，对那酒鬼的污言秽语并没有多在意，反而像看戏般嘴角上扬。

梁言听到那句话，不假思索地抬起胳膊，沉闷狠厉，第一拳打到酒鬼的脸上。

酒鬼后退了几步，摸摸自己流血的嘴角，以及肿了一半的脸，还没反应过来，又被抓住了衣领。

梁言面无表情地拖着酒鬼扔到了酒馆的工作人员面前。工作人员连忙换上笑脸赔礼道歉，并将酒鬼赶了出去。

应照离还处于震惊中，她没想到看起来文质彬彬的梁言竟然给了酒鬼一拳。

梁言从西装上衣口袋里抽出一条灰色条纹手帕，仔仔细细地将打人的那只手擦了几遍。

这都什么年代了，竟然还有人用手帕，可是那手帕和梁言又极为相称。

等应照离回过神，梁言已经迈开步子朝她走过来。

应照离的眼神瞬间迷离。她算准他的脚步，撑起纤细的胳膊肘，从高脚凳上下来，脚一滑。

他连忙搂住差点摔倒的应照离，他的手掌贴合着她的细腰，软软的，手感极佳。

“你怎么总是这么凶？”应照离的红唇轻启，抬头瞅着他。

“我凶？”梁言觉得有些荒唐，温柔地笑了笑，“应照离，你醉了。”

“瞎说。”她睁了睁眼，似是想让自己清醒点。

“听别人讲，皇帝烘饼是啤酒节上最甜的东西。”见梁言盯着自己没说话，她突然眼角微弯，又气呼呼地撇撇嘴，“可我并没觉得它有多甜。”

梁言一只手搂着应照离，怕她站不稳摔倒，另一只手勾起她的下巴，轻柔地用手指揩掉她嘴角粘上的糖粒：“不知道，没尝过。”

“真不好意思，我吃完了，没法给你尝尝。”应照离抿嘴一笑，带着点小得意。

“也不是没有办法。”梁言挑了挑眉，拖腔拉调地说着，视线往她薄薄的红唇瞥去。

应照离打了卷的长发落在耳际，扎得脖颈痒痒的。

她抬手撩了下头发，手腕的香水气味在两个人间弥漫开，是一种清冽的木质香。

梁言一把抓住应照离的手腕，牵起来细看，白皙的皮肤下是青色和淡紫的毛细血管，他发现鼻腔里的味道比刚才浓郁了些。

“你怎么这么好闻？”

“我施了迷魂香，你信吗？”应照离歪头，用细长的手指在他的胸膛上不痛不痒地点了一下，轻佻地笑道。

梁言搂着她腰的手紧了紧，眼神中染上一丝玩味：“我自是信的，那你告诉我，施的哪种？”

“你猜。”应照离笑着扭身躲开，语调带着几分妩媚。

梁言笑笑：“你直接告诉我不更好？”

应照离直视着他的眼睛，勾勾手，示意他弯腰。

他感觉到她慢慢地靠近，耳边是她呼出的热气。

她轻轻呢喃道：“无人区玫瑰。”

梁言盯着应照离，心里好像有一颗种子破土而出，长出嫩芽。

两个人靠得那么近，梁言不由得有些恍惚，不受控制道：“专门种在心里的吗？”

应照离穿着高跟鞋踉踉跄跄地退后几步。

她退后，他往前跟。

终于，应照离定定地站在那儿，然后往前迈了一步。

她的柳叶眼微弯，用目光描绘着梁言的鼻子、嘴唇。

应照离并没有回答他的问题，反而踮踮脚，捧住他的脸。她冷白色的皮肤在红色方领的衬托下显得诱人，她轻声说道：“那个时候，我并没有接吻。”

“什——”

未等他说完，应照离的唇便压了上来，她纤细的胳膊从他脸颊滑到脖子后面，轻轻点着他发热的脖颈。

他愣了一下，看着她，这么近的距离下，能看清她脸上细小的绒毛，确实是美。

她借着酒意吻上了这个让她朝思暮想的男人，那冰凉的薄唇并没有使她清醒，几秒过后，她不知道怎么换气，轻轻推开了他。

而一直任她撒野的梁言，猛地搂紧了她的腰肢，修长的手指捏住她的下巴，迫使她微微张嘴。

他俯身，滚烫的气息烫得她纤细的脖颈微微发红。他的目光在她红唇上辗转着，忍不住说道：“我就没教养这一次。”

应照离还没从他的怀抱中回过神来，他微凉的舌尖已经探入她的口中，撬开她的唇齿。

她脑子里绷着的那根弦“啪”的一声就断了。

应照离被他吻得身子有些发软，双手紧紧抓着他的西服领子，被动地迎合。

梁言攫取完她口中甘洌的酒香和烘饼的甜意，看着面前的人，又低下头，慢条斯理地磨着她的唇。

亲一口，离开。

吻一下，离开。

…………

应照离张开嘴呼吸着，嘴唇比涂了口红还要艳，像一颗饱满熟透的樱桃。她整个人使不上力，只能靠着他。

他的手覆上她的脸颊，随之摩挲到单薄纤细的锁骨。

梁言侧头在应照离的耳边呢喃，回应了她那句毫无逻辑的话：“二十一岁的时候，我给你补回来。”

应照离只是微微皱眉，眼神迷离地看了他一眼。

“你喜欢我？”梁言循循善诱，似是在讲一句极为普通的话。

她没有回答，只是静静地倚在他的胸膛上，呼吸均匀，浓密卷翘的睫毛颤了颤，最后合上了眼睛。

梁言看着怀里的人，“扑哧”一声笑出声来，有点无奈：“这都能睡着。”

他搂住她的腰，另一只手将西服扣子解开，脱下来给她披在身上，又从口袋里掏出手机，给贺予华打了电话过去。

而另一边的贺予华，看着眼前的两个人，一个头两个大。

“我没醉、我没醉！”吴樯一边歪歪扭扭地往前走着，一边嚷嚷着。

林归梦看着他，“嘿嘿”地笑：“你没醉，那你认识我是谁吗？”

“那必然认识！”

“那我是谁？”

吴樯定住，歪着头，睁大眼睛盯着林归梦，突然大叫一声：“你是亚索！嘿嘿，面对疾风吧！”

林归梦笑得特别诡异，一副口齿不清的样子：“我才不是亚索，我是游乐王子……哼，虾兵蟹将，猜错啦，哈哈哈！”

贺予华看着旁边迈着六亲不认步伐的两个醉鬼，心里只有后悔，特别后悔。

早知道大家一起醉晕过去算了，如今他还得收拾这些烂摊子。

正这般想着，他忽然觉得肩膀一沉，转过头去，毫无防备地撞上吴樯笑得要开花的脸。

吴樯一把搂住贺予华的胳膊，开口叨叨：“小河马，小河马，你真的是个非常懂事的好孩子。小贺，不、不，小华！小华啊，你说，你明明是个挺、挺聪明伶俐的小伙子，怎么就是从来不会给你那些外国朋友写信呢？你知不知道！我们家云斐高三一年替你写了多少篇作文……李华啊……”

贺予华满脸黑线。

他一把将矮自己半个头还扒拉着自己的吴樯挪开，不耐烦地道：“林归梦！你找了个什么玩意？我从小给你灌输的审美观呢？你不能这么折辱我吧，你说要找个乖乖的小男孩，你就这么答应我的？”

吴樯丝毫没有意识到自己被嫌弃了，继续一边朝前走，一边嘟嘟囔囔：“云斐啊，哥给你出气了哦！哎！前面那女的！”

走在前面的林归梦听见有人喊她，猛地回头。

吴樯看到她的脸，皱起眉头，向前一指：“吴云斐！你不好好上学你来这儿干吗！熊孩子你也来喝酒？”

林归梦一惊，赶忙挺直腰板，严肃地说：“嗯？哪有？你赶紧送她回去！小姑娘三更半夜可不能在外面鬼混！”

贺予华无语望天，到底是谁现在在鬼混？

接着他猛地听见一声闷响，只见吴樯直接摔进了路边花坛。

吴樯摸索着起身，接着死死地抱住花坛中央的一棵树，用手掌蹭了蹭，然后皱起眉，大喊：“云斐啊，最近学习不要太辛苦啊，手都变粗糙了呢。”说着，又围着树傻愣愣地走了一圈，一巴掌拍上去，笑得特别欠揍，“吴云斐，你哥哥我关心归关心你，但该说的话我还是要说，你看看你，又黑又瘦，咱能不能注意点形象？你要是嫁不出去了，我可不会养你。嘿嘿，我得养你嫂嫂！”

贺予华皱了皱眉，询问林归梦：“吴云斐是谁？他为什么对这棵树讲那么多——”

林归梦“哈哈”一笑，极为热情地道：“云斐不在那儿吗，他亲妹呀！正好，你也去打个招呼，嗨——嗨——”

贺予华从来没有哪个时刻像现在这么想念祖国的出租车，德国的出租车为什么那么多规矩，还得预约。

“嗡——嗡——嗡——”

手机振动，贺予华拿出手机接通，并紧跟着前面两个祖宗。

贺予华：“喂，怎么了？”

梁言：“有一个喝醉了。”

贺予华皱了皱眉：“你喝醉了？”

“我喝醉还能给你打电话？”梁言的声音带着点轻笑，“应照离醉了。”

贺予华一脸诧异：“啊？怎么可——”

话还没说完，见前面两个醉鬼已经勾肩搭背准备过马路了，贺予华连忙追上，制止住他俩。

“反正我车钥匙在你那儿，你找个代驾将车开回去吧，挂了挂了。”

梁言瞥了眼挂断的手机，叫了代驾。

他低头看着怀里睡着的应照离，掖了掖她的裙角，抱着她出了酒馆。

梁言走得很慢，但是步子大，没一会儿就到了车旁。

他打开车门，弯腰将应照离稳当地放到车座上后，自己也坐了进去，等待代驾。

到家后，梁言先把应照离抱回卧室，然后下楼端了一碗醒酒汤上去。

他坐到床边，把应照离扶起来，慢慢给她灌醒酒汤，又拿卫生纸擦了擦她的嘴角。

做完这些后，梁言看着应照离脸上除了嘴唇其他地方还比较完整的妆面，有点愣。

女孩子是不是要卸了妆才能睡觉？

他神色复杂，环视了一圈房间，最后视线落在化妆台上仅有的几个小瓶子上。

梁言走过去。

幸好这些分装瓶上都贴了标签，他拿起标着卸妆水的按压式瓶子回到床边，弯腰对着应照离的脸，按下了喷嘴。

“咳……咳……咳！”

卸妆水直接糊在了应照离的脸上，有些甚至喷进了鼻腔，呛得她直咳嗽。

这哪是卸妆，分明是谋杀吧。

“抱歉，我没有给人卸过妆。”他小声说。

梁言沉默了几秒，然后抽了几张抽纸，叠成小方块，将其喷湿。

他凑近应照离，用手固定好她的头，用纸巾一点一点擦着她的脸蛋，感觉差不多后，他把瓶子放回到化妆台。

梁言走回床边，将应照离的鞋子脱掉，然后去拿她手里抱的西服外套，没想到被她抱得死死的，她还皱着眉头露出了不悦的表情。

他放弃了，看着熟睡的她，不禁笑了一声：“真是个麻烦。”

梁言给应照离盖好被子后，起身出了她的卧室。

浴室响起水声。

热气笼罩着宽肩窄腰的梁言，隐约露出八块腹肌和流畅的人鱼线。

他抬手按压了洗发水，在头发上均匀地打出泡沫。他闭着眼，水流滑过他长而浓密的睫毛。

梁言脑海中被应照离的脸填满，他不禁想起了酒馆里那个荒唐的吻，摸了摸嘴角。

他心里盘算着明天该怎么和她谈起这件事儿。

自从读研以后，梁言没再谈过女朋友，也没那个心思谈了，不是忙学校的项目，就是忙实习。

这次出国，他意外地遇见了自己的学妹，女孩还挺大胆。

他对她有好感，且好感值并不低。按照以往的惯例，只要对方提出在一起，他未必不会答应，但在一起两三个月腻了也就分了。

可是，他并不想这么对待应照离。

一是因为她是贺予华的朋友，他不能干这么没良心的事。

二是他根本没有把应照离和原来谈过的女朋友归为一类，他不想伤害她。

梁言洗完澡，回了卧室。

他打开看了一半的《海涅诗集》，理清思绪。

他临睡前也没定闹钟，打算第二天睡到自然醒。

第二天早上。

梁言睁开眼，坐直身子，瞥了一下旁边的手机，快上午九点了。

他换上件白 T，穿了运动裤，洗漱完后不紧不慢地下了楼。

梁言看见餐桌前的贺予华，便走过去坐下。

贺予华：“第一次见你起这么晚，快吃饭吧。”

梁言：“我忘定闹钟了。”

他拿起桌上的三明治吃着，随口问了一句：“他们呢？”

贺予华顿了几秒：“你说照离他们啊，早吃完了。”

梁言："哦。"

贺予华："对了，你的西服，照离给你放客厅沙发上了。"

梁言点了点头，嘴角有些上扬。

这是要一直躲着他?

两个人安静地待着。

没多久，贺予华手中的手机突然响了一下。他笑笑，点开微信聊天页面，将手机放到梁言面前。

"你看，聊谁谁到，他们刚坐上飞机。"

梁言往嘴里送三明治的手突然停住，盯着手机页面，脸色变得十分难看，声音不由得提高了几分，一字一顿地问："坐、上、飞、机？"

"对啊，他们今天的飞机，一大早两个人架着还没睡醒的吴樯就走了。"

梁言没有说话，把三明治吃完后，起身到客厅拿起西服外套回了卧室。

关上门后，他莫名有些烦躁，将外套随手扔到了床上。

愣了几秒，他气笑了。

外套上还残留着昨天应照离身上的香水味，梁言瞟了一眼，发现口袋里露出一个类似牛皮口袋的一角。

他抽出来，发现是个精美的信封，还很有仪式感地用火漆印章封了口。

梁言拆开信封，里面装了四样东西——

一张明信片、一张照片、一朵蓝色矢车菊，还有一张一百欧元的纸币。

他把东西都拿了出来，看到印有海德堡全景的明信片背面写了一段话。

梁言看到娟秀疏朗的行楷字，心里的气消了许多。

内容如下:

梁言你好，当你拿到这封信的时候，我应该已经等待飞机起飞了。谢谢你，让我的德国之行更有意义。

我匆匆写了几行字，在德国发生的事，就留在这个美好的国家吧。

我想要一个人享有浪漫，包括把心遗落的海德堡，国王给予祝福的天鹅堡，抑或是宁芬堡宫的中国之阁，还有旧城岛的诱惑。

蓝色矢车菊是德国的国花，它的花语是幸福。希望未来的你也会找到自己的幸福。

我走得太急，没时间处理你的外套了，只能留下干洗费了。

梁言看完，拿起那张照片。

照片里，微笑着的应照离将头偏向他，现在却逃之夭夭了。

他将信封里的东西原封不动地装好，放到书桌上。

此时的飞机上。

“女士们，先生们，欢迎乘坐从德国慕尼黑飞往中国的航班。飞机即将起飞，现有客舱乘务员进行安全检查。请您坐好，系好安全带，耐心等待，感谢配合。”

伴着乘务人员优雅动听的德语播报，乘客们纷纷收拾好，安静地等待起飞。

手机关机的应照离，看了眼旁边的林归梦和早就睡死过去的吴檣，她将身旁的包拉开，拿出那支有质感的黑色钢笔。

应照离把笔帽拧开后，盯着笔尖上刻的“南声函胡”，有些感慨。

这是梁言的钢笔，她小时候就见过。

她不知不觉间想到自己小学六年级时参加合唱节的那天。

客车缓缓地驶到比赛的小学，音乐老师组织好队伍，又重申了一遍纪律问题，然后带着他们往准备室走去。

进入艺术楼之后，他们抬眼便能看见白墙上一长排的艺术作品，有临摹凡·高《星月夜》的，也有素描画、摄影图，虽然十分稚嫩，但与同龄人相比还是相当不错的。

光线从窗外打进来，充盈着整个走廊。应照离跟着队伍往前走的小碎步突然停在一幅水墨画前。

那是一幅典型的墨竹图，浓墨相宜，苍劲有力，但画工还是有些稚嫩。

应照离没学过国画，只跟着学校美术老师听了点入门知识，自是不知里面的门道。

她瞥了一眼画的右侧，落款为：临风出尘俗，壬辰春，梁言作。

应照离轻笑了一声，心想：画虽好，但提名的梁言二字，写得未免也太嚣张跋扈了些，小小的孩子就像大书法家一样老气横秋，有些自负了。

眼看队伍越走越远，应照离连忙跟过去。

他们在走廊尽头右转，看见了前方无比宽敞的楼梯，上楼走进了准备室。

音乐老师在学生上场前给大家加油打气了一番后，领着他们去到礼堂的幕布后站好队形，由林蕊负责带队走上舞台。

舞台中央。

“下面，请大家欣赏，来自青玫小学的《听妈妈讲那过去的事情》。”主持人念完提示卡上的台词，提着礼服，优雅地走下舞台。

“齐步走！”

林蕊带着整齐的队伍走上了舞台，大家从后排往前排，从低到高，依次走上架子站好。

幕布拉开，大家一起向评委鞠躬。背景音乐响起后，前奏把孩子们、评委们带入了状态。

林蕊拿起话筒，在前面领唱着。

月亮在白莲花般的云朵里穿行，

晚风吹来一阵阵快乐的歌声。
我们坐在高高的谷堆旁边，
听妈妈讲那过去的事情。
…………
那时候，妈妈没有土地，
全部生活都在两只手上。
汗水流在地主火热的田野里，
妈妈却吃着野菜和谷糠。
…………
我们坐在高高的谷堆旁边，
听妈妈讲那过去的事情。
…………

唱完，孩子们快速从台子两边走下去，根据工作人员的引领，出了礼堂去食堂吃饭。

“同学们，咱吃完午饭，你们在校园里馆一逛，等名次出来颁奖了后就走。注意纪律，别破坏公共设施，下午两点到客车那儿集合，听见了吗？”带队老师交代道。

“听见了！”学生们异口同声地回道。

“好，原地解散，大家去吃饭吧！”

应照离在食堂吃了几口饭，觉得没胃口，自己一个人出去闲逛了。

她走着走着，来到了一个小亭子。

爬山虎郁郁葱葱，铺满了附近的墙壁，应照离在石凳上坐下。

安静的空间里，传出了一阵歌声。

最初声音很小，她唱了几句才恢复正常音量。

“月亮在白莲花般的云朵里穿行，晚风吹来一阵阵快乐的歌声。我们坐在高高的谷堆旁边，听妈妈讲那过去的事情……”

“唱得不错。”一个温润的声音让歌声戛然而止。

应照离看见一个少年朝着亭子走来，他长了一张秀气清朗的脸，眉宇之间透出几丝英气，显得有些成熟。

男孩上身穿着一件藏蓝色 T 恤，搭黑色长裤和同色运动鞋。

应照离本来就比较内向，又不小心在陌生人面前唱了歌，整个人不自在起来。

明明是春天，亭子还有爬山虎的遮蔽，但应照离觉得天气快要入夏了。

“啊——谢谢你的夸奖。”

应照离一时不知道该说些什么，只能有礼貌地回复。

“你是来参加合唱比赛的吧？《听妈妈讲那过去的事情》好像还获奖了。”梁言坐下，将手里的荣誉证书放到身边的石凳上，把钢笔夹到了荣誉证书里面。

"嗯。"应照离皱了皱眉，对获奖一事很疑惑，又问，"你怎么知道的？"

"我小叔叔是评委，我正好回学校来拿证书，就和他一起来了。"梁言解释道，又说，"他们还没评完剩下的节目，我就自己出来逛了逛。"

"噢噢。"应照离应了一句。

梁言："你是这首歌的领唱吗？"

"以前是，不过音乐老师说我不适合，就换了另一个同学。这次比赛拿了奖她小升初就可以加10分，考仁济的免费生就更有希望了吧。"应照离为了掩饰内心的失落，对眼前的人笑了笑。

梁言意识到自己说错了话，连忙鼓励了一下："没事，这有什么大不了的，仁济也不是很难考，没有加分，你努努力也会考上的，再不济就是多交些学费罢了。"

"你是这个学校的学生？"应照离绕开了这个话题问道。

梁言想了想，这是他的母校，应该算是吧。

"是啊。"他回道。

"那你学习一定很好！"应照离本能地夸赞。

"没有，我学习一般，还挺爱玩的。"梁言的眼角微弯，像只灵智未开的小狐狸。

话刚说完，他就听到一阵喊声。

"小言！小言！嘿，这孩子跑哪儿去了？"一个男声从不远处传来。

"是不是有人找你啊？"应照离问。

"可能是我小叔叔找我呢。我先走了，再见。"梁言拿起证书起身往亭子外走。

应照离看着男孩走了几步，突然站住，挺直的身板又转了回来，嘴角带着微笑，语气十分温柔。

"人的优秀，总会通过各种各样的途径显现出来。虽然你的音乐老师给你掐断了一条路，但只要你想，即便绕远一点，也能到达目的地。"

梁言站在亭子前，整个人自信而干净。

应照离从未觉得一个男生的眼睛可以那么清亮，充斥着骄傲，是她所没有的，从骨子里透出的自信。

看着他渐渐走远，应照离也起身打算去客车旁集合。

这时，一道刺眼的光芒映入应照离的眼睛里，她低头看，是一支黑色的钢笔，好像是那个男生落下的。

应照离捡起来，把笔在裙子上擦了擦。

她出去找了一圈，也没找到男孩的身影……

这是这支钢笔第三次到应照离的手上了。

但是这次有些不光彩。

应照离赌了一把，她知道贺予华没有用钢笔的习惯，只能去找梁言借。

没想到，这么多年过去了，这支钢笔保存完好。

应照离垂眸，有点干坏事的愧疚感，小声呢喃道："这是你教我的，即使绕远一点，也能到达目的地。"

下了飞机后，天色已经昏暗。应照离和林归梦、吴樯告别后，就打车回了家。

应照离还是个研究生。

虽然她从大学开始有了些积蓄，现在也有个不错的兼职工作。但是，她每个月都要寄一些钱给爸妈，她自己租了一个并不怎么大的房子。

她拿钥匙拧开门，进屋后打开了客厅的灯。

因为家里并没有什么复杂的布置，干干净净，没一会儿，应照离便简单收拾完了，然后躺到沙发上，打开手机，给贺予华打了个电话。

对方很快就接通了。

贺予华："喂，照离？"

应照离："小贺啊，我到家了，给你报个平安。"

"好，你到家就行。"

"嗯——那个，梁言拿到西服外套了吗？"

应照离走的时候特意叮嘱了一番，此刻再次问出口后，突然有点后悔了，会不会太刻意了？

"早上他就拿到了。不过也不知道为什么，感觉他拿到衣服后有点低气压，可能是有什么洁癖吧。"贺予华的语气里带了点不解。

应照离有些尴尬："咳……咳，他不回国吗？"

"后天回吧，他不急着回去。"

"嗯，好，那我挂了，你忙吧。"

应照离挂断电话之后，将在德国拍的一沓照片拿了出来，准确地找到那张她和梁言的合照，然后找了个相框，装好后放到了卧室床头。

她又觉得有些不妥，把它挪到了书架上。

应照离自言自语地说了一句："等我什么时候追到他了，你就换位置。"

此刻已经将近晚上十二点。

应照离洗了澡，坐到书桌旁，拿出日记本，翻开空白一页，开始做手账。她自从成年后，手账风格也发生了转变，开始喜欢成熟的英伦风。

应照离画了个表格，装饰好整个纸面，又写了三行字：

1. 留下深刻印象任务完成。
2. 还需耐心等待，隐藏心意，坚持就是胜利。
3. 增强宿命感。

临睡前，应照离突然想到什么，打开手机微信，换了个头像，然后找到设置，把朋友圈动态改成了陌生人十条可见。

翌日中午。

应照离换上一件灰蓝色的宽松卫衣配牛仔裤，整个人和刚入学的大学生没什么区别。

她去了家附近的宠物寄养中心，接两只小祖宗回家。

刚进店门，认识应照离的工作人员便热情地与她打招呼：“照离来啦，去德国玩得开心吗？”

“嗯，还可以，就是有点想它俩了。”应照离语气温和，眼神打量着寄养的宠物们。

“信封和盐盐在里面呢，你跟我来。”

应照离刚走进去，一只金毛便朝她扑过来。她配合着蹲下，搂住它，揉揉它小脑袋。

“小信封，你想我了吗？”应照离笑眼弯弯，温柔地看着眼前拿头蹭她脸颊的金毛，说道，“你妹妹呢？我走的这几天你有没有照顾好它呀？”

信封：“汪！汪！汪！”

“你要带我过去？”应照离问。

信封摇着尾巴跑到瘫在小被子上睡午觉的盐盐跟前。

盐盐是一只黄白条纹相间的狸花猫，小小身子蜷成一团像一个奶黄布丁。

应照离轻柔地抱起它来，但还是惊醒了它。

盐盐睁开眼睛，看到应照离的脸，往她的怀里蹭了蹭。

还没等应照离抬手摸它，盐盐抬起了脑袋，看着她的眼神里突然带了点敌意。

它喵地叫了一声，腿一蹬，挣开了应照离的怀抱。

应照离愣了几秒，扭头看向身边的工作人员：“盐盐——它这是怎么了？”

“呃，盐盐有被抛弃的经历，你这次离开，可能让它误解了。没关系，过一两天就会好的。”

工作人员的话让应照离想起刚遇见这只小狸花猫的时候。

那天雨下得很大，她刚接到电话，说是通过了明华大学的研究生复试。

撑着伞的应照离，激动得浑身发抖，不知道怎么抒发自己的喜悦。

她蹲在路边，整个人瑟缩着，竟然不争气地哭了。眼泪如雨点般，“啪嗒啪嗒”地打在地上。

不知道哭了多久，应照离抬起头，看到一只浑身湿透的狸花猫，正躲在她的伞下瞪着溜圆的眼睛看着她。

她抬手摸它，小狸花躲开了，但还是站在她的伞下，有些警惕地看着她。

一开始，应照离想直接离开的，她不能一直给狸花猫打着伞吧。

等她走了几步，又听到后面传来一声猫叫。

就是这声猫叫，让她想起了高中时候的梁言。

他曾在 QQ 签名上写着：以后一定要养一只猫，黄白条纹的最好看。

应照离停住了脚步，扭头盯着身后浑身湿透惨兮兮的小狸花，走了过去。

她尝试了好几次，终于把它抱了起来，将它带回了家。

幸亏有明华大学的复试通过这个好消息做铺垫，爸妈对她抱回猫这一举动并没有发火，看着竟然也顺眼了。

…………

应照离想到这儿，有些愧疚，走到盐盐身边，耐心地跟它沟通。

“盐盐宝贝，我们回家啦。盐盐，看看‘妈妈’，‘妈妈’给你去买好吃的行不行？”

过了半个小时，应照离终于把盐盐装到宠物背包里，牵着信封往家里走。

原来宠物也是需要关怀的，它们不傻，所以主人最好不要让它们在信赖与怀疑中摇摆不定。

贺予华家。

梁言正收拾着自己的行李，想到钢笔还在贺予华那儿，抬脚往他卧室走去。

“咚咚咚！”梁言敲响了贺予华的房门。

贺予华：“进。”

梁言开门走了进去，不紧不慢地说：“钢笔用完了吗？”

“钢笔？”贺予华想到是有这回事，又疑惑地问，“照离没还给你？”

梁言有些意外，音量也稍稍提高：“钢笔在应照离那儿？”

贺予华：“嗯，估计她走得太急忘还了。我给她打个电话。”

梁言：“不用，你把她微信推给我吧，我回国联系她。”

“也行，我把她手机号发你，她的微信号就是手机号。”贺予华点开通讯录，把应照离的手机号发了过去。

梁言看到微信消息后，回了房间。

他复制了那串数字，在微信搜索框搜索着，下一秒蹦出一个头像。

那个头像是一个背影，点开原图，好像是在海德堡照的，依稀还能看清女孩精致的侧脸。

梁言心情不由得有些愉快，真是巧了，他的头像也是个背影，虽然是随便找的，但莫名有些搭。

他点开应照离的朋友圈，看到最近更新的一条。

文案：带小祖宗们回家。

配图有两张——

一张是被人牵着的一只金毛，以及女孩纤细且线条流畅的腿；另一张是背在身前只露出脸来的小狸花猫，以及女孩灰蓝色卫衣的宽松领口下，遮掩不住的白皙脖颈和锁骨。

他把页面往前划，还有应照离在德国拍的照片，感觉她是个很喜欢记录生活的人。

梁言将添加好友验证消息发送过去后，也没有再管。

只是，直到梁言回了国，也没见验证通过。

他心想可能是添加好友时没写备注，于是打了梁言两个字又重新发送了一遍。

他刚点了发送，页面就来了提示。

【对方已拒绝您的好友申请。】

梁言看着弹出的界面，脸色十分难看。

他现在有些怀疑，当时应照离吻他，难道不是喜欢他？真的只是喝醉了而已？

而此时的应照离，正抱着盐盐给它顺毛。

她好声好气地哄了几天，它终于愿意亲近她了。

盐盐虽然是只狸花猫，但是皮相丝毫不比品种猫差。

它仗着自己长得好看，不仅欺负信封，还要应照离哄着。

看应照离拿出了学校的课程学习资料，补一下出国这些天落下的进度，盐盐自觉地跳到卧室床上，窝成一团，睡起懒觉。

她投入学习的时候很认真，而且会把手机放在看不到的地方，这个习惯还是她在大学时养成的。

过了半个多小时，客厅传来了手机响铃的声音，起初并没有打扰到她。

但是信封叼着应照离的手机跑到了卧室，用前爪蹭了蹭她的腿。

应照离拿过手机，发现来电显示上是早在四年前就存了的梁言的手机号。

关键是，好像已经通话半分钟了。

她调整好情绪，把手机放到耳边，语气温和："喂，您好，请问您是？"

"你家里有男人？"男人的声音透过手机听筒传来，低沉而富有磁性，但明显语气不悦。

"啊？"应照离没想到梁言一开口就来了这么一句。

梁言："我刚刚听喘气声并不像是你的。"

"哦，不好意思，那是我家的金毛。请问您是谁，找我有事吗？"应照离尴尬地揉了揉信封的头。

信封乖乖地叫了两嗓子。

"怎么，好歹也亲过，连我的声音你都听不出来了？"梁言轻笑一声。

"梁——言？"应照离没想到他说得这么直白，差点配合不下去。

"嗯。贺予华说我的钢笔在你那儿。"他慢条斯理地说。

应照离顿了几秒，语气带了点歉疚："对不起啊，那天我走得太急忘记了。你看你什么时候有时间，我给你送过去？"

"我现在就有时间。"梁言说。

"那我给你送过去吧，你家住址发我一下。"

梁言听到电话那边有窸窸窣窣的动静。

他低下头，轻笑了一声，提醒道："大晚上往单身成年男性家里跑，你经常这么干？"

“我没有。”应照离穿着外套的动作一停，见电话那边没了动静，她声音带了点不痛快，“我只是不喜欢让别人等。”

梁言：“钢笔你先替我保存，国庆这两天公司开了个新项目，我有点忙。”

应照离：“好，那你随时联系我。”

梁言：“嗯，你先挂。”

应照离挂了电话。

看着眼前摇着尾巴讨她开心的金毛，她嘴角上扬，弯腰搂住信封的脑袋，夸奖道：“乖乖，你真棒。”

国庆结束后。

应照离回了学校，上课的同时还帮导师做课题。

上完课，应照离便抱着一大摞复习资料去了图书馆。

她很早开始就在准备Chartered Financial Analyst(特许金融分析师)的考试。

应照离本科学的金融，而大三、大四因为考研，并没有时间考这个在金融领域含金量很高的证书。

CFA是全英文考试，可是应照离英文并不是很好，只能靠勤能补拙再拼上两个月。

进入图书馆，安静的学习氛围很快便让人静下心来。

她逛了一圈，想找个空位，正好碰上了同系的学长孔正初和学姐侯倩语，两个人甜甜蜜蜜地分别找了课外书在看。

侯倩语抬眼看到了应照离，于是招手指了指他俩占的位置，让她来坐。

应照离走了过去，将资料放到桌上后，很小声地跟侯倩语说了声谢谢。

侯倩语声音也压得很低，问道：“照离，等会儿一起去吃晚饭？”

应照离笑笑：“不得征求一下学长的意见？”

“我可不敢有意见，听你学姐的。”自从两个人在一起后，孔正初的求生欲就没掉过线。

三个人泡了一下午图书馆后，实在是熬不过饥饿，收拾好东西，往餐厅奔去。

“照离，你能帮我买瓶可乐吗？我和你孔学长去买饭，你吃什么？”侯倩语问道。

应照离：“和你一样就好，我不挑。”

应照离去自动售货机那儿买了瓶可乐，顺带拿了一瓶雪碧和矿泉水。

她环视了一圈，找到他俩的位置。

“学姐，你的可乐，我也不知道学长爱不爱喝饮料，给他买了瓶水，就当帮我占位的谢礼。”

应照离将饮料放在桌上，在两个人对面坐下。

“大家都是朋友，干吗这么客气？”侯倩语声音温柔，顺手将应照离买的可乐递给了孔正初。

孔正初拧开瓶盖后，将可乐放到侯倩语的餐盘边。

三个人有说有笑地吃着饭。

孔正初突然想到什么，放下筷子，抬头问应照离："照离，你周末有空吗？"

应照离："有啊，怎么了？"

侯倩语解释道："我和你学长办了个聚会，想邀几个关系好的朋友一起玩玩，你也一块来玩吧。"

应照离也不知道梁言什么时候会找她，到时候没空怎么办，于是有些歉意地说："我去不太合适吧，我也不认识其他人。"

孔正初："去呗，有啥不合适的，正好能认识认识各个系优秀的学长学姐，以后也能攒攒人脉。"

"对呀对呀，给学姐撑个场。"侯倩语附和。

应照离发现进过外联部的人就是会说话，三言两语就能扯到为你好。

不过，侯倩语说得确实很有道理。

应照离突然觉得有些荒唐，心想：我干吗为了梁言不去认识优秀的人，脑子抽了?

"好，那学姐你到时候给我发时间和地址。"应照离答应了下来。

"好嘞。"侯倩语喜滋滋地说完，又打趣道，"说不定连带你的终身大事也给解决了，到时候相中了哪个，跟姐姐说！"

应照离顺着她的话开玩笑："那我可得提前给你俩准备好红包。"

孔正初："红包倒也不用，我们俩讨杯喜酒喝就行。"

吃完晚饭，侯倩语和孔正初腻歪地去约会了。应照离背上双肩包，在校园里慢慢悠悠地走着，闲逛了一会儿，才去站牌坐上了公交车。

正好赶上下班高峰期，没有座位，她只能抓着车上的吊环。

应照离一点一点地往后挪去，终于抓住了后门附近的黄色手扶杆，舒缓了胳膊的酸痛。

"让一让，让一让。"

一位约莫五十岁，穿着一身名牌的大婶挤了过来，她先是整了整衣服，接着整个人往手扶杆上一倚，手里还抱着一个名牌包。

应照离连忙把手挪开，再慢一秒估计就要被压住了。

她忍了忍怒火，好言好语地说："阿姨，你看你这么倚着，我没地方扶了。"

"小姑娘家家的，又不是站不稳，抓吊环不行吗？"那大婶白了她一眼，低头玩手机。

应照离不想惹事，也就没说话。

她身边有个穿着校服背着书包的小男孩，长得十分清秀，大大的双眼皮，眼睛会放电似的。

他扶着身边的椅子靠背，有些看不下去，嘟嘟囔囔了一句："穿得人模狗样，说话底气十足，干事伤风败俗。”说完还笑了笑，偷偷摸摸地补了句，“真是个押韵鬼才。”

他的声音不大不小，正好传那大婶耳朵里。

大婶眼睛一瞪，气得脸色泛青，抬手指着小男孩说：“你这熊孩子，嘴怎么这么毒呢？你妈没教你怎么说话啊？”

“我妈只教我要尊老爱幼，没教我对倚老卖老的人要有素质。”小男孩嚼着口香糖，对大婶做了个鬼脸。

大婶脸一拉，气得有点喘，伸手就要去拽他。

小男孩一个闪躲，抱住了应照离的腰。应照离愣了一下，还是挡在了他前面。

大婶没拽着，于是说话越来越难听：“呵，都说熊孩子就是欠，说的就是你这种没教养的小孩儿。”

“对啊，我还是个孩子，你跟一个熊孩子计较啥呢？”小男孩有应照离挡前面更肆无忌惮了。

应照离看不下去了，再这么吵下去，估计车顶都要掀了。

她一手护着小男孩，语气温和地说：“阿姨，你这一靠，本来能供四五个人抓着，现在只能你一个人——”

还没等应照离说完，大婶就插嘴道：“你们这些年轻人能和我比吗？”

应照离笑了，大婶觉得有些莫名其妙，不知道她笑什么。

“不是，你看你那皮肤保养得看着和我这二十多岁的小姑娘都没啥区别，干吗非说自己老？”

大婶一听，挺直了腰板，拿手假装理头发，摸了摸自己的脸，语气稍微和善了点：“真、真的吗？”

“你是不是还在家里做瑜伽啊？看这肩颈，没少做‘太阳礼’吧。”应照离偷偷拿手捂住了身后那张想怼人的嘴，很温柔地和那大婶交流了几句瑜伽的练法。

大婶心里美滋滋的，默默从手扶杆上移开，还热情地说：“小姑娘你抓着，别摔着了，这是你家娃？”

“咳咳！不是，他、他是我小侄儿。”

应照离随便编了个借口，也不知道对方什么眼神，这要是她孩子，她得十几岁就生了……

“噢噢。”大婶对小男孩还是有些敌意。

应照离：“小孩子被家里宠惯了，说话有点直，你别介意啊。”

“没事，我那么大度，左耳朵进右耳朵出。”大婶说。

过了一会儿，应照离回头小声问那小男孩：“你在哪站下车？”

小男孩：“经纬路。”

应照离想了想，经纬路离自己家也不远，就两站路。

她怕她一下车，这两个人又吵起来，她还说了这孩子是自己的侄子，干脆演戏演全套。

随着到站播报声响起，公交车停在了经纬路。

应照离牵着小男孩的手，还跟那大婶说了声拜拜，才下了公交车。

“小朋友，你家在哪儿？我把你送回去。”应照离低头问他。

“姐姐，我有名字的，我叫褚皓明。”男孩瞪着好看无害的眼睛看向应照离，睫毛扑扇扑扇着。

应照离摸了摸他的脑袋，牵着他的手陪他往家走。

褚皓明走着走着，看到路边的垃圾桶，将没了味道的口香糖吐掉，又跟上应照离的脚步。

他撇了撇嘴，说道：“姐姐，你为什么在公交车上这么好声好气地跟那大妈说话啊？她那素质，我都不想搭理她！”

应照离笑了笑，停住了脚步，蹲下来与他平视，仿佛在跟同辈人说话：“小孩子有小孩子的解决方法，大人呢，也有大人的解决办法。”

“好吧。不过，姐姐，你好漂亮啊！”褚皓明盯着应照离的柳叶眼，给了她一个明媚的露齿笑。

应照离没想到这小鬼还挺会说话，拿手指刮了下他的鼻子：“你也很帅呢！姐姐长这么大，你是姐姐见过的第二帅的小朋友。”

她起身牵着他继续往前走。

褚皓明愣了愣，过了几秒后问：“第一帅是谁啊？”

应照离“扑哧”笑了，有点诧异：“你这小孩儿，还挺八卦。”

她眉眼间带了些温柔，语速也慢下来：“第一帅啊，是个斯文叔叔。”

“噢噢。”

转眼间，两个人走到了男孩家楼下。

“好了，上楼吧，姐姐走了。”应照离说。

褚皓明：“姐姐，你单身吗？”

应照离有点疑惑，但还是回答道：“单身啊。”

褚皓明伸出小手一把握住应照离纤细白皙的手腕，眼睛微弯，慢条斯理道：“那我们留个微信吧。”

见应照离没说话，褚皓明又补充道：“你不是夸我帅吗。”

应照离笑笑：“微信姐姐可以给你，但你不准给别人哦。”

两个人扫了码加了微信。

“啊——”褚皓明语气里带着点遗憾。

应照离：“怎么了？”

“姐姐，我给你拉郎配呀。”褚皓明语气带着点傲娇。

“你从哪儿学来的这种词？”应照离觉得有些荒唐，轻拍了一下他的脑袋。

褚皓明想搪塞过去，赶紧接下话茬：“这不重要。虽然我知道我帅，但是我叔叔更帅，肯定比你说的斯文叔叔帅一千倍，咱不要在一棵树上吊死吗。”

“噗，姐姐就认准那棵树了呢。”应照离发现这小孩懂得还挺多。

现在的孩子，都这么早熟吗？

褚皓明的眼神里又透出几分骄傲来：“那你肯定是没见过更好的树，我叔叔可是在明华大学本硕连读。”

“真巧呢，姐姐也是明华的。”应照离淡淡道。

褚皓明有些吃惊，还是不慌不乱地说：“那正好，门当户对的。姐姐你回去吧，我晚上把我叔叔的微信推给你。”

应照离：“你快上楼去吧，姐姐走了。”

她看着褚皓明上了楼，才慢慢往家的方向走。

路两旁的行道树，叶儿都染了黄，风一吹，“哗啦啦”落下来，化作来年的春泥。

文城总是有着匆匆忙忙的人流，毫不客气地把懒散的人抛下。

应照离一个人走着，感受着这个城市的慌乱。

她突然有点想家了，虽然台江市比不上文城发展好，但是有爸妈在。

而支撑她一人来到文城，并且现在有了扎根想法的，除了梁言，她好像也想不到别人了。

应照离不知不觉已经走了半个多小时，终于回到了家。

看到主人的信封连忙奔过来抬起两只爪子扑到她身上。

应照离抱着它，坐到沙发上，撕开了一包放在桌上的薯片，打开了许久未看的电视机。

空荡荡的房子总算有点人声了。

她点开手机页面，发现褚皓明那个小鬼正问她在不在。

褚皓明：“姐姐你到家了吗？今天谢谢你送我回家。”

应照离：“嗯，我到家了。不客气呢，小鬼。”

褚皓明：“长话短说吧，我把我叔叔的微信推给你。”

“还是不要把你叔叔——”应照离还没打完字，看到推过来的微信头像愣了。

她又点开原图看了一眼。

有时候，世界真是小到做什么事都能跟你沾上边。

这不是梁言吗……

她还特意换了个背影头像，增加宿命感。

这还增加哪门子宿命感，直接把他家小辈征服了多好。

应照离删掉输入框里的字，打了个“好”发了过去。

翌日。

应照离从被窝里爬起来，给自己和信封、盐盐随便搞了点饭。

吃完，她又苦命地拿起 CFA 复习资料狂刷题。

眼看快下午两点了，应照离学得有些累，换换脑子，想了想周末聚会穿什么。

她拉开衣橱，发现除了夏季的，好像最近都没有什么新衣服穿了。

一旦女人有了这个念想，便一发不可收拾。

下午，应照离就叫上林归梦陪她去了附近的商场。

商场里。

林归梦："照离！你看这件裙子适合我吗？"

应照离看着眼前已经买了好多东西却还在挑挑选选的林归梦，有些怀疑，究竟是谁陪谁来逛街。

"再过几天都要入冬了，你买这条裙子干吗？也没法打底穿。"

"行吧，听你的。"林归梦恋恋不舍地将视线从裙子上挪开。

把商场第三层几乎快逛了一圈后，两个人看到一家名为"红"的店铺，里面的装修风格十分复古，打眼一看，卖的衣服都是红色。

应照离很喜欢红色，特别衬肤色。

但是少年时期她一直逃避红色，觉得太过招摇，穿上之后别人的目光会让她感觉怪怪的。

店里的工作人员看两个人进来，并没有很热情地上前招呼，问这问那，只是让她们安安静静地挑选。

应照离其实很喜欢这种购物氛围，不会让人感受到服务人员太过热情带来的局促。

她默默地找着符合自己风格的衣服，突然，一件暗红色的衬衣吸引了她。

她拿出来，在镜子前比画了一下，发现还挺适合。随后她跟林归梦说了一声，去试衣间换上看看效果。

应照离出来后，林归梦竖起大拇指："不得不说，好看！照离，你天天穿红色吧，你穿红色太好看了！"

她自己照了照镜子，深棕色的长鬈发有些凌乱地披着，暗红色的棉布衬衣因解开第一颗纽扣，利落中带着一丝妩媚。

再配上红唇，有一种港风美女的既视感。

应照离很喜欢这件衬衣，于是去结了账。

她又在其他店里挑选了条百搭的黑色阔腿裤。

"照离，你和梁言怎么样了？"林归梦自从支持应照离追梁言之后，每天都在关心两个人关系的进展，还把自己对付吴樯那招拿来教她。

应照离："还行，估计下次见面是还他钢笔，也不知道他公司的事儿有没有忙完。"

"离离，还钢笔的时候，你可要抓住机会啊！"

应照离："我努力吧。"

周天。

应照离刚睡醒，迷迷糊糊地看了眼时间，快到上午十点了，她赶紧爬起来洗漱、做饭。

她吃饭的时候，点开手机，看到侯倩语发来的微信消息。

侯倩语：“照离，别忘了今天晚上七点的聚会哦，地点在曲观街66号坛岛酒吧。”

应照离：“在酒吧？”

侯倩语：“嗯嗯，放心吧，我们开了个包厢，不乱。”

应照离回复了一个“OK”。

她上大学之前其实挺抵触酒吧这种地方的，因为爸妈管得严，她对酒吧的印象也只是停留在电视剧、小说中。

应照离在家窝了一天后，终于在下午五点换上了新衣服，卷一卷头发，然后化了个精致的妆。

晚上六点整，她收拾好后出了家门。

曲观街离应照离家不算特别远，半个小时就能到，但她从来不喜欢让别人等，所以和谁出去，都是提前到。

到了酒吧门口后，应照离给侯倩语打了个电话。

不一会儿看到有个女人从酒吧里出来，应照离看清是侯倩语，就走了过去。

她跟着侯倩语来到包厢，发现已经来了几个人了。

应照离礼貌地与包厢里的人一个个打招呼，然后坐下来等孔正初邀请的人来齐。

已经到了的人里面，有经济学系的、生物医药系的、法学系的学长学姐，而且不仅仅是明华大学的，还有其他名牌大学的。

应照离发现，圈子真的很重要，她如果没有拼了命地努力，虽然也会遇见优秀的人，但绝对没有现在这么多。

她看着人都来得差不多了，但还是没有开始。

她有点好奇，小声问旁边的侯倩语：“学姐，还有人来？”

侯倩语微微向应照离倾过身子：“嗯，还有一个帅哥，一会儿就到。”

应照离安静地待着，有人找她搭话便很有礼貌地回过去，一来一回，很快也就混熟了。

“你说这人平时忙得不见人影也就算了，聚会还迟到，来了先罚他三杯。”孔正初正跟身边的朋友吐槽。

应照离看这情况，心想：估计是个不好惹但是人品等各方面都过得去的主儿，要不然，这些人不至于对他这么宽容。

正这么想着，包厢关着的门有点松动，随即传来被拧开的声音。

一只修长的手按在门上，应照离抬起眼睛，正好与那男人四目相视，她脑子蒙了——

她假装镇静地收回目光，微微低头，拿起桌上自己的玻璃杯喝着酒。

可是男人并没有忽略她，几步便走到她身旁，坐了下来。

应照离嗅到了男人身上的木质香调夹杂着清冷松木味，没有任何的侵略性却萦绕在身边。

梁言饶有兴趣地盯着应照离，刻意将说出的两个字念得很重："学、妹？"

应照离听见后，只得扯出一个不怎么好看的微笑，并没有回复他。

"怎么，梁言，你俩认识？"孔正初有些疑惑，咋上来就叫学妹了。

第二章 / 苍茫浪漫

“不！不认识。”应照离连忙扭过头跟孔正初笑着说道。

梁言看她不想承认，也不介意，慢条斯理地解释：“你不是说带了个漂亮学妹吗，我瞎猜的。”

“噢噢。来来来，我介绍一下，这是我们金融系的小学妹。这位呢，是梁言，梁学长！”孔正初热情地招待。

应照离：“学长好。”

梁言淡淡地应了句：“嗯。”

等人来齐了，这才真正开始玩。

在比较欢快的气氛下，应照离与梁言之间的尴尬也就慢慢消淡了。

一群高智商的人玩狼人杀，一局下来花了将近一个小时。

孔正初觉得就这么下去，不出两局，就拜拜回家了。

于是他做主换了个国王游戏。

但改了改游戏规则，国王既可以随便点人提问，也可以盲抽两张牌指定这两个人做某件事。

第一局，国王被一个学长抽到了。

他故意为难孔正初，开玩笑地问：“老孔，你第一次是什么时候？”

应照离听到这儿有些尴尬，没想到话锋渐渐偏离。

果然，不管什么人，都没法免俗。

孔正初看了眼坐在旁边用眼神威胁他的侯倩语，突然觉得自己有病，好好的干吗改规则。

孔正初：“你就不能换个正经的？”

“快点回答，等着开下一局呢！”那人还看热闹不嫌事大。

孔正初勉强从牙缝里挤出句话，拿手默默指了指侯倩语：“大四。”

第二局，国王正好抽到一对情侣。

两个人在大家的注视下喝了交杯酒。

侯倩语：“哎！这局国王是照离。”

孔正初附和道：“照离，你想问谁，除了你梁学长，随便挑！”

梁言听到这话，觉得有些荒唐，皱了皱眉，轻笑道：“怎么就除了我了？”

“你不是不喜欢参与这些无聊的游戏吗？”

梁言看到桌上还剩的牌，抽了一张，用行动来表示要加入游戏。

应照离看到手里的国王牌，她想问梁言，这些年为什么那么勤快地换女朋友，可是又问不出口。

她拿起酒杯，喝了一大口酒，扭过头，柳叶眼一瞥，问道："梁学长，你和你女朋友，哦，或者前女友，做过最亲密的动作是什么？"

梁言看着她，好像又回到那天的酒馆，神色自若，直言道："舌吻。"

一群人纷纷起哄。

"不会吧，你不是谈了挺多女朋友的？"

"梁言，别骗人啊。"

孔正初看着这群没见识的，兴致十分高昂。

他抬抬胳膊，解释道："嗨呀，你们也不想想他那破恋爱，速度一个月，正常两个月，撑破天三个月，除了牵个小手儿、搂搂抱抱、亲个嘴，还能干啥。"

有人觉得无聊，喊道："下一局，下一局。"

侯倩语："我是国王。嗯——我抽单独的人，8 号是谁？"

应照离看了眼自己手里的牌，并不是自己，于是开始看好戏。

梁言手里拿着牌，冒出一句："是我。"

他并没有因为连续被抽中而不耐烦。

侯倩语愣了一下，女孩子对帅哥总是狠不下心，于是柔声道："那梁言你找遇见的第一个陌生美女要个微信吧。"

梁言没说话，全场安静了几秒后。

他挑了挑眉，俊朗的面容挂着笑意。他拿出西服口袋里的手机，递到应照离面前："学妹，能不能将你的微信告诉学长？"

应照离没想到梁言找她要微信，想了想好像他的微信还在黑名单里躺着，心情有些复杂。

孔正初无语道："梁言，我女朋友给你提的要求这么低了，你找照离要算什么？"

"我和她并不认识，算是陌生人，还是说，你觉得学妹不漂亮？"梁言歪头，不紧不慢地说完。

孔正初被这理由噎得说不出反驳的话，摆了摆手："行吧，行吧。"

应照离也不好拒绝，默默地把梁言的微信从黑名单里拉了出来，添加好友。

游戏越玩越嗨，最后大家都放开了，提出的要求也越发大胆。

应照离今天没喝多少水，总觉得口渴。

她看着桌子上放着一瓶瓶酒，不能喝酒的都事先准备了矿泉水，她看梁言身边放了一瓶没拧开的矿泉水，抿了抿嘴，又扭回头来。

应照离自己默默开了一瓶啤酒，"咕咚咕咚"往杯子里倒满，拿起来喝着。

直到第二瓶快见底。

"不怕喝多了？"梁言的声音不大不小。

应照离客气道："谢谢学长关心。"

他降低了音量，只够应照离能听到，语气温柔中带着点玩笑：“别，我只是怕你随便亲人。”

还没等应照离反应过来，身边的侯倩语听到梁言第一句的关心，笑了笑。

“梁言，这你就不知道了，在座的各位，加起来都喝不过照离，不是我吹，她真的千杯不醉！”

应照离感受到身边的男人明显一顿，她不禁打了个哆嗦。

应照离拿着杯子的手本来就被梁言那句随便亲人给吓得定住了。

侯倩语这么一浇油，她感觉自己仿佛被喷了一身汽车尾气，呼吸都困难。

“学姐，你们玩，”应照离尴尬地笑，“我去趟洗手间。”

她急匆匆地站了起来，也没敢看身旁梁言瞬间变黑的脸，开门跑了出去。

应照离走进洗手间。

打开手机，她突然想到了救星。

她熟练地点开微信页面给褚皓明发了个消息。

应照离：小孩，你叔要是生气了该怎么哄?

她本来没想着褚皓明能回她，没想到刚发过去，就看到“对方正在输入中”的提示。

褚皓明：“哇，你俩进展这么快？我就说我叔比那斯文叔叔帅吧！你们见面了？我是不是要准备份子钱了？”

应照离：“虽然你秒回我很开心，但你大晚上没作业可写？”

褚皓明：“我这么聪明，早就写完了。我觉得吧，你要惹我叔不开心了，亲亲抱抱不就行了。反正谈恋爱不就那一套。”

应照离：“你说点正常人能做的，我赶时间。”

过了几秒。

褚皓明：“服软，使劲服软。反正我干坏事的时候他教训我，我就用这个方法。”

应照离：“行吧，谢了。”

把手机关掉后，她在洗手台弯腰洗了洗手，然后在镜子前整理了一下头发，补补妆，收拾好自己的心情，才抬脚走了出去。

刚一转身，她就看见了倚在墙边的梁言，因为走廊的灯光并不是很亮，他的侧脸在微弱灯光下显得轮廓更加清晰。

他没说话，就这么静静地瞥了她一眼。

应照离顿了一下，心想着梁言应该是出来透透气，于是假装没看见直直地往前走。

她没走几步，就听见后面传来了梁言低沉的声音，尾音拉长，并没有很不高兴的意味。

“千杯不醉？”

事实证明，该来的，除了迟点，总会如期而至。

应照离回过身来，语气十分温柔："哪有，我也就能喝一点点。"

梁言一步一步逼近，她抬头看向男人的脸庞。

他不仅没因为被骗而不悦，反而有点得意？

梁言轻笑："今天的一点点可比啤酒节那天喝的多，今天你没醉，那天为何会醉？"

"可能——啤酒节的酒度数比较高吧。"应照离还是礼貌性地微笑。

"噢。"

周围安静了大概四五秒的时间。

梁言装出一副恍然大悟的模样，意味深长地笑着说道："度数高就能随便亲我了。"

应照离："没有！"

"可你就是亲我了。"

应照离有些气不过，忍不住地反驳："不是，就算我没醉，亲了你，那也是说好了，德国的事情就留在德国。"

见他没说话，应照离又补充道："所以这件事儿就这么过去吧，我不会告诉别人的。"

她以为梁言默认了，便想着离开。

他的语气里明显有股戏弄之意，不紧不慢地询问："原来你没醉啊，那就是单纯地、不负责任地，想亲我？"

应照离冷静了片刻，发现事情并不应该这样结束。

她又不是不喜欢梁言，为什么要撇得那么清呢？

应照离突然笑了，往前走了几步，两个人的距离一下子被拉近。

她盯着梁言，拿手指碰了一下他的嘴唇。她的手上还有肥皂的香味。

她舔了舔嘴唇，柳叶眼上化的眼线微微上挑，笑吟吟地勾着他西服的平驳领："亲了一次，学长就上瘾了吗？最后投怀送抱的是你，还要我对你负责？"

应照离见他愣住，轻轻推了他一把，踩着高跟鞋假装淡定地溜走。

高跟与地面撞击的声音很清脆，"噔、噔、噔"，像是踏在梁言的心上。

包厢里。

大家还在开心地玩游戏。

应照离坐下没多久，梁言也进来了。

又过了一个多小时，应照离看了看手表，已经快晚上十点了。

大家的兴致也都慢慢弱了下来，于是有人提议，早点回家，周一还要该上班的上班，该上学的上学。

简单收拾完包厢里的一片狼藉，一群人出了酒吧，纷纷搭伙坐车。

"照离，你怎么回去啊？"侯倩语关心地问道。

应照离微笑：“我打车。”

孔正初搂着侯倩语的腰，有点喝多的感觉：“照离啊！那你一个人回去当心啊，把车牌号记好拍给你学姐！”

“嗯，学姐你快送学长回去吧，不用担心我。”应照离说。

侯倩语：“那我们走啦，到家发个信息。”

应照离看着一个个离开的身影，发现这里并不好打车，而且一个人晚上打车她也有些害怕，就想着给林归梦打电话让她来接一下。

电话拨了过去，她等了几秒之后。

“对不起，您拨打的电话无人接听，请稍后再拨。”

听着电话里传来机械的女声，应照离叹了口气，准备往前走几步，拦出租车。

突然，一束强光照到她身上。

紧接着，应照离便看见一辆黑色的豪车停到她身边。

车窗降了下来，应照离看到驾驶座上的梁言，有些蒙。

梁言瞟了她一眼，声音提高了一些：“上车。”

“不用麻烦你了，我自己打车就好，谢谢。”

应照离并没有立即上去。

她知道梁言的性格，不可能大晚上把一个认识的单身女性独自留在马路边。

梁言：“上车，我可不想让孔正初事后嘲讽我不是个东西。”

应照离也没有再客套下去，打开车门坐了进去，给自己系好安全带。

梁言单手扶着方向盘，然后打开手机，不紧不慢地问：“家住哪儿？”

“仁安街 23 号喻云花园三单元 301 室。”应照离说出地址。

梁言将手机导航设置好，轻笑了一声：“倒也不必这么具体。”

应照离没回他，只是老实地待在那儿，环视了一圈车里。

车内并没有什么多余的装饰，保养得很好，飘着一股淡淡的木质香味，和他身上的味道有些区别。是香薰的气味，让人感受到温暖。

一般男人都不会在意车里的味道，梁言估计从小精致惯了，什么东西都不能糙。

“一会儿你方便把钢笔给我吗？”梁言看了眼后视镜，问道。

应照离想了想，要是现在就把钢笔给他，那就更没有理由再见面了，她还上哪儿追他去。

于是她随便编了一个借口：“钢笔放在学校了。抱歉啊，我尽快找时间给你送去。”

梁言：“嗯，好。”

两个人结束这个话题之后就没有说过话了。

应照离发现梁言的语言沟通能力真的不怎么样，估计人际关系啥的都是通过自身实力过硬赚来的。

这年头，实力比漂亮话要重要得多。

车子停在应照离楼下。

应照离："谢谢了。大晚上的，也不方便邀请你去我家坐坐。"

"你要是真想邀请，"梁言顿了一下，轻笑了一声，继续说，"我倒是没有那么不方便。"

应照离没搭腔，默默解开安全带，拿起包，打开车门，下了车。

她突然又回过身子，敲了敲车窗。玻璃降下来之后，她弯腰对着车里的梁言说："下次还你钢笔的时候，我想请你吃个饭，你有什么忌口的吗？"

梁言侧头看她："你感谢人，就不能有点新意？"

"这——要怎么有'心'意？我觉得我的感谢很真挚。"应照离很不能理解，但还是客气地说道。

梁言懒得解释，满不在乎道："都行，我没什么忌口的。"

目送他的车离开了之后，应照离一个人上了楼，坐上电梯的时候还在想：我怎么就没心意了？

电梯停在三楼，开了门，应照离走出电梯发现房东阿姨正在自己家门口。

"哎！照离啊，我还寻思着这么晚了你怎么还没回来。"

阿姨怀里抱着盒用塑料袋装着的东西。

应照离连忙走了过去："怎么了阿姨？我去参加了个聚会。"

"我包了馄饨，想着你不是挺爱吃吗，就给你送点上来。你把馄饨冻在冰箱里，想吃就拿出来煮一些。"

房东阿姨一直对她很好，看她小姑娘家家的，一个人在文城，也不容易。

应照离接过馄饨，笑眼弯弯地给阿姨道了谢。

"那个，刚刚送你回来的是谁啊？我从窗户这儿一眼就看见你了。"阿姨笑着往外瞥了瞥。

应照离想了想，阿姨说的应该是梁言。

"是我一个朋友，他正好顺路就送我回家。"

阿姨听到这儿，来了兴致，语气有些八卦："男朋友？"

"没，就——普通朋友。"应照离笑笑。

阿姨拍了拍应照离的肩膀，一副过来人的样子："你要是对他有意思，那可得抓紧点，你别看他那车表面上没啥特点，"阿姨又招招手，示意应照离凑近点，她拿手挡着嘴，声音放小，"其实贵着嘞！估计家里挺有钱，入股不亏。"

应照离尴尬地笑笑："这也不能光看家庭条件吧。"

阿姨点点头，附和道："也是，那也得你喜欢才行。坏了！给我闺女温的夜宵还没关火呢，阿姨先走了啊！"

"嗯，好。"应照离回了句。

房东阿姨急匆匆地进了电梯，应照离也进了家门，看着信封和盐盐都在窝里睡着了，她轻手轻脚地洗了个澡，换上睡衣，睡觉。

周二。

应照离一整天都没课，于是打开微信问问梁言有没有空。

应照离：今天有时间吗?

过了半个小时，看到页面只回了一个字。

梁言：有。

应照离：那我去找你还钢笔，顺便请你吃个中饭?

梁言给她发了个地址，好像离她家有些远。

梁言：我刚在这儿办完事，你可以现在过来。

应照离：好，那麻烦你多等我一会儿，离我家有些远。

应照离本来还打算挑身好看的衣服，化个精致的妆，虽然这样时间有些紧张，但也不至于等很久。

可她突然脑子一转，推翻了心里的想法。

应照离打开衣柜，挑了身十分日常而且是去年流行的卫衣，然后搭了直筒裤，把头发用发圈简单扎了两圈后，戴上眼镜，简单地涂了一下口红。

拿好钢笔和手机，她顺手订了两张电影票，然后出了门。

她这一身十分悠闲，仿佛是出来遛弯的。

因为怕公交车太慢，应照离随手拦了出租车。

等到了梁言说的地方，已经中午十一点半了，吃饭刚刚好。

她给梁言发了个微信，问他在哪儿。

梁言发来一个店名，应照离找了过去。

是家港式餐厅，整个店铺装潢着浅棕色掺了金粉似的墙面，仿古的屋顶，一墙一瓦透着闲情雅致，确实是梁言的风格。

门口有椅子可以坐，她抬眼便看见了坐在那儿身着藏蓝色西服的男人。

梁言个子高，穿正装特别显气质，这是高中时候应照离就发现了的。

因为仁济高中的校服，正装也是藏蓝色西服，有体育课的那天会统一穿灰色运动服。

当然，学校的西服校服和梁言现在穿的定制西服还是有极大差距的，不过还是让应照离恍惚间看到了高中的他。

相比之下，她这一身出来遛狗般的打扮，要不是靠脸和身材撑着，实在是有些不忍直视。

应照离走了过去，今天她没有穿高跟鞋，跟他整整差了一个头，显得比平时娇小了许多。

“吃这家？”应照离抬头问道。

“嗯，进去吧。”梁言说着打开了门，示意她先进。

进到店里，服务员带两个人来到一个比较安静角落里的双人桌，然后主动把菜单递给了应照离。

应照离转手将菜单递给梁言，客气道：“你吃什么自己点吧，我也不知道你的口味。”

梁言点了虾饺皇、港式咕噜肉和煲仔饭。

应照离并没有什么胃口，点了份蛋黄酥和港式炸鲜奶。

等上菜的工夫。

她想起梁言就点了三道菜，于是贴心地问：“你能吃饱吗？要不再要点儿？不用给我省钱的。”

今天阳光特别好，直直地透过玻璃打到梁言身上，他的金边眼镜被照得有些反光，晃了应照离的眼一下。

他抬眼看她，整个人懒洋洋的：“你当我是猪？”

应照离：“那你当我没说。”

梁言把手机放到桌上，这才正经地从头到脚打量着对面的应照离。

这是她第二次在他面前素颜，第一次还是他给应照离卸的妆，想到德国的事他就有些烦闷。

他看着眼前随随便便扎的马尾，戴了框架眼镜，穿着宽松卫衣的女人，跟他这一身正装相比，倒显得自己刻意打扮了？

这种感觉一涌上心头，梁言便想要发泄出来。

他毫不客气地喊她：“应照离。”

应照离被他这么一叫，有些蒙地“嗯”了一声。

“我们俩还没熟到你不化妆就能见面的地步吧？”

应照离摸了摸自己的脸，然后笑着指指自己的嘴唇：“我这不涂口红了？”

她本身五官就很立体，眉眼生得让人一看就很舒服，鼻梁高，肤色白皙，并没有卸妆换脸的情况。

只能说，化了妆的她比较媚，而现在的她属于温柔清冷类型。

梁言并没有继续搭话，服务员这时候也把菜上全了。

两个人都安安静静地吃饭，谁都没搭理谁。

应照离吃完后，有些饱腹感。

她看了眼时间，已经快中午十二点半了。

“那个，吃完饭你还有事吗？”应照离问道。

梁言：“没，怎么了？”

应照离如实说道：“两点有个电影要看。”

梁言心里的烦闷消解了许多，嘴角上扬，语气有些愉悦：“买了两张电影票？”

应照离：“没，一张。”

梁言有些无语。

应照离扯开嘴角笑笑，小心翼翼地试探道：“呃，那个——我再订一张？”

见梁言不说话，她打开手机划了半分钟的页面，又带了点讨好的语气：“订上了，幸好看这电影的人不多，还有很多空座。”

梁言敷衍地“嗯”了一声。

两个人在餐厅又坐了一会儿，下午一点的时候，他们来到旁边商场的电影院，取完票之后，买了一桶爆米花、一杯雪碧和一杯柠檬水。

等了十几分钟，两个人检票进了观影厅。

两个人找好位置便坐了下来，梁言并没有想要吃爆米花的欲望，把他的柠檬水放到了两个人中间的环形凹槽里。

应照离只能把饮料放到了右边的凹槽里，然后右手环抱着爆米花桶。

电影很快就开始了，是一部国外的影片。

应照离很认真地看着电影，并没有看身边的梁言，偶尔看到搞笑的情节忍不住就压低声音笑几下。

影片过了一半，尺度也有点大了，看着男女主的调情，应照离只能往嘴里塞爆米花来缓解一下心里的尴尬，她还是不太习惯国外电影的尺度。

吃着吃着，她赶紧爆米花在嘴里甜腻得有些发干。

她自然而然地就伸出左手拿起了放在凹槽里的饮料，放到嘴边喝了一口。

液体略微酸涩带了点回味的甘甜，并没有雪碧的气泡感。

应照离突然愣了，好像喝错饮料了?

而梁言看着应照离毫不介意地拿起自己的柠檬水喝了一大口，扬起嘴角，倾身往她面前凑过去，直勾勾地盯着眼前的人。

应照离的眼睛正视着电影银幕，感受到身旁快看透她的眼神，烧得她整个人热烘烘的。

她安慰自己，不能慌，淡定地扭过头来，假装疑惑地问：“怎么了？”

梁言的眼神在她的嘴唇周围打转，声音低低的，却又带着点疑问：“一次不够，还想间接尝试第二次？”

应照离看着手中还没放下的“赃物”，平复了一下慌乱的心情。

她眼睛微眯，变成一片弯弯的柳叶，然后不紧不慢地往梁言的方向侧侧身子。

应照离的嘴角一挑，在离他的耳朵几厘米的地方停住，嘴里呼出的热气喷在梁言线条清晰俊朗的脸上：“抱歉，要不，你喝我的？”

梁言被她突如其来的调戏弄得有些发蒙，好像每次都是他先败下阵来?

这种欲抑先扬的结局什么时候能换换主角?

他冷冷道：“不用了，我并没有喝别人水的习惯。”

两个人平复好各自的心情后，电影也快结束了。

等灯光打开后，两个人起身出了影厅。谁都没提刚刚的暧昧事件，只是正常交流说话。

走出商场，应照离打算还完钢笔直接走的，没想到这里还有个特别大的书城，来了兴致。

“我想进去逛逛，你要陪我吗？”应照离指了指书城的正门。

梁言挑了挑眉，漫不经心道：“行，正好家里没书看了。”

应照离看他往前走着，赶忙迈大步子跟上。

每个城市让人沉下心来思考的好地方，必有书城。

在城市快节奏且浮躁的环境中，你可以把这里当作“结庐在人境，而无车马喧”的寂静宝地。

看着一排排的书，待一天都嫌不够。

应照离望向梁言，看他正在认真地翻阅《霍乱时期的爱情》，这才壮了壮胆，盯着他的手看了会儿。

梁言的手白皙且骨节分明，并没有硬茧，指甲是天生好看的椭圆形，修剪得整整齐齐。

过了几秒，她收回视线，拿起了一本科幻类的小说。

可能是拿书的幅度有些大，梁言淡淡地瞥了她一眼，好像看到什么有趣的事，朝她走近几步。

周围都安安静静的，梁言整个人凑过来，压低的声音倒是听着柔和：“小姑娘家喜欢科幻类的可不多。”

应照离抬眼看他，笑笑：“我看书比较杂，想尝试一下科幻类的。”

“挺好，能锻炼锻炼思维。”梁言表示赞同。

应照离将那本书抱在怀里，往其他地方逛去。

走着走着，她拐到了一个小夹角，发现一整个书架的书都是自己比较喜欢的类型。

应照离喜欢看批判现实类的书，尤其是高中时候，可能她有点病态，看到文中的人物越惨，自己更能有满足感。

当阅读了足够多的“致郁”类的书，心里过不去的一些坎便很容易能过去。

她会对着自己说，你看啊，我也不是最惨的那个，干吗没有勇气按自己的想法生活。

应照离抬手去够余华那本十分著名的《活着》，她还没有买实体书，就想着今天顺便买了。

她踮脚，还差一点就用手指够下来了。这时候她感觉到身后好像有人，警惕地转过身去。

然后，她和梁言四目相视。

现在两个人的姿势，像极了偶像剧里的玛丽苏情节，梁言把她整个人圈在了怀中。

他抬手，轻松地将书拿下来之后并没有离开，而是很小声地在她的耳边低语：“也不怕看哭了？”

应照离的心跳越来越快。

她都怀疑梁言是否都听到了。

虽然心跳没法控制，但她一脸镇定地穿过金边眼镜，大大方方地看着梁言微弯的眼睛。

应照离从他的手里拿过书，歪了歪头："看多了泪腺也就不那么发达了。"然后十分淡定地走出了夹角区。

应照离深呼吸了几下，强行平复心跳。

两个人发现想要的书都挑完了，就在柜台付了账，往书城出口走去。

出了书城，两个人在人行道上并肩走着，应照离走靠里一侧，晃悠着自己手里装书的袋子。

才傍晚六点半，天色已经渐渐暗淡下来。

应照离踩着脚下的树叶，发出"嘎吱嘎吱"的响声，突然抬头喊了声："梁言。"

他停下步子，侧头看她。

"我差点把正事忘了。"应照离从她卫衣的大口袋里掏出一个细长精致的黑色盒子，递给梁言，"你的钢笔还在我这儿。"

梁言接了过来放进装书的袋子里，有礼貌地说："嗯，谢了。"

应照离："谢什么，本来就是我没还。"

梁言："那就，谢谢你的盒子。"

应照离漫不经心道："笔尖的字，取自苏轼的《石钟山记》？"

梁言听到这话有些惊讶，露出了不多见的发自内心的笑容，语气也带着愉悦："你知道？"

"南声函胡，北音清越，桴止响腾，余韵徐歇。意境很美。"应照离弯了弯眼角，很认真地抬眼与他对视。

应照离并不是梁言见过的最漂亮的女孩子，但此刻他才发现，漂亮和美丽这两个形容词并不相同。

她的眼睛大小适中，双眼皮也是浅浅的，没有欧式大双眼皮的夸张，眼尾微扬，不是那种惊艳式的漂亮。

但刚刚那一眼，是梁言见过的最美丽的眼神，清澈、勾人，与之对视，则有着直击内心最柔软处的力量。

他不自觉地多说了一句，语气充斥着遗憾："这是一个人送给我的。"

应照离不知道为什么，总觉得梁言的语气虽然带着遗憾，但更多的是——愧疚？

"那他一定是个很博识、很温柔，而且对你非常重要的人吧。"应照离声音柔柔的，带了点安慰的味道。

梁言没有否认，眉宇之间的悲伤让人心疼："嗯，他是。"

梁言的车停在商场的地下停车场，应照离执意没让梁言送她。

她在手机上搜了公交线路，自己坐车回家。

这辆公交车上人很少，她选了靠窗的座位坐下，看着手里摞在《活着》上面的那本科幻小说。

应照离发了会儿呆，有些后悔了，她不知道这样做是不是一开始就错了。

衣服是她故意穿成这样的，两张电影票是她提前买好的，科幻小说也是她高中时就知道梁言喜欢看的，那支钢笔的意思也是小时候梁言告诉她的。

这个世界恨不得每一秒都在发生着变数，哪有那么多的巧合出现，有的只是努力制造巧合的人。

她摩挲着书页，一想到梁言今天那个悲伤的眼神，就难以忍受自己的做法。

可是她知道，过了今天，她和他的关系一定就不一样了，或许，能成为比较好的，但关系不怎么单纯的朋友。

梁言到了家。

看着时间差不多了，他给应照离发了个微信消息。

梁言："到家了吗？"

过了半个小时。

应照离："嗯，放心吧，我到家了。"

她还配了一个可爱的盐盐的表情包。

梁言看着那个制作粗糙的表情包，笑了笑。

梁言："这是你家的猫？"

应照离："对呀，可爱吧？"

她又发了一张盐盐睡觉的照片，还拍了她小巧白皙的脚。

梁言皱了皱眉，直接发了个语音过去，语气带了点斥责的意味。

"以后还是不要光脚踩地板，容易着凉。"

应照离："感谢您的唠叨，我去洗澡了。"

应照离并没有给他肯定的话语，语气里透着："我知道你说得对，但听不听是我的事。"

结束对话后，梁言也简单洗了个澡，躺在床上，开始看从书城买回来的《霍乱时期的爱情》。

看着看着，他有些心绪不宁。

他拿起那个黑色细长的盒子，摸了摸上面的纹路，很有质感。

梁言将钢笔拿了出来，回想着和应照离发生的一切。

在德国的时候，那个吻让梁言深信不疑地觉得应照离喜欢他，可是她第二天就跑路了，还拉黑了他的微信。

再就是在聚会的时候偶遇，确实，应照离说得对，最后是他搂住她，是他主动了。

然后是今天，除了电影院的那个小插曲，他故意制造的暧昧举动也完全对她没有什么影响。

看她那身随便的穿着和态度，就真的像是朋友之间一起出来吃个饭、看个电影，这个朋友，换谁都行。

还有，在书城里抑或还钢笔的时候，她身上散发的书香气质，仿佛让他有种遇到知己的感觉。

梁言看着钢笔，眉宇之间浮上温柔，自言自语道："她身边优秀的人也不少，人家凭什么就是喜欢你呢？"

他今天彻底没有了应照离绝对喜欢他的那种自信，那种面对自己追求者的天生的优越感。

推翻这个想法后，梁言反而觉得浑身轻松了起来，甚至有些期待跟她以后的相处。

两个人平等地交流对话，比他以往谈的那些姑娘一味顺从他的感觉并不一样。

周六早上七点。

应照离就被林归梦的夺命连环电话吵醒了！

她接了电话后，烦躁地说道："喂，你最好有什么正经事要说。"

"照离！今天吴樯搬家啦，我要去给我家吴大官人庆乔迁之喜，你一起吗？"电话那边的声音很是兴奋。

应照离从床上坐起来，懒洋洋地说："他搬到哪儿去了？"

"离你家不远，嘿嘿，离我家也不远，他和我一个小区。"林归梦的语气带了点羞涩。

应照离嗤笑一声道："你俩怎么不直接同居呢，还省钱。"

林归梦："这可不行。我妈说了，结婚之前还是得保持距离，到时候先上车后补票多不好。"

应照离："行，那我收拾收拾过去。"

林归梦："好嘞，挂啦！"

应照离撩了撩头发，掀开被子，穿上拖鞋，往洗手间走去。

她简单收拾一下自己，买了点乔迁礼，就去了吴樯的新家。

"叮咚——叮咚——"

林归梦听到门铃响，赶忙奔过去。

"你说你来就来，还给我拿什么礼物！"林归梦将应照离手里的东西拿过来。

吴樯翻了个白眼，明明是给他的乔迁礼，被林归梦截和了。

"照离，你想吃什么，我们今天在家涮火锅。"

吴樯已经把底料和菜都准备得差不多了。

"都行，你这新房子不错啊，比之前的宽敞多了。"应照离四处逛了逛，"啧"了一声。

等到中午十一点多，三个人便开始动筷子吃饭。

还没吃多久，应照离的手机铃声响了。

因为手机就这么放在桌上，屏幕一亮林归梦的注意力就都被吸引了过去，林归梦有些憋笑，眼睛里透着毫不掩饰的八卦之魂。

应照离把手机倒扣在桌上，没接。

林归梦目光灼灼，打趣道："怎么不接电话呀？"

应照离："吃完再打过去。"

吴樯看着这两个人，皱了皱眉。

吃完饭，应照离去阳台，戴上耳机，回拨了回去。

手机里传来机械的"嘟——嘟——嘟"，几秒后，电话接通了。

应照离用有些歉疚的语气先说道："抱歉啊，刚刚在吃饭没有看手机。"

电话那边传来梁言的轻笑，嗓音低哑带着几丝不正经："没事，有没有兴趣跟我接个孩子？"

应照离一时没反应过来，有点蒙了，刚刚他说什么？接孩子？谁的孩子？

"你、有、孩、子、了？"应照离一字一顿艰难地说道。

"我上哪找个孩子去？"梁言听到这话感觉有些荒唐，"扑哧"笑了一声。

突然，手机屏幕一亮，应照离看到褚皓明给她发的微信，根本没仔细听梁言在说什么。

褚皓明："姐姐，我亲眼看着我叔给你打的电话！我可是给你们制造机会了，把握住！千万要记得我的好。"

见应照离不说话，梁言主动解释："是我朋友的孩子。小孩好像干了什么坏事，班主任要叫父母，正好他爸妈都在国外呢，小鬼不想让家长知道，拜托我叫个姐姐去救急。"

应照离："哦，什么时候去啊？"

"明天下午他们返校，到时候我去接你。"梁言淡淡道。

"嗯……好。"应照离回应道。

挂断电话，应照离有些不解，怎么就找她了，不过仔细想想也有些合理。

梁言除了前女友，身边的异性朋友，一只手都数得过来，况且，大多数都有对象了，也不合适。

她走出阳台，被林归梦拉到厨房。

"啧啧啧，梁言找你什么事？"林归梦笑笑。

应照离敷衍道："就周末陪他出去一趟。"

"去干吗，约会啊？"

两个人还在斗嘴的工夫，吴樯端着脏盘子往厨房走了过来。

他总觉得今天这两个人怪怪的，也说不上哪里怪。

应照离："约什么会，去接个他朋友的小孩。"

林归梦："你看看人家朋友这速度，你俩啥时候能在一起啊？"

"还早呢，人家能不能看得上我还不一定。"

林归梦摇摇头，这也太不争气了，于是提了提音量，吐槽了一句："应照离，你再不抓紧点，等你俩在一起的时候，我都有孩子了！"

话音刚落，两人就听见外面“噼里啪啦”盘子摔碎的声音。

两个人吓了一跳，连忙跑出厨房，发现面无表情的吴檣。

他就这么定定地站着，攥着拳头，挽着衣袖的胳膊还能看见若有似无的青筋。

林归梦一脸蒙，走了过去：“你怎么连几个盘子都端不住？”

吴檣一把拽住林归梦的手腕，往沙发那边走去。

“哎！哎！哎！你发什么神经啊？弄疼我了！”林归梦边嚷着边去拍吴檣的手，这才让他松了松劲。

应照离也跟着过去，三个人气氛尴尬地坐在沙发上。

吴檣率先打破了这个局面，对着林归梦的肚子盯了几眼，神色复杂，语气里带着点斥责：“你怀孕了？”

林归梦一脸惊讶，瞪大了眼：“什么我怀孕了？”

吴檣试图平复一下心绪，还是有些不能接受，咬着牙从嘴里蹦出几个字：“哪个畜生的？”

林归梦一脸黑线，狠狠地打了吴檣的肩膀一巴掌。

“你疯了吗你！”

应照离想到她和林归梦在厨房里说的最后一句话，好像明白了点什么，赶忙解释道：“吴檣你误会了，归梦没怀孕！”

吴檣：“照离，你别替她解释。”

林归梦好像也想到原因了，于是说：“我怀个屁孕，我们刚刚在说照离的事！”

“啊？”吴檣皱起眉头，有点别扭地说，“照离怀孕了？”

两个人怎么拉都拉不回吴檣脑子里肆意奔跑的思绪。

应照离只能承认她追梁言的事，来补救这场意外事故，反正最后也要让吴檣知道：“我也没怀孕，我们刚刚在说我什么时候能追到梁言。”

吴檣：“梁言哥？你才认识他几天啊，你这性子怎么可能这么快就喜欢他了？你俩合起伙来骗我吧，也不找个合理一点的理由？”

“我们能有啥事儿啊！平时有事不都在三人小分队里说？”林归梦无语。

吴檣：“你当我傻？你们俩不会用私信。”

“我们认识很久了，初中就认识了……”应照离无奈地笑笑。

“啊？初中咱们仨就一块玩，我怎么不知道这大八卦？”吴檣有些惊讶。

为了给吴檣生锈的脑子上上油，应照离只能再给他把初中和梁言相遇的事情说清楚，这才将一场闹剧成功收尾。

晚上洗完澡，应照离抱着手机玩了会儿，或许是白天被打开了记忆匣子，思绪不受控制，想起小升初之后和林归梦、吴檣初识，以及再次遇见梁言的场景。

自从那次合唱节，小男孩遗落的钢笔就一直在应照离的手里。

而应照离很快也经历了小升初，她并没有考上市重点初中温乐二中。

虽然考上了同样是重点初中的仁济中学，可惜并不是免费生。

应照离想着肯定是要上直升初中了，但是应裕闻说什么也要让自己闺女上仁济中学，让应照离不要操心学费的事。

九月一日当天，应照离和应裕闻收拾好行李，将拉杆箱绑到摩托车上，从家出发。

摩托车轰隆隆地冒着尾气，行驶在大马路上。应照离抱紧了爸爸的腰，风吹得小脸十分舒坦。

到了学校的街上，汽车在老远的地方就排成了长龙，整整齐齐，一溜的好车，都是来送孩子的。

这么大的场面，她可没见过。

在应照离的印象里，只有在亲戚家娶新娘子的时候能看见这种车，有次她当伴童，坐过婚车，可把小姑娘高兴坏了。

应裕闻把车停到一旁，将行李箱放下来，给应照离，又嘱咐道："你缺啥少啥记得跟家里说，实在不行我给你送来，晚上别忘了打电话啊，妮妮儿。"

"知道了，爸爸，我先去报到了，您快回去吧。"应照离整了整衣服，握好行李箱。

"那我走了啊。"应裕闻恋恋不舍地又看了一眼闺女，骑上车走了。

新生们拉着行李箱，仰着阳光明媚的笑脸，踏进了校园。

应照离拉着小箱子，踏进了仁济中学的大门。

校园内，LED 大屏幕上写着欢迎新生的祝福语，操场也拉了欢迎横幅。

到了宿舍，应照离收拾了一下自己的床铺，还好心地帮同宿舍连被子都不曾叠过的舍友们一起套好被罩。

"真是太谢谢你了，帮我那么多忙，还不知道你叫什么名字呢！"

说话的女孩一头自然卷的头发，连刘海都是卷的，眼睛很大，眼珠微棕，一看就很活泼。

应照离弯起柳叶眼："我叫应照离，照片的照，离离原上草的离，你呢？"

"我叫林归梦！回归的归，梦想的梦！以后我们就是朋友啦！"林归梦高兴地握住应照离的手。

应照离："我要回班级了，一起吗？"

"好啊！等我一下，我摆个枕头。"林归梦摆正了枕头，跟应照离一起回班级。

班里。

"小龟懵！你怎么才收拾完啊，我都在班里等你老半天了。"说话的小男生正是吴樯。

林归梦瞪着眼睛朝吴樯踹去，不过被他一闪身躲过去了："你再叫一遍？你看我不打断你的狗腿！"

应照离有些震惊。

林归梦突然意识到应照离还在，收敛了一下性子，笑着介绍道：“这人叫吴樯，无赖的无，墙倒众人推的墙。”

“你别听她瞎说，是口天吴，樯是这个墙换成木字旁。”吴樯拍了拍教室的墙壁，脸上带着阳光的微笑，“我和归梦小学时是同班同学，这不，都直升上来，又和她一个班了。”

“和谁愿意跟你一个班似的。”林归梦翻了个白眼，嫌弃地说。

“我叫应照离，照片的照，离离原上草的离。”应照离语气温柔，简单介绍了一下自己，又问，“你们可以直升？”

林归梦：“对呀，我们是仁初小学的，分数很低就能直升上来。”

“我去你们学校参加过合唱比赛来着，你们学校学费肯定很贵吧？”应照离说。

吴樯还没等林归梦开口，插了一嘴：“还好，一年也就四万八，这不，我们这一批刚走，就涨到六万了。”

应照离被震撼到了，那么贵呢，自己小学都不交学费的，学杂费都省了。

她突然想到那支钢笔，赶忙从书包里拿了出来，问了一下他俩：“你们见过这支钢笔吗？这个是你们小学的一个学生丢在我这儿的，跟你们一个学校，我找不到他了。”

“不知道哎，不过这支笔的质量、手感都很好，一看就很贵。”林归梦拿起应照离手里的钢笔观察了一下。

吴樯拍了拍脑袋，灵光一闪，指着钢笔就嚷嚷道：“哎！我好像在哪儿见过！”

“你认识吗？”应照离觉得找到希望了，不禁嘴角上弯，露出了两颗小虎牙，“那你知道他叫什么吗？”

“不过……他是上一届的啊，一个学习挺好，长得没我好看的学长，我见他用过。”吴樯语气十分嘚瑟。

“哟，你啥时候还认识了一个学长，我咋不知道，谁啊？”林归梦问。

吴樯解释道：“好像叫梁什么来，梁言吧，这不是那次替你开文艺委员的会来着，我看他的笔还挺好看的，就多看了几眼。”

“你真好意思，是个人就说人家比你丑，佩服！佩服！”林归梦先是竖了个大拇指，然后手腕一转，倒了过来。

应照离心想，梁言不就是那个画画的吗，他怎么会是跟我说话的男孩呢，真的一点都不像。

班里的人越来越多，都开心地找自己认识的同学聊天、打闹。

应照离这才知道，这个班，有一半的孩子都是直升的，是不用特别努力就可以上很好的学校的。

她心里公正的天平第一次有了倾斜，摇摇晃晃，最后定住，却不是原来的那条水平线了。

一个身形高挑，身穿一件米黄色短袖连衣裙的女人走到讲台，拍了拍手，大声说道：“同学们，安静一下，我是你们的班主任，我叫李曼书。”

讲台下传来断断续续的“老师好”的声音。

班主任安排并讲解了开学各种事情的注意事项，同学们再自我介绍一下，熟络熟络，看似忙忙碌碌的第一天就这么溜走了。

开学的第一节英语课堂上。

“Hello, boys and girls.Welcome to my class.You can call me Abby（大家好。欢迎大家来到我的课堂。你们可以叫我艾比）.”英语老师用流利的口语做了自我介绍。

接下来分好了小组，老师让每个人将自己的英文名写到桌子的小立牌上。

应照离戳了戳旁边的陈瑜，有点难为情地问：“你有英文名吗，陈瑜？”

她从小没用过英文名，自是不知道仁济的习惯。

“有啊，我叫 Angela。你呢？”陈瑜问。

应照离看别人都已经写上了，有点慌：“我……没有英文名，怎么办呢？”

“那我帮你起一个吧，Beatty 怎么样？”陈瑜想了一下。

“好啊，你帮我写上吧，谢谢你啦。”应照离把立牌递给她。

看着陈瑜好看的字体跟着墨浸染到立牌上，她的心尖也浸上了黑，是从未有过的拘束。

“This girl, Angela？ Can you introduce yourself to us（安吉拉，你能自我介绍下吗）？”英语老师热情地点同学进行一段简短的英文介绍。

陈瑜站了起来，将头发往后拨了拨，露出十分自信的笑容，开始进行自我介绍：“Good morning, everyone!I am glad to be here to introduce myself.I hope that through this introduction, you can remember my name（大家早上好！我很高兴能在这里介绍自己。希望通过这次介绍，大家能记住我的名字）...”

当欣赏完这流利的口语时，掌声和赞赏的目光将整个小教室填满了，再也塞不进来什么。

应照离没有想到，一个学生的口语听起来甚至都比她小学英语老师的发音要好。

不过事实就是这样，偏远地方教学的师资短缺，而且又是小学，有英语老师就算不错了，大部分老师的英语都夹杂着口音，然后用这口音教给孩子，再叠加上孩子本来就说的方言，就有点“呕哑嘲哳难为听”了。

“你英语说得好好啊！怎么能说得那么流利呢？”陈瑜坐下后，应照离小声地夸了她一句。

陈瑜歪歪头，看着英语老师回过身去写板书，对应照离说：“也没有很好啦，小学时我们就这种模式，而且每周有外教课，大家口语都差不多的。”

“外教课？就是我们课表上写的那个吗？”应照离问。

“对的，周五就能上了。我们外教好像叫 Calvin，啧，是个瑞士的老帅哥。”陈瑜提起外教来，搞得应照离更想见识一下了。

周五上完心心念念的外教课后，应照离对外教课反而有了抗拒，她听不懂外教在说什么，更害怕提问她。

下午放学后，孩子们便拉着行李箱回家了。

应照离和林蕊结伴去坐公交车。

公交车上。

“照离，你们班外教是谁呀？”林蕊看起来很开心，经过了开学这几天，她腰板似乎挺得比原来更直了。

应照离：“Calvin，他给我们上，你们呢？”

“我们是个女外教，叫 Amy。”林蕊说。

公交车载着两个人驶往终点站。

下车后，林蕊说要等小学同学，再一起回家。

两个穿着合身小蓝西装的姑娘，在青玫十一中的学生不停注视下，等到了许久不见的小伙伴。

“照——离！”徐文丽冲出校门扑到了应照离身上，后面又跟出来了邓凡和其他的人。

应照离推开徐文丽，上下打量了一番：“快起来，让我看看吃胖了没有！”

“你这校服真好看，不像我们的，又大又垮。”徐文丽摩挲了一把应照离肩前的平驳领，眼中略带羡慕。

邓凡靠近应照离一点，淡淡道：“你们每天都穿这身上课吗？”

“没有啊，我们还有运动服，夏装的短裤和短裙。”林蕊还没等应照离说出口，便回答了他的问题。

邓凡：“班长，你咋还说普通话，听着怪难受的。”

“我这不再练练吗，在学校都要说普通话的，改不过来了。”林蕊的普通话在其中显得格外突兀。

邓凡挑了挑眉，笑着说道：“那你用普通话骂人试试。”

“你是神经病吗？”林蕊瞪了他一眼。

“噗哈哈哈哈哈，你也太矫情了吧！”邓凡看着林蕊气到发红的脸，仍不怕死地说道。

应照离连忙说道：“走吧我们，一会儿回家该晚了。”

回到青玫庄，仿佛一切行装都卸了个干净，只有在这儿，应照离才能找到一丝平等。

几个初中生背着书包走在林荫树下，林蕊还在神采奕奕地述说宿舍姐妹分给她费列罗等小事情，仁济中学的新朋友无疑是她吹嘘的资本，把她的骄傲往更远处铺着。

而邓凡在徐文丽、应照离后面慢慢走着，看着两个人有说有笑。

柳树条挠着应照离软糯糯的头发，这种开心的笑脸，再后来……没有后来。

新的学校生活，带给应照离的，远远不止这些。

比如，她知道了出国离她那么那么遥不可及，而他们班的一个孩子，打算在初二的时候就要去澳大利亚了。

比如，林归梦随口提了一句应照离说话时，好像有点口音，她便偷偷记在心里，每天都自言自语一下，把普通话练得更好一些。

又比如，她有一双带英文字母 N 的鞋，被同学科普是名牌鞋，这才明白，什么叫仿货，于是，再也没敢穿过。

…………

刚开学的兴奋和新鲜，被窘迫的洪流夹带着泥沙汇入长河。

应照离像个无助的孩子，抓起岸边的最后一根稻草，挣扎着。然而，命运的手，在第一次月考中，把她的最后一根稻草也连根拔起。

月考排名出来后，应照离的脑子里有根弦绷断了。她发现自己已经到了第二十一名，变成了老师再也不会重点关注的，再平凡不过的中游生，她再也回不到小学考班里第一的时候了。

应照离只能接受现实，她只是一个，普通到丢在人堆里，也不会有人看见的初中生而已。

应照离第一次隐隐约约感受到成长的到来，成长抢走了她周围的人和周围的景色，甚至是她最不需要担心的东西，然后一股脑儿地塞给她令她不堪的、自卑的真实。

当星星升天，
陨石落地那刻，
你是否还记着我……

傍晚的课间活动时间。

应照离戴着耳机，听着单曲循环的歌，走在红色的塑胶跑道上。远远看见自己班的三个女生手挽着手散心，步伐像跳天鹅舞般出奇地一致。

她摘下耳机，想到爸爸妈妈说的，要和同学好好相处，要合群，不要搞独立。

于是她小步跑向那边，开心地伸出食指，准备戳一戳那个瘦瘦的姑娘，对方叫温瑶英。

一般跟熟人先聊起天来，再融进一个圈子，就很舒服了，但接下来她们说的话让应照离的手指僵在了半空中。

“哎，你们知道吗，咱班那个刘芬，是农村来的。”

“哎，就她啊，瞧她那个样子，估计只会学习了吧。”

“她除了学习还有啥能耐吗？学习好又怎样，呵，将来还不是在我们爸妈公司里当员工。”

“就是。”

“别说了吧，被人听见传到她耳朵里怎么办？”

“传呗，我们说的就是事实啊，让她听见怎么了，我又不想跟她搞好关系。”

…………

应照离直到腿僵得有些疼，才恍过神来，想往前迈一步，膝盖像被掰断一样艰难。

在夜色下，三个人跳起属于她们的三小天鹅，一踮一顿、一踮一顿……

应照离觉得自己变成了银杏的树叶，被风晃得簌簌响。干裂成碎片，被一个个的脚步踩进泥土了。

她没有再追上去，扭头逃离了操场，往教学楼跑去。

进门后，应照离松了口气。

然后，把手机揣在兜里，将耳机从接口拔下来，她看着被自己紧紧握着，已然攥成了一个球的耳机，心里说了声：抱歉啊，我的害怕还要强加到你身上。

应照离低头边上楼边拆耳机，上到三楼往前走到拐角处，正好最后一个结打开，脚下力度大了些，跺了一脚，但软绵绵的。

“嘶……”

应照离意识到自己踩到别人的脚了，连忙后退了好几步，低头道歉：“对不起！对不起！我没看到前面有人，你没事吧？”

她看着男孩系鞋带的手拍了拍另一只鞋上的脏脚印，拿起地上的一沓作业，站了起来。

突然，两个人眼前一亮，相互指着对方。

“是你啊。”梁言语气里带着笑意，眼睛弯得像是倒过来的小船，扣住了水里的星星。

应照离心里的尴尬被一脚踩没了，留下的是重逢的喜悦：“是你呀！”

“你来仁济了？”梁言说。

“对啊，但不是免费生。”

应照离觉得心脏又开始冲出一股暖流，把四肢都烤化了。

其实梁言不太喜欢跟陌生人搭话，他一点都不自来熟。见话题如此尴尬，他看了看手表，发现作业还没送，于是说：“快上晚自习了，我还得给老师送作业去，先不聊了。”

“对了，你那天把钢笔落在我这儿了！”应照离连忙说道。

梁言伸手，朝着应照离背后指了指：“等明天，明天课间活动时间我在前面的连廊窗户旁等你。”

三楼有个可以直接望到操场的连廊，像是阳台的构造，晚上看夕阳特别美。

应照离：“好，那明天见吧。”

看着男孩修长的身影跑下楼去，应照离回到了班上。

“离离——过来，哈，让我逮住把柄了吧！”林归梦坐在位子上阴阳怪气地喊着应照离。

吴樯听不下去了，回头一脸嫌弃地白了她一眼说：“你好好说话能死啊，呕！”

果然，林归梦的暴脾气百分之九十九都是留给吴樯的，她一脚踹过去，吴樯差点磕在桌子上，闭上嘴，老老实实地开始写自己的作业。

“怎么啦？你逮住我什么把柄了？”应照离觉得好笑。

林归梦微微侧头：“我看到你跟一个男生有说有笑，就在咱班教室远处的楼梯拐角处。”

“没有，你看错了，你当时看的时候戴眼镜了吗？”应照离故作镇定，反驳道。

林归梦：“没戴，但我肯定是——”

“别肯定了，没肯定，就是你近视看错了。”应照离很干脆地打断了林归梦的话。

第二天课间活动。

应照离将钢笔装到盛笔芯的小纸盒里，带去了连廊，远远便看见男孩的身影。

她走到梁言旁边，嗓音还带着孩子的稚气，温顺地说道：“给你拿来了。”

梁言伸手接了过来，道了谢。

“不过你这笔尖上的‘南声函胡’是什么意思啊？”应照离不解。

梁言在盒中抽出钢笔，少年音十足：“你看过苏轼的《石钟山记》吗？”

应照离摇摇头。

“得双石于潭上，扣而聆之，南声函胡，北音清越。这支钢笔便取的其中四字。”

梁言低头看这笔，浓密的睫毛遮住眼睛。他用大拇指摩挲着笔身，声音清亮温润：“我以为我再也找不到它了。”

“原来是这个意思啊，你读书真多。”应照离笑笑，夸奖道。

“也不是我读书多，这是我爷爷打造的，有两支，一支黑色的刻了‘南声函胡’，另一支白色的在家，刻了‘北音清越’。他把这支黑的送给了我，顺便给我讲了缘由。”梁言很有耐心地给她解释了笔的由来。

应照离：“你爷爷好厉害！”

梁言：“来了仁济还适应吗？”

应照离沉默了几秒说：“仁济的孩子都有着自己的闪光点，有着自己的骄傲，我觉得，我好像什么价值都没有。”

她也不知道自己为什么会跟一个连名字都不认得的人说这些话，可能他是最初她在没有任何伪装时，接触到的人。

梁言安慰她：“你不要这么想，所有人都有着自己的价值，告诉你我小学看过的一个童话故事吧，叫《掉落的头发》，你可以看一看。”

“好啊，还不知道你叫什么？”应照离问道。

梁言漆黑的眼睛映着小女孩的影子，他盯着她，低声道："我叫梁言，言出必行的言。"

应照离突然惊讶，一字一顿地问："你、你是初二的？"

梁言："对啊，我上初二，我小学是仁初的，还不知道你叫什么呢？"

"我叫应照离，照亮的照，离离原上草的离。"应照离嘴角上扬。

梁言停顿几秒，轻笑了一声："应照离人妆镜台，应照离，好名字。"

晚自习的铃声响起。

梁言将笔收到自己口袋里，笑着对她说："要上晚自习了，快回去吧。"

应照离点点头："好。"

小姑娘看着他的身影消失在走廊尽头，抬起小手蹭了蹭发烫的脸蛋。

她笑了笑，张开嘴重复了一遍："应照离人……妆镜台。"

那天晚上，梁言觉得桌上应照离给他装钢笔的纸盒也没什么用，刚想扔掉，看到盒底卡着一张像是从本子上匆忙撕下的字条。

上面用俊秀但很稚嫩的字写着：

> 如果世界万物都是用钱包装起来的，大地是用纸币织成的毯子，是不是，人的心会更加柔软。

而此时的应照离读着那个童话。

内容：

从前有一根头发，它是金色的，在主人一头黑长的秀发中格格不入。

一根泛有光泽的黑发问道："你为什么是金色的呀？"

"我也不知道，当我从毛囊生长出来时，就这样了。"

另一根在金发旁边的小伙伴发了话："那你肯定是外来物种。"

黑发抬起了骄傲的头，继续说："一般外来物种是比不上我们的。"

金发疑惑地皱了皱眉："可大家都说金发辉煌啊？"

有一根即将自然脱落的老黑发叹了声气，摇摇头说道："孩子啊，那是金碧辉煌，你只是根金发，不会发光的。"

"对，不听老人言，吃亏在眼前！"黑发们异口同声地说道。

一天，主人出门游玩，头发被风吹得打了结。于是，金发和几根黑发小伙伴在梳子的"伶牙俐齿"下，脱离了毛囊，掉到了地面上。

几根头发都很生气地抱怨着：

"都怪那阵臭风。"

"对！"

"可是，要不是梳子看我们挨着金发那么近，我们肯定就不会掉下来啦！"

"也是哦，果然，跟它挨边没好事。"

金发没有反驳这些话，因为它也觉得是自己的错，又在想：是因为我不好看吗？为什么主人毫不犹豫地丢弃了我？

“啊啊啊！该死的臭风又来了！”黑发小伙伴们拧成了一股绳，好不容易勾在了掀开的井盖上，没有吹下去。

因为井盖只遮住一半下水道口，所以可怜的金发孤单地掉进了乌漆墨黑的下水道。

它们都嘲笑金发：

“它掉进了下水道了哎，那么脏的地方，有它好受的。”

“哼，在污泥里腐烂发臭吧！”

金发在黑漆漆的泥上大声地呼喊上面的小伙伴，想让它们救自己上去，却只得到一阵沉寂。

金发将自己蜷成一团，在暗无天日的下水道待了不知道多少天。

当它再次睡醒睁开眼，发现了一丝光亮。

是来挖污泥的人。

它黏在污泥上被送到了一个古色古香的院子。

原来，这些泥是用来填后院的大树根的。

金发生怕自己被埋在土里，于是紧紧地缠绕在一个人的袖子上，看着污泥被铁锹一点点拍平压实，它更害怕了。

完成填土工作后，这人打开了水龙头，将手洗干净，把袖子上的金发揪下来扔到了旁边的水盆里。

等到晚上，金发跟着盆里的水被人端进了一个满是戏服的房间。它从盆沿跳到了地上，看到了另一群长长的黑发小伙伴跟它热情地打招呼。

一位老奶奶戴上了老花镜，蹲下身来，将地上长长的金发捡起，放到手心里，吹了吹土。

“好久没看见这么漂亮的金丝发了呢。”

后来，在京剧的台子上，身着一身戏服的演员，胸口闪闪发亮。金发被绣成了发丝花，每天都接受着叫好、掌声。

而已被车轱辘碾过千千万万遍的那几根黑发，还在嘲笑并想象着它从污恶下水道里悲惨的生活。

看完故事的结尾，应照离在评论里发现了一个名叫小言的热评。

评论说：世间的所有，无论什么，都有着存在的价值，未来的某一天，一定会有人将你捡起，捧在手心。

第二天清晨。

应照离还没走到班级门口就被林归梦连拖带拽地走到一个小角落，严加盘问。

“说！你跟那个梁言学长什么关系？”

应照离一看林归梦的表情，就知道八卦的欲望又占据了她的脑子。

应照离很认真地盯着林归梦，一字一顿地说：“我跟他没关系，就……只知道名字的人。”

“可我昨天看你和他有说有笑地聊天。我我我……我可是戴了眼镜的！”林归梦说完一本正经地用食指将眼镜推了推。

“梁言就是我当初捡到的那支钢笔的主人，我只是将它还给人家了而已。”应照离耐着性子解释道。

林归梦一脸不相信：“是吗？”

应照离无奈道：“我发誓，我没骗你。我和一个初二的学长能有什么交集？”

班里。

看起来还没睡醒的吴樯正可怜巴巴地帮林归梦把各科作业整出来，将缺的空一个个补上，然后再交给各科课代表。

他回到位置上，抱怨道：“不就是梁言吗，人家照离认识个人还要刨根问底，什么臭毛病！”

一会儿又想到林归梦压榨自己多年的劳动力，看她还没回来，他小声吐槽：“她怎么从来就不知道刨刨我的根呢，一点都不萌……”

雾蒙蒙的下午，班里有两节连堂体育课，可把大家高兴坏了。

但不知怎的，应照离的直觉告诉她，有件事像酒一样正在酝酿。

林归梦：“离离，体育老师说了，下一节课让我们自由活动！”

应照离：“嗯，我知道。”

“那我们去拿乒乓球，玩对打吧！”林归梦一提到玩就管不住自己的腿，跑向器材室。

“你慢点，我跟不上你了！”应照离边说边往前追。

班长陈瑜拽住了她，应照离回头看是陈瑜，温顺地笑了笑。

“班长，有什么事吗？”

陈瑜：“照离，班主任让你去一下她办公室，说是有事找你。”

应照离不解，但还是回道：“哦，好的，谢谢班长。”

陈瑜自从当了班长，对班里大大小小的事都勤勤恳恳，认真负责。可人家照样没耽误学习，成绩反而像坐火箭似的飙到年级前几。

事实证明，真正的学霸永远都是学霸，当你觉得她只是死读书的时候，不要相信自己，因为你会发现，在其他方面她也拿得出手。

来到办公室门口，应照离推门进去，寻找李曼书。

她几乎没来过办公室，既不犯错，也不经常受到表扬。这样的孩子，老师是最难想起她的。

“老师，您找我有什么事吗？”应照离站到李曼的书桌旁，看着她一张张作业批改过去。

李曼书用温柔的语气询问着应照离：“也没什么事，就是这次的英语周测，你没及格。怎么回事，是学习上出现什么困难了吗？”

“老师我觉得这次的难度可能上升得太大了，我一时接受不太来。”

应照离有个小毛病，也是绝大多数的人都有的。就是遇见事情，第一时间想的永远是怪给外界因素。

其实有个很简单的说法：一个人喜欢向外看，是因为凑热闹；一个人讨厌向内看，是因为要反省。

“难度上升是一个因素，可也并不是所有人都分数下降了啊！”

李曼书一语中的，说得应照离有点羞愧。

她低着头，摆出一副积极认错的态度：“老师，我最近是有点浮躁，下次考试绝对不会这样了。”

李曼书放缓语气，有点试探地说：“那个——照离啊，我听说最近你和一个初二的男孩子走得挺近？”

“啊？老师，我没有啊！”应照离解释。

“老师知道了，没有是最好的。”李曼书拍拍应照离的肩膀，又沉默了几秒，语重心长地说，“照离，你的家庭条件摆在这儿，千万不能想别的，好好学习，将现在的成绩再提一提，考上重点高中才是正事，知道吗？”

应照离愣了，像是用尽了所有力气才说出来一句话：“知道了，老师。”

李曼书：“行，我看体育课也快下课了，你直接回班级吧。”

应照离：“老师再见。”

她关上了办公室门，突然清醒，自己再怎么掩盖，再怎么伪装，档案信息是板上钉钉的。

拼了命地想像他们一样又如何，她还是孤独的。

自从经历了老师的审问之后，应照离再也没有见过梁言，也不见她和哪个小男生走得特近。她选择了逃避，躲着，唯一的念想就是安安稳稳过完这三年。

周天。

梁言下午两点就出了门，他习惯于空出半个小时，甚至一个小时来应付突发事故。

应照离家离得有些远，他到她家小区楼下的时候正好三点。

梁言给她发了条微信消息，但等了几分钟还没收到回复，于是直接打了电话。

奇怪的是，电话也没人接。

梁言还记得应照离说的她在三单元301室，于是找了个车位将车停下，往楼上走去。

刚进电梯，手指刚摁下关门的按钮，一只黑瘦的手挡住了电梯门，指缝里还能看见藏着的黑色污垢。

梁言漫不经心地瞥了那人一眼，是个一米七出头的男人，黝黑粗粝的脸上有一双略混浊的眼睛，还发出了几声压抑的低咳。

男人看到按亮的三楼，伸出手按下了四楼。电梯停在三楼后，他侧眼看了梁言一眼，眼神有些闪烁。

梁言并没有注意到，抬脚走出电梯，到了应照离家门口。

他抬起手，屈起中指和食指的关节，敲了两下门。

里面没有反应，梁言有耐心地再敲了一遍，这次隐约听到“汪、汪、汪”的狗叫声。

敲第三遍的时候，听见了“啪嗒啪嗒”的鞋子与地面摩擦声。

突然，梁言眼前的门被打开。

还没看清来人的脸，信封迫不及待地挤着应照离出了门，她一个踉跄往梁言身上撞了过去，洗发露淡淡的香气夹杂着女人的体香味随着空气进入鼻腔。

应照离的脑袋正好磕到男人结实的胸膛，西服的凉意瞬间让人清醒过来，她还感受到梁言的手覆在她的腰上，掌心的温度有些发烫。

时间静就这么止了几秒。

应照离感受到梁言胸膛的起伏，他喉咙里发出细碎的笑声：“去屋里？给你抱个够？”

应照离有些尴尬。

“我这个人向来有素质，”梁言微微低头，凑近她的耳尖，温热的气息令人有些瑟缩，语调低沉地说，“不做影响市容的事。”

应照离默默翻了个白眼。

她两只纤细的手放到梁言精瘦的腰间，指尖摩挲着布料，力度不轻不重地捏了一把他的腰，借力起来。

大概是刚睡醒的缘故，应照离的嗓音带了点奶气，问道：“你怎么这么早就来了？”

梁言打趣道：“这不是怕某人睡死过去都没人收尸。”

应照离转身往里走去，信封也跟着钻了进来。

梁言关上门，回头才关注到她还穿着睡衣。

应照离将头发撩到一边，弯腰在鞋柜里取出一次性拖鞋。

淡紫色丝绸质感的衣料贴在身上，露出一大截白皙线条流畅的双腿，衬得她清冷中透着点性感。

不知为何，她总是能恰到好处地抓人眼球。

应照离倒了杯白开水放桌上。

“你将就着喝杯水，等我半小时就好。”

梁言：“嗯。”

应照离回到房间，换了身比较成熟一点的内搭墨绿色长裙，颜色稍浅的西装外套，将长长的黑鬈发拢到右侧，露出好看的肩颈线。

等妆面完成，比半小时多了那么几分钟。

她觉得有些渴，顺手拿起早上那袋没喝的酸奶几口就喝完了，补了补口红。

应照离打开卧室门出去，发现梁言怀里窝着一个淡黄色的“布丁团子”，男人修长的手在盐盐的脊背上不紧不慢地顺着毛，小家伙竟然不反抗，还一副很舒服的样儿，扭头去舔他的指尖。

应照离看着一旁趴着，看起来并不怎么待见梁言的金毛，轻轻笑了一声。

“你跟我家奶猫倒是亲热，吴樯来它都不让他抱。”

梁言挑挑眉，语气有些愉悦：“是吗？”

“送你了。”应照离开玩笑地说。

听到这句话，梁言怀里的狸花猫冒出头来，盯着应照离，嗓音清亮地“喵”了一声，好像对这件事并不反感。

应照离走过去顺势坐到梁言身边，伸手轻弹了一下盐盐的脑门，摇头失笑道：“色令智昏啊你，白眼猫！”

梁言垂眼看她，懒洋洋地浅笑道：“都说宠物随主人呢。”

应照离：“这不你一来就随你了吗？”

梁言看着桌上的比萨外卖盒，还有装薯条的纸袋，皱皱眉：“你平时在家就吃外卖？”

“偶尔也会吃泡面的。”应照离小声嘀咕。

梁言把猫放到沙发上，往厨房走去，发现除了餐具，空空如也。

他打开冰箱，发现并没有什么肉类和蔬菜，唯一的蔬菜是生菜，应该是和冰箱里的一堆水果拌沙拉吃。

梁言扫视一圈。

在最后一层还发现了一提雪碧，他发出细碎的笑声：“怎么这么爱喝雪碧？”

他走回客厅。

“你不会做饭吗？”梁言见应照离收拾完桌上的垃圾，问道。

应照离瞅他一眼，低头说道：“不会，谁规定女生就一定会做饭了。”

梁言挑了挑眉，赞同道：“也是。”

应照离顿了一下，提起手中的垃圾袋，又扬声道：“走了，不还得接小孩？”

梁言“嗯”了一声，跟应照离去门口换鞋。

下楼将垃圾扔了后，两个人来到车前。

应照离本来想坐到后面，可梁言已经绅士地打开了副驾驶的车门，她只得抬脚坐进去。

车子没一会儿就到了经纬路路口。

应照离远远地看见了一个小男孩的身影。

梁言把她身旁的车窗降下，停下车，往应照离方向倾过身去，对着小孩喊了一句：“快上车。”

“叔叔！”

褚皓明应了一声后，屁颠屁颠打开车门爬上来，将书包和小行李箱甩在一边。

他看了眼副驾驶上的应照离，瞪大眼睛，语气有些夸张：“照离姐姐！怎么是你啊？！”

应照离配合着回头看了他一眼，惊讶道：“褚皓明？”

“你俩认识？”梁言插了一句。

褚皓明：“当然认识了！照离姐姐那天在公交车上帮我解围，还送我回家呢！”

不得不说，应照离真的佩服褚皓明这个小鬼的演技。

梁言手握着方向盘，腕部的青筋被西服衣袖遮住了大半。他轻笑一声，低声道：“倒是有缘分。”

“小孩，你犯什么错了？要叫家长？”她问道。

应照离想提前准备一下说辞，以免见到他班主任露馅。

褚皓明：“我没错！”

“那老师为什么叫你家长？”应照离问。

褚皓明低头，看起来有点闷闷不乐：“我们班有个女孩被三年级的两个男生堵了，人家小姑娘都不搭理他们，他们还不放过她。我气不过，就去给他们讲道理啊，结果他们不听我的，还把我带到厕所。我觉得动口没用了，只得动手把他们打了一顿。”

褚皓明撇了撇嘴，语气幽怨，又补充了一句：“谁知道这些人恶人先告状，说我告白不成，还把他们揍了。”

梁言下意识道：“那个小姑娘没替你解释？”

“她都被吓死了吧，背着书包哭哭啼啼回家找妈妈了。”褚皓明若无其事地说道，仿佛被丢下的不是自己。

应照离回头温柔地问：“那我们皓明觉得自己有错吗？”

褚皓明顿了一下，继续说：“虽然很不想承认，那个，我打人确实是犯了错的。可、可是……他们就是皮痒欠揍啊！”

褚皓明低头委屈地撇撇嘴：“好吧，还是我没管住自己。”

应照离看着小孩儿纠结的小脸蛋，突然笑了：“皓明啊，你没错。他们要扒你的衣服，你这属于正当防卫。任何时候，先不管对错，保护好自己是前提，剩下的交给老师处理，知道了吗？”

褚皓明发现应照离支持自己，悄悄地露出一个笑容，奶声奶气地“嗯”了一下。

因为褚皓明的学校在半山腰，所以梁言开车上去的时候绕了点弯。

车子右拐时，应照离感觉胃里像是在和泥巴，她拿手按压了一下，不适感消解了些许。

停下车，褚皓明迫不及待地蹿出了车门。梁言下车走到另一边给应照离开了门，抬手护住她的头顶。

褚皓明在一旁站着，等应照离下车后，过去揪住她的袖子，嘱咐道：“我先说好啊，一会儿你俩可得演像一点，要不然搞得我和离异家庭似的。”

梁言拖着行李箱说道：“小鬼，你事儿怎么那么多？”

褚皓明对此表示不满，反驳道：“我老师很聪明的！”

“那怎么还冤枉你？”梁言锁上车，漫不经心地说。

褚皓明：“那，聪明也会偶尔被聪明误吗！反正我不管，你俩甜甜蜜蜜的就行了，这有什么难的？”

应照离看着两个人斗嘴，你一句我一句的，还挺可爱，穿着高跟鞋走坡路似乎也没有平常那么累，脚步轻盈。

褚皓明学校是寄宿制的，学生一周回家一次，返校的第一件事就是回宿舍放行李箱。

往宿舍走着，陆陆续续还能看见有孩子家长来送东西。

“前面就是我宿舍了，你们要好好装，别让那帮人给看出来。”

褚皓明走到宿舍门前回过身子，仰头很严肃地叮嘱完，推开了门。

宿舍里并没有家长，只有两个小男孩，收拾着自己的行李箱。

理了寸头的小男孩看到褚皓明进来，连忙跑过来问：“皓哥，你没事吧！那老头真是——”还没说完，就看到后面的梁言和应照离，然后赶紧闭上了嘴，用眼神求助褚皓明。

褚皓明：“那个，这是我爸爸、妈妈。”

两个男孩子异口同声：“叔叔、阿姨好！”

另一个男孩头发稍稍遮眉，看起来很文静，声音柔柔地说：“叔叔、阿姨，褚皓明真的没有犯错，希望你们不要凶他。”

“叔叔、阿姨，你们也太好看了吧！我们皓哥这么帅肯定是随你们！”寸头男孩赶紧讨好道。

应照离温柔地笑笑，眼睛里像掺了水，弯腰跟他们说：“我知道，皓皓不会不知轻重的，有空来阿姨家做客，阿姨给你们做好吃的。”

“好嘞阿姨！”

“谢谢阿姨。”

“阿姨就先走了，你们好好相处，褚皓明不准欺负同学啊！”

应照离跟两个小孩打完招呼后，又跟褚皓明交代一声。

“知道了，您快走吧。”

褚皓明开始推着应照离和梁言往外走，走到门口后又苦口婆心地叮嘱道：“叔叔，您可千万要和照离姐姐演得像点，我的小命在你们手上了！”

应照离“扑哧”笑了一声，用哄小孩的口气开玩笑道：“好，绝对不给你丢人。”

出了宿舍楼，梁言和应照离单独走在校园里，她有些感慨，高中的时候这就是她最期盼也最简单的愿望，没想到过了六年才实现。

不过还好，至少实现了。

梁言想到应照离在宿舍里说的话，低头轻笑，然后打趣道：“请小朋友去家里做客？你做饭？”

应照离顿了一下，不咸不淡道：“反正又不会真去，胡说一下也没关系。”

“这么来看，我倒是不知道你之前对我说的哪句话真哪句话假了。”梁言用轻松而客气的语气说完，习惯性地推了一下眼镜。

没多久便到了班主任办公室，应照离礼貌地敲敲门，进去之后发现只有一位老师。

是个中年男教师，黑发里掺杂着几绺白发，脸上皱纹堆着，戴圆框黑边眼镜，嘴边还有新冒出的胡楂。

“您好，是王老师吗？我是褚皓明的家长，这是孩子爸爸。”应照离先笑着说道，然后用手握住梁言的小臂，往前拽了拽。

王永富赶忙把电脑里播着家长里短的连续剧暂停关到最小化，桌面壁纸是他的全家福，看起来是有个闺女。

“皓明的爸爸、妈妈啊！来来来，快坐快坐。”王永富招呼着，心想：两个人长得——也太年轻了！

应照离和梁言坐到沙发上，王永富给他们倒了两杯水，然后开始谈褚皓明的事儿。

“王老师啊，我家皓明都跟我说了，这件事他是有不对的地方，他也知道错了，我先替他道个歉，给您添那么多麻烦。”

应照离还没等王永富开口，先道了歉。俗话说得好，伸手还不打笑脸人呢，先抬高一下对方，后面说话不至于太难听。

王永富笑着说道：“皓明妈妈说的哪里话，既然我是他的班主任，那我肯定要对皓明负责的！孩子知道错了就好。”

应照离：“嗯嗯，多亏有老师的教导。您的孩子肯定很优秀，有您这样的父亲教育。”

“哪有哪有，那丫头好歹上了个市重点高中，现在冲刺高考呢。”王永富虽然嘴上谦虚，但对自己孩子还是骄傲溢于言表。

应照离：“那先提前祝您女儿喜提双一流了。”

“谢谢皓明妈妈了。那个，其实叫你们来见一面也不光是为了这件事，我想了解一下这孩子的家庭情况。”王永富突然语气带了点严肃。

应照离可不知道皓明啥情况，只能给旁边的“孩儿他爸”使眼色。

王永富：“皓明爸爸，我想问一下，您平时陪孩子的时间多吗？”

梁言顿了几秒，回想了一下褚皓明的情况，淡淡道：“并不是很多，我和太太在国外有公司，很多时候一出差就是一两个月。”

王永富似是觉得有些不妥，“啧”了一声：“那孩子的学习情况和心理情况您了解多少？”

梁言有些疑惑：“学习貌似还行，在家一直挺乖的，有什么问题吗？”

应照离突然感觉胃变成了水泥搅拌机，一直搅磨着胃壁，不停向上翻涌着酸气。她忍不住干呕了几下，幅度有点大，不过好受了些。

“你怎么了？”梁言注意到她的反应，侧过身去，语气比刚刚急躁了点。

应照离的脸色有点发白，手贴在腹部，说道：“没事。”

“皓明妈妈，皓明在班里啊，成绩现在是中游，可是他完全有那个实力往高里考，就是不做作业，考试填完就交卷，也不检查，咱不能这么混日子啊！”王永富的语气里带着无奈。

应照离：“辛苦老师了，我以后会经常教育皓明的。”

“没事，孩子的事就是我的事吗！”

王永富笑起来时脸上的纹路更明显了，看着应照离有点发白的脸色，又忍不住叮嘱道：“皓明妈妈，您这怀二胎了也不能放松对皓明的管控啊！”

应照离听见这句话惊了，连忙解释道：“不是——”

应照离还没说完，王永富就一脸“我都懂”，打断道：“这个时期小孩最容易想多。咱做家长的也不能只恩爱对吧？也得想着孩子点。”

应照离无语，也懒得说话了。

梁言这时候扬了扬嘴角，语气有些玩味，慢条斯理道：“谢谢王老师，我会听取建议的。”

过了一会儿，聊完褚皓明的事儿，两个人跟王永富道别后出了门。

应照离的胃里还是有些难受，走进厕所吐了。

她出来在洗手台洗完手，刚想用自来水漱漱口。

“喂。”梁言喊道。

应照离扭头看见梁言倚在门口，西服外套搭在右边的胳膊上，左手垂着拿了一瓶矿泉水。

他挑挑眉，走近洗手台，抬起腕来，将水递给她，淡淡道：“给你买的。”

应照离拿到手里，有些发愣。她拧开瓶盖，很顺手，并没有使很大力气。

她仰头灌了一口，用手护住胸口，吐到洗手池里。

“谢了。”应照离笑着说道。

梁言语气里带了点关心，问道：“你这是怎么了？”

“可能是坐车前喝了酸奶的原因，再加上半山腰的拐弯，有点晕车。”应照离解释。

“那在学校逛逛再走？”梁言怕她再晕车。

应照离：“没事，我好多了，走吧。”

见应照离坚持，梁言也没说什么。刚走出教学楼，就看到一个小人影在前面站着，看见他们后朝这儿跑了过来。

“照离姐姐，怎么样？我老师没看穿吧！”褚皓明的小脸上带着关切。

“没有。”应照离揉了揉褚皓明的脑袋，想起王永富说的话，又很认真地问，“皓明，你能告诉姐姐，为什么你的成绩一直在中游吗？王老师可是跟我夸你特别聪明呢。”

褚皓明一脸惊讶：“啊？他还夸我了？”

梁言单手插在西服裤口袋里，不紧不慢地问：“为什么考试早退，还不交作业？”

褚皓明低头抠自己的手指，有点心虚，吞吞吐吐道：“反正，考好考差都一个样，我爸妈又不管我，快乐就完事儿呗。”

“那你怎么不干脆考倒数第一？”梁言说。

褚皓明对梁言问出的白痴问题表示不屑，语气吊儿郎当：“一看你就没经历过倒数的滋味，成绩不好肯定是老师的眼中钉肉中刺啊，还被特别照顾，当个中游多潇洒自在。”

应照离明白这个小鬼的怨气了，“扑哧”轻笑一声：“你这是拿成绩跟家长赌气呢？”

应照离见褚皓明不说话，掖好裙子，蹲下来平视他：“褚皓明，你知道你在这所小学，先不论日常开销，就光学费一年多少吗？”

褚皓明眼神闪烁，稍微别开头，盯着她的肩膀说道：“就、就十二万。”

他害怕应照离凶他，又提高声音，假装淡定地补充道：“也、也不算特别贵啊，我有朋友的学费比我的贵好多呢！”

应照离没说话，过了几秒，她理了理褚皓明有点乱的衣领，平静地讲道：“这个世界上，有很多孩子都享受不到你这样的学习环境，你一年的学费可以供一个普通家的小孩上完高中了。”

“可考第一又怎样？我爸妈会因为成绩省心更不管我了，费那力气还不如打打游戏、睡觉来得快乐。”褚皓明很小声地说。

应照离的脸色有些严肃，明确地说：“我呢，并不喜欢什么事儿都讲这种表面的快乐，你对学习那敷衍随便的态度，姐姐不喜欢。你不是给你爸妈学的，而是为了你自己的未来。”

“嗯……”褚皓明低着头，思考着她的话。

应照离：“小孩，你要知道，人生所有的事情并不能都以快乐来做标准。”

褚皓明懂了她的意思，他抬头，看向应照离的柳叶眼，很诚挚地说：“姐姐，我知道错了，我会好好学习的。”

应照离觉得自己一番话倒是发挥了些用处，欣慰地笑笑：“快回班上吧，我和你梁叔叔走了。”

“嗯。”褚皓明点点头。

等梁言和应照离开车往回走时已经将近傍晚六点。

应照离偷偷扭头看向一旁转着方向盘的梁言，他乌黑的发被车窗玻璃外的柔光照得发出淡淡的光泽，利落的五官带着些许认真，好看的皮囊总是那么令人喜欢。

她突然觉得幸好，自己从小不管做什么事都不会脸红，要不然德国的第一次见面，她便露了怯。

过了一会儿，梁言拐了个路口，似乎不是来的那条道。

“带你去个地方。”梁言嘴角微勾，心情似乎还不错。

应照离不解，问道：“去哪儿？”

“到了你就知道了。”梁言卖了个关子，没有直接告诉她。

车子拐到了市中心最大的商场，梁言将车停到地下停车场，带着应照离进了商场。

应照离不解，心里嘀咕道：来商场干吗？他要买衣服？

正这么低头想着，梁言的步子突然停住，她没注意，额头一下子就磕到他的后背上。

应照离连忙道歉道：“对不起啊，低头没看路……”

梁言没有说什么，指了指前面：“到了。”

应照离抬头，视线顺着他指的方向看过去，是一个复古市集展。

打眼一看，一个个支起来的摊架上摆满了手工制品、木雕及手工画，她跑过去观赏着，脸上的开心掩盖不住。

仔细地淘一淘，还能找到古旧器物、法风小物、蕾丝古着、书籍钱币等，这简直是应照离心里的小天堂。

应照离回头，眼睛里闪着光，惊喜地说：“你怎么找到这种地方的？”

梁言勾勾嘴角，语调里带着些许愉快：“朋友告诉我的，他给了我张折扣券，今天过期。”

应照离：“哦哦。”

梁言舔了一下嘴唇，将西装口袋里的折扣券拿出来放她的手里，轻咳一声：“觉得你会喜欢这些小玩意，就带你来逛逛，正好把券用了。”

应照离不客气道：“谢了。”

两个人从一个摊架挪到另一个，应照离手里的东西，从一个手工牛皮本到扩香木再到抽象画，收获越来越多。

“哎，你觉得这个领带好看吗？”应照离扭头问梁言。

她手里拿了一条复古领带，是以抽象的油画风格打底，将波尔多红整色的领带上进行细节涂鸦，桑蚕丝的质感配上亚麻布纹理，整个风格低调典雅。

梁言皱眉，这明显是条男士领带，她也用不着，也不知道是要送给哪个男的。

他尽量客观地回答道：“不是什么人都能撑起来的。”

应照离隔着空气，在他的领口比画了一下：“那就留着收藏吧。”

“阿姨，帮我包一下这条领带，谢谢。”应照离将领带递过去。

阿姨将领带整理好，放到一个木盒里，再用纸袋子装好，递给了应照离。

又往前走了几步，应照离左顾右盼着。

走到另一个小摊架上时，只见上面放着很多特别精致的小东西，有枚胸针一下子就吸引了她的目光，是只小狐狸，眼睛尤其勾人。

应照离伸手指了一下：“爷爷，我想要这枚胸针。”

头发花白的老爷爷推了推眼镜，放下手里刻的木雕，嗓音带着沙哑：“小姑娘，这是一对儿，旁边那朵玫瑰花能衔到狐狸嘴里。”

应照离回头看梁言还在另一个摊位旁，于是说道：“那爷爷您给我分开包吧。

我两枚都要了。”

“好嘞，给男朋友买的？”爷爷慈祥地笑着。

“还不算男朋友。”应照离弯了弯眼角，温柔地回道。

老爷爷将胸针递给她，多说了句：“又不是我们那个年代了，喜欢就去争取。”

应照离：“嗯，爷爷再见。”

一个多小时过去后，终于逛完了，梁言等应照离在付款处把钱付完，已经接近晚上八点。

两个人并没有很饿，简单地买了些甜点吃，便出了商场。

路上。

应照离还在十分有兴致地摸一摸、翻一翻自己买的东西，分门别类又重新装了一遍袋子，特别像手里有一把糖的孩子。

梁言开着车，侧头看她一眼，低笑道：“就这么喜欢？”

“啊——”应照离愣了一下，嘴角微扬，“我是这些小玩意的狂热粉。”

梁言：“你这爱好从什么时候培养起来的啊？”

应照离顿了一下，默默答道：“高中，我高二的时候开始写日记，买了点装饰品，然后渐渐就喜欢上了。”

到应照离楼下，梁言停车，帮应照离打开车门。她将手里的一堆纸袋提好，提起裙子，下了车。

应照离：“到家记得给我发个微信。”

梁言点点头，低着眼看她：“好，上去吧。”

见应照离还没动，梁言露出了点疑惑。

她伸手将一个纸袋递到他面前，眼睛里带着笑意。

梁言愣了几秒，迟疑道：“给我的？”

应照离：“嗯，送你的礼物。”

梁言嘴角轻扬，露出极淡的笑容，透着矜持和自重：“谢谢。”

应照离送完礼物，往楼里走去。

突然想到什么，她回过身来，见梁言还没走，小跑了过去。

“梁言！”应照离喊住要开车门放礼物的他。

梁言回过头，声音低沉而温柔：“嗯？”

“你不是不知道我说的哪句话真哪句话假吗？”

应照离又往前迈了一步，盯着梁言深邃的眼睛，眉宇之间皆是柔柔的涟漪，好像一直带着笑意。

她勾勾手。

梁言又走近了几步，弯下腰，深深看了她一眼，低沉道：“你想说什么？”

应照离朝他的脸凑过去，她白皙的皮肤衬托着冷调的红唇，两个人的距离就差那么几厘米。

梁言薄削轻抿的唇微微张开，带着诱惑。

倏地。

她歪头一笑，顺着他的脸闪到他的耳朵旁，声音低柔慵懒：“今晚很愉快，这是真的。”

梁言的耳边还留有着温热的气体，有些烫人。而应照离说完便跑上楼了。他愣在原地好久，觉得心尖被猫爪挠了一下。

梁言又低头看向手里的礼物，笑意泛至眉梢处，过了几秒才转身回了车里。

回家的路上。

车内播放着舒缓的轻音乐，和车速完全不搭。

明明是一个小时的路程，梁言只用了四十五分钟就到了小区的地下停车场。

他下车，将礼物从副驾驶的位置上拿下来，上锁后步子轻快地往家走去。

进门后，梁言坐到沙发上，将礼物从纸袋里拿出来拆开看，是那条领带和一枚精致的胸针。

不知道为什么，应照离的审美和他——貌似还挺合得来。

梁言拿出手机拍了张照片，打开微信给应照离发了过去。

梁言：我到家了，还有，谢谢你的礼物。

他发完消息，去洗了澡。

过了半个小时，梁言穿着灰调的丝绸睡衣出了洗手间。

他头发吹得半干，发梢微微遮眼，身上还保留着沐浴露淡淡的松木味道。

梁言顺手将客厅里的礼物和手机拿回卧室。

他躺在床上，打开微信，看到应照离已经回复了。

对方发了一个“OK”的手势，然后，什么都没有再说。

梁言看了眼她回复的时间，大约是在他吹头发的时候，她过了半小时才回？

几秒后，他打了两个字“晚安”，发了过去。

梁言习惯性地拿起书看了十五分钟后，又将手机拿过来，打开微信看了一眼，很好，还是空空荡荡的列表。

他把书合上，把灯一关，睡觉了。

周一清晨。

应照离起了个大早，因为今天的事情有点多，她也懒得吃早饭，收拾好自己就去了学校。

她上完上午的课，急急忙忙地在餐厅吃了口饭，往兼职的公司赶去。

因为毕竟是明华的研究生，公司虽然小，但每个月给的薪水还算丰厚，可她这次去，不是上班的，是去辞职的。

应照离到了公司，和同事打完招呼后去了主管办公室。

“咚咚咚！”

“请进。”干练利落的声音从门内传来。

应照离打开门，走了进去。

她的主管姓李，是个三十多岁的知性女士，留着一头侧分的短发，很有气质，也对她挺关照。

李主管抬头：“照离啊，怎么了？”

应照离很礼貌地将手里的辞职信递到李主管面前，有些抱歉地笑了笑：“主管，我想辞职。明华快结课了，而且我最近一直准备一个考试，有些撑不住。”

“你——想好了？”李主管拿着薄薄的信封，又慎重地问了一遍。

应照离：“嗯，想好了，谢谢公司这段时间对我的照顾。”

李主管沉默了几秒，随后说道：“专注学业是好事，我也不能强留你，那就祝你未来一切都顺利吧。”

应照离弯下眼角，说道：“谢谢李主管，那没别的事我就不打扰您了。”

她从办公室出来后，轻呼了一口气，心里想着，辞职也没电视剧里那么可怕。

应照离收拾好自己的东西，装到背包里，跟认识的同事道别后，出了公司，流程十分顺畅简单。

她拿起手机点开通讯录，直接给林归梦打了过去。

林归梦：“喂，宝贝，想我了？”

应照离：“有空吗，我辞职了，出来喝个酒？”

“辞职了？”林归梦顿了几秒，“也挺好，省得那么累。”

“那我给你发个地址，你直接来吧。”

“行，给我半小时，保证来到大宝贝面前。”

挂断电话，应照离伸手拦了辆出租车，和林归梦会合去。

两个人半小时后，来到了一家清吧。

“照离！这儿！”林归梦招手，示意应照离过来。

应照离走过去，坐到位置上：“你这速度可以啊，比我都快。”

林归梦得意地挑了下眉，语气轻扬：“那可不。对了，你什么时候结课啊，寒假回台江过年吗？”

“十一月中旬估计就结课了，我十二月底有个考试，要是回家过年的话，应该要晚一些。”应照离细算着日子，慢条斯理地说。

“那我和吴樯就多待几天，咱仨一块回台江过年。”林归梦喝了口酒，又打趣道，“和梁同学接孩子接得融洽吗？”

应照离差点被喉咙里的酒呛到，轻咳几声：“还行，完事后，他带我去逛了一个市集展，我还买了挺多东西。”

林归梦：“不错不错。”

“我之前在一本心理学的书上看到一个方法，在梁言身上试了试，好像确实挺有用的。”

应照离也没遮掩，毕竟林归梦是早就知道她暗恋梁言的人，林归梦知道她有多喜欢梁言。

“什么方法啊，让我学习学习！”林归梦听到追人方法，来了兴致。

应照离轻瞥了她一眼，淡淡道：“我怕吴樯拿着刀来追杀我。”

林归梦还是不放过：“说说嘛，我就听听。”

过了几秒，应照离开口道：“那个方法心理学上称‘变色龙效应’，就是无意识模仿。而通过这个效应延伸一下，也就是我追梁言的办法了。”

“哈？”林归梦无语，面无表情道，“咱能说点阳间的话吗？”

“就是人会比较倾向于选择和自己相似的人作为伴侣。就如同一些成功人士选择有能力陪他一起创业的妻子，而不是只会嘤嘤嘤的娇弱女。”应照离耐心地解释。

林归梦觉得有些道理，又问：“可是怎么就模仿了呢？”

应照离：“再直白一点，吴樯喜欢 NBA，你在朋友圈里晒一下骑士，他对你的好感肯定会上升。”

林归梦：“不会的。”

应照离：“嗯？”

林归梦尴尬地笑了笑：“他喜欢库里。”

应照离一脸黑线，拿起林归梦放在桌上的酒往她的嘴边送去：“您老还是喝酒吧，别说话了。”

快晚上的时候。

应照离看林归梦喝得有点上头，灌了她几杯水，然后拿手机给吴樯打了个电话，让他来接人。

等吴樯到了之后，林归梦还是成功地醉了。

“喂！”林归梦靠在吴樯宽厚的肩膀上，淡淡的桃红色嘴唇嘟囔着。

“干吗？”吴樯搂稳她，见她又不出声了，把林归梦背的包挂到脖子上，往门口走去。

林归梦推了一把吴樯的胸膛，吐字清晰道：“我、不、要、你、搂、着、我！你起开。”

应照离去吧台付完钱后等那两个人磨磨蹭蹭走过来。

刚出门，林归梦还在闹着不让吴樯搂她。

“我不搂着你，怎么去车里啊？”吴樯使了点力气把林归梦不老实的胳膊按住。

林归梦撇嘴，嚷嚷道：“凶什么！你个小虎犊子，你为什么喜欢库里啊！”

林归梦：“我为了你看 NBA，好不容易喜欢上骑士，心心念念跟你聊天，你竟然告诉我你喜欢库里！”

吴樯声音清亮，带着温柔，耐心地哄着怀里的人：“那我以后在你面前不提库里就是了，NBA 我也悄悄地看，不让你知道，好不好？”

林归梦消停了点：“这、这还差不多。”

吴樯看着旁边一身轻松的应照离，摇摇头，调侃道："真羡慕梁言哥未来不用受这喝醉的苦。"

应照离"扑哧"笑了一声，淡淡道："你得了吧，我还不知道什么时候能受你这爱情的甜呢。"

吴樯："抓紧点啊。"

"哎，对了吴樯，你能帮我打听一下梁言目前在哪个公司上班吗？"应照离突然说道。

吴樯很干脆地答应了下来。

因为顺路，吴樯先把应照离送到了家，然后再回了自己小区。

到了家里，应照离把离职的物品整理完毕，坐到书桌旁，打开了自己的日记本，写着今天发生的事情。

她躺到床上，看了眼微信，点开梁言的聊天界面。

盯了一会儿，关上睡觉了。

自从离职那天后，应照离的生活便过得特别规律。

早上雷打不动六点起床，晚上十二点后睡觉，十一月份的结课考试，算是取得了挺满意的成绩。

然后就天天窝在家里，肆无忌惮地压榨睡眠时间，一沓一沓地做 CFA 考试真题。因为经常忘了吃饭，还去过医院一趟。

直到十二月底的到来。

距离考试还有一周的时间，应照离去超市屯了一周的吃的，然后将手机关机锁在了抽屉里，就这一周，真的与世隔绝了。

而梁言也因为快到年底，公司要冲业绩忙得分不开身，忙完十二月底这一阵，才终于能休息几天，等着回家过年。

一闲下来，他才发现，自己好像和应照离很久没联系了。打开微信的聊天框，最后一句话还在 10 月 20 日的那天晚上。

屏幕里就他孤零零的一个"晚安"。

两个月，整整两个月，应照离竟然一次都没和他联系过？

第三章 / 白空碎碎抛琼英

梁言抬起手指在输入框里打了三个字：在干吗?

过了三秒，又删掉了。

然后，梁言打开通讯录，找到孔正初的手机号，拨了过去。

没一会儿。

孔正初的声音从手机听筒响起，调侃道："哟，你怎么想起来给我打电话了？"

梁言的声音有些冷淡，顿了几秒，说道："应照离最近在干吗呢？"

孔正初："啊？你问我学妹干吗？"

梁言皱了皱眉，随便扯了个理由："她还欠着我一顿饭。"

"不是，你一大男人计较人家小姑娘一顿饭，害不害臊？"孔正初无语。

孔正初继续说："她结课后就没回学校，一直在准备 CFA 考试呢，明天应该去博大考试，如果我没记错时间的话。"

"行，谢了。"梁言说完刚想挂电话。

孔正初急忙说道："你别打照离的主意啊！要是我媳妇知道我把她亲爱的学妹送入虎口，非得揍我。"

梁言听着这句话觉得有些荒唐，气笑了："不是，我在你心里就这么不靠谱？"

孔正初："这能怪我吗？谁让你当初三天两头换女朋友。"

"怪我，挂了。"

梁言挂断电话，搜索了一下今年文城 CFA 的考试信息，明天下午五点考完。

他又查了一下从家到博大的路线，离得不算远，开车半个小时左右就能到，然后关掉了手机。

次日清晨六点。

应照离被自己床头定好的夺命连环闹铃给吵醒。

洗漱完，她简单地描了描眉，涂上口红，戴好隐形眼镜，然后将长鬈发扎成高马尾。

应照离今天穿了一件米白色的内搭毛衣，配杏色微褶的半身裙，外套是白色羽绒服，整个人偏温柔。

将考试必备的东西拿好，她用钥匙打开抽屉，拿出手机，直接放到了口袋里。

应照离来到博大后，八点多进入考场，从九点考到十二点。

她中午简单地吃了点饭，又从下午两点考到了五点。

考试结束的时候，应照离揉了揉眉心，感觉脑子被炮轰了一样，变成废墟。

走出考场，她随便找了一个公共座椅坐下，将手机开机，看见了几个未接来电，还有微信里“哈哈哈”的林归梦。

她发现好闺密之间就是这样，聊天框永远有一长串的消息炮轰你，就算你不回，我说完，自己爽了就行。

应照离打开通讯录，给妈妈回了电话过去。

“嘟——嘟——嘟——”

过了几秒后，电话通了，应照离声音不大，语气温柔道：“妈妈。”

“离离啊！你这两天干啥呢，给你打电话也不接？”苏钰娟关切地问。

应照离：“我一直在准备考试，刚考完，就给您回过来了。”

“你在文城还好吗？最近天儿这么冷，别光知道臭美，穿厚点，自己一个人在那儿，我和你爸也照顾不着你。”

苏钰娟给她打电话的第一件事永远都是要她注意身体，从初中住宿时候就是这样，唠叨了十多年也不嫌烦。

“嗯，我知道，现在穿着羽绒服呢。”应照离听到苏钰娟的唠叨心里暖暖的，也不怎么冷了。

苏钰娟：“什么时候回来过年啊？”

应照离：“过几天就回去，我票都订好了，放心吧。”

“那行，早点回去休息休息，你这为了考试估计没少点灯熬油的，妈妈先挂了。”

苏钰娟终究是做母亲的，还是了解自己孩子什么脾性。

“嗯嗯。”

应照离挂断电话后，刚想起身往学校门口走去，手机一振，又一个电话打了进来。

屏幕上显示，是梁言。

应照离接通，将手机放到耳边。

男人低沉又富有磁性的声音从那头传来：“在学校哪儿？”

“我不在明华。”应照离自是不晓得梁言已经知道她在博大考试，以为他问的是明华大学。

梁言语气放柔，慢条斯理地说：“我知道。”

应照离猛地想到什么，觉得有些不可思议，诧异地问：“你在博大？”

电话那头，梁言轻笑一声，通过电流传过来的音调勾得人心里发痒：“嗯。”

应照离还没从长达六个小时的考试摧残中缓过来，愣了一会儿，然后迷迷瞪瞪地问：“你是来找我的？”

“不然呢？”梁言微微提高了音量，尾音拖着些许慵懒。

应照离扬起嘴角，默默说道：“那我用微信跟你位置共享一下。”

梁言“嗯”了一声。

应照离挂断电话将微信的位置共享打开，然后用手机屏幕照着补了一下口红。

刚补完，她从手机屏幕的反光里看到一个人站在旁边，抬头就笑着说道：“你怎么这么快就——”

话还没说完，应照离发现并不是梁言，眼前的男生一米八左右，穿衣风格偏运动，黄色的卫衣十分亮眼，长相算是清秀，双眼皮、高鼻梁，透着些大学生的稚气。

她想到刚刚自己的反应，于是抱歉地说：“对不起啊，我认错人了。”

男生的脸上扬着明朗的微笑，声音清亮：“没关系，你对我没印象吗？”

应照离皱了皱眉，又盯着他看了一眼，尴尬地笑了笑：“我可以说没有吗？”

“我们一个考场的，我坐在你后面。”男生解释。

应照离：“这样啊。”

安静了两秒后，男生又搭话道：“你能给我个联系方式吗？以后考二级可以一起监督学习。”

应照离对这种年轻的小男生没什么兴趣，也就自然而然地想要委婉地拒绝。

她站起身来，刚想转过身子面对他，眼睛瞥到远处一个身姿挺拔的身影朝这边走来。

应照离的脑子一转，突然清明了许多。她慢吞吞地将手机的微信界面打开，然后将自己的二维码调出来，抬手让男生扫。

扫完后，梁言也走到了应照离身边，脸色有些不太好看，直勾勾地盯着那个男生。

男生瞟了一眼梁言，问道：“这位是？”

应照离一双柳叶眼正视着男生的脸，声音温柔道：“一个朋友。”

“哦，原来是朋友。”男生从大大的卫衣口袋里掏出来一个暖宝宝，咧开嘴露出洁白的牙齿，“你拿着，这个天穿裙子肯定很冷。”

男生说着便往应照离手里塞去，还没等碰到她的手，梁言便结结实实挡在了面前，礼貌性地笑道：“她一会儿就上我的车，空调比这个暖和，你还是自己留着用吧。”

梁言这句话说得很客气，并没有很冲的感觉，只是提到“我的车”的时候特意咬字重了些。

应照离从他身后冒出个头，委婉地说：“谢谢你的好意了，我不冷。”

“那——我就先不打扰了，拜拜。”男生开朗地笑着，摇晃了一下手机，然后步伐轻快地离开了两个人的视线。

男生刚走，梁言皱眉，脸色阴郁，问道：“他是谁？”

“不认识，跟我一个考场的。”应照离漫不经心道。

梁言带着应照离往停车的地方走去，随口说道：“你一个单身女性，出门在外别随便给陌生男人联系方式，小心被谋财。”

应照离听到他这正经却经不起推敲的话，反问道：“女的就可以给了吗？说不定是另有所图呢”

梁言微微眯起双眼，像只狐狸在应照离精致但又苍白的脸蛋上打转，然后朝她迈了一步，抬起胳膊将她白色羽绒服上的帽子很痛快地扣在了她的脑袋上。

“哎！干吗给我戴帽子？”应照离皱皱眉，音调提高了一个度，但并没有伸手将帽子摘下来。

梁言淡淡道：“怕你走这几步路没有暖宝宝会冻死。”

两个人并没有再就这个话题继续下去，而是安安静静地走在路上。

冬阳斜照。

白色的光影，闪色绸子似的投落在应照离的脸庞、腰身和脚上，白皙的皮肤更显透亮。

寒风扫过，摇晃着光秃秃的树梢，一束光线越过应照离分散到梁言的身上。

她仰头看他，眼睛里那明晃晃、亮锃锃的贪恋小心翼翼地被帽子遮住。

梁言今天穿了一件呢绒黑色外套，清冷的脸庞下堆着灰色的山羊绒围巾，比穿西装的时候少了几分正式，平添了些温雅。

应照离在心里偷偷抱怨道：嘴里说着怕我冻死，实际围巾好好戴在自己的脖子上。

到了车边，梁言给应照离开了车门，随后自己坐到驾驶位，将空调打开。

“你这是要带我去哪儿？”应照离还是没想通为何梁言来找她，抬头将帽子摘了下来。

梁言没说话，倾身往她身边凑近，将胳膊撑在座椅靠背上，男人身上清冽的木质香瞬间包裹住她。

车内的空调开得很大，喷洒出的热气让两个人之间多了些暧昧气息，极其适合在此时，发生一些此刻不应发生的事。

二十厘米、十厘米，眼见着梁言越靠越近，应照离默默憋住了气，手指也僵硬地扣住另一只手，整个人一动不动地定在那儿。

突然，她感觉到座椅头枕被轻轻敲了几下，梁言在她的耳边轻笑一声：“考个试连安全带也不系了？”

应照离觉得自己被戏弄了，丝毫没有了刚刚在那个男生面前的淡定，有些闷地回了句：“谢谢提醒。”

梁言握着方向盘，手腕上的几条静脉时隐时现。他没有看她，嘴唇一张一合道：“不客气，学长带你去提提神。”

不到半个小时的车程，就到达了梁言说提神的地方。

他将车停好，带应照离走进一条不宽不窄的巷子，墙面有着修复过的红漆，路上铺了红砖道。她隐约可以察觉到历史留下来的古老痕迹，路两侧还有摊贩和小店为了生计忙活着，压不住的温暖感在心里闹腾。

她跟着梁言，走到巷子尽头，看到一家老店。

“你想吃火锅了？”应照离看着眼前的火锅店，不解地问。

梁言侧头看她，语气带了点试探，淡淡地反问：“不喜欢？”

“没有。”应照离轻轻握住他外套的袖管，借力推了推，柔声道，“进去吧？”

两个人抬脚走进了店，在服务员的招待下，坐到一个比较安静的位置。

梁言将围巾和外套脱掉搭到椅子上，顺口问道：“能吃辣吗？”

应照离嘴角带笑地摇了摇头。

梁言点了清汤锅的双人套餐，又问了一下她还有什么要吃的，然后将菜单递给了服务员。

店里很暖和，而他们俩恰巧又在空调附近，梁言今天穿了白色宽松的毛衣，领口稍大，还能看到锁骨。

白色真的很挑人，他会穿这个颜色，应照离并没有很惊讶，只是有些巧合，自己今天也穿了白毛衣。

虽然她的是高领米白色毛衣，但还是有一种心虚的刻意感。

因为后面就是墙，应照离只能将羽绒服脱下来搭到腿上。这时候菜也上齐了，汤底开始“咕嘟咕嘟”地不安分起来。

梁言并没有立刻往里放菜，而是站起来，往前倾了倾身子，伸出手看着她。

应照离以为他够不到盛菜的盘子，拿起盘子想递给他。

梁言看她这举动，眼睛微弯，轻笑了一声，指指她的怀里：“羽绒服。”

“哦。”应照离放下盘子，将腿上的羽绒服折了两折，递给梁言。

他接过来，将白色羽绒服覆盖在他的外套上面，然后才坐下往汤底里添菜。

应照离扎了高马尾，身上的白色毛衣也是修身款，所以身材显露无遗，利落中带着些许妩媚。

“衣服挺好看。”梁言很快地瞥了一眼，并没有做任何停留，又补充道，“吃的时候小心点，别溅上汤渍。”

应照离随意“嗯”了一声。

她想到在德国啤酒节时，自己穿的红色法式长裙，不比这好看多了，也没见他夸一句。

“CFA 考得怎么样？”梁言问道。

应照离也没谦虚，实话实说：“还不错，就等一月的证书了。”

梁言点点头，对她的自信并不反感。

应照离夹了一片肥牛放到盘子里，并没有吃，抬头说道：“公司里最近事很多吧？”

“已经忙完要放年假了。”

梁言平时吃饭，并不喜欢跟人搭话，从小他就被教育“食不言、寝不语”。

可现在他觉得老祖宗的话，只代表普遍性，好像并不适用于特殊性。

比如，他们之间。

应照离已经微微有了饱腹感，停下筷子，一口一口地喝着杯子里的水，想到放年假，又补问了一句：

“过年你回台江吗？还是——待在文城？”

她想到梁言在这有房子，应该不回台江了吧。

梁言：“回，去看看奶奶，老人家年纪大了也不想搬来搬去。”

两个人吃完饭后，梁言陪她在附近走了走，天色便黑了。

应照离回到家已经晚上八点多，她将角落里的行李箱提出来，打开衣橱，挑了几件衣服装进去。

第二天一早，她带着信封和盐盐去办了托运。

自己也按着日期和林归梦、吴樯一起回到台江。

她提着行李箱，按开了电梯，到家门口。

应照离敲了两遍门，听见那熟悉的声音。

“哎！听见了！来了来了！”

苏钰娟边应着边打开门，看见自家闺女，连忙把行李箱接过来，说道：“你也没告诉家里一声，让我们去接你不是！”

“我那么大人了，又丢不了。”应照离笑着回她。

应照离将羽绒服和围巾脱下，搭到衣架上，赶忙去看看爷爷、奶奶。

晚上。

她洗完澡，吹干头发，回到了自己卧室。

“叮咚。”

手机提示音一响，应照离打开屏幕一看，林归梦给她发了消息。

林归梦：“照离，咱们大年初一去逛庙会吧！”

应照离：“初一你就出去浪？”

林归梦：“哎呀，去呗，要不然也得走亲戚，你二姨、大叔啥的不催你找男朋友啊？”

她想了想，好像是这么个理。

应照离：“把吴樯叫上，到了晚上就我们俩不安全。”

林归梦：“行吧，本来还想过过我们的二人世界。”

除夕那晚，应照离陪着妈妈和奶奶学包饺子，还把苏钰娟高兴坏了，她可从来不主动碰厨房的事。

电视里演着春晚的小品，爷爷坐在一旁乐呵呵地看着，爸爸在厨房里炒了几个菜，清蒸鱼、宫保鸡丁、糖醋里脊……

小时候的她从来不会老实地坐在这儿，长大反而安稳了，这种一家子在一起的次数，得到一次便少一回。

吃完年夜饭，她回到卧室里，坐到书桌前，抽出一本课外书打发时间。

眼看快到深夜十二点，她有仪式感地等着给林归梦发“新年快乐”。

还剩最后五分钟的工夫，她收到了梁言的消息。

梁言：“在守岁？”

应照离：“嗯，除夕快乐啊！”

男人并没有秒回她，应照离也没在乎，还剩一分钟，她盯着手机从 23:59 分变成 00:00。

窗外的烟花也卡点绽放。

梁言：“还是新年快乐吧。”

应照离复制好的文字被突然蹦出来的界面卡了一下，她手一抖，把内容发了过去。

应照离：“新的一年也会继续陪着我的宝贝，新年快乐，爱你。”

梁言坐在沙发上，看到应照离发的这话，先是挑了挑眉，愣了一下，随后嘴角压不住地上扬，起身往自己房间走去。

奶奶在一旁看出自己孙子情绪的变化，屏幕上还有一闪而过的“宝贝”“爱你”的字眼，笑着没吭声。

梁言：“我是不是该有素质地配合你一下？”

过了几秒，梁言发了条语音过去。

应照离刚被林归梦的电话轰炸完，赶忙将微信打开，发现已经撤回不了了。

看着页面里梁言的语音，她抿了抿嘴，拿指尖点开。

男人磁性的声音夹杂着一丝轻笑，特意拖了长音：“我也爱你，宝贝。”

应照离愣在那儿。

虽然她一直坚信自己并不是声控！

但这么直白地听到情话她的心脏还是会怦怦怦地跳啊！

她深吸两口气，手指还微颤，给回复过去。

应照离：梁学长还真是不吃一点亏。

梁言：难道不是你先占我便宜？我一向很懂得礼尚往来。

应照离：那我道歉，手滑，本来要发给别人的。

过了一分钟。

梁言：“谁？”

应照离：“林归梦。”

梁言：“噢，那我睡了，你早点休息，晚安。”

应照离：“晚安。”

另一边。

林归梦给应照离打完电话后，看到吴樯卡点发来的一长串循环重复的“新年快乐”，翻了个白眼，按住录音。

林归梦：“无语子！”

吴樯：“您男朋友我多有诚心，哈哈哈。”

林归梦：“再哈哈顺着网线过去捶你！”

吴樯：“哈哈哈哈哈哈哈哈哈哈哈哈哈哈哈哈哈哈哈哈哈！”

过了几秒。

吴樯：“我在洗澡，哈哈哈，你来吧，给你看彭于晏的身材。”

林归梦：“明天去庙会给我等着，早晚捶死你。”

大年初一的下午。

应照离裹得厚厚地溜出了门，找林归梦、吴樯会合。

庙会最能彰显台江的年味儿，每年都会在市中心的仓青山举办。

应照离到了山脚下，熙熙攘攘的人群正往入口拥去，她仰头看向仓青山，它是一位安静的智者，任由渺小的人们装饰，并不介意为所谓的年味儿贡献自己。

“嗡嗡！”

应照离低头从口袋里掏出手机，林归梦给她发了微信共享位置。

她慢慢往林归梦那边走着，偶尔羡慕一下擦肩而过的小情侣。

应照离往马路对面瞥了一眼，看到了那辆很熟悉的黑色汽车。她停住脚步，打开手机的相机放大，看清车牌号后，嘴角微微上扬。

梁言竟然也来了？

被车挡住的身影随着她的目光出现。

梁言今天没穿熟悉的正装，头发也未精心打理，刘海稍稍遮眉，倒像是个大学生。

应照离见他走远，迈开步子去和林归梦、吴樯集合。

她瑟缩了一下脖子，把羽绒服拉链拉到离顶端一厘米的地方停住，将半张脸埋进去，只露出那双柳叶眼。

应照离这个小习惯十几年没改过。

那时候奶奶给做棉袄，从庄里的集市上买十几块钱的布，拿手一拃，面布、内布就都量好尺寸，裁了出来。

只是缝上的拉锁太劣质，她怕冷，喜欢拉到顶端，经常一使劲就把拉锁拉下来，然后委屈地撇撇嘴，让奶奶修好。

应照离和林归梦、吴樯碰面后，三个人顺着人流，往仓青山的售票处走去。

庙会办得特别热闹，山路两旁都支着小摊，商贩也都聪明着，不像以前用嗓子叫卖，买个喇叭，录好音，一遍又一遍重复。

应照离自顾自地往前走，忽略了这也瞧瞧那也凑凑的一对儿。

等她侧头想说话，才发现人已经不在旁边。

应照离从兜里掏出手机，给林归梦发消息，还好及时收到了回复。

她看见前面有一个捏面塑的老爷爷，周围人也不多，便走了过去。

摊面上已经插了很多捏好的面塑小人，老人家粗糙皲裂的手和小面团挨在一起，反差中异常的和谐。

应照离低头盯着那双手，先是捏，再拿一小块搓，小竹刀顺着力度，灵巧地切、刻、划，塑成了面人的衣裳。

等待的无聊被打破，她看得入了迷，直到身边站了一个人，遮住了侧面打来的光。

应照离的眉心一跳，低着的头瞥了一眼男人的鞋面，默默地收回目光，变了眼神。

她对着爷爷弯弯眼睛，温柔地说："爷爷，能捏个我不？给您加钱也行！"

老人家将刚做好的小人放好，乐呵呵地拿了块新的面团："行，小姑娘长得这么俊，抵了加价咯！"

"爷爷——"温润且带着磁性的声音仿佛从耳边蹭过去，梁言弯腰，慢条斯理地补充道，"也给我来一个吧。"

老人家痛快地答应后，手里也加快了速度。

应照离清了清喉咙，侧过头，朝梁言笑了一下，语气带着惊讶："你怎么在这儿？"

"新年快乐。"梁言直勾勾地盯着她的眼，有些懒洋洋地说道。

应照离顿了一下，然后笑着回答道："你也是。"

一想到昨晚的短信乌龙事件，应照离的脸上热烘烘的，有些发烫，她抿了抿嘴掩饰心里的尴尬。

另一边，吴樯手里拿着一堆小吃，随时伺候着他养的小祖宗。

"宝贝儿，咱还走不走呀，照离该等着急了。"吴樯尝试与林归梦沟通。

林归梦踮脚看着摊子上的烤肉舔了舔嘴巴："嗯、嗯，这就走！等我买一串啊！"

等烤串到了手，两个人终于往面塑摊的方向走去。

大约走了五分钟，便看见了面塑摊。

吴樯举起拿着小吃的手开心地挥了挥，刚想大声喊出"照离"两个字，就被一只手堵住了嘴。

"你叫唤啥？"林归梦气定神闲地说完，挑了挑眉。

吴樯反驳道："叫她过来啊，就你这身高，我也不能指望你吧。"

林归梦翻了个大大的白眼，压住心里的火，嘴角挂上职业假笑："你没看见她旁边有人？瞎凑热闹！"

吴樯皱皱眉，再看过去，才瞧出应照离身边的梁言。

"确、确实，不该打扰哈。"

"走了走了，咱去另一个面塑摊。"

林归梦拉着他往与两个人相反的方向走去。

摊主是个小伙子，捏的面塑风格也比较受年轻人喜欢。

这年头，能耐住寂寞，传承中国民间传统艺术的人太少了。

“捏一对面塑小人多少钱啊？”林归梦对着摊主问道。

小伙子笑着说道：“一对儿我卖 260 元的，情侣价的话给你们 235 元吧，取个‘爱上我’谐音，也吉利。”

“行，你记得把他捏得‘贵族’一点。”林归梦指了指满脸写着无语的吴樯。

“旧梗重提？你这是多无聊？”吴樯无奈中带着些许宠溺。

林归梦“啧”了两声，阴阳怪气道：“贵族哥哥这就嫌弃我们小平民无聊了，唉，以后的日子可怎么过呀！”

仔细回想一下，“贵族哥哥”这个称呼还是林归梦上大一时给吴樯起的。

因为吴云斐也上了仁济初中。等到她初三下半学期时，吴樯已经把驾驶证学到手了。

接妹妹的重任自然而然地委托给了哥哥。

每次吴樯去接妹妹，林归梦永远能收到他的消息。

一张校园照片、一张男人躺在车里的照片，加一句“我来你们学校了”，是标配。

有一次他送吴云斐返校。

林归梦收到了一条微信。

吴樯：“我又来你们贵族学校了。”

她看到后没好意思回他弱智，毕竟当时两个人还没捅破那层窗户纸。

林归梦：“你也是贵族学校毕业的，需不需要我翻毕业照给你看看？”

吴樯：“贵族小哥哥吗我是？”

林归梦：“贵族哥哥倒装句用得很溜啊！”

这件事以吴樯并没有回复而结束，林归梦自信地认为他被自己尬住了。

天空像是一面墙刷上了一层白石灰，云彩醉酒般跌跌撞撞，留下凹凸不平的印痕，像应照离小时候走过的疙疙瘩瘩的水泥路。

零零星星的雪花节奏缓慢地旋转几圈坠落。

梁言微弯腰，伸出冻得有些透白的手指，轻轻蹭了一下桌面，指尖覆上薄薄的一层雪花。

他侧过身子，将食指凑到应照离面前，抬起眼皮，嘴角微抿：“下雪了。”

应照离仰头，把缩在羽绒服里的半张脸露出来，跟他那双眼睛对视上。

她在这一瞬间，什么也听不见了，只能感受到自己的心跳，那颗只为他激烈跳动的心脏。

“怎么不吭声？”梁言眼睛微眯。

应照离回过神来，眨眨眼，笑着说道：“就是想到了奶奶跟我说过的一句话。”

梁言好奇道：“什么话？”

应照离伸出手也接了几片雪花，眉眼温柔。

“白空碎碎抛琼英，换却岁岁红丝情。”

话音刚落，老人家将盛着面塑小人的两个木盒子递了过来。

两个人连忙接住，说了声谢谢。

应照离打开手机屏幕，看了眼微信。

林归梦：我懂，我俩溜了。

应照离将手机和小木盒装到羽绒服的大口袋里，张口问："你一个人来的？"

"嗯。"

按梁言的性子不可能一个人来这么热闹的地方，应照离皱了皱眉，也没想继续问。

"我爷爷生前喜欢研究佛学，每年庙会都会来这儿的万佛洞拜一拜。"梁言自己主动解释了一番。

"哦哦。"应照离将手揣兜里，垂眸笑了笑。

两个人往山顶走着，梁言走在她的斜前方，挡住了"飕飕"的冷风，只有雪花慢悠悠地落在身上。

一阵铃声响起，他停住脚步从有些浅的口袋里抽出手机，木盒子和手机壳摩擦着被带了出来。

眼看盒子就要掉下坡去，应照离下意识伸手去接。

突然，她愣了一下，心想，这种高度滚下去，好像不会出什么事。

下一秒，她抱着盒子一起跌了下去。

"应照离！"

梁言的瞳孔一震，还没接通的手机"哐"一声跟着掉落，他连忙倾身往山坡下滑去。

她抱着盒子滚落的过程中，有个石头蹭过了膝盖，疼得她皱紧了眉头。

就顿了这么一下。

梁言趁机够住了应照离的胳膊，他一用力，将人搂到自己的怀里。

他护着应照离的头，一直滚到平地停下后，才松手拉她起来。

梁言将木盒和碎屏的手机放到地上，有些紧张地检查："你没事吧？有没有哪儿特别疼？"

她没想到男人会毫不犹豫地跟着下来，还有些发蒙，手里不自觉地拍了拍他身上的土，抚平他领口的褶皱。

梁言见应照离不说话，一把抓住她的手，有些慌了："你伤哪儿了？"

"我没事。"应照离的声音还有点虚，捡起被搁置到一边的盒子，放到男人的怀里，挤出些笑容，"你看看面塑小人还好吗？"

"应照离！"梁言的胸膛起伏着，没有了平时的稳重，压着火，声音低哑地说，"你嫌命太长？"

"我、我这不是怕刚捏好的小人摔坏了。"她第一次见梁言这么对她说话，说话的音量也越来越小。

"它坏了就坏了，可人不一样，要这是悬崖，你还陪着捏的我殉情了？"梁言的语气稍稍放轻。

应照离用胳膊撑着地，边站起来边说道：“你想得挺美。”

“伤到膝盖了？”梁言看她揉了揉小腿上端，语气中带着关心。

她扶住他的胳膊，往他身边靠了靠，低头说道：“嗯。”

应照离抬头盯住男人的眼，她白皙的脸蛋上还蹭了些土，神情有些委屈，撇撇嘴，拖着尾音：“怎么办？还挺疼的。”

梁言愣了一下，错开她委屈又很勾人的眼神，有些不自然：“还知道挺疼？”

梁言：“你家离这儿多远？”

应照离：“一个半小时吧，要是堵车就说不准了。”

他没吭声，背过身去，后撤一步，蹲了下来，侧头淡淡道：“上来。”

应照离顿了几秒，看着男人宽阔且平直的肩膀，往前跳了一小步，俯下身子趴到梁言的背上。

她伸出胳膊环抱住男人的脖子，歪头在他耳边呢喃道：“那就辛苦我们梁学长了。”

梁言的嘴角上扬，将双手握成拳，顺势勾住她细长的小腿，起身往前走着。

他步伐很稳，下了一连串的台阶后，到了山脚售票处，大家都还在三五成群地往上走着，显得他们有些格格不入。

梁言：“帮我拿下车钥匙。”

应照离问道：“在哪儿啊？”

“我的怀里。”梁言侧头，嘴角微微轻抿，慢条斯理道。

应照离顿了一下。

梁言说道：“有个口袋。”

她眨了眨眼，右手松开他的脖颈，左手揪住他的衣领，将拉链拉开一些，磨磨蹭蹭地伸进手去。

梁言的胸膛带着暖意，缓缓传递到她的指尖。因为口袋有些靠下，她正在尽力去够，听到耳边蹦出一句：“就拿个钥匙，还不忘占我便宜？”

应照离高中时一直觉得梁言是个特别斯文正经的人，果然，还是年少无知，不知自己有多厚的“滤镜”。

坐上车，梁言载着应照离去自己家，没一会儿便到了地下停车场。

他背着应照离往家里走去。

梁言在台江的家并不是高楼，而是有些年代感的老房子，占地面积很大的一个院儿。

这种房子在市中心，算是有市无价的。

两个人先是进了庭院外的木栅栏双开门，院子里种着许多花花草草，摆放得很有美感，透露着主人的整洁与爱护。

梁言走到正门前，将应照离放下来，用指纹开了门，然后扶着她一步一步往里走。

玄关处放置了木质格栅式屏风，有一种“移步易景”的感觉。

换拖鞋来到客厅后，梁言扶着应照离坐到沙发上，垂眸看着她，然后抬了抬下颌，声音低沉里带着点温柔：“脱衣服。”

应照离一时没反应过来，仰头皱了皱眉：“啊？”

“有地暖，你穿着羽绒服不热？”梁言回道。

“谢谢。”应照离将外套脱下来递给了他。

梁言将衣服挂在了玄关处的衣架上，从厨房倒了杯水。

他把杯子递给应照离后，往自己卧室走去，顺带说了句：“家里没有雪碧，喝点水吧。我去给你拿医药箱，等我一下。”

她淡淡“嗯”了一声。

应照离有些无聊，抬头观赏挂在墙上的字画，除了两幅作品，其他的似乎都出自一人之手。

下笔有力，行云流水，和她原来见过的梁言的毛笔字有些神似，但是要更加浑厚，有底蕴和沉淀。

国画亦是厚实灵动，堪称大家。

她看得仔细，没注意门把手的响声。

“这些是小言爷爷生前的作品。”一个温和中带着点沙哑的声音传入她的耳朵。

应照离侧过头去，看见了一位双鬓斑白，眉眼透着和蔼的老人。

老人走过来坐到了沙发的另一侧，虽然穿着很素，但丝毫遮掩不住那种书香贵气。

“奶奶好，我是梁言的朋友。”应照离强装镇定地回话。

梁奶奶：“别站起来了，小心腿。姑娘叫什么？”

“应照离。应照离人妆镜台的那个。”她笑眼弯弯地回道。

梁奶奶上下打量了一番，和蔼的笑容一直挂在脸上：“名字很好听，人也长得漂亮。”

“奶奶，这个点您不是要看书了？”梁言提着医药箱走了过来，放到茶几上，又补了一句，“扰到您了？”

“有客人来，你也不知会我，多不礼貌。”奶奶拍了一下他的胳膊。

“是我让梁言别告诉您的，就处理一下伤口，不想打扰到您。”应照离回道。

梁言：“嗯，是我考虑不周，以后呢，一定跟您说。”

“照离，上完药多待会儿，奶奶就不凑在你们小年轻跟前了。”

梁奶奶缓缓起身，笑着跟应照离说完，就回了书房。

“上药时可能有点疼，你抓着我的胳膊。”

梁言说完后蹲下去，将裤腿挽过膝盖，把她细长的小腿搭到自己的腿上，左手抬高让人握着。

男人先简单清理了一下伤口，然后拿着蘸了药的棉棒，轻柔地敷在伤口处，小心翼翼地凑近吹一下。

应照离盯着他一点点地上药，生怕一用力就蹭到伤口，把无名指和小拇指抬得很高。

“喂。”她突然蹦出一句。

梁言：“嗯？”

“你说我是不是倒了八辈子的霉？”应照离顿了一下，语气加重，“一遇见你就受伤。”

梁言挑了挑眉，喉结上下滑动，慢悠悠地说：“可能你欠了我八辈子的债吧。”

上完药后，天色已经黑透，大雪还在纷飞，只有城市的灯光温暖地照映着每一个过路人。

梁言背着应照离走到地下停车场入口。

梁言：“你在这儿等一会儿，我把车开上来。”

应照离：“嗯。”

梁言往下面走去，步子不知不觉加快着，离得很远就给车解了锁。

他把车开上来的时候，车前灯亮着，站在那儿的人扭头看过来。

灯光分散成一小簇一小簇，像冬日暖阳夹杂着琼花试探性地戳戳她的发梢，栖在上面。

眼前的人在他的心里生动起来。

他看着应照离一瘸一拐地走近，打开车门，蹦上来。

梁言抿嘴勾笑，心想：有点可爱。

车里温度很高，落到发梢的雪花瞬间融化成水，滴到她的眼角。

梁言拽了拽安全带，往前倾身抽出一张卫生纸，递给了她：“擦一擦，别感冒了。”

应照离接过来，擦干净后，把纸团装到了口袋里。

梁言的手机被摔得“面目全非”，也没带着，只能靠应照离导航指路。

车开得很稳，大概过了一个小时，她侧头往外看去，手机打开又关上，有些不自在地捏着自己的指尖。

这些小动作梁言并没有注意到，因为路滑，他所有的精力都在行车安全上。

“那个……梁言。”应照离声音低低的，听起来有些闷。

正好遇上红灯，梁言刹住车，扭过头来，抬了抬眼，声音有点疲倦：“怎么了？”

“拐过弯去有个便利店，我妈说让我陪她买点菜，在那儿停吧。”她兴致缺缺，挤出了点笑容。

“等阿姨买完，再送你们回去。”梁言说完，又补充了一句，“腿受伤了就别走那么多路。”

绿灯亮了，梁言正好拐到便利店门口，熄了火。

应照离：“不用，快回去吧，我妈买菜慢腾腾的。”

梁言：“慢慢买，不急。”

应照离：“真不用。”

他听见这话，有些不舒服，自己在她的心里有多不上台面，作为朋友见一见阿姨都不行。

梁言越细想，那些话就越像一粒石子慢慢磨着他。

他偏偏头，气压有些低，语气里带着强势，一字一顿道：“我说，我、送、你。”

应照离不想这样跟他拗下去。

她抿抿嘴，很干脆地解开安全带，身子往梁言那儿凑过去。

应照离拽住了他的胳膊，直直地盯着他。两个人离得很近，他甚至能看清她长长的、浓密的睫毛，以车外人的视角像是一对拥吻的情侣。

她的声音比平时细软许多，既慵懒又挠人，撒娇中带着点委屈：“时间很晚了，你又没带手机，真以为我不会担心吗？”

他嗅到除了车内的松木香，还有应照离身上若有似无的香水味，再加上这话，气早就消了一半。

梁言：“可你的腿——”

应照离：“我走慢点就是了。”

终于，算是哄住了人。

她戴上羽绒服帽子，下车往便利店门口蹦了两步，看着梁言启动车子，跟她招招手，慢慢远离了自己的视线。

应照离在那儿傻站了几分钟，一瘸一拐地往小区门口走去。

她不是不想让梁言送到家门口，只是今天去过他台江的家之后，那该死的自卑感又不由自主地涌上来。

应照离在意的不是房子地段多么好、多么值钱，而是那种经年积累起来的家庭底蕴，这种差距不是用钱就能补上的。

回到家里，她简单地洗漱了一下，倒头就睡了。

刚到家的梁言打开 iPad 给应照离回了条微信，去冲了澡。

临睡之前，他突然想到捏面塑小人时，应照离说的那句：“白空碎碎抛琼英，换却岁岁红丝情。”

梁言打开百度，输入这句话搜索了一下，发现是句谚语。

以前的人，对于逛庙会时下雪有个很美好的说法。

传说只要互相喜欢的两个人，一同逛庙会时下了雪，天上的月老便会把雪花变化成红线，缠到有情人的手腕上，换算成两个人的岁岁年年。

梁言不自觉地想到在车上应照离拽他胳膊的那一幕，他坦白，那一刻心跳漏了一拍。

翌日清晨。

手机闹钟规律地响起，应照离伸手上滑了页面，看到微信消息。

梁言："我到家了，放心吧，晚安。"

顿了几秒后，她抬手打了几个字。

应照离："昨天晚上睡得太早，没看到消息。"

过了会儿，梁言发来条语音。

可能是刚睡醒没多久，他的声音哑哑的："算了，原谅你了。"

应照离轻笑了一声，觉得他这种傲娇行为有些可爱。

应照离："今天有出行计划吗？"

梁言："修手机。"

她想到昨天的手机屏幕碎成那样，确实该修修了。

应照离："换个屏肯定很贵吧？"

微信聊天框最上方显示：对方正在输入中。

然后，没动静了。

过了几秒，对方正在输入中。

梁言："嗯，很贵，回文城请我吃一顿饭就当补偿了。"

在台江待到了年初十，应照离跟林归梦、吴樯便买票回文城了。

她的 CFA 证书也寄到了家里。

没过几天，应照离就给恒言金融公司投了简历。

之后她收到回信让她过几天去公司面试。

面试那天，应照离换上了偏成熟的职业装，踏着高跟鞋来到了恒言金融公司。

跟前台的工作人员询问后，她往面试的房间走去。

她身形匀称，腰板挺得也直，化了精致的妆容，加上这身西装，特别显气质。

面试过程中，她也落落大方，没出什么差错。

她很有把握能够争得这次实习生的名额，这份自信不是盲目的，而是熬了几个夜晚将公司的理念、风格等都摸透了后，打了份稿子，背下来，然后加上临时发挥得来的。

果然回到家后，没有等多久，她就收到了公司的录取通知。

应照离给林归梦打了电话过去，分享这个好消息。

"归梦，我明天就要去梁言在的公司上班了。"

林归梦听到后十分激动，连忙说道："这样你俩就可以天天待在一起了！就这么日久生情下去，你和梁言在一起不分分钟的事！"

"我觉得，梁言好像是有点喜欢我的。"应照离说话的声音越变越小。

林归梦："你之前就说有点，有点是多少啊？实在不行表白算了！你俩这剧情看得人太糟心了！”

“不行，我看某网站上说了，不能主动表白，你得勾着他向你表白。”应照离很认真地给她解释。

“好吧。”

“表白是感情到了自然而然的事，而不是冲锋的号角，你想想你和吴樯不也是这样。”

林归梦仔细回想了一下，好像是这样，也就懒得催她了。

星期一的清晨。

应照离早早地起床搭配好衣服，吃了三明治，用剩下的时间化好妆。

她到达公司时，离上班时间还差十分钟。

她打卡进来后发现王文羽，也就是带她的组长已经坐在电脑前工作了。

听到动静，王文羽抬眸看了一眼，起身笑着朝她走来。

“照离啊，来这么早。”

应照离笑笑：“第一天上班，给自己开个好头吗。”

“我领你去你的位置。”

王文羽说着往过道里面拐去，应照离赶忙跟上。

两人来到后排，有两张对着的办公桌，他敲了敲前面这张，示意应照离坐这儿。

“麻烦组长了。”

王文羽回到自己的位置后，应照离伸出细白的胳膊，用指尖抹了一下桌子，灰尘在指肚上形成了一层膜。

应照离拿出自己备好的湿巾把桌子上上下下、里里外外擦了个遍。

在她摆东西的过程中，同事们陆陆续续都到齐了。

她一边收拾着桌子，一边默默观察了下周围的人，打过招呼的就先记个脸熟。

不知不觉，一个上午就这么过去了。

“照离，一会儿把这个文件给梁总监送过去吧。”王文羽终于给她布置了第一个任务。

应照离刚将文件拿到手里，想问问梁总监的办公室怎么走，就听见由远及近的高跟鞋敲击地面的声音。

“我去送吧，正好我找总监有事。”

眼前的女人化着浓妆，走姿中带着娇媚，声音有些成熟。

应照离如果没猜错的话女人应该三十多岁了，但保养得很好，那张脸上看不出什么细纹。

“那就麻烦萱姐了。”王文羽语气温和，笑着递给了她。

应照离没多问，坐到自己的位置上。

“喂，我跟你说，别得罪萱姐，她特别喜欢打压新来的实习生以此凸显自己的资质。”一个姑娘凑过来小声提醒她。

坐应照离旁边的是个扎马尾的年轻姑娘，发色是金棕色，眼妆和口红色号都偏韩系，脖子上挂着工作证，叫韩雯雯。

应照离问：“她这不挺好的，还主动帮人送文件。”

韩雯雯露出点嫌弃的表情，又往应照离那倾倾身子，嘀咕道：“她那哪是送文件啊，就是想在梁总监那儿刷存在感。”

“哦，也是，萱姐这个年纪，确实该考虑自己升职加薪的事儿了。”应照离回道。

韩雯雯伸出一根手指摇了摇，挑挑眉：“她就是看上我们总监那张年轻帅气的脸了。”

应照离的眉心一跳，梁总监，梁……不会这么巧吧！

“我们梁总监，全名叫什么啊？”应照离压了压声音，挤出点笑容。

韩雯雯：“梁言。我们公司的首席财务官，又帅又年轻，虽然是空降，但抗不过颜值高啊。当然，人家实力也摆在那儿，明华大学的本硕连读，在校期间出国做交换生，修了双学位。”

应照离：“确、确实挺优秀的。”

她以为梁言也就是个小职员，只不过和她不在一个地方，现在想想，还是自己低估了他。

没聊多久，应照离就被吩咐明天中午之前把一沓资料整理完成放到梁总监办公室。

因为有些多，布置活儿的时候已经下午了，她只能加快速度，尽量不拖到明天。

拖延症这种东西对她来说很可怕，只要一股气没做完一件事，就算剩下多小一点尾巴，她也能给拖到 Deadline（截止日期）。

所以应照离到了下班的点也没走，待在座位上将剩下的一点尾巴收工。

过完年，天色黑得便渐渐晚了起来。

她待到七点的时候，看了看窗外，天还没黑透。

整理好手头的文件，她拿蓝色的燕尾夹夹住，手机放到包里，背上包包，往梁总监办公室找去。

到了门口，她看见里面还亮着灯。

应照离深吸了一口气，准备了一下自己表现得很吃惊的表情，然后敲了敲门。

无人回应。

她拧开把手，朝里瞟了一眼，发现没人，想着可能是梁言走的时候忘关灯了。

应照离将文件放到他的办公桌上，看见灯的开关离门还挺远，她关上灯，扶着墙往门口走去。

正走得好好的，她感觉肩膀一沉，整个人被摁在了墙上，包链硌到了她的腰，她疼得发出一声闷哼。

那股清冽又熟悉的木质香包裹过来，应照离猜出来人是梁言，心里立即卸下了防备。

应照离伸手抓住他腰间的衣服，捏了一下，语气不悦："你疯了吗？"

男人整个身体明显僵了一下，抓着她肩膀的手立马松了劲，蹭着墙垫到应照离的背后。

梁言凑近，声音低低的，带了点抱歉："你怎么在这儿？"

"我是恒言的实习生，我当然在这儿。我还没问你呢！"应照离揉了揉自己的腰，闷声道。

梁言轻笑了一声，带着点讨好："这是我的办公室，我以为进贼了。"

"你见有贼还好心帮你关灯吗？"应照离顿了几秒，语气带着疑问，"等等，这是你的办公室？你是——梁总监？"

梁言："嗯，是我。"

应照离还没回，梁言点了几下手机，办公室的灯打开了。

眼前的男人穿着深灰色西装，戴着金边方框眼镜，偏头盯着她，眼尾上扬，像只狐狸。

"原、原来你的手机能控制啊。"应照离有些不自在地推推他，又说，"走了，下班。"

她往门口走着，听见后面懒洋洋地传来一声"哦"。

下楼梯的时候，梁言自觉地把胳膊伸到她面前，她也没不好意思，便扶着走了下去。

"我送你回去，等我会儿。"梁言走到门口停住了脚步。

应照离点点头，等他去取车。

车上，梁言按了下按钮，舒缓的音乐充斥在身边。

"梁总监。"应照离突然喊他。

"嗯？"梁言眉尾一扬，语气轻快地说，"叫我什么？"

应照离："跟你商量个事儿呗。"

梁言："说。"

"咳，就是明天，你能不能当作第一次见我？"应照离有些心虚地问。

男人愣了愣，将车速降下来。

"理由？"

应照离解释道："我一实习生，刚进公司就跟财务总监认识，你觉得别人看我都是什么想法。"

"你是正正经经通过面试的，跟我又没关系，管他们干什么。"梁言淡淡道。

应照离："清白抵不过一人一句闲话，我不想因为这些费心。"

"又不是男女朋友——"梁言说完顿了几秒，握着方向盘的手轻敲了两下，嘴角勾笑，慢条斯理地说，"啊，也不是不行，恒言不禁止办公室恋情。"

"您可别打趣我了，让您的萱姐听见，我以后哪有好日子过。"应照离语气中带着点醋意。

梁言扭头看她："什么萱姐？不认识。"

应照离："董斯萱，就我们部门那个长得很——成熟的姐姐。"

"不熟，别什么人都往我头上扣。"梁言语气冷淡。

应照离默默地在心里翻了个白眼，小声吐槽了句："不是当初换女朋友的时候了。"

"你说什么？"梁言没听清。

应照离："没什么，说你招人喜欢呢。"

梁言笑笑："还行吧，一般招人喜欢。"

梁言到楼下熄了火，起身给应照离打开车门。

应照离站稳后，又试探性地说："那明天，我和梁总监就是第一次见面了？"

梁言没吭声，只是垂眸看了她一眼。

应照离："你不说话我就当你同意了。"

"有个条件。"梁言沉默了几秒，嗓音哑哑的，凑近说道，"给我带一个月早饭。"

"一周行不行？一个月饭钱很贵的。"她微仰着脖子，语气温柔地跟他讨价还价。

梁言："饭钱月底从我的工资扣。"

应照离："成交。我上去了？"

梁言："晚安。"

她刚进家门，走到窗前，往下看去。

看到梁言的车缓缓驶离她的视线，应照离转身去卫生间洗漱。

路灯昏昏暗暗地照着，隔着玻璃窗，衬出一些重影，未曾修剪的草丛杂乱交错，几片枯叶摇晃了几下，不争气地掉落在地。

草丛中的小光亮猛地放大，"咔嚓"声伴随着闪光灯一同消失，那个人影像黑猫般消失在夜色里。

第二天。

闹钟的振动声没吵醒应照离，信封爬出自己的窝，见应照离还睡得香甜，张口咬住了被子，扭头往门外跑去。

应照离感受到一阵凉意，想拽一拽，结果身上空荡荡的，猛地惊醒，看了一眼闹钟，幸亏还没晚。

她将地上的被子抖了抖，叠整齐放到床脚。

收拾完后，应照离慌慌张张地跑下楼。

公交站离得不算远，她打开手机上的软件发现还有一站路，扬了扬嘴角。

这种生活中的小确幸有时候会影响人一天的心情。

公交车上人挺多，应照离戴上耳机，找了首德文歌听，屏蔽了周围的杂音。

半个小时左右，应照离走到了公司楼下，想起来还没给梁言买早饭，她迈着步子往统一银座里走去。

出来的时候，她手里拿了一个饭团，还有一瓶温热的牛奶。

到达办公室，她看人还没来齐，将早饭偷偷拿着，假装去茶水间的微波炉热一下。

“咚咚咚！”

梁言看着文件没抬头，淡淡道：“进。”

应照离推开门，高跟鞋的声音轻轻敲击着地面，一双白皙的手闯入他的眸中。

“你的早饭。”

梁言抬头，挑了挑眉，伸手接了过来，顺便说道：“谢谢。”

应照离：“不客气，记得你不认识我就好了。”

她转身往外走。

“对了。”

应照离回过头来，眼神疑惑：“嗯？”

梁言垂着的眼皮轻抬，落在她纤细的腰间，轻笑了一声，问道：“你的腰好点了没？”

应照离深吸一口气，调整好自己的情绪，挤出点笑容，很官方地说：“好多了，谢谢梁总监关心。”

她出门之前开了一点小缝，看到过道没有人，便往茶水间走去，顺便接了杯咖啡。

走到自己桌前，她看着对面的桌子一直空着，侧头问了下韩雯雯：“雯雯，我对面这张桌子是谁的啊？”

韩雯雯起身看了眼，回忆了一下：“貌似——也是个实习生吧，应该这两天就来报到。”

应照离：“这样啊。”

韩雯雯抬手看了眼表，拉着应照离坐下，悄悄说道：“我跟你说，每周二的早上八点半有早会，估计也没人告诉你，提醒你一下。”

应照离弯弯眼角，语气温柔：“谢了，明天请你喝咖啡。”

“都是同事说什么谢谢，一会儿让你见识一下我们部门的宝藏——梁总监。”韩雯雯花痴的眼神像极了追星少女。

应照离：“咳、咳——好。”

等到早上八点半，大家陆续进入会议室。

应照离推门进去的时候，梁言已经在那儿坐着了，面前摆着自己昨天整理的资料，他细长的手指拨弄着那个蓝色燕尾夹。

人到齐后，他把燕尾夹放到一边，开始开会。

梁言一丝不苟地讲着手里一个项目的注意事项和人员安排，全程嘴角平直，没带一个笑容。

男人的声音依旧低沉且富有磁性，只不过平时的那点温润被清冷替代了。

早会开到了一半，应照离无聊地扫视了一眼桌面，眉心一跳，突然觉得缺点什么。

好像没有人准备茶水……

会议即将结束，她被安排外出办理公司人员社保的事务。

大家还没起身离开。

梁言整理了下西服的领带，不紧不慢地说："这些会议资料是谁整理的？"

应照离没来得及出声。

董斯萱便朝梁言靠了靠，笑着说道："新来的实习生，刚来第二天，可能做得有些不好的地方，还请梁总监多担待，这不茶水也忘记准备了，我以后一定多提醒着她点。"

应照离挑挑眉，发现这个人说话十分圆滑，看似为她开脱，实际上把她所谓的错误都点了出来。

她正打算起身道个歉，如果真是自己工作的问题，她肯定是要接受批评。

"整理得挺好，还有——"梁言左手拿着文件敲了两下桌面，发出清脆的响声，"我从不喝公司的茶。"

董斯萱笑着的嘴角僵在那里，还没再说些什么，梁言便出了门。

应照离抿了抿嘴角，尽力地控制住上扬的弧度。

回到办公桌前，她拿出手机，给梁言发了条消息。

应照离：谢了。

过了几秒。

梁言：光口头的？

应照离：喂，你还想怎样？客观来说，我的资料就是整理得很好，你这是在质疑明华大学研究生的实力。

梁言：我难道没夸你？

应照离：上班时间不能玩手机，再见。

梁言看到这儿，发出了细碎的笑声，将手机反扣到一边，继续工作了。

"干吗呢照离，笑得那么开心？"韩雯雯一脸八卦地凑过来，油嘴滑舌道，"跟男朋友聊天？"

应照离连忙将手机屏幕锁上，压了压嘴角："没有，我闺密。"

韩雯雯拖着椅子贴近，然后低头和应照离说着悄悄话："我没说错吧，我们总监那张脸是真的，啧，挺绝。他今天还在那里……那里……"

应照离："那里什么？"

"玩燕尾夹啊！那双手太适合不干正事了吧。"韩雯雯不淡定地跺了跺脚，嘴角还挂着笑。

中午吃完饭，应照离提上包，外出去社保局给公司人员办理社保。

她用手机地图搜了一下位置，发现最短的路线也要一个半小时。

再加上倒车的时间及路不熟，她到社保局门口时已经将近下午三点。

应照离走进大厅，发现人还很多，她坐在等候区排队等着，顺便给自己点了定时外卖，七点准时送到家门口。

干等着确实有些无聊，她给林归梦打了个电话。

“喂，怎么啦，我的宝贝离离？”林归梦明显心情很好，说的话也肉麻。

应照离回道：“我在外面办事，有些无聊，给你打个电话。”

林归梦：“新公司咋样？能看见梁言吗？”

“能，但是现在我们只能装不认识。”应照离歪歪头，活动一下有些酸痛的脖颈。

林归梦十分疑惑地说：“你俩这是搞情趣呢？打算转战地下恋？”

应照离不知道别人的闺密是怎样的，在她这儿，自己喜欢的男人就算还没追上，但已经被林归梦自动归类为现男友。

应照离：“他是公司财务总监，我要是明着和他整暧昧，你觉得我能活得下去吗？”

“哦，这样。唉，你看看人家梁言，年纪轻轻就当财务总监了，我家那位还在我旁边打游戏呢。”林归梦将手机往吴樯那儿凑了凑，话筒里传来了游戏音效。

聊了许久，终于快轮到她了，应照离挂断电话等着。

和她一排的有一位大爷，穿着拖鞋，跷着二郎腿，很有规律地抖动着脚。

一开始他并没有引起应照离的注意，只是大爷玩着手机，突然打开了短视频APP。

可能他的耳朵有点背，他将音量调到了最大，加上室内本就空旷，视频的声音几乎塞满了每个角落，吵得别人议论纷纷。

眼看就到她了，她又想到自己的事挺麻烦的，起身走过去，拍了拍他的肩膀。

“大爷，该您办业务了。”应照离笑着说道。

大爷抬头，“哦”了一声，将手机揣到裤兜里，乐呵呵地说：“谢谢小姑娘了。”

“不客气。”应照离笑着回了一句。

等办完事，已经下午四点半了。

应照离连忙赶回公司交差，下了公交车，她在路上走着，还遇到好几个已经下班的同事。

回到办公室，她坐到自己的位置，将高跟鞋轻轻脱下，脚后跟磨破了皮，渗出点血。

见董斯萱不在，应照离给她发了消息。

几分钟后，董斯萱让应照离将单据送到地下停车场，说她在那儿等着。

应照离将高跟鞋穿好，坐电梯到了负一层。

看到董斯萱倚在车上拿着气垫补了下妆，她心想对方估计是待会儿还有饭局。

“萱姐，这是单据。”应照离挤出一个笑容。

董斯萱将气垫放到自己包里，直起身子，将单据接过来瞥了一眼，说道：“以后做事麻利点，这都下班了。”

“嗯，好。”应照离懒得跟她争论，尽量顺着她。

目送她的车离开后，应照离慢慢悠悠地离开。

地下车库还停着许多车，遮挡着视线，四周空无一人，冷白的灯光打在混凝土材质的地坪上，将车轱辘压出的纵横交错的痕迹照得铿亮。

她往出口走着。

米色高跟鞋的鞋跟与地面碰撞，发出清脆的“噔噔噔”的响声。

没走几步路，应照离似乎听见了不止自己一个人的脚步声，是从身后传来的。

那个人脚步很稳，踩得实，但是声音很轻，不像是男人的皮鞋踏在地面的声音。

应照离依旧没加快速度。

她默默从口袋里拿出手机，用胳膊挡着，打开了手机自带的相机，将镜头稍稍侧出去。

而后，手机屏幕里出现了一个一米七左右的男人，戴着口罩和帽子，驼着背，穿着一身黑色休闲衣。

应照离心里有些慌，步子也随之快起来。

可是后面的人也跟着加快了步伐，紧跟不舍。

她连忙将高跟鞋脱下，提起来就往出口跑去。

后面的黑衣男见势也迈开步子追上来。

应照离只顾着往前跑，没注意左侧方向走过来的男人，一不小心肩膀撞到了那人的胸膛。

被撞的男人吓了一跳，正好看到黑衣男的眼神里透着一丝慌乱。

“站住！”他指着黑衣男喊了一声。

只不过还没来得及追，那个人便溜了。

应照离抱着包和高跟鞋，仰起头来，额前还有凌乱的碎发丝，对视上了一双透着亮光的浅棕色眼睛。

“邵睿诚？”

眼前的男人一米八，一头青色的头发，刘海微微遮眉，双眼皮褶皱明显，配上浅色眼眸，增加了几丝乖巧感。

邵睿诚不笑的时候嘴角便有自然而然的弧度，现在一笑，那种年轻弟弟的稚嫩感扑面而来。

“照离姐，你怎么在这儿啊？”

“我……下班。”

“真巧，我在恒言当实习生，以后能常见面了。”

应照离愣了愣，没想到邵睿诚就是另一个实习生。

她和邵睿诚大概四年没见过了，少年好像一点都没有变化，还是那么好看，只是眉眼之间少了些稚气。

应照离之前和他关系很好，但后来许多年不见有些疏离了。

邵睿诚和夏清之间的事，那时候谁都觉得邵睿诚有问题，只有应照离知道，这其中他背负了多少东西。

应照离扯了扯嘴角，淡淡道："刚才谢谢你啊。"

"不客气，你又不是没帮过我。"邵睿诚的声音清亮，少年感很浓，眼眸里带着笑意。

应照离想到明天中午答应了韩雯雯请她喝咖啡，邵睿诚毕竟救了她，也不能一点表示都没有。

她弯腰将高跟鞋放到地上，绷直脚背，穿上鞋。

"那个，时候不早了，我还要回家，等明天我请你喝咖啡。"

邵睿诚挑挑眉，好心道："我送你吧，你自己一个人还挺危险的。"

"不用，我自己可以。"应照离语气温柔。

她整理了下衣服，把包挎好，迈步往前走去。

过了几秒，她听见邵睿诚喊她。

"照离姐！"

应照离停住脚步，有点疑惑地回过身。

邵睿诚的眼角一弯，露出白净整齐的牙齿，语气轻快道："咖啡就不用了，改天请我吃甜品吧。"

她想了想咖啡和甜品都一样，就应了下来。

应照离忍着脚后跟与鞋的摩擦，走到马路上，也没有坐公交车，直接打车回的家。

到了门口，她拿起放到地上的外卖，开锁进了屋。

信封和盐盐就趴在玄关处，见到她之后摇摇尾巴连忙围过来。

应照离摸摸信封的脑袋，单手把盐盐捞到怀里，用指尖给它顺毛，解释道："今天妈妈公司加班，回来有些晚，让你们担心了。"

她随后坐到沙发上，吃着有些放凉了的晚饭。

"嗡嗡"两声，手机提示音打破了寂静。

应照离拿起手机看到梁言给她发的消息。

梁言：希望明天能吃到三明治。

应照离看到他连句谢谢也没有说，很不把自己当外人的样子，忍不住怼了过去。

应照离：给你买就很可以了，你还要每天不重样？

梁言没回复。

过了几秒钟，应照离看到"对方请求与您语音通话"的提示。

她点了绿色的通话按钮。

应照离：“喂？”

对面传来磁性又稍显低沉的声音：“不愿意？那好吧——明天大家就都知道，你是我学妹了。”

应照离对他的威胁有些无语。

她默默翻了个白眼，然后微笑着好声好气道：“梁总监想吃什么，当然就买什么。三明治是吧，保证热乎乎地送到您的手里。”

随着电流传过来的是男人细碎的笑声，他的语气比之前更温柔：“逗你玩的，你现在干吗呢？”

“吃饭。”应照离勾勾嘴角，突然想到在车库的那个黑衣男，抿了抿嘴，试探性地说，“梁言，公司安防方面你有没有想过加强一下？”

“公司安防系统挺好的啊。”梁言回道。

应照离：“是吗？我今天还在地下车库遇到有人抢劫。”

“你没事吧？”梁言明显语气加重了些，又说，“怎么不立刻给我打电话？”

应照离：“我没事，当时有人在旁边。”

梁言：“明天回公司，我去沟通一下。”

应照离：“嗯。”

聊了并没多久，两个人便互道了晚安。

第二天到公司，应照离悄悄给梁言把早餐送过去。

回到自己的位置时，看到对桌的东西已经摆好，邵睿诚抬头盯着她笑了笑：“你坐这儿啊。”

应照离：“嗯。”

邵睿诚：“那我以后有什么事还得请教你。”

应照离：“有什么不懂的问我就行。”

邵睿诚：“好。”

她打开电脑，先看了眼今天的股市行情，记录股票数据，然后又开始收集各个市场的数据，进行分析，不知不觉一上午就过去了。

大家陆续离开去吃午饭，王文羽走过来敲了敲应照离的桌沿。

“照离啊，以后你有什么工作直接找萱姐，她带你。”

应照离想到要跟她打交道就头疼，问：“那王组长你带谁啊？”

王文羽：“我带邵睿诚。”

邵睿诚听见后，仰头对王文羽笑了笑。

看他走了之后，邵睿诚起身走到应照离身边。

少年倾着身子，身上清冽的薄荷香也沉下来。

邵睿诚神色认真，不紧不慢道：“我听别人说，那个萱姐有点不好惹？”

应照离的眉心一跳，往旁边侧了侧身，淡淡道：“还好吧，她就是对待工作比较认真而已。”

邵睿诚点头装作认同，然后勾勾嘴角：“哦，那要不要一起吃个午饭？”

还未说出拒绝的话，她听见了那个熟悉又掺杂了清冷的声音。

梁言：“应照离。”

应照离连忙起来，从另一侧回过身去，语气比平时乖巧：“梁总监找我什么事？”

“上午你给我的文件有些地方我不满意，到我办公室来。”

梁言的眼神滑过邵睿诚那张脸，停顿了几秒，竟然觉得有几分熟悉，好像在哪里见过。

应照离突然有一种被抓包的心虚感，以至于都没反应过来，上午她根本没有给他交过什么文件。

有萱姐在那儿，哪轮得上她。

她跟着进了办公室，梁言将西服外套搭在椅背上，然后往沙发走去。

应照离：“梁总监，我上午好像没交给你什么文件吧？”

“外卖点多了，体恤下属。”梁言将塑料袋放到一边，拆开比萨盒子，一股食物的香气飘出。

应照离平时很爱吃比萨，看到他点的外卖，有些惊讶，感慨了一下：“你也会吃这个？”

梁言愣了一下，嘴角微微轻抿，垂眸道：“提前适应口味。”

应照离皱皱眉，因为离得远也没听见说的什么，她走过去坐到沙发上，拆开另一个比萨盒。

梁言将罐装的雪碧推到她面前，整个动作十分自然流畅。

应照离撕开一次性塑料手套，压着微扬的嘴角套到手上。

“刚刚那人谁啊？”梁言抬起眼皮，声音很平静。

应照离：“和我一样新来的实习生。”

梁言：“新来的就跟你混那么熟？”

应照离没吭声，往梁言身边靠了靠，盯着他的眼睛似笑非笑地说道：“怎么，员工的日常社交也归你管？”

梁言挑了下眉，反问道：“不行？”

她直接略过了这句话，垂眸将右手的手套摘下，抬起纤细的胳膊。

梁言看到应照离长而卷的睫毛缓慢地眨了一下，她的指尖带着凉意，碰到他绷紧的脖颈，勾着下颌，大拇指抹过平直的嘴角，将那点番茄酱蹭到卫生纸上。

“快吃吧，一会儿大家都回来了。”

梁言低头愣了几秒，声音低低的：“嗯。”

应照离吃完离开之后，梁言沉默了几分钟，伸出手碰了碰自己的嘴唇，冷不丁地笑了一声。

他知道她在调戏他，但是因为表现得不刻意，他并没有办法质问她。换个角度，他还挺享受她调戏人的时候，像只未被驯服的野猫，挠得你心里发痒。

可这份调戏，要是给了别人，他就有些不乐意了。

梁言起身回到办公椅上，拿起手机给孔正初打了电话过去。

电话接通后。

孔正初："干吗，舍得上班时间找我？"

一片沉寂。

孔正初有些疑惑："喂？人呢？"

又过了两秒。

梁言慢悠悠地说："你当时怎么追上你女朋友的？"

孔正初："哟，梁学长情史这么丰富，连追小姑娘都不会？"

梁言："没追过人，我都是被表白。"

"我跟你说，如果不是你那张脸，你'注孤生'懂吗？懂吗？"孔正初压着想怼他的怒气说道。

梁言的语气平淡："哦，那就说说没有这张脸，你是怎么追到人的？"

孔正初翻了个大大的白眼："我能挂电话吗？"

"可以。"梁言很干脆地同意了，又补充道，"但我会再给你打过去。"

孔正初："你要追谁啊？"

"你觉得还能有谁？"梁言回道。

孔正初想了想梁言身边的异性朋友，连忙说道："你真要追照离啊？这我不能帮，我这叫助纣为虐！你追你前女友去吧。"

梁言听到这句话觉得有些荒唐，反问道："怎么就助纣为虐了？"

"我要是帮你追到了，你新鲜个两三个月把人甩了，我是给人下跪认错呢，还是给人下跪认错呢？"孔正初认真地掰扯着他觉得未来几个月会发生的事。

梁言抬手松了下领带，语气正经了许多："我是认真的。这次是我想追，虽然我不能保证一辈子，但不可能几个月玩玩就分。"

电话那端的人停顿了几秒。

"行吧，现在追小姑娘无非两个途径：一个拿钱砸，一个时时刻刻宠着，但应照离那条件，要是想要钱，傍个大款不分分钟的事儿，兄弟，你懂我意思吧。"孔正初分析了一大段。

梁言："嗯。"

"加油，我祝照离看不上你，让你也尝尝挫败感！"孔正初开玩笑地说。

下班后，梁言看见应照离还在电脑前坐着将数据整理得清晰有据，默默走了过去。

"还不回家？"男人有些低沉的嗓音传入耳中。

应照离没转头，声音略带疲倦："嗯，弄完这点。"

梁言拉了张椅子过来，坐到她旁边。

随后，一双骨节分明的手把她的鼠标拿了过来，熟练地整着数据。

应照离盯着他棱角分明的下颌线，以及高挺的鼻梁，微微出神了会儿。

不过很快就清醒过来，她试着学习梁言的整理与分析思路，这么好的机会，不学白不学。

整完后，两个人来到地下车库。

应照离因为上次黑衣男的事件，对这里还心有余悸。

但貌似有些地方不一样了，她看到了增多的摄像头，以及报警按钮，还有值夜班的安保人员。

应照离笑了笑，在这二月底的冷空气里，心里暖得像个小炉子。

车上，梁言搭话："我们部门过段时间要团建，活动形式是野外露营。"

应照离听到露营，起了兴趣，询问道："实习生也能去？"

梁言："能，还可以带朋友一起。不过公司以外的人不给报销。"

"那还挺好的。"应照离打算回去问问林归梦和吴樯要不要一起去。

梁言听到她感兴趣，心里放松了点。他之前上网搜了搜约会地点，发现除了电影院就是游乐场。

好像都是些小女生喜欢的地儿，他觉得应照离应该不会喜欢。

他划着手机浏览器页面时，突然看见了野外露营，但如果只有他们两个人未免也太刻意。

然后，就找了公司团建当借口，现在一看，似乎还不错。

在恒言实习的日子转眼已经过了半个月。

应照离也熟悉了同事和日常事务，变得得心应手一些，找她碴儿的萱姐也渐渐正常了许多。

周五上午，她正坐在位置上无所事事，期待着下午的下班。

恒言有个员工福利制度，就是满两周，第三周的周五下午三点就下班。

应照离盯着电脑，听见了对面轻敲桌子的声音，抬起了头。

邵睿诚单手递过来一张便笺纸。

少年的字体精致，行笔中缺了些大气。

便利贴内容：

附近万达新开了一家甜品店，特别好吃，一起去吗？

应照离想到自己还没有还他人情，便答应下来。

"照离，吃饭去不？"韩雯雯凑过来，抱着她的胳膊把她从位置上拉起来。

应照离右手整了整桌上的文件夹，连忙说道："我还得送市场数据资料给梁总监。"

"哎呀，回来再送，恒言才不压榨员工的休息时间。"韩雯雯拉着她往餐厅走去。

吃完饭后，应照离将文件夹送到梁言的办公室，便收拾收拾下班了。

她和邵睿诚走在路上，有一搭没一搭地聊着。

没过多久便到了商场里的那个甜品店，店面有些大，整个装修是透明玻璃，简洁干净。

邵睿诚找了个双人桌，给她拉开椅子。

少年低垂着眉眼，手指在菜单上拂过。

邵睿诚的手并不精致修长，右手中指上还带着一道疤痕，跟他的脸倒是形成了鲜明的对比。

“我选好了，你看看还有没有补充的？”邵睿诚将菜单反过来推给她，然后胳膊撑在桌面上，托着脸颊看着她。

应照离微微挺直腰，与桌面拉开一些距离。

她随便点了两杯饮料。

应照离突然想到了什么，抬眸问道：“我记得你大学应该不是学金融专业的吧，怎么来这儿实习了？”

“嗯，大学学的计算机专业，读研后，自学考了注册会计师，来恒言混个实习经历。”邵睿诚语气温和，耐心解释道。

“挺好，以后找工作也加分。”应照离赞成。

邵睿诚当年高考成绩并不理想，甚至说是砸得不能再砸，但也合乎情理，他高三一整年都不在状态，勉勉强强上了个一本。

比应照离好，她那时候拼了命，结果也是凑合了个二本。

邵睿诚：“你打算在恒言转正吗？”

应照离愣了两秒，淡声道：“不了吧，想等读完研再考虑工作的问题。”

其实她并不是没有想过在恒言转正，恒言也算是很大的金融公司了，她如果转正，再加上自己的 CFA 证书，薪酬确实很可观。

但一想到梁言在这儿，她就有些别扭，如果两个人真的在一起了，待在一个公司确实不好，而且是上下级关系。

邵睿诚见应照离一直没说话。

他苦笑了一下，有些无奈地叹气：“你是不是还在介意夏清的事啊？我确实对不起她，当时不够成熟。”

“啊？”应照离愣了两秒，连忙说，“没有，感情是你们两个之间的事，不用给我这个外人解释。”

邵睿诚抿了抿嘴角，淡淡道：“一个人在文城？”

“林归梦也在。”

应照离话音刚落，邵睿诚起身隔着桌子凑近她，抬手就要碰上她的脸。

她猛地往后缩了一下，防备地看着他。

邵睿诚笑笑，音色清亮：“你眼尾处的睫毛有点结块，我强迫症。”

应照离也没带镜子，只能不太自在地闭上左眼。

少年伸出手，大拇指抵着她眼角的睫毛，食指指尖轻轻一蹭。

邵睿诚的嘴角带笑，淡定地坐下。

应照离睁开眼，微微侧头，有个熟悉的身影一闪而过。

没过多久，她收到一条微信语音。

是梁言的。

“在哪儿？”梁言的语气平淡，不带一点私人情感。

应照离垂眸扫了眼桌上快要吃完的甜品，手指在屏幕上敲击着字母。

应照离：快到家了，怎么了？

两分钟后。

梁言：没事，晚上有雨，提醒你一下。

应照离：谢了。

她有点心虚，吃完后也没多待，便乘坐公交车回到了家。

晚上。

梁言正窝在沙发上，左手握着手机，划着应照离的朋友圈。

她的朋友圈并没有更新，仍旧是以前那些东西。

梁言盯着盯着走了神，脑子里塞满了少年用指尖轻柔地蹭应照离眼睛的画面。

他有点烦躁，将手机扔到一边，抬手捏了捏眉头，起身去浴室冲澡。

翌日。

梁言早早来到公司，一直等到了九点，还没有见应照离给他送早饭。

他打开手机，还没来得及质问，就看到发来的消息。

应照离：梁总监这两天自力更生吧，导师有事，我跟公司请了两周的假。

“咚咚咚！”

“进。”

梁言将手机反扣到桌子上。

邵睿诚将门关好，迈步走过来，将怀里夹着蓝色燕尾夹的文件交给梁言。

“梁总监，这是应照离临走前托我给您的市场数据。”邵睿诚勾勾嘴角，语气十分礼貌。

梁言抬起眼皮，看着他碰到燕尾夹的小拇指骨节，一股无名之火涌上来。

“放这儿吧。”

“好的。”

邵睿诚见梁言眉头微蹙，眼睛因为微眯更加细长，带着点敌意地盯着他。

他微微一笑，并没有改变情绪，礼貌道：“总监还有什么事吗？”

梁言顿了几秒，问：“你和应照离关系很好？”

邵睿诚眉尾微挑，露出标准的笑容：“嗯，照离姐很照顾我。”

梁言抬起眼皮看向面前略带稚嫩的脸，打量了一番。

半分钟后。

“是文件有什么问题？”邵睿诚被盯得有些不舒服，主动开口问。

梁言意识到自己的失礼，收回眼神，淡淡道：“没有，让她回来找我一趟。”

“好，那您忙，我先出去了。”邵睿诚说。

梁言没说话，点了点头。

等邵睿诚的身影消失后，他将文件夹打开，慢慢翻阅着。

没几秒，他瞥见有张便利贴突兀地粘在纸张上。

黑色秀气的行楷字印在磨砂质感的纸张上，内容：

下周天想去买野外露营用的东西，一起吗？希望梁大总监百忙之中拨冗回复一下。

便利贴角上还写了 YZL。

男人的嘴角不自觉地上扬，将它揭下来夹到了日常用的笔记本里。

梁言抬手拿起手机，解锁后点进和应照离的聊天页面。

正准备回复，他突然一顿，慢慢悠悠地将手机扣回去小声说道：“我才不急。”

明华大学。

应照离忙完导师交给她的任务，已经到了下午一点多。

她将笔记本电脑收到包里，看了眼漆黑的手机屏幕。

应照离抿了抿唇，打开梁言中午十二点回复的消息。

梁言：拨冗了，周天去接你。

她挑挑眉，压住上扬的嘴角，尽量轻声离开教室。

应照离背着包，往学校餐厅走去。

因为过了饭点，餐厅并不拥挤，她打好饭，寻了一个靠窗的位置，戴上降噪耳机，把自己和周围隔离开来。

研一上学期并不怎么忙，应照离的时间也较为充裕，所以她会主动找公司实习，为练英语偶尔接翻译的活，出国玩了一趟后回来马上备考 CFA。

如此一对比，这学期她才真正感受到读研跟导师做项目忙碌起来是什么样。

接下来的几天里，导师给她布置了任务，因为要预测一个公司的未来趋势，应照离为此熬了好几个夜，收集了大量信息数据，建模，进行分析推演，一直忙到下周六才完满交卷。

周六晚上，累瘫的她提着电脑包回到了家。

看着信封趴在玄关处睡了过去，应照离把包轻轻放在桌上，小心翼翼地把它抱回到狗窝，顺便换了猫砂。

临睡觉，她拉开椅子坐到书桌前，打开日记本，记录一天。

深棕色的真皮书衣在台灯的暖光下散出微微光泽，笔尖戳向纸面，一片静寂下，“唰唰”的声音在空间不大的屋子里倒是衬得格外响亮起来。

这是应照离第三个日记本，也是最贵的一个。

可她最珍视的，是第一个。

她还记得那是高一暑假的周末，苏钰娟刚把驾照考出来，开着家里新买的二手面包车，载着她去买辅导资料。

在书店里，应照离挑挑拣拣，只拿了必备的五三和几套卷子。她跑过去准备付账，抬眸瞥见了架子上的一排本子，因为摆得高，所以十分扎眼。

她一眼相中了那个蓝色硬封的本子，封面是小王子，内芯是书中的一些插画，小狐狸、玫瑰花……

小姑娘把头发撩到耳后，踮起脚，抬高胳膊，吃力地够了下来。

应照离看了一眼本子的标价，25 块钱，偷偷瞅了瞅苏钰娟，苏钰娟正和店员聊得起劲。

她把本子放到辅导书下面，神色正常地走过去放到收银台上。

随着店员阿姨将买的书一本本地扫码拿到一边，应照离的嘴角也抿直了。

“你不是挺多本子的，怎么还买本子？”苏钰娟看到后果然问出了口。

应照离有点磕绊地回：“我、那个，用来记学习笔记。”

苏钰娟没说什么，伸进裤子口袋里掏出钱包，从三张里挑出最旧的 100 元现金给了店员。

应照离买了小王子的日记本之后并没有舍得往上写东西，一直就这么放着，放到了高二那年的寒假。

应照离写完日记后已经晚上十一点半，定了闹钟就睡下了。

第二天下午两点，梁言给她发了消息。

梁言：到你家门口了，开个门?

过了几分钟，应照离才看见，也没顾着回，赶快去把门打开。

“你下次直接敲门，我要是不看消息，你还一直等着了？”应照离边说边拿出拖鞋给他。

梁言挑了挑眉，似乎心情愉悦，嘴角勾着笑：“下次？好。”

着急忙慌地开门拿完拖鞋后，应照离这才空出心思看他一眼，刚瞥过去，她不自觉挑了下眉，瞳孔放大，手里也没了其他动作。

今天的梁言跟往常着实有些不同，头发简单地抓了抓，刘海稍稍蹭过舒展浓密的眉毛，贴着眼睛斜斜地延伸出去，眼珠比平时清亮了些许。

他一贯合身的西装换成了白色连帽卫衣，下面搭了一条牛仔裤，整个人年轻了好几岁，浑身充斥着阳光气息。

直到男人往沙发这边走来，应照离才回过神，眨眨眼，连忙说道：“你、你今天去健身吗？”

梁言顺势坐下，摸了摸窝在沙发角的盐盐：“不是说好要陪你去买东西。”

应照离："噢，是。"

"我怕你还没吃午饭，给你带了黑芙蕾和焦糖珍珠奶茶。"梁言将包装盒打开，把吸管插好推到她面前，"不知道合不合你的口味。"

应照离愣愣地道了声谢，叉起一块甜食送进自己的嘴里。

黑芙蕾的质感很好，入口软糯糯的，但不虚，半糖微甜所以不会很腻。

她一口气吃了大半，突然想到都没问问梁言，抬手叉了一块，扭头说道："你吃吗？"

男人看着递过来的甜食，弯弯眼角，打算将怀里的盐盐放到一边接过来。

没想到小家伙拿爪子钩着卫衣，可能是刚睡醒的缘故，不满意地叫唤了两声。

梁言拿手顺了顺爹毛的小东西，抬眸的工夫，应照离坐近了些，把吃的递到了他的嘴边，嗓音带了点慵懒："张嘴。"

他没想到她会喂他，于是配合地张开嘴。

黑芙蕾在口中融化，梁言觉得貌似比之前吃过的都要甜上一些。

吃完之后，应照离便和梁言出发去了商场。

到了地方后，梁言将车子停好，两个人计划先去买吃的和日用品，帐篷和睡袋等不好拿的最后再买。

应照离望向推着小推车走着的梁言，还是不由自主地多盯了一会儿。

"要不要买个水壶？"梁言扭头问她。

她还没缓过神来，木讷地"嗯"了一声。

挑选得差不多了，他们往卖帐篷的地方走去。

应照离看着各式各样的帐篷，一时不知道该如何挑选了。

"帐篷和睡袋，如果户外野营的话，哪种比较好呀？"应照离开口问道。

售货员还在盯着身着白色卫衣的某位男士，并没有回话。

"你好，帐篷和睡袋质量最好的给我拿两套。"梁言温和地对售货员说道。

售货员连忙笑着回道："您稍等，我去给您拿两套新的。"

"好。"

应照离有些无语，人果然都是视觉类生物，遇见好看的都会自动屏蔽周围的一切。

她在店里逛着，相中了一款脏粉色的帐篷。

"给您拿来了睡袋和帐篷！都是最新的！"售货员将两套帐篷和睡袋都搬了出来，给梁言看。

男人上手摸了一下材质，抬头叫道："应照离，你过来看看。"

"帮我把这一套包起来吧。"她向售货员指了指身边的这套。

售货员："好嘞。"

梁言走过来，看了看，然后说道："这个太薄了，不防风。"

应照离顿了几秒，淡淡道："好看就行，我不喜欢丑的。"

售货员将两套分别结好账，然后把发票递给梁言："小帅哥，你不懂，成熟姐姐都喜欢粉粉的东西。哎，你大几了呀？是附近的学生吗？”

梁言看了一眼垮着脸的应照离，将两套帐篷和睡袋拿好，礼貌地回道：“不是。”

往出口走的路上，应照离忍不住吐槽了一句：“明明比我大，还装嫩。”

梁言：“嗯？你说什么，我没听清。”

“夸梁总监年轻呢。”应照离抬头看着他脸笑笑。

梁言挑眉，手指蹭了蹭鼻尖，声调轻快：“你喜欢弟弟型的啊，怪不得今天偷偷看了我那么多次。”

“不是！”应照离磕磕绊绊地解释，“你、你今天这身装扮让我想起了高中的一个人。”

“前男友？”梁言淡淡道。

应照离：“我没谈过恋爱。”

梁言嘴角上扬，回道：“不早恋，挺好。”

两个人一起吃了顿晚饭，梁言便把应照离送回了家。

等他洗完澡准备睡觉的时候，看到应照离给他发了条消息。

应照离：谢谢梁总监抽空陪我，做个好梦，晚安。

没过半分钟，又发了一条。

应照离：哦对了，我喜欢真嫩的，不是装嫩的。

梁言差点把刚喝进去的水呛出来。

“喜欢真嫩的。”他把手机屏幕上的话又重复了一遍，自言自语道，“我才二十三岁。”

四月初。

三天两夜的野外露营计划提到了日程表上，周六中午，除去有事的不来，同行的一共八个人。

公司派了两辆车接人，因为林归梦和吴樯在，应照离怕这俩“国宝”口无遮拦地说出她和梁言之间的事，一直待在他们身旁。

“老同学，好久不见啊！”林归梦听应照离说过邵睿诚在恒言当实习生，和人主动打了招呼。

邵睿诚笑着，不紧不慢道：“是啊，高三我转学后就没见过面了，找时间我们三个再一起吃个饭。”

林归梦：“好啊好啊，改天我们去吃火锅。”

吴樯看见车来了，走过来搂住林归梦的腰，打断道：“先别叙旧了，车到了。”

司机下车和吴樯一起把行李搬到后备厢。

应照离看了看身边站着董斯萱和韩雯雯的梁言，一米八五的个子很突出，运动裤搭上墨绿色连帽卫衣，一件深色外套。

想了想，叫他一块上车还是不太好。

“睿诚和我们一起吧。”应照离拉着行李箱，空出来的手轻轻拍了一下邵睿诚的肩膀。

邵睿诚的胳膊僵了一下，眼尾下弯，笑里带着少年气：“好。”

他伸手将应照离的行李箱握住，提起来放进了后备厢里，又说道：“你先去车里，我来搬。”

应照离看也没有用得上自己的地方，点了下头，笑着说道：“辛苦了。”

要去露营的时间很长，司机把车留下就离开了。

林归梦容易晕车，吴樯不放心她，便让邵睿诚来开车。

还没起步半小时，应照离的手机“嗡嗡”振动了两声。

梁言：“你坐在副驾驶？”

应照离：“不能坐吗？”

她看见梁言那边正在输入中，然后停掉，又显示正在输入中。

梁言：“你在那个位置不要跟人搭话。”

应照离：“？？？”

梁言又补发了一句：“搭话会分心，注意力不集中容易造成交通事故。”

应照离：“你开车的时候不是挺喜欢和我聊天的吗？”

梁言：“我不一样，一心多用是我的天赋。”

她没回梁言，轻点了蓝牙耳机播放起音乐，然后按下手机侧边的按钮，微微侧头闭上眼睛眯了一会儿。

历经几个小时，终于行驶到了郊区的尚塘山。

听新闻报道，今天有难得一见的月全食，而尚塘山也是极佳的观测点，因为离市区远，倒也并没有多少人来这儿。

把两辆车安置好后，梁言找到了一条溪流，周围环境也很好，背风平地，适合扎营。

大家把帐篷和行李等都搬了出来，开始忙活着支帐篷。

王文羽很利落地支完了帐篷，然后独自出发去捡拾一些枯树枝当柴火。

其他人也陆续往周围逛逛。

梁言看着认真干活的应照离，她抬起胳膊把杆子支好，略微有些短的上衣顺势撩起，露出细白滑腻的一小截腰肢。

周围并没有人发现，他迈步走过去，把她的后背挡得严严实实。男人的视线落在她的细腰上，目测一掌便握得过来，腰间往下是条紧身牛仔裤，包裹着修长纤细的双腿。

梁言第一次意识到，什么是不露的高级性感。

他把视线挪开，喉结上下滑动，伸手勾住应照离的后脖领往后一拉。她倒退了一步，发丝蹭过他的嘴唇。

应照离回头，四处张望了一下，随后抬头扫了一圈他的细边眼镜，盯住他眼睛，人又往前靠了靠，声音慵懒夹带着笑：“没事做了？帮我搭帐篷？”

“白干？”梁言挑了挑眉，歪头打量着她那双上挑的柳叶眼。

应照离眨眨眼，说道：“我现在可没有什么能给梁总监的。”

梁言的嘴角一勾，慢悠悠地说：“先欠着。”

一直到下午三点多，整个营地算是布置完成。

附近树木葱葱茏茏的，密密匝匝交掩叠错着，把这块平坦的地界紧紧笼了起来。

脚下踩着碎枝、软土，爬过两重小土坡，应照离的手腕勾着水桶，抬眸望去，溪水“哗哗”流过，由近及远地蜿蜒至另一座山腰，似戏子收着还未掷出的翡翠绿水袖。

她走到溪边，弯腰把浮在水面的桶按下去，装满提起来往回走。

应照离慢慢悠悠地挪着步，想着晚上可以搭一个烧烤架，把带来的肉食和蔬菜先解决一部分。

“嗯……唔……”

几声轻吟从右侧林子里传入耳中，她纤长的睫毛跟着眨动的眼睛扑闪了两下，放下水桶，静悄悄走过去，在一棵两人合抱粗的树旁蹲下，往里面瞧去。

林子里种的树很密但并不粗壮，也就半掌宽，应该是新插的几批树苗。应照离只能看见一男一女的身影纠缠在一起。

又过了一会儿，男人把怀里的女人一推，两个人一起后退几步，女人的后腰倚到了离应照离不远的一棵小树上，动静有点大，引得树叶窸窸窣窣直作响。

应照离美目一瞪，视线正好落在那两个人的脸上，有些惊讶。

竟是王文羽和董斯萱。

两个人在公司的言行举止丝毫看不出有何暧昧气息，真想不到会在这里干这种事。

可公司并不禁止办公室恋情，为什么要偷偷摸摸的呢？

她心里还有好多疑问，轻轻挪了下脚想离开，却不料从脚掌处传来酥酥麻麻的感觉，身体不受控制地往后倒去。

后背并没有接触到地面，而是被一只有力的手覆上，随之而来的是清冽的少年气息。

应照离的肩膀抵到了精瘦的胸膛，清朗的声音轻柔地传入她的耳中：“先别说话。”

邵睿诚待她蹲稳后，收回护在她腰间的手。

林中的两个人终于隔开了点距离，开始交谈。因为静谧加上说话声音又大，回声不均匀地传递出去。

“宝贝儿，你什么时候能攀上梁总监的大腿？”

董斯萱皱了皱眉头，带着酸意搂上男人的脖子，揶揄道：“你就这么舍得让我到别的男人怀里吗？”

“他可是董事长梁恒的儿子，你把他哄开心了，咱俩再谋个一官半职的，你家那群看不起我出身的，也能闭嘴。”王文羽说完，抬起胳膊摁住她的后脑勺在她的嘴上亲了一口。

董斯萱不放心地又确认一遍：“说好了，升职之后，你就跟我结婚。”

“结。除了我，谁还能看得上你，嗯？”王文羽笑眯眯地揉掐了一把女人的腰肢，手不老实地往下摸了摸。

见两个人又亲亲搂搂地走远了些，邵睿诚往后撤了一步，托着应照离细白的胳膊肘站了起来。

应照离有些恍神，董斯萱要勾引梁言这件事要不要跟他说呢？虽然这是人家的隐私，但当事人是梁言，她觉得他有知情权。

“答应我，今天的事，当没看见好不好，对你没坏处。”邵睿诚垂眸看着她，语气认真。

应照离望着他浅褐色的眼睛，想说点什么，薄唇闭了闭，没吭声。

邵睿诚知道她有自己的想法，还是忍不住补了一句：“多一事不如少一事，少一事不如没有事。”

“嗯，知道了。”应照离点点头。

两个人转过身往原路返回，等回到帐篷处，吴樯已经在梁言的指导下把烧烤架支了起来，林归梦正处理着肉和蔬菜。

梁言站在烧烤架后，袖子挽上去，手里拿着两串试验品，隐约能看见小臂上的青筋。他的头发乖乖垂着，鼻梁高高的，下颌线条清晰。

应照离突然想看他在厨房里系着围裙做饭是什么模样。

梁言抬眼看见盯着他的大美女，弯了弯眼角，又瞥见她旁边的邵睿诚，对方手里还提着应照离之前拿的小紫桶。

男人手指捏着签子把肉熟透的一面又翻了回去。油滴到了下面，发出“刺啦刺啦”的声音，迸出的火星蹭到了他的手，才恍过神来翻到没熟透的一面。

韩雯雯看着刚刚发愣的梁言，走到他身边，声音又软又甜：“梁总监，我能以身试毒尝一尝你烤的肉吗？”

梁言看了一眼应照离，低头抽了两张卫生纸折成两折包到签子底端，递给韩雯雯，笑了笑：“可能不怎么好吃。”

“谢谢梁总监啦，肯定好吃！”韩雯雯伸手去拿。

韩雯雯噘起嘴吹吹，乐滋滋地啃了一口，然后全部吃完。

不远处，应照离看着那一幕。

“哎，离离，土豆片穿多了！”林归梦一脸诧异地看着她。

应照离淡淡道：“不是爱烤吗，多吃点，补充麦芽糖。”

“啊？”林归梦皱皱眉，没理解什么意思。

把食材准备好后，王文羽和董斯萱一起抱着枯树枝回来了。女人嘴角的口红还没擦干净晕到了外缘，姣好的面容上带着几丝满足与娇羞。

想到树林里的那一幕，应照离有些烦躁，不知该如何面对这两个人，烧烤也没心思吃，她随便找个理由跑回了帐篷里。

第四章 / 罗曼蒂克消亡史

过了许久，天色渐渐转暗。

应照离在帐篷里待得实在有些无聊，又不想过去吃饭，便独自一人跑到了附近的小土丘上坐着。

她拿起小树枝在地上敲敲戳戳，习惯性地开始写某个人的名字，一笔一画特别认真，然后立马画掉，再继续写。

没过多久，应照离觉得自己饿魔怔了，竟然闻到一股扑鼻的肉香味，不争气地咽了咽口水。

倏地，她的肩膀一沉，一件男式外套裹住了她，夹杂着熟悉的木质香。

梁言在应照离身旁坐下，把一盘烤肉放到地上。

应照离提醒："哎！会弄脏你的裤子。"

梁言没在意，拿起一串烤肉，递到她的嘴边，磁性的声音带着点哄人的意味："赏个脸？"

应照离盯着肉，舔了舔嘴唇，看到他手背有一小片红痕。

男人皱了皱眉头，有些不满："我的手上长刺了？"

应照离吃完把签子放回小盘里，拿出纸巾擦了擦，又伸进口袋掏出自己在帐篷拿的一管小药膏，拧开挤了一些到指肚上，然后把梁言的手拽过来，力度很轻地点涂到那个发红处。

天色暗得越来越厉害，应照离有些看不清："你把我手机打开，点开手电筒。"

梁言挑了挑眉，心情很好，问道："密码。"

应照离："130205。"

灯光一亮，打到两个人手上，应照离白皙透粉的指尖蘸着药膏，亮莹莹的。她涂一点在男人的手背上，就轻轻吹一下。

应照离："你不一起去看月全食，他们找你怎么办？"

梁言："吴樯安排好了。"

这两个人什么时候这么熟了？

"凉了，快吃，我亲手烤的。"涂完药膏，梁言将手收回来，又拿了一串烤肉放到应照离的手里。

等吃完，已经晚上八点多了，应照离看着月亮东面有了小小的缺口，明暗变化像是动态的黑白剪影，一点一点侵蚀，吝啬地吐出些微弱的红光。

“梁言。”

“嗯？”

“如果，我说如果，一个挺漂亮的女人追你，你会考虑吗？”

应照离不知道该怎么跟他解释，想到树林里董斯萱不情不愿地要勾引梁言，撇嘴为难的样子，她除了吃醋竟然还有些生气。

怎么，梁言不值得勾引吗？

男人对她问的问题有些出乎意料，但还是回应道：“不能说具体点？”

应照离思考了一下。

“就……还跟你是一个公司的。”她说完又添了一句，“嗯……身材也不错。”

梁言侧过头来，默默打量了她一番，笑着说道：“会考虑。”

说完这句话，梁言好像看到应照离瞪了他一眼，不过因为天色暗，又没戴眼镜，也就以为看错了。

两个人没再聊天，静静地等着月全食，没过多久，食甚出现。

月亮在此时到达最靠近地球本影中心的位置，整片天空变得暗淡无光，这也是今晚最黑暗的时刻。

应照离想拿手机录下月全食的过程，搜了身上一圈，发现没有。她皱着眉嘀咕了一句：“我的手机呢？”

梁言：“在我这儿。”

她才想起来刚刚抹药膏时把手机给了梁言，于是试探性地往他那儿摸去，摸索自己的手机在哪儿。

摸了几下，手机没找到，却摸到了男人的大腿，温热和肌肉绷紧的触感传到掌心，应照离的大脑一时间放空了，傻愣住。

我在哪儿？

手好像没知觉了？

到、到底还……找不找手机？

直到她的手被另一只更大的手稳稳握住。

应照离调整心绪，眨着眼睛，长而浓密的睫毛不小心勾了下某人的发丝。她感到脖颈处喘息溢出的滚烫气体，一动也不敢动，耳边响起低沉又莫名性感的声音：“喂，小手往哪儿摸呢？”

轰的一声，她感觉热气快要冲到脑门了，脸颊发烫，呼吸急促起来，带动着胸口起伏不定。

“我……那个，太黑了，看不见。”

黑暗中，她听见男人一声轻笑。

“你……快点，让我的手机亮一下！”

“噢。”梁言回道。

终于，微弱的亮光让一小块区域清晰了起来。

应照离连忙夺过手机，十分迅速地打开镜头录像，把两只胳膊高高举起来，目不斜视，直挺挺地坐着。

梁言看着她侧脸抿直的嘴角，笑意加深，忍住没再开口逗她。

过了一会儿，月亮逐渐突破黑暗，散发出淡淡的红光。暗红色的圆月牵动着故乡的情思，让应照离不禁想起了她小的时候。

因为就读的小学离家特别近，妈妈从来不接送应照离。

应照离每天最悠闲的时光便是下午放学后，走在灰白色的水泥路上，用鞋尖将稀稀拉拉的小石子抵在脚下，一发力，小石子带着空气中暖洋洋的土锈味，奔向前方。

她顿时有一种身体里所有不快都化成一缕青烟，从眉头破洞而出，被青灰色石子吸食干净的感觉。

渐渐地，新的成分填到身体里，小孩子的烦恼便随着小石子飞离宇宙，变作太空垃圾。

她望着带着一层土的石子，仿佛是草莓镀上了一层砂糖，甜腻腻的。她知道，她是感谢它的。

走至家门口后，小姑娘熟练地蹲到土红带锈味的旧铁门前，将小手蹭着水泥地面，伸到门里面去，手指往回一勾，沿着门内探出的边摸索着，一声脆响，就会有串略微生锈斑的钥匙串滑到她的手中，她瘦弱的小身板此刻得努力踮着脚，才能成功把门打开……

老家土红生锈的旧铁门和暗红色的月影重合在一起，月终究是故乡明，她突然有点想台江，想爸爸、妈妈和爷爷、奶奶，也明白，成年人的烦恼，不是踢踢小石子就能解决。

月全食已经结束，梁言看应照离还在那里举着手机愣神，倾身过去拿她的手机点了停止录制。

“你想什么呢？”梁言看她情绪有些低落，语气更加温柔。

应照离垂眸，握着手机说：“没事，就是有点想家了。”

“告诉你个好玩的。”

“什么？”

“听说在月全食的时候不开心，会被逮去月亮上当小兔子。但是如果微笑，就会变成童话里的公主，收到月亮邮寄站送来的暗红色礼服裙。”

应照离听着哄小孩子的话，微蹙的眉头舒展，柳叶眼弯弯，像藏了一汪池水般清澈透亮。

她“扑哧”笑出声来：“真的假的？”

“我编的。”

梁言起身，拍了拍身上的土，弯腰朝她伸出手，说：“回去吧，早点睡觉，明天养足精神。”

应照离看着那骨节细长又白净的手，嘴角上扬，抬起胳膊伸手握住，借力站起来。

快走到营地时，她突然想起自己身上还披着梁言的外套，连忙脱下来还给他，然后提议说自己先回去，他稍后再过来。

梁言只好顺着她的意思，待在原地玩了一会儿手机，随后才磨磨蹭蹭走回营地。

应照离喝完蜂蜜水，躺到睡袋里，打开手机看到梁言发过来的晚安微信。

她笑意盈盈，一夜无梦。

第二天一早，林归梦还在呼呼大睡，应照离没叫她，自己起床洗漱，撞见同样素颜的董斯萱和韩雯雯。

化妆时看不出来，一素颜，有的缺陷就显露出来了。

董斯萱的皮肤很好，但扛不住衰老的痕迹，眼角细纹有些多，法令纹也明显。

韩雯雯因为熬夜，黑眼圈有些严重，皮肤暗黄，显得整个人没精气神。

这么一对比，应照离的素颜完美得令人嫉妒，不涂粉底也是冷白色的皮肤，浓密的眉毛，长而翘的睫毛，没有黑眼圈和细纹，只是唇色较浅，不涂口红的时候显得几分病态娇弱。

董斯萱看着她，眼里有着一丝遮掩不了的羡慕，咳了一下，然后语气生硬地问道："昨天晚上你干吗去了，怎么没跟我们一起看月全食？"

应照离笑了笑，面不改色地说着假话："昨晚我有点不舒服，出去走了一圈就回帐篷睡觉了。"

韩雯雯关心道："照离你现在还难受吗？"

应照离："没事了。"

"注意休息。"董斯萱半信半疑地说了句客套话。

等全员收拾完毕，大家开车去了附近的一个度假基地。

这个基地很大，里面有各种游玩的项目，不过因为是新建的，还有未开发的地界。

办完入住手续，几个人把娱乐项目玩了个遍。

下午看完环幕电影出来后，应照离瞥见有块地方被围起来了，面积还挺大。

她一时好奇，走了过去。

靠近后，应照离发现是个娱乐项目，负责人告诉她这里是类似于剧本杀的解密游戏，要通过解锁各种任务来重现场景，最终集齐卡片，成功找到出口。

她觉得很好玩，就把他们叫了过来，八个人分成两组，一个偏轻松的剧本、一个偏恐怖的剧本。

林归梦拉着吴樯就要玩那个恐怖的，又怕吴樯比她还胆小，于是果断拉上应照离。

"梁总监，我看这个剧本还挺好的。"王文羽把偏轻松的剧本的宣传单递给他。

梁言没有接，低头盯着桌上另一张宣传单，拿了起来："我喜欢这本。"

王文羽看着他选了偏恐怖的剧本，加上梁言他们正好四个人满员，只能笑呵呵地说：“那我们四个一组，祝梁总监玩得开心。”

“谢谢。”梁言很客气地回了一句。

工作人员随后带领着应照离他们往游戏场地走去。因为在山上，路况还比较崎岖，应照离一路走着，未开发未修路的情况让她对这个游戏的期望值降到了最低，这个娱乐项目真的磕碜得像是来充数的。

他们到了游戏地点，这里是个大平房，门口的墙边竖着一块木牌子，像是用毛笔蘸了大红颜料写上的三个大字——红喜事。

因为红油漆用量足，放久了之后成了锈红色，像血滴似的，显得有些恐怖。

应照离推开木门，先是一条甬道，宽度差不多只能供单人通过，墙面挂着几个打碎了的灯泡，甬道的尽头被一面土墙堵住了。

土墙上挂着一个相框，相框里是一个笑得灿烂明媚的小女孩，明眸皓齿，看不出皮肤和发色。

因为这是一张黑白照。

应照离不禁抬手摸了一下她的那双眼睛。

“这怎么走啊，难道要我们把墙扒了？”吴樯把手插在裤兜里吊儿郎当地打量着。

林归梦白了他一眼，掀开相框也没发现什么，吐槽道：“这墙这么结实，你以为你叫吴樯就能让它无墙了？”

梁言从甬道一路走过来，把每个吊着的灯泡都仔细研究了一番，直到有一个灯泡连着的线被轻而易举地拽了下来，破旧的灯泡里插着一根长针。

他把长针取下，将灯泡放到了墙边，走到应照离身后，揉了一把她的头。

应照离看到面前的银针，伸手接过来，把相框取下来拿到手里仔细看了看，发现下方确实有一个针尖儿大小的洞。

她将长针插进去，“咔嗒”一声，相框上方蹦出了张卡片。

梁言把卡片抽了出来，上面写了几行字。

你好。

我叫鞠彤，看过相片的你一定知道我生得格外俊俏。但我的家在大山的一个小村落里，这里既落后又贫穷，像我这么漂亮的小姑娘，从小就是在赞美声中长大的。

小时候我长得可爱，经常得到婶婶、大妈的抱抱，村口的大爷会从缝着补丁的兜里掏出一块奶糖来给我吃，邻居叔叔喜欢捏我白嫩的小脸蛋或拿指头蘸我爹的白酒塞进我的嘴里，看我被辣得眼泪大颗大颗往下掉，然后用蜂蜜哄我。

我好像是那种，不说话都招人喜欢的孩子。

卡片的内容到这里结束了，翻到反面是定位的一块砖头，梁言一按，土墙缓缓转动，露出了半米宽的空隙。

林归梦拿着卡片，感叹道：“以后我也要生一个这么漂亮的小闺女。”

“要是生个儿子咋办？”吴樯问她。

林归梦回过身来，大眼睛一瞪，气鼓鼓地说：“那就再生一个。吴樯，你知道当初我为啥同意跟你在一起吗？”

“因为我的人格魅力？”吴樯挑眉逗她。

林归梦踮脚单手捏住吴樯的脸颊，逼得他弯下腰两手撑着膝盖，她笑眯眯地说：“老娘相中你这张小俊脸儿了，给我娃的基因增砖添瓦，不得多生几个，物尽其用。”

吴樯宠溺地握住她的手腕，然后十指相扣，好声好气道：“行，想生几个生几个，可我怕你疼啊。”

听完这句话，林归梦突然害羞，推着吴樯往墙缝里走：“走了走了。”

四个人又进到一个破烂的小屋子。

窗户只有框，没有玻璃，屋顶上布着许许多多的蜘蛛网，好像谁被困住了的，无法撕裂开一个小口，将自己抖落出去。

地上全是土，堆放着一些做柴火的树枝、秸秆，还有一些稻草。

稻草上还有撕碎的衣服、布条等。

梁言把稻草上的衣服和布条拿起来看了看，并没有什么发现。

应照离蹲下，把稻草一点点挪开，看到地上有根枝杈，尖锐的一端好像带着褐色的血。

可是她并不知道接下来的线索和这个枝杈有什么关系。

梁言和林归梦一时间也没有思路。

三个人并不指望吴樯能有啥发现，把他晾在一边。

吴樯看着三个人和自己仿佛隔了个孙悟空画的圈，他无聊地在一旁晃悠，走着走着，脚底有个石子，一打滑，把垒在一块烧火用的木头给踢塌了。

动静大得吓了三个人一跳。

“吴樯，你就不能老老实实、安安分分地待着！”林归梦稍稍有了思路，这么一吓全跑了。

吴樯背对着他们，指着塌掉的柴火，叫唤道：“哎！哎！哎！”

林归梦无语望天，起身走过去，嚷着：“你咋咋呼呼干什么？”

她的巴掌还没落到吴樯宽实的后背，就瞥见了柴火处的墙上用红色油漆喷的阿拉伯数字“3”。

“照……照离，找到了！”

应照离和梁言也走了过来。

“可3这个数字代表什么呢？”应照离看着掌心里的枝杈，想着其中的联系。

林归梦有条有理道：“要么是这间屋子里有像‘3’的东西，要么就是有什么是‘3’个。”

环顾了一圈，确实没有发现像“3”的东西。

梁言捡起地上的布条，正好“3”个，但好像并没有什么用。

林归梦抬着头思考着，突然看到屋顶上有“3”只橡胶制成的蜘蛛，笑着打了个响指。

“啵，那蜘蛛不就有‘3’只！”

屋顶有些高，吴樯够不着，只能把希望寄托给梁言。

男人测了测角度和距离，助跑了几步，跳离地面，把一只蜘蛛拽了下来。

天花板上粘了一块相同颜色的大卡纸，这么一拽，一个角垂下来，里面的卡片也飘到了地上。

吴樯忍不住鼓掌，赞叹道：“梁言哥，你的弹跳力这么好的吗！”

梁言笑笑：“喜欢打篮球而已。”

应照离捡起来，把之前那张与刚拿到手里的这张对比，发现是故事的后续。

转眼间，我已经十五岁了，出落得越发标致。

很多我的同龄人，现在已经辍学养家，但我想看看大山外面的世界。

于是我每天不畏辛苦地走几千米路去上学。村里有个和我同班的男孩，经常跟我一起上下学，他长得很俊秀温润，是班里的班长，但他从来没有考过我。

我经常受到老师的表扬，成绩好，长得好，我的桌洞里被塞满小礼物，但我都不会要。

在我过十六岁生日的晚上，我并没收到蛋糕，还得出门给爱酗酒的爹去打酒。

回家的路上我突然就被三个年轻力壮的小伙子捂住了嘴，被他们扛到肩膀上掳到了附近夹道的一间废弃小破屋里。

我发疯一样挣扎着，虽然干农活让我力气并不小，可这根本没办法和三个年轻男人相比。他们撕烂我的衣服，拿布条堵住我的嘴。我踹了其中一个人一脚，他骂我婊子还给了我一巴掌。

没过多久，我抬起头，发现门口站着的是班长。隔着几米远我与他对视上，甚至用尽浑身解数吸引他的注意，但只是看到了他清秀瘦削的脸上因害怕而抖动的肌肉。我的眼泪“哗啦哗啦”往下掉，眼神流露出来的全是无助和渴求他救救自己。

可班长被那三个人一吼，吓得一激灵，腿软得差点跪地上，他捡起地上自己的书包屁滚尿流地跑了。

我从怀有希望到绝望，没有了挣扎。他们把我按在地上，我的腰间被稻草里的枝杈戳出了血。我整个身子都在痛，但也好像只是稍微痛了些，然后完全不疼了。我像一具死尸任人摆布。

黎明，各家各户的公鸡开始打鸣，窗外透进来的第一道阳光照在我破败不堪的身上，我陷入空洞和凄寂，头无力地颓在地上，眼睛睁得老大，直直地注视着窗外的太阳。我想质问它，为什么现在才缓缓出来？

看到这里，林归梦已经止不住地掉眼泪，吴樯心疼地将她抱在怀里亲了亲她的额头。

应照离情绪低落，但是一滴眼泪也没掉。

她翻到反面，找到了出口在哪儿。

几个人顺着卡片的指引进了另一个密封的屋子。

这间屋子很小，黑咕隆咚，灯泡散发着昏黄的光，有一个淋浴头，滴滴答答地流着水，淌入下水道里，进来右侧有扇锁了的小木门。

这是一间浴室。

唯一的窗户被一块板子挡住，梁言伸手够下来，可并没有照进来阳光，因为玻璃被黑色颜料笔全部涂成了黑色。

他看到板子后面又贴了一张卡纸。

自那以后，“鞠彤”这个名字，在村里变成了闲言碎语的代表。明明我才是整件事的受害者，可是所有人都把我钉在了耻辱柱上。

他们说我不自尊自爱、不检点，小小的孩子就学骚狐媚子劲儿。大家好像一夜之间就忘记了之前对我所有的赞美。

我再也不敢穿稍微好看点的衣服，领口从来都是到脖子，可还是有人说我勾引男人。

有一天，我在家洗澡，正抬头冲干净洗发膏，一睁眼就看到一张熟悉的中年男人的脸贴在窗户上，嘴巴半张，露出有黄垢的牙，贪婪猥琐地偷瞄着我的身体，那是看着我长大的隔壁邻居。

我嫁不出去了。

应照离抬头看看窗户，终于知道为什么隔了木板还要全部涂黑，一丝光都照不进来。

因为那不是光，而是恶魔。

梁言把挡板放了回去，按照指示拧开了淋浴喷头，钥匙就在里面放着。

喷头还稀稀拉拉地流着水，溅到梁言的头发和身上，弄了他一手水，他甩甩头，把卫衣上的水珠擦擦。

看林归梦拉着吴樯进了小木门，梁言低头看着应照离上挑的细弯眼尾，明显的卧蚕，眼波似掐出水的柔媚。

她抬手，将男人架在高挺鼻梁上的细金丝边眼镜取了下来，拿纸巾轻轻搽拭干净，又微微踮脚，仰头给人戴上。

“擦擦手。”应照离把纸巾递给他。

梁言接过来，垂眸笑着把手指逐根擦净，然后将废纸折整齐放到口袋里。

四个人通过小木门，到了一个大院子。

院子里是村里有人结婚才有的场面。

露天的庭院里摆了七八桌的酒席，简单在客厅门外的柱子上拴了红绸子布。

走进主屋里面，八仙桌上放着祭品，中间摆着两个黑白相框。

一男一女。

男人看起来二十岁出头，普通人长相。旁边的女孩即使是黑白色都遮不住姣好的美貌，只是那双眼睛里死气沉沉，一丝活气都瞧不出。

她是长大了的鞠彤。

林归梦没发现这有什么通关线索，还在努力地寻找，顺口说道："照离，你和梁言去外面看看，找找有没有什么线索。"

"嗯，好。"

应照离和梁言走了出去，把酒席摆的桌子、椅子看了个遍，没发现什么。

院子最右边牵着一条横挂的粗绳子。

两人走了过去。

这个角落是用破砖多垒出来的一小块地方，粗绳子就从这横挂出去。

绳上挂着一个又大又粗的铁钩子，尾端结了厚厚一层血锈。

梁言把钩子取下来，重量很轻，应该是空心的，头部有个凸出来的按钮。

他顺手一按，霎时间，凄厉悲鸣的惨叫声一股脑地钻进应照离的耳膜。

"啊——"应照离大叫一声。

她下意识地用双手揪紧了梁言的衣角，缩到他的怀里，整个人止不住地发抖。

梁言的手僵住了。

铁钩掉在地上，发出一声巨响，随后被他一脚踢到了远处。

梁言的胳膊环抱住怀里发抖的应照离，让她侧过头来，左耳贴紧自己起伏的胸腔，骨节分明的手捂住她的右耳，指尖埋进她细软的头发里。

他用另一只手摩挲着她薄而软的背，像哄小孩一样，哄着怀里这只受惊的小猫。

梁言语气温柔，低声抚慰道："没事了，听到心跳声了吗？其他都是假的，只有我是真的。"

直到应照离不发抖了之后，他怀里发出闷闷的声音："还响着吗？"

梁言挑了挑眉，把她的耳朵捂紧一点，笑着哄骗道："嗯，停了我叫你。"

两个人维持着这个姿势。

应照离的情绪慢慢平复下来，耳边有"扑通扑通"的心跳声，不知道是梁言的，还是她的。

又过了两分钟。

他把手松开，眼睛瞥见应照离纤细的手指还使劲揪着他的衣服，筋络清晰可见，骨节已经泛白。

梁言握住她的手，揉搓着，慢慢掰开，轻咳道："这小玩意，电量还挺足。"

应照离没有抬头看他，声音很轻："抱歉，刚才我失态了。"

两个人随后进屋去找林归梦、吴樯。

"照离，刚刚院子里啥叫声啊？"吴樯疑惑道。

林归梦看到应照离情绪低沉、眼角发红，慌了神："离离怎么了？谁欺负你了？"

她抬头就瞪梁言。

梁言挑挑眉，举起双手，无辜道："不是我。"

"没人欺负我，就是吓到了。"应照离向林归梦解释完，走到了八仙桌前面，愣愣地站着。

梁言开口，淡淡道："我也没听出来是什么声音。"

林归梦顿时泄了气："那咋办啊，我和吴樯里里外外都找了，啥也没找到。"

就这么沉寂了几秒。

"那是宰羊的声音。"应照离背对着他们，声音平静。

她盯着桌上用大盘子装的用来祭祀的羊头，伸过手去，指尖还微微发颤。

羊嘴被应照离用力掰开，里面果真放着一张卡片。

她拿到手里，另外三个人凑了过来。

看到我的遗像了吗？

是不是还是那么美？

我的家人承受了太多流言蜚语，娘受不了爹和我这个累赘女儿了，跟别的男人跑了。我爹没本事，也不管她，也懒得管我，只是他养成了酗酒后就打我的习惯，有次差点把我打死。

后来，当初强奸我的那三个畜生，找了份苦力活，稳稳当当地过日子，老婆、孩子都有了。

我听说了全村的大喜事，我们班班长考上了好大学，他爸妈敲锣打鼓地挨家挨户报喜。

那年，我二十岁。

生日那天，家里给我订了阴婚，听说男方刚死了不久，没钱配好媳妇，把仅剩的钱给了我老爹。我没挣扎，甚至觉得挺好的，地里没脚的鬼总比地上两条腿的人强。

当天就搭了棚，请了全村的人来吃酒席。这种白占的便宜，白看的热闹，哪有人不占。

老爹还宰了只羊，把头留着上供，肉煮了羊汤。

我穿上了小时候最期待的新娘子穿的红嫁衣，一层套一层，十几年了，从来没穿过一整身新衣服，今天如愿以偿了。

婆家找了人给我打扮，可我看着镜子里的自己，化得跟鬼一样，不过跟鬼结婚，自然也应该像鬼吧。

我覆上了红盖头，嘴边挂上笑意。

我和躺在棺材里的他从院子走过，进门磕头，拜了高堂，拜了天地。

视线被红盖头遮住，可我依旧知道那些人什么嘴脸，会笑我是寡妇，赤裸裸地打量我，说我贱。

夫妻对拜那刻，我接受了他们说的一切。

我不是什么好东西。

礼成后，我出去敬酒，竟然看见了班长，他依旧清瘦俊秀，只是眼镜换了，镜片比原来厚了些。

他看向我，眼中含着泪，我的眼里起了一层雾气，直直地走到他身边，把他面前盛着羊汤的碗砸了。

我和泼妇一样拣着难听的骂他，把他赶出了我家大门。

他硬塞给我三百块钱，说是打工赚的。我没推托，看着他走远，身影消失。

进门后，我把大门插销插得死死的。

所有人都乐呵呵地扫荡着桌子上的饭菜，把羊汤喝干净，甚至碗都舔了一圈。

我好像许久没有这么开心了。

他们不知道，我在羊肉汤里下了老鼠药。

我穿着红嫁衣，坐在门槛上，看着满院子的死人，我脚边那碗羊汤都凉了。

一直到他们死透了，我才端起碗来把羊汤喝完。

血红的夕阳把所有光都恶狠狠地照到我身上，可什么都改变不了。

我回屋躺到了备用棺材里。

不想黄泉路上还看见这些人，脏了我入轮回的道。

至于班长，我放走他，不是因为我不恨他，还记得我说过，想看看大山外面的世界吗？

我被永远地囚禁在了这里，只能让他去完成我的梦想。

我死在了出生的第十八年，也希望下辈子不要再生得那么俊俏。

我叫鞠彤，不要忘记我。

故事到这里结束了。

林归梦的眼睛肿得和核桃一般，趴在吴樯的怀里不好意思见人。

工作人员把应照离他们带了出去。

应照离看见游戏项目门口等着的邵睿诚，他双手插兜，仰着头看太阳，发丝还是冷冷的闷青色。

少年转过头来看到应照离，弯着眼，明眸皓齿，笑得灿烂，整齐的牙齿和瓷白色茶盏似的，连地上拉长的影子都那么好看。

刹那间，她恍惚看到了第一张相框里，小鞠彤的影子。

应照离恍了恍神，让自己从游戏设定里走出来。

“他们去买水了。”邵睿诚说。

没多久，另一组的三个人提了一袋饮料走了回来。

董斯萱手里拿着一瓶苏打水，看包装就不怎么便宜，女人迈着碎步一路小跑到了梁言身边。

“梁总监喝点水吧，你肯定口渴了！”董斯萱说完使劲拧了拧瓶盖，但是没拧开，她笑得妩媚，递给了他。

梁言没接，客气道：“不用了，我刚喝过水。”

应照离皱皱眉，正回想着他什么时候喝过水，眼前多出一瓶牛奶，淡粉色瓶身矮矮圆圆的，像个娇憨可爱的小姑娘。

“喝牛奶可以助眠，刚玩完，舒缓一下情绪。”邵睿诚手指覆到瓶盖上，轻松拧开，递给她。

应照离确实有点口渴了，伸手拿过来，仰起细嫩的脖颈喝了几口，柔声道：“谢了。”

大家休整完，王文羽提议要不要一起拍一张合照，团建一次总要留些什么纪念。

他麻烦工作人员帮忙拍照，然后把手机给对方。

八个人找了一个好看的地方当背景，王文羽主动让梁言站到中间。林归梦见势接着把应照离推到了他身边。

应照离也没矫情，就定定地站在那儿。

梁言刚往应照离身侧挪了一步，董斯萱就靠到了他左边，但也没敢离得太近。

工作人员喊拍照时，梁言勾起嘴角，单手插兜，身子往右一歪，相片就这么拍完了，然后传到了群里。

今日活动已经结束，大家简单吃了个饭，便各自回酒店里休息。

晚上，应照离洗完澡，躺床上睡觉。

她感觉自己深深地陷进了被子里，似乎有些无法呼吸。

她又做了那个梦。

夏天的风热烘烘的，扬起施工现场的土沙，小照离抱着应裕闻的腰，坐在摩托车后座上，眯着眼憋好气，生怕呛一嘴尘土。

从施工处昏黄的工装灯下的水泥路穿过，来到了一条土路上，这里一盏路灯都没有，她只能听见轰隆隆的车鸣声，感受到耳边呼噜呼噜刮过的带着野地专属的土腥味的风。

摩托车行驶了一段距离后，灯光照到一户用栅栏围起来的人家。

到了栅栏门前，摩托车还没停住，就听见此起彼伏的狗吠声，她被爸爸宽厚的臂膀抱下来。小姑娘看着扒着门叫的小黑狗，瘦瘦小小的身板打了个哆嗦，两只小手抓住最能给她安全感的裤腿。

应裕闻把车锁了，领着她推开了木栅栏门，里面是又黑又长的一段路，尽头是关着的蓝色铝铁门。她像个上战场打仗的小兵崽子，攥起右手的小拳头，如果小黑狗一跳，那就闭眼给它一拳！

小照离安安全全走到大门前，铁门被拉开了，一个面容黄黑的女人带着笑脸出现在她面前，女人眼角笑出了几道纹，十分憨厚。

“嫂子啊！哥在家不？”应裕闻也笑着。

“在里屋呢！快进来快进来！这是照离吧？”女人招完手，低头看着小照离。

小照离还没应声，强而有力的吼叫从她右侧传来，她就瞧见铁笼子里关了一只大藏獒，朝她露出恶狠狠的獠牙，嘴张得比她的脑袋还大。小姑娘的眼睛瞪得滴溜圆，吓得连忙抱住了应裕闻的大腿。

女人大吼着：“闭嘴！别叫唤了！再叫揍你！”

进了里屋，屋里放着一张大床，被子没叠，皱皱巴巴地团在一起。

灯泡吊在水泥顶上，微微发颤，光倒是很亮。

女人招呼着应裕闻和小照离坐到沙发上，拿出一套茶具，麻利地打开一包红茶，浸茶倒水。

应裕闻起身接过茶，劝道：“你别忙活了，我就是路过来看看，早知道让你这么操心，俺就不停脚了不是！”

“谢谢婶婶。”应照离站直身子捧过茶杯，坐到沙发上，荡悠着两条小细腿。

“你这孩子，谢啥，就拿这当自己家！”女人看着小照离乐呵呵地笑着。

桌子上搁着“咕噜咕噜”冒泡的玻璃茶壶，有些水渍溅到上面。

木制的矮长桌没有上漆，带着原有的木头纹理，还有被香烟烫焦的小黑坑，有只蚊子在旁边“嗡嗡嗡”地飞着，扰得小姑娘左挠挠右抓抓。

她安安静静地坐着，听着两个人在那儿唠家常，不一会儿，有些想上厕所。

小照离揪着应裕闻的衣角拽了一下，声音奶奶的：“爸爸，我想上厕所。”

两个人聊得正开心，他弯腰拍了拍小照离的背，说：“妮妮，你从这个门出去，右拐就是。”

小姑娘站起身来，乖巧地点点头。

她推开屋门走了出去，朝右一拐，借着昏暗的光往前走，隐约间，她听见“吱嘎吱嘎”磨刀石的声音混着“咩咩”羊叫，前面是个小门，从里面传来了一阵沙哑的咳嗽声。

小照离悄悄走过去，趴到门边，看见了十几只羊，在蓝铁皮围起来的场地里转来转去，中间坐着的是一个男人，背部宽厚，手指粗还皲裂。他大喝一声，粗粝的喉咙里咳出一口浓痰，吐到一边。

小照离的小身子又往前趴了趴，赫然看见一只羊被绳子绑住四只腿，还在挣扎。下一秒，男人提着刀站了起来，一把抓起羊挂到了大铁钩子上。

小照离腿一软，捂着嘴巴转过身去，听到了极其悲惨凄厉的鸣叫声。

她吓傻在那儿了。

看着那惨烈的画面，小照离捂住心脏，听着羊濒临死亡的嚎叫，眼神涣散。

她不知道这是种什么感受，就像一大垛棉花，收紧又炸裂，都是软塌塌的无力感。

羊的叫声渐渐变小，然后消失，男人烦躁粗犷的声音从里面传来：“啧，今儿这天怎么这么热！”

应照离秀眉紧皱，蜷在被子里的身子不断发着抖，猛地睁开眼，纤长浓密的睫毛湿润润的，粘上晶莹剔透的泪珠。

她两只胳膊撑住，坐了起来，低头环抱住膝盖，静静地发了一会儿呆。

她本来已经好久不做这个噩梦了，可能是因为今天玩游戏时听到那个声音，下意识里又害怕了好久。

当时他们三个都没听出那是什么声音，应照离猜出来后，还被夸聪明。

其实这很好猜的，不过，因为是三个生长在温室里的人，只会看见摆盘精美的羊肉片，或已经做好的熟食。

哪有什么机会接触到最底层、最血腥的场面。

“嗡嗡”两声，手机在一旁振动了下。

应照离抬起头，伸出胳膊把手机拿到手上，打开后发现是梁言发来的微信。

梁言：睡觉前喝杯蜂蜜水，助眠的。

她看了眼时间，深夜十一点了，对经常加班熬夜的人，倒也没有多晚，甚至是有些人夜生活的开始。

应照离：睡了吗，出来走走？

过了一分钟。

梁言：我在外面等你，收拾好后出门。

她从床上起来，去浴室洗了把脸，套了件衣服，抽出房卡，拧开门。

梁言斜倚在墙上，应该是刚洗完澡，沐浴露的松木味还没散开，头发半干，风衣里面是一套深灰色睡衣，胳膊上还搭着件外套。

“把外套穿上，外面冷。”男人抻开衣服，披到应照离的肩膀上。

应照离拢了拢衣服，道了谢。

两个人走出酒店，并排走着，在路灯的照耀下，拓印出一对细长的影子。

“我刚刚做噩梦了，醒了之后不敢睡觉。”应照离垂着头，踢了一脚地上的小石子。

梁言声音低柔，带着笑意：“这么胆小啊，做个噩梦就不敢睡觉了？”

应照离有些无语。

梁言：“你梦见什么吓人东西了？”

应照离想到那个梦，又不想跟他说自己经历的童年阴影，挑了挑眉，委屈巴巴地瞎编道：“我梦见我被一群人欺负，你路过没有救我，我质问你，你说我丑，还一把推开了我。”

梁言“扑哧”笑出了声，皱着眉头垂眸看向她，声音里带着不可思议和宠溺：“我在你梦里就是这种形象？”

“嗯，可坏了。”应照离点点头。

梁言伸手揪着她的衣领，替她裹紧外套，嗓音低低道："梦都是相反的，你不会被一群人欺负，因为有我在，不需要质问什么，我也会说你漂亮美丽，还会把你拥在怀里。"

冷风吹得应照离打了个寒噤，梦好像还没有醒，不然她怎么会听到梁言说出这种话。

路两旁是梨树，树干上包裹着粗皮，树冠撑开是一把绿油伞，四月，往往叶未长、花先开。梨花像是小姑娘青丝上别的发簪，花芯为珠缀，瓣如瓷白瓶身，开得烂漫又浓烈。

几片花瓣顺着风，打了个旋，飘到梁言的肩膀上。

他把花瓣放到手里。

眼前的人好似故意引诱她，他不说话，只是望着她的双眸含笑。

"按理来说，现实应该是这样的。"梁言挑挑眉，开口说完。

应照离眨眨眼，有些回避地说："你做过噩梦吗？"

"当然做过。"梁言往前走着。

应照离又问道："那你醒来都是怎么办？"

梁言嘴角的笑意没有了，淡淡道："用看书和学习麻痹自己，一直到天亮。"

应照离感觉自己好像触碰到了他的伤心事，关系还没到那种程度，她也不会去问。

见风越来越大，她说："起风了，我们回去吧。"

梁言："好。"

一路上两个人都没有说话。

到了房间门口，应照离才停下脚步侧头跟他说了句："我把外套脱给你。"

"对了，你掏掏口袋，有惊喜。"梁言抬手指了一下。

应照离一脸疑惑，手伸进口袋里，指尖碰到了一张塑封好的照片。

她拿出来，发现是今天下午的合影。

梁言解释道："我看这有洗照片的地方，觉得拍得挺好看，就顺手洗了几张。"

应照离一手捏着照片，指肚蹭过自己和梁言的笑脸，因为他侧身角度较大，和董斯萱之间隔的距离可谓"泾渭分明"，让她看了心情一阵舒爽。

"梁总监，今天玩得开心吗？"她笑着问道。

"还不错。"梁言把衣服搭到胳膊上，慢悠悠地说，"进去吧，早点睡觉。"

她没有动，靠在门框上。

随后她站直身子，短暂性地回忆了些什么，抿了抿唇瓣，显出嫩嫩的粉色。

"小时候我给妈妈发过合照，也是在最中间。妈妈说，希望将来也有人环绕着我。"应照离细白的手指蹭了蹭照片里的人，抬头望着梁言，眉眼带笑，皆是温柔，"梁言，今天呢，我也祝福你，愿你幸福，愿你有人环绕，晚安。"

次日。

大家在娱乐项目基地嗨玩了一上午，下午四点多将所有行李收拾好，开车返程。

路途漫长，无聊的林归梦和应照离聊起八卦来。

“照离，你说邵睿诚为什么不谈恋爱呢？”林归梦扒着前座，歪着头和人聊天。

应照离扭过身子，棕色的长鬈发垂到肩膀上，皱着眉笑道：“喂，你怎么这么八卦？”

林归梦摆摆手，睁眼说瞎话：“嗐，我这是给车里增加欢声笑语，省得梁言开着开着睡着了。”

应照离看向认真开车的梁言，好像并没有任何困意。

“一个人不谈恋爱，有两个原因：一是没喜欢的人，二是有喜欢的人。”应照离耐心地给林归梦解释道。

林归梦思虑了一番，煞有介事地点点头：“小邵那么帅，肥水可不能流了外人田，离离，要不是因为你有——”

意识到差点说漏，林归梦紧紧闭上了嘴。

“因为什么？”吴樯刚听到一半就没下文了，凑过来问。

林归梦撇撇嘴，翻了个白眼，耍赖道：“因为所以科学道理不说也可以。”

“哎，你咋这么喜欢这个邵睿诚呢？你是个有对象的人！”吴樯不满意地表示抗议。

林归梦坐了回来，抱住男人的胳膊，头倚到他宽厚的肩膀上，哄着人：“我就只喜欢你好吧。主要是小邵让我‘姐爱’泛滥了。”

“我记得小邵说，你们三个是高中同班同学？”吴樯搂过林归梦，手指摩挲着她胳膊上的小软肉。

“对啊，说起他来，真的挺可惜！”林归梦躺在吴樯的怀里，说着高中的事情，“当年邵睿诚可是我们年级组的级草，不仅长得帅，学习还是年级第一，十三岁的天才小朋友，是妥妥的明华大学保送生。”

林归梦继续讲：“他年龄小同级三岁，是我们班班宠，那时候天天被人挂在嘴边炫耀。不过高二他有段时间很抑郁，做了许多奇奇怪怪的事，差点被退学，高三他转走了。从那以后，也没人提起邵睿诚的名字了。”

吴樯听完又问：“那他考上明华大学了吗？我看小邵现在能当实习生混得也不错啊！”

“没有，他的高考成绩只够上普通一本。”应照离侧身回答了他的问题。

其实，应照离高一时最佩服的就是邵睿诚，不是因为他的外貌，也不是因为他的成绩，而是他拥有那么多光环，却能够大大方方地承认自己贫穷的家庭条件，丝毫不避讳。

这是她那个时候死也做不到的一件事。

转眼到了林归梦、吴樯两个人的小区，放下他们后，车上就只剩下应照离和梁言。

车里很安静，暖气还开着，应照离昨晚没睡好，这种舒适的氛围让她有些犯困。

没多久，她握着手机，迷迷糊糊地就睡了过去。

梁言抽空看了眼她的睡颜，比平时多了些乖巧，卷翘的睫毛偶尔还会动一下。

应照离睡得很沉，一直到了小区楼下，停好车，还没有醒来的迹象。

男人慢慢解开安全带，倾过身去，小心翼翼地抓住安全带末端，按下按钮，扶着座椅，抬高胳膊让它慢慢回缩上去。

他还没坐稳，应照离的头往左一歪，带着整个身子倒了过去。

梁言没来得及空出手，她的脑袋就后仰靠到了他的肩上，近得都能清楚看到白皙皮肤上细软的小绒毛。

他没敢动，低头看着她微微张开的嘴唇，不知道她涂了什么口红，娇艳欲滴，还有亮晶晶的细闪。

让男人想到了德国啤酒节那一晚，荒唐却让人喜欢。

不知道什么时候，那个吻能名正言顺地再来一次。

应照离的眼珠轻轻转动，薄薄的眼皮随之掀开，看到那双眼睛，瞳孔一缩，整个人僵住。

“你还想靠多久？”梁言眼尾上挑，懒洋洋地说。

她连忙坐好，整理了一下头发，嗓音软软的：“明明是你不叫我。”

梁言：“你还怪我了？”

她刚想开门下车，就听到梁言的声音从背后传来：“应照离。”

应照离：“嗯？”

“刚刚你说一个人不谈恋爱，有两个原因。”梁言顿了一下，嘴角绷直，迟疑了一下，问，“你是哪个？”

她推车门的手停住，不知道该说什么，如果说有喜欢的人了，那不是掘自己的路。

“那你是哪个原因？”应照离反问道。

梁言没想到她问自己，笑着说：“我是不知道喜欢的人为什么不谈恋爱。”

应照离淡淡道：“我没喜欢的人。”

下车后，梁言把后备厢的行李给她搬下来，拉着行李箱陪人进了楼。

梁言看着应照离进了电梯，坐回到车里，想到应照离说没喜欢的人，松了一口气的同时，竟还有点失落。

那就说明，她并不喜欢自己。

不知不觉间，已经到了四月末，天渐渐热了起来，温度时高时低。应照离和梁言的关系在私底下也暧昧起来，像一个气球，往里吹了些气，鼓胀起来。

今天是周一。

应照离早早地来到公司，大家都还没到，见梁言办公室的灯亮着，她坐到自己的位置上，从包里拿出来个东西，神神秘秘的，背到身后，往总监办公室走去。

“咚咚咚！”

梁言：“请进。”

她一只手推开门，慢悠悠地走到男人面前，把东西放到桌上。

梁言抬眸，看见满满一大罐柚子糖被置放在桌面上，透明玻璃里面，裹了一层糖霜的粉色内芯里又微泛着橘红，像住在水晶宫殿里的穿着精致的小公主，等着骑士来救赎。

梁言笑笑：“你买的？”

应照离感觉自己学了一周的心血和报废的好几个柚子受到了不平等对待，还真是攻击性不大，但侮辱性极强。

她忍住翻白眼的冲动，一字一顿道：“这是我、做、的。”

梁言对此有些意外，心尖溢出一股隐约的甜腻腻的东西，从翘起的嘴角跑出来：“我会好好对待这罐柚子糖的，吃完还有吗？”

应照离挑挑眉，语气里带了点娇：“下次要收利息了。”

男人看着她一身的休闲装，虽然好看，但总觉得有些不对劲，脑子一转，突然想到什么：“今天董事长来视察，还要参与会议，没人通知你穿正装吗？”

她听到这句话突然愣了，可能是昨天下班回家没关注群消息，给忽视了。

梁言从转椅上起身走到她身边，垂着眼眸，含笑道：“走，总监带你买衣服去。”

两个人下楼走到附近的商场。

可是因为太早，也没几家服装店开门。

她和梁言走进一家店，服务员还在打瞌睡，没想到有人这么早来买衣服。

服务员听见动静，睁开眼便看见一位大帅哥。

梁言今天身着黑色西装、系了那条典雅复古、以波尔多红为底色的领带，身姿挺拔，他抬手扶了一下细边眼镜，望向旁边正在看衣服的应照离。

店里的风格偏法式慵懒，没有适合的正装。

应照离走到柜台，礼貌地开口问：“你好，请问店里有卖正装吗？”

服务员语气里带了点可惜：“有是有，但只剩最普通的样式了。”

“没事，普通的就可以，我能试穿一下吗？”应照离回道。

服务员去小仓库里找了一套她的码，领着她到旁边试衣间去换衣服。

梁言有些无聊，倚在墙上等应照离出来。

服务员也在旁边等着。

没过几分钟，应照离拉开了试衣间的帘子，走了出来。

两个人抬眼便看见她冷艳妩媚的小脸，长鬈发慵懒地搭在肩上，微敞开的衣领，露出的脖颈雪白，纤细的腰肢，双腿的线条并不是女孩子的那种笔直细长，而是细而不瘦，流畅且有弧度。

明明是最普通的白衬衣和黑色包臀裙搭配，却在应照离身上显得高级而性感。

服务员看着她艳丽的面容、姣好的身段，也不由得羡慕了起来。

“先生，您女朋友不仅漂亮身材还好，你们俩真是天作之合。”服务员对着梁言把应照离一顿夸。

梁言视线离开应照离，让服务员把她穿来的衣服包起来，直接拿卡结账。

他拿着柜台上的小剪刀，走向还在整理衣服的应照离，绕到她身后，把她的头发拨到前面去，将吊牌剪了下来。

应照离回过身子仰头看他，浓密又长的睫毛像流苏，眼波流转：“好看吗？”

梁言笑笑，声音低低道：“你穿什么不好看？”

应照离抬起细白的手指把他有点歪的领带摆正，轻声细语道：“那我也夸一句，领带真适合我们梁总监。”

梁言的胸腔发颤，笑出了声：“你在变相说自己眼光好？”

这条领带确实很适合梁言，普通人很难驾驭，那时候在复古市集展，她一眼就相中了。

结账后，两个人走回公司。

上电梯后，应照离刚想伸手按楼层，看梁言伸出指尖点了负一楼，皱了皱眉，有些不解。

梁言开口解释：“换下来的衣服先放我车里吧，你那儿也没处放。”

应照离想了想也是这么个理，换下来的衣服总归比较隐私，自己那儿那么小块地儿，来来往往确实不方便。

早上八点开会，现在已经七点半了，应照离去会议室将茶水备好，每个位置各放了一份资料。

没过多久大家都进到会议室坐下，韩雯雯在位置上一会儿整理整理头发，一会儿搓搓手。

应照离扭过头，关心道：“怎么了，不舒服吗？”

韩雯雯摇摇头，小声道：“就是紧张，我还没见过董事长呢。”

应照离还没来得及回她，就看见会议室的门被人推开。梁言侧身，一位中年男人迈步进来，没有啤酒肚，没有秃头，男人五官端正，眼神里透出坚毅沉稳，威严中还有一股商人的精明。

这就是梁恒，梁言的父亲。

只是，应照离觉得，梁恒的形象偏离了自己对他的预判。在她接触过梁言和梁奶奶以及听说了已经去世的爷爷后，她一直以为梁言的父亲会是一个温柔和蔼的模样，虽然长相一看就是父子俩，但梁恒好像少了些书香门第的——不食烟火气？

正当她陷入思考的时候，早会已经不知不觉开完了。

梁言让大家先出去。

应照离也起身，把自己用过的纸杯拿着，单手将椅子推到桌沿下，等最后一个人出去后，默默关上门。

“坐那儿的小姑娘叫什么？”梁恒抬手指了一下唯一推进去的那把椅子。

梁言的视线掠过去，眼角微弯，语气也变得轻快：“应照离，我们部的实习生。”

“不错，聪明又懂礼，可以考虑转正。”梁恒满意地点点头。

梁言推了推眼镜，声音柔和：“她是我仁济的学妹，小我一届。”

“那你多照顾一下。”梁恒起身，拍了拍他的肩膀。

梁恒觉得，儿子今天对他的语气友好了许多，心里生出了些宽慰。

下午六点下班。

应照离去办公室交文件，还看见梁言在工作。

“梁总监可真忙。”应照离开口打趣他。

梁言还有几个数据没看，边划着鼠标，边慢条斯理地回她：“陪我在公司待一会儿。”

应照离转身走到沙发边，顺势坐下，笑着说：“喂，你知不知道《中华人民共和国劳动法》里规定工作日加班，要给加班费的。”

“这点钱，你觉得我没有？”梁言反问道。

应照离：“当我没说。”

两个人安安静静地待在同一个空间里，一个在工作，一个在弄导师布置的小任务，融洽又和谐。

半个小时后。

男人工作完成，起身穿上外套，和应照离到地下车库去取车。

梁言为了照顾她穿着几厘米的高跟鞋，步子放得很慢，忍不住跟她闲聊。

“今天董事长跟我夸你了。”他说道。

应照离：“啊？夸我？”

梁言：“嗯，你是唯一把椅子推回去的。”

应照离：“习惯了。”

两个人正好走到车子前。

梁言透过金色细边眼镜盯着她，一步一步地把人逼到车身上，骨节分明的手抓住副驾驶的车门把手，应照离整个人被圈在怀里，很像个斯文败类正在诱骗无知少女。

他的喉结滑动，压得声音懒洋洋的，轻声笑道：“小学妹，原样交接做得不错吗！”

应照离倚在车上，柳叶眼饱含着笑意，眼角上翘，嗓音清亮：“梁学长，承蒙称赞，不胜荣幸。”

原样交接是仁济中学的一大传统特色，延续了很多年。

应照离刚上仁济的时候，开始还不适应，课间出教室跑操老是忘记把凳子推到课桌底下还为此扣过分，去小教室上英语课偶尔忘记把自己用过的纸拿走，这些小事情在学校校风的影响下，再也没有出现过。

她一直到现在，也践行着这一理念，不管去什么地方，用过什么东西，都尽可能地恢复原样。

应照离相信，梁言也是这样。

有些文明行为，是值得每个人好好传承的。

因为晚上进应照离的小区停车麻烦，梁言把应照离送到了小区门口，看着她进去。

纤细高挑的背影，为了稳住高跟鞋而扭动的腰肢，散落在肩被风轻轻吹起的头发，构成了一幅美丽的画，让贪得无厌的人，想在上面拿污墨破坏几笔。

应照离一个人静静走着，路灯昏昏暗暗，暖黄的光打到路上。

她垂眸看地面，发现除了她的影子，身后还有另外一个黑影。

小区没怎么打理的草丛杂乱交错，甚至有的已经伸到外面来，蹭到那人的裤腿，发出飒飒的响声。

这是个熟悉又令她害怕的脚步声。

应照离的心脏加速跳动，攥拳握紧自己的手，努力让自己冷静下来，这里离保安处很近，得想办法走过去。

她拨过去梁言的电话，也没管接没接，声音又嗲又甜："喂，亲爱的，我有东西落你的车上了。我没走远，你走几步路就看见我了。"

应照离深吸一口气，转过身去，入眼便是一双黑瘦的手，指缝里藏着黑色污垢，正举着手机，闪光灯对着她的脸，"咔嚓咔嚓"肆意拍着。

是那时地下车库里一米七出头的男人，他今天没戴口罩，黝黑粗粝的脸上那双略混浊的眼睛猥琐贪婪地盯着她。

"别装了，我看着那个男人开车走的。"

没想到这个人是冲着自己来的，应照离慌了，手抖得不受控制，只能背在身后，声音努力压平，不颤抖："你是谁？"

男人瞪大眼睛，嘴角扯出一个诡异的笑，露出参差不齐的牙："你不认识我了吗？小姿。"

应照离不敢惹他生气，假装有礼貌地说："您认错人了，我不叫小姿。"

"你在网上可不是这副样子！"男人一下被这话激怒，大步朝她走来，黑瘦的手强硬地抓住她的胳膊，使劲把她往地上摔，嘴里还絮絮叨叨着，"你每天跟我聊天，求我给你打钱，还给我分享你的日常生活，声音比刚刚打电话时还嗲。"

应照离的膝盖擦破了皮，右肩膀的锁骨一下磕到了花坛边的角上，白衬衫衣领处的扣子也被蹭掉了，她死死地拽住。

"我从来没跟你聊过天，我连你是谁都不知道！"应照离另一只手悄悄握住自己的高跟鞋，脱下来攥在手里。

"你找死！"男人更加暴躁，俯下身子就想给她一巴掌。

应照离举起高跟鞋，闭着眼拿细跟朝着他猛打过去。

细鞋跟在他的脖子上划了一道血痕。

应照离死死地攥住高跟鞋，几绺碎发跑到脸前，配上有些惊慌的眼神，让男人内心变态的凌虐感达到顶峰。

他的手指蹭了下划伤的脖子，走近她，将血抹到她白皙的脸蛋上。

“别怕，你这样的货色，挨一顿揍就乖了。”男人掏出藏在口袋里的小刀，边往她的脸上比画，边走过去。

应照离慢慢往后退，摸到自己的手机，长按了音量键，自动拨了110紧急求救。

她想着不挣扎了，尽量拖延时间，应该能撑到警察来救她。

“你别拿刀行不行，我害怕，如果是因为我要了你的钱，现在我就能转账给你。”应照离说道。

男人盯着她的脸：“钱我是自愿给的，但你对我说的那些甜言蜜语怎么办？”

“你要是想听，我也可以说啊。”

应照离的嘴角微微勾起，扯出了一个并不怎么好看的笑容。

“这些话你对谁都能说出来吗？”

她没想到男人的情绪如此阴晴不定，拿着刀就要刺过来。她吓得紧闭双眼，两只胳膊护住头部。

但疼痛感并没有出现，只听见了人体撞地发出的闷哼声。

应照离睁开眼睛一看。

只见梁言压在男人身上，手掌按着男人的脑袋，眼尾因生气被激得微微发红，狠厉地揍了一拳又一拳，直到那个人晕了过去。

“梁言！”

应照离刚刚都没哭，这个时候，竟然像个见了家长的小孩，忍不住落下眼泪。

梁言扶了下歪掉的细边眼镜，走到应照离身边，屈膝跪到地上，将西装外套一脱，从她脖颈处围到了背后，将她整个人包裹得严严实实的。

他俯身将她搂到怀里，揉着她细软的头发。

梁言声音温柔又宠溺，有点发颤：“离离，对不起，让你受惊了。”

应照离第一次听见他喊自己离离，要是平时，早就激动得给林归梦打电话了。

可她刚经历恐吓，察觉不出有什么甜蜜感。

梁言搂着她站起来，将她手里还握着的高跟鞋拿到手里，蹲下给她穿好。

一会儿的工夫，警察就来了。

经过一番审问，终于了解了这件事情的始末。

这个男人自去年九月开始，在一个打游戏的页面中误点到了私密交友网站，里面有很多漂亮美女的介绍和自拍，可以私信跟美女聊天。系统还有不同价位的打赏功能，打赏的钱越多，就越能得到更多美女的照片和语音聊天机会。

男人在浏览这个网站时，一眼相中了一张照片上的美女。照片上，美女望向窗外，侧脸美好。

他了解到这位美女叫小姿，和自己同城。他经常找她聊天，通过不断地给她打钱，获得她一张又一张生活照，以及陪聊机会。陪聊中，她一直用甜美的嗓音喊他“哥哥”。

男人的欲望越来越强烈，后来不再满足触摸冰冷的屏幕，而是妄想摸到小姿鲜活温热的身体。

一个“破幕计划”便从他的心里诞生。

他把存起来的小姿的生活照进行分析，得到了大量的信息。

小姿，二十岁左右，单身独居女性，身高约一米六五，深棕色长鬈发，柳叶眼下有颗泪痣，小区附近有一家宠物寄养中心，喂有一只金毛和一只狸花猫，去过海德堡，经常在明华大学图书馆上自习。

这些足够了，男人从那天开始便经常往明华大学的图书馆跑，寻找小姿常坐的位置。

终于有一天，让他看见了屏幕外的人。

他趁着她上厕所的工夫，走过去翻开本子的扉页，看到上面写的名字。

应照离。

比“小姿”这个名字好听多了啊!

后面几天，他发现在明华大学见不到她了，于是，开始寻找大学附近的宠物寄养中心，很顺利地定位到应照离所在的小区，慢慢摸到了她的作息时间和工作的公司。与此同时，他手机里拍的照片越来越多，正脸照、全身照、侧脸照……

那天，他妄图去应照离家敲门，却遇到了一个西装笔挺的男人，慢慢地，他在应照离身边经常发现这个男人。

有次去公司地下车库跟踪应照离，居然被她发现了，他飞快地跑了，警告自己以后更要谨慎一些。

可今天看见女人穿的白衬衣和黑色包臀裙，他实在忍不住自己的欲望，想要破坏她，想要拍摄更多的照片。

听到这里，应照离愣了。她从来没有用过什么交友网站，看到警察打开的手机里，有一整个文件夹的照片都是自己，顿时浑身发冷。

她突然想起些什么，打开手机，对比了朋友圈和男人手机里保存的照片，一模一样。

应照离打开微信设置，找到了隐私里的朋友圈一栏，看到允许陌生人查看十条朋友圈的选项按钮是绿色的，她想起这是自己刚回国时为了让梁言看到才打开的，没料想给自己招来了祸患。

她把允许按钮关了，将男人的手机交给警察，因为动作大了点，衣领崩坏扣子的地方露出白皙细腻的肌肤。

那个男人又猥琐地盯了过来。

应照离嫌恶地看了他一眼，用手拽紧衣领。

“装什么装，自己穿成这样还假惺惺地捂。”男人不屑地啐了一口。

应照离皱了皱眉，似是觉得他说得荒唐，冷笑道：“您那玩意儿那么小，不也还穿内裤吗？”

“赔钱货色骂谁呢！”男人恼怒。

梁言迈步走到他面前，双拳紧握，小臂上的青筋绷得明显，眼神带着怒气，忍着揍人的冲动说：“把你的臭嘴闭上。”

男人竟然不暴躁了，笑眯眯地小声说道：“她穿成这样你都不在意啊！”

“在意什么？我尊重她的任何行为和想法。她要穿，我会厌恶你这种人的目光，但不会阻止。”梁言的眸子里泛着冷意，语气坚定而低沉，“我需要做的，只是保护好她。”

警察把事情处理好后，押走那个男人，并嘱咐应照离和梁言明天需要再录一个详细的口供。

一切弄完，应照离抿了抿嘴，给林归梦打电话。

“喂，离离，怎么啦？”林归梦那边声音有些嘈杂。

应照离说：“我刚刚遇见点事，今晚想和你一块住。”

林归梦：“恐怕不太行宝贝，我在医院呢。”

应照离连忙关心道：“你出什么事了？”

“我没事，是吴樯。他今天晚上想带我去吃西餐，关车门的时候手被门夹了，骨折了。噗，虽然我很心疼他，但这真是一件可怜又好笑的事。”林归梦没忍住，笑出了声。

应照离：“那你好好照顾他，等明天我再去医院看你们。”

林归梦：“好。”

梁言在一旁等着，见她挂断电话，问：“你……今晚自己在家？”

应照离点点头：“嗯。吴樯的手骨折了。”

“自己害怕吗？”梁言问。

看着他的脸，她突然笑了，声音温柔：“害怕又能怎么办，难不成你留下来陪我啊？”

空气似乎静止了。

过了几秒。

“收拾东西，”梁言的眼睛透过镜片望着她，慢条斯理地说，“去我那儿，我受伤了，你得给我上药。”他刚才揍人揍的。

应照离眨了眨眼，对这突如其来的要求有些发蒙，脑子里有不同意见的小人在打架：

——不行。

——可以。

——你要矜持！

——矜持和男朋友要哪个？

——嗯，我只是去帮他上药，顺便住一晚。

“那我得把信封和盐盐带着，可带着它们住一晚太麻烦了。”应照离自觉合理地说出问题。

梁言眼角弯着，像倒扣在水里的月影，一本正经地考虑：“嫌麻烦？那多住几晚。”

应照离回到家，简单地拿了几件换洗衣物和常用的化妆品，将一猫一狗牵着，和梁言一起下了楼。

车上，信封窝在后面，盐盐趴在应照离的怀里眯着。

“你今天下手再狠点，就要进警局写检讨了。”应照离想到梁言按着男人的脑袋一拳打下去的场景，忍不住说出口。

梁言的手掌按住方向盘，打了半圈，语气里带着嫌弃：“我最讨厌未经允许偷拍、侵犯别人隐私的偷窥狂，这种人，让我犯恶。”

应照离笑着的嘴角停住，顺毛的手不小心力度一大，引得盐盐不满意地“喵喵”叫了两声。

“网络隐私确实是个问题。”她含糊地回了一句。

应照离的思绪不知道飘到哪里去了。

没一会儿，被林归梦发的吴樯骨折版可怜视频拉了回来。

她低头打了好长一段话，给林归梦简单讲述了一下今晚自己的经历。

林归梦心疼得不得了，发过来一条语音。

“离离，现在社会这么乱，你一定要保护好自己知道吗？”

应照离发现，从小到大，好像身边的所有人都会对她说同一句话。

“离离，你是女孩子，要保护好自己。”

“大晚上出门干吗，你要懂得保护自己。”

“不要去酒吧蹦迪的场所，小姑娘家家的不安全。”

“不要穿那么性感暴露，会让坏人盯上你的。”

…………

好像女孩子第一时间受到伤害，大家能说出的第一句话就是：你要保护好自己。

这种自保意识是好的，可为什么没有一个人会脱口而出：

“女孩子不要怕受到伤害，法律会保护你的。”

“你可以穿着性感的裙子，社会会保护你的。”

“晚上你可以去酒吧蹦迪，制度会保护你的。”

但即使这样，应照离也不想牺牲自己的兴趣与爱好，理想和自由，只待在家里那个小小的空间，把自己保护起来。

因为阳光总会洒满地球的每个角落，会有热心肠的路人伸出援手，会有警察维护正义，会有不断完善的法律，会有良好温馨的社会风气。

不论男女，都不该为自己与生俱来的性别而恐惧。

你要知道，从来没有一个荒谬的律条说过，性别是犯罪。

梁言把车停到小区的地下停车场，将应照离的所有东西都拿好，往自己的公寓走去。

小区整体的装修构造偏商务，绿化率高，休闲娱乐场所完备，交通方便，可以说是为精英人士量身打造。

男人西装笔挺，宽而薄的肩膀上趴着只黄白条纹相间的小狸花猫，左手牵着一只金毛，右手提着淡紫色的手挽编织袋。

应照离看着他背影，觉得这个场景虽然诡异但又和谐得有些温馨。

到了家门口，梁言没多余的手去用指纹解锁，侧头跟应照离说："你输密码吧，我生日——"

看着她细白的指头熟练地输入那四个阿拉伯数字。

梁言心里有些疑惑，最后笑了笑："0925，我没跟你说过我生日吧？"

应照离低着头没看他，解释："之前找贺予华问过。"

梁言左手一松，信封先溜进了公寓里，他用胳膊挡了进去的路。

女人一脸不解，眼珠转了转，抬头望着他。

只见他眉头舒展，双眸含着笑意，嗓音温柔又刻意放软了些："以后想知道什么，直接问我，别去麻烦别人。"

应照离"嗯"了一声，跟着他进了玄关，换上一次性拖鞋。

梁言的公寓很大。

整个装修风格偏简约轻奢，以浅灰和奶白两个色调为主，大理石纹理的地板上铺盖了一层深浅灰拼接的地毯，米白色的沙发上放着纯黑抱枕，长而矮的桌子上搁置了一套玻璃茶具。

应照离往窗边走过去，窗户不是简单的落地窗，而是两扇欧式复古圆弧形窄窗。

前面这一块空面积装修成了吧台桌，几张高脚椅推到桌下，酒架上放着几瓶未开封的红酒。

通往楼上的护栏是深灰色透明材质的，梁言踩着镂空的木板梯去上面拿医药箱。

应照离乖乖坐到沙发上，拿过手边的小毯子盖住双腿。

她无聊地四处看看，发现客厅没有很大的主灯，从玄关处开始，便只有镶嵌在墙内的一排小筒灯。

楼梯处是用细绳吊着垂下来的小吊灯，也是整齐的一排。

虽然无主灯设计，但照明做足了层次区分，可根据需求调节氛围。

"我先给你上药。"梁言提着医药箱下来坐到应照离旁边，将棉棒和碘酒拿出来。

应照离看着他手骨上蹭破的皮，血凝固在上面，粘着细细的小沙粒。

她像吃了一颗包裹着糖衣的山楂，甜中酸涩。

应照离把男人受伤的手握着，搁到盖着自己腿的毯子上，拿过蘸了碘酒的棉棒，小心翼翼地上药。

可能是碘酒的味道有些浓，引来了小狸花猫，它左嗅嗅右闻闻，最后窝在应照离身后的沙发角上，舔舐着自己的小爪子。

“对不起啊，因为我让你受伤了。”她的声音轻轻的，带了点抱歉。

梁言声音低沉，慢条斯理道：“嗯，那你就委屈一下，多照顾我几天。”

应照离心里的愧疚被他这句话噎了回去，不知道从什么时候开始，这个男人对她耍赖的次数逐渐上升。

她给梁言上完药后，弯腰将自己小腿上擦破的地方用棉棒清理干净，贴上防水的创可贴。

“次卧里有浴室，你洗完澡记得换上新的创可贴。”梁言起身将废棉棒扔到垃圾桶里，拿出几片创可贴放到她的手里。

应照离见他要把医药箱拿走，连忙拽了拽他的裤腿。

男人扭过头问道：“怎么了？”

应照离：“还得麻烦你帮个忙。”

梁言一脸问号。

他看着应照离将深棕色的长鬈发全拨到左边的肩膀上，两只手绕到背后，将裙子拉链拉开。

白衬衣被揪着抽出来，纤细白腻的腰肢包裹在黑色包臀裙里，让人想到刚剥开的白色云片糕，切层薄而匀，松软香绵。

她将拉链又拉好，解开崩掉的扣子下面那颗，衣衫滑落，露出白皙圆润的右肩、纤细突出的锁骨。

应照离的双眸中笑意流转，声音懒懒的，有些许挠人：“我的锁骨磕到花坛角了，自己没法上药。”

梁言看了一眼，她的锁骨处瘀青了一大块，蹭破皮的地方已经停止了渗血。

他从医药箱拿出棉棒蘸好碘酒，坐到她旁边，俯过身子，力道很轻地擦拭着。

“嘶——”应照离皱着眉头，牙齿咬住下唇。

梁言缩回手，语气带着点慌乱：“弄疼你了？”

应照离歪了下头：“好像扎进去一根刺。”

梁言伸出胳膊去够医药箱，说道：“我拿个镊子给你挑出来。”

应照离迟疑：“你……下手轻点。”

“行，我控制好力度。”梁言说。

两个人距离很近，她拽着他另一只胳膊挽起的衣袖，梁言甚至能闻到她的脖颈处隐隐约约的体香。他调整呼吸，感觉血气涌到了太阳穴，浑身发热。

终于，把刺挑了出来。

“喵——”

可能是抱枕不小心压到了小狸花猫的爪子，伴随着一声尖锐的猫叫，抱枕掉在地上。

应照离的后腰一空，重心不稳地拽着梁言往后倒去。

男人一只手护着她的头，握着的镊子掉落在地毯上。

他小臂一撑，拉开了两人之间些许的距离。

梁言垫在身下的胳膊与应照离的肩膀紧实地压在一起，看着她慌乱的神情，他突然笑了，声音磁性又低哑："你说，我把胳膊一撤，会发生什么事？"

应照离把毯子扯到肩膀处，大脑慢慢冷静下来。

她脖颈微仰，伸出指尖点了点他坚实的胸膛："你不敢。"

"离离，我虽然有教养，但我也是个正常男人。"梁言垫在她肩膀后的手往下一滑，嘴角带笑，搂住她的腰肢。

应照离对这种奇怪的感觉有些不适，皱了皱眉："你怎么开始叫我小名了？"

梁言反问道："我不能叫？"

过了几秒。

"嘴长在你身上，我还能给你堵住？"应照离小声说着。

梁言垂头看着她，视线挪到嘴角，挑了下眉："用什么堵？"

"汪！汪！汪汪！"

两个人之间升起的暧昧气氛被信封的几声狗叫给打破。

它跑到梁言的脚边，咬着男人的裤脚往后拽。

梁言手里发力，把应照离搂了起来，自己被迫远离沙发。

她看着一脸无奈的梁言，忍不住笑出了声。

梁言："我去洗澡了，你早点休息，害怕的话打我电话。"

应照离："嗯。"

她整理好自己的衣服，往卧室走去。

第二天一大早，没有金毛叫应照离起床，她拿出手机一看，竟然八点了！

应照离连忙把被子整理好，去卫生间洗漱，换了套新衣服。

她开门去到客厅，闻见了香喷喷的面包切片的味道。

看见餐桌上放着两杯牛奶、两盘三明治。

梁言刚把围裙摘下，挂到一边，看见她傻站在那儿。

"梁言，今天——不是星期二吗？"应照离看他不紧不慢的，有些怀疑自己记错了日子。

梁言坐下，淡淡道："我请假了。"

应照离试探性地问："你请的两个人的？"

梁言点点头，"嗯"了一声。

应照离只觉得心一凉，回去应该如何解释两个人同时请假的问题。

她拉开凳子坐下吃饭。

看着她出神发愣的样子，梁言心里无端生出一股闷气，不悦地说："应照离，我再跟你说一遍，恒言不管员工之间的关系。”

应照离：“我知道。”

两个人没再说话，吃完饭一起去警局做了详细的笔录。

黑衣男得到了应有的惩罚。

那个聊天网站也已经被网警查封。

不法网站上所谓的美女陪聊，不过是从各个地方获取不同年轻女性的照片诱骗上钩者，然后用变声器模仿不同的声音骗取打赏。

出了警局。

应照离在周围超市里买了一篮水果，和梁言一起去医院看望骨折的吴樯。

到了病房门口，梁言推门让应照离进去。

结果看见两个人谁也不搭理谁。

“咋了这是？”应照离问道。

林归梦瞥了吴樯一眼，闷声道：“你问他。”

梁言将水果放到桌上，走到应照离身边，看着冷战的两个人。

吴樯躺在病床上憋不住话了，坐直了身子，骨折的手上还绑着绷带，激动道：“照离，梁言哥，你俩给我评评理！”

“怎么，林归梦欺负你了？”应照离笑道。

吴樯开始解释：“我昨天在病床上看游戏直播，看她买饭回来，我下意识就把手机藏到被窝里。”

“我又不是老师，你藏个什么劲儿呢？”林归梦反驳道。

“我不是怕你说我不务正业吗！我还没说完呢，你先不要插话。”

吴樯舔了舔有点干的嘴唇，又继续说道：“她就掀开我被子，要把我的手机抢过去，我就握住不想让她看见游戏页面，结果争来争去变成了我不爱她。然后我的手机‘啪唧’砸地上了。”

“那也不是我的错啊，谁让你不握好。”林归梦撇撇嘴。

吴樯继续说道：“接着我的钢化膜就废了，林归梦说要去给我买新的，拿着我的手机就跑了出去。回来的时候还兴高采烈，给我一顿吹嘘那个老板。”

“这不挺好的，那你俩还吵什么？”应照离劝道。

吴樯无语：“关键就在于那个膜。”

“照离，你说我多好，我去给他贴膜，我怕他单手玩手机不熟练吗，手蹭得屏幕上脏兮兮的，说不定再一不小心摔了。”林归梦一脸委屈巴巴，语气全都是为他好，又接着说，“我就听店家给我的推荐，买了他家那个一百多块的镇店之宝，防偷窥防指纹的钢化膜。买回来他就跟我生气了，你说是不是他的错！”

应照离和梁言满头问号。

吴樯一脸冷漠，嫌弃地翻了个白眼：“笑死，现在用指纹根本解不开锁。”

解决完林归梦两个人之间的矛盾，梁言开车带着应照离去商场买些日用品和猫粮狗粮。

她手握着小推车，低头看着里面的牙刷、牙杯、拖鞋、毛巾，还有一提罐装雪碧，恍惚间有种要在梁言家常住的既视感。

这不是最重要的，可关键是，为什么小推车里的东西——都是粉色的？

想到野营前因赌气买的那顶粉帐篷，应照离在心里默默检讨了一番，感叹他的记忆力是真不错。

“围裙就不用了吧，我又不会做饭。”应照离眨眨眼，一脸愁容地看着他扔进去。

梁言轻笑一声：“留着备用，说不定我心情一好，教教你。”

“你知道我找男朋友的第一个标准是什么吗？”她把围裙从小推车里面拿出来，放回到架子上。

梁言回头，盯着她：“我想知道所有标准。”

应照离顿了几秒。

“其实所有标准都可以被代替。”

“被什么代替？”

“他得是一个我不戴眼镜、不认走姿、不看衣服颜色就能确定是谁的人。”

梁言听完，用理性的角度思考了一番，十几亿人口，按照一个身高体形设置标准值来卡人，那也会重合太多，不可能在模糊、静态、无色差的情况下准确认出一个人。

如果有，那个人一定远超于普通人，他得是她身边最特殊的那个。

可梁言忘记了还有一种办法——熟能生巧，看的次数多了，自然记得住。

回到家，梁言脱了西装外套，把新买的拖鞋拿出来放到应照离的脚边，去给信封和盐盐准备好晚餐。

应照离看他将衬衣袖子挽到半截，系上围裙，将新买的牛排和蔬菜拿了出来开始做晚饭。

她也帮不上忙，就去逗猫玩。

盐盐昨晚眯觉早，今天才打量起它的“新家”，好奇地蹿来蹿去，一副小没见识的可爱样儿。

这会儿它竟然跑到客厅顶上窝着了，奶白色调的墙面干干净净，在最上端内嵌了长长的两排书架，放满了书，还有暖黄色的小筒灯照着，侧边是个黑色长梯，供人爬上去拿书。

应照离怕盐盐搞破坏，顺着扶梯一阶一阶爬上去，刚爬到顶，奶黄布丁的小猫爪一蹬，蹦到了沙发上。

她细细看着放在这儿的书籍，大多是科幻类小说，还夹杂了一部分研究概率论的专业书。

真巧，自己在大学也修过概率论与数理统计专业课，不过可悲的是，挂科了。

全班不到四十个同学，老师狠心地给挂了二十多个。

为了补考，那个寒假，她是真的把一整本专业书，包括买的辅导资料都吃得透透的，生怕自己会重修。

应照离抽出一本封面合自己心意的小说,正准备下去坐沙发上翻两页,解解乏。

她抱着书往下一瞥，腿差点一软。

刚刚爬的时候怎么没觉得有这么高?

掌心沁出了星星点点的细汗泛着凉，她紧紧握住梯边，观望了四周，并没有发现可以让她顺利落地的工具。

应照离默默待在上面，沉心静气地阅读着手里那本书。

大概看了十几分钟。

浓郁的肉香味弥漫到客厅，被应照离吸入鼻腔，胃里空空的，更难熬了。

梁言摆好盘，将两份牛排端到餐桌上，又将自己做好的比萨放过去。

走到客厅叫人吃饭，抬头发现应照离扶着梯子在看书，因为屈腿搭在上面，露出纤细冷白的脚踝。

“你怎么不下来看？”梁言倚到墙边，抬头看她。

应照离抿了抿嘴,有些难以启齿,但换个角度一想,如果梁言帮忙,也还不错。

“我恐高，下不来了。”

看着她乞求的眼神，梁言伸出胳膊，将她手里的书接下来，放到桌上。

“你把手给我。”梁言说。

应照离一只手握着梯子，另一只手去够梁言的手，刚碰到一起，男人指尖顺势穿过她的指缝，紧紧地握住。

这——是十指相扣吧?

她感受到掌心的温热，指缝与指缝扣合，衍生出独属于梁言给的安全感。

应照离借力扑到男人身上，抱住他的脖子，两条细长的腿在他的胯间勾着，后腰被梁言的胳膊箍着。

几秒后，十指相扣的手被松开，两个人之间隔出了些距离。

“不吃饭了？”梁言看着还挂在身上的人，笑意中带着逗趣。

应照离滑下来，穿好拖鞋，跑去洗手。

看见餐桌上丰盛的美食，她拉开椅子坐稳。

应照离托着腮，盯着眼前的盘子：“梁言，你知道吗，我从来没有自己切过牛排。”

梁言骨节分明的手上拿着刀叉，把牛排切好推到应照离跟前，将另一盘拿了过来：“我又没说不给你切。”

应照离想起自己第一次使用刀叉，还是在初三的时候。

那是个周末，她和林归梦约好去新华书店复习。

中午去了附近的麦当劳，那也是应照离第一次去吃麦当劳。

她记得小学去吃肯德基，必须是得了三好学生的奖状，成绩考到班级前三名，苏钰娟才会带她去棠鹤镇上唯一的肯德基店大吃一顿。但妈妈每次都不吃，嫌弃是油炸垃圾食品，只是慈爱地盯着满嘴是油的小照离。

麦当劳那时在台江还没开几家，棠鹤镇如此偏僻的地方，更是没有。

应照离看着林归梦翻开很大一本菜单，开心地要了一份双人豪华大比萨。

她掏出口袋里妈妈给的八十块钱，摊开小手，零钱被折了太多次，折痕处轻轻一扯就要“分崩离析”，边角磨得起了绒，也不知道还有没有塞给她时苏钰娟手上湿湿的鱼腥味。

应照离又默默塞了回去。

一会儿的工夫，服务员就端着比萨及准备好的刀叉摆放在餐桌上，玻璃杯里也注满了柠檬水。

林归梦饿得肚子“咕咕”叫了，拿起刀叉就切开一整块比萨放到自己的小盘里，然后慢慢切成小块的。

应照离盯了一会儿，也学她左手拿叉子，右手拿刀，艰难地把一大块比萨运到自己的盘子。

她左手用叉子按住牛排，右手使力气，可是一切就滑。

试了好几下，小照离的脸虽然不红，但已经微微发烫起来。

她感觉到有些窘迫，不知道该怎么办，只能伸手抱起杯子，喝了一大口柠檬水缓解一下。

“离离你左手没力气，吃我切好的！”

林归梦隔着宽宽的桌子伸出小胳膊，把自己那盘放到应照离面前，拿过去没切的另一盘。

应照离瞪大眼睛看着林归梦，那股窘迫也被小姑娘明媚的笑容给赶到天边，随着云彩散尽。

“谢谢。”她的声音又奶又软，像个糯米团子。

林归梦笑出了八颗整洁的小牙，拍了拍自己的胸脯：“以后不管是吃比萨还是牛排，都由我来给你切！”

自那以后，两个人打死都不会拆开的革命友谊建立并长存。

吃完晚饭，应照离主动摞好盘子，放进洗碗机。

收拾完，梁言带着应照离去了负一层。

此处的装修和楼上基调不同，是新中式的风格，基本都为古色古香的木制工艺。

“这是我妈设计装修的。”梁言声音温柔，给应照离解释。

应照离打量了一圈，感叹道：“阿姨审美真好。”

梁言回过头，皱了皱眉：“我审美不好？”

“都好。”应照离笑笑。

右侧墙边放了个藤蔓编制的双人吊椅，周围养了许多花卉盆栽，散发着自然的清香。

往前走是梁言用来健身的地方，旁边是一间书房，走进去挂着几幅书画，黑胡桃木的四门书柜沿墙边贴放着，红酸枝雕花明风书桌上搁置着砚台、笔洗、香薰炉，旁边是漆器仿古茶台。

出了书房，左边是私人家庭影院，沙发围了一圈，侧边是可供人躺下的长沙发，还有毯子。

梁言将放映机打开，从旁边食物篮里拿了饮料和零食放到桌上。

“要不要一起看个电影？”他询问道。

应照离没推托，很干脆地应了声：“好。”

梁言把灯光调暗，找了一部评分很高，据说女孩子看了都会哭的悲伤爱情片。

他把毯子给应照离拿了过来，盖到她身上。

影片开始，缓慢的镜头出现了主人公的身影，导演用了一镜到底的拍摄手法，使观影者的代入感强烈起来。

男女主一次又一次的相遇，剧情温馨且充斥着浓烈的幸福感，但极致的美好背后往往隐藏的也是另一个极端。

剧情的走向一拐，没有了之前的温馨美好，剩下的是惨淋淋的现实，两个人之间的感情像绳线拉扯断。

梁言看着桌上的抽纸，竟然一张都没被用过，扭头看着脸蛋上一滴泪没有的应照离，怀疑孔正初推荐的是假片。

孔正初给自己打包票说他当年就是带侯倩语看了这部电影，然后她窝在他的怀里哭了好久，最终成功在一起了。

影片放映结束。

梁言淡然一笑，说道：“我还以为你会哭。”

应照离眉头微蹙，语气近乎平静：“我看电影从来没流过眼泪。”

放映机投射出的光源在昏暗暧昧的环境下被空气中的微颗粒割裂，中心灰暗，边缘薄而透亮，忽明忽暗，宛若一片片鱼鳞。

“离离，你相信缘分吗？”梁言抬起眼皮望向她，声音很轻。

应照离听他喊离离，竟也没了最初奇怪的感觉，越发顺耳。

她垂眸思索了片刻，喃喃地说：“不相信。”

“那你说，电影里的一次又一次偶遇搬到现实生活中，该如何做解释？”

安静的空间里只能听到放映器运作的声音。

她抿抿嘴，扭过身子，淡淡笑着：“概率论中的实际推断原理，你还有印象吗？”

梁言：“记得。”

人们在长期实践中总结得到：概率极小的事件在一次试验中，实际上是几乎不会发生的。

如果小概率事件在一次试验中竟然发生了，则有理由首先怀疑原假设的真实性，从而推翻原假设。

所以——

“概率论表明：每一次偶遇，都是一个人蓄谋已久的相遇。”

就像我对你一样。

你不会知道，我们之间的种种偶遇，不是什么罗曼蒂克的疯狂爱恋，而是邂逅时我独自的逢场作戏。

翌日。

吃完梁言做的早饭，应照离先一步离开，坐公交车往公司走，拒绝了男人开车载她的提议。

刚坐到办公桌的位置上，抬眼就看见了与她对视的邵睿诚。

邵睿诚的眼瞳覆着棕褐色，被玻璃外的阳光一照，眸色晕染成一盅浅茶水，清澈透亮。

“警局那边都处理好了？”

邵睿诚关心了下应照离的具体情况，清瘦的手腕握着厚厚一沓文件递给她。这是昨天她请假上头布置下来的任务，她不在，所有事情便落在邵睿诚一人身上。

应照离眼角微弯上挑，笑着双手接过文件，搁到桌上：“处理好了。辛苦睿诚，收尾的活都交给我吧。”

“照离姐……”邵睿诚的声音很小。

应照离：“嗯？”

她低头瞥见桌上自己那一大罐粉橘色柚子糖，挑了挑眉。

十八九岁的小孩……应该都喜欢吃糖吧？

应照离细长的手指拨开暗扣，把分装盒倒满，笑盈盈地递过去。

“你想说什么？”

邵睿诚看着一小盒柚子糖，眼神怔怔。

他垂着胳膊，虚空的手攥成拳头，随后松开，抬起小臂把糖握在手里。

“就是想说……姐姐今天的腮红真好看。”

少年的眸色浅得寡淡，瞧着应照离眼睑下斜打的腮红，是嫩桃红洒满了金粉的颜色，让人生出一股破戒的渴望。

他嘴角上翘，轻笑一声，像应照离小时候不懂事，拿长长的木筷敲白瓷碟发出清脆的响儿，夹杂着破碎感。

“恍若暮日里浴光的野蔷薇。”

应照离听到他的语气平静且真诚，丝毫没有阿谀逢迎之意，这种未沾染丁点社会俗调的夸赞，让人心头一暖。

她莞尔一笑，情绪被带动起来，开玩笑道：“还没吃糖呢，嘴就这么甜？”

“我从不乱夸人。”邵睿诚淡淡地瞥了一眼手里握住的糖盒，本就自然上挑的嘴角笑意更加明显，呢喃道，“你是首例。”

应照离低头，正巧看见手机屏幕一亮，收到一条微信消息。

梁言："来我办公室一趟。"

她揉了揉太阳穴，起身离开座位，正好将整理好的文件拿着，给他送过去。

应照离手腕下压，拧开门，刚开了条小口，就感觉到一股力量拉着她迈了进去，脑袋正好撞到男人身上，有些发疼。

"嗯？不坐我的车就是来给小孩送糖的？"梁言的声音从她头顶传来，带着点醋意和几丝怨气。

她愣了一下，有些发蒙，又想到刚刚在跟邵睿诚说话，才反应过来他口中的小孩是谁。

应照离解释道："我又吃不完。"

她拍开梁言搭在自己胳膊上的手，一抬眼看到桌上还放着一瓶牛奶，旁边就是自己送的一大罐柚子糖，还是满满的。

她心里想，是不好吃吗？

到底也没好意思问出来。

梁言走到桌边，伸手拿起牛奶递到应照离的手里："早上看你没喝牛奶，现在把营养补上。"

真是个细节控……

"谢了。"

她拿到手里，牛奶的瓶身还是温热的，应该是刚在微波炉里加热过。

梁言双手插兜，视线掠到一边，不看她，淡淡道："别喜欢弟弟型了，小孩可不会这么贴心。"

"我可没说自己喜欢。"应照离挑挑眉，表示不关自己的事。

梁言看着她灵动的眼神，不由得被她脸颊上嫩桃红掺金粉的腮红吸引。

梁言："新腮红？"

应照离："嗯。"

梁言："好看。"

应照离的柳叶眼一弯，"扑哧"笑出声，换个腮红被夸了两次，真这么合人眼缘？

她抬眸盯着男人的眉眼，从鼻梁打转两圈，滑到喉结处，又挪到眼睛与他对视。她伸出手来，指尖抵着梁言的胸膛，一字一顿中带着慵懒诱惑："你们男的都一个德行。"

应照离踮踮脚，侧头在他的耳边说道："我今天用的 NARS 的 orgasm。"

梁言只觉喉间升起一股渴意，这个单词在大白天被说出来，确实有点口干舌燥的滋味。

那天过后，应照离找了一个新小区，治安管理很好，自己除了一猫一狗也没有什么东西可拿，于是很迅速地搬到了新租的房子里。

周六。

林归梦神神秘秘地给应照离打了个电话，发过地址让她快点到，就是不告诉她去干什么。

等打车到了目的地，才发现是一家高档酒店，应照离按着地址找了过去。

打开包间的门，里面是黑的，她怀疑自己走错了，退了回去，看了眼门上的号码，对的。

“林归梦？”应照离试探性地叫了一声。

她摸着黑，想找墙上灯的开关，结果还没按到，黑暗中响起了温馨的音乐，林归梦的声音传来：

“祝你生日快乐，祝你生日快乐，祝你生日快乐，祝你生日快乐……”

灯光一瞬间亮起。

整个房间被装饰成紫色的，顶上铺满了气球，墙上挂着 Happy Birthday（生日快乐）的金色字母气球。

应照离愣住，眼眶里已经有了些雾气，看到吴樯搂着林归梦笑得满脸灿烂，旁边站着高瘦的邵睿诚。

桌上放了一个大蛋糕，竖牌写着“22 岁生日快乐”，蜡光微微晃动。

林归梦拉着应照离坐到沙发上，开心地说：“离离快许愿！”

她收住情绪，将如藻般的长发拨到耳后，闭上眼睛，双手合十默默许下一个愿望：“希望 22 岁的应照离，你要保持热忱，保持永不熄灭的精灵气。”

林归梦以往都是在生日当天给她庆祝，也不知道这次怎么提前了一天。

应照离刚想问林归梦，林归梦偷偷趴到她的耳边，小声嘀咕：“明天的时间提前给你的梁学长留出来。”

“我没告诉他。”应照离回道。

林归梦无语，想让吴樯给他发消息，被应照离按住了。

“照离姐，生日快乐。”

邵睿诚弯着眼角，走到应照离面前，闷青色的发梢扫到睫毛，垂眸浅笑，捧了一束红蔷薇在怀中。

应照离没有接，她知道野蔷薇的花语是浪漫的爱情，虽然不能这么自恋，邵睿诚也比自己小，但她没收过男孩子送的捧花，刚想摆手拒绝，就听邵睿诚小声说道：“归梦选好送你的。”

“谢谢了。”应照离顿了一下，放心地接过来。

此时的她，只知道野蔷薇的花语是浪漫的爱情。

后来，才知道，它还代表了弱势一方，敢于和命运抗衡，是所有叛逆精神的颂歌。

生日宴结束，林归梦还拍了合照，最后传到三人小分队的群里。

看着气球墙，她心里一阵感叹。

初中的时候，应照离就很羡慕其他小朋友可以办生日宴。

小姑娘会穿上买好的礼服裙，像个公主一样，戴上亮晶晶的小王冠，邀请很多朋友庆祝生日，最后还会坐在装饰的气球墙前面拍照。

可一次生日宴要花费几百块钱，这对她来说实在是天文数字，爸爸妈妈肯定也不会让她把钱花到这种地方。

她过生日当天，奶奶会多炒几个菜，下碗长寿面，然后跑到庄子路口卖炸鸡的小摊上买一整只炸得酥脆的鸡。

吃完也就代表长大了一岁。

一家人围在一起吃个饭，简单地就过完了生日，简陋到连生日蛋糕都没有。

应照离在睡觉前选了几张照片，配上准备的生日文案，设置了零点自动发送朋友圈，然后上床睡觉。

第二天，应照离放纵自己，睡到了上午九点。

醒来打开手机，收到了许多人的祝福语：

“照离生日快乐呀！大美女不要再美了！给人留条活路吧！”

“生日快乐，工作顺利，万事如意。”

“生日快乐，祝你前程似锦！”

“生日 happy，祝事业蒸蒸日上，飞黄腾达呀！”

…………

她看见最底下梁言的消息，已经被淹没在了一水的祝福语中。

梁言：“睡醒下楼。”

应照离瞳孔放大，跑到窗边往下一看，男人身姿挺立，穿着一身西装等在外面。

她连忙收拾了一下自己，换了身还不错的衣服，下楼去找他。

应照离皱着眉，因为跑下楼还夹杂着细密的喘气声：“你怎么来了？”

梁言双眸盯住她，声音温柔：“跟我去个地方。”

停好车后，两个人来到了文城最繁华最奢侈的一条街。

人流如织，路过的女生时不时地看向应照离这边，但她知道，她们看的是身边的这位帅哥。

“带我来这儿干吗？”她有些不解，抬头问道。

梁言侧了侧身，以免过路人碰到她，慢条斯理道：“不是没有给你准备礼物吗，来补救一下。”

应照离歪头，一脸迷惑：“啊？”

梁言俯下腰身，嘴唇在她的耳边停了一秒，呼出的气烫得她耳骨处覆上层淡粉。

他语气低沉，又带着宠溺：“今天这条街，看中了什么随便买。”

她傻愣在原地，直勾勾地看着面前的俊脸。

应照离的心里像被棉花糖缠住，一点一点融化成糖汁，娇生惯养着她的爱情。

过了几秒，应照离眼尾上翘，脸蛋明艳美丽，声音柔媚中带着压抑不住的幸福：“梁学长，你知道你这样，很让人心动吗？”

第五章 / 薛定谔的猫

“让谁心动？”梁言弯着腰，浓密的睫毛衬得眼珠亮晶晶的，像小时候爱玩的玻璃弹珠。

应照离抿了抿嘴，没回他，笑着往前走去。

梁言双手插兜，跟在她后面，见她没回应也不生气，慢悠悠地迈着步子。

一圈下来，应照离只是逛。她对很奢侈的牌子好像没有什么浓厚的兴趣，也没有进去看两眼。

并不是她不喜欢，而是想花自己的钱买。

她和梁言之间没有确定关系，就算确定了，她也不会花他的钱，总觉得这会慢慢变成负担。

她看路旁开着一家古着店，拉着梁言走进店门。

店主在一旁戴着老花镜拿刻刀在木头上雕花，栩栩如生，手艺精美。

古着店很大，衣服、饰品，各种小玩意儿一应俱全。

应照离转了一圈，在玻璃柜处停下，那是一块苍翠色的小石头，用打磨光滑的彩色木珠串起来，连接着它，让人联想到孔雀开屏，尾上覆羽。

她问了店家才知道，这是孔雀石，又名青琅玕。

因为孔雀石的浓淡色彩和细密的纹路不尽相同，并不能和其他宝石一样易于仿制。

青琅玕的美，是独一无二的。

“德国有种说法，他们会觉得青琅轩可以有效地避开灾难祸患，也就是我们老祖宗常说的护身符。”梁言走到应照离身边，默默说道。

应照离越看越喜欢，十分合心意，语气轻快：“送我这个吧。”

梁言看她那么喜欢，挑了挑眉，说道：“行，让它当你的护身符。”

买完青琅玕的吊坠，已经到了下午两点，两个人才去附近的西餐厅吃了午饭。

应照离以为吃完饭也就结束了今天的任务，可男人开车的路线与自己家的方向渐行渐远。

车内放着舒缓放松的轻音乐，窗外的一栋栋高楼大厦像是国王的一支军队，步伐一致地向她后方全速奔跑。

接近傍晚，月牙儿初显，天空下了点蒙蒙小雨，被挡风玻璃的雨刷刮得透净。

斜阳和月亮同时存在，一半是橘红色，一半为蟹青，连接的边际用水彩洇染开、叠加，像磕破了的膝盖治愈好后那块浅褐色的结痂印子。

应照离侧头看了眼转动方向盘的梁言，又去望着陌生的景色，玻璃像个画框，整个美好的世界都挤在里头。

车子盘旋着上了高处，在文城的一个观光塔熄了火。梁言开了车门，示意应照离下车。

此处让她看到了另一个文城，没有急匆匆的上班族，没有高耸入云的商务大楼，这里是被城市遗忘的地方。

她呼吸着雨后的新鲜空气，看到不远的地儿有一对身影。

路灯已经运作，在橘黄灯光的映照下，发鬓斑白的老爷爷紧紧牵着依偎在身边的奶奶，将她护在身后，步履蹒跚地走到马路另一头。

梁言指尖推了推细边镜框，拉着应照离跑到最高处，以绝佳的视角俯瞰整座城市的夜景。

“每次有什么想不开的事情，我就会来这儿散心。”男人舒展了一下手臂，慢悠悠地说。

应照离嘴角带笑：“这是你的秘密基地？”

男人顿了几秒。

“算是，除了你，我没带别人来过。”梁言回道。

风轻轻吹在脸上，凉飕飕的，但一点都不冷。她坐到长椅上，欣赏着远方。

庞大的建筑物，宽长的马路，数以万计的霓虹灯，都浓缩成应照离眼里几块方糖、横七竖八的巧克力棒及五仁月饼里的红绿丝。

应照离感叹道：“这里确实能治愈不开心。”

梁言点点头，认同地说：“每次在这儿坐一会儿，就会感觉人们都好渺小好渺小，会生老病死、离别相聚、琐事缠身……”

“可这不就是人吗？以自己人生的有限性，像灰尘一样，一颗一颗堆积，进而转化成无限的亘古长路。”应照离一字一句，吐字清晰。

他盯着她的侧脸，越发喜欢，突然想到自己来这儿的真正目的。

梁言：“忘了正事了。”

应照离：“嗯？”

梁言：“等我一下。”

说完，男人起身扣好西服外套的扣子，往不远处的大石头走去。

应照离也跟着起来，站在原地等他。

几秒后，她看着梁言向自己走来，手里抱着一大束紫色、蓝色混合的矢车菊，另一只手提着一个礼盒。

他一步一步，向她而来。

“应照离，生日快乐。”

梁言把花束递到应照离的手里，应照离抬眼看着他，抱住矢车菊。

月光洒到两个人身上，披了一层光晕，他垂眸盯着那双柳叶眼，抬起修长的手理了理应照离被吹乱的发丝，像是给小野猫顺毛。

“人们好像特别喜欢祝福别人假大空的东西，因为实现不了也没有干系。我听腻了这些，自然不想这么祝你。”

梁言慢慢靠近，身上的松木香味弥漫在空气中，眉宇挂笑，声音温柔得让人想陷进去：“所以，撇开什么前程似锦的话。新的一岁，希望你健康，希望你平安，希望你永远能够保持自己的幸福感。偶尔可以快乐，偶尔可以不在乎是否快乐。”

她好像被这个男人栓死了，从小学到初中、高中到现在，他对自己唯一的要求，就是幸福。

梁言的魅力不仅仅在于一副俊秀的皮囊，而是永远能激励她的思想。

“你不是说没准备礼物吗。”应照离撇撇嘴，低头摸了摸矢车菊的小花瓣。

“也就骗你这一次。”梁言的眼尾上挑，将手里的礼盒放到椅子上，拖着尾音，“这才是礼物。”

应照离把花放到一边，坐到长椅上，将礼盒拿出来打开，先入眼的是一张祝福卡片，苍劲飘逸的字体写着刚刚梁言说的那几句话，落笔处并没有写名字，而是“月亮邮寄站”五个字。

礼盒里安静地窝着一条裙子，暗红色的礼服裙纯手工制作，还有一层细纱，有种将黑夜中的碎星星铺到裙摆上的感觉。

“喜欢吗？”梁言问道。

应照离摸着裙边，笑着说：“我要是说不喜欢，那岂不是太不识抬举了？”

梁言无奈道：“你不喜欢也没办法了，没有备用礼物。”

“我很喜欢，真的。”应照离没再逗他，很认真地回答道。

时间已经不早，两个人启程回到应照离的新小区。

梁言第一次来这儿，新小区离他家比较近，这还让他多想了一番，但后来想想离公司好像更近，于是默默把自恋的想法摒弃掉。

应照离：“在小区门口停吧。”

梁言：“送你进去。”

应照离：“太麻烦了，你得绕一圈拐出来。”

梁言不敢想之前要是自己没有返回去给她送落在车上的衣服正巧撞见那个黑衣男，会发生什么事情。

梁言：“看你进楼我才放心。”

应照离拗不过他，只好让他在单元楼门口停下车。

她提着礼盒，抱着一大束矢车菊，看向靠在车门上的男人，笑意盈盈，嘴唇轻启：“二十二岁的第一句晚安，送给你。”

“晚安，离离。”梁言回道。

应照离回到家，将礼盒放到桌上，仔细地拆开花束外包装，将矢车菊分成几簇摆放到不同花瓶里。

她走进卧室，伸手将扣子解开，衣服随意被堆到椅子上，全身镜描绘出女人曼妙的身姿。

整条暗红色礼服裙没有一处是松垮的，都恰到好处地贴合着每一寸肌肤。腰身处紧绷着，镂空的雕花露出肌肤，显得小腰细而白滑。

腰一紧，确实有点欧洲贵族公主的样子。

她摸着裙摆上的细纱，想到六年级合唱节的小白纱裙。那是她第一次穿裙子，也是首次见到梁言。

梁言是应照离接触到的第一个跟周围所有人都不同的男孩子，像只未开灵智的小狐狸，突然闯入她的世界，说着标准而动听的普通话，举手投足间透着贵气，温润又斯文。

梁言是她少年时期抓不住、摸不着的空茫茫的阳光。

而这次，她好像有点把握，即使被烫伤，也想伸手再够一够。

应照离走到全身镜前，找了找角度，拍下一张照片，打开微信点击发送。

应照离："很合身。"

刚洗完澡的梁言正躺在床上翻书解闷，听到手机振动的声响，伸出胳膊拿到手里打开。

入眼便是暗红色裙子包裹着姣好的身材，面容被手机挡住，只露出一双上挑的媚眼。

男人笑了笑，把书合上，指尖敲击着手机屏幕。

梁言："后悔了，该多加点布料。"

应照离收到回复后，从床上跷起小腿，踝骨带着脚丫转动，嘴角忍不住偷偷笑出弧度。

应照离："梁大总监早点睡吧，明天上班呢。"

和梁言聊完后，她像往常一样，将手机首页的股市趋势走向图打开，看了一会儿 k 线图，总觉得有些不太对劲，大概是金融人的直觉。

她给家里打了个电话。

电话接通后，她听见那边传来喧喧嚷嚷的声音，还有小孩子的哭闹。

"爸？咱家干吗呢？"应照离问。

应裕闻没应声，缓了几秒钟才说："妮妮儿啊，咋了，我和你几个大爷这不好久没见了吗，聚一聚。"

应照离担心地说："你别喝酒啊，要是你头疼了，我又不在身边。"

应裕闻："知道知道，就喝了一点，他们来我总不能喝茶吧。"

"你手里还有多少股票啊？"应照离离着大老远也拦不住他，又问。

"哎！我看看哈！"应裕闻打开了扬声器，把手机拿得离眼睛远点，看了看自己股票，说道，"还有六万多，你让我入的那几只股这两天涨得厉害，我又多买了点，你几个大爷也买了，最近赚了不少呢！"

应照离听他的语气那么高兴，突然不知道该不该因为一点不好的直觉就让老爸卖了股票。

又思虑了一番，她说：“你这两天把那点股票卖了吧，让我那几个大爷也卖了。”

应裕闻开着免提，手机里传来其他人质疑的声音：“啊？涨得这么好卖了干啥！”

“以后再买吗，听你们闺女的，不吃亏。”应照离劝道。

那边又嚷嚷道：“都听咱闺女的，高才生说的话哪能不听！”

见电话那头一直在吵吵闹闹，应照离也有些困意涌上来。

应照离：“那没事我挂了啊，爸您早点睡觉。”

“那个……”

应裕闻喊住要挂电话的她。

“嗯？怎么了？”应照离问。

扬声器被关掉，应照离好像听见关门的“嘎吱”一响，然后喧喧嚷嚷的噪声瞬间消浅了。

她听见那边咳嗽了一下，清了清嗓子，应裕闻有些别扭地说：“咳……祝我妮妮儿生日快乐，平安健康。你爹也不会说什么漂亮话，只求我闺女自己幸福就好。”

应照离举着手机，抿了抿嘴，眼眶微微发红，尽力压住哽咽：“嗯，老爸健健康康的，我就快乐了。”

父女之间别扭得从来不会像别人家的爸爸和女儿，想说啥说啥，她甚至从来没有对爸爸说过一声“我爱你”，而应裕闻对女儿的爱也是深沉又无声的。

尽管弯弯绕绕，但至少还有表达的机会，藏在心底的爱也会如约送达。

五月已经过完，六月来临。

伴随着的，还有股票市场的一个巨大危机，潜伏已久。

这次危机，不只是股市，也波及了国内其他行业。

恒言也受到影响，所有人都在加班加点，顺利发行债券、增发新股已经是不可能的了。

趁着这场混乱，有些企业开始在二级市场上进行恶意收购，中小微企业受创，有些面临被兼并、股权纷争或者破产的困境。

应照离每天盯着最新趋势。

她去跑了几家银行，把回单、税单、银行对账单都拿到手后，已经下班了。

但公司的员工都在加班，她走到自己座位上，没发现桌面上多了两片创可贴，瞥见邵睿诚还在帮忙编制公司资金管理。

他清寡的面容上带了些许疲意，眼睑下方覆上薄薄一层青灰色。

邵睿诚抬头看见应照离回来，露出一个微笑，清亮的嗓音有几丝干哑：“穿高跟鞋累不累？”

应照离把包挂到椅子上，抱怨道："能不累吗。预算有人做吗？"

邵睿诚："还没。"

应照离："那我来吧。"

她将包里的单子拿出来，打开电脑开始做银行余额调节表的 Excel。

"照离姐。"邵睿诚叫了她一声。

应照离自电脑前抬头，回应道："是有哪儿不会吗？"

邵睿诚："你把创可贴贴上。"

应照离低头看了看，这才发现左手边的创可贴。

"谢谢了。"应照离弯腰把高跟鞋轻轻脱下一点，将创可贴粘上。

做完预算，已经接近晚上九点。

她把资料抱到怀里，打算去给梁言送去。因为脚疼，她不紧不慢地挪着步。

刚到办公室门口，董斯萱迎面走了过来，抱走应照离手中的一堆文件，看了看她有些疲惫的脸，以及一瘸一拐的脚，表情严肃："送个文件慢慢吞吞，下班吧。"

"萱姐，我还能坚持，我送吧。"应照离弯弯眼角，尝试把资料要回来。

"回去歇着。"

董斯萱丢下这句话，敲敲门，进了办公室。

应照离看着紧闭的门，找不到合适的理由再进去了。

今天一整天，她连梁言的头发丝都没见着。

应照离想了想，算了，明天再见吧，回位置收拾好东西，提着包下班回家。

幸好还赶上了最后一辆末班车。

车上就她一个人了，应照离头靠在车窗上，虽然很累，但是怕坐过站，也没敢眯一会儿。

低头看着手机里一条消息都没有，她把歌单打开，锁上屏，望着窗外"嗖嗖"掠过的风景和人。

直到洗漱完准备睡觉，应照离的手机还是没有一条消息。

她有点焦躁，但是想到最近自己都忙得晕头转向，梁言只会更忙，哪有时间碰手机。

应照离没有发现，她已经开始给梁言找合适的理由来搪塞自己。

第二天。

应照离起了个大早，化了精致的妆，来到公司的时候，办公室还没人。

应照离偷摸地跑到总监办公室门口，看见里面还亮着灯，轻轻推门进去。

办公桌上堆满了资料，还有一份文件是摊开的。

但人不在。

她听见有水流的声音从里面的休息室传来，估计是在洗漱。

应照离坐到沙发上，将买好的早饭放到桌面，等梁言出来。

“咔嚓”一声。

男人推开门，右手还拿着毛巾擦着微湿的头发，衬衫下摆被抽了出来，松松垮垮地搭在腰间，胸膛处的衣扣敞着三颗。

他的眼神中闪过一丝温柔，然后被冷漠的态度盖过。

梁言淡淡道：“你怎么在这儿？”

应照离看他这态度，皱了皱眉，但想到他在公司洗漱，应该是昨晚熬了通宵。

这人难道……有起床气？

“怕你不吃早饭。”应照离略有耐心地回答。

梁言看到桌上的小米粥，垂眸不看她，嗓音冷淡中带着点倦意：“我不饿，你吃吧。”

应照离：“我吃过了，专门给你买的。”

“那拿给别人吧。”梁言回道。

应照离看着站在那儿的他，回想了最近几天自己的所作所为，并没有觉得自己有哪件事惹他不开心了。

她今早到的时候楼下的便利店还没开，硬生生地等到店员来开门，买到了第一份早餐。

应照离的期待被“哗啦”浇了一盆凉水，她不懂梁言是怎么了，心里有些憋屈。

应照离：“梁言。”

梁言：“嗯？”

应照离：“我惹着你了？”

梁言没想到她会直接这么问出来，一时竟然不知道回些啥了。

“不说话？”应照离起身离开沙发，站在那儿盯着他的脸。

梁言顿了一下，随后把毛巾搭到旁边的架子上。

他走到她面前，双眸轻眨了一下，眼神充满了认真与正经，声音平淡：“应照离，你吊着我归吊着我，吊多久我都有耐心陪你玩。”

对于这句突如其来的话，她还没反应过来。

为什么梁言会这么说？

“但你要是在吊着我的同时还有别的男人。”梁言伸出手，指尖碰触到应照离软而薄的耳垂，凉得她瑟缩了一下，“离离，这就不好玩了。”

应照离听到这儿，冷笑了一声：“你觉得——我在吊着你？”

她没有想到梁言会说出这样的话。

“我对你什么感情，你会不知道？”梁言反问她。

听到这儿，应照离回想到之前所有的暧昧事件，她不是没猜想过梁言喜欢她，只是因为他谈了太多女朋友，她觉得梁言会对所有人的暧昧都来者不拒。

她不敢相信他会喜欢自己。

应照离与梁言接触久了后，再也没有在德国时说要让他一辈子离不开自己的勇气了。

如果他只是玩玩，其实也无所谓，她现如今甚至觉得，能拥有一小段时间，也是件挺好的事。

但真听见男人脱口而出的话，还是会难受得不得了。

“在你心里，我们俩之间，就是——”应照离抬头望着他，努力地让自己看起来情绪不那么激动，但声音还是有些颤，“你在陪我玩？”

气氛沉寂，降到了最低点。

梁言有些后悔说出刚才不过脑子的话了。

看着眼前一脸失望的应照离，心脏像是被湿透的海绵堵塞，又闷又沉，挤压会渗出冰水让人感到刺痛，任之膨胀又会有窒息感。

他败下阵来，语气变得有些温柔，试图哄哄人，缓和一下两个人僵持的关系：“抱歉，刚刚我言语不恰当。”

“梁总监，说话要凭良心，我哪有什么别的男人？”应照离语气冷冰冰地追问道。

他想着既然都说到这个地步了，那就一块解决掉。

“孤烟是谁？”梁言的语气里充满了醋意，盯着应照离的眼睛。

应照离听到熟悉的名字，只觉得脑子里“嗡”的一声，瞳孔猛地放大，眼神开始飘忽不定，不自觉地避开他的直视。

她抿了抿干涸的嘴唇，愣在原地，不可思议道：“你怎么知道这个名字？”

梁言听她的语气，两个人之间好像真的有些什么。

“你之前说你没谈过恋爱，也是骗我的？”他神色复杂，脸上笼上了一层阴霾。

应照离不知道梁言从哪儿听来的，她没法跟他坦白，只能试着用最和善的方式解决掉两个人之间的矛盾。

她眉头微蹙，面容凝重且认真，伸手揪住男人挽起来的袖口，深吸了一口气：“梁言，我不能告诉你他是谁。但我可以向你保证，我跟他一点关系都没有。”

应照离第一次这么严肃地跟他讲话。

听到外面已经有走动的声音，两个人也不好再争执下去。

公司还面临着危机，这个时候也不适合被小打小闹的琐事绊住。

周三的下午。

董事长和各个高层聚在一块召开了紧急会议，商议寻找新的投资者，进行融资。

经过一番激烈的讨论，最后敲定了苏州的一位投资人。梁恒不放心别人，只能派梁言亲自去。

晚上九点多。

应照离收拾好东西，把表格保存，关闭电脑准备下班。

刚坐上电梯，一双手拦住电梯门，迫使它再次打开，男人提着电脑包，微微低头，走了进来。

应照离自觉地退到电梯的一个角落，垂着脑袋，也不说话。

可梁言没有忽略她，按完负一层，迈着步子走到她眼前，正好将人困住。他把胳膊抵到墙上，看着应照离。

“我送你回家。”梁言主动提出。

应照离没有抬头，声音很轻，带着点疏离：“不劳烦了，我下楼刚好能坐公交车。”

到了一楼，电梯门打开。

可梁言纹丝不动，应照离看他不打算放自己走，只得等电梯门关闭，随他一起去停车场。

一直到应照离的小区楼下，两个人之间的气氛还是凝固住的。

车子熄了火。

应照离刚碰到安全带插扣，想把它打开，被男人骨节分明的手一把握住，他掌心温度灼着她细嫩的手背。

梁言倾过身子，声音磁性又低沉：“还生气呢？”

应照离被覆盖的手动了动，翻了个面，反握住他的，掌心对掌心，指尖摩挲着男人的手背，声音柔媚：“被吊着你的人握住手，梁总监会生气吗？”

“我错了，离离。那天说的都是胡话，有人给我发了一封邮件，说你有喜欢的人，叫孤烟。”梁言把应照离的手握紧，不紧不慢地解释。

应照离皱皱眉，疑惑道：“就这么一句话，你就信了？”

“我一开始也以为是恶搞，但附件里配了照片。是张草稿纸，上面写满了孤烟两个字，虽然有些稚嫩，但……是你的笔迹。”梁言另一只手将手机屏幕打开，从相册里翻出保存的照片拿给她看。

她看到记得已经不能再熟的两个字，确实是自己的笔迹。

只不过，知道孤烟的人很少，会是谁发的呢？

“这件事就这么过去了好不好？”梁言好声好气地同她商量。

应照离挑了挑眉，有些顾虑：“真的？”

梁言眉宇之间镀上一层温柔，低低的嗓音中带着宠溺与妥协：“嗯，舍不得看你生气。”

她听着这话，脸颊竟然有些发热。

“明天我要去苏州出差了，大概一周的时间。”梁言捏了捏包裹在掌心里的手。

应照离突然听到要出差的消息，脱口而出：“这么久？”

梁言的眼角上挑，从胸腔里发出细碎的笑声：“想我？”

“或许吧。”她语气轻快，抽出自己的手将安全带解开。

梁言从怀里掏出一张机票，塞给她：“回去记得收拾行李，你也得去，明天早上我来接你。”

“我们俩？”应照离对这突如其来的出差有些诧异。

他盯着她，语气坚定：“嗯，就我们俩。”

次日。

应照离穿着一身白色的连衣裙，将头发绾到后面，只留几绺碎发在额前。她带好自己的证件和行李箱与梁言一起出发去了机场。

等待飞机起飞的时候，她坐在位置上，一切准备就绪。

可每过几分钟，就有不同的男乘务员过来给她调整座椅或者询问需不需要帮助。

梁言被晾在一旁，也不好对人家的工作服务说什么，只能默默地打开笔记本电脑工作。

半个小时后，他揉了揉眉头，眼睛有些酸涩，将电脑合上放到一边，闭上眼睛准备眯一会儿。

应照离看着梁言的侧脸，他眉骨生得好看，睫毛密且长，遮住了眼睑，鼻梁挺立，嘴唇微抿着，顺势延伸出棱角分明的下颌线。

只不过俊秀的面容上有着掩盖不住的疲倦，梁言的脖颈僵着，看起来很不舒服。

她往里坐一点，歪头盯着梁言的睡颜瞧了好一会儿，伸出指尖碰了碰男人的睫毛。

应照离鬼使神差地伸出右手护住他的头，慢慢地、一点一点地将梁言的脑袋靠过来，倚在自己的右肩上。

他的发丝上还残存着松木洗发水的味道，萦绕在应照离身边。

没过多久，似乎是找到了舒服的睡姿，梁言无意识地蹭了蹭她凹陷的颈窝，嗅到若有似无的奶香味。

飞机在几个小时后抵达下降点，降落到机场。

梁言睡得很沉，应照离轻轻戳了一下他的脸，发现手感十分不错，没忍住又捏了捏。

“梁言，醒醒，到了。”她小声叫着他，拍了拍他的手背。

男人睁开眼睛，发现自己正靠在应照离的肩膀上，如果是度假的话，他想就这么一直靠下去。

梁言按了按发涨的太阳穴，坐直身子。

“走吧。”梁言将东西拿好，和应照离一起出去。

先是打车去了订好的酒店，随后简单吃了个午饭。

两个人点了下午茶，坐在小沙发上，梁言开始给她解释这次出差的主要目的。

“这是我们需要搞定的那位投资人。”梁言将资料摆到应照离面前，指了指照片里的人。

这是一位略微有些白发的爷爷，虽然年老，脸上布满皱纹，但那双黑色的眼眸透出一股子凛然正气，即使挂着和蔼可亲的笑容，也不乏威严。

他叫步阳晖，也是全国出名的阳晖融资企业的创始人，白手起家，六十岁退居二线。

应照离疑惑道：“为什么不找新兴的呢？步老出了名的不给面子，他隐退很久了。”

“恒言赌不起，我只要稳赢。”梁言坚定地说。

所谓低风险低收益，高风险高回报，新兴融资公司确实容易搞定，但对恒言来说还是解决不了根本问题。

若真能和步老达成合作，就算危机再持续半年，也不带怕的。

“那我们今天先去阳晖公司总部探探路？”应照离询问道。

“好，听你的。”梁言脸上的细边金丝眼镜被阳光一照，给眉眼处铺了层光晕，显得温柔又斯文。

附近有公交站牌，正巧直达阳晖公司，省下了打车的钱。

公交车上很挤，因为开着可有可无的空调，窗户都紧闭着，又闷又热，六月天，应照离发际线处新长的细软碎发已经被沁出的汗珠浸湿，垮垮地贴在上面。

在换乘站停住后，一小撮人拥到后门，乱哄哄地下了车。

应照离面前有一个位置，梁言刚想让她坐下，看见她瞥了自己一眼，又望向斜后方示意一下。

他晓得她的意思，回头便看到了扶着车杆的一位奶奶，提着一大兜新鲜的蔬菜，就站在一个年轻人面前，那人还在抓着手机边骂脏话边打游戏。

梁言转过去，礼貌地说：“奶奶，那里有位置，您去坐吧。”

他扶着老人走到应照离身边，然后坐到空位置上。

奶奶不是很显老，这个年龄还化了精致的妆，身着一件素净的月白旗袍，手腕上戴着纯净致密的翡翠镯子。

应照离抓着座位的靠背，梁言站在她身后，挡住了挤来挤去的人，留出一小块空间，把她圈在胸膛前面。

老人看着同样一身素白裙子的应照离，绾在后面的发丝已经变得松散了许多，显出了些许凌乱美的风韵。

“小姑娘，谢谢你给我让座。”奶奶弯下眼睛，眼角的皱纹似乎也在微笑。

应照离温柔地回道：“奶奶您客气了。”

“看你不像南方人，跟男朋友来旅游的？”奶奶视线掠到身后的梁言，慈祥的笑意浮现在脸上。

“呃，没有！您误会了……”

应照离还没说完，车子猛一刹车，她失了重心，往侧边倒去。

腰间及时出现了一只强劲有力的手，把她身子稳住，后脑勺的发夹磕到男人怀里，硌了他一下。

梁言没有把放在她腰间的手拿开，只是虚空地扶着，以防再次刹车。

“我和她是北方人，来江南水乡玩玩。”梁言接了应照离的话，给老人家解释道。

“真好，趁着年轻，就该跟喜欢的人，可劲儿地看看外面的世界。”奶奶语气中充斥着对年轻时候的向往。

"嗯，一定会的。"梁言微笑着回应。

因为奶奶要坐到终点站，两个人下公交车前还不忘跟她告个别。

离开站牌，走了大概几百米，就来到了阳晖公司的总部。

几十层高的一栋大厦，顶部是"阳晖投资"四个大字。

阳晖投资近年来一直是中国最佳PE（Private Equity私募股权）投资机构的前五强，与几百家国内、海外的投资机构保持着友好和谐的密切合作伙伴关系，陆续投资了三百多家企业，其中一半都顺利在国内上市，另外许多公司也在海外挂牌上市。

谁能想到这么一家知名企业，是由当年浑身上下只有两百块钱的一个毛头小子建立的。

进入公司。

前台是一位颜值很高的女工作人员，仪容仪表整洁，精神饱满，形象气质俱佳。

应照离走路速度慢下来，拽拽梁言的衣袖。

他扭头看她，递出一个疑惑的眼神。

"你去跟前台搭话，尽量温柔点，如果可以，说点好听的。"应照离小声嘱咐道，然后走到了一边，默默打量着公司大厅的角角落落。

梁言对她提的要求虽然想抗议，但还是得为了公司着想，忍一时不乱大谋。

男人一身西服挺立，指尖抵了一下架在鼻梁上的金色细边眼镜，眼睛微弯，像只觅食的狐狸，一步一步逼近毫不知情的猎物。

"你好，请问——"

梁言说到这停住了话，直勾勾地盯着面前看到自己后，脸颊已经微红的女人。

前台的女工作人员羞涩地抿了抿嘴，她不是没见过长得好看的，但既俊美还温柔斯文的西装帅哥，还是第一次见。

"有什么事可以帮助到您吗？"

梁言又往前迈了一步，将手机反扣在前台上，身子侧了侧角度，似乎是为了更好地跟她交流。

他轻抬眼皮，嘴角含笑，明眸俊秀，余光却从未离开不远处身着一袭素净连衣裙的女孩，慢条斯理的语气中带着点尾音："抱歉，美丽的事物太吸引人，我忘记了自己想问什么。"

女工作人员逐渐有些保持不住自己的专业素养，抬起细白的胳膊撩了撩自己浓密的黑发，声音掐着，有些软："没关系，您慢慢想，我的时间都是您的。"

过了几秒。

"我想找一下你们公司的创始人，步阳晖老先生，我是他之前提点过的学生。"梁言嘴角挂着笑，平静地说。

面前的女人皱了皱眉，有些为难地说："他老人家已经许久没来过公司了。"

"那你们公司的CEO，江凌行先生在不在？"梁言退而求其次。

"你有预约吗？江总今天去新基地看货了，估计晚上才会回来。"她看着梁言那张脸，不自觉地多说了几句。

梁言叹了口气，假装可惜地说：“算了吧，有机会再来看看步老先生和江总。”

女工作人员见梁言要走，不知道还能不能遇见他，连忙叫住他：“哎！先生！”

“嗯？”梁言背对着她，嘴角浮现一抹得逞的笑容，转过身来倒是一脸正经。

“我知道步老现在住在乌塘镇的一栋独立别墅里，你可以去碰碰运气。先生介意留个联系方式吗？如果步老之后来公司，我第一时间通知你。”女人拿出一张白卡片和一支黑笔，期待着他的回话。

梁言顿了一下，挑了下眉，心情貌似很好，语气也轻快起来：“当然不介意。”

男人修长白净的手拿起黑笔，在白色卡片上写了个假名，留下一串电话号码。

他单手插兜，往公司门口走去。

应照离在梁言之前出了公司，站在一旁，冷白色的皮肤在阳光的照耀下笼着一层朦朦的晕光。

梁言觉得，自己开始有些嗜甜了。

他稳着步伐，走到她的背后，抬手碰到她的发夹，轻轻一捏，柔顺的深棕色鬈发如绸子般铺落下来。

梁言白皙细长且骨节分明的手，仿佛象牙雕刻，浅青的脉纹隐隐可见。他的指尖滑过她的脖颈，勾到耳后，顺势埋在软韧的发丝里。

应照离吓了一跳，刚想转身，被人按住脑袋。

“头发散了。”梁言声音很淡。

男人将自然垂落的头发拢在手里，顺时针绾了两圈，缠绕好，用发夹固定住，慵懒又美丽。

应照离没想到梁言会扎头发，还这么熟练，是不是因为给别的女人扎过？

“别多想，只给我妈扎过头发。”梁言看她不高兴的样子，眼尾上扬，哄着人。

应照离将额头边的碎发整理好，盯着他的手，想到刚刚给前台工作人员留手机号的场景，说出的话也不知不觉中带了点醋意：“套了一个美女的联系方式，也没算白来。”

“今天多注意你的微信，可能会有美女加你。”梁言挑了挑眉，语气轻快。

应照离一头雾水。

梁言：“我写的你的手机号。”

“我们接下来去哪儿？”应照离的嘴角压不住地上扬，抬头问道。

梁言迟疑了几秒，说：“前台提到江凌行去了新基地。我查了下，他们最近在搞一个新工程，是电热壁挂炉。”

电热壁挂炉是在国家新政策下扶贫的一种新型的取暖方式。比普通的电锅炉节能 30%，一分钟就能达到水温 60 度，安全有保障。

应照离知道这个，因为国家的大力扶贫，她当时所在的村庄都改成了电热壁挂炉，每个月会有电费补贴。

很多户人家都开始煤改电，挂上了白色的壁挂炉，整间屋子温暖了起来，虽然没有达到那种热得穿短袖的程度，但比起原来连睡觉都要穿棉袄、棉裤，等电热毯暖和了再脱下来好。

可当时应裕闻嫌太耗电，还是坚持用烧炭的炉子，供应暖气片，但阴冷的屋子根本不会有太大的改变，所以应照离冬天最喜欢待的地方就是烧炭的炉子旁边及开着电热毯的小床上。

“江凌行投资了一家入围政府招标的生产电热壁挂炉的企业，这个企业做得规模越来越大，现在已经靠着阳晖投资开始与海外企业做交易了。”梁言给耐心地应照离科普。

“嗯，应该是和日本企业合作，我拍下了公司大厅里的那个宣传立牌，不出意外的话，可以凭借那张照片找到生产厂家。”应照离附和，带着点兴奋。

“离离，聪明啊。”梁言垂眸看着她，露出了赞许的目光。

应照离笑笑，自信道：“一般聪明。”

下午五点，两个人到了新基地附近，这个地方偏向市区边缘，很难找，他们一路打听了三四个人才摸到这儿来。

中午吃的饭已经消化得差不多，应照离看到旁边正好有一家米线小馆，荒郊野地的，就只有这么一家吃的，如果错过，可能会一直饿到晚上回酒店了。

店面简陋，小小的一家店，门是老式木质的，窗户的玻璃上贴着红色的不干胶贴印的“碗碗香米线”，因为年代久远已经翘起了边，氧化成深黑红，太阳一照，油光锃亮。

应照离倒是不在乎这些，只是干瞪了下眼，看着旁边的梁言，合身剪裁的定制西装，干净熨帖，整个人散发着精致斯文的气质，跟这米线店……不搭。

“吃不吃饭？”梁言冷不丁地蹦出这句话。

应照离眨眨眼，迟疑了一下，问道：“在这儿吃？”

“我看这里只有这一家店，估计附近的工人都会来这吃饭，凑合一下吧。”梁言以为她是嫌弃这里的环境，开口劝道。

应照离点点头，“嗯”了一声。

两个人推门进入。

屋顶的风扇“嘎吱嘎吱”地转着，扇叶积了一层污垢，风速很快，形成了金褐色的虚影，像是石头扔到水里从中心泛起的一圈圈水波纹，将闷热的风吹出去。

屋里摆了七八张矮小的木桌，一张桌子放着四个马扎，桌面上倒是擦得干干净净。

几个中年男人围了一桌，叽叽喳喳地说着话，时不时地哄然大笑，长相似是一个厂子里加工出来的——黝黑的皮肤，深陷的眼眶，布满褶子的脸上带着属于打工人的沧桑感。

两个人点了两碗米线，找了张桌子坐下。

梁言将西装外套的扣子解开，坐到马扎上，因为个子太高，显得有些突兀，两条长腿屈起来，膝盖都高过了小木桌一大截。

应照离的胳膊抵在腿上，托着腮，细白的手指无聊地敲着脸颊，观察了周围一圈。

挨着厨房的角落有块劣质的布帘子，透着光，风扇一吹跟着嗦嗦作响。里面放着一张小课桌，比较破旧，应该是学校不用替换下来的，小孩子在拿着削好的铅笔认真做题，做不出来的时候，偶尔戳一戳那颗圆溜溜的小脑袋，丝毫不受外面一群人闹哄哄的影响。

“来咯，原味米线不加辣，慢用。”店家系着围裙，把两碗米线端到桌子上，直接在围裙上擦了擦手。

应照离拆开筷筒里的一次性筷子，挑起几根米线吹了吹，吃到嘴里。虽然卖相不好，味道还是很不错。

“哎！厂子里新来了一个大老板，似要搞什么批量的工程，听说还是跟日本那边合作。”

“是咧是咧，这两天累死个人咯！”

“你说就那皮薄得，人家削哒哒才会要嘞。”

“那壁挂炉子现在都插烂糊，我可不敢自个儿用。”

“搛菜搛菜，吃饱喝足回家睡大觉去。”

…………

两个人低头吃米线，听着隔壁桌一群人饭后唠嗑，虽然说的是苏州方言，有些听不懂，但根据一两个词也能确定了他们就是新基地的厂工。

梁言怕直接过去问，会让他们起疑心，还是默默把米线吃了。

因为米线太多，应照离吃了一半已经有饱腹感。风扇的风还在“呼呼”地吹着，她没注意，一根发丝掉到了米线碗里。

她再低头吃的时候，才发现的。

她用筷子夹出来，放到一边，本来打算就这么不吃了，梁言开口说道：“给你换一碗吧。”

“不用，别浪费时间了。”应照离回道。

梁言看着她的碗里还剩很多，将自己的往对面推了推，将应照离那碗端到了自己面前，语气温柔地道：“你吃我的。”

应照离看着换过来的米线，心里说不出的滋味，这是她第一次被人在意怕饭不干净，自己会不愿意吃。

她低着头，拿起筷子，垂眸轻笑了一声，眼眶里起了雾气，被硬生生憋了回去，小声嘀咕道：“一根头发算什么……”

声音被周围吸溜吸溜的吃面声掩盖，到底没让梁言听见。

从店里出来，天色微微露出了昏黄。

他们走了十几分钟，来到了那群厂工嘴里提到的电热壁挂炉生产新基地。

工厂很大，大门是自动伸缩门，还亮着灯的只有旁边的保安亭，一个看门大叔在呼呼睡觉。

周边的围墙很矮，也没有做什么防护措施，可能是因为刚建起来。

梁言把西服外套脱了下来，挽起衬衣袖口，松了松脖子上的领带。

他单手解开领口处的两颗扣子，侧头看着应照离，笑容中竟带了点没见过的痞气，声音低低的："你翻过墙吗？"

应照离眨眨眼，发了几秒的愣，呆呆地说："没有。"

梁言："带你干次坏事。"

男人绕到她背后，把宽大的西服外套系到她的腰上，打了个紧紧的结。

应照离被梁言轻轻松松地单手扛到了肩上，她攀上围墙，坐在上面等着他翻过去。

两个人在厂子里四处逛了逛，重要的地方都落了锁，只发现了一处堆废品的地方。

应照离走过去，看见报废材料里扔着一个完整的电热壁挂炉，外观什么的都没问题。她走过去仔仔细细看了一番，是因为忘记提前做接口才扔掉的。

"有些奇怪。"应照离皱了皱眉，脱口而出。

梁言问道："哪儿奇怪？"

应照离又仔细观察了壁挂炉，从底部伸手摸了摸材料的大概厚度，弯腰捡了地上堆的废料，也测了测厚度。

"外面的壳子有些薄，一般的电热壁挂炉是采用的传统 304 不锈钢，质量更好一点的商家会用食品级合金不锈钢，但他们制作的比传统不锈钢还要薄一些，废弃的边角料和这个扔了的壁挂炉厚度一样的。"

应照离不紧不慢、思路清晰地说出自己的疑虑。

她高中的时候，有一年的冬天太冷，下的雪快到了人小腿处，好久都没化完。应裕闻实在是舍不得应爷爷、应奶奶受冻，老人家毕竟年纪大了，要是感冒、生个病，熬过一个寒冬真的太艰难，就给家里装上了电热壁挂炉。

那是应照离长这么大以来，过过的最暖和的一个冬天，几乎天天围在那儿，白色的电热壁挂炉，被她摸了不知多少遍。

一直到搬家，才把它丢了。

梁言蹲下细细看了看，用卫生纸包着，将一块小的边角料装进了裤口袋里。

他站起来，嘴角勾笑，挑挑眉，自信地说道："江凌行的位置坐得太久，该换人了。"

正所谓"听其言，观其行"，一个人的作为通常比天花乱坠的巧言更具有说服力。

江凌行大肆宣传新项目，还和海外企业达成合作，产品却偷工减料、粗制滥造，其中的巨额利益只会收入他的囊中。

这种片面追求利润最大化，太容易导致企业产生短期行为，步阳晖绝对不可能允许自己的企业干出这种事。

应照离开心地说："抓住他这把柄，就算找不到步老先生，我们也能有资本跟阳晖谈判了！"

"嗯，你可真是我的幸运星。"梁言看着应照离，眼神里充满着宠溺。

他没有问她为什么会对电热壁挂炉知道得这么清楚，只是用夸奖和赞美的话填满了疑问的空缺。

应照离羞于开口的东西，梁言从来没有问过。

天色已经很晚，两个人在厂子里随处转了转，又拍摄了一些新基地的照片，翻墙出去回到了所住的酒店。

今天的收获虽然不小，但是走了一天的路，回到房间后，应照离累得洗完澡倒头就睡了过去。

第二天，梁言起床收拾好东西，并没有去叫应照离。

自己一个人吃完早饭后，捎了一份苏州地道的小吃回了酒店，去敲她的房门。

"咚咚咚！"

应照离刚睡醒，这一觉睡到了上午九点，连忙爬起来去洗漱，正刷着牙，听见了敲门声。

她含着牙刷走到门口，打开了门。

梁言看着眼前的人，头发凌乱地披在肩膀和胸前，未着一点妆容，一双媚丝眼半眯着，似乎是没睡醒，穿了一件紫色吊带丝绸睡裙，性感又慵懒。

男人看见她含着牙刷，嘴角边还有白色的牙膏泡沫，大清早的，这幅画面实在是冲击力太大。

"咳咳……你要不先换个衣服？"梁言别扭地说。

应照离低头一看，才意识到自己就穿了个吊带，胸口处空荡荡的，顿时一股热意直烧到耳后根。

"的"的一声，门被关上。

梁言尴尬地站在外面，面对着紧闭的房门，手里还拿着给她带的早饭。

他倚靠在墙上，伸手蹭了下鼻尖，等了几分钟。

门从里面被打开。

应照离抬眸看梁言，抿了抿嘴，避开他的视线："进来吧。"

梁言跟在她后面走进去，把小吃放在桌面上，挨着她坐到沙发一侧，将袋子里的早饭拿出来，打开摆在她面前。

"爱心早餐。"梁言慢条斯理地说。

应照离拿起筷子，轻轻翻动了一下，开玩笑道："哪里有爱心？"

梁言挑挑眉，轻笑一声，伸手抓过她的左手，覆到自己的胸膛上："在这儿呢。"

应照离隔着凉凉的西服面料其实并没有感受到什么，除了他掌心传递的温度。

她的脸颊有些发烫，尽量压着嘴角抑制不住的笑意。

应照离的手从大掌下抽出，她纤细冷白的指尖勾着他的平驳领，伸进男人的西装外套里，白衬衣带着滚烫的体温，她摸到了紧实的肌肉下那颗跳动的心脏。

应照离的眼里溢出媚意，笑声中带着娇柔，像清晨阳光照耀下，鲜红艳丽、赤如焰火的朱瑾花，拖着调子：“感受到了，梁总监注意身体，心率过快可不太好。”

梁言的胸口处贴着她的小手。

他直勾勾地盯着眼前的女人，胳膊往后一环，搂住她细软的腰肢，假装生病地咳嗽了两声，脸色突然不好，皱着眉：“离离，我左缘第五肋间锁骨中线内侧好像出了问题。”

应照离一个理科废，面对他突然说的生物专业术语有些蒙，看着梁言难受的神情突然发了慌，让他靠到自己的肩膀上，不知如何是好：“啊？哪儿疼啊？是最近太累了吗？你别吓我！”

梁言额头抵着她的颈窝，闭着眼睛，过了几秒在她薄而软的耳垂处吹了口气，低沉的声音里带着挑逗的意味：“它好像因为你漏跳了一拍。”

应照离的耳边还发着烫，明明自己是在担心他，却被反调戏了一把。

她忘记这个该死的男人，高中时候参加全国奥林匹克生物竞赛得了一等奖。

梁言没再跟应照离闹，让她乖乖地把早饭吃干净。

收拾好行李，两个人启程去了乌塘镇。

乌塘镇是典型的江南水乡，各处被纵横交织的小河围住，没有一丁点的商业气息，是最原始的小镇。

应照离和梁言租了一条小船，在碧清的河水上划着，穿过了深灰色的石拱桥，掠过了黑瓦白墙的户户人家。

她忍不住伸手玩了玩水，清澈见底的水面下散乱分布着青灰色石头，上面覆着青绒绒的苔藓，是童话镇里绿毛龟的化石。几条小鱼儿摇晃着尾巴，拍敲着龟壳，哼出惬意的曲调。

上岸之后，天上下起了蒙蒙细雨，应照离找到一家小卖部，买了两件塑料雨衣，看见竟然还有小时候吃过的无花果丝，五毛一包，她捎带着买了几包装到口袋里。

不知不觉间，已经过了中午十二点。

这座小镇像是会偷取人的时间，转化成快乐。

梁言找了家餐馆，点了几道当地特色菜，清蒸白水鱼、酱鸭、定胜糕和熏豆茶。

等菜的工夫，他瞧见旁边有桌老大爷在下棋。

梁言搬着小木凳坐了过去，也凑个热闹看看。

坐在他旁边的大爷明显劣势于对面那位，此刻已经不知道该怎么走下一步了，紧皱着眉头，“啧啧”两声，手里的棋子还举着。

“下这儿。”梁言指了棋盘上的一个地方，声音平静又稳。

大爷侧头看了一眼身边年轻的小伙子，半信半疑地将棋子落到那儿。

几个回合下来，竟然轻轻松松地把局势反转了过来。

应照离站在梁言身后，看着男人认真的神情，没想到他下围棋水平不错，让人眼前一亮。

大爷反败为胜，乐呵呵地夸赞道：“小伙子，棋艺很好啊！我这老古董真不如年轻人咯。”

梁言只是笑笑，没有过分谦虚，道了声谢。

“大爷，您是乌塘镇本地人吧。”应照离弯弯眼角，声音温柔。

大爷拍了拍胸脯，说话中气十足：“老头子我在这儿待了六十年了。谁家掉了块瓦，养了条狗，可都逃不过我的这双老花眼嘞。”

应照离的胳膊搭在梁言宽而不壮的肩膀上，眼睛瞪得大大的，笑着说道：“真看不出来，我看下棋的数您年纪最小，还觉得他们合起伙来欺负您呢！”

大爷笑得前俯后仰，手掌拍着桌子，乐道：“你看你这小娃娃长得俊俏，说话还这么讨喜！”

“大爷，我和我男朋友来这儿旅游，想找个民宿住。我看手机上显示镇里有个大别墅，修得很好，您知道不？”应照离撇撇嘴，显得有些可怜巴巴。

“哎！你算问对人了，我还真知道！”大爷伸手在空中点化着，思考那地儿在哪儿。

她拿过自己的工作本和笔，递给大爷，然后在上面画了一张简易地图。

得来全不费工夫。

等菜上完，两个人回到饭桌，品尝着特色美食。

“你还会下围棋？”应照离喝了一口熏豆茶，不禁问道。

梁言夹了一小块白水鱼，放到白瓷碟里，将白嫩鱼肉里的刺剔干净，端给她。

“嗯，小时候没事干，爷爷教我的。我八岁时下得太烂，从来赢不过他。后来我十八岁，围棋得了国奖，却没机会和他再下一局了。”梁言垂眸，嘴角的笑意带着失落。

时间似乎停滞了几秒，她不知道该如何安慰他。

应照离思虑了一番，放下筷子，舔了舔嘴唇，一挑眉，低头在自己的口袋里掏出来一包五毛钱的无花果丝。

“给你分享我的快乐。”她撕开包装，眼睛里闪着光亮，献宝一样递过去。

梁言看着她拿的小小一包“三无产品”，接了过来，一条条的无花果丝上裹着白色的粉末，吃到嘴里后，酸酸甜甜的，让人生出些津液，想再吃一条。

“小时候我特别爱吃这个，几乎天天放学都要买一包，后来停产了才知道，它其实并不是无花果丝，而是商家用胡萝卜丝撒上白粉做成的。”她托着腮看向梁言，笑意温柔，“我明明最讨厌吃胡萝卜了，知道后却没有气急败坏的感觉。因为有它陪伴的童年太美好，盖过了所有瑕疵。”

他低落的心情被这小小一包无花果丝治愈，心里暖暖的：“对，只记住美好就好了，瑕疵不算什么。”

吃完饭，两个人去附近找了家民宿住下。

第二天下午，见雨还是不停，梁言拿好电脑包，和应照离一起打着伞，按照大爷画的“地图”往步老的别墅走去。

雨在淅淅沥沥地下着，应照离干净的鞋面被泥沾得脏了一块，空气清凉，吸进鼻腔稍带了些湿冷。

大概徒步了半个小时，拐过一条小路，来到了一栋白色的大别墅前。

和富贵人家住的别墅有些许不同，这更像是中式的大庭院。

用栅栏围起来的花园，一条小溪流竟在院子里穿过，另外一边喂了几只鸡鸭。

这和想象中的那个金融圈大佬步阳晖，有些不太沾边。

正愁该如何有礼貌地拜访步老先生，远处走来了一个熟悉的身影，似乎也是冲着这儿来的。

老人步调优雅，穿着黛蓝色的长旗袍，白色发丝在脑后绾成了发髻，衬得脖子修长，肩膀线条很直，很难想象她年轻时会是一个多么贵气美丽的女子。

“小姑娘，又见面了。”她朝应照离和梁言笑笑，温婉得很。

看着老人和蔼的笑容，和当初在公交车上一模一样，应照离惊喜中带着不可思议：“奶奶？”

“你们不是来旅游的吧。”老人眼神里充满睿智，但语气依旧可亲。

梁言知道瞒不过奶奶，实话实说道：“确实不是，我们是来找步老先生谈合作的。”

“虽然不想打击年轻人的自信心，但要是没点真本事，还真搞不定他这个老家伙。”老人没给人留面子，直接说了出来。

应照离莞尔，语气平和但坚定：“再难，我们也是要试一试的。”

奶奶露出了赞许的目光，挥了挥手，笑着说：“那就跟我进来吧。”

进了院子里，立即便感受到了女主人的细心和热爱生活。

随处可见的不同品种的兰花，徽州墨、落山墨等还没开花，只有建兰顺应花期开了。

走进大厅后，摆放的则是温州素、上海梅等蕙兰，一位腰背挺拔，精明又干练的老者在耐心地修建兰花的枝叶，他穿着白色亚麻布缝制的上衣，显得有些庄重。

“老步，有小客人来了。”奶奶喊道。

步阳晖回过头，迎着老人走过来，把她手里的菜接到自己手里，边放在桌上边说道：“蕙蕙，这些重物你以后不要拿，你的手腕本来就受过伤，就知道逞能。”

奶奶姓薛，单名一个“蕙”字，寓意蕙质兰心。

一开始谁都没谈起工作的事，只是薛奶奶非要亲自下厨做晚饭以表在公交车让座的谢意。

梁言连忙去打下手，应照离则陪着步老去院子里修剪兰花，以及喂养一下圈起来的鸡鸭。

“照离啊，修剪过花枝吗？”步老递给她一把剪子，脸上挂着和蔼的笑容。

应照离拿着专业的修枝剪，看着一株株名贵的建兰花枝，哪敢在人面前不懂装懂，于是老实地说道：“我只修剪过月季花，兰花倒是没有。”

步老先选了一株，将主茎和侧枝顶部一点一点修剪掉，顺手将黄叶和病枝剪掉。

“这叫摘心打顶，让侧枝发得快些，花骨朵也会多。及时修修病枝，也能保证兰花的渗透和透明度。”老人声如洪钟，神采奕奕，说话间透出一股子领导者的威严。

应照离也学着步阳晖的手法耐着性子修剪着，心绪慢慢沉下来，再功利的目的，似乎也变得可有可无。

修剪完，应照离拿着小鱼儿、小虾米等去喂鸡鸭，一片动物的鸣叫声，让人听着亲切。

饭香味飘出，勾着她肚子里的馋虫苏醒。

薛奶奶和梁言做了满满一桌子的菜，很多都是应照离爱吃的。

四个人围着桌子开始吃饭，不巧的是，应照离面前放着一盘胡萝卜炒山药，她也不好意思伸着胳膊去够别的菜，盘子里的山药都快被吃没了。

梁言拿公筷夹起一块排骨放到应照离的碗里，笑了笑：“尝尝，我做的。”

她看了他一眼，然后用筷子挑下一小块肉放到嘴里，肉质香甜，鲜嫩爽口。

“真没想到小梁做饭这么好吃，我以为这个年纪的小年轻都只会点外卖。”步阳晖不吝啬地夸赞道。

应照离撇嘴：“步爷爷，我就是您口中只会点外卖的那位。”

步阳晖开怀大笑，眼尾处皱纹堆着：“以后结婚了，让小梁给你做一样的。”

“咳……咳……”应照离刚吃了一小口米饭，差点没被呛死。

梁言伸手在她的背上拍了拍，她好受了许多。

“那结婚的时候，您要当我娘家人，还是梁言那边的？”应照离眨眨眼，透着点俏皮。

步阳晖乐呵呵的，开玩笑道：“那肯定是要当娘家人，他要是欺负你，步爷爷第一个不准。”

“我哪敢欺负她。”梁言低头笑笑。

一顿饭吃得热热闹闹，虽然平时只有步老和薛奶奶两个人，但大房子因为养着鸡鸭，倒也不至于特别冷清。不过两个人膝下没有儿女，未怎么感受到和小辈一起吃饭的快乐。

就算聊得再融洽，来此的目的还不能忘，梁言坐到沙发上，神情略微严肃起来，开始和步阳晖谈公事。

“不瞒您说，我们今天来是想和您谈合作的。”梁言说道。

步阳晖倚在沙发上，双手交叉，点点头，示意梁言继续说下去。

“我是恒言公司的 CFO，您肯定也知道这次股市危机波及了许多企业，恒言处于稳健上升期，现在急需强有力的融资公司的支持。”他在西服外套内袋掏出名片，尾部冲向对方，双手递过去。

步阳晖接过名片，若有所思地说：“我知道你们公司，但现在融资公司那么多，为什么会想和我合作呢？”

“为了双赢。”梁言指尖推了下金丝细边镜框，嘴角勾出一个自信的弧度。

步阳晖听到这儿起了兴趣，双目炯炯有神：“哦？说说看。”

梁言将电脑拿出来，打开应照离先前制作好的 PPT（演示文稿幻灯片），展示给步老先生。

接下来的一个小时里，梁言从恒言的企业定位、执行摘要讲到正当性，发展前景和效益预测，但他并没有夸得天花乱坠，全都是实例，也在最后给步阳晖做了风险预测。

“步爷爷，我可以向您保证，如果达成合作，未来几年，我能让您的收益翻一番。”

梁言从来不说没有把握的事，既然他能把话撂这儿，那么绝对会实现。

商人总是重利的，这种丰厚的收益，没人会不动心，步阳晖也难以免俗。

合同签得很顺利，并没有想象中的难，可能也是承了薛奶奶的情。

“小梁，你的业务能力是我这些年见过的年轻人里最强的。”步阳晖忍不住拍了拍他的肩膀。

梁言笑笑，慢条斯理道：“只要做足了工作，就不会打败仗。”

应照离见谈得不错，挑了挑眉，神神秘秘地说：“爷爷，买一赠一，我们还给您备了一份大礼。”

她说完从口袋里拿出用布包着的一块电热壁挂炉的边角料，放到桌面上。

“这是？”步阳晖有些不明白。

“江凌行先生最近在做一个新的项目，和海外公司合作，提供电热壁挂炉。”应照离给步老先生解释道。

步阳晖点点头：“我知道，电热壁挂炉是政府拨款支持的，当时投资这个项目也没想着利润，只是能和公家一起，顺应脱贫攻坚，也算是做善事积德。”

“可江总并没有注重国内市场，而是把电热壁挂炉推销给了日本企业。日本因地震等原因，没办法集中供暖，他便以轻巧、加热快等理由宣传了出去。”应照离说道。

步阳晖：“倒也是一种想法。”

老人拿起桌上的边角料，把老花镜戴好，举远了些，仔细研究，神色发生了些许变化。

应照离盯着步老手里的边角料说：“这是我从新基地带回来的，可以确定这就是用来批量生产外壳的材料。”

步阳晖把它放到桌上，起身离开，去到旁边的屋子里，过了会儿，提出来一个新的壁挂炉。

“这是小江之前给的标准件，材质确实和照离你给的这块不一样。”步老皱着眉，心情也不怎么好。

应照离走过去，顺着它的接口处测量了一下厚度，很确定地说：“嗯，是标准的 304 不锈钢，但批量生产的要薄很多。”

步阳晖走到沙发那儿，扶着膝盖坐下，打开手机翻到江凌行的手机号，拨过去，通话后开了免提。

“喂，步老啊！”对面传来极热情的问候声。

“哎，小江。咱们公司最近和日本企业有合作吗？”步老的语气十分亲切，和脸上的表情截然不同。

对面停了几秒。

江凌行：“对！我看壁挂炉在日本很有市场前景，拿下合作咱们能赚不少钱。”

步阳晖：“是你之前送到我家的那个标准件吗，没修改？”

江凌行：“那个就是修改好的！”

…………

挂断电话后，步阳晖的脸色越发难看。

“照离啊，或许是日本那边不需要这么厚呢？”步阳晖问道。

应照离还在打量着那个壁挂炉，上面是工笔画的荷花图，粉色花瓣绽开，衬在绿叶之上，像绯红脸蛋的少女。

“材料一薄，会引起鼓片，然后爆炸。”她的语气十分冷静，思索着什么，又淡淡问，“步爷爷，您对日本文化有了解吗？”

步阳晖摇摇头：“这倒没有，阳晖公司之前合作的都是欧洲地区的企业，这应该是首次跟日本人合作。”

应照离将壁挂炉搬到他面前，指着上面“出淤泥而不染”的荷花，如此纤嫩娇柔，不蔓不枝。

她开口说：“在日本，人们认为荷花是妖花，这是禁忌。”

“我猜，江凌行应该是已经得到了预付款，批量生产后，也会克扣下一大笔公家的补助。一旦对方反悔违约，他会立即联系下线，将劣质品出给小企业，专门卖给想要便宜壁挂炉的普通老百姓。”

梁言理性地分析了一番，又补充道：“当日方要求阳晖赔偿巨额违约金时，他却已经递交了辞职信，带着钱跑路了。”

应照离的双眸里闪着光：“这是我们目前根据他的所作所为串起来的最合理的推理。”

步阳晖摸爬滚打这么多年也不是吃素的，听了他们这一番话，心里已经有数该如何妥善处理江凌行弄下的烂摊子。

天色不早了，应照离和梁言也不好再在这儿叨扰下去，跟两位老人道了别，离开了独栋别墅。

临走之前，步老还给应照离打包票，如果不在恒言干了，阳晖公司永远为她敞开大门。

傍晚时细雨已经停下，整座小镇变得湿漉漉的，承载着软绵绵的云彩。雾气氤氲，夹染着土壤腥香和旧木板的陈腐味。

应照离跑到汩汩流淌的小溪边，把手背到身后，脚尖踢了踢松散的碎石子，沾着泥滚进水流，冲蚀干净，沉入底部。

“嗯？以后结婚？”梁言低沉的声音从背后传来，笑吟吟的眼睛里像是下了蛊，勾着人踏上贼船。

她脚下的泥土打湿后滑腻腻的，转身的时候一踉跄，下意识地抓住梁言腰间的衣服，眉宇之间还存着惊吓。男人的长臂顺势搂过来，稳住她。

应照离有些拘谨，辩解道：“这叫演戏演全套，懂不懂？”

梁言双眉一扬，语气轻快：“搞定了投资人，想要什么奖励？”

应照离的睫毛扑闪两下，顿了片刻，笑眼盈盈：“给我涨工资吧。”

“噗，你就这点志向？”梁言对她的要求有些意外。

“钱才是实实在在能把握住的东西，有了钱，志向还不是小菜一碟。”应照离回道。

梁言提起兴趣，盘问道：“说说看，你的志向是什么？”

应照离双眸转动，似是在思考，抿了抿嘴，笑着说道：“嗯……当上富婆，包养个帅气的小白脸。”

梁言眼角上挑，向前倾身，镜框衬得双眸深邃又透亮，笑逐颜开，声音慵懒：“离离，你看看我的脸，够不够白？”

应照离的身体僵了一下，不知道该回什么。她纤细的胳膊横在中间，将两个人之间紧密的距离隔开一些，抬头的工夫望见天空有一朵乌云飘过。

她推了推梁言，站直身子，指着天上，岔开话题道：“看那片云，像不像一只卧趴着补觉的小猫？”

他侧过身，顺着她手指的方向看过去，漫不经心地说：“嗯，有点像。”

“你知道薛定谔的猫吗？”

“知道。”

“告诉你个秘密。”

她鼓起勇气，想让自己的薛定谔猫态成为“我喜欢你”，在这个世界，她的猫是活着的。

“什么秘密？”他问道。

“梁言，其实在另一个平行时空里，我很早很早就遇见你了。那之后的每一年，我都会在日记本里写一篇长长的文字来纪念我们相遇的那一天。”

她把真话掺进了谎言，期待着梁言能够发现。

梁言温柔地盯着她，带了点没由来的醋意：“平行时空里的我，可真幸福。”

两个人没有直接回民宿，梁言说要带应照离去个好玩的景点，那地儿只有晚上才惊艳。

她半信半疑地跟着他，其实也就是跟着手机里的地图导航 APP。

天色已经暗下来，两个人穿过细窄的胡同小巷，拐了个弯，走过拱形桥。

她看到了一整条长街。

无数的灯笼挂在屋脊之间、店铺牌匾前，五彩斑斓的花灯在街道上方交织攀扯着，倾泻下来暖白色的光柱，钻到桥洞下的水里，铺成流光溢彩的水墨画。

借着水面的光，折射回去，倒映在灯笼纸上，站在远处，像浓稠的各色颜料没有涂开，赭红、湖蓝、嫩黄直接甩在画布上。

“这是乌塘镇每个月一次的非物质文化遗产灯展，只有晚上才能看。”梁言给她解释道。

应照离满眼喜欢，眸子里映着异样的光彩：“真漂亮。能买一个回去吗？”

梁言双手插兜，盯着她，语气里有些傲气：“你求求我，学长带你去做个花灯。”

应照离朝他歪了歪头，看到旁边有个拿着灯笼的长相清俊的男孩子，她跑了几步，走到他面前。

“你好，请问你这灯笼从哪儿买的呀？”应照离弯弯柳叶眼，温柔有礼貌地问道。

小男孩才十六七岁，第一次见如此漂亮的姐姐，攥着灯笼愣在那儿，过了几秒才支支吾吾地说出来：“姐姐想要吗？我可以把我的给你。”

应照离刚想拒绝，一个高大的身影挡在她面前。

“小朋友，晚上在外面玩爸妈会担心的，快回家做作业吧。”梁言身高优势明显，脸一冷下来，吓得小男孩悄悄朝应照离挥了挥手溜了。

应照离皱皱眉：“你吓唬小孩子干什么？”

“这叫适当的教育。”

梁言握住她细白的手腕，往花灯铺走去。

进到铺子里，四面的墙上、天花板，都挂着各式各样的灯，亮着光。

看铺子的是个和蔼可亲的奶奶，因为在街道尽头，很不占据地理优势，许多人并不会逛到这里来。

“奶奶，我们想自己做一个花灯。”梁言弯着腰，照顾到老人的听力不好，声音比平时响亮。

奶奶坐在马扎上，从旁边的大抽屉里拿出了许多材料和一把宽长的竹木条。

“那边有蜡烛、挂绳和剪花，挑着喜欢的拿。”奶奶的眼睛眯成了一条缝，声音沙哑。

梁言提了两个小木凳，带着应照离坐到一边。她挑选了自己喜欢的花样，拿了几张好看的剪花。

男人坐到木凳上，将竹木条一点一点固定好，做成了圆筒形骨架，用硬纸板在里面撑住。

应照离按着奶奶说的比例调了乳胶和水，拿着小刷子搅和。

“离离，我扶着，你往上面刷一层胶。”

“好。”

刷完一层，半干未干的时候，又刷了一层，将色彩斑斓的皱纹纸糊在上面，上缘缠绕上细细的麻绳，方便安装提手。

直到晾干，花费了一个多小时。

只剩下把蜡烛托粘到底部，放上蜡烛，就完成了。

应照离有些干渴，小声问梁言：“这里有没有卖水的？”

梁言记得刚刚走来看见一家卖饮品的，他把蜡烛托放在应照离的手里，嘱咐她不要乱跑，自己出了铺子去买水。

应照离戳了戳花灯，发现胶已经干掉，奶奶帮她一起将硬木板拿出来，放上蜡烛托和蜡烛。

因为乌塘镇老年人居多，有些地方没法微信支付，她将事先准备好的零钱拿出来，付给奶奶。

实在是有些无聊，她用火柴点着了花灯里的蜡烛，整个灯笼暖黄黄的，透过皱纹纸，发出不同颜色的光。

“小姑娘，从这个后门出去，有个楼梯，上面是废弃的大屋顶，能看到整条长街，很俊咧。”奶奶给她指了指自己身后开着的小木门。

应照离提起灯笼，朝奶奶露出个微笑，自己往楼梯上面走去。

灯笼的光照明了一阶阶的梯子，她看见前面的平地，走到头，屋檐上布满了瓦片。

小时候，应照离特别喜欢和小伙伴在矮矮的屋顶上玩，家与家离得近，甚至经常从自家屋顶上迈过去，找小朋友玩。

应照离抬起腿，用右脚轻轻踩了踩屋檐，很结实，于是放心地把灯笼放到一边，坐到了瓦片上。

梁言跑了好远，终于看见一家店，只不过没有水，他买了两瓶糯米甜酒。

回到铺子里，环顾了一圈，也没有看到应照离，他走到奶奶身边，问道：“奶奶，刚刚和我一起的女孩呢？”

“她给了钱后，去后面屋顶上了。”奶奶露出慈祥和蔼的微笑。

梁言弯腰走出小木门，划了几下，打开手机的灯，走上楼梯去找应照离。

刚到屋顶，梁言停住了脚步，有些不忍心打扰这一幕。

应照离仰头望着天空，侧颜映着花灯的光，眼皮轻轻一动带着长而翘的睫毛扑闪一下，她冷白的脖颈被深棕色的长鬈发半遮着，屈起的小腿细而长，线条流畅美丽。

似一只孤独的小野猫，爪子挠着人心肝儿。

他第一次违反了自己的原则，举起手机，偷拍下了这个想珍藏的画面。

“没有水了，喝这个吧。”梁言走到应照离身边，毫不嫌弃地坐下。

他自己都没有发现，有些习惯因为眼前的人慢慢改变着。

应照离将糯米甜酒拿到手里，打开喝了一口，清亮透明的液体带着糯米的香气，一点都不辛辣，回味甘甜。

“这里是不是很漂亮啊？整条街的花灯，都缩到了一双眼睛里。”应照离望着交缠错织的灯笼，心绪平和。

梁言：“嗯，很漂亮。”

她一口一口喝着酒，望向远处的眼睛像掺了酒，红光打到脸上，像是喝醉后泛出的酡红。

“要不要听德文诗？”梁言浅笑，问身边的人。

应照离侧头看他，托着腮，打算当个认真的倾听者：“听。”

耳边环绕着他的声音，梁言说出的德文流畅带着清冷，庄重感里隐藏了浪漫。

在夏夜的傍晚，
你攀上砖瓦，
摇摇柔软的尾巴，
乖乖坐在屋顶上欣赏晚霞。
直至夜色满天，
成群的星星，
带着愿望朝你奔来，
你义无反顾地跳过墙缝，
且听星颂，
捕捉心动与玫瑰花种。

应照离听得有些入迷，诗的意境特别符合现在。她眉眼舒展，问道：“这是谁写的？”

梁言挑挑眉，慢条斯理道：“上一秒，我给你写的情书。”

“这是——给我作的？”应照离有些发愣，手指抠着瓦片，感受到略微的疼痛。

“还不懂我的意思吗？”梁言转过来，骨节分明的手握住她的手。

梁言的眼睛直视着，夜色仿佛融入了他的双眸，映出她的脸，声音温柔又勾人：“你说平行时空里，遇见我之后，每年都会写一篇长文来纪念。离离，我还欠了你许多封情书，来日方长，我慢慢还。”

应照离感觉体内似有糯米酒肆意地发酵着，把整个人甜化了。

他垂眸轻笑一声，像星星在颂歌，碎密的星片凝化成声音：“对了，我爱你。”

她听到了，确确实实听到了。

那声“我爱你”伴随着心脏里血液涌到了全身各个角落，所有细胞都在叫嚣着，被炽热的情话点燃，发起了疯。

时间停滞不前。

不知过了多久。

“你喝醉了。”应照离预先做了最坏的打算。

梁言拿过腿边未开封的酒瓶，对她的话无奈地笑笑：“我都没拆。”

应照离：“那……是我喝醉了。”

梁言揉了揉她有些发凉的手，声音温柔又有磁性，带了点颤：“真不回应一下？说实话，高中的保送考试我都没那么紧张过。”

她的情感问题处理系统崩溃了，藏着秘密的感情，如何能走得远。

应照离想了十个理由拒绝，可是有一百个理由想和他在一起。

寂静了片刻。

应照离的手腕压着瓦片，借力站起来，拍了拍身上的尘土，将花灯拿到手里，轻巧地跳到平地上。

她一双媚丝眼泛着盈盈水光，嘴角上扬：“男朋友，再不走天都要亮了。”

梁言的指尖勾着两瓶酒，慢悠悠地起身走到她面前，声音懒洋洋的：“你刚刚说什么？”

应照离：“我说再不走，天都要亮了。”

梁言：“上一句。”

“男、朋、友。”

应照离抬眸看着眼前的人，笑容艳丽灿烂，贝齿白白的，口型从张开到抿住再微微嘟起。

“在呢。我家离离真可爱。”梁言的眼睛弯起，噙着的微笑宠溺又招摇。

星光追在两个人身影的后面，无数交织攀扯的彩色花灯还在亮着，可所有的事物都黯淡了下来，只有他们走过之处熠熠生辉。

这天晚上，应照离彻夜没睡着，她躺在床上，觉得小屋子飘浮着，其实是自己那颗心没法安定。

直到清晨的阳光照进来，她起身去洗漱，看着镜子里的大美人，柔媚的眼睛下面已经覆盖了一层青灰色。

这是，黑眼圈？

她跑出去看看表，才清晨五点半。

她套上外套，出门去客厅里的冰箱里看看有没有冰块，结果冰块没找到，只能将就拿了两颗鸡蛋。

溜回自己的房间后，她闭上眼睛，用冰冰凉的鸡蛋外壳在眼皮上滚过。

看着青灰色消得差不多后，她把许久不需要的遮瑕膏找了出来，上粉底之前在眼睑下铺了一层。

整个妆面完成花费了一个半小时，她一直晓得，漂亮除了天生，还要勤快。

和平时的风格不太一样，橘红色眼影点缀在眼尾，往外延长了细挑的眼线，妩媚的眼睛多了几丝娇俏。

她换上一袭吊带鱼尾裙，搭了一个线雕玫瑰复古西装外套，冷艳风配上赤茶橘系妆容，异常和谐。

因为投资人已经搞定，两个人也不急着回文城，应照离想趁这机会好好玩玩。

出门之前，梁言不知从哪儿借了胶片机，小小的一个，挂在脖子上，倒显出些文艺。

两个人走在白砖黑瓦间的小路上，应照离低下头，瞥着距离自己五厘米的那只因垂放而青筋明显的手。

“怎么不说话？”梁言看着她反常的样子，皱皱眉。

应照离眨眨眼，漫不经心道：“没事，就是——有点紧张。”

“紧张什么？”梁言疑惑。

在梁言的一通追问后，应照离终于败下阵来。

她避开他的视线，指尖磨着外套的纽扣，含糊道：“我、我想牵你的手。”

男人听到这话“扑哧”笑出声，之前那个调戏他的小妖精似乎跑没影了。

应照离默默在心里翻了个白眼，语气里带着点不满，喃喃嗔道：“喂，我这是第一次谈恋爱，你就不能多担待着点？”

梁言嘴角勾起，朝她迈了一步，又迈一步，把人逼到墙边。

他用手掌垫到线雕玫瑰西服后面，捏了一把应照离的脸蛋，像是在逗猫玩，语气温柔缱绻：“嗯，我也是第一次跟人表白。”

“真的？”她有些不相信地问道。

梁言：“骗你干吗？刚刚看你攥着小手，还以为不让我牵。”

“我没说不给你牵，伸手。”应照离回道。

梁言挑挑眉，抬起手伸过去，她细白的手放到上面，指尖蹭过指缝，紧紧地扣住。

应照离：“走吧。”

两个人踏过青石板，去逛了当地临水而立、设计独特的美术馆。

梁言顺手用胶片机拍了几张应照离的美照，说是回去洗出来，摆到床头柜上。

从美术馆又启程去了附近的月老庙。

到了之后，应照离发现月老庙和她之前见过的规模宏大的庙并不一样。

庙宇小小的，布满了青翠的爬山虎，门前的一棵古树却很大，是连理树，枝叶繁茂，树冠上挂满了大红的祈愿木牌，生机勃勃的绿和鲜艳的正红映照着，一眼望去十分美。

树的旁边有个木牌，记录着清末乌塘镇钱府的女儿和赴京赶考的书生终成眷属的故事。

她站在门前看着月老庙的楹联。

愿天下有情人，都成了眷属；是前生注定事，莫错过姻缘。

阳光正好，吹起的风带着暖烘烘的雾气。

应照离一迈步，鱼尾裙扇形的浪褶不断摆动，露出白嫩滑腻的细腿，阳光洒在裙面上，带着细密的闪。

像是误闯入人间的美人鱼。

应照离回头问梁言："要不要去买个挂牌，祈福一下？"

"买一个吧，我给你挂上。"

梁言从来不信这些东西，但一想到姻缘另一方是应照离，这小小的祈愿牌子，竟然在手里重了几分。

他走到连理树前，想找个空一点的地方挂上。

"挂高一点，投得越高，愿望越灵。"应照离嘱咐道。

梁言找到一根很高的枝头，挂了上去。木牌一旋转，他看到上面秀气的小楷：

唯愿梁言，平安喜乐。

竟然只写了他一个人，梁言心里翻涌着，压不住不断上涨的情感。

"挂那么高。"他走过去，搂住应照离的肩膀，忍不住摸了摸她的头发，声线温润柔和，"这么想和我在一起啊！"

应照离扬起秀眉，赤茶橘打过下眼睑，勾勒出明显的卧蚕，明艳动人："嗯，只想过和你在一起。"

下山的时候，两个人走过一片花田，逛着逛着，走进了一条巷子口。

曲折迂回，兜兜转转，拐过一个弯，豁然开朗。

她看见一个高大的建筑，灰色的砖瓦层层叠叠地垒砌，西式的圆拱形大铁门，最高处镶嵌着两扇方正的木窗子，朝外打开着。

牌匾上写着乌塘邮局，浓厚的历史感扑面而来。

应照离拉着梁言走进去。

邮局的空间很大，陈列着各式各样的明信片和信封，墙上写着木心先生的话：

从前车马很慢，书信很远，一生只够爱一个人。

两个人牵着的手紧紧相扣，她感觉掌心快要出汗了，但还是不舍得放开。

"要写信吗？"梁言挑了一张中意的明信片，问道。

应照离疑惑道："留在这儿？"

"买了邮票可以寄过去的，我们给对方写，一个月后收到拆开。"梁言浅笑，耐心地解释道。

"好啊。你去那边写，我在这边。"她指了指对面的桌子。

应照离去挑了张满意的明信片，拿了一支黑笔，抬头望向认真写着的梁言，他微低着的头，发梢遮挡住眉毛，只能看见高挺的鼻梁和淡色的唇，以及俊秀的脸部线条。

这次，她没有再偷偷摸摸，而是正大光明地盯着自家男朋友。

明信片白白净净，她在纸上写着，等黑色的墨浸干，小心翼翼地贴上了一张邮票，塞进信封里。

希望我在4343号的胆怯，能在未来，变得明目张胆。

付过明信片的钱，两个人出了邮局的门，古铜色的铁门旁边放着一个黑漆漆的邮筒，微微张开嘴巴，吞掉人们的爱恋、思念……

她将信封塞进去，期待着一个月后。

在乌塘镇又待了一天，两个人坐上飞机，回到了满是人流、充斥着压力的文城。

吴樯和林归梦开车到机场接机，一周没见应照离的林归梦看见人的身影立刻就奔了过去，跑到她面前一把搂住。

“快让我看看，我家宝贝腰怎么又细了！”林归梦搂着的手往腰下一滑。

应照离眨眨眼，疑惑道：“不能啊，我最近吃得特别好。”

还没等林归梦再上手，应照离就被梁言揽过肩膀，护到了怀里。

“重新介绍一下。”梁言声音拖着尾调，嘴角勾着点笑，神情里多出几丝之前未曾有过的东西，咬字清晰地说，“这是我家女朋友。”

那多出来的东西，好像是叫——

春心荡漾来着。

林归梦整个人傻愣住，她的眼珠本来就大，一瞪眼，圆溜溜的，不可思议道：“你俩……在一起了？”

吴樯抄着兜走过来，没使劲儿地弹了下林归梦后脑勺：“在一起不肯定的吗，别一惊一乍，显得傻乎乎的。”

“你说谁傻呢？”林归梦气急败坏。

吴樯非要不怕死地惹她，笑眯眯地挑了挑眉，声音清亮亮的，“啧”了一声：“怎么，那街上有煎饼摊、烤肉摊、水果摊，还不允许我说家里的小脑瘫了？”

见林归梦不说话，紧闭着嘴，一猜就是在咬牙切齿。

吴樯弯腰看着她的眼睛，细碎的刘海在额前眉梢挂着，露出整齐洁白的牙齿，明亮的眸子里装了些委屈巴巴：“我这么说，你不会生气吧？我可一直觉得我女朋友是个能开得起玩笑的人，心眼也不怎么小。”

她为什么找了一个如此没脸没皮！还爱欺负她的男朋友！

林归梦侧头看了看玻璃外面，天空晴朗，云彩奶白奶白的，像是蓝白纸皮包裹的花生牛轧糖。

吴樯看她竟然没露出生气的样子，有些诧异。

林归梦的声音甜甜的，眉心蹙了蹙，一本正经地胡说八道："我说这天儿怎么不下雨了，原来是被人整无语了。"

应照离没忍住，笑出了声，看着两个人逞口舌之快。

"不。"吴樯摇摇头，反驳道，"请叫我绿箭口香糖，清新口气，你我——更亲近。"

林归梦朝他翻了个白眼："我就应该在医院的时候让医生顺带把你的嘴给缝上。"

在机场闹腾完，四个人去应照离家旁边的餐馆吃了晚饭，她把在乌塘镇的经历原原本本地复述了一遍。

林归梦被应照离提起的江凌行气得半死，说他用不合格的壁挂炉赚钱，早晚得遭报应。

晚上七点出头，吴樯和林归梦准备离开。

梁言想着时间还早，一周不在家里，回去打扫卫生肯定是个大工程，他帮着应照离打扫干净再走。

但这么晚，家里还有个男人，对她名声会不会不太好，他考虑了一下，还是算了，把应照离安全送到家自己就离开。

林归梦站在门口，打量着一点都不着急走的梁言，推了推身边玩手机的吴樯，小声说："你先去开车。"

"嗯？你不跟我一块？"吴樯把手机锁屏，看着她。

林归梦神神秘秘道："有点事。"

她看见旁边有个超市，说是去买瓶水，把他们两个人留在外面。

没几分钟，吴樯把车开到路边，林归梦也从超市里出来，手里还提着一瓶农夫山泉，右手缩在袖子里，显得很可爱。

"林归梦，回家了。"吴樯朝她喊道。

"照离，过来让我抱抱。"林归梦撇着嘴，感觉自己的小白菜被拱了，语气带着点酸意，"以后想抱你还得看人脸色了。"

应照离笑眼弯弯，走过去哄她，伸手抱住："不用管他。"

林归梦缩在袖子里的右手塞进她宽大的外衣口袋，小声地跟她说悄悄话："给你准备了礼物。"

应照离皱皱眉："什么？"

"之前欠你的高光。行，我走了，回去再拆开看吧。"林归梦摆摆手，坐上副驾驶。

目送着车子消失在街道上，突然就只剩下他们两个。

梁言没说话，牵起应照离纤细的手，在路上慢慢悠悠走着。

不知不觉，就到了小区门口，他陪她走到楼上。

应照离打开门，回头看他，嘴角勾起，眼睛里攒了一团柔媚，歪歪头："男朋友，进来坐坐吗？"

梁言眼睛微眯，喉结上下滑动，修长的手随意扶住侧面的墙壁，嘴角漾出好看的弧度："知不知道你这句话会被曲解成什么意思？"

应照离倚靠在门上，指尖勾了勾他整齐系好的西服纽扣，男人往前倾身，离得更近了些。

她抬抬眼皮，两只手摸上他那张俊脸，盯着细边金丝镜框后的眼睛，细弯的眉梢带着笑意："你这张脸，能整丑一点吗？"

梁言听着这荒唐的话，浅笑一声，问道："这张脸不讨你喜欢？"

过了几秒。

应照离敛了笑容，瞪着的眼珠亮亮的，轻声道："喜欢得不能再喜欢了，但一想到你要是跟比我更漂亮的、更优秀的跑了，那还不如丑一些，没人跟我抢。"

"嗯？怎么不是跟着更爱我的跑了？"梁言声音温柔，勾起食指蹭了一下她的鼻尖。

应照离细白的手顺着他棱角分明的下颌线滑过喉间，在脖颈后交叉，环抱住他，嗓音虽又娇又媚，但无比庄重认真，像是在教堂里做祷告的修女："梁言，没有人比我更爱你。"

他整个人怔了怔，看着她的眼眸，像是漫天黑暗的海面上望见远处的渔灯，恍惚间跳进冰冷的海水，沉溺进去。

"离离，我能讨个吻吗？"

应照离勾着他脖子的手抖了一下，松了下来，嗫嚅道："我还没准备好。"

梁言语速放缓，也没有强行逼她，揉了揉应照离细软的头发："走吧，进门给你打扫卫生。"

两个人换上拖鞋，走进客厅。

应照离将薄外套挂到衣架上，找了发圈将头发简单一扎，然后和梁言一起干活。

客厅不大，简单打扫一下没用多长时间，他去应照离卧室帮忙，擦着一格一格的书架，瞥到了自己和她在德国天鹅堡拍的那张照片。照片里的她笑容清澈，朝他那边歪着头，温柔又美好。

算算日子，竟然已经过了九个多月。

梁言看着她床头摆了露营时拍的合照，突然觉得这么多人站在画面里多少有些拥挤，还有邵睿诚那独具少年气的浅笑。

他将天鹅堡的相框拿到床头，替换了合照。

书桌上摆着一排书，是她近期爱看的东西，还有几本笔记，有些突兀的是夹在书和笔记之间的一个蓝色硬壳本子，比周围的书矮一大截。

对于有略微强迫症的梁言，这画面看起来有些许不舒服。本子被拿出来，封面是小王子，封面的硬壳已经鼓起，边缘有些掉色，他摸着侧边的缝线书脊已经有了裂纹，被一条看着没太多弹性的自带皮筋箍住。

应照离拖完地走进来，看见他手里拿的本子，神色出现了一些慌张，一阵心悸："梁言！"

梁言回过头来看她，问道：“怎么了？”

“你、你帮我擦擦客厅的衣架吧，太高了，我够不着。”她随便扯了个理由。

梁言将本子放到最边上摆好，点点头，出了卧室门。

应照离走到书桌前拿起那个蓝色小王子的日记本，她看没有被拆开的痕迹，也相信他的人品不会让他做出未经允许随便动别人东西的行为。

她打开锁住的抽屉，将本子扔了进去，又用钥匙锁上。

梁言走进客厅，回想一下觉得刚刚的应照离有些说不上来的奇怪，但又不知道哪里奇怪。

衣架上挂着她的包和外套，梁言先是把底下那块用抹布擦干净，站起来将她的挂包取下，放到沙发上。然后又把外套拿下来，因为手里拿着抹布，他把薄外套揪下来往上一扔，想直接搭到胳膊上。

衣服倒是稳稳地落到了他的胳膊上，但口袋有些浅，里面装的东西掉了出来。

他低头一瞥，一个蓝色的带着塑封的小包装盒闯入眼中。

这个玩意梁言实在是没有想到能在她家里看见。

还是在她刚穿过的外套里掉出来的。

应照离从卧室里出来，看见梁言手里拿的小盒子，走进后才看清楚包装上面的字是什么。

她整个人不知所措，脸烫得快烧着了，竟然真的泛出些红晕。

“你、你拿这个干什么？”

梁言看她这窘迫的模样突然笑得胸腔发颤，眼神含着情意的同时夹杂着赤裸裸的调戏：“恶人先告状？”

应照离皱眉有些不解。

“离离，这可是从你外套口袋里掉出来的。”梁言回道。

他上挑的眼尾扫过女人红润的嘴唇，嗓音低哑，诱惑又迷人：“我们才在一起第三天，你这么心急呢？”

第六章 / 少年是热烈与浪漫

自己根本没有买过这个东西，怎么会在自己的口袋里出现呢？

应照离眉心一跳，想到林归梦临走的时候神秘兮兮地说给自己准备了礼物。不过，欠她的高光怎么会变成了避孕套？

果然，还是低估了僚机的战斗力。

应照离抿起嘴，从他手里默默把避孕套拿过来，攥紧，故作镇定地说："哦，是我的。"

梁言将干抹布搭到衣架边，抻了抻外套，叠整齐顺手放到沙发垫子上。

"你要用吗？我可以拆开给你几个。"应照离大脑混乱，不知道中了什么邪，脱口而出。

梁言"扑哧"笑出了声，十分惊讶刚刚听见的话语，问道："反正这玩意儿得用在我身上，你留着干什么？"

"我怕再遇见上次那种事，自保用的。"应照离想到黑衣男还心有余悸，声音很轻地解释道。

男人往前迈了两步，伸出胳膊把她搂在怀里，他骨节分明的手顺着她细软的发丝抚摸着。

他感受到自己腰间环上来的小手，第一次觉得拥抱可以治愈一切。

梁言安慰着她："以后不会了，有我在。"

应照离想到那天晚上他若没有及时出现，自己会不会就被欺负了，被玷污的她还能被喜欢吗？

她在梁言怀里抬起头，看着他，好奇地问："梁言，如果我不是第一次谈恋爱，而且跟别人发生了关系，你还愿意和我在一起吗？"

应照离觉得自己细腰上的胳膊又箍紧了些，梁言盯着她的眼睛里多出了一些正经，温柔磁性的声音环绕着："愿意。我还会告诉你，不要因为自己和别人发生过关系就觉得低人一等。"

她看着他，眼睛里满含爱意。

"性行为只是一种正常的生理现象，是所有动物的本能。它就像膝跳反应、眨眼、婴儿的吮吸一样，是与生俱来的。"梁言抬起一只手，指肚蹭过她的眼尾，将粘上的脏东西擦掉，慢条斯理道，"这不是什么不可理喻、污秽可耻的丑态，性只是爱情的一部分，而爱情不是性的组成部分。"

应照离："你怎么那么好？"

"乖，我只需要你爱我，不需要你守女德。"梁言挑了挑眉，又开玩笑地说，"要是女朋友让我守男德，我可以考虑报班学习一下。"

她被男人说的玩笑话逗笑。

应照离弯着眼睛，抱着男人腰的手紧张地攥了攥，想说些什么，却像是被棉花糖堵住了嗓子。

她踮起脚，歪头在梁言白皙的侧脸上亲了一口。

他僵住身子，唇瓣温热的触感还停留在上面，又软又烫，让人有些上瘾。

"打扫卫生的感谢。"应照离眼波流转，开心快溢了出来。

"再来一口？"梁言咧嘴笑笑。

应照离："下次吧，等我想亲了。"

梁言："也行。那我明天再来打扫一遍。"

把梁言送走，应照离又收拾了一番，临睡前看到自己床头放的相框被换成了两个人的合照。

她还没有替它换位置，没想到有人代劳了。

第二天一早。

梁言开车来接应照离，应照离下楼后，没有发现他车子的身影，于是打了个电话过去。

还没被接通。

"嘀！嘀！"

两声汽车鸣笛吸引了她的注意，是一辆深灰色的超跑，比他平时开的很低调的豪车张扬了太多。

应照离坐进副驾驶，把安全带系上。

"这是朋友的车？"

梁言嘴角勾笑，握住她的手，捏了捏食指指尖的软肉，懒洋洋道："你男朋友还不能有辆跑车了？"

应照离深深地觉得，自从那天晚上表白之后，他好像变得有点——招摇？

到公司楼下，应照离提前下了车。

一周没有见同事们，竟然还有些许的想念，看到自己桌上放的小糖果、小礼物，心里暖暖的。

"照离！"韩雯雯抓着她袖子围上来，问，"乌塘镇好玩吗？我看你朋友圈发的照片好美，约的哪家摄影师拍的呀？改天我和我男朋友也去玩玩。"

应照离出差这事没有声张，大家猜她学校有事才没来，而韩雯雯以为她这一周是旅游散心去了。

"我男朋友帮我拍的。"她温柔地笑笑，神态里多出些刚谈恋爱的甜蜜感。

韩雯雯八卦道："你谈恋爱了？"

声音稍微有些大，不过旁边没有人，没被听到。

“嗯。”应照离回道。

“谁呀谁呀？长得帅吗？”韩雯雯好奇心爆棚。

应照离顿了一下，淡淡道：“我明华大学的学长，长得——就……梁总监那样吧。”

“这么帅！”韩雯雯回道。

应照离笑笑，小声说：“嗯，是个大帅哥，得藏着。”

没有聊很久，陆陆续续地有人来后，也就开始工作了起来。

危机刚刚渡过，大家的活儿也不多。

一直到中午，其实都没有什么事。

应照离打开手机，想看看某位有没有给她发消息，结果没有等到。

倒是发现明华大学的同学群里很热闹，好像在讨论近期要到来的七十周年校庆。

还没等弄明白是怎么回事，她就看到侯倩语发过来的微信消息。

是公众号里的一个推文，内容大概宣传了校庆主持人的报名活动。

侯倩语：照离，帮帮学姐吧，外联部承担了校庆的一部分，筛了好多人，没一个顺心的，我看过你主持，给学姐个面子，呜呜呜。

后面还加了个很可怜的表情包，让人不忍心拒绝。

校庆的规模弄得很大，邀请了许多校外知名人士。

主持人这个机会好得很，说不定就能够被赏识，认识到大佬呢。

她目前的工作还没着落，不可能真的在恒言一直待下去，白给的好东西不要白不要。

应照离：谢谢学姐，我这就报名。

侯倩语立马发过来一个“好的”，顺带把报名表的文件传给了她。

应照离算了算时间，离校庆还有半个月，这半个月她要把稿子准备充分，其实如果只有这一个活倒也不是很紧。

但她喜欢将所有邀请的来宾和重要人物了解一番，省得稿子里的内容犯了别人的忌讳，还会将全部有可能冷场的地方规划好，做到万无一失。

就因为这样，她主持过的晚会从来没有出现任何差错，即使搭档忘词了，也能及时地被她圆回来。

这种优秀的习惯在她成年之前是没有的，上了大学应照离才知道从小父亲向她灌输的那句话有多有效。

初中时换台式电脑，应裕闻带着应照离去了台江的科技市场，进去之后，看到了各式各样、各种牌子的电脑，让人挑花了眼，转了许久，她一眼相中了一台。

小姑娘眨巴着眼睛，目光快黏在那个台式电脑上了，不过看到旁边的价位，瞪大的眼睛恋恋不舍地挪到别处去。

应裕闻低头看着自家妮妮儿，笑着问：“喜欢这台？”

小照离眼神闪烁，抿了抿嘴，手指头搓了搓自己的衣角，说了谎："不喜欢，爸，那台挺好的。"

她指了指旁边的一个杂牌子电脑，很便宜。

自从上了仁济，应照离好像越来越喜欢说谎了。

对父母，遇见喜欢又贵的东西她会说自己不需要、相不中，会说校门口太堵了，把她送到路口然后自己走过去；对班里同学，她会说自己家住在离棠鹤镇不远的那个还比较繁华的地段，会说自己的父母是做小生意的。

一开始还有些心里不安，慢慢地，小姑娘变得越来越熟练，越来越会用一个个谎言保护好自己那不怎么值钱的自尊心。

"买这个吧，牌子好，经用。"应裕闻拉着她的小手走到柜台前，跟老板问好了性能等，很干脆地把钱给付了。

那时候的三千块钱，在应照离眼里，简直是天价，比母亲在洗衣厂一个月的工资还要多。

应裕闻连眼都没眨就买下了，就和他当初二话没说支持自己上仁济是一样的。

一万八千块一年的学费在他的眼里好像真的不算什么大钱，三千块的电脑在他的眼里好像也不算什么贵得要命的东西。

坐公交车回家的路上，应照离小心翼翼地紧抱住大大的显示屏。

她忍不住问："爸爸，为什么不买台便宜的啊？"

应裕闻揉揉闺女的小脑袋，笑的时候眼角处带着若有似无的细纹："买东西就得买最好的，一下用个好几年，实惠。"

可应照离从来没看见过应裕闻给自己买过什么好东西，一穿好几年的衣服，破了洞又缝起来的袜子，除了家里他爱喝的茶倒是挺贵的。

"妮妮儿啊，就像我为什么供你上仁济一样，爸爸愿意力所能及地让你去见见世面、给你买贵点的用具，这样我闺女长大就不会被一些小恩惠迷住了眼。"应裕闻耐心地给小丫头讲着道理。

"我才不会被迷住眼！"应照离撇撇嘴，反驳道。

应裕闻："爸爸告诉你一句话，以后啊，买东西就要买最好的，要不然就不买；做事情就要做到最极致，要不然就不做。"

"嗯。"应照离不想听大道理，只是奶声奶气敷衍道。

在她的记忆里，父亲从来没说过什么"家里穷，你要省着点花""我们这条件，不要和人家比"这些话。

应照离也是在不普通的溺爱中长大的。

没一会儿，应照离用电脑填好报名表发给了侯倩语，顺便找她要了份校庆的流程安排和受邀的重要人物。

打开一看竟然发现还邀请了邵睿诚，如果不是有照片，她都怀疑是重名了。

照片里的少年笑得灿烂，明眸皓齿，白衬衣的领子整齐地卡在修长的脖颈下，带着未出校园的稚气。

“好看吗？”

耳边突然传来一声清朗的笑，她一抬头对上邵睿诚透亮的眼眸，嘴角咧开露出瓷白的牙齿。

应照离弯弯眼角，指着上面的照片：“这不是高考前我给你拍的那张？”

邵睿诚点点头，眼神里流露几丝怀念：“嗯，觉得这张证件照最好看。”

应照离盯着他看了看，其实这张证件照没邵睿诚现实中的三分之二俊秀，也不知道他是不是对自己的颜值有什么误解。

“改天给你拍张更好看的。”她低头看着上面对邵睿诚的介绍，顺口说了句。

邵睿诚清澈的眸子微微睁大，嘴角上扬：“好，一定。”

他想起高考之前自己再回到仁济拍考试的证件照，再次穿上合身的白衬衣、蓝西服，头发却剪成了板寸。

刚进校门的时候还被路过的小女生拍下来发了表白墙，但回到高三五班后，大家只是惊讶了一下，随后各自干各自的，好像平常课间来了个串班的同学。

那时候保送生已经独立分了班，班里也就二十几个人在，只有应照离走了过来，提醒他一会儿拍高考准考证照片要穿白衬衣，顺便问了问他在十一中学得怎么样。

邵睿诚到现在都记得她当时戴着圆圆的黑框眼镜，头发剪成了标准的学生头，一笑还露出左侧的一颗小虎牙。

保送生走了之后，应照离成绩比较靠前，当上了班里的团支书，负责帮大家拍照，所有人都怀着对前程的期望希望拍得好看些，只有邵睿诚双手插着西裤的口袋，孤零零地站在角落里，一点神情都没有。

他看着小姑娘瘦瘦的背影，从口袋里拿出一根刚刚在学校小超市里买的葡萄味的棒棒糖，看到周围人拍完结伴走回教室学习，只剩下了他和她。

应照离回头喊他，没有发现被塞进口袋里的糖。

邵睿诚坐到椅子上，盯着镜头，等着她按下相机按钮，不过并没有等到。

应照离歪头看他，远远地喊了一声：“睿诚！你笑起来好看，我再给你拍一张。”

少年愣了愣，没想到还会有人在乎自己拍个证件照好不好看。

过了几秒，他整了整白衬衣的领子，坐直后，露出了灿烂的微笑，像淡青的白杨，秀颀朗朗，被定格在小小的相机里。

拍完照，她把相机支架收起来，邵睿诚陪她去办公楼交还给了老师。

往教学楼走正好路过校门口，邵睿诚在那儿停下，垂眸看着乖巧的应照离。

小姑娘抬头看他，推了推鼻梁上厚重的眼镜，说道：“六月考完回来拍毕业照吧。”

他的眼眸一眨，声音淡淡道：“不了，早就不是这个班的人，没必要给他们添堵。”

她没再劝他，只是从蓝西服的口袋里找着啥，随后一根荔枝味的棒棒糖出现在小小的手心里，递到他面前。

“睿诚，高考加油，前途似锦。”应照离的嘴角弯弯的，镜框遮掩住眼里的落寞。

邵睿诚拿过了那根棒棒糖，轻声说了句：“照离姐，记得幸福开心。”

他因为一根棒棒糖，心情好了很多，没有发现应照离压抑的情绪。

少年也不知道，应照离没舍得把自己最爱吃的葡萄味棒棒糖给他。

不知不觉到了下班的时间，应照离没急着收拾东西，只是等大家都走了，提着包走到梁言办公室门口。

她推门进去，看见男人刚刚把最后一个文件关掉。

应照离踩着高跟鞋，慢慢走过去，她纤细的胳膊从背后环住梁言的脖子，语气里带了点娇：“男朋友，想我没啊？”

深棕色的发丝蹭到梁言的侧脸，带着淡淡的洗发水香气，他抬手握住她的胳膊，声音里带了点疲倦：“抱歉，今天我太忙了，中午也没陪你吃饭。”

“就你这种工作法，身体迟早得出问题。”应照离打了一下他的胸膛，语气有些不悦。

梁言笑着握住她的手，轻轻一拽。应照离被迫勾住他的脖子坐到了他的腿上，她的腰间还搁着一只修长的手，摩挲着她的腰窝。

她特别怕痒，想调整一下姿势，挪了挪腿。

梁言按住她的腿，眼睛盯着她，声音低沉磁性，压抑不住几分溢出的情欲：“别乱动，要不然在这儿试试你男朋友有没有问题。”

应照离不自在地眨眨眼，搂着他的胳膊有些僵硬：“放我下来。”

“乖离离，让我抱会儿。”他没再逗她，只是埋到应照离的脖颈处，闭上眼休息了一会儿。

安静的空间里只有两个人均匀的呼吸声，她搂住梁言，坐在他的腿上无聊地揪起一小撮头发玩。

几分钟过去，见梁言还不打算醒，她声音放软一些：“梁言，回家再睡，别感冒了。”

他抬起头，松开她腰上的手，让应照离站起来。

她陪梁言去地下车库开车，因为不太放心，先把他送到了住处，然后把跑车开回了自己家。

半个月“嗖”地过去。

很快迎来了明华大学的七十周年校庆，应照离中午在食堂吃过饭，然后带着礼服去了排练现场。

跟她搭档的是同级不同系的男生，长得也是系草级别，但是因为太瘦了，举手投足间透出一股娇气。

应照离去更衣室换上衣服，穿的是生日那天梁言送的暗红色的礼服裙，她想穿着这袭长裙在结束后和自家男朋友合个影。

换好后，她去后台和搭档再对最后一遍词，结果男生卡壳了几句。应照离还感受到他时不时地瞥自己镂空的细腰，有些令人不舒服。

不过，为了校庆最终完美地呈现，她还是耐着性子又重新对了两三遍稿子。

眼看时间有些不够，她去化妆间抓紧弄了发型和舞台妆。

剧院的座位已经陆陆续续坐了很多人，前排也来了几个领导。

应照离站到台子上往观众席望去，看见了穿着一身西服的邵睿诚坐在第二排中间的位置，她的目光跟少年对视上，笑着跟他打了个招呼。

那么多人里，她硬是没有找到梁言的身影，走下台拿自己的手机打了个电话过去。

电话被接通。

梁言："喂，离离。"

应照离："今天明华大学的校庆，你没来吗？"

梁言："路上有点堵车，我马上就到。怎么，等我等急了？"

她听见男人好听的声音里夹杂着笑，心里平静下来，刚刚有些紧张的情绪也消失不见。

应照离："男朋友，我今天——特别好看，你小心有男人看上我。"

梁言："不怕，再好看都是我的，别人也就只有看看的份。"

应照离笑笑，停滞了几秒，又张开唇，说道："今天晚上，送你个礼物。"

梁言有些好奇，"啧"了一声，开玩笑道："什么礼物？你吗？"

"想得挺美。"应照离忍住笑，嗔他一句，摸了摸自己有些发烫的脸。

"宝贝，我先挂了，路况有点复杂。"梁言的语气认真起来。

应照离听见对面传来的那声宝贝，嘴角上扬："注意安全。"

她挂断电话后，侯倩语喊她去候场，傍晚六点正式开始的时候，差不多人都到齐了。

舞台上的聚光灯一照，侧幕后的她深吸一口气，提起裙摆，踩着高跟鞋和搭档一起走上台。

男生的声音从话筒传出，好听的腔调充斥在剧院的各个角落。

男："尊敬的各位领导、各位来宾——"

女："亲爱的同学们，大家——"

男女合声："晚上好。"

…………

台上的应照离一袭暗红色长礼服裙，衬得皮肤冷白，深棕色的长鬈发披在微露的薄背上，锁骨上打了星星的高光，突出又性感。

镂空的矢车菊花瓣设计裹着雪白滑腻的细腰，裙摆飘逸，下台迈起步子时婀娜多姿。

她看见坐到第四排很惹眼的梁言，男人今天穿了沙青格纹的藏蓝色西装，左侧装饰了山峰式叠法的麻质暗红方巾，整个人成熟又稳重，却别了一枚精致的狐狸形状的胸针，和那双细长的眼睛一样显得勾人。

接下来，是校长致辞，节目会演。

整场下来，梁言只在应照离上场的时候抬抬眼，眼神里流露出宠溺的意味。

…………

临近结束时，大家已经有些无聊，就等着致谢和赠送纪念礼盒的环节结束然后跑路。

主持人邀请了重要嘉宾单个上场，先简单做个介绍，然后说七十周年校庆祝词，再进行合影。

“下面我们有请景清大学优秀学生代表邵睿诚同学上台祝词。”应照离走到一边去拿纪念盒。

景清大学是明华的兄弟院校，邵睿诚是今年国际程序设计竞赛景清大学代表队队长，取得了世界总决赛的冠军。

邵睿诚没去接应照离手里的纪念盒，而是走到台边跟摄像小哥说了几句。

他走回来对应照离笑笑，声音清亮：“照离姐，你拿着和我一起拍吧，我的手腕昨天扭伤了。”

应照离顿了一下，手里的礼盒确实有些沉，于是陪他站到中央，拍了张合照。

两个人之间隔开了一些距离，拍下一张照片。

台下有女生在小声地讨论着，但还是传进了梁言的耳朵里：

“他好帅啊！智商还那么高。”

“我跟你说，我打听过，邵睿诚现在只有二十岁！比我还小！”

“他和那个姐姐还有点配，我看邵睿诚看她的时候眼神好温柔。”

“果然啊，帅哥还是配美女，没咱们什么事。”

…………

梁言蹙起眉，眼神里散发出一点烦躁。这种突如其来的情绪在他之前的二十几年里从来没有出现过，自从遇见应照离，一次比一次强烈，他想把她藏起来，但又不舍得让她的光芒丢在黑暗里。

她应该属于鲜花和掌声。

趁着主持人说结束词的时候，梁言起身从后门走出了剧院。

应照离看着他出去的背影，差点忘记该自己说词了，立马将思绪拉到舞台上，完美落幕。

她提起裙摆，走下舞台，往后面的更衣室走去，来来往往的还有许多带着舞台妆容的表演人员。

走过她们身边的时候，应照离好像隐隐约约地听到她们说刚刚看见了一个极品大帅哥。

拐过一条过道，她前往旁边的更衣室，路过第二个更衣室的时候，突然被一只手拉了进去。

门被关上，她整个背贴住墙，被迫仰着头看向男人。

梁言的眼眸里带着对她的欲望，修长的手捏住她的下巴，炽热的目光把女人裸露在外的皮肤都烧红。

“为什么要和邵睿诚一起合影？”梁言紧盯着应照离，语气里充斥着对少年满满的敌意。

应照离攥着他的西服，指尖不轻不重地在他的后腰捏了一把，然后滑到他前腹间，缓缓点到胸膛处，双手攀上他的脖子，媚丝眼因为今天化的妆更加勾人，着实像个小妖精。

“怎么，吃醋了？”她笑声娇媚，踮起脚离他的薄唇只有几厘米。

梁言的胳膊碰触到她光滑细腻的蝴蝶骨，往下是深凹的脊柱沟，性感又禁欲，他凉薄的指尖划过，一阵战栗中带着酥软的麻意。

“别想弟弟了，有钱温柔又只对你好的哥哥，看看？”男人挑了挑眉，想低头碰上近在咫尺的嘴唇，圈在怀里的人突然不踮脚了，拉开些距离。

应照离的眼珠轻轻转动，上挑的眼角带着挑逗，出声道：“哥哥前女友那么多，你说我要是吃你的醋，会不会酸得倒牙？”

梁言不说话，只是盯着她。

应照离以为拿他开玩笑他生气了，抿了抿嘴，哄人：“别吃醋了，睿诚我只把他当弟弟。”

“离离，别吃我的醋。”梁言的声音很淡，带着点愧疚。

应照离摩挲着他的后颈，声音温柔里夹杂着妥协：“好，不吃。”

他搂紧她的腰，把人抱在怀里。

几秒后——

“我没喜欢过别人，只喜欢你。”梁言的声音重重地落在应照离的心上，即使是假话，也不想被别人拆穿惊醒。

应照离：“你低头。”

“嗯？”梁言稍微低了低头，垂眸看她。

应照离踮起脚，借着勾着脖子的力在男人的脸颊印上了一个唇印。

梁言笑笑，眼睛里像扣了条弯弯的小船，语气里有些欲求不满：“亲个脸就把我打发了？”

“你还想怎样？”应照离瞪他一眼。

她整个人被横抱起来，重心不稳间连忙抓住他宽厚的肩膀，傻眼看着他。

梁言长腿迈了几步，将桌子上的东西推到一边，把应照离放下。她岔开腿给人让了点地方，有些紧张地抠了抠手。

应照离咽了咽口水，没了刚刚演的狐媚子气，结结巴巴地说：“干什么？”

“干你——”梁言尾音拖了点调，像是没说完。

“又不让，只能利息变现。”他双手撑着桌子，俯身去吻她。

结果应照离抬起胳膊捂住了嘴，只露出那双笑意盈盈的柳叶眼。

梁言默不吭声，慢条斯理地将西装里的麻质暗红方巾用指尖挑出来，展开抻了抻。

随后，他一只手攥住应照离两只纤细的手腕，将方巾系上去。

梁言用无名指勾住打好的死结，应照离的右手顺势覆上男人的手背。

“梁学长，你可真是有辱斯文。”应照离穿着高跟鞋的脚尖在桌子下虚空地荡着。

梁言浅笑一声，低头略有仪式感地吻了她的锁骨，嘴唇粘上几颗细闪的星星，他抬起左手伸进她的指缝和她十指交扣。

“金融人可不要求斯文，只需要严谨。”

梁言未曾作声，指尖虚点了一下应照离的心口处，开口道：“你猜，几分钟后，这儿会怎么样？”

应照离被他点过的地方，小范围地开始发烫，她感觉到心脏“扑通扑通”跳着。

接着，梁言的手护着她的后颈，从嘴角贴到唇珠，应照离的口红被吃没了，边缘晕出一圈淡粉。

直到应照离捏了捏他的手，男人才松开。

梁言护着她的腰，舔了舔嘴唇，回味着什么，冷不丁问了句：“你吃葡萄了？”

应照离不会换气，刚刚一直憋着，这时候才大口大口地吸进氧气，胸口的起伏让男人的眼神又暗了几分。

她媚眼如丝，微张的嘴像娇艳欲滴的车厘子，细密地喘着气：“葡萄味的棒棒糖。”

梁言笑着在她的腰间捏了一把，声音低哑：“糖没你甜。”

应照离的注意力被他黑衬衣下的皮带吸引，她打量了一番，也不太懂，只知道质感很好，一看就贵得要死。

梁言顺着她的视线回转到自己身上，愣了下，蓦然一笑，声音被胸腔带得发颤：“宝贝儿，收敛点？”

应照离疑惑。

“别乱瞥。”

应照离的脑瓜子里面“嗡嗡”的，自己今天要送他的礼物也是一条腰带，只是觉得换上会很好看。

“要点脸？”应照离皱皱眉，抬腿踢了他一脚，脖颈处的灼热感蔓延到了脸颊。

“离离，要脸娶得到你？”

梁言揉揉应照离顺滑的头发，盯着她一汪清水似的柳叶眼，垂眸凑近她的脸，睫毛蹭过她白皙的脸颊，在额头印上一个吻，碎碎密密地亲到鼻尖。

“嘀！嘀嘀！嘀！”

清脆的铃声在桌子上响起，十分突兀，在安静的小空间里声音大得出奇，招惹着梁言的神经系统。

他摸到手机，点了拒接。

没过几秒，对方又打了过来，真可谓持之以恒。

梁言松开应照离，有些烦躁，嘴里蹦出句德语，虽然是个骂人的词，但从他的嘴里说出既斯文又性感。

应照离“扑哧”笑出了声，抬眼盯着一脸没讨到滋味的梁言，用线条流畅的小腿碰了碰他：“把我松开。”

他抬着她的胳膊，轻柔地解开暗红色方巾，虽然一点都不疼，但手腕上还是不可避免地勒出了红痕。

“疼吗？”梁言给应照离揉了揉手腕，理了理她有些凌乱的头发。

“疼。”应照离撇了撇嘴，“要你吹吹。”

梁言低头给她吹了几口气，在她跳动的脉搏处落下一个吻。

手机铃声还在响着，应照离向上一滑，接通后贴近耳朵。

“喂，学长。”应照离出声。

孔正初嗓门有些大，在安静的空间里格外清晰：“照离！你在哪儿呢？不是要给你和梁言拍合照吗？”

“嗯，我马上过去，麻烦学长了。”

应照离扭过腰对着贴在墙上的镜子用指尖把晕到嘴唇外缘的口红擦干净。

转身就瞥见梁言唇边的口红印子，她顿了一下，抬手拉过人的领带，拿起刚刚绑她手腕的方巾，用一角轻轻给他擦干净。

“孔正初，可以。”梁言说。

应照离伸手就要去捶他，扬声道：“喂，人家好心帮忙拍照，你别记恨。”

梁言攥住她的手，护住她纤细的腰肢，把她抱下桌子，等她站稳后才松手。

“好，听你的。”声音懒洋洋的，透出些宠溺。

赶到外面拍照的地方，孔正初一个人正孤孤单单地站着，手里拿着单反。

身后是搭起来的大红的牌子，写着七十周年的祝福语，看起来特别喜庆，应照离从来没有在这么隆重的背景下拍过照。

应照离很喜欢这个大红幕牌，有点拍结婚证照片的感觉。

她不可能和他结婚的。

所以，想用这张照片来代替。

有一点可惜的地方，今天两个人没有穿白衬衣。

孔正初给“咔咔咔”拍了好几张，觉得自己简直是神拍手，可梁言除了在合影时，一直没给他好脸色。

“梁大帅哥，我的拍照技术可是全系公认的好，拍成这样你还不满意？”孔正初把照片一张张翻给他看。

照片里的梁言搂着应照离，两个人都是标准的露齿笑，看起来很般配。

“没。”梁言瞥了他一眼，冲他冷冷一笑，“只是对你挺不满意的。”

孔正初一头雾水。

轰隆隆!

天空突然很不合时宜地响起两声闷雷，打破了欢乐庆祝的气氛。

孔正初无语地摇摇头，指着响雷的天空对梁言说道：“你瞅瞅，老天爷都看不下去了。”

雷声消失后，紧接而来的是漫天的雨，从淅淅沥沥变成“哗啦哗啦”，下得特别突然。

“回剧院等我，我去开车。”梁言边说边解开藏蓝色西装外套的扣子，披在应照离身上，把领带也顺手摘下来放她这儿。

雨势越发大，让人想尽快回家。

应照离跟孔正初道了别，拿了自己的包和衣服，怕梁言等着急，也来不及去换，就跑到剧院门口等他。

剧院的屋檐边往里溅雨，淋湿了她的裙角，让她心疼了好一会儿。发丝和脸蛋也一层一层地蒙上雾珠，她怕梁言的西服再和裙子一样被打湿，从肩膀上拽下来，拿到手上，贴到自己的后腰处。

没几分钟。

雨中出现了两束车前光，黑色的车身洒满了雨，挡风玻璃被雨刷洗涤干净，在应照离身边停下。

梁言打开车门出来，因为没带雨伞，去开车的路上虽然尽量走的建筑物下，但也不可避免地淋到了。

“你怎么把衣服脱下来了？”他头发上还在滴着水珠，靠近她之前甩了甩。

应照离眨了下眼，有些木讷地应了句：“我有点热。”

梁言接过她手里的衣服，撑到头顶：“走，去车里。”

因为有衣服的遮挡，应照离没有被淋到，只是有点可惜用贵衣服来挡雨。

车里开了空调，暖暖的。

梁言的衬衣湿了半截，贴在精壮的胸膛上，还没等应照离的眼挪开，视线就被一块干毛巾盖住了。

梁言把她有些湿了的发尾擦干，应照离忍不住把毛巾拿到了自己手里。

“拽到你头发了？”他问道。

“没……”应照离半合着眼，声音清又淡，“除了我妈，还没有人给我擦过头发。”

梁言握住她的手，哄道：“以后有我了。”

应照离拿着毛巾想给他擦一擦，被他拒绝了。

“这天气估计一会儿更恶劣，先回家。”

路途走到了一半多，应照离看着车窗外面，黑压压的空中突然裂出一道白光，开始闪电了。

这条路离梁言家近，不到几分钟就能到，可是如果送她，还得行驶个二十多分钟。

她突然听见“啪嗒”一下，像是一颗小石子被扔过来，发出清脆的响声。

“下冰雹了。”梁言踩了踩油门，手握着方向盘。

应照离睁大了眼睛，扭头看看车窗外，有些愣愣的：“怎……怎么办？会把车砸坏吗？”

“倒也不会砸坏，但应该会留坑。”梁言语气带笑。

过了半分钟，车内安静的气氛被打破。

应照离：“去你家吧。”

她感受到男人突然刹了一下车，身体跟着晃动，最后贴到真皮椅背上。

“刹车干吗，快走啊？”应照离催他。

梁言扭过头来，很认真地问了一句：“去我家？”

“又不是没去过。”应照离口中喃喃。

梁言嘴角上扬，抬脚继续踩油门：“行，挺乐意你去的。”

将车子停到地下车库后，梁言和应照离坐电梯回到了家。

和她第一次来梁言家一样，装饰整洁，深灰掺白的色调充斥着单身男性的味道。

但多出来了之前未存在过的东西。

一双全新的紫色毛绒拖鞋，沙发上还有一条淡紫的毛毯。

应照离皱皱眉，盯着梁言放到自己脚边的拖鞋想询问些什么，但还是没张开口。男人突然像抱小孩子一样，修长的手伸到她的胳肢窝下，把她提了起来搁到玄关的柜子上。

“特意给你准备的。”他蹲下来，衬衫扣子解开了两颗，露出锁骨，让人不禁想多瞟两眼，“想着说不定你会来。”

应照离的高跟鞋被脱下来，脚丫白净但是有点湿湿的，梁言懒得再去找毛巾，用黑衬衫还干着的一角擦了擦她两只嫩藕似的脚，然后伸到拖鞋里。

“哎！弄脏了你的衬衣！”她还没来得及收回被攥着的脚，就被擦干净了。

“没事，反正都要洗。”梁言回道。

应照离有些傻眼。

他不是……最在意自己的衬衣吗？

回到家并不是很晚，才九点。

猜应照离忙活着七十周年庆典，晚上肯定吃不上饭，梁言从冰箱里找出了点速食的东西，给她热了热。

她吃了个干净，然后收拾好餐桌，坐到沙发上。

没过多久，梁言手里拿着一身干净的衣服，一件宽松板型的 T 恤和黑色运动短裤。

“你先将就着穿，快去洗澡，别感冒了。”他牵起她的手，把人从沙发上拽起来，将衣服塞到她的怀里。

应照离点点头，模样乖巧得有些可爱，梁言忍不住弯着眼揉了揉她仍潮湿的发丝。

她走到客房的卧室，将衣服放到浴室，因为礼服裙太难脱下来，耗费了一些时间。

简单洗一个澡竟然用了一个多小时。

应照离穿上梁言给她的干净衣服，T恤大得盖住了屁股，短裤的腰虽然有松紧带，但还是很肥，她不得不挽了两圈。

躺到床上后，应照离以为自己会立即就睡过去，因为今天忙庆典她实在是太累了。

客房有个很大的窗户，外头还在下着冰雹，“噼里啪啦”的。

声音在如此安静的房间里响得出奇，她有些失眠了。

其实应照离潜意识里特别害怕下冰雹，在她的印象中，台江好像只下过一次冰雹，大概是她六七岁的时候。

因为怕溅雨，庄里的每户人家盖好房子后都会安装上塑料雨搭。

小巷子里的下午，她经常能听见摩托车缓缓的轰鸣声和喇叭里录上的方言。

“安装雨搭，维修雨搭……安装雨搭，维修雨搭……”

有时候赶上周末，小照离拖个小马扎坐到大门口听奶奶和邻居大妈唠嗑，就能看见喇叭里喊着“安装雨搭”的中年男人，他脸上的褶皱深深的，里面像是积了一层厚厚的洗不掉的灰。

那时候的她不知道，这是生活用刻刀在脸上雕琢的划痕，也想不明白，如果大家都搬到高高的大楼房里，这个叔叔的雨搭会和他一样积一层厚厚的灰吗？

应照离印象很深刻，下冰雹那天她和表姐、表哥在自己的小床上玩，床旁边就是窗户，外面冰雹下得很大，因为雨搭是劣质塑料的，把声音放大了好几倍。

像是要把整个青玫庄砸出个大窟窿来。

挨家挨户停了电，表哥使坏，特意趁着这个气氛给她和表姐讲鬼故事，吓得她把小脚丫缩进被子里。

他讲得太生动形象，仿佛那只被冰雹砸没了半个头的鬼就在小小的阴暗的屋子里。

那天之后，应照离怕得跟苏钰娟一起睡了三个晚上才敢自己回小床睡觉。

窗外的冰雹还在“哐啷哐啷”地砸着文城。

应照离烦躁地从床上坐起来，撩了撩头发，两只胳膊撑着挪到床边，穿好拖鞋。

整了整身上的大T恤，看见黑色运动短裤露出来的一截儿，她抿抿嘴，弯腰往里面折了两折。

她拽拽T恤，往梁言的卧室走过去。

走到门口，应照离看着紧闭的卧室门，发呆了许久。

她做了会儿心理建设，才鼓起勇气敲了敲门。

“咚咚咚！”

她低着头，听到门把手拧开的声音，看见了一双拖鞋，以及灰色丝绸质地的睡裤裤脚。

应照离视线慢慢上移，从修长的腿掠到上衣一角，扣子被整齐地扣着，没有一颗被打开，但是丝绸太滑，贴在皮肤上，显露出性感的肌肉纹理。

梁言的眼神有些避开，语气里带了点不自在：“怎么了？”

她盯着他，见他不看自己，又走近一步，强行出现在他的视线里。

应照离的眼珠转动了两下，抬着头看他：“我害怕。”

梁言：“走吧。”

应照离不解。

“去客房卧室哄你睡觉。”梁言这会儿才看她，但也只盯着她的脸，“睡着我再回来。”

应照离：“梁言。”

梁言：“嗯？”

应照离：“我想在你这儿睡。”

梁言的眉心一跳，被她脱口而出的话惊了下，略加思索后缓声道：“那你先把短裤穿上。”

应照离的嘴角微微勾起，揪着T恤下摆往上抬，刚刚掀起个边儿，他猛地侧过身去，倚在门沿上，咳嗽了两声。

“穿着呢，裤腰太肥了，我挽了两圈。”她走到门边，露出个无辜的表情，把腿伸过去给他看。

“噢，进……进屋吧。”梁言拿手蹭了下鼻尖，给她让开了路。

应照离第一次看见他这么拘谨，竟然还觉得有些可爱，和在更衣室亲她的那个男人简直差了好多。

卧室里有一个很大的衣帽间，是磨砂玻璃质感的推拉门，敞开了一半，里面放了成套的西装还有一长排的衬衫，另一边是休闲类的卫衣、运动服。

她好奇地走过去看看，看到自己给他买的胸针和领带被单独放在了最显眼的地方。

应照离想到梁言把西服撑到两个人头顶之前，好像从戗驳领下摘下了什么东西，原来是那枚送他的小狐狸胸针。

“你衬衫好多。”应照离取下一件在自己身上比对了一下，她明明也不矮，但末端的边遮住了她三分之一的大腿。

梁言笑笑：“穿习惯了。”

“也对，从小就穿西装。”应照离小声地呢喃着。

“你怎么知道我从小就穿？”梁言不记得自己说过他的小学和初中在哪儿

上的。

真是祸从口出。

应照离的脑子就和卡壳了一样，也没找出个合理的理由，突兀地来了一句："我下次不想穿你T恤了。"

梁言关心地问："材质不舒服吗？"

"我觉得衬衫穿上更好看。"

这个女人总是不合时宜地调戏他，让人无端升起一股燥热。

"睡觉去。"他推着她出了衣帽间，把门拉上。

梁言弯腰掀开被子，等应照离上去之后给人盖好，顺手塞了塞被角。

自己坐在床边握住她白嫩的手轻拍了几下，等人睡着。

没几分钟，应照离松开了他的手，拱了拱身子，挪出很大一个空地来，她拍了拍让出来的枕头。

"给你暖好床了，上来。"应照离眼神认真，声音平淡。

梁言无奈地笑出声："离离，你真是第一次谈恋爱吗？"

"你不信我？"应照离皱眉。

"知不知道一男一女躺在床上，一不小心会发生什么事？"梁言说。

应照离顿了下："知道。"

"不怕？"梁言反问回去。

几秒后，应照离拽住他的手，睫毛微颤，然后盯住他，一本正经地说："是你的话，什么都是无所谓的。"

梁言脱下拖鞋，握紧她的手，掀开被子钻了进去。

他转过身来面对着应照离，给她理了理头发。两个人之间空了很大一块距离，梁言隔着被子把手搭在她的肩膀上。

"睡吧。"

房间里安静下来，只听见外面"噼里啪啦"的冰雹声。

应照离翻身转了个圈，直接挤到他怀里。

她尝试伸出胳膊，环抱住他劲瘦的腰，另一只手抵到他腹肌上，指尖轻轻刮过。

应照离感受到梁言的呼吸开始不规律起来，但还是没制止这个行为。

在她想更肆意一点的时候，"犯罪"的小手被抓住。

他声音有些干哑，带着点严肃："乖，别闹。"

应照离感觉到梁言的忍耐，虽然语气明明还很温柔，但就像是上学时候被老师点名训了一样，心里面顿时好委屈好委屈："梁言，你不想要我吗？"

自己身材也不算多差吧，就这么躺在一个正常男人的怀里，他竟然一点反应都没有。

好有挫败感，感觉魅力全都消失殆尽了。

"不想让你后悔。"他摸着她的脸，耐心地给怀里的小野猫顺毛，"这才在一起不到一个月，我要是真和你发生了关系，如果你只是贪图新鲜感，那我就是犯罪。”

“我对你不是新鲜感。”应照离的心绪沉下去，缩回了胡闹的手，胸口有些一抽一抽的。

“那也不行。”梁言拒绝道。

她嘴角下撇，眼眸沉暗了许多，没了亮莹莹的光。

应照离往后挪了挪，规规矩矩地不碰他，习惯性地缩起来，把脑袋埋进被子里，像是小猫咪团成了一个球。

她特别喜欢这样睡觉，松软的被子比任何东西都能给她安全感。

但一双有力的手从她的腰间环过，下一秒，就被人紧紧地拥到怀里。

梁言将一只胳膊垫到她的脖颈下，把她的脑袋按到自己的胸膛处，揉了揉她细软的头发。

他没有说话，但“扑通扑通”的心跳声比什么都有说服力。

这一晚上，梁言睡得特别安稳。

也不知道应照离盯着他的脸看了好几个小时，最后很轻很轻地碰了一下近在咫尺的嘴唇。

像是偷吃的孩子，把最后一块糖果塞进了嘴里，露出幸福的笑容。

第二天一早，梁言薄薄的眼皮动了动，睫毛掀起，睁开眼睛，看到怀里睡着的人紧皱着眉头。

梁言伸手想给应照离按按眉头，结果发现她额头的温度比平常高了许多。

“离离，离离。”

见人还是不理他，梁言翻身下了床，立马去拿了医药箱回来，用电子温度计一测，竟然发烧了。

三十九度。

幸好家里还备着退烧药，他接了杯水，把应照离扶起来搂到怀里，先喂了几口水，然后哄她吃药。

可她还迷迷糊糊的，半睁着惺忪的睡眼，嗓子里哼出点声，像一只小奶猫。

“乖，把药吃了再睡。”梁言把杯子递到她的唇边。

应照离扭过头，两只手拽住他凉凉的丝绸睡衣，脸在他的胸膛上蹭了蹭，接着把细白的小腿压到了他身上。

梁言手端着玻璃杯，差点把水抖出来。

他先把杯子放到一边，将她的下巴抬了起来，捏住她两侧脸颊，两唇之间张开了微微的一条缝，趁机把药片塞到她的嘴里去。

梁言伸手拿过杯子喝了一大口水，对准应照离的嘴唇，强迫她喝下去。

她紧皱着眉头，嘴角溢出了一滴水，梁言用手给她擦干净。

梁言起身离开床，把被角塞紧，让她发发汗。

一直到中午十二点，应照离才醒过来，比早上好受了许多。

她下床拿起手机，看见一堆工作和学习消息“扑面而来”。

导师给她发了消息，说周一的时候，让她将整理好的文献资料带给他。

可今天就礼拜天了，她还晕乎乎的，资料在U盘里，U盘在家里。

只能拜托梁言把她送回去。

她洗漱完，出了卧室后看见餐桌上已经摆好了饭，吃了几口就没胃口了，然后放下筷子跟梁言开始商量。

“导师的文献资料在家呢，他明天要，我还有点尾没结，你送我回去吧。”应照离说。

梁言看她还有些虚弱，开口：“我给你拿回来，你在这儿休息。”

他没再跟她商量。

梁言：“U盘放在哪儿了？”

“就在我卧室书桌的抽屉里。”应照离解释道。

收拾干净桌子，梁言出了门，去地下车库开车去了应照离家。

没多久就到了，他从口袋里掏出钥匙，打开房门，往卧室走去。

小狸花猫见到梁言来了，亲密地跳到他肩膀上，跟着他一起到了卧室。

他看见书桌的抽屉有三个，其中一个锁着，将另外两个抽屉找了个遍，也没看见U盘。

梁言打了个电话过去，说没在抽屉里，但应照离记得就是在抽屉里，说让他拿小钥匙把第一个抽屉打开找找看。

他抬眼瞥见了挂在一边的小钥匙，拿了下来把第一个抽屉打开。

里面东西很多，他看见了熟悉的那个小蓝本，上面还压着一部很旧的手机。

梁言把本子和手机拿出来放到了桌面上。

在剩下的零碎的小东西里翻了翻，终于找到她说的红色的小U盘。

盐盐轻跳到桌上，好奇地拿前爪戳了戳手机，底下的小蓝本重心不稳，带着手机掉到了地上。

梁言被小狸花猫的动作惊了下，蹲下去想把东西捡起来。

可能是掉下去的时候砸到了开关键，屏幕竟然亮了，原来不是个废机子。

小蓝本也散开，掉出来一张小纸片，上面还印着一个人。

他先是看见了屏幕里的壁纸，是一个男人穿着西装的照片，因为是对镜拍，所以脸被手机挡住了。

这是……那个孤烟吗？

梁言的脑海里下意识蹦出那两个字眼，但拿起来看的时候，觉得越来越熟悉。

他盯着手机的锁屏照想了起来，这是他上明华时，大一拍的一张晚会照。

梁言的指尖摩挲着屏幕上自己的照片，一不小心划开了锁屏，原来没有设置密码，里面的壁纸是一个白衬少年的背影，望着远处的火烧云。

他通过身形隐约可以看出来是自己。

手机里的软件被删得干干净净，只留下了QQ、相册和系统自带放到一起的软件。

他深呼吸了几下，目光在相册的图标上停住，最终还是没有打开相册，按了锁屏按钮。

梁言看到地上从本子里掉出来的纸片，顺手捡了起来，上面是一行一行的印刷字，好像是从宣传单上剪下来的。

梁言翻面一看，手僵在了那里，这是他十八岁在远洋辅导机构拍的宣传单照片。

他把照片夹到散开的小蓝本里合上，另一只手攥着手机和U盘，出了应照离的卧室，坐到沙发上。

脑子像是被炮轰了一样，梁言愣了许久，拿出手机想要给应照离打电话让她回家一趟，又考虑到她发烧刚好一点，叹了口气，把U盘和手机放进口袋里，拿好小蓝本，准备回公寓。

忽然听见门锁拧动的声音。

"梁言，你拿到U盘了吗？导师让我打印出来，我想着你那里没有打印机，就自己回来了。"

应照离弯腰从玄关处换上拖鞋，自顾自地说着，走进去才看到男人坐在沙发上，桌面上摆放的是自己锁在抽屉里的日记本。

应照离整个人愣在那儿，扯出一个并不怎么好看的微笑："我的日记本怎么放在这儿了啊？"

她还是祈祷梁言并没有看到什么。

"拿U盘的时候，掉在地上了。"梁言从口袋里把U盘和手机一并拿出来放在桌上，不紧不慢地说，"还有壁纸是我照片的手机。"

他果然还是知道了。

他会觉得她是个变态吗？会不会说"你好恶心"？

想到那晚开着车梁言对黑衣男厌恶的表情，她将有些发抖的手背到身后。

"你……全都看了？"

"只看到了壁纸，本子里的内容我没有看。"

梁言没有偷窥别人隐私的习惯，即使是关于自己的，他也只是希望能通过应照离来知晓，而不是自己未经过他人同意就擅自窥探了别人的秘密。

他抬头望着僵硬地站在一旁的应照离，眼神里迷惑又复杂，开口说道："我高中和大学时期的照片，你为什么会有？"

应照离不敢去看他的眼睛，她怕看到失落和质疑，只好低着头。

"梁言，照片是我偷拍的，但我不是故意瞒着你的。"

应照离走过去，坐到沙发上，小心翼翼地揪着他的袖口，不知道该从何说起，只能在他还没生气之前尽量把事情说清楚，说话间语气也变得慌乱起来："对你撒谎是我的不对，我很早之前就暗恋你了，可当时你对我一点印象都没有。你听我解释好不好，我都坦白。"

梁言听到应照离说的“暗恋”，有些恍惚，原来在很早的时候，她就喜欢他了吗?

“我坐在这儿没离开，就是要听你解释的。”梁言侧头看她，语气认真。

应照离看他确实没有想离开的冲动,还给自己倒了一杯水拿在手里喝了几口。

她停顿了几秒，把桌上放的蓝色小王子日记本放在腿上。

“这里面记了很多很多，要讲的话，可能会耗费几个小时。”

她把日记本翻开到熟悉的页面，里面很独特，是三十个小方格组成一整页，每一个标明日期的方格都被小小的字填得满满的，承载着少女的心事，与那段青春岁月。

“离离，给我讲讲那个时候的你吧。”梁言有些贪婪，甚至不想只听关于自己的那段，他想把应照离的以前再重新参与一遍。

这次，他不再是那个连她名字都不知道的少年了。

应照离把日记本摆在了两个人中间，舔了下嘴唇，问道：“那你要不要一起看？”

梁言怔了下，日记这种很私密的东西，她竟然愿意让自己看。

“你不介意？”

应照离摇了摇头：“你想知道的所有，我都可以告诉你。”

“好。”梁言应道。

“其实，我的故事，是在高二考完期末考试的那天晚上开始的……”

“丁零零！丁零零！丁零零！”

“考试结束，大家停止答题，把笔放下。”监考老师的声音回荡在教室的每个角落。

收上卷子和答题卡后，应照离轻叹一口气，走出考场。恍若隔世一般，她伸伸懒腰，从门口桌子上一堆书包里翻到自己的，背在单薄的肩膀上。

走出教学楼,她往食堂方向奔去,嘴里呼出的气体飘向空中,变成乳白色的雾。

“照离！等我下！”林归梦的声音从身后传来。

应照离扭过身子，看见朝自己跑来的姑娘。

“快走吧，去食堂吃饭。”应照离牵住她的手。

“别别别，今天菜谱上有夺命小红肠，我们去小超市吧！期末考试都考完了，你不放纵一下？”

林归梦还穿着厚厚的羽绒服，就跑了这么几步，脸上微微泛红，整个人活力满满。

应照离被她拉着往小超市走去，从门口往里一看已经排起了长长的队伍，林归梦让她先排队，自己在货架上挑选零食。

“离离，要不要尝一尝新进的汤达人日式豚骨呀！他们都说好吃！”

小超市最里面的那一整面墙的货架全是不同口味的泡面,还有很多进口零食,卖得很贵。

“我吃那个西红柿打卤面。”应照离给她指了指。

林归梦蹲下从最底下一排拿出一桶，抱在了怀里，应了声：“好。”

应照离其实也想过要不要尝试一下，可一看这么小一桶卖六块，也就吃个半饱，不划算。

听说今天晚上要在班里放电影，两个人在宿舍里解决完晚饭，顺带洗了两天半都没洗的头。

因为在大家普遍又统一的印象里，考试期间洗头会把学进脑子里的知识都给洗掉。

出宿舍楼的时候天空已经整个暗了下来，往前直走是篮球场，这么冷的天，竟然还有许多男生只穿着运动裤子和一件薄薄的白衬衣打篮球。

走进教室，暖气终于让两个裹着羽绒服的小姑娘缓过劲来，他们将厚外套叠成方块放到了班级后面的储物柜上。

同学们还在吵吵闹闹，也有坐在自己位置上玩手机的，还有雷打不动即使期末考试结束也在学习的学霸。

没有多久，晚自习上课铃声响起，班主任杜韵踩着高跟鞋来到班里，默点了一下人数，都齐了。

杜韵是个大美女，个高腿长，对他们也很好，她不像是班主任，更像是一个懂得少男少女小心思的知心姐姐。

“想看什么电影？”杜韵低头把讲台上的电脑打开，拉开黑板的显示屏。

“爱情片！爱情片！”

“喜剧！”

…………

经过了几分钟的讨论，最终杜韵敲定了《怦然心动》这一部电影，播放了只有英文字幕的版本。

作为一名英语老师，她不放过一丝机会要让自己班的孩子熏陶在英文环境中。

影片开始，杜韵走到门口把前排的灯关掉，只留下了后面的灯，让想学习的同学们去最后一排学。

应照离和林归梦津津有味地看着，课桌抽屉里还有从小超市买的零食。

四十分钟一节课很快就过去。

下课铃响了之后，班长把电影先暂停住了，广播里传出好听的声音。

“天气预报，2月6日，晴，南风三到四级，0到4摄氏度。”

两秒后——

“Weather Forecast in Taijiang, Tomorrow it will be sunny, with gentle breeze from south, and the temperature will be zero to four degree centigrade.The weather forecast is from Ren Ji High School.Thanks for listening and enjoy your winter holiday...”（台江天气预报，明日天气晴朗，

南风微风，气温零至四摄氏度。天气预报来自仁济中学。谢谢收听，祝您寒假愉快。）

熟悉流畅的每日中英文天气预报竟然已经陪伴了应照离度过了四年多。

她拿着水杯出了教室，排队接点热水喝。

回来的时候课间十分钟已经结束，她侧着身子越过林归梦坐到自己的位置上。

杜韵在门口站着，时不时往外张望一下，电影还没有开始放。

好像等到了什么，她退了退脚步，让两个人进来。

“这是咱们高三刚刚收到录取通知的保送生学长和学姐，到咱们班来宣讲一下，大家认真听听，对自己高三的选择会很有帮助。”杜韵耐心地解释道，随后开始鼓掌，带动着整个班响起热烈掌声。

“大家好，我是 2013 届保送景清大学的焦飞昂，在文科生里的第一名。”学姐散着头发，还化了淡妆，就是脸有些婴儿肥，白净可爱。

“大家好，我是 2013 届明华大学的保送生，梁言，在理科生里排名第二。”梁言说道。

少年一米八五的个子，穿了件长袖白衬衣，袖口被挽了两圈，露出白皙且血管脉络明显的小臂，藏蓝色西服外套被他随意地放置在臂弯，头发有些凌乱，发鬓间沁出一滴汗珠，应该是刚从篮球场打球回来。

惹得班里的小姑娘窃窃私语起来。

学姐站在讲台上，给大家讲述了高二下半学期如何把握住四保和五保。保送考试在仁济总共有五次，考试分数占比逐次提高，从高一一直考到高三，而且都是寒暑假放假一回来接着考，所以几乎每个能考上保送生的同学，寒暑假从来没有玩过。

应照离还沉浸在听到少年说出自己名字的震惊中。

距离初一时见他，已经过去了太久，他的模样也变化了特别多，好像越来越招女孩子喜欢了。

梁言在讲台一侧站着，听焦飞昂在那儿滔滔不绝，自己也没什么想要说的，迈着步子下了讲台，倚到第一排桌子前面的那堵墙上。

应照离和林归梦因为个子矮，两个人坐在教室最里面靠墙的第一排，林归梦旁边是走廊，应照离靠墙。

应照离的心情有些激动，好像听不见学姐在台上讲的什么，视线里全是与自己就隔了一张课桌的他。

不知不觉到了提问环节。

班里很逗的一个“开心果”问了学姐好多奇怪的问题，惹得大家哈哈大笑。

小姑娘瞥见少年嘴角的笑容，他侧过头垂眸竟和她对视上。

他似乎站得有些累，也可能是无聊。

他往应照离座位迈了一步，屈腿蹲下去，扭过头来和她搭话，眼眸里有着细边方框眼镜都遮挡不住的亮光，嘴角撇下去，神情有些委屈巴巴：“你们这个学姐好能说。”

应照离盯着他的脸愣住了，不自觉地吞了下口水，磕磕绊绊地回应他：“学姐讲、讲的东西对我们都很有帮助。”

“学妹，那个同学——”梁言伸出细长的手指了指“开心果”，很小声地说，“一直都这么语出惊人吗？”

“他——很有自己的想法。”应照离有些腼腆，不好意思对同学做评价。

梁言笑了笑，露出好看的牙齿，掏出手机来回复消息。

应照离小心翼翼地偷看他的侧脸，看到原本舒展的眉皱了起来，也不知道发生了什么。

她深吸一口气，声音放得很软：“学长，你一会儿去讲台上给我们讲什么啊？”

梁言闻声侧过头来，把亮着屏幕的手机关上：“就说一下寒假回来我们开的一对一课程辅导的事，宣传宣传。”

应照离问道：“谁都能报吗？”

“嗯，你也可以来啊。”梁言应声。

应照离往前倾了倾身子，追问下去：“那你也会教吗？”

梁言：“会，我教数学。”

应照离：“噢。”

对话停止了半分钟。

应照离攥着手，想张开嘴再说些什么，又怕他觉得自己话多，但最终还是鼓起勇气问了句。

“学长，我能加你 QQ 吗？我数学特别不好，寒假回来开始辅导的那天，想让你通知我一下。”

她尽可能地编了个合理的理由，感觉自己的脸和今天晚饭吃的刚泡开的泡面一样烫。

梁言：“等讲完我会在黑板上写，你加我就好。”

应照离：“嗯，知道了。”

梁言：“你叫什么？”

应照离被梁言突如其来地问名字吓到了，与他的那双眼睛对视上。

“赵、赵黎，黎明的黎。”

她第一次对少年说了假话。

初中还他钢笔时，他也问过她叫什么名字的，那时候她大大方方地说出自己叫应照离。

可如今，小姑娘十六岁的自尊心强过了与他相认。

她甚至怕他回忆起来自青玫庄的小女孩。

“好，你加我的时候备注一下。”梁言回道。

应照离乖乖地点点头。

梁言见焦飞昂终于讲完，起身走到讲台上，简单地说了一下自己的学习方法。

“我一般在晚上八点到十点学习数理化这种需要钻研的学科，如果环境适宜，人的思维会在这段时间比较深刻。”

“开心果”又站了起来，反驳道：“学长，可我晚上八点到十点困得要命，一点思考能力都没有。”

梁言无奈地摇摇头，嘴角上扬：“每个人学习的生物钟不同，但都是依据自身习惯和思维特点确定的，你可以尝试找到自己大脑学习的巅峰期，对那段时间加以利用。”

…………

梁言讲完辅导班的事在黑板上写了自己的QQ号，和焦飞昂一起离开了教室。

杜韵接着给他们放电影。

电影的后半部分很吸引人，但应照离根本不知道接下来演了什么。

晚上回到宿舍，应照离洗漱完，上铺不方便，她只能坐到林归梦的床上泡脚，拿出手机，把黑板上的QQ号输到添加好友的框框里，轻轻点了个搜索。

页面的蓝条缓缓加载，随后蹦出梁言的个人主页。

她看见他的头像是一只小恐龙，背景是仁济的篮球场，穿白衬衣的少年跳起扣篮的背影照。

应照离抿着嘴，掐了掐指尖，往添加朋友的按钮点过去，然后出现了小方框。

她往里输上“学长好，我是赵黎”。

过了几秒，她又清空了。

又输进去“学长你好，我是今天晚上跟你说话的那个学妹，我叫赵黎”。

应照离迟疑着，这会不会太没必要了。

“那个学长好高冷，我加他两遍都不同意，学姐一下子就同意了。”

“我通过了啊，你是不是没备注年级、班级、姓名啊？”

“好像是。”

…………

舍友们还在讨论着。

应照离低下头，看着自己输入的那句话，再次删掉，改成了“高二五班，赵黎”，手指在发送那犹豫着。

“哐当”一声门响，吓了她一哆嗦，指尖碰到手机屏幕，发送了过去。

“林归梦！关门轻点，吓死啦！”舍友嗔了一句。

“抱歉抱歉，力度没控制好，下次一定轻点！”林归梦把双肩包放到桌子上，一屁股坐到床上。

应照离将手机锁屏，揉揉她的胳膊：“怎么累成这样？”

“我把班里拖得干干净净，连根头发都没有！”林归梦躺在床上，说话还在喘着。

应照离把她拽起来，催促道：“快去洗漱，早点睡觉。”

应照离把洗脚水倒掉，然后爬到上铺，将书包拉链拉开，看到自己装到包里的小王子封面的日记本。

应照离还没用，想明天回家带回去扔家里，但鬼使神差地又拿了出来，顺带从铅笔盒里挑了支黑笔。

她把日记本的小皮筋拨开，翻到第一页。

拔开笔帽，往上写着：

2013 年 02 月 05 日，星期一，晴。

今天遇见了好久没见的梁言学长，他没有认出我，可我一眼就认出了他。

他好优秀啊！是明华大学的保送生。

熄灯的铃声响起，整个屋子暗了下来，只有应照离那还闪着微弱的光。

她拿着的笔顿了一下，又在横格里写了一句话：

或许，有些不可思议，明华变成了我的目标。

黎明的第一缕阳光升起，应照离睁开眼睛，第一时间把手机打开，滑到 QQ 页面，看到了那个小恐龙头像出现在了页面里。

她把脸蒙在被子里，点开自己的空间，发现有新的访客记录，是梁言。

自己的空间里没有几条说说，他只是点进来了，却没有一条一条看。

应照离心安理得地点开了梁言的，发现也就两条说说。

第一条是明华大学的六张照片。

最新一条是明华大学官网查询页截图，是他的笔试和面试成绩，在全国的保送生里排名前列。

底下好多人点赞，评论区一长排的祝福。

她默默点赞了这条，把手机关掉。

今天开始放寒假，有些同学早早地就把箱子拉到了教室，期待着中午十二点的铃声一响，连午饭都不吃就回家。

离校的最后一顿饭，应照离没有错过，吃完后和林归梦慢悠悠地往宿舍走。

远远就看见了一个颀长的身影，穿着长长的羽绒服。

应照离走路频率更慢了，她看了梁言一眼，尴尬的是，好像对视上了。

昨天才说过话，今天他应该会认出自己吧？

她笑了笑，朝他那个方向打了个招呼。

但少年忽略了她，拖着深灰色的行李箱擦肩而过。

“离离，你在跟谁打招呼啊？”林归梦看她突然举起手，皱着眉问道。

应照离此时窘迫得想要钻到地里去，声音很小：“我认错人了。”

回到宿舍林归梦拿上行李箱，跟应照离说了后天见，自己先回家了。

应照离开始收拾东西，其实她本可以昨天晚上就收拾完，但小姑娘不想十二点走，硬生生地拖到了下午三点。

她拉着沉重的行李箱走在已经没有学生的路上，出校门后，一眼就看见了停在旁边空地的那辆面包车。

应裕闻打开车门下来，跑到自己闺女身边，拉过行李箱。

“怎么这么慢呀？”应裕闻问。

应照离背过手去，语气轻快：“今天吃午饭的人太多啦，我吃完就一点多了，再加上回宿舍收拾东西。”

应裕闻：“快上车吧。”

应照离乖乖点头。

明明很早就吃完了饭，明明在宿舍里一直无所事事地待着，可她就是没法说出自己觉得家里的二手面包车在一堆私家车里显得有些过于简陋。

她宁愿选择让父亲在外面等久一点，也不想在同学们的目光下开车门进去。

小姑娘当时天真地觉得，只要自己不被看见，父母接她的时候在那么多人面前等久一点也没关系。

大人好像从来不会觉得这些是什么丢脸的事，总能从容面对，于是她自私地把自己该承担的东西推给了父母。

可应照离忘记了，父母也是从小孩子变成的大人啊。

晚上应裕闻做了一桌子菜，依旧有好喝的鲫鱼汤。

每周应照离离校的那天，就是家里饭菜最丰盛的时候，平时她不在，家人就凑合凑合随便吃一口。

鲫鱼汤从小喝到大，她觉得都快腻了。

可应裕闻还是不厌其烦地给她炖，她也只能不厌其烦地喝。

寒假的第二天。

应照离起了个大早，走到青玫庄头的公交车站，去市里上辅导班。

远洋辅导机构和市面上其他辅导班不太一样，除了高考班，还有专门针对仁济中学的保送政策而设立的保送课程，用来应对假期过后的保送考试，也兼顾出国要考的雅思、托福这类课程。

她在仁济校门口收到过好多次宣传单，上面全是保送985、211的学霸照片和他们分享在远洋学习的感想，也会有历年押中过的保送考试原题和近似题。

应照离下了公交车，走进辅导班的大门。

这是她第一次报保送班的课，因为课程费用太贵了，一个班十五到二十个人，一门课整个寒假期间就要一千块，而一对一教学两个小时五百块。

应照离就报了数学和地理两门课，其他自己学得还不错的科目都没舍得报。

辅导机构的环境特别好，冬天空调热得让人想穿短袖，夏天冷得要备着外套，供你全天学习的自习室，前台有拿不完的薄荷糖和咖啡，演算纸摞得一米高，集中订好的外卖。

有些同学甚至是封闭式学习。

远洋机构会在附近的宾馆给学生订好房间，每天三点一线，早上从宾馆走路来上课，一直在自习室学习到晚上十点半，回去洗漱完继续学习到深夜一两点。

应照离后来才知道，这种日子，梁言过了三年。

她走进数学班，找了个位置坐下，助教会给学生发今天讲课用到的材料。

他们班的助教是焦飞昂学姐。

一般寒假前保送名单出了之后，保送生剩下的半年时光就可以疯狂地玩，也会有很多寒假待在家里太无聊想赚点钱的保送生来这当助教，发发资料、解答一下学弟、学妹的问题也就把钱赚到手了。

别人在冲刺高考的时候，他们已经提前被大学录取，这大概就是保送的魅力。

老师没过多久走进了班里。

应照离只知道数学老师姓温，是个数学系的博士，看起来三十出头，很年轻。

温博士甩了甩手里灌好墨的可擦白板笔，对着同学们说道："都看见外面走廊墙上新贴的宣传单了吗？"

"看到了！"

"看见了啊。"

同学们纷纷回应着。

温博士挑挑眉，很自信地说："明年啊，你们当中也会有人被贴在这上面，能不能被贴上呢，就得看听没听懂我的课。"

"老师，没听懂咋办？"有同学笑着跟他抬杠。

"我的课，听懂所有的，上明华；听懂一半的，上和颂；听不懂的，那就家里蹲吧。"

一节课下来，应照离真的体会到了他开讲前说的那句话。

知识都很紧凑，绝大部分都是她没学过的，很多公式和小技巧之前见都没见过。

后来上了大学才知道，很多是大学里的内容。

离下课还有几分钟的时候，温博士开始跟同学们闲聊起来。

"今年考上明华、景清的有五个人，你们觉得他们几个里谁最厉害啊？"温博士坐在前面的椅子上悠闲地转着笔。

大家早都知道这五个人的名字了。

"我们助教，焦飞昂学姐！"

"当然是理科级部第一的学长了！"

"可梁言学长在明华大学全国保送生中综合成绩排第一呢！"

温博士拿笔敲了敲桌子，讨论声消停了下来。

"就他们几个，如果要走高考的自招，还能考上明华、景清的，也就梁言一个。"温博士不紧不慢地说。

"为什么啊？"

“怎么就他一个呢？”

…………

“这个小孩太聪明了！我当初教他们那一届的时候，讲题时我都不用拿答案，直接拿着他的给大家一对，绝不会出错。出的难度很大的二十道保送题，其他四个最多也就做对六七道，这个小孩能做对十二道。”

“梁言学长好厉害！”

“那老师，他怎么不是级部第一啊？”

温博士笑笑，开始揭短：“他文科稍微弱一点，语文作文写得不好。”

应照离攥紧了手里的黑笔，被温博士说的这些惊呆了。

原来那个小时候说自己挺爱玩的小男生，已经这么厉害了。

她侧头看了看身边的同学正在认真做题，拿左胳膊挡了挡，用笔记下了温博士刚刚说的那些话。

应照离的心脏“扑通扑通”跳得飞快，她也不知道自己为什么记下来这些话。

或许，是十六岁的少女，对一个无可挑剔的、发着光的少年单纯的崇拜。

下课后，已经到了中午饭点。

大家纷纷找自己的助教去拿外卖，应照离接过焦飞昂手里的烤肉拌饭，对学姐礼貌地笑笑，并说了声“谢谢”。

扭头回教室吃饭的时候，她看见身边围了一群学妹，站在中间高出来一头多的少年，正在比对着手里的外卖名单，特别耐心地分发着，全程挂着笑意。

应照离两只手把烤肉拌饭端在身前，往墙那边退了一步，假装避开人流，让她们先过去。

梁言竟然来这当助教了。

她想到那天跟他打招呼，结果自己直接被忽略了过去，垂垂头，拿着饭走回自己教室，慢慢吃完。

林归梦从隔壁班跑过来，陪应照离一起吃饭。

“哎，离离。我跟你说，我们助教好惨。”林归梦舀了一勺饭吃到嘴里。

应照离愣了愣，问道：“你们班助教是谁啊？”

“梁言学长，就是来咱班宣讲的那个。”林归梦回道。

应照离眨眨眼，欲言又止，最后还是忍不住问出来：“为什么说他惨啊？”

林归梦：“说谁？”

“你们班——助教。”应照离真佩服她这扭头就忘的记性怎么学习还这么好。

林归梦：“噢，可能女生看他长得帅吧，一点点小事都要让梁言学长帮忙，我看他就没停下来歇会儿。”

“这样……”应照离喃喃道。

“你说她们是没有脚吗？连双一次性筷子都要人家帮忙拿！”林归梦义愤填膺，像电视里演的绿林好汉，路见不平一声吼，就是没有拔刀相助。

应照离突然发现，原来长得好看，不单单只有数不清的好处，还有拖后腿的累赘。

成年之后更是深深体会到。

一个女孩子，如果皮囊过于好看，而你的才能又低于颜值，是件很恐怖的事。

一天的课上完后，应照离坐上公交车回到家。

洗漱完躺在床上准备睡觉了，应照离突然又坐起来，从小桌子上的一排书里拿出小王子日记本，把今天发生的事记录在上面。

她找到了写日记的快乐感，有些美好的事情和人单靠脑子记忆是不够的，必须详细写下来，一遍又一遍加深颅内的画面，直到变成非条件反射。

第二天她起得很早，六点半就出门，一个小时的路程结束，到了远洋辅导的公交站牌。

应照离背着书包横穿天桥到马路另一边，她脚步轻盈，就在左拐下台阶的时候，瞥见穿着纯黑色羽绒服的梁言，往一家超市走去。

清早冷得要命。

少年呼出的气体像是裱花袋挤出的白色奶油，冻得鼻尖儿泛红，长腿捣腾着步子，拉开玻璃门进去。

应照离下到最后一个台阶停住脚，自己没吃早饭，胃里空空的，不知不觉便跟了过去。

充足的暖气糊在冻白的小脸上，她在面包架旁边挑了一个紫米面包，又去拿了盒牛奶。

应照离瞥到了少年的背影，在零食架前，他伸出手拿了一整袋棒棒糖，又拿了几块进口黑巧克力，往结账的地方走去。

等人走出门，应照离才小跑到收银台把面包和牛奶放上面。

寒假的补课生活很规律，自习—上课—自习—回家，这在应照离的情理之中。

而意料之外是每天都能看到的梁言。

年前的课很短，没几天就上完了，最后一节课的时候，应照离拖到很晚才回家，没事就去走廊接个水，只不过想见的人一眼都没有看到。

除夕当天，应照离在家里打扫卫生，很快将自己的小房间收拾整齐，只有一张床、一个表哥家替换下来的电脑桌、一个父母结婚时候置办的衣架，也花费不了多少工夫。

傍晚和母亲一起去庄里的大澡堂洗澡，澡堂里的热气把脸蒸腾得通红，出来的时候浑身轻松，大口大口呼吸着冷空气也不会打哆嗦。

一家人吃完年夜饭后，奶奶开始包素馅的白菜饺子，备着大年初一吃，应照离坐在小马扎上用顶她手腕粗的擀面杖擀出圆圆的饺子皮。

老式的电视机调到了中央电视台春节联欢晚会，主持人正在报节目。

小姑娘跟着奶奶看完了全程，印象中，有熟悉的刘谦的魔术表演，李健唱的《风吹麦浪》，那英的《春暖花开》。

守岁到深夜十二点。

应照离撑不住了，回屋想要睡觉，打开手机一看，满屏的消息。

她一一回复着“新年快乐”，看到了吴樯给她发过来的林归梦的黑照表情包，上面 p 了“给您拜年了”。

应照离“扑哧”一声笑了出来。

应照离：“新年快乐啊！”

吴樯：“新年快乐照离！新的一年还得麻烦你多看着林归梦点，让她好好学习，别给她爷爷我丢脸。”

应照离：“她看见你发的肯定揍你。”

吴樯：“别让她想些有的没的，抓紧保送，她还得给我养老！”

应照离：“什么有的没的？”

吴樯没再秒回，过了好一会儿才又发了一条：“就那什么……谈恋爱之类的。”

吴樯中考完没再上仁济高中，而是去了昌乐二中，那边是出了名的军事化管理，一开始他特别不适应，一有机会就在三人小分队里抱怨。

渐渐地，那个小分队好像没有了动静，吴樯的消息也一点一点消失，从几天变成一周，从一周变成一个月。

再往后，几乎只有在节假日才会找到他的人影。

大年初一的早上。

应照离换好新衣服，和应裕闻、苏钰娟挨家挨户地拜年，转了整个庄，脚都快走废了。

中午回家吃完饺子，她看到 QQ 蹦出的新年群发祝福，愣了一会儿，点进去挑了一条，然后选择了许多不怎么熟的同学发了过去。

退出来之后，她往最底下翻，看到那个小恐龙头像，点进去。自从加了梁言，她还没给他发过消息，两个人只是互相看了下空间。

应照离输入“新年快乐学长！祝你万事如意”，但迟迟不往外发。

最后删掉了，退出来后找到了群发新年祝福，挑了一条，联系人只选择了他，点击了发送。

她又点开小恐龙的头像，盯着对话框好一会儿，也没见有个动静。

一直惦记到大年初二，也没回。

应照离有些失落，焦虑不安的心思让她忘记了群发的消息很多人都懒得回复。

这个春节过得匆匆忙忙，没有几天就又开始年后的辅导班生活，不过应照离没有抱怨，反而还很期待。

期待什么呢？

可上课那天，她发现林归梦班上的助教换了，打听了一下说是原来的助教有些私事，就不当了。

一直到假期要结束的前两天，她才又一次遇见梁言。

那天温博士上完课，布置了一堆考前重点，发到了群里让同学打印出来，应照离在前台的电脑登上 QQ，找到文件打印。

抬眼的工夫，便看见梁言单肩挎着书包走进来。他嘴角还带着微笑，朝她这边走过来。

梁言的手指叩在桌子上，声音温润又清冷："学妹，今天自习室是哪个？"

应照离盯着他的眼睛，瞳孔放大，连忙说道："203。"

"谢谢你啊。"梁言说完往楼梯上走去，到了二楼。

她还没有来得及说"不客气"。

下午吃完饭，应照离去了二楼的自习室。

晚上，她收拾书包去坐公交车。

林归梦走出教室送她，两个人谈到了吴樯给应照离发的拜年黑照，羞得林归梦要夺过应照离的手机删掉表情包。

她护着手机，边倒退着往前走，边跟林归梦打打闹闹，没注意拐角处教室里出来的人，一头磕到少年的胸膛上。

一只手稳住她，听见了很轻的笑声："下楼梯不要追逐打闹，很危险的。"

应照离一抬头，对上了梁言清亮的眸子，身体一僵连忙后退几步，拉开点距离，跟他说："学长抱歉。"

教室特别热，他没穿厚外套，少年穿了一条深色西裤，白衬衣外面套了黑色羊毛衫，干净又带着成熟。

"没关系。"梁言礼貌地回应，然后往自习室那边走去。

应照离直直地站在那儿，眼神在他走进自习室后才舍得挪开。

"哎哟哟，要不再学习会儿？"林归梦挑挑眉，一脸八卦地看她。

应照离立马扭过头来，磕磕巴巴地说："我还、还得赶公交车呢。"

林归梦神秘兮兮凑过来，用手捂着嘴，在应照离的耳边说："离离，梁学长很优秀啊。"

林归梦笑得一抽一抽的。

寒假就这么悄悄溜走，迎来了极为重要的三保。

开学当天，应照离拖着行李箱回到学校。

仁济中学特别美，整体建筑风格偏西式，让人不禁想到校园偶像剧标配。

圆弧形长长的校门，旁边就是机场，一日数十架飞机从金色圆顶掠过。

一级一级台阶高处，正对着双手合十的孔子像，应照离手松开行李箱，走上台阶，弯腰朝威严博学的孔夫子拜了拜，希望三保能考好一点。

把宿舍床铺收拾完，她抱着远洋辅导发的一堆卷子和做过的错题来到班里。

教室里刚开暖气，还有些凉，应照离看见几个学霸已经在学习了，于是抓紧加入队伍。

高一的两次保送考试，她的排名都在保送圈外好远，应照离的理科成绩太差，即使文科再好也救不了她。

还有另外一个原因，应照离自从初中一直考班里的中游之后，她开始找不到小学考前几名的感觉了，渐渐地适应了自己是个普通学生的身份。

她高一几乎就是混过来的，保送是学霸们的事，跟考二十几名的应照离好像扯不上关系，她只想老实地参加高考，最好能上一本，也就很开心了。

人在一个位置上待久了，会产生舒适感，从而抗拒跳出这个圈子。

应照离也确确实实成了这句话的试验品。

三保考完的那天，教室里同学们唉声叹气，痛斥出题人考的什么难得离谱的题。

林归梦撇着嘴，一脸不开心："照离，我这次怕是要掉出保送圈了，苍天啊！"

应照离觉得自己学了一个寒假，老师讲的题也都琢磨透了，但还是一大片题都不会。

保送考试的题目跟高考题的难度层次不一样，高考题目区域分块明显，会有一大部分简单题，一些中等难度的，少数极难的题目，这样既能用难题区分学生的能力，还可以保证总体的分数不会多差。

而保送考试的主要目的就是拉开学生之间的差距，所以分数几乎是惨不忍睹的状况，个位数的，一二十分的一抓一大片，但就这种情况下，学霸的威严就突出得十分明显。

应照离还记得高一二保时，在她总分就考了几百分，物理化学加起来分数才到 60 的情况之下，邵睿诚硬生生地和班里的第二名多出了一百分的差距，九门科目总分 1001.5，是整个级部唯一上一千分的。

就这么个天才，所有人都以为他会在文理分科的时候选择理科，结果他选了文科。

"不会的，放宽心。"应照离拍了拍林归梦的背，安慰她。

"这次数学最后一道大题，远洋竟然押中了原题哎！"温瑶英的声音从身后传来。

林归梦皱了皱眉，回过头去跟她说话："最后的预测卷吗？我做了好几遍，没有啊？"

"是一对一老师出的题。"温瑶英的语气里带着点显摆。

林归梦放弃和她说话，扭头和斜后位的邵睿诚说道："睿诚，地理最后那道选择题你选的什么？"

原题目是——

黄土高原有特色的"地坑院"，人们会在院中央栽种一棵大树，其主要目的是什么？

A. 防风固沙　B. 遮阳挡雨　C. 防外人跌入　D. 美化建筑

配图是一个大坑，坑底盖了房子，坑的中央有棵大树，树冠比坑还高出一块。

“选 C 吧。”邵睿诚抬抬眼皮，浅茶色的眸子却没看向林归梦，瞥了眼侧着一半脸的前桌。

“完了，离离，我选的 A，呜呜呜。”林归梦扑到应照离的肩膀上悲痛欲绝。

“那我选的 B 也错了。”应照离撇撇嘴。

林归梦激动道：“在黄土高原没有一点固土的觉悟吗？都水土流失那么严重了为什么还不固沙啊，呜呜！”

“好啦，叫你对答案。”应照离无奈地安慰道。

“睿诚，我就再问一个，那个陕北人扎头巾，是因为要防风沙对吧？这道题我绝对和你答案一样。”林归梦一脸期待地看着他。

邵睿诚放下手里的笔，稍稍回忆了一下，然后开口说：“因为不洗头吧。”

前面两个人同时坐直了身子，直勾勾地盯着邵睿诚，仿佛在看傻子，殊不知自己才是。

“你俩别质疑他了，就是不洗头。”温瑶英倚在后排的桌子上，双手环抱住。

林归梦眉头紧蹙，眼神里充满不可思议，带了点哭腔，忍不住骂了句：“去他的不洗头！我替陕北人震怒，人家明明爱干净着呢！”

“我认命了，保送考试就不是正常人的思维可以做对的。”应照离脸垮着，默默转过了身翻开课本开始复习。

下午最后一节课上完，大家都纷纷冲向食堂。今天的晚饭是水饺，超级好吃，但两三周才能吃到一次。

“归梦，吃饭去吧。”应照离戳戳她的肩膀。

林归梦趴在桌子上不动弹，屁股带着板凳往前挪了挪，让出条道来。

“离离你自己去吧，我没胃口，就当减肥了。”

应照离见林归梦不想吃晚饭，自己离开教室去食堂吃水饺。

打饭阿姨给应照离盛得有些多，坚决执行光盘行动的应照离吃完后要撑死了。

她掀开帘子，走出食堂。

想着时间还早，就去旁边的小书店买了一本厚厚的紫皮数学五三，然后不慌不忙地往楼外走去。

身边经过了两个小姑娘，手牵着手，一个人嘴里还嚷嚷着：“来不及了，我们去操场拍照！”

应照离以为要上晚自习了，低头看了眼手腕上的表，明明还是课间活动时间。

刚走出去，就看见了那个熟悉的身影。

应照离的脚步顿了一下，不由自主地偏离了教学楼方向，跟着梁言往眼前的大楼梯走去。

她走得很慢，左手扶着乳白色的欧式栏杆，眸子里全是他抬脚裤腿上移露出的一小截儿瘦白的脚踝。

走到了圆顶楼前的大平台，应照离才分出点目光来。

天空似是被顽劣的小孩打翻了杯里浓浓的红茶，铺天盖地地浇洒下，沾惹了星星之火，骤然燎起整片火红的天际。

晚霞热烈，层层起伏翻卷的火烧云一大片一大片向金色大圆顶四周烧过来，团团晕染开。

小姑娘被这景色惊艳得忍不住张开了嘴巴，所有学生都在抬头欣赏着美好的一幕，此起彼伏的惊叹声从仁济各个角落传来。

应照离痴痴地望着。

一眼看不尽的珊瑚红，连成了整匹的丝绸锦缎，隐藏着热烈与浪漫。

飞机掠过天边，拖着长长的粉白尾线，将红绸子拦腰剪开。

白衬衣在夕阳下永远显得格外耀眼，少年只是仰头眺望，发梢被光揉成金棕，余晖缓慢坠落到他棱角分明的侧脸上。

他双手插兜，高瘦的身影在地面漆上浅灰色的轮廓。

应照离抱着紫皮五三，缩紧的小手从西服口袋里拿出了手机。

眼神往周围瞥去，看到平台上的学生都在“自顾不暇”地拍着天空，没人会在意一个小小的身躯做出的动作。

她带着负罪感，自私地、偷偷地将这抹画面保留在了屏幕里。

人总是那么贪心，有了一颗糖还想要第二颗，60 分及格后又想得到 61 分，获了一次赞赏就开始期望一小片掌声。贪得无厌的她，攥紧了自己的手机。

铃声打断了这一切。

应照离回过神来，看梁言挪动步子，她像是干了坏事的小孩，立马转身，紧张慌乱地走下楼梯，跑向教学楼。

自然也没看见梁言回过头时，微笑的嘴角。

此刻的她还不知道，几年过去，自己备战考研的时候，有一天打开手机刷了刷微博，看见一个博主发的一段话：

在自己的回忆里，学生时代永远有着最美好的天空，我见证了许许多多的颜色。

长大成年了，就再也没有见过。

那年的应照离再想起今天时，仍旧记得偷拍下来的这一幕。

火烧云红得热烈，少年极致好看，只可惜她已经分不清是火烧云映衬的他更好看，还是他的存在使火烧云如此美丽。

“离离，你怎么才回来啊？”林归梦悄悄地在应照离的耳边问了句。

应照离还因为小跑回来喘着气，有些害怕地看了眼站在讲台上的杜韵，还好，没有怪她回来晚了。

“在外面看火烧云，忘了时间。”应照离趴到桌上，侧过头，声音软软地回答她。

林归梦眼睛放大，露出遗憾：“早知道我也跑出去了！”她有些激动地一抬腿，膝盖磕到了课桌底部，连忙忍着疼抱住揉揉。

杜韵拿黑板擦敲了敲讲台，大家纷纷安静下来。

“大家先放下手里的笔，学习不差这会儿工夫。”杜韵往讲台下面瞥了一眼，看到所有人都抬头听她讲话，才继续往下说，“这个周天咱班要去参加台江气象科普馆的实践活动，早上七点到，大家如果家离得远的，一定早点出发。”

“好的，老师。”同学们纷纷应和。

“离离，气象科普馆就在我家旁边哎！我爸开车十分钟就到。”林归梦笑笑。

应照离想了想距离，从家里出发估计得两个小时，父母都去干活还不一定有空。

“能不去吗？我家太远了。”她有些为难。

林归梦拉过她的胳膊，操着自豪的腔调：“去我家住吧。好离离，从初中到现在你都没来家里找我玩！”

应照离眨眨眼，想了想好像是这样，张张嘴：“那我晚上打电话问问我爸，能不能周六去你家住一晚。”

回到宿舍，趁着没熄灯，应照离给父亲打电话说明了周天去气象科普馆的事，应裕闻说周六正好歇班，送她去林归梦家。

很快就到了周六，应照离带好行李箱，下午应裕闻把家里的面包车洗了一遍，看着新了不少。

琢磨了一下路线，就出发了。

林归梦的家在景庭花园，是建在半山腰上的楼盘，一个个独栋小别墅显出贵气。

面包车似是没了力气，慢腾腾地爬着坡，到了小区门口，保安没有开门，应裕闻停下车，询问了一下，原来是需要门禁卡的。

“妮妮儿，你把你同学叫下来吧，让她直接领你进去。”应裕闻把小姑娘的箱子提到地上，特意买的一箱牛奶也拿了下来。

应照离给林归梦打了电话，没过一会儿，看着远处跑过来的身影，她扭头想跟父亲说话，突然发现应裕闻已经坐到驾驶座上，隔着玻璃跟她挥了挥手，踩下油门，拐了下去。

她还没来得及和爸爸说再见。

林归梦过来的时候只看见应照离扭着身子往回看，有一辆不常见的面包车离开了。

“你怎么还带东西了，又不是去别人家。”林归梦将牛奶提起来，跟保安叔叔打了声招呼，领着应照离往自己家走。

小姑娘第一次见这么豪华的别墅，整个人怯生生的，进门之前深呼吸了好几下，努力让自己显得不局促。

门被打开，林爸林妈特别热情地招待她，还准备了一大桌子的菜。

都是应照离几乎从来没吃过的。

海参粥、煎牛排、清炒虾仁等，她第一次看见之前在电视剧里看过男女主角吃过的三文鱼。

“照离啊，把这当自己家，想吃什么吃什么！”林妈妈不停地给她夹菜，生怕她的碗里空了。

应照离弯起眼角笑笑，十分有礼貌：“谢谢阿姨，谢谢叔叔！”

林归梦看着自己碗里的白米饭，吞了吞口水，抗议道：“喂，亲闺女在这儿呢！”

“哎哟，我给家里的乖宝夹一块。”林爸爸捏捏林归梦的脸蛋，语气亲昵。

应照离发现了另一种父女之间的相处方式，亲密、宠爱，可以肆意撒娇，无话不谈的那种。

她感觉自己和应裕闻好像一辈子都不会这样相处。

吃完晚饭，林归梦带着应照离去小区公园里遛了遛弯，然后回来洗澡。

临睡前，应照离想趁她洗澡的工夫把日记写了，结果林归梦就简单冲了一下，跑进了屋。

应照离手里还拿着小王子的日记本，立马合上了。

林归梦目光锁定她手里的日记本，几秒后，展开了一场抢夺大战，最终以林归梦高举本子而胜利。

“离离，给不给我看，你写了什么不可告人的东西，竟然连我都不给看了？”

应照离含糊道：“没写什么。”

“那我要看，你快同意吧。”林归梦皱皱鼻子，催促她。

应照离拿林归梦没有办法，笑笑：“本子都在你手里了，你翻开不就是了。”

听见这句话，林归梦才露出个得意的表情，翻开日记。

过了好一会儿。

“啊啊啊啊！你之前怎么跟我说的！你这是背着我偷偷打上光明顶了！”林归梦激动道。

应照离拽住她的胳膊，把她按在床上：“你小声点，别吵到叔叔、阿姨，我之前也没说过讨厌他吧。”

林归梦回想了一下，好像确实是这样。

“我的秘密你都知道了，你有没有什么瞒着我的？嗯？”应照离也开始质问林归梦。

林归梦顿时消停下来，抿了抿嘴唇。

“我不太好意思说。”林归梦脸有点红。

应照离惊讶道：“还真有？”

林归梦晃晃她的胳膊，道：“先睡觉吧，等明天去了气象科普馆，返校的时候我好好跟你讲。”

应照离：“你说的啊。”

“不骗你啦！”林归梦将日记本还给她，顿了一下，又说，“离离，我们要不要起个绰号啊？”

“什么绰号？”应照离有点疑惑。

“就……只有我们两个人知道的代号。”林归梦说着说着又补充，“其实我都想好了一个。”

应照离：“你给他取了个什么代号？”

“鸳鸯。”林归梦说，“好听吧。”

应照离愣了下：“怎么想到叫鸳鸯？”

“我叫沙暖。”林归梦的嘴角憋着笑。

“你也快想一个，同类型的！”林归梦一脸兴奋。

应照离想了许久，抬眼看她，不好意思地说：“真要取吗？”

“取吗取吗，多好玩。”

应照离眨眨眼，说出口：“那叫他孤烟吧。”

“那你叫？”林归梦歪头追问。

应照离拿指甲尖掐了掐自己的掌心，深吸了几口气，让自己尽量淡定地说出来。

只听见小姑娘口中轻飘飘的一句：“我叫墟里。”

第七章 / 逢君正少年，岁月常相见

林归梦刚开始没懂，等应照离把课本上的诗句告诉她之后，才恍然大悟，她还回味了一番。

“妙啊，妙啊！”

应照离掀开被子将脚丫先伸进去，只盖了一半被子：“快睡觉吧！明天得早起。”

林归梦很快就睡着，发出均匀的呼吸声。

屋里暖气足得让人发热，应照离以为自己快热晕了，睁着的眼睛里带着酸涩。

她感觉很不真实，像是一场梦，梦见自己在这么豪华的别墅里睡了一觉。

应照离无法想象，生活在这种环境下，真的还会有什么烦恼吗?

第二天早上，林妈妈给两个人做了早饭，她们吃完后走去了气象科普馆。

全程有些无聊，只有引导人员在津津有味地讲解着。

林归梦拉着应照离，把自己那点事从头到尾说了一遍，中间还遇见有人插话问她们讲的“鸳鸯”是谁，被林归梦糊弄了过去。

实践活动在中午十二点结束，很多同学直接跟着班车回了学校。

林归梦和应照离又回到了家，吃完丰盛的午饭，下午四点，林归梦终于在应照离的帮助下收拾好了行李箱。

林爸爸带两个孩子去车库开车，打开后备厢将行李放好。

应照离坐到后座，座椅软得快要陷进去，一路上没有经历丝毫的颠簸感，和她家那个硬邦邦、过个坑就颠一下的面包车的感觉十分不同。

没有多久，车子便开到了学校。林爸爸把车停到校门口正中央，然后将孩子们的行李箱搬下来。

临走之前，林归梦照例给了林爸爸一个拥抱，朝他笑着挥了挥手。

应照离握紧行李箱，和她一起进了校门。

应照离还没走几步，就被林归梦撞了下肩膀，她嘴巴没动，含糊道：“快看，是梁言。”

应照离皱了下眉头，往前一瞥，看见了熟悉的背影。

梁言一只胳膊垂着，另一只手骨节微弯，修长的手指抓着篮球，往地上拍去，又弹回手里。

他侧头，低着眸子看向手里的球。日光透过操场旁边的枝丫，将少年的轮廓照得透明，空茫茫的。

林归梦拉着她把行李箱扔到了宿舍门口，两个小姑娘背着书包往篮球场那边走去。

他们的教学楼呈“口”字形，篮球场在教学楼的后方，“口”字形中间的空地是排球场和乒乓球台。

只不过正对着篮球场的那一面没有教学楼，是在两栋楼之间修了一条长长的室外通道，可以从这一头直接走到另一头。

这个露天走廊，被起了一个很美的名字，叫鹊桥。

同学们喜欢在这里坐到长台阶上吃超市买的泡面，或谈天说地，或趴在上面眺望篮球场，或观赏满天的星星。

她俩走上鹊桥，站到高了一截的台阶上，趴在水泥做的宽护栏往下看。

梁言身高很显眼，一眼就看到他在哪个篮球架下面。

起初，只有他一个人打篮球，没过多久，林归梦竟然看见了一个熟悉的身影往梁言所在的场子走过去。

“贺予华怎么认识孤烟啊？”林归梦大吃一惊。

应照离对贺予华有印象，扭过头问她：“梁言旁边的是贺予华？”

“我从小看着他长大的，绝对是他。”林归梦笃定道。

贺予华是林归梦的发小，小学、初中、高中，两个人都在同一所学校，关系也很好，只不过初中不在一个班里了。吴樯也不知道和贺予华结了什么仇怨，林归梦一提贺予华，吴樯那个脸就黑得要命，所以她渐渐和贺予华疏远了起来。

傍晚课间活动时间“嗖”地过去，见篮球场上两个人停了动作，应照离和林归梦也回到班里。

周一。

每个周一早上的升旗仪式都在操场的主席台进行。

熟悉的仪式一步一步走完，只不过到国旗下演讲的时候，应照离无聊的表情里出现了几丝裂痕。

主席台上，梁言一身藏蓝色西装，明明还是男生都穿的普通校服，可在应照离的眼里，少年的腰挺得最直，里面的白衬衣干净整齐，西裤刚刚好到脚踝。

他的一切都比其他人多出了那么一点刚刚好，于是在应照离的心里变得如此特殊。

升旗仪式结束，大家抓紧时间跑出操场去旁边的食堂排队打饭。

应照离看着人群中的梁言。

她惊奇地发现，梁言排队的打饭窗口，跟自己就隔了两个队伍。

站在他前面的男生打完饭离开。

应照离看见梁言弯着腰，几乎是趴在窗口上，皱着眉头跟打饭阿姨摆摆手，没有要胡萝卜小咸菜。

等应照离打完饭回到餐桌，她感到有些奇怪，窗口离得这么近，以前怎么就没看见过他。

而且两周过去后，应照离发现自己遇见他的次数越来越多，平均一天能碰见三次左右。

小姑娘这时候还想不通为什么两个人在同一所学校，之前没有碰见过，现在却天天能见到。

到大学学习完概率论，她才明白，之前没有遇见过，是他们的作息和习惯性走的路线都不一样。

比如，去食堂她喜欢走离书店近的那个门，而梁言喜欢走对着校门口的那个门。又比如，课间活动时间应照离喜欢和林归梦去操场遛弯，梁言的课间活动除了在班里学习就是在篮球场打篮球。

两个人的生活轨迹毫不相同。

如今能天天遇见，是因为其中一个人更改了自己的习惯，并渐渐有了另一人的习惯。

周四的晚自习。

保送生辅导正式开始，班级前面的公告板上新贴了保送生辅导的科目时间和地点。

应照离报了数学科目的辅导，她期待着第二节晚自习的到来。

终于，下课铃声响起。

应照离抱着厚厚的紫皮数学五三，和今天布置的数学作业，拿着水杯往对应的小教室走去。

她从玻璃窗户往里一瞥，看见灯火通明的教室里坐着的少年。

梁言低着头，好像是在看手机。

应照离做好心理建设，轻轻敲了两下门，拧开把手进去。

梁言听见声响抬起眼皮，往这边看过来，语气很淡：“是来辅导数学的学妹吗？”

应照离乖乖地走到他在的桌子对面，坐下之后朝他点了点头。

梁言突然对她笑了笑：“我们是不是见过？”

“嗯嗯，保送生宣讲的时候你来过我们班。”

应照离没想到他连跟自己说话的那天都给忘了，也没多说在远洋撞到他的事，只简单提了个宣讲。

上课铃响起。

梁言开始认真地给她讲解作业里不会的题目和她常错的题，她把这些弄完时间已经过去了一半。

梁言拿起她厚厚的紫皮五三，翻了一下，发现还很新。

“学妹，这本书买了多久了？”他嘴角勾着笑，手指翻看着干净的辅导书。

应照离眨眨眼，老实交代道：“一个月了吧。”

“知不知道，我高一的时候，这本紫皮就已经刷完了。数学虽然有小技巧，但关键还是得靠学套路。”梁言在她敞开的铅笔盒里拿出一支蓝笔，圈了三道题。

应照离瞪着眼睛，不太清楚他说的，问：“什么套路啊？”

“现在的数学题目全是套路，你只要把足够多的类型题做完，很多题瞥一眼就能知道答案。”他把五三放到应照离面前，指尖点了一下，“你把这三道题做了。”

应照离抿抿嘴：“好。”

她拿出演算纸默默做着，整个人的思绪陷进了数学题目里。

坐在对面的梁言有些无聊，也不好意思拿出手机，垂眸看着课桌上敞开的铅笔盒。

铅笔盒是商店卖的普通磨砂扣盖的那种，是应照离生日的时候同学送的。

梁言单手把它扣上，又用指尖拨开，看着一脸认真的应照离，她脸上那个黑色粗框眼镜，总让人觉得有些碍事。

铅笔盒在他的手里成了小玩具，没多久，应照离抬头看向梁言。

“学长，剩下的我实在不会了。”

梁言看了眼手表。

“三道大题各有三小问，正常来说，一道题十二分钟。在不论对错的情况下，你二十分钟只做出了每道题的前两问，这速度还是得练。”

应照离听见他的话，有些失落地“嗯”了一声。

她对完答案发现还错了两道小题。

梁言耐心地把解题思路一点一点讲给她听，还教了她许多做题技巧，有一道题目，他甚至讲了三遍对面的小姑娘才听懂。

应照离难过得像是被人一把攥住了心脏，她有种在他面前出了丑的感觉。

没有人愿意把自己不好的一面显露出来。

可她的数学，好像从小到大就没好过。

“我的数学特别不好，我就是属于那种完全没有理科思维的。”应照离的话语中有些自暴自弃。

梁言慢条斯理地说：“高中学的知识还没有到靠天赋的程度，你只要努力就可以。”

“我能问你个问题吗？”应照离抬眼看他。

梁言：“问。”

“学长，三保考不好是不是就废了？”应照离叹了口气，想到自己一塌糊涂的保送成绩。

梁言推了推眼镜，淡淡道：“应该不会。”

应照离的眼里又有了些许光：“真的吗？”

“四、五保就必须考好了，但三保也不能太差啊是吧？”梁言说。

应照离想到自己的错题，又垂头丧气起来：“就我这数学，还有英语，估计没戏了。”

梁言见她如此丧，挑了挑眉，手伸到口袋里，似乎拿出了什么东西。

“小学妹，你不需要一味地否定自己。”

他低着头，拿过刚刚玩的铅笔盒，在上面按扣的地方贴上了一个星星贴纸。

梁言手里握着铅笔盒，推到她眼前，骨节敲了敲磨砂的盖子，弯起眼角，露出一个灿烂的笑容，声音温润清朗：“其实呢，我们每个人都是一颗星星，有属于自己的光芒和轨道，缺点和错误固然会有，但正因如此，人类才更加真实地存在着。”

应照离将目光挪到自己的紫皮五三上，看着那一串串数学公式，仿佛没有那么可恶了。

下课铃响起。

梁言：“下晚自习了，快回去吧。”

应照离：“那……学长再见。”

她收拾好东西，跟他挥了挥手，回班里去拿书包。

林归梦已经提前溜去小超市买零食吃了，教室里就只剩下邵睿诚一个人。

他垂着头，手里没有握笔，而是攥着一部智能手机，眼神像是呆滞了，冷白色的灯光从斜前方打过来，把整个人照得没了丁点人气。

应照离只觉得邵睿诚自开学以来就有些不对劲，说不上来的感觉，他好像没有高一坦坦荡荡说出自己家境贫寒的朝气了。

“怎么还不走呀，睿诚？”她走到桌子跟前，叫了他一声。

邵睿诚缓过神来，抬起眼皮看她，声音也哑哑的：“照离姐，有时间吗？我想跟你说点事。”

“现在吗？”应照离问道。

邵睿诚点点头，“嗯”了一声。

应照离感觉他像是一个被提着线的木偶，如果自己下一秒说“没有”，那根线就断了。

“走吧，回宿舍的路上说。”

下了楼梯，两个人绕了远路，人很少，适合说些心里话。

“怎么了？看你情绪好像不太对。”应照离摘下厚厚的黑框眼镜，一双柳叶眼在夜色中认真地盯着他。

邵睿诚背着书包，单手插兜，声音平淡：“我要和夏清闹僵了，说以后不要联系了，她不同意。”

应照离脚步一停，皱起了眉头：“这么突然？为什么啊？”

夏清是她分班前的好朋友，两个人现在也还在联系着，他们两个在应照离眼里都属于学习优秀、长得也好看的那种类型。

“就是不想联系了。”邵睿诚垂着头，没有看她。

应照离被他这么简单的一句话整得有些生气，觉得他不该这样对夏清。

“睿诚，这是你们之间的事，我也没资格说什么。”应照离又说，“但我希望你不要让夏清受到非议，她这个人很骄傲的。”

邵睿诚点点头，看着她回到宿舍后，自己往校门口走去，翻墙去了附近的网吧。

第二天一早。

教室里安静上着早读，应照离时不时往身后的空位看去，邵睿诚一直到下第一节课都没来。

林归梦课间接水回来，气喘吁吁地坐到位置上，脸色慌张：“出事了，邵睿诚夜不归宿被查了。”

“你怎么知道？”应照离扭过头去，伸手给她拍拍背。

“我刚看见教导主任在九班门口带走他了。听说好像是邵睿诚早上回来就在九班门口站着，还要把夏清拉出来跟他一起去玩。”林归梦说道。

第二节课上英语，杜韵站在讲台上拿出大家之前写的英语试卷，让人给发了下去。

发卷子的空隙，邵睿诚敲了敲门，杜韵示意他坐回到位置上。

应照离回头看他，还没来得及看清楚少年脸上的疲倦，他就趴在桌上开始睡觉。

杜韵也没有管他，开始讲课。

“大家看第二篇阅读啊，这篇阅读里面提到了一个词，Window Shopping，就是橱窗购物。”

“老师，这个专有名词是什么意思啊？”比较好学的一个同学提出了问题。

杜韵笑了笑，耐心地给大家解释：“Window Shopping 就是指不买任何东西，在大街上随便逛，看看街边橱窗里的陈设，是很怡心的事。可以说橱窗本身就是一种浪漫幻想型行为，而 Window Shopping 就是学习艺术的过程。”

教室里因为这开始有了小小的讨论声。

“同学们不想学习的时候，也可以在周末空暇之余体验一下。”杜韵没阻止他们讨论，低头看着卷子的下一道题，准备讲解。

“老师，这 Window Shopping 说到底不还是因为穷吗？哈哈哈！”班里一个特别嘴碎的男生嗓门大得令人生厌。

应照离本来听得好好的，听他这么一说，她只感觉心里一抖，情绪有些不稳定。

身后正趴着睡觉的邵睿诚坐起身来。

他眉头微蹙，骨节分明的手将桌面上的卷子攥成一团，攥实后对准那男生的脑袋就砸了过去。

“你再给我说一遍？”这是邵睿诚第一次在班里这么凶，整个人散发出一股子疯劲。

班里人都吓了一跳。

“我还就说了。”嘴碎男极其高调又蔑视的声音刺到了应照离的血肉里，也把邵睿诚惹怒了，“穷死了！”

有些人的行为是天生且无法改变的，他从出生的那刻，骨子里就带着对于穷人的恶笑。

应照离听见凳子被踹翻砸地的“哐当”声，邵睿诚走过去，一把拽住嘴碎男的领子，把人拖到了地上，朝着他的脸狠狠地揍了一拳。

班里其他男生赶紧把他俩拉开，两个人抱住邵睿诚的腰，不让他再碰嘴碎男。

“都给我住手！”杜韵气得把卷子扔到地上，拿起黑板擦使劲敲着讲台。

教室里瞬间安静下来。

嘴碎男怕惹事，立即乖乖坐到自己的位置上。

邵睿诚站在那儿没动，但也没有了动手打人的想法。

“邵睿诚你能耐了，去网吧通宵打游戏，现在还殴打同学。你看看你三保考的那点分！”杜韵越说越气，她不知道这小孩怎么突然就变了个人似的，又忍不住教育他，“别以为你聪明就能不好好学习了，你对得起你爸妈吗？”

邵睿诚本来只是低头听着，在杜韵最后一句话说出口的时候，他抬起眼皮，手紧紧地握成拳头，发着颤，忍住自己的情绪。

这堂课就这么结束了。

听说教导主任念在邵睿诚是初犯，这次夜不归宿事件睁一只眼闭一只眼地过去了。而嘴碎男的事，杜韵也没再找邵睿诚谈话。

可邵睿诚的反常并没有止步于此，他开始不穿校服，上课玩手机，空了就去理科班堵夏清。

应照离甚至还看见他中午的时候，一个人坐在窗户上，也不怕稍微一动就掉下去。

所有人都不敢靠近他，大家也都渐渐忘却了他的发光点，只是能避就避，他成了所有人眼里发疯的病原体。

周五的下午，同学们去食堂吃饭，然后坐上班车回家。

林归梦不想吃，早早地便坐私家车走了。

应照离一个人去吃饭，走到餐厅门口，她纤细的胳膊被抓住，扭头一看是夏清，身后几步远的地方还跟着邵睿诚。

“照离，我们一起吃饭吧。”夏清的手还有些发抖，紧紧地抓着她的胳膊。

应照离看了眼邵睿诚，点点头：“好啊，一起吧。”

打完饭，两个小姑娘找了张餐桌。

刚坐下，就看见邵睿诚也跟了过来，手里拿着一盘饭，“哐当”摔到干净的白色餐桌上，菜汤捎带着几块肉洒在了桌面上。

动静特别大，引起了周围桌子的人纷纷往这边看过来，小声地指指点点。

夏清被吓得抖了一下，但还是壮着胆子说他：“你就不能轻点放盘子？”

“抱歉，我就这样。”邵睿诚盯着她，也不吃饭。

夏清只好埋头吃了两口饭，然后起身去刷盘子，应照离也放下筷子跟上她。

餐盘被冲洗干净，放到专门盛放餐盘的小架子上摆好。

这一块周围很滑，盘子里滴滴答答的水都流到地面上。

邵睿诚跟着过来，冲完餐盘也扔到了架子上，声音很大，引起旁边高三的学长学姐皱着眉看了眼他。

“邵睿诚！放过我吧行吗？”夏清看他的眼神充满着恐惧和嫌弃。

少年冷笑一声，伸手过去拽她。

夏清下意识地往后躲。

应照离瘦瘦的身板挡到夏清面前，尝试跟邵睿诚说话：“你有事说事，别拽她。”

“照离姐，你闪开。”邵睿诚想把应照离拉到一边，没料到地面上有水，应照离脚下一滑，往后面倒去。

邵睿诚的瞳孔放大，神色变得慌张，连忙去抓她的手。

还没来得及碰到，应照离只感觉自己的腰被托住，脑袋磕到一个肩膀上。

她侧头一看，竟然是梁言。

“没事吧？”梁言的手在她稳住后立马撤回，不紧不慢地问了句。

应照离只觉得脚踝疼得要命，但还是扯出个微笑，抬头看着梁言：“谢谢学长，我没事。”

她站在那儿，不敢动脚，只想着等梁言走了再一步一步蹦回去。

“通知，学生班车已到齐，请同学们按车号座号抓紧上车。”

“通知，学生班车已到齐，请同学们按车号座号抓紧上车。”

…………

广播里传来的声音催促着还未上车的同学。

夏清凑近两步跟应照离说话：“照离，班车要开了，我先走了。”

“好，你快去吧。”应照离的声音很小，带着点隐忍。

见邵睿诚眼神还在自己身上，瞥都没瞥一眼走掉的夏清，应照离眨眨眼，想着如何把他给搞走。

“我送你去医务室。”邵睿诚走到应照离身边，想去扶着她的胳膊。

梁言的胳膊挡到小姑娘身前，一脸戒备地看着眼前还有戾气的少年。

“学长，他是我朋友，没事的。”应照离解释道。

梁言收回胳膊，还是有些疑虑地说：“要不要我陪你一起？”

应照离听到这儿，厚重的黑框眼镜往下一滑，她连忙推了推，不敢相信刚刚听到的话。

“学长你……不、不坐班车吗？”她抿抿嘴，说话都开始不利索起来。

梁言只当她是被差点滑倒的事给吓到了。

“这周我留校，不走。”

梁言单手扶着应照离的胳膊肘，一步一步跟着她的频率，时不时地看一眼她扭到的那只脚。

“学妹，你是不吃饭吗？”医务室离得很远，梁言不自觉地跟她搭话。

应照离迈着步子，侧了下脖子，仰头看他：“我吃啊。”

少年的个子一米八出头，应照离这时候还不到一米六。

她好像从来都是仰望他的，不管是在哪个方面。

“你的胳膊太细了。”梁言眉眼含着笑意。

应照离顿了一下，问道：“那学长觉得一个人胖点好看，还是……瘦点好看？”

两个人之间的对话突然停住。

梁言思索了几秒。

“我没法评价。随意点评别人的容貌，本来就是件不尊重人的事。”

梁言扶着她的胳膊肘继续走着，垂眸看她，嘴角上扬，嗓音温柔清亮：“小学妹，不管高矮胖瘦，都会有那么一个人，觉得你天下第一好看。”

应照离就这么透过厚厚的眼镜框望着他，梁言总是有讲不完的大道理，但她愿意听。

离医务室就还有几步路，应照离觉得脚怎么没有之前痛了。

阳光洒下一片金光，正值四月中旬，圆顶楼和操场之间的这条路美得不像话。

一朵朵玉兰开着白里透粉的花瓣，路两旁全是抽条的柳树，风一吹，花瓣和白茸茸的柳絮一同飘落下来。

镜头从两个人的身影往高处拉去，离他们不远处的地方，默默跟着一个双手插兜的少年。

像是做错事的孩子，不敢去打扰，也不忍心破坏小姑娘的笑容。

医务室到了。

梁言跟校医简单说了下情况，应照离扭伤得不算太厉害，医生找了块毛巾给她冰敷。

“你数学五三做得怎么样了？”梁言想起自己之前给她辅导数学，顺嘴提了句。

“做了一半多了。”应照离按着脚踝，语气里带了点期待，期待他能夸夸她。

梁言声音愉快：“挺快的，想好保送哪个大学了吗？”

应照离沉默了几秒。

“想往文城考。”

梁言顿了一下，神情认真起来，像在考虑什么大事。

“来明华继续当我学妹可能不太现实，可以考虑考虑维思大学。”

“好，我努力。”她故作轻松地回。

梁言的手机突然响起来，好像是舍友叫他回去打游戏。

应照离也不好意思再让梁言陪她在这儿等着消肿，让他回宿舍去。

她自己一个人坐在椅子上，无聊地晃晃另一只腿。

校医朝着门口喊了一声：“那个同学，一直站门口干吗呢？你哪儿不舒服吗？”

应照离单手撑着椅子扶手往门口望去，看见邵睿诚迈步进来。

“我没有不舒服，来看朋友。”他低着头，挪到离应照离不远处停下。

应照离坐直身子，犹豫了一下，还是拍了拍旁边的椅子，示意他坐。

邵睿诚木讷了几秒，走过来坐下。

“对不起，你……脚还疼吗？”他眼皮垂着，往她细白的脚踝看去。

应照离淡淡道：“不疼了。”

邵睿诚低着脑袋：“嗯。”

应照离叫他：“睿诚。”

“在呢，怎么了？”他立马回道。

应照离纠结了半分钟，还是说了出来。

“我不知道你开学这段时间为什么会这样，你也不跟任何人说，但——变回原来的邵睿诚不好吗？”应照离也不知道自己这句话他会不会听进去，只是想说就说了。

“好。”

邵睿诚回答得很干脆，一点都不拖泥带水。

“你三保为什么……没发挥好？”应照离没说出“考那么差”四个字，换了个委婉点的说法。

“不想学了。”邵睿诚头垂着，盯着地板的缝隙。

应照离皱皱眉，忍不住教育他：“再考两次保送考试就解放了，随便学学，你这也能上985啊，你爸妈知道了该多开心，有那天赋为什么不发挥出来呢？”

邵睿诚冷不丁笑了一下，看着身边的小姑娘：“照离姐，天才在现实面前，丁点儿用都没有。”

“你介意和我说说发生了什么事了吗？我替你保密。”应照离隐隐约约感觉出他为什么这么异常了。

邵睿诚愣住，攥紧了拳头，然后缓缓松开，手指垂了下去：“真想听？”

应照离没说话，点了点头。

“我爸得了急性白血病。”他看着应照离瞪大的双眼，又往下说着，“家里一分钱都没了，我妈现在一个人打三份工，本来亲戚朋友因为我上了个好高中学习又好，都来挨乎我家。但一找他们借钱，全跑了。”

应照离第一次从身边的人接触到这么可怕的疾病，她几乎没怎么去过医院，这么一看，从小到大，倒也过得安安稳稳。

“那……叔叔现在身体情况怎么样？”

“还有半条命吧，好歹赖活着呢。”

应照离不知道这是一种什么感觉，她不是当事人，总归没经历过。

家里的顶梁柱塌了，邵睿诚就算学习再好，等知识变现也得几年后，哪能救得了如今的局面。

她好像没资格要求一个十四岁的孩子做出多么成熟的举动。

“睿诚，你可以不把所有的事憋在心里的。”应照离伸手轻轻拍了一下他的肩膀，“大家都想看见原来那个邵睿诚，叔叔、阿姨肯定也是这样希望的。”

少年整个人僵住，肩膀还有她掌心的温度。

说实话，这种安慰的语句俗套死了，可因为是应照离，心里想变回原来的自己那点被压制的欲望松了绑。

“你想看到……原来的我吗？”邵睿诚浅茶色的眸子里亮出些光。

应照离眨眨眼，有些僵硬地说出来：“对啊，大家都想，你看高一的时候谁不拿你当块宝？”

“照离姐，你想考哪个大学？”他问道。

应照离抿嘴思考了下：“维思大学吧，想去文城。”

邵睿诚没说话。

台江的春天短得一瞬即逝，转眼便二十多度。

体测也在炎热的夏天到来前提上日程。

保送考试里面还包括体育考试，满分五十，跳高、实心球、八百米、跳远都要考。

林归梦早早地就开始拉着应照离去操场跑圈和练实心球。

终于在周三将所有的项目都测完了，考前的天天锻炼累得应照离半死。

林归梦因为周三考实心球的时候来了“大姨妈”，痛得在宿舍床上直打滚，只能申请了缓考，下周再补考。

补考在下周三。

周三那天下午，上完历史课，林归梦回过身去。

“喂，温瑶英，走啊，补考去。”林归梦想着班里就她们俩申请了缓考，好心叫她一起。

温瑶英盖上笔帽的笔又被拔开，盯着一道数学题做，嘴里说：“你先去吧，我做完这道题。”

林归梦皱皱眉：“一起呗，回来再学，老师该等急了。”

温瑶英舔了舔嘴唇，食指关节蹭蹭鼻尖：“哎呀，扔实心球时有别人在我会不好意思。”

林归梦见她不想和自己去，也懒得再说，一个人优哉游哉去补考了。

下午下课后。

应照离回宿舍去洗了头，不自觉地从篮球场那边路过，一眼便看见了在球场打球的梁言。

她把步子放慢，用余光瞥着他。

“照离。”

应照离回头一看，是夏清。

“刚吃完饭吗？”应照离看见她手里拿着的苹果，问了句。

夏清：“嗯，有空吗？我想找你聊聊天。”

“好啊，我们俩好久没有一起谈心了。”应照离笑笑。

两个人走到鹊桥上，找了个地儿坐下。

“最近压力大吗？”夏清先开口问。

应照离：“唉，保送好难，我前面落下的知识太多了。”

“加油，四五保一定要把握住！”夏清鼓励她。

“邵睿诚没再找你麻烦吧？”应照离看最近的邵睿诚一直埋头学习，从早到晚，像不会累似的。

夏清摇摇头：“他没再找我麻烦了。”

“那就好。”应照离回道。

夏清把头发往耳后撩了撩，又继续说：“照离，你知道他夜不归宿的事吗？”

“知道，怎么了？”应照离问道。

夏清慢慢地开始解释道：“邵睿诚夜不归宿那天不是把你们班一男生揍了吗？教导主任看在他成绩这么优秀的份儿上，把这件事给压了下来，但前两天那男生的家长找到学校来了。”

“明明是他的错。”应照离想到那天嘴碎男说的话，心里就有些硌硬。

夏清看看周围没太多人，放心地说出来：“主任那天也把我叫了过去，我……看见邵睿诚的妈妈了。跟我想象的，还是有点不一样。”

应照离：“嗯……”

“我高一时知道他家很穷，但他那么优秀，考上明华的话。”夏清很自信地说，“他的资本积累，只是时间问题而已。”

应照离没插话，只是当一个认真的倾听者。

“可那天看见他妈妈，我突然觉得自己还是想太简单了。”夏清皱着眉，虽然表情很正常，但语气里仍然有掩盖不住的嫌弃，“你知道吗，他妈妈竟然——不识字。”

应照离的手放到膝盖上，不自觉地掐了掐手。

“这个……怎么了？”

“他妈妈穿的衣服特别旧，好像还穿了邵睿诚初中的校服裤。主任拿了邵睿诚三保的成绩分析给她看，结果她说能不能念给她听，她不识字。”夏清越说情绪越激动，甚至语调也开始上升。

应照离的心里有些别扭了起来：“可……他妈妈是他妈妈，邵睿诚没法选择，他以后会自己努力的啊，生活也会变好，不用靠他父母。”

“离离，你还是太天真了。”夏清说出了应照离十六岁那年听到的最真实的话，“家庭真的很重要，社会的阶层壁垒不是靠他仅仅学习几年，有个高学历就能打破的。你觉得他能和开大公司，从小就衣食无忧的富二代比吗？”

应照离：“但他也有很多优点呀。”

夏清：“优点？离离，长得帅、学习好的男生不只有邵睿诚那样家境不好的，有钱的男孩子身上照样也会有这些优点。”

应照离被她说的这一番话惊得不知该回些什么。

嫌贫爱富有错吗？夏清嫌弃邵睿诚的母亲不识字有错吗？邵睿诚出身在这种家庭有错吗？

或许谁都没有错。

还未成年的应照离被夏清狠狠地打击了一番，她觉得这观念不正确，却无法反驳。

应照离好想知道，满是大道理的梁言，会怎么看待邵睿诚。

但她又害怕知道。

时间一点一滴地流走，应照离的生活也越来越规律。

周围的人都被她突如其来的努力给惊到了。

她开始每天早上四点半起床，去外面洗漱完就直奔宿舍楼一楼，因为五点半才开宿舍门，应照离就在一楼大厅亮着灯的小自习室学习。

自习室很小，里面只有几个位置，她以为自己起得足够早了，但总会有人比她还早，或者和她同步。

努力的并不是只有应照离一个人，还有太多太多本来就比她优秀的。

宿管阿姨有时候会心疼大家在门口等着，提前十分钟开门。

她唯一空闲出来的时间是早中晚饭和课间活动。

应照离的成绩也在慢慢变好，尤其是数学。

周末放学那天，应照离给父亲打了电话，想自己去棠鹤镇的理发店剪个头发。

应裕闻同意了，说让她抓紧点，然后去旁边的镇医院找他，爷爷在医院。

应照离没多想，以为是小病。

她拉着行李箱，从校门口的公交站台坐车去了棠鹤镇。

到理发店的时候才傍晚六点，小姑娘拉开门进去，被理发师的热情迎接搞得很不自在。

她本来只想剪个刘海，顺便把发梢一剪，她的长头发很直，发梢老是扫得背上痒。

“美女，你这发梢修了还是直的，要不给你烫个内扣吧？”理发师给她提出建议。

应照离没烫过头发，想到学校里很多漂亮的女孩子都喜欢烫头发，还很好看，她有点心动。

这个年龄段的女生，开始喜欢打扮自己了。

“要多久啊？”应照离问他。

理发师边说边拿着苏钰娟在这儿办的会员卡去把钱扣出来：“最多一个小时，

很快。”

应照离还没来得及说不烫，就看他拿着一堆东西走到她身后。

说好的一个小时，可是因为她头发细软，不好定型，等洗完头吹干后，应照离一看手机，竟然已经晚上八点了。

手机屏幕亮起，上面有五六个未接电话，全是应裕闻打来的。

应照离出了店门，打了电话过去。

“喂，爸爸。”

“你在哪儿呢？几点了！”应裕闻明显生气了，语气中带着训斥。

应照离给自己辩解了一句：“我刚从理发店出来，人有点多。”

应裕闻赶到的时候，面色十分不好，皱着眉，一脸要发脾气的样子。

回家的路上两个人也没说一句话。

直到应照离上床准备睡觉的时候，应裕闻敲了敲门，进来之后坐到她床边，叹了口气。

“你知不知道今天你爷爷住院了。”应裕闻眼眶下的黑眼圈严重，声音带着疲倦。

应照离听完愣了片刻，才吞吞吐吐地说了几个字：“怎、怎么了？”

“早上你哥来家里玩，看你爷爷不太对劲，眼睛都闭上了，还在那儿说自己没事。你哥立马开车拉着他去了医院，幸亏去得早，再晚一点，就……”应裕闻说道。

应照离整个脊背僵住，呆滞了：“爷爷没事吧？”

“在病房观察呢，血压降下来了。”应裕闻像是老了好几岁，拍了拍闺女的被面，语气中带着点失望，“你爷爷知道你今天回来，从下午三四点就开始问自己孙女来了没，老是往病房门口瞅，等到了晚上八点还没来，人家医院都赶着不是陪护的家属走了，你爷爷还往外瞅。”

应照离没有说话，只觉得嗓子眼被堵住，没法呼吸。

“妮妮儿，爸爸今天对你很失望，什么时候弄头发不行？爷爷、奶奶年纪大了，心里的盼头也就你一个，你要知道孝顺他们，不枉他们白疼你那么多年。”

应裕闻很少跟她谈心，父女俩上一次坐在一块聊天还是在初中。

她点点头，也不知道该说什么。

应裕闻：“还有一年多就高考了，别光贪玩，也别……想些有的没的。明天去医院看看你爷爷。”

应照离：“嗯。”

应裕闻说完给她把灯关了，回到自己屋。

小姑娘屈起腿，把整个人埋在被子里，眼泪开始一颗一颗地流出来。

她没有不孝顺，没有不担心爷爷，只是没想到烫个头发会花这么长时间。

应照离内疚了好久，一想到应裕闻说的爷爷往病房门口瞅，眼泪就决了堤，一颗一颗连着往下掉，整个枕头都湿了。

第二天一大早。

她跟着应裕闻去医院，陪爷爷待了一上午，医生说已经没什么大问题，再住一周就能出院了，平时多注意每天量血压。

下午应照离从医院门口的公交站台坐车回到了仁济。

她心不在焉地往宿舍走，还想着爷爷的事。

“哎！你们知道照离爷爷生病了吗？好像还挺严重的。”

宿舍里传来温瑶英的声音，应照离刚抓住门把手颤了一下，松开了，傻傻定地定在那儿，听着舍友们的讨论。

“你怎么知道的？”

“今天早上我陪我爸去医院看老家的一个亲戚，在那医院看见照离和她爸爸了。我就关心了一下，是她爷爷住院了。”

温瑶英没有说出来，她是趁着应照离不在的工夫跑到病房里假装关心地问了几句。

“啊，严重吗？”

“不算很严重，但我真没想到照离家里那么穷哎，我一直以为咱班只有邵睿诚是农村的。照离爸爸穿的衣服都破了。”

“啊，这么可怜啊，我们要不要平时没事请照离吃个饭啥的？”

应照离在门口站着，只祈祷她们能快点说完。

“说够了没啊？”林归梦的声音从里面传出。

应照离攥住拳——林归梦也在，最好的朋友知道了自己的家庭情况，她会和她们一起可怜我吗？

“你不是她最好的朋友吗？你不知道照离的事？”温瑶英问林归梦。

“温瑶英，别人家庭出现问题的时候不需要你假装关心地八卦，也不需要你告诉她周围的人她有多惨多惨。”

林归梦的声音坚定，不仅说给温瑶英一个人听，也说给刚刚参与讨论的其他舍友听：“大家都是平等的，照离不需要你那点廉价的同情心，她需要的是尊重，况且你也不一定比别人幸福到哪儿去。”

“林归梦！我就是……就关心关心她！”温瑶英被当场拆穿那点小心思，有些气急败坏。

林归梦没理她，干自己的事。

为什么非要说别人很惨很惨，用自己所谓的怜悯心来可怜人家。

林归梦觉得完全没有什么不一样啊，同样是健健康康地长大，怎么就比你低了一等了？家庭出身问题没什么大不了的，这并不意味着别人过得就没有你幸福。

“都别提这件事了，温瑶英，可怜真的大可不必。有时间你还是学你的习吧。”林归梦又说了一句。

应照离听到林归梦这番话，心里的滋味就像是酷夏时喝进去一瓶冰镇雪碧，凉爽又舒服。

她拉着箱子先去了教室学习。

等晚上的时候才和林归梦一起拉着箱子回了宿舍。

周二是六一儿童节。

林归梦一大早来到班里把儿童节的礼物放到应照离的桌上，等她来拆开。

“你给我的？”应照离坐到位置上，拿起桌上那盒巧克力。

林归梦开心地点点头，期待道：“快拆开尝一口，我爸从国外带回来的。”

两个人三下五除二地就把这盒巧克力解决了。

“哎？谁给我寄的快递啊？”林归梦看到自己手机发来的短信，皱了皱眉。

应照离笑笑：“反正不是我，中午吃饭时去校门口拿来看看不就知道了。”

最后一节课下课，林归梦拉着应照离往校门口跑去。

给快递小哥看了收件短信，他在地上拿起来一个小盒子，递给她。

这么小，也不知道是什么东西。

林归梦这个急性子，吃午饭的工夫已经给拆开了。

里面是一个细长的礼品盒，还有一张明信片，林归梦打开一看，是一支簪子和几颗塞进去的费列罗，这么热的天，估计巧克力都化了。

明信片看着有些直男审美，她拿起来翻了个面，看到上面写的字还略微丑。

To：林归梦小朋友

六一儿童节暨十七岁大寿快乐。礼物还满意吗？我挑了好久的簪子，你不准不喜欢。昌乐二中管得太严了，我那天和你聊着聊着天，手机就被主任给收走了。你可别怪我突然消失啊，我又买了部新手机，你无聊了就来找爷爷聊天。

——From 吴樯大帅哥

“鸳鸯送的？”应照离问道。

“谢罪礼，就送一支簪子，便宜他了。”林归梦拿起簪子仔细打量着，又收回到自己口袋里，嘴角上扬，“等咱俩保送上就去昌乐二中看他。”

“好。”应照离回道。

她们从挨着操场的门出去，林归梦开心地挽着应照离细细的胳膊，还在那儿看着手里的簪子。

圆顶楼一层是小超市和书店，还有阅读书吧，小超市门口的几步台阶宽度很窄，刚巧又碰见很多人走这儿去买吃的。

窄窄的通道堵住，应照离还被人挤了一下，前后左右围了个水泄不通。

“离离，你回头。”林归梦的声音小得和蚊子“嗡嗡”似的，给她使眼色。

应照离没理解她挤眉弄眼的真正意思，但还是听她的话回了头。

应照离先看见了少年穿的白色衬衣，还有淡淡的洗衣液清香，她的眉眼正好到他胸膛处，只看体形就发现是梁言。

应照离连忙扭回头来，他离自己特别近，近到整个人似乎差几厘米就贴上来。

拥挤的人群终于疏通，不知什么时候，梁言竟走到她的前面去了。

应照离还在看着他的背影，没注意脚下，突然踩到一个硌脚的物什。她低头一看，是那支熟悉的钢笔。

林归梦见她停脚，很疑惑："怎么不走了？"

应照离蹲下将钢笔捡起来，拿手抹了抹上面的灰，拧开笔帽，确定了一下，应该是刚刚人多不小心蹭掉的。

"我去送个东西，归梦你先自己慢慢走吧。"应照离望了眼梁言，急匆匆地跟林归梦说。

林归梦："好。"

应照离往超市的走廊小跑过去，走廊有些暗，出口处折射了几束阳光，少年颀长的身形一半被阳光圈住，一半还在黑暗里。身后跟着的少女背着手默默无言，纤细的胳膊伸过去，拽了拽他白衬衣的衣角。

她把黑色的钢笔递过去："学长，你的钢笔掉了。"

梁言回过身来，手里还拿着一本书，整个人圈在了阳光之下，嘴角漾着好看的弧度，朝她说了声"谢谢"。

"不客气。"应照离推推眼镜框，也笑了笑。

"身上只剩一根棒棒糖了，谢谢学妹捡到我的笔。"梁言说道。

应照离摆摆手，忙不迭道："不用说谢谢的。"

梁言把钢笔收好，垂眸看着她，笑逐颜开，牙齿整齐白净："那我换个说法，小学妹，六一儿童节快乐。"

他从她目光所及之处消失的时候，应照离耳边还在循环播放着刺拉刺拉的小收音机里收录的那句话。

"小学妹，六一儿童节快乐。"

明明早就过了那个年龄，心里的童真似乎又蠢蠢欲动。

她偏偏就要过最幸福的六一儿童节，即使已经十六岁。

但，只要有颗赤子之心，谁会不是个小朋友呢?

应照离低头看着手里的棒棒糖，葡萄味的，是喜欢吃葡萄吗?

第二天清晨，上完早读去吃早饭，校园里在循环放着一首歌。

"长亭外，古道边，芳草碧连天……"

今天是六月二日，是高三学生离校的日子。

金色大圆顶前的平台，搭建了毕业典礼的场地，大大的毕业展板立在那儿，旁边还有定制的红色签名墙。

又是一年毕业季。

仁济今年选定的主题是"逢君正少年，岁月常相见"，与这届保送生为母校编写的校歌歌词相呼应。

应照离坐在餐桌前，看着一个一个手里搬着板凳的高三生来食堂吃饭。

她的目光被向自己走来的梁言牵制住，他在小姑娘餐桌旁边绕了过去，但没有看见她。

这应该是最后一次看见他了。

应照离把餐盘推到对面，换了个方向坐下。

远远地看着那边餐桌。

梁言吃得很快，刷完盘子后，他提着板凳往食堂外面走去，嘴里还叼着一袋酸奶。

应照离回到教室，第一节课上数学，老师在讲很重点的内容，但她一个字都没听进去。

窗外传来的“长亭外，古道边，芳草碧连天……”格外清晰，一下一下敲击着她的耳膜。

林归梦看她心不在焉的，戳了戳她。

“别愣神了，讲重点呢。”

应照离愣了一下，点点头。

“丁零零！丁零零！丁零零！”

下课铃响起，教室里到处是打闹声，把歌声都给掩盖住了。

应照离的眼神还停滞着，整个人一动不动，手里攥着昨天梁言给她的葡萄味的棒棒糖。

吵闹的声音没有传进她的耳朵。

她现在满脑子只有一句话在不断重复，不断回放。

见不到了。

…………

应照离感觉脑子清明起来。

她猛地握住林归梦的胳膊，把林归梦吓了一跳，瞪着大眼睛看她。

林归梦皱着眉：“怎么了？一惊一乍的。”

应照离顿了一下，牙齿咬着下嘴唇，松开后有了些血色，说道：“我肚子有点疼，可能下节课会迟到，语文老师问的话就说我去医务室了。

林归梦有点蒙地点了点头。

应照离从小到大乖得很，没有逃过课，甚至没有请过一次病假。

她跑出教室，一口气跑到了圆顶楼前的大台阶下，额角的碎发被汗珠浸湿，应照离伸出胳膊抹了抹，却不敢抬脚往上走了。

以什么理由去见他呢？

只是一个说过几句话的学妹，连朋友都算不上。

应照离攥紧拳头，鼓起勇气迈上一级台阶，又一级。

今天的天空湛蓝如洗，与金黄色的大圆顶交相辉映，只有掠过的飞机不曾接收到离别的情绪，划出奶白的线。

圆顶楼前的大平台中央铺上了红色的长毯，延伸到孔子像处，签名墙上满满的全是名字。

高三的毕业生几乎都在这儿了。

仁济的每年毕业季，都有一个特别的仪式，从初中到高中都在延续着。

就是在白衬衣上签满同学、老师的名字，各种颜色的笔印在衣服上，甚至还有艺考生大佬直接用黑笔在白衬衣上画画的。

这是最独特的毕业礼物，每个学生的白衬衣都是独一无二的，世界上没法找出第二件。

应照离站在签名墙边上，看到了梁言的身影。

在一片茫茫白衬衫中，她依然能一眼找到那个少年。

应照离做出了十六岁以来最有勇气的一件事。

“学长！”应照离跑过去，喊住梁言。

梁言回过头，垂眸看她，似乎是有些惊讶为什么她会在这儿。

“赵黎。”少年眼角带着笑，温润的声音里夹杂着疑惑，“你不应该在上课吗？”

他还记得她的名字。

“去给老师送东西，路过这里就上来看了看。”应照离垂着的手抠了抠裤缝。

梁言感叹了句：“真快，我先毕业了。”

“学长，毕业快乐。”应照离的声音都在发颤，不过幸好有音响里放得很大声的歌掩盖过去。

梁言也不知道怎的，鬼使神差地抬手揉了把小姑娘细软的头发，笑逐颜开地说了声：“谢谢。”

应照离的瞳孔放大了一圈，整个人跟中了彩票般愣在原地，只知道仰着头看他。

“你不回教室吗？”梁言见她一点都不急。

应照离眨眨眼，磕磕绊绊地说出来：“我能和你拍张合照吗？”

梁言看着她瞪大的眼睛，语气轻快：“好啊，等我找个人帮忙拍一下。”

两个人站到红色的毕业主题背景板前，帮忙拍照的是应照离在远洋辅导机构见过的一位学长，寒假的时候梁言一直在辅导他。

应照离理了理自己的头发，把黑色厚框眼镜摘了下来，攥到手里，站到梁言身边。

“我开始拍了啊！记得笑笑！一，二，三！”

随着声音消失，一高一矮的身影在应照离手机里保存下来，她第一次笑得那么灿烂。

梁言侧头看她，愣了一下，和那双柳叶眼对上，挑了挑眉：“小学妹，换副眼镜戴吧。”

他心想，她不戴眼镜的模样，辨识度高了很多。

“啊？哦……好。”应照离没理解什么意思，但他说的话她都认真记住。

梁言的嘴角上扬，嘱咐她：“好好学习，保送之后有缘文城再见。”

“嗯。”应照离点点头，但她不知道能否再次遇见他。

这个世界上有那么多遗憾，每天都重复着我错过你，你错过我。

她想过他们可能再也不会相见了，于是，只能祝他前途似锦、平安康乐。

“学长。”应照离喊了梁言最后一声学长，眼眶有些微红，“祝你前途似锦、平安康乐。”

梁言很有礼貌地回应：“你也是。”

应照离握着手机走在回教室的路上，终于忍不住翻涌的情绪，发泄出来。

她看着手机里的合照。

梁言和她都咧开嘴笑着，眼睛弯弯的，他的白衬衣上全是签名，唯有胸口处那块空了出来。

他们头顶上面是毕业典礼板上的题字，只拍到了主题的一半。

“岁月常相见。”

中午十二点，高三生都离校了。

林归梦见应照离趴在那儿，也不去吃午饭。

“离离，别垂头丧气了，下午带你去高三楼转一圈。”

应照离这才有了点动静，扭过头来：“去那儿干吗？”

“高三楼里留下了好多用不着的辅导题和笔记资料啥的，我们可以去垃圾堆捡宝，过了今天那栋楼就要封了。”林归梦解释。

应照离抿抿嘴：“好。”

下午最后一节课上完，两个人接着溜出了教室，跑到高三楼。

进去之后，整栋楼因为没有了学生而空空荡荡。

应照离想着梁言的班级是十五班，往二楼找去。

她看见了高三十五班的班牌，拧开门走了进去。

整个教室干干净净，桌子摆放整齐，板凳横放在桌面上，都朝向一个方向。

应照离往后门走去，一排排的储物柜上面还有每个人的姓名卡。

她蹲下来，看到了梁言的姓名卡，伸手打开了他的储物柜，里面还有几本不要了的笔记。

应照离拿了出来，把储物柜的门关上。

她看着笔记。

他的字劲瘦清峻，一看就是练过的，和应照离在仁初小学合唱比赛那天看到的水墨画上的字已经有很大的不同了。

没有了嚣张跋扈的感觉，代而取之的是稳重的笔势。

应照离听见了外面好像有人说话，急匆匆地跑了出去。

在梁言毕业的这一天，应照离的夏天结束了。

她变得比之前还要努力，只剩下了一个目标，一个必须要完成的目标，保送。

暑假也在期末考试后到来。

应照离没有浪费一点时间，整个暑假一直泡在远洋辅导的自习室里，除了上课就是埋头做题。

其实还有另一个辅导班也开了保送课程，许多同学去了那里，林归梦也跑去那里了，因为离家比较近，但应照离没有去。

她只想在这个地方完成自己的梦想。

远洋走廊的墙上还贴着上一届保送生的照片。

学习真的很苦，应照离甚至有时候被逼得想痛痛快快骂一句“去他的”。

她一不想学习，就走到走廊上，盯着墙上的宣传海报发发呆，然后傻不傻地笑笑，继续回自习室学习。

有一天中午吃饭。

应照离一个人吃着外卖，听到后面有几个小女生在讨论。

“喂，我跟你说，这一个暑假我在远洋耗的钱可多了，你猜猜能有多少？”

“多少啊？”

“这么说吧，只算我的一对一辅导，一天的钱能买四五支好口红。”

应照离有些惊讶，算一算，一个暑假得花那么多钱，这应该是自己家父母拼命干活一年攒下来的钱。

“嘁，你这不算多的。”另一个女生也不自觉地加入讨论。

“这还不多？”

“我妈不是和上一届保送明华的梁言学长他妈认识吗。然后我妈跟我说，梁言他妈甚至能在一个月里在他学习上砸进去这个数，简直太恐怖了。”女生比出一个数字。

“对对对，刚刚我生物一对一的老师还跟我说来着，之前他辅导梁言学长的生物竞赛，人家两个小时能做出一千道题！”

“这还是人吗？以后考生物之前我决定拜拜他。”

“如假包换，真得不能再真了，老师说他几乎就是看一眼出答案。”

…………

应照离听到这心里“咯噔”一下，她还是低估了他。

晚上临走之前，她走到远洋辅导的前台，见没人看着，她仰着头看了看墙上贴的收费标准。

然后发现是她的家庭负担不起的。

应照离垂丧着头，走到电梯前按了向下的键。

一个人的学习，除了靠天赋，靠努力，还能有一种途径，那就是靠钱。

梁言一个人好像把这三个途径都占了。

他的保送，是靠与生俱来的理科思维，是靠几乎没有任何一个清闲假期，是靠一摞一摞卷子，是靠一个一个比赛，还有父母不断资助进去的钱。

小姑娘只能靠着努力来实现自己的目标。

暑假结束后的四保，应照离破天荒地考了年级前三十，如果五保也能坚守在这个位次，那么保送维思大学应该是没有问题的。

她冲劲十足。

五保在转瞬之间到来。

考完的那一天，应照离感觉无论结果怎样，她心里的大石头已经落了地，交给上天定夺吧。

下午她所在高三楼的走廊上，拐弯后最显眼的誓言墙旁边贴了一整排的全年级学生的体测得分，林归梦拉着应照离就跑去看。

她们两个人的成绩都半斤八两，应照离因为没有补考实心球比她还高一点。

“什么鬼啊？”林归梦看着自己班的成绩皱皱眉。

应照离回头看她，问：“怎么了？”

林归梦拉着应照离跑出高三楼，往没人的路上走着。

“温瑶英的体测成绩怎么会有48分？惊呆我全家！”林归梦不可置信地说。

应照离对自己40分出头的体测成绩已经比较满意，附和着：“可能她体育好吧。”

林归梦质疑道：“不该啊，我跑800米和她一组，温瑶英是我们组倒数第二，实心球补考的前一天，她还没我扔得好呢！”

“可能……补考超常发挥了？”应照离回道。

林归梦摆了摆手：“算了，不想她的事了，反正也碍不着我。”

又过了几天，决定人生命运的日子就到了，这次在誓言墙上张榜公示的是保送综合成绩排名。

今年一共166个名额，因为文理科人数比例关系，文科只有66个。

所有人都在找自己的排名，有人欢呼，有学生当场哭了出来，什么反应的都有。

应照离鼓起勇气，还是有些害怕去面对她的保送排名。

等大部分人看完离开后，她才慢吞吞地走过去，看文科的排名。

林归梦的名次排在了45名，虽然不能上顶尖的大学，但985肯定是没问题的。

应照离一点一点往下看着，生怕一眼就看到自己的排名。

61、62、63，都不是。

64也不是，65还不是。

最后一个名额，第66个，是唯一的希望了。

她闭上眼调整了一下呼吸，才缓缓睁开眼睛，看向第66名。

不是她。

应照离在 66 名的下面一栏，看到了自己名字。

只差一名，67。

排在她下面的是温瑶英，68 名。

应照离默默地站在那儿，没有流眼泪，也没有情绪激动。过了一会儿，她回到了班里。

林归梦也看到了应照离的排名，见她情绪低落，安慰道："照离，你别担心，每年不是还有补录名额吗，补录里面你是第一呢。"

"嗯。"应照离淡淡地应了声，埋头开始学习。

几乎每年都会有补录名额，因为保送有个弊端，那就是专业限制，只能学习小语种和英语专业。

有些本就成绩很好的学霸不喜欢小语种专业，就会选择放弃保送，靠自己高考考入喜欢的大学及专业。

但没有人能保证自己高考一定能稳定发挥，顺利考上 985、211，这种不确定性太大了。

所以，能有勇气放弃保送，自己选择高考的，不管后来结果如何，都很让人佩服。

今年的文科补录名额只有一个，并不是有人自愿放弃，而是邵睿诚转学空出了一名。

不出意外的话，应该就是应照离，小姑娘还提前给应裕闻打电话说了保送的事。

保送名单出来后，保送生就分班去了高三楼的顶层四楼，剩下的便全是高考生了。

应照离和林归梦的同桌情谊就此结束，换了班里另外一个同学。

林归梦临走前还跟她说，在保送班给她留个位置，补录名额出来了之后，还要做同桌。

周五的下午，上完最后一节课，杜韵把应照离叫了过去。

她来到老师办公室，看到了教导主任，还有一个穿着贵气的中年男人和打扮精致的妇人。

应照离有礼貌地说了句"老师好"，不知道叫自己来是为什么。

中年男人和妇人坐在办公室的沙发上，没有吭声。

教导主任打量了她一番："你就是应照离吧？"

应照离："嗯嗯。"

"这里有份文件，需要你签一下字。"教导主任将 A4 大小的纸张放到她面前。

应照离拿到手里一看，竟然是自愿放弃保送名额保证书。

她有些惊讶地看着教导主任，拿着保证书的手微微发颤，在等一个合理的解释。

"学校综合考虑了一下，在你和温瑶英同学之间做出了最合适的选择。"教导主任的笑容十分和蔼，但说出的话像是在凌迟她，“因为你虽然名次比温瑶英高一名，但单科的英语成绩，你排名没有她高。”

“保送不是看综合成绩吗？”应照离反驳道。

“杜韵，你的学生，你跟她说吧。”教导主任给杜韵使了个眼色，然后对中年男人和妇人客气地说了几句话，离开老师办公室，往教导主任办公室走去。

杜韵神色复杂，踩着高跟鞋走到应照离面前，握着她的手坐到沙发上。

“照离，你这四五保的努力程度，老师一直都看在眼里，也很开心你能考到67这个名次。”杜韵安慰着她。

应照离第一次忍不住打断老师想往下讲的话，语气里面带着情绪：“老师，为什么补录名额不是我？我记得是看综合成绩的。”

“保送还要去你报考的那所大学进行笔试和面试，也会有人被刷下来。你的英语口语能力不太行，面试不占优势。”杜韵解释。

应照离的指甲快嵌进肉里，说了声：“可刷不刷下来，那也是我自己的事，为什么直接把名额给了温瑶英？”

办公室里只有她们俩，杜韵叹了口气，又接着说道：“照离，老师跟你说实话吧，刚刚那两位是温瑶英的父母，你听老师说，她爸爸是……”

想到教导主任对那两位家长客客气气的态度，应照离愣住了。

听完班主任的隐晦解释，应照离这才明白为什么会提前找她签自愿放弃保送名额保证书。

所有事情都打点好了，有无数种理由可以解释为什么补录名额不是她，她像一颗碍眼的小石子，被人轻轻踢开。

她是一个普通学生，也没有什么能力能跟有权有势的成年人对碰，其实这张保证书，签不签都已经注定好了结局。

只是面子工程的事。

应照离起身，走到办公桌前，把笔帽拔开，盯着签字的地方看了几秒，弯腰在上面写上了自己的名字。

笔迹娟秀，孤零零地在上面待着。

“老师，我收拾行李回家了。”应照离把笔帽扣好放到保证书上，转身跟杜韵说道。

杜韵从沙发上起来，犹豫了下，说出口：“照离，这件事就不要跟其他人提了。”

应照离很平静：“知道了。”

放弃了保送签完字的应照离，回宿舍收拾了东西，拉着行李箱往外走。

应裕闻等得有些着急了，进校门来找她，在操场前看见自己闺女单薄的小身板，手里拉着行李箱。

应照离低着头，不知道该怎么跟应裕闻开口。

“妮妮儿，你的班主任刚刚给我打了电话。”应裕闻知道了她自愿放弃保送名额的事，杜韵也给他从头到尾解释了一遍。

应照离攥着书包带子，指甲抠在上面，压抑住胸口涌上来的情绪，抬头看着应裕闻：“爸爸，步入社会后关系真的很重要吗？为什么会对我那么不公平啊？”

小姑娘和父亲走到了圆顶楼前，暮光映得金色大圆顶闪闪发光，夕阳的光晕洒满了路上的每个角落。

应照离盯着父亲的眼角，不知道什么时候，皱纹肆意在他的脸上疯长着，他的脸变得苍老蜡黄。

他对闺女露出笑容，声音有些哑：“妮妮儿，咱别去执着地怪罪人家，如果爸爸有那关系，我照样也会拼了命地砸钱让你保送。父母对孩子，永远都是爱。”

“我不怪了。只不过怕……你们失望。”应照离说得很小声。

应裕闻抬起胳膊拍了拍她的肩膀：“我闺女可是考上保送的！不管什么时候，妮妮儿都是爸妈的骄傲。”

走到面包车旁边，应裕闻把行李箱放上去，转身跟应照离说了句：“一会儿在路上打个电话给你妈，她夜班回来得晚。”

“嗯嗯。”

应照离有些意外，父亲的反应比她预料的要淡定许多。

回到家迎接她的依然是丰盛的晚餐。

还有万年不变的浓白的鲫鱼汤。

吃完晚饭，她躺在床上打开手机，盯着 QQ 里的小恐龙头像发呆。

也许是今天太累，应照离不到十一点就困了，盖上被子开着低挡的电热毯迷糊地睡了过去。

大半夜有些肚子疼，起来去上厕所。

往自己卧室走的时候，见父母屋里还亮着灯，传来说话的声响。

房门的隔音效果很差，她站到门前，耳朵贴近，听得还挺清楚。

屋里是应裕闻的抽泣声，把应照离给惊住了。

十七年了，这是她第一次听见父亲哭。

“钰娟，我没本事啊！让咱妮妮儿没法保送，白白把名额让给其他孩子。”

“快奔四十的人了，还哭，这就是命，你能有什么招。”

…………

应照离的胸口起伏得厉害，用手捂着嘴，憋住抽泣的声音，狼狈地跑回到自己卧室。

她整个人在床上蜷缩成一小团，是只受伤的小奶猫，把头埋在膝盖里，打开手机。

音乐放得很大声。

耳机中播放着熟悉的歌单。

应裕闻没因为累死累活地加班熬夜、日复一日地赚钱而哭，也没有因为别人说他、老板训斥而哭，甚至爷爷那天住院都没哭，却因为自己闺女的保送名额掉了眼泪。

原来父亲也是会崩溃的。

一整个周末的时间，应照离只是把自己关在小小的房间里。

她默默消化完保送名额的事情，打开手机 QQ，看到了邵睿诚的对话框蹦到了置顶的下面。

应照离有两个置顶，一个是林归梦，天天骚扰她，有什么好玩的东西、屁大点事都要发给她。

另外一个是梁言，对话框里空空如也，像是置顶了个空壳子。

应照离记得有一次自己换了个性签名，他还给她点了赞，这条个签便一直没换过。

I'm fighting towards with your direction.

我正向着你的方向而努力。

发表地点：Wen Cheng.

应照离点开邵睿诚的未读消息。

邵睿诚："我看保送名单发到了班群。"

应照离："嗯，排名已经出了。"

对话框那头的人没接着回，过了几分钟。

邵睿诚："能接电话吗？"

看到这儿，她的眼睛有些酸，抬手揉着薄薄的眼皮，慢腾腾地回："可以，你打吧。"

铃声响起，电话被接通，应照离把手机贴到耳边，听到对面熟悉的声音。

"照离姐，最近……过得好吗？"邵睿诚的声音褪了几分稚气，听起来浑厚了许多。

少年应该是进入变声期了。

应照离开口："挺好的，你在十一中咋样了？那个学校比较乱，你年纪又小，保护好自己。"

十一中确实乱得出了名。

邵睿诚顿了下，没有多说自己的情况："过得不错，今年有放弃保送的吗？"

"没有，学校保送名额只空出了你那一个。"应照离给他解释。

"你……排名多少？"邵睿诚迟疑了下。

应照离："第 67 名。"

"别担心，补录名额应该在你这儿。"邵睿诚想着往下顺延一名正好是她。

应照离感觉自己又辜负了一个人的期望，调整好情绪："睿诚，我没保送上，补录名额是温瑶英。她英语排名比我高。"

"不是按综合成绩排？"邵睿诚在电话里那头的语气突然急促了起来。

应照离舔了一下干裂的嘴唇，有些疼，这才想起来已经半天没喝水了。

“今年规则换了吧。”

沉寂了几秒。

应照离主动换了话题，两个人也没再提起这件事。

父母都去上班了，家里只剩下她一个，应照离在课桌上写着周末作业。

大门外还有邻居家的狗吠鸡叫，大爷大妈搬着马扎坐在她家门口唠嗑。

屋里听得很清楚，在她还小的时候是感谢这些吵闹的，小孩子自己一个人在家没有点声响，总归是害怕。

现在反而烦躁了起来，做着做着题，思路就被外面的一声狗叫打断，被公鸡打鸣吵得脑仁疼。

她放弃学数学，拿着政治课本和笔记出了大门。

“哎！照离在家啊。”邻居大妈热情地打招呼。

应照离笑笑：“嗯，周末放假了。”

邻居大妈：“你这是干吗去啊？”

应照离：“上楼背书去。”

邻居大妈：“快去吧！快去吧！”

应照离往后面走去的时候还听到大妈说：“咱小点声，别扰人家孩子背书。”

近年来，棠鹤镇有些村进行了拆迁，很多人家拿到了一大笔钱。

青玫庄不知道什么时候能拆迁，村里的人开始盖房子，一家赛一家垒得高，就等着拆迁的时候能多分点钱。

应裕闻也自然赶上趟，在平房的基础上又盖了两层，盖房子时还找亲戚借了点。

应照离从家后面修的楼梯走上去，在二楼背书，吵闹声和鸡鸣狗吠消减了很多。

当天晚上，应照离央着苏钰娟把自己的书桌搬到了楼上的一个房间里。

屋里有张大床，也没人睡，苏钰娟给她收拾了出来。

这间屋变成了应照离的新卧室。

高三的复习时间只剩下半年，应照离还要快速熟悉高考的出题类型、基础知识点等。

班里走了十多名保送生，艺考生也离校去机构了，只剩下零零散散二十几个要参加高考的。

没有了那些学霸，班里的学习气氛也下降了，应照离主动找杜韵提了自己的想法，搬到了教室最后一排的角落里。

人少了的一个好处就是桌子空了好多，她可以一个人占两张桌子。

应照离用课本和习题册给自己营造了小小的空间，上课拣重点的地方认真听，其他时间只知道埋头学习。

她就还剩下半年，这半年需要比之前还努力，才可能考到文城。

应照离回家的次数从两周一次，变成一个月一次。

二月初。

天气还是冷得钻人骨头缝，应照离中午奔到食堂吃完饭，立马回到教室开始复习，台江全市的一模考试马上就到了。

考完后会出重本线和本科线，正常发挥的话几乎和高考最后的排名不会差距太大。

应照离学得有些累，下午第一节课还是语文课，语文老师的声音有些催眠，她把羽绒服叠成一个方块，枕到胳膊肘底下眯了一小会儿。

下课铃响了之后，她也懒得把西装外套穿上，直接走出教室去上厕所。

高三最后的时间了，主任也懒得严抓仪容仪表，很多同学穿衣服就随意了起来。

应照离上身是件水红色的卫衣，正面用丝线绣着两朵玫瑰，两根卫衣带子毛茸茸的，她无聊的时候就玩它。

水红色衬得她的皮肤比平常还要白，但熬夜加上压力大，脸上冒出了几颗红色的痘，在冷白的脸蛋上极为显眼。

她在走廊上走着，看见誓言墙旁边站了教导主任和几个老师，脸上乐呵呵的，有一些同学在那里围着。

应照离还不知道发生了什么，往厕所走去。

恍惚间，她觉得有些不可思议，怔在了原地。

那是她永远不会认错的背影，即使刚睡醒连眼镜都没来得及戴。

少年被圈在正中央，个子比夏天毕业的时候又蹿了几厘米，穿着纯白色的长羽绒服，里面是件深蓝卫衣和黑色裤子。

脱了蓝西装校服的他变得比之前还要帅，也可能是大学的熏陶，没有高中的时间那么紧迫，自然有工夫捯饬自己。

她咬着下唇，有些痛，原来不是梦。

围着梁言的人太多了，她也想走上前凑近一点。

可是，她没有考上保送，还把长头发剪了，脸上还长了几颗痘。

应照离觉得自己和他差距越来越大了。

应照离往自己班走去，可还想回次头。

她在走廊上走到一半，步子变成跑的，奔回了教室座位，看见自己课桌上放的玻璃水杯，里面还盛着满满的水。

应照离拧开杯盖，把水分四次倒进窗台上的几盆绿植里，然后戴上眼镜，拿着空空的玻璃杯子走出教室。

离着老远就往誓言墙那边望去。

梁言好像笑起来不是以前的模样了，明明同样好看，但变了味道，可能是成熟了。

应照离握着杯子的手在大冷天出了汗，想着要不要打个招呼。

“丁零零！丁零零！丁零零！”

上课铃响起。

主任开始喊出声：“别在这儿围着了，快点去上课！”

“说你呢，上厕所就不知道早点来！”

同学们都小跑着回自己班，誓言墙处只站着梁言和几个老师，还有教导主任。

“那个穿红卫衣的同学，怎么不穿校服外套？”

教导主任抬手指着应照离，梁言也顺势看了过来。

两个人的视线对上，她连忙往自己教室跑去，祈祷主任没跟上来。

主任的脚刚迈出一步，胳膊却被人抓住了。

“主任，我书包里给老师们都带了礼物，刚刚都忘说了，我们去办公室吧，背着还挺沉的。”梁言垂眸看着他，露出礼貌的微笑。

主任笑得褶子都出来了，握住梁言的胳膊边往楼上走去边说：“你这孩子，还给老师带礼物。”

梁言瞥了一眼走廊上跑着的红色的瘦瘦的背影，觉得有些熟悉。

应照离一口气跑到教室，数学老师胖乎乎的身躯已经在讲台上站了许久。

她从后门悄悄坐到自己位置上，见数学老师没发现，松了口气。

应照离手里拿着黑笔，她的胸膛里那颗心脏又在躁动不安地跳着，老师还拿着板擦敲击着黑板发出“咚咚咚”的声音。

与她的心跳同频。

玫瑰种子被浇灌得恰好，于是破土而出，红色血液绘成花骨朵，绽开在胸口的细皮嫩肉之间。

应照离收收神，从垒起的书墙里抽了本《数学53题霸》，翻开后找到几道大题做。

空白的演算纸上，她先是画了一个圈，又将纵横坐标轴穿插进去。

很简单地做出来第一、二小问，在最后一问上又被难住了。

也不知道从什么时候开始养成的坏习惯，她一做不出题来，就喜欢在演算纸上乱写乱画。

最后一问没写出啥步骤，名字反而布满了整张演算纸。

除了中间那块画的图，周围写满了“孤烟”两个字。

她烦躁地将纸揉成一团，对着身后的垃圾桶压腕投进去。

应照离托腮望着窗外，明晃晃的白瓷砖把阳光折射到黑色的眼珠里，闪得她使劲闭了两下眼睛。

走廊上空无一人，她的思绪被教学楼外站在树梢高处和电线上的几只麻雀吸引，也不知道被什么吓住了，胆小的麻雀惊惶四散奔逃。

怔忪间，一个修长的身影出现在窗户线的最边缘，少年低头看着手机，没有注意到窗户里的视线。

这是应照离最后一次在仁济看到梁言，下一次再见他，已经是两年后了。

几天过去。

台江市的一模考完，全市大排名也出来了。

应照离考了班里的第三，在市里排名还比较靠前，如果按这个成绩，她不是没有机会考上维思大学。

一个月过后，全市的二模也如期而至。

这次也不知道是因为题目比较简单，还是她真的努力了，她破天荒地考了班里最高分，全市排名正好到了维思大学的录取分数线。

她高兴地给父母打了电话，但他们可能都忙着上班，也没人接。

人好像并没有办法一直一直好运下去，命运总会在你奔向幸福时，变成一只秃鹫，狠狠地啄食你的血肉，饱餐一顿。

艺考生们陆陆续续考完试回到了学校。仁济有个弊端，就是对待要参加高考的学生并没有那么上心，所以也没有把回到学校的艺考生重新安排到一个班里去。

他们大部分人都已经过了学校的面试，文化课考很低的分就能被录取。

平时在班里除了玩就是玩，上课也不听讲，好不容易创造出来的学习气氛短短几天全被毁掉。

于是在高考最后三周，应照离请了长假，每天都去远洋的辅导机构自学，有不懂的知识点，攒到一起，上一节一对一的课程，花两个小时解决掉。

在辅导班的日子像是回到了之前那个暑假。

远洋走廊墙上更换了新的保送生照片，但那五个上一届考上明华、景清的没更换，可能是名气比较大。

应照离每天过着三点一线的生活，学累了，就去走廊看看贴在上面的保送生，再努力挣扎一下。

离高考还有五天的那个晚上，她在远洋学到了九点，出门过马路去坐公交车，在公交站等着最后一班末班车。

夏天的风热烘烘的，吹得头发乱飘到脸蛋上，有些发痒，但心绪莫名安稳下来。

她仰着头，看向那棵陪伴了她早晚的树。

不知为何，突然觉得它是那么特别。

整棵树丛被夜光灯染成了嫩嫩的黄绿的颜色，发着光，透过树缝隙，洒在她微棕的发根、发尾。

应照离一瞬间发现人生就是那么简单，简单到一棵树便构成一个世界。她的焦虑都不在了，她也不想去想六月份的结果。只想将公交车等到，然后历经一小时回到家，继续做题学习。

离高考还有两天的时候，应照离下午从远洋坐公交车回了仁济，打算把在这儿的所有东西都收拾好，拿回家。

她穿着合身的蓝色西服走进校门时竟然有些感慨，自己的高中三年还剩两天便彻底结束了。

教室里仍旧有几个认真学习的同学，已经练就了在整个空间里即使放多吵闹的音乐都不急不躁地学习。

她跟关系比较好的几位同学打了招呼，问问学习情况，然后走到最后一排的角落，把桌上一堆还能用的东西收拾到箱子里。

收拾完东西，应照离拉着箱子离开。

她正在操场旁边的林荫路上走着，迎面撞见了刚从操场跑道走出来的夏清。

保送到明华大学后，夏清实在是在学校没什么事，于是养成了每天跑圈锻炼身体的好习惯。和应照离对上视线，她弯着眼角，举起胳膊晃晃，跟应照离打招呼。

“照离，你提着箱子回家？”夏清跑到应照离身边。

应照离扯出个笑，点点头：“后天就高考了，回家复习。”

“走，去操场转两圈？”夏清问。

应照离想着还不算很晚，走两圈正好把刚刚不好的情绪散掉。

两个人聊了聊邵睿诚的近况，夏清没想到在最后五保的时候，邵睿诚转学了。

见她一直情绪低落，应照离转移话题：“明华大学怎么样，有没有提前去参观一下？”

“参观倒是没参观，但是上一届考上明华的三个学长，给我们建了个微信小群，大家现在已经混得很熟了。”夏清说道。

应照离听到这儿，忍不住问：“他们在明华……应该没以前成绩好了吧？毕竟那全是学霸。”

“照离，你不知道，牛的人还是牛。”夏清有些感叹，接着说，“你知道梁言学长吧？”

“知道。”她往夏清身边又靠近了一小步，想着听更清楚一点。

夏清道：“梁言在明华当了学生会的部长，我最近还在提前准备面试学生会的稿子，老是麻烦他。”

“这、这么厉害啊？”应照离回应着。

“还有更厉害的呢。他现在是德语系专业第一，绩点很高，还加入了校篮球队。”夏清说着。

应照离没想到他比在仁济的时候还要厉害。

她发现有些人不会依靠你眼里的光才优秀，而会是那种，即使你不关注了，把人丢在废弃回忆盒中，也不会停止自己优秀的脚步。

他会在你回首时，仍然熠熠生辉，仍然散发着特殊的光芒。

“真的好优秀。”

夏清“啧”了一声：“说实话，要不是梁言学长有女朋友了，大学里会有更多人喜欢他吧。”

有——女朋友。

他有女朋友了。

应照离整个人怔在那儿。

原来他现在过得特别好。

“我、我能看看他的朋友圈吗？”应照离笑得难看，声音中带着颤抖。

夏清拿出手机，翻到了梁言的微信，点开朋友圈，递给应照离：“你看吧，他不怎么发朋友圈，就发了一张合照。那个女生也是明华大学的，学习好，长得漂亮，听说家里还挺有钱。”

“明华大学的学生谈恋爱会是什么样啊？”应照离盯着眼前的这张照片，女生长得特别可爱，浓眉大眼，有点偏日系风。

“不也就那样呗，牵手、拥抱、接吻。”夏清无所谓地说着。

应照离见夏清蹲下系鞋带，手发着抖慌张地把这张照片发给了自己，然后删除夏清手机里聊天记录的照片。

她急匆匆地跟夏清说了再见，拉着箱子往外跑。

走到校门口的时候，很多高一、高二的学生放学了。

应照离这才想起来今天是周五。

兜里的手机突然振动起来，她划开屏幕一看，是应裕闻打来的电话。

“喂，爸爸。”

“收拾完行李箱了吗？我拉货正好经过你学校，把你捎回家。”

应裕闻的声音传到耳膜里，她刚想回句自己坐公交车回家，还没说出口，手机对面的人又说了话。

“哎！我看见你了，你往马路斜对面看，有辆大货车，快过来哈，这不能停太久！”

应照离攥着行李箱的把手，往四周看了看，全都是接自己孩子回家的家长，一群又一群学生往校门外拥着。

小姑娘拉着箱子，脚每迈一步，便停一下。

她甚至不知道自己怎么在“众目睽睽”之下走到那辆大货车跟前的。应裕闻从车上下来，把行李箱提上去，放到后面窝着休息的地方。

大货车太高了，上车的车蹬有两截，每一截也都很高，应照离伸出胳膊，几乎是爬上去，合身的小西服被灰土蹭脏了一大块。

她踩到副驾驶的位置，脚底下还放了许多杂物，有些伸不开腿。

应照离看着行李箱被扔到身后父亲晚上休息的垫子上，副驾驶的车座铺着他脱下来的干净的衣服。

她坐在父亲干净的衣服上，眼眶“唰”地红了。应照离低头看着车窗边掠过盯着大货车看的那群学生，她不知道他们有没有看到她。

应裕闻扭头看到闺女抽泣着，“吧嗒吧嗒”地掉眼泪，握住方向盘连忙问：“怎么了妮妮儿？你咋哭了？”

应照离抽泣得更厉害，单薄的肩膀发着抖，声音一颤一颤的。

“刚、刚上车、磕着腿了，好疼。”

应裕闻忙着把注意力放在货车上，没发现有什么不对劲，笑呵呵地说：“娇气！”

他开着货车回到大厂，换了自家的面包车。

应裕闻把闺女送回家，没停脚，立马去河里收网，这个时候涨水，能捕到很多鱼，可以卖不少钱。

应照离看着面包车消失在视线里，把行李箱拖回屋。

爷爷在屋里看着电视剧，奶奶坐在马扎上，拿着针线去缝高粱秆做的盖垫。

奶奶：“离离，快吃饭吧，你爸给你拌了藕。”

“嗯，好。”应照离回道。

应照离坐在小红木桌上，屋里灯光昏暗，只能将就着吃，她掰了半块馒头，没有食欲，藕片脆生生的，白嫩嫩的还拉出长长的丝。

在撒了糖的醋汤碗里蘸一蘸，特别好吃。

应照离吃完饭跑到楼上的屋里学习。

她拿出还没做完的数学模拟套题来，平铺在书桌上。

应照离看着做到一半的题，手里的笔迟迟在演算纸上无法下手。

她脑子里的数学知识好像空掉了，梁言在保送辅导给她施的魔法让应照离水平保持在 130 分。

现在，魔法失效，他交给她的所有技巧套路都被收回，她竟然一道题都做不出来。

应照离把笔扔到桌子上，起身上了床，打开手机。

她翻到下午用夏清手机发过来的照片。

应照离指尖动了动，划到了 QQ 的页面，她看着梁言的头像，显示他居然在线，点进去那个熟悉的小恐龙头像。

QQ 这两天新出了悄悄话功能，应照离退出和他的聊天框，点开了悄悄话。

她在屏幕上偷偷打下一句话，没有犹豫，给梁言发过去。

没有等多久，她收到了回复：“嗯，还不错。”

第二天一大早。

应照离醒来，家里一个人都没有。父母去干活，爷爷、奶奶去集上卖自己做的扫帚。

午饭她也不会做，饿到了下午两点。

没多久，妈妈给她打了电话。

“喂，离离啊！你去庄口卖烧饼的地方，买三个烧饼，然后买点菜，去那个高架桥底下的河边给你爸送饭去。”

“好。”

应照离想着正好能坐上公交车，去市图书馆再学习一会儿。明天就要高考了，她的考场安排在十一中，正好离家近，省了一笔住宾馆的钱。

应照离把所有东西都带好，铅笔盒里放好了一整套考试用品，她把准考证什么的都放在了一块，背着书包锁上门去买饭。

等她到了高架桥的地方，看着好像是拆整重修，用高高的铁架子围起来。

应照离没找到应裕闻，打了电话过去。

“喂，妮妮儿，咋了？”应裕闻的声音听着好像在使着劲儿。

“爸，我妈让我来给您送饭，您在哪儿呢？”应照离问。

“看见咱车了吗？放那儿就行，快回去学习吧。你妈也真是，明天都高考了还让你跑一趟，我先挂了啊，早点回去。”

“嘟嘟嘟！”

电话挂得很干脆，应照离甚至还没反应过来。

她扫了周围一圈，看见了家里那辆面包车。

应照离走过去，把饭挂在上面，正背着书包往回走，扭头看见河岸靠里边穿着皮裤只露出胸膛以上的应裕闻。

他手里拿着很大一块拴着绳子的吸铁石，探进水里，好像吸到了什么，使劲往怀里拽，被拽出水面的是几十斤重的铁。

应裕闻抱着铁转身往岸上走，一步一步迈得很艰难，应照离怕被看到，连忙躲到车屁股后面。

他把几十斤的铁放到岸边，脚下一个踉跄，差点掉进河里，膝盖磕在了地上。

应照离吓得腿一软，连忙扶住车身，用手捂住嘴，颤颤地蹲下。

高架桥修建会有很多钢材、铁块掉到河里，庄里的人都会捞上来卖给收铁的赚钱，应裕闻趁着没上班也来捞一捞。

连个防护的东西都没有。

见他休息了会儿，又顺着河岸下去，应照离才走出来，跑到庄口的公交车站。

有辆公交车停住，打开车门，应照离都没看是哪一路，抬腿迈上去，刷了学生卡。

应照离在靠窗户的位置坐下，目光呆滞。

应照离其实时常想，为什么自己会生在这个家庭，他们是上辈子欠她什么了吗，才让她这辈子变成了他们一家人供着的小祖宗。

她心里问着：为什么啊，为什么一生下来，就有人住大房子；为什么同样是一个学校，出了这个门，我和他们的差距还是那么大；为什么有些学生不努力，家里紧一紧，就能送他们去国外上学。

应照离连书包都没摘，倚在身后，把头靠在窗户上，随着车一颠一颠的。

不知道过了多久。

她跟着司机到了终点站，司机催她下车。

应照离起身从后门下去，发现这里是市医院。她一整天都没吃饭，肚子已经饿得“咕咕”叫了，走着走着，看到了一家面馆。

周围还有很多店，但市医院旁边吃饭的地方，都卖得很贵。

这家面馆最简陋，应该会比其他的便宜一些。

应照离默默走进去，点了一碗过桥米线，坐在位置上等着。

店家端着米线走过来，汤还因为晃动洒了一些到他的手上。

应照离接过来，对着店家说了句“谢谢”。

走出面馆时，天已经黑了，应照离看着走来走去、忙忙碌碌的行人，只想就这么待在外面。

面前就是市医院，她还从来没来过。

应照离走进去，在医院里闲逛着，看见许多提着饭盒来送饭的病人家属，脚步飞快穿着白大褂的医生……

也不知道是走到哪儿了，她往楼里走去，进去才发现原来这是医院的急诊楼。

应照离找了个位置坐下，看着几个护士火急火燎地推着病人进手术室抢救。

她就在这儿坐着，整整四个小时，她看到了人间生死、世态炎凉。

肺癌晚期的老人进了手术室，出来的时候盖上了白布，家属哭得上不来气一头倒在地上。

年轻小伙子的女朋友摔了一跤羊水破了，被送进急诊科做手术。小伙子坐在手术室外面，没有一点担心的模样，还把手机音量开到很大，带人美声甜的妹妹连麦打游戏，说着肮脏下流的话。

她释然了。

什么都没有自己和所爱的人的生命更重要。

应照离看着手机一条消息都没有，点开梁言的头像，然后在对话框里输入了一句话：学长，明天我要高考了，能给我一句祝福吗？

她还是忍不住想联系他。

就在准备发出去的瞬间，应照离脑子里又蹦出夏清的那句话：

“不也就那样呗，牵手、拥抱、接吻。”

她把文字又删掉，还是没敢打扰他。

家里没人发现高考的前一天她没在家，爷爷、奶奶回来很晚，以为她一直在楼上复习，没敢打扰她。苏钰娟在上夜班，也不在家。应裕闻把捞上来的铁拿去卖了，赚了不少钱，又急慌慌地去厂子里开货车送货。

高考当天。

十一中门口，全是家长和学生，有穿旗袍的，有拿横幅的，所有人都在为这一场人生转折点的考试而紧张着。

应照离背着书包，一个人走到门口，把准考证拿出来给保安看。

高考很严格，经过了一层又一层检测有没有带违禁物品，她才坐到了考场上。

考试结束的那一天。

应照离在十一中校门口，才再次见到应裕闻和苏钰娟。

她看着父母期盼的眼神，因为奔波操劳皱纹的痕迹越来越多。

父母好像为了她，老了很多岁。

这一年的高考试卷，难得离谱。

暑假查分时，应照离考了五百四十多分，离一本线就差这么几分。

应裕闻和苏钰娟也没有问她为什么考这么差，只是开心地说：“咱们妮妮儿考上大学了，以后家里也有大学生了！”

应照离的高中三年在她被台江本地的和颂大学录取那刻，彻底结束。

第八章 / 你是我的第一性原理

小王子的日记本还没被人合上，梁言甚至没发现几滴眼泪顺着眼尾流出，他趁着应照离没注意，用手背抹了。

梁言之前没想到应照离原来早就认识他了，也没想到应照离的家庭会是这种情况，更没想到高考前自己以为兄弟恶搞发的悄悄话对她造成了影响。

这是他第一次听一个人讲述她的故事。

“梁言，其实我之前在乌塘镇说的那句话是真的。”她把日记本翻到最后一页，上面写着满满的一整张字，她重复着那句话，“我很早很早就遇见你了，那之后的每一年，我都会在日记本里写一篇长长的文字来纪念相遇的那一天。”

梁言没有去看日记的内容，他有些不敢去看，整个人陷入复杂又难以言喻的情绪之中。

“离离，我可能不能在这里陪你了，给我一点时间消化。”

“好。”

应照离没有再说什么，站起身看着梁言穿好鞋。

她在他出门之前叫住了他。

“手机里还有很多你的照片，如果你很介意的话可以删掉，日记本你想看的话也可以看。”应照离把日记本和那部手机交到了他的手里。

梁言出小区之后没急着回公寓，而是到文城外环的别墅去找两三周没见面的母亲。

他把车停到车库，拿出了那部手机，打开了相册，基本上存的都是自己的照片，还有很多截图。

梁言没有细看，往屋里走去，见到崔青正在屋里练毛笔字。

女人身着素衣，容颜虽然老了些，但风韵犹存。

“妈。”梁言喊了女人一声。

崔青闻声抬头，柳眉杏眼里尽是温柔，淡淡道：“怎么有时间来我这儿了？”

梁言迈步过去，侧身看着桌上的娟秀的毛笔字，说道：“想您了。”

崔青将毛笔放到瓷质笔托上，走到沙发处，泡了壶茶。

“我看你是有心事。”女人提起茶壶，交到梁言的手里。

梁言倾身把两个茶杯分别倒了七分满，然后才缓缓开口：“我谈恋爱了。”

“我儿子不是一直都有恋爱谈？”崔青眉眼带笑，语气温柔中多出几丝逗趣。

“您不是知道原因，还打趣我。”梁言放下茶杯，想到应照离还在家等着，不自觉嘴角上扬。

崔青看着儿子的状态，摇摇头，感叹道：“看来这次是栽了。”

梁言沉默了一会儿，握着的茶杯被放到桌上，解释道：“她是我的学妹，刚在一起的时候我不知道她早就认识我了。”

“她没告诉你？”崔青问他。

梁言垂眸，把日记本和手机拿了出来，但没有给崔青看，而是跟她口述。

他花费了很长时间将这个故事讲明白，重复了两遍，心里对应照离的爱越来越浓烈。

“我喜欢这个儿媳妇，有空带来给妈妈看看。”崔青笑着说道，并没有对应照离有任何不满。

梁言没想到崔青会对她印象如此好，忍不住问：“您不是最讨厌侵犯别人隐私，偷拍的人吗？”

他在跟崔青讲的时候，客观陈述了所有的事实，包括手机里应照离偷拍他的照片。

崔青笑笑：“这不能混为一谈。通过另一个视角看到自己的青春，你不觉得是个很珍贵的录像带吗？”

梁言抿唇，垂眸思虑着，半天才开口：“我也不知道是怎么了。按理来说，看到满满当当的照片、截图，我会觉得恶心、讨厌，可对方是她，我不仅没这种感觉，反而更多的是心疼。”

崔青拿起茶壶给他续了杯茶，慢条斯理地说：“这是第一性原理的问题。”

第一性原理是超越因果律的第一因，且是唯一因，同时第一性原理一定是抽象的。

梁言没说话，默默听母亲讲述。

“理解一件事，要从源头出发，看透事物的本质才能够解决问题。偷窥狂的源头本来就是以恶为名，但她不一样，她记录这些，对你造成身体上的伤害了吗？有没有像变态跟踪你？”

“没有。”梁言回道。

“人啊，遇见美好的事物，都会想法子印在脑海里。你是给她照亮道路的启明星，散发的光芒让她变得如此优秀。我的儿子，你很了不起。”崔青一点一点把他的思路拉到正轨上，语气中带着骄傲。

梁言被点透，心里缠缠绕绕的问题也都被疏通：“妈，谢谢您。”

崔青起身，走到儿子身边，拍了拍儿子的肩膀，语重心长道：“儿子，别学你爸，不要辜负她。”

“我不会的。”梁言语气坚定。

和崔青吃完晚饭之后，梁言趁着她去练字的工夫，终于有勇气把小王子日记本翻开细细地看。

日记的第一页，记着那句：

你不需要一味地否认自己，我们每个人都是一颗星星，有属于自己的光芒和轨道，缺点和错误固然会有，但正因如此，人类才更加真实地存在着。

这是他说过的话，她便一字不落地印在日记本里。

日记本最后一小沓是空白的，他翻到最后一页，是应照离往前倒着写了几张的纪念文章。

这一页标题写的是：

一个小姑娘的周年记录

孤烟你好，今天是遇见你正正好好365天的日子，也是新年的第一天，我记得那天晚上你就像个小朋友一样委屈巴巴地蹲在桌前跟我聊天。

…………

我太容易碎碎念了，思路也不清晰，以至于写到现在也不知道自己写了堆什么。

我开始喜欢蓝色，喜欢多跑一圈从篮球场经过。一直想去文城，想学德语这门小语种，夏天能清晨四点半早起，喂蚊子到晚上十一点半躲进被窝用手机做题。星星贴纸的铅笔盒即使烂了，我也要固执地将它摆在课桌上。我的数学从原来的80分到现在的130分左右……

很不可思议吧，我竟然变了这么多，有了这么多习惯。

孤烟，总有一天，我要优秀到让你记住我，新年快乐。

这是遇见梁言一周年的纪念日，翻过页还有两周年、三周年、四周年……

一切不对的事情都回到了正轨，都有了解释。

比如，应照离的手机密码，明明没跟她提过就知道自己的生日，对自己说每一次偶遇都是蓄谋已久的相遇，认真地在他耳边呢喃“梁言，没人比我更爱你”，会知道他从小就爱穿西服……

梁言再次把那部旧手机打开，在相册里翻了翻。

没有别人的照片，只有他的。

有在篮球场上打球的照片，有他离校时拉着行李箱的背影。

还有那张自己高三毕业与她的合照，点开一看，那天的记忆翻新，少女灿烂的微笑能把人暖化了。

这在如今应照离那张冷艳妩媚的脸上，还没见过。

其他的都是一些关系自己的文案字眼，这些截图都来自明华大学外国语学院的公众号。

男人甚至能想到小姑娘从一篇篇推文里寻找自己踪迹认真的模样，好不容易找到一张便截图存下来。

有一张全员大合唱的，两百多个人一起合照，他自己都不一定能找到自己，却被应照离找到保留了下来。

梁言眼尾带着笑，自言自语道："也不知道怎么搞来的公众号。"

想到还有 QQ，他退出相册页面，点开小企鹅，列表的置顶依旧还是两个，林归梦与他。

个签上仍然挂着那句：

I'm fighting towards with your direction.

应照离成功了，她已经和梁言在同一个方向并肩。

梁言再也抑制不住自己的心绪，从这拿了件自己之前的睡衣就离开了崔青住的别墅。他将车开得飞快，只想下一秒就能到应照离身边。

来到她家门口，他按下门铃。

应照离听到声响后，走过来打开门，她没想到这么晚梁言会过来。

"你怎么回来了？"应照离看着他，眼眶还微微有些红肿，估计是梁言离开的这段时间哭过了，她把有些乱的头发撩到肩膀上。

梁言不说话，只是直勾勾地盯住她，视线从她深棕色的鬈发移到冷白的皮肤，掠过粉嫩的薄唇，纤细的脖颈。

他甚至想到了应照离的大学四年，不知道她是怎么熬过来的，从二本考入明华大学，从一个瘦瘦的、不打扮的小姑娘变成如今的大美人，她该是经历了多少。

现实中哪会像小说里一样随随便便谈着恋爱就能考七百多分，哪有什么一笔掠过的逆袭，哪能任何东西都如愿以偿。

梁言经历了，所以他明白应照离这些年过得有多难。

男人把手里提的袋子放到鞋柜上，一把将人搂在了怀里，紧得像是要揉到骨头里。

应照离被突然来的拥抱弄得有些不知所措，也不敢像平常一般伸出双手抚摸他宽厚的脊背。

"应照离，我真的很感谢你，没有放弃我，没有在大学堕落下去，能为了我一直变得优秀。"梁言弯着腰，把头埋在她的颈窝里，声音有些闷闷的。

应照离听到这话，笑着回应："我只有特别优秀，才能吸引到优秀的你啊。"

梁言揉着她细软的头发，拉开点距离，修长的手摸到她的脸颊，指尖摩挲着她的嘴唇，低头覆盖上去，软得一塌糊涂。

他从她嘴角向上轻啄了鼻尖，最后庄重地在她的额头落下一个吻。

"离离，你是我的第一性原理。"

应照离听着梁言说的情话，她的双手勾住他的脖子，又吻了一下他的薄唇。

她一双柳叶眼笑弯，带着幸福和媚意，声音娇而软："梁言，你是我最罗曼蒂克的如愿以偿。"

“你是我的第一性原理。”这句话本身就带着无与伦比的浪漫。

这意味着，你是我超越一切因果律的第一因，且是唯一因。

梁言将人一把抱起来，往卧室方向走去，直到床边，才舍得放下。

“你今天发烧了，早点睡觉。”

应照离：“梁言。”

梁言：“嗯？”

应照离：“我以为你这么晚来是要跟我提分手的。”

梁言愣了下，笑出了声：“你想得倒挺美。”

他离开卧室把自己的睡衣换好，又给应照离倒了一杯水，坐在床上递到她的嘴边喂她喝了两口。

梁言把杯子放到桌上，自己也躺到床上，把人捞怀里搂着，声音低沉：“睡吧，醒了就别说胡话了。”

应照离戳戳他的腹肌，眯起笑眼：“你为什么抱我那么紧？”

梁言把她缩回去的小手攥住，引着她摸到自己的腹肌上，淡淡的声音从她的头顶传来：“怕你跑了。”

“你还爱我，我就不跑。”应照离轻声说着。

应照离这一觉睡得特别安稳，醒来的时候身边的人不知道干吗去了。她推开卧室门，闻到厨房里传来的香味，寻了过去。

梁言穿着围裙在洗蔬菜，没注意轻手轻脚走过来的人，突然腰间环过来一双手，脊背上贴着应照离软乎乎的身子。

“男朋友，你这么勤劳，显得我很好吃懒做。”

梁言挑了下眉，边做菜边说：“未来老婆太瘦了，得好好养养。”

“我身体很健康。”应照离无语。

他把切好的土豆块放进锅里，盖上盖子后焖着。

梁言握着她的手，转过身来把人抱到水槽旁边的台子上，亲了亲她的额头，勾勾嘴角：“体力跟不上可怎么办？”

过了几秒，应照离丢出一句话：“放心，关键时刻不会晕的。”

“喂，我隐约记得你高中挺乖的啊。”梁言捏了捏她的脸蛋。

应照离愣了下，笑着说：“这都多少年过去，还不能换个性格了。”

“也是，四年多没见过了。”梁言附和道。

应照离：“其实，也没有四年。”

梁言有些不解。

“我大二的时候去过一次明华大学，当时在文城考完德语 B1 等级的考试，夏清带我逛了逛明华。我在背后远远看了一眼，那天你和你女朋友正在吃冰激凌，她挖了一勺送到你嘴边。”

梁言早就不记得是哪一天了，他带给应照离的怎么全是令她伤心的语句和画面。

“对不起。”他情绪低落，握住应照离的手。

应照离双手环住梁言的脖子，借力一跳，挂在他身上，笑着说：“都过去了，反正现在你只能给我做饭、喂我吃冰激凌、抱着我睡觉。”

梁言一只胳膊护着她，宠溺地拽了拽她腰间撩起来的衣角：“好，以后只会是你一个。”

应照离树袋熊似的一直挂在梁言身上，他也不嫌累，一趟一趟地把做好的饭菜运到餐桌上。

吃完饭不算特别晚，梁言开车陪她去商场买了几身衣服，预备着明天上班穿及再来自己家的时候有备用。

第二天一早。

应照离和梁言一起去的公司，梁言依旧先把她放到公司门口，然后去地下停车库停车。

还有两个月，她的实习生涯就结束了。

应照离没考虑在恒言待着，步阳晖老先生的公司她很喜欢，想实习完毕就去阳晖在文城的分公司面试。

过了没几天，应照离上班的时候总觉得有点不对劲，也说不上来，就是身边同事看她的眼神怪怪的。

那天中午，她刚吃完饭，准备参加明华大学的一个小晚会，西服里穿了一件黑色深 V 长裙，性感又妩媚。

路过茶水间的时候，听到里面有人提到了她的名字。

“哎，你看今天应照离穿的那衣服。”

“不就来上个班，穿成那样有必要吗？”

应照离在墙边站着，皱皱眉。

“我觉得她肯定是被中年油腻男包养了！”

“这样说不好吧，明华大学的研究生，没这个必要。”

“你看她平时背的那几万块的包，还有，最近老是有一辆超跑把她送到公司门口，正常小情侣，男的哪个不下来，肯定因为是老男人才不敢露面。”

应照离抿着嘴，怕自己笑出声来。

原来大家的想象力，可以如此离谱。

几万块的包她自己是不舍得花那钱，但林归梦舍得啊，跑车里的男人不是不敢露面，梁总监直接从地下停车库坐电梯上来依旧还能见到她，没必要下车。

嗐，说到底，谁让她有个有钱的闺密。噢，还有个更有钱的男朋友。

应照离看着自己扣得严严密密的西服，竟有些不顺眼了。她一手端着杯子，一手解开扣，把姣好的身材显露出来。

高跟鞋踩得响亮，应照离一脸无所谓地走进了茶水间，闲情逸致地撕开咖啡包装，冲了一杯，就站在那儿也不走。

她全程没和她们搭话，整个人散发着“老娘最美”的魅力。

“照离，你今天这条裙子真好看。”那个女同事也不知道她听没听到，想缓和一下气氛。

另一位也附和道：“对啊，在哪儿买的啊？”

应照离端着杯子，一步一步走过来，笑眼弯弯，声音柔媚：“网上三十九包邮，要链接吗？”

“算了算了，我买衣服都在实体店买。”

“我也是。”

应照离挑了挑眉，说了句：“你说我都实习这么久了，在公司还是迷路呢，刚刚走到这儿，差点以为是女厕所。”

应照离话音刚落，也没等她们回话，潇洒地离开了这个“是非之地”。

丝毫没有关心身后那两个人黑得不行的脸。

她把咖啡放到桌上，见邵睿诚趴在桌上休息，桌边的杯子被他的胳膊肘顶着，就快要掉下去了，看起来岌岌可危。

应照离掖了掖自己的西服，脚步声尽量放轻，一点一点挪到他的桌边，将杯子握住抬起来，放到不碍事的地方。

“爸。”

少年在睡梦中喊出了自己从来不会叫出口的字眼，也不知道梦到了什么，语气中有几丝委屈。

应照离以为他醒了在叫自己，弯腰看着他紧闭的双眼，眉头皱着，眼珠滚动，嘴里又呢喃了一句：“爸，别走！”

应照离怔在那儿，少年搁在腿上的手从桌下一把抓住了她，掌心冰凉，还有冷汗，她想抽回手，反而被人攥得更紧。

应照离另一只手僵硬地抬起来，像哄小孩一样，神色复杂地在他清瘦的背上拍了拍。

她想起邵睿诚高二时在医务室跟自己袒露心事的那一刻，也不知道大学没见的这四年，他的家庭是个什么情况了。

应照离见他渐渐地松了劲儿，眉眼之间也舒缓下来，默默把手指一根一根掰开，直起腰往自己的位置上走过去。

抬眼的工夫，她的视线跟远处往这看的梁言对视上。

应照离眨眨眼，不知道他看见了多少。

梁言朝她勾了勾手，转身走回总监办公室。

应照离迈的步子很轻，跟过去，敲了两下之后拧开门。

“怎么了？”她被梁言拉着手，往里面的休息室走过去，一直到洗漱间才停下。

梁言从身后握着她的肩膀把她推到镜子跟前，指着洗漱台，语气闷闷的：“洗手。”

“你怎么看见睿诚握住我手的？”应照离皱着眉，心想不应该啊，那个角度怎么可能看到桌下呢。

梁言听到这儿，露出了一个不怎么友善的微笑，一字一顿地说："他还、牵、你、手了？"

一开始只是看到应照离拍着他的背有些吃醋，现在竟然还被牵手。

"小孩做噩梦，把我当成他爸爸了，又不是我想的。"应照离扭着头跟他解释。

梁言环抱住身前的人，打开水龙头，握着她的两只手在水流下冲洗着："他和你关系特别好吗？"

"还不错，我们高中三年的前后桌。"应照离低头看着男人给她耐心地抹上洗手液，两个人十指相扣，细密的泡泡从指缝间挤出，光一打，像是缩小的彩虹桥架在两人手上。

梁言："我和他吵起来，你帮谁？"

应照离笑出声："喂，人家比你小四岁，这不欺负人吗！"

"他如果和我抢你，反正我不会让着他。"梁言慢条斯理地说出来。

手洗得干干净净，用毛巾擦了擦。

"睿诚才二十岁，只是把我当姐姐。"应照离扭过身来，笑着用食指戳了戳他胸膛，"你怎么那么幼稚啊？小朋友行为。"

梁言握着带洗手液香味的手，拉近两个人之间的距离，把她白嫩的手放到自己的腰间，紧紧抱住。

"小朋友的心里只有你一个。姐姐也得拍拍我。"梁言压着嗓子，有些奶气和委屈。

应照离见他这副跟无关紧要的人争宠的模样，实在是觉得可爱，不由自主地想起毕业那天他从自己餐桌前经过，临出餐厅门的时候，嘴里叼着一袋酸奶，单手提着板凳的场景。

"好，拍拍我的言言小朋友。"应照离伸手在梁言的后背拍了好几下。

她算是发现了，不管多大年龄的人，一沾谈恋爱这种东西，都会在某一刻变成幼稚的小孩。

"咚咚咚！"

外面传来敲门声，梁言还抱着应照离不撒手。

"快去看看。"

梁言不情不愿地松开，弯腰趁她不注意亲了一口。

他整理了一下有些乱的西服，转身往外面走去。

下午一下班，应照离提着包立马往明华大学的晚会赶去。

说是晚会，也就是高学历的单身男女的大型相亲现场，孔正初没告诉侯倩语她已经和梁言在一起了，身为学姐自然想着给万年单身的学妹安排机会。

应照离尴尬地拒绝一个又一个搭讪。

终于，撑到晚会结束，她刚想打车回家，一位刚刚认识的长得不错的理科男主动提出送她回去。

应照离先是客气地回拒，但他还是不死心。

“抱歉啊，我和我男朋友住在一起，你送我他会吃醋的。”应照离搬出撒手锏。

理科男听到这皱了皱眉：“你——和你男朋友住一块了？”

应照离歪头：“住一起怎么了？”

理科男咽了咽口水，语气有些嫌弃，但还是笑着：“那你自己走吧，我就不送了。”

应照离点点头，正打算往大厅外走。

看见手机发来了一条消息，是侯倩语。

侯倩语：“照离，我突然来‘姨妈’了，你能帮我把包里备用的姨妈巾送到厕所吗？”

应照离给她回复：“好，学姐等我一下。”

出厕所的时候，应照离想到刚刚那理科男递酒杯给她时还有意无意地碰了一下自己的手，转身又跑到洗手池前冲了几遍。

她踩着高跟鞋出了门，看到前面三个男人勾肩搭背慢吞吞地走着，把整条走廊给堵得严严实实，中间那位还是那个跟她搭话的理科男。

“哎，我跟你说，哥刚刚钓了个妹子，脸俊盘正，那小腰，一掐就断。”

“怎么样，能成吗？”

“别提了，她跟我说自己和对象一块住，那不早就和男人上过床了吗！”

应照离在后面放慢脚步，不吭声、不急躁、不反驳，只是跟着他们往前走。

“要实在是漂亮，也凑合玩玩呗。”

应照离听着这些恶心的话，压着心里的火。

高学历不等于高素质，就像广为流传的那句话：

再好的学校也有人渣，再垃圾的学校也有金子。

她把外套脱下来，搭在胳膊上，将深棕色的长鬈发撩到耳后，露出纤细白皙的脖颈，故意让鞋跟落地声加大，引起了前面三个人的注意。

待他们三个人回头时，应照离换上一副微笑的表情，眼波流转，水汪汪地盯着中间的理科男。

他们三个人停下步子，赤裸裸地打量着她。

应照离走到理科男面前，抿了抿嘴，露出有些娇羞的表情：“哥哥，有些话——我想单独跟你说。”

她不好意思地瞥了瞥理科男身边的两位，那两个人笑笑，连忙识趣地离开，临走之前还递给他一个猥琐的眼神。

“怎么了？”理科男舔了舔嘴唇，咧出一个微笑。

应照离撇着嘴，委委屈屈地说：“我男朋友跟我闹分手，今晚我没地方可以去了。”

“你那么好，他怎么舍得跟你闹分手啊？”理科男假装给她打抱不平，眼神不自觉地往她胸口瞥，冒着光。

应照离伸手揪着他的袖口，眨了眨眼：“他说我们都住在一起这么多天了，我还不让他……”

理科男：“让他什么？”

应照离抿着嘴，一副扭扭捏捏的模样：“就……那个。”

理科男一听，来了劲头：“妹妹，别理这种渣男，你要不嫌弃，我找一家贵点的宾馆，你先凑合一晚上。”

应照离抬头看他，语气里充满感激：“你怎么这么好啊！”

“哪有，我要是好，哪会没有女朋友。”理科男叹息了一声。

“我现在……也是单身。”应照离说。

理科男：“我认真的。”

应照离：“嗯？”

理科男盯着应照离的脸，正经了一下脸色：“你愿意当我的女朋友吗？我说正经的，一定把你宠上天。”

他急躁地去握应照离的胳膊，被她一侧闪开了。

理科男皱了皱眉，以为她要拒绝。

应照离笑眼弯弯，盯着他，声音故意嗲气了一些：“哥哥，我能踩在你的鞋上亲亲你吗？”

理科男咽了咽口水，立马回应道：“你踩，宝贝随便踩。”

应照离抬起手撩拨了下自己的头发，指尖在上面打着圈，一步一步靠近他。

“那我踩了哦？”

见理科男稍微倾了倾身子，那双眼也顺势闭上。

她不紧不慢地再走一步，抬起脚，高跟鞋狠狠地往下一踩，还碾了两圈。

“啊——”

理科男被突如其来的疼痛弄得一抽搐，连忙蹲下攥住脚。

应照离趁他疼得站不起来，提着包，小步跑了出去。

她走在路上，路灯的灯光洒了一地，回想着今天发生的事情。

应照离发现，有些时候，不管是同性还是异性，都对穿着暴露或者很主动地表现自己欲望的女性怀有不同程度的恶意。

她也搞不懂了，难道女性就应该和古代一样，久居深闺。

为什么女生就不能主动，表现出自己的需求？不压抑自己生理需求的女孩子，世俗给了她一个很好听的名字，叫荡妇。

她站在车牌处等公交车，越想那理科男的嘴脸越生气。

应照离认识了梁言那么久，在追赶的路途中，每次都是一个人扛下所有前行路上的艰辛和酸楚。

他们之间的有些事，没有按照应照离的想法按部就班地实现，但最终结果是一样的。

比如当年她确实兑现承诺成功考上了保送，虽然最后签了自愿放弃保送资格保证书；又比如他说有缘文城见，她即使高考失利，在二本却也拼了命考研来到了明华大学。

应照离明明习惯了自己处理任何事情，可如今，受了委屈，却矫情得不想一个人担着了。

见时间还早，应照离伸手拦了一辆出租车，往梁言家的方向驶去。

她到小区门口时给他发了一条短信，问他在不在家，结果没收到回复。

应照离自己走到公寓门口，见里面好像是亮着灯的，输了密码推门进去。

在玄关的鞋柜里拿出紫色毛绒拖鞋来换上，她把一排排镶嵌在墙壁里的小筒灯调了个昏黄的色调，坐在沙发上等了会儿，但也没见人出来。

应照离想着难道是睡了，起身往梁言的卧室走过去。打开门之后，并没有看见人影，床上的被子铺得平整，没有掀开的痕迹。

她听见有淅沥沥的水声从浴室传来，看来是在洗澡。

她站在门前，听着水流停掉，过了几分钟，吹风机的“嗡嗡”声从里面传出。

应照离拧开卫生间的门把手，男人穿着浴袍，还未曾放下手里的吹风机，宽肩窄腰的身材被浴袍遮掩着，发丝的水滴顺着胸膛流下。

她的眼神黏在梁言身上，许是被理科男的猥琐模样给恶心到了，需要看看自家男朋友洗洗眼睛。

梁言扭过头来，有些惊讶，笑道：“你怎么来了？”

应照离没吭声，想到自己从中午到晚上一直被人在背后说坏话，着实觉得委屈，现在看见可以让她依靠的人，情绪有些绷不住了。

大晚上的，她不想给他传递什么负能量，深呼吸了两下，把西服外套一脱，挂在墙壁的粘钩上。

一身黑色深 V 长裙，腰间收紧，裙摆丝绸质地垂感很好，尾部没有遮盖住脚踝最细的部分，这做工根本不可能是应照离所说在网上三十九块包邮买到的。

她挪着步子，走到梁言身边，目光在他深邃的眉眼、高挺的鼻梁、薄薄的嘴唇上打转，她细白的手指揪住他的浴袍领子，扯开了一些。

应照离仰着头，胳膊攀上梁言的脖颈，在后面轻轻用指甲刮了几下，一阵酥酥麻麻的痒感从他的颈椎蔓延至尾椎骨。

她嗓音温柔，媚丝眼勾着人陷进去：“与其陪一个男孩长大，不如和你这个低保老头唠唠心里话。”

梁言看出她有些不开心，既然不愿意说，那他也不会多问，只能想办法尽力将她哄高兴了。

男人握着吹风机的手搂住她不堪一握的细腰往上一带，怀里的人坐到了洗漱台边，他骨节分明的手隔着丝绸布料轻轻按到她的大腿上。

应照离怕重心不稳掉下来，紧紧地抓着他的肩膀。

她耳边响起梁言的轻笑，不慌不忙地揉了一下："劝一个女孩多喝热水，不如给富婆揉揉腿。宝贝，对我的服务还满意吗？"

应照离"扑哧"一声笑了，没想到他会这么配合自己："满意死了。"

梁言挑眉："那……赏个吻？"

应照离双手摸着他的脸颊，问道："不赏你会伤心吗？"

"不赏，我就自己来呗。"

梁言搂着她的腰，脚抵到了洗漱台的瓷砖上，俯身想吻她的时候，浴袍领子往前坠着，露出胸肌线条的轮廓。

"我喝酒了，酒味有点浓。"应照离一侧脸，吻落在了他的右脸颊上。

"就亲一口，乖。"梁言蹙起眉头，像只没捞着好处的狐狸。

应照离迟疑了下，妥协地说："那你不许伸舌头。"

梁言顿了一下，语气愉快："好。"

应照离主动往前一倾，对着他的嘴唇，亲了一口。

刚想往后离开，她感觉到腰间的手箍紧，另一只手按在她的后脑勺上，不让人动弹。

梁言像是在吃法式西餐一般，先用刀叉固定住牛排，再切成一口的大小，然后蘸上酱汁，最后张嘴吞掉。

应照离只觉得软软的唇瓣被人一下一下从左嘴角亲到右嘴角，环了一圈后，口红已经晕染得不成样子。她怕这样有些丑，推了推梁言。

"怎么了？"他见她皱着眉，手扶着洗漱台，感觉到稍稍有点冰，问了句，"屁股凉吗？"

"没。"应照离殷红的唇像捣碎的石榴汁，她晃了晃脚，"我想把口红擦一下。"

"我给你擦。"

见梁言弯腰又想亲她，应照离轻轻拍了拍他的侧脸，假装生气："你怎么开始说话不算数了？"

"离离，我突然感觉……"

"感觉什么？"

梁言盯着她，把自己浴袍又扯松了点，擦了擦自己嘴角蹭上的口红，不紧不慢地说："斯文败类这个词，也不是那么不可取。"

应照离："我要是之前知道你这样……"

梁言一脸笑意地看着她吐槽，打断道："你还是会答应我的表白。"

应照离想反驳，忍住了。

算了，他说得对。

"嗯，不管你是什么性格，只要是你，我都会答应。"应照离拿起洗漱台上放着的毛巾，遮住他的眉眼，轻柔地擦着额前的碎发。

两个人静静地不说话，空气中弥漫着甜腻的石榴汁味道，让人不自觉地想咽口水。

应照离问了句：“你换沐浴露了？”

梁言闭着眼，懒洋洋地传来一声：“没，一直用的那款。”

“我怎么闻见很浓的一股石榴味？”应照离又轻轻吸了一口气。

梁言解释着：“我妈买了几瓶杀菌的洗手液，最近流行性病毒感冒有些厉害，叫我多照顾你点。”

应照离这才看见台子上放着的那个透明瓶身的洗手液，原来是梁言的妈妈送来的。

等等，送就送——

“叫我多照顾你点。”这句话什么意思？

应照离拿着毛巾擦头发的手停住，眨眨眼，抿了抿嘴，纠结道：“阿姨——她知道我和你的事？”

“嗯。”

时间静止了会儿。

梁言把她手里的毛巾拿下来挂到一边，两只手握住她。

“离离，这个月底我想带你回家见见我妈。”梁言语气认真。

应照离低垂着头，不知道该怎么回应了。

“要是觉得太快，再过几个月也行。”梁言捏了捏她的小手，讨价还价地说。

“嗡嗡嗡！”

应照离西服口袋里的手机突然振动，打破了两个人之间的僵局。

梁言把她抱下来，转身去更衣室换上睡衣，给她留出打电话的空间。

“喂，归梦？”应照离听着那边有些吵。

林归梦带着鼻音，委屈地说：“照离……呜呜呜。”

“你咋了？情绪这么激动？”应照离听她在装哭应该没有什么大问题发生。

“我觉得，我和吴樯好像要分手了。”林归梦此时坐在小区门口的马路牙子上，手里还拿着一罐可乐，不知道的还以为她在买醉。

应照离皱着眉，有些不可思议：“你喝醉了说胡话呢？”

“我没有！”林归梦连忙急着反驳，然后开始说种种迹象，“他最近老是打游戏，可是平常打游戏都是坐在电竞椅上，戴着耳机，连麦打。他现在天天盯着手机，还冷不丁傻乐一下，我问他干吗呢，他就会跟我说打游戏！”

…………

应照离边听林归梦说着吴樯最近的种种劣迹，边拿出自己之前备在这儿的卸妆油，开了免提把手机放到一边，把脸上精致的妆给卸了，顺带洗漱。

林归梦唠叨了一堆两个人吵架的小事。

应照离自是不相信吴樯要和林归梦分手。

青梅竹马的感情，有一说一，不经历大风大浪，是很难撼动的。

“他可能迷恋上手游了呢，你想想最近手游开发了很多项目，我周围很多人都在玩。”应照离给吴樯想着理由。

“不可能！他最近还老是出去，要不然就鬼鬼祟祟地打电话。”林归梦否定。

“那你打算怎么办，你是不是没在家啊？”应照离听到汽车鸣笛的声音。

林归梦站起来，把喝完的可乐罐扔到垃圾桶里，问了一句：“你在家吗？我想跟你一起睡。”

应照离：“我——”

林归梦看她支支吾吾的，音量放大了些：“你不会在梁言那儿吧？”

应照离还没回，只感觉背后贴上来凉凉的睡衣，拿着的手机被人夺走，温润磁性的声音传来：“对，她要洗澡了。”

“吴樯已经下楼去找你了，你看看电话，一分钟之后打过来。这边离离还有点事，先挂了。”梁言用和善的语气说了一串让林归梦没法插嘴反驳的话。

“嘟嘟嘟！”

电话被挂断，手机被放回应照离的手里。

“我什么时候有事了？我怎么不知道？”应照离皱眉看他。

梁言一把将她抱起来，深邃的眼睛里扣着星星，笑逐颜开：“床事。”

应照离搂着他的脖子怔住。

他刚刚说什么？

是我想的那个……

啊，真要今晚吗？可我还没准备好。

连澡都没洗，这不太好吧？

应照离磕磕绊绊地说：“那……那个，我想洗澡。”

梁言淡淡道：“好，抱你去洗。”

“这……你不是刚洗了。”应照离舔了舔嘴唇。

梁言看着她纠结的小表情，决定逗逗她：“你不想和我洗鸳鸯浴吗？”

“咳咳咳，我、我还没准备好，太快了。”应照离的脸颊泛出点粉红。

“快吗？那天你不还问我想不想要，我觉得今天时机就挺成熟的。”梁言压制住想要上扬的嘴角，一本正经地说。

好像确实是自己主动提出来的。

应照离不吭声了，就搂着他的脖子，把脸埋在他的怀里，也不知道他要去哪儿。

梁言把怀里的人抱回到她常住的那间客房，轻轻地将她放在床上，弯腰蹲下握住她的脚踝，另一只手将拖鞋脱下来放到一边。

“等我会儿。”梁言说完往屋里的浴室走过去。

应照离把两只脚缩上来，用裙摆盖住，心怦怦怦地跳着，像是小鼓被人敲打。

今晚，她就要和他在一起了吗？

应照离有些后悔。

为什么刚才要把妆卸了，手腕耳后连香水都没喷，今天的内衣颜色也很素，前两天也没有好好涂身体乳，皮肤摸起来没有原来那么光滑细腻。

她的思绪还在乱着，梁言已经从浴室出来了。

“浴缸里的水温正好，快去洗。”梁言突然发现拖鞋放得有点远，刚想去拿。

“你——不一起吗？”应照离没过脑子地说了出来。

梁言迈出去的脚顿住，转过身来，蹭了一下她的鼻尖，视线有些闪烁：“刚刚逗你玩的。”

“那你把我抱过去。”应照离从床上站起来，伸着胳膊等他走近。

梁言笑笑，捞起人来往浴室里走。他用脚把磨砂玻璃推拉门抵开，走进去之后让她踩到自己的拖鞋上。

“试试水温可以吗？”梁言一只手扶着她的胳膊，另一只手环住她的腰。

应照离的指尖没进水里，发现水温正好，然后冲他点点头。

“我把小推车放到这儿，裙子脱下来后搁中间，最上面是新买的洗发膏和沐浴露，最底下是我已经手洗过的睡衣，淡紫色丝绸的，和你那款有些像，买的时候想着你应该不会讨厌。”

梁言有条不紊地说着，十分有耐心。

应照离抓着他的胳膊一用力，转过身来抱住他，脸蛋贴在他的胸膛上，还能听见心跳声。

她好像第一次这么被一个人温柔地照顾，事无巨细地关心她所有的想法。

以前父母总是忙着赚钱，但也没攒多少，全用到了应照离的学费和平时的吃穿用上。

父母虽然特别爱她，但应照离还是有很多事都憋在心里，他们因为忙着赚钱，也顾不上去关注她的小心思、小情绪。

“知道了，我又不是小孩。”应照离的语气闷闷的，忍住想哭的冲动。

梁言低头吻了吻她的头顶，温柔浅笑：“好，快洗吧，有事叫我，我就在外面。”

应照离踩到浴缸旁边的台子上，看着梁言往外走。

“那个！”她突然叫他。

梁言转过身来，问：“怎么了？”

“帮我把裙子后面的拉链拉开，我够不着。”应照离眨眨眼，把头发往脖子前面一拨，露出一小部分光洁细滑的蝴蝶骨。

明明伸手就能够到，她非要光明正大地说谎勾引他。

梁言迈步走回去，指尖捏住拉链的拉头，侧身扭过头去，给人一气儿拉到腰窝处。

还没等她转身看一眼，梁言已经走到门口，推开磨砂玻璃门出去了。

应照离把裙子放到中间那层，一只脚先迈进去，另一只脚随后跟上。

浴缸里还被人放了一堆花瓣，看小推车上面有洗浴球，闻着很香，应照离往里面放了一颗，把自己弄得香香的。

泡了半个多小时，她把洗干净的头发包住，换上淡紫色的丝绸睡衣，推开门出来。

见梁言拿着手机坐在床上，好像在跟人聊天。

应照离走过去，他抬头看见她没吹干的头发，将手机放到床头柜上，起身把浴室里的吹风机拿了出来。

“转过去，给你吹吹头。”梁言把吹风机按开，细长又白的手沾上些水珠，顺着青筋脉络滑到手腕处。

吹到七八分干的时候，梁言关了吹风机。

“怎么不吹了？”应照离摸了摸自己的头发还有些湿。

“全吹干伤头发。”梁言也不知道从哪儿拿出一颗护发精油胶囊，一点一点抹到应照离的发梢，防止分叉的。

应照离乖乖地盘腿坐着，感受到他的指尖时不时蹭到后耳骨、下颌线，带着香味。

梁言：“离离，以后洗完头记得别湿着睡觉，容易偏头痛。”

应照离：“噢。”

“好了。”梁言把她的头发拢到后面，顺手捏了捏她软软的脸蛋。

“你手上现在是不是全是护发精油的香味？”应照离背对着他问。

梁言将手凑到她的鼻尖处，慢悠悠地说：“应该是吧，你闻闻。”

她鼻梁高，卡在他弯曲的手指骨节那儿，应照离呼出的温热气体罩在人手里，她往前靠了下，一个吻落到了他的掌心。

梁言感受到软软的、一碰即离的触感。

应照离：“梁言。”

梁言：“嗯？”

应照离从床上站起来，转过身盯着他，一本正经地说：“我的头发是湿的。”

“一会儿就干了。”梁言给她掀开被子，等她钻进去。

应照离白嫩的脚丫把掀开的被角踢了回去，拽着他的手和他双目对视，一字一顿道：“我说，我、的、头、发，是湿的。”

梁言没懂她的意思。

“我得和你做点什么，把它弄干。”

应照离双手勾住男人的脖子，在他的眼睛上落下一个吻，又顺着他的鼻梁吻到鼻尖，歪着头亲吻耳骨，含住他的耳垂用小虎牙咬了一下。

她感受到梁言起伏的胸膛和怦怦乱跳压抑不住的心，柳叶眼弯着，笑得像个小妖精。

应照离的脚一崴往下倒，梁言搂着她的腰也倒了下去，压在软绵绵的被面上。

梁言最后又问了一遍：“不后悔？”

应照离看着他深邃的眼眸，里面的光充斥着异样，积压着。

一刹那，她想通过这双眼，看到宇宙大爆炸的形成。

数以亿计的粒子苟存于这个星球的顶端、中部，甚至无人可知的最阴暗处，它们是渺小到极致、肉眼无法直接欣赏的微弱星光。

细细密密的星光渐落，沉下去，攒成物质实体。

梁言的每一颗组成粒子都是特殊的，以至于不管在何种境地都能让她一眼相中。

他从高中就那么斯文智慧，从不会允许自己过多消融于世界的肮脏里。

应照离感觉身体飘在宇宙中，只穿了一层薄薄的纱裙，好多流星朝着地球大气层冲来，在表层摩擦生热，燃烧出火花，迸溅了骤然亮白的光迹，形成了流星群。

她睁开眼看着他，男人的眼眸似星光，积压的一切炸开，变成了星际尘埃，这是他们之间留存下来的最美妙的证据之一。

应照离咬着殷红的唇，声音柔媚："跟你在一起，从来就无所谓后不后悔。"

他俯身捧住她的脸，将柔软的唇瓣细细碾着。

应照离虽然瘦，但骨架细，身上并不干瘪瘪的。

应照离真的很美，大概无论在上面创作些什么，都是艺术性的，让人挪不开眼，他只想做她狂热的信徒。

她是他珍藏的艺术品，他是她宇宙的亮物质。

应照离的脖颈沁出了汗珠，虚虚地环着梁言的后颈。

"离离。"

"嗯？"

"Ich liebe dich."

她听见了梁言用德语说的"我爱你"，只是软乎乎地用吻来回应。

Ich liebe dich.

我也在你不知道的时候对你说了无数遍。

夜还很长，手机的消息把屏幕点亮，再熄灭。

应照离的头发蹭在枕头上，干透之后，又被汗珠打湿，做点什么好像也不如吹风机全吹干来得快。

梁言的背上不可避免地留下了几丝指甲印，像他们俩在月全食那天看的月亮，血液涌动时没什么，沉寂下来后，有的变成暗红色月牙，有的是月老长长的红丝线，还有些轻轻磨过的，是金色圆顶楼上飞机掠过的乳白色尾线。

相比之下，还是应照离更惨一些。

头发还湿着，白皙的皮肤被蒸透了，殷红殷红的，小巧的耳垂，纤细的脖颈，突出性感的锁骨，平坦白滑的小腹沟……

直到窗外横贯进零零星星的白光，她窝在他的胸膛里相拥而眠。

第二天一早，应照离的手机也不知道被扔在了哪儿，自然没听到闹钟响。

昨晚也不知道几点才睡着，她迷迷糊糊的，睁开惺忪睡眼，入眼便是男人的面容，胸膛上还有她留下的指印。

应照离枕着梁言的胳膊，腰间还被大掌护着，她把头往人怀里又靠了下，指尖摸着那道红痕。

“醒了？”梁言揉着她的头发，在她的额头吻了一下。

应照离的嗓子有些哑，刚睡醒还有点鼻音：“嗯。”

“我请了假，今天好好在家休息。”梁言的声音低沉，带着点慵懒。

上午九点多钟，两个人终于打算起来。

他先起身换好衣服，掀开被子把她捞到怀里，抱着她去洗漱间洗漱。

应照离：“今天中午想吃牛排。”

梁言：“好，给你做。”

应照离：“我手酸。”

梁言：“乖，张嘴，帮你刷牙。”

应照离：“梁言，我爱你。”

梁言：“我也是。”

这个周末，林归梦气呼呼地跑到了应照离家。

她还没来得及问林归梦这是怎么了，就看到吴樯打过来的电话，简单交代完刚刚发生的事情后，让她一定要拖住林归梦，安抚下某人暴躁的情绪。

应照离在手机这头无法想象，吴樯是怎么能想出这种求婚的?

但也只能听他的话，把林归梦看住，等吴樯再指示。

“照离，你说吴樯是不是有病啊，他穿着西装带着我去剧院听相声，听相声也就罢了，内容竟然还是什么王八戴绿帽，这不就是妥妥地内涵我吗？他要是不喜欢我了，也没必要给我戴绿帽吧！”林归梦边说边哭。

“想什么呢，你还没看完就撂下人家一个人在那儿。”应照离一猜就是林归梦还没有等到吴樯掏出戒指就跑出剧院了。

“呜呜呜，离离！你竟然帮他说话？”林归梦把眼泪擦掉。

应照离觉得领子箍着有些闷，拽了拽，又递给林归梦一张纸：“行，我不帮他说话，吴樯活该。”

林归梦撇着嘴，一眼看到她脖子上的红痕，凑过身子去，想碰一下：“你大热天别穿这种高领的衣服，又闷又热，你看早上还没啥，现在脖子都磨红了。”

应照离的脸色一变，笑着往上提了提领口，不自然地说：“没事，等明天我再换。”

林归梦看她这一脸不自然的表情，一看就不对劲，她也不哭了，“啧”了一声，八卦道：“你昨儿个晚上——”

应照离眼神闪躲。

“在梁言家睡的啊？一张床？我买的避孕套派上用场了？感觉怎么样？”

气氛沉寂了几秒，应照离尴尬地笑了笑，也没瞒她，如实交代：“嗯，感觉挺好的。”

林归梦上下打量着应照离，满意地点点头：“看来梁言这事后工作做得不错。”

林归梦突然想到上次给她打电话的时候，瞪大了眼，疑惑道：“上次打电话，他说你要洗澡——不会那次才是第一次吧？！”

“咳咳咳！”

应照离咳嗽了几声，然后默默地点了下头。

林归梦还想再追问几句，梁言提着一堆从楼下超市买好的食材，还有雪碧，开门换了鞋走到她们面前。

“晚上想吃什么？”梁言把食材放在桌上，坐到沙发上不避讳地亲了应照离一口。

林归梦露出礼貌的假笑：“注意一下，这里还有个刚被戴绿帽的单身贵族。”

梁言笑出声：“吴樯可没说给你戴绿帽。”

应照离附和：“就是，你别在那儿瞎想。晚上想吃什么，我让梁言给你做。”

“我要吃炸鸡、薯条、比萨，让他做吧。”林归梦给应照离抛了个媚眼。

应照离拍了拍梁言搭在自己腰上的手，咽了下口水，央求道：“我也想吃。”

梁言淡淡道：“你们俩就不能吃点健康的？我买了蔬菜和三文鱼……”

“喂，你得懂一个道理。”林归梦抱着抱枕，打断了他的叨叨。

梁言皱眉，问了句：“什么道理？”

林归梦笑了笑，挑挑眉：“离离，告诉他。”

应照离回过身去，笑眼弯弯，语气温柔：“吃最不健康的垃圾食品，会获得最大的快乐。”

这种歪理——

行吧，让人无法反驳。

“梁言你快去做吧，在家自己做不比外卖健康。”林归梦催他去厨房，还想着八卦应照离脖子上的红痕的事。

应照离放在腿边的手机振动了一下。

她打开一瞧，吴樯发来了一串地址，拜托她把林归梦弄到这里来。

林归梦刚凑过来，应照离默默把手机关了。

应照离脸色一变，很认真地盯着她说：“归梦，完蛋了。”

林归梦看她这样，连忙问：“啊？咋了？”

“我导师交给我一个私活，叫我去一个地方找人拿文件来着，我给忘了。”应照离眉头一皱，表现出很焦急的样子。

林归梦也替她焦急了起来：“那、那你现在去拿还来得及不？”

应照离一脸为难，低头看了眼手表：“还有一个小时，梁言出门也没带着驾照，还有——就，我腰疼。”

林归梦从沙发上坐起来，往门口走过去：“你把地址发我，我开车过去给你取回来。”

“那等你回来，我们再吃饭。”应照离悄悄笑了下，还是正经地说道。

林归梦急匆匆地跑下楼开车去，将应照离发来的地址导航。

人一急，有些细节的东西就很容易被忽略。

她没发现这个地方是离吴樯家，也就是自己那个小区很近的一个高档酒店。

林归梦走到前台，礼貌地问了句能否带她去这个房间，她有急事找这个房间的主人。

前台看到手机上的地址，然后把她打量了一番，说了声："女士您等一下，我先查一查这个房间的主人有没有离开。"

林归梦笑笑："好，谢谢。"

前台假装在点鼠标，用手机给人发了消息过去。

她走出来，对林归梦微笑了一下，领着林归梦往六楼走去，在六楼的拐角处停了下来。

"你们这酒店——没电梯吗？"林归梦扶了扶自己的膝盖，累得有些喘。

前台抿抿嘴，笑着解释道："电梯刚好在维修，从这拐进去最里面那个房间就是601，女士您自便。"

林归梦还没来得及说谢谢，前台就扭身走了。

林归梦转过弯，就看见脚底下一直蔓延到走廊的尽头，全是新铺的花瓣，还放了个指示牌，箭头往前指着。

林归梦狐疑地往前走了两步，背后突然有声响，她一回头，看到了一架小小的无人机跟着。

手机按键被按了一下，她看到应照离发来的表情包，才意识到自己被几个人合伙坑了。

林归梦踩着花瓣往前走着，走廊的灯光都换成了暖暖的昏黄色，两侧墙面前几幅挂着的还是画。

再往前多走几步，挂着的画变成了一张张用画框裱起来的照片。

是从小学一年级开始的。

她把吴樯按在地上挠他痒痒肉的一幕被班里同学拍了下来。

第一次玩过家家，几个小朋友开心地比着剪刀手。

六年级小升初时，在烈日炎炎下拍的毕业照。

初一林归梦新买了美颜相机和照离的自拍，还有误入的吴樯被拉来当背景。

初二的那年运动会，有人用相机从班里队伍最前面给大家拍了一张全体戴着小红帽的照片，中间是站起来的吴樯往左看，再远处是林归梦朝右走着，手里拿着个空的矿泉水瓶去扔垃圾。

画面定格在林归梦的嘴角像是在亲吻吴樯的衣领。

再往后走。

是高中时期的林归梦，留了特别长的头发，还爱打扮了，发的自拍也成熟了许多。

再就是大学时期两个人刚在一起时还比较拘谨的第一张情侣照。

随着走廊快到尽头，两个人之间的合照变得亲密。

林归梦在房间门前停住了脚步。

无人机还在她的后面飞着，见人停住，在空中转了两圈，飞到她眼前，仿佛在催促着她快点开门。

她攥了攥拳头，手扶到门把上，还有些紧张了。

打开门的那一瞬间。

林归梦看见了一身西服，手里捧着一大束鸢尾的吴樯。

这是从小陪伴到她二十三岁的人。

她见证过吴樯所有的模样，只是缺席了高中三年。

吴樯也深深记得林归梦所有的美好，只是后悔高中三年没有陪她。

"林归梦。"俊秀的男人咧开一个灿烂的微笑。

林归梦抬头看着他，"扑哧"一声也笑了，眼睛里挤出点泪水："干吗？"

吴樯单手抱花，空出一只手去牵她。

林归梦乖乖被牵着，往房间里面走去。

天花板上吸着的全是气球，他拉着她坐到沙发上。

桌子上放着一个旧旧的大盒子，也不知道里面放了些啥，林归梦看了一眼吴樯，男人示意她亲自打开。

她把大盒子从桌上抱过来，放到自己的双腿上，缓缓打开。

里面不是什么买的礼物，而是一堆很旧的小玩意。

"这些是啥啊？你把我骗来这儿，就是为了给我看一堆破——玩意儿？"林归梦不能理解为什么要让她看这个盒子。

"我第一次见说自己的东西是破玩意儿的。"吴樯还以为她看到会立马激动地哭出来。

"啊？我的？"林归梦双眼瞪直，不可思议，"我怎么可能会有，你看，这么粉嫩的发带！"

吴樯无语："你这么健忘，当年是怎么考上保送的？"

"靠聪明的大脑啊。"林归梦骄傲地晃了晃头，递给吴樯一个挑衅的眼神。

吴樯懒得去反驳她，把盒子拿到自己这儿，然后一件一件地给她介绍。

"看见这根糖棍了吗？"吴樯把一根光秃秃的糖棍拿到手里递给林归梦。

林归梦嫌弃地推开，皱着眉说："你要不说，我还真不觉得是根糖棍，这玩意你留着干啥？"

"五年级的时候我去你家玩，然后想吃你新买的粘牙糖，你当时不给我，我就上手抢，然后你这小孩直接把一整片糖全塞嘴里了。"吴樯给她讲的时候自己都没发现嘴角一直在笑。

"我记起来了！"林归梦突然攥起拳头打他。

吴樯由着她闹："那糖不是在你嘴里粘住了吗，我想帮你拽出来，结果把你小乳牙给粘掉了。"

林归梦气哄哄："你还好意思说啊！"

吴樯又从盒子里拿出来了一块五颜六色黏在一起的橡皮泥，可能是保护得比较好，居然没有长毛。

"呶，这个橡皮泥你还记得不？"

林归梦舔了下嘴唇，拿到手里仔细打量了一番，吹大话："记得啊，这不是我小时候自己花钱买的橡皮泥吗，怎么在你那儿？"

"你说谎……以后记得打草稿。"吴樯撇着嘴叹了口气，"这是你在我家央着我妈买的一大盒高级橡皮泥，后来我还靠墙站了两个小时。"

"我让你站着干吗？你又惹我生气了？"林归梦以为自己让他面壁思过。

吴樯摇摇头："不是，你非要用橡皮泥捏一个我，这个就是成品。"

林归梦盯着那块五颜六色的橡皮泥，着实看不出有个人样。

"你说的这个粉色发带，是阿姨给你买的，你不喜欢，但阿姨每天都让你戴，后来你就直接塞给我了。你回家跟阿姨说吴樯喜欢这个发带，整天戴在头上，和宝儿一样。"吴樯继续说着。

林归梦噗地笑出声，十分不厚道地说："你现在戴上我看看呗，猛男色的东西，可适合我家宝贝了。"

吴樯给她一个白眼，顺手拿出了一沓大小不一的字条："这堆小纸条都是你上课给我传的，我攒了好久。"

林归梦看着盒子里有个很显眼的盛着红色液体的玻璃瓶。

"这是个啥玩意？"林归梦指了指。

吴樯此刻一脸黑线："你送给我的初中毕业礼物都忘了？"

林归梦完全想不起来。

"就是个小喷泉。"吴樯牵着她的手一起握在玻璃壁的底部，看着红色液体像喷泉一样喷到玻璃瓶的上面。

"我怎么会买这么土的礼物送你——"

盒子里还有好多好多只属于他们的回忆，林归梦玩烂了不要的玩具手枪、玩具弓，她趁吴樯午睡时绑在他头发上的小皮筋……

吴樯起身，把她拽起来。

"干吗去？"林归梦问。

"卧室里有惊喜。"

吴樯领着林归梦进去，她看见铺好的床单上用花瓣围成了一个心形，中间摆着很贵重的小盒子。

林归梦没忍住："喂，你真是把最老土的招数全给合在一块了，算了，土到极致就是潮。"

"你有一天不吐槽我的吗？"吴樯伸出手捏了下她的脸蛋。

林归梦拍开他的"爪子"，乖巧地等着床上那个小盒子被拿起来。

吴樯走到床边拿过来小盒子，背对着林归梦，做了好一会儿心理建设，才转过身来，将手里的那束鸢尾花给她。

林归梦保送后大学选的小语种专业是法语。

“也不晓得你知不知道，在法国，鸢尾是光明和自由的象征。”吴檣垂眸看着她那双大眼睛，语气温柔了下来，“我心中的林归梦，永远朝着光明，永远坚持正义，永远向往自由，比鸢尾还要厉害。”

林归梦抱着那束鸢尾，低头抿嘴笑着。

吴檣深呼吸了一下，单膝跪地，将戒指盒打开，里面躺着一枚银白色的戒指。

“林归梦，想找你取个东西。”

“取什么？”

“我想娶你。”

吴檣咽了下口水，举着戒指的手都有点微微发颤，紧盯着林归梦的反应。

站着的人愣了几秒，眉头皱起来。

“你说我是东西？”

吴檣也怔住，一脸为难地说：“难道你不是个东西？”

房间安静片刻。

“别纠结这些小细节了，林归梦你快点回应，我再撑几秒戒指都要拿不稳了！”吴檣煎熬又紧张地等着她说话。

林归梦突然笑了，露出洁白整齐的牙齿，一本正经地说：“我问你啊，装鞋的盒子叫鞋盒，像这装戒指的盒子叫戒指盒，快递小哥送的是外卖盒，那我们是什么盒？”

吴檣紧张得大脑已经不怎么运转了，问道：“啥，我怎么没听懂？”

林归梦往前走了一步，眼角弯弯，满脸都是幸福：“吴檣，我们是天作之合。”

还没等吴檣把戒指戴在她的手上，她迫不及待地就拿过来自己戴上了。

“这个戒指我设计的时候加了点东西。”吴檣站起来把戒指从她的手上拿过来。

银白色的戒指上带着一颗钻，比寻常的戒指要宽一些，吴檣给她演示着，在戒指环上的某个地方一扣，弹出来了细弯的刀片。

“挺帅啊！”林归梦两眼放光，她从小就喜欢这种小男生喜欢的东西。

吴檣把刀片按回去，近似神圣地给她把戒指戴好：“按照你喜欢的漫画角色设计的，还满意吗？”

林归梦端详着那枚戒指，随后踮起脚搂过吴檣的脖颈，在他嘴唇上猛亲了一口。

吴檣将手里的戒指盒扔到一边，将林归梦手里拿的鸢尾花也接过来，放到旁边的桌子上。

男人捧着她的脸，弯腰在她的唇上辗转，手不知不觉地摸到她的腰间，将她扶住。

吻了许久之后，林归梦推开他大口大口喘着气，吴樯一个不稳被推到了床上。

她喘匀气之后盯着床上衣衫不整的大帅哥，他两只胳膊撑起上半身，打算起来。

林归梦走过去，推了一把他的胸膛，跨在男人腰间，扑闪着大眼睛，舔了下嘴唇："喂，我们是不是，还没在酒店试过？"

吴樯嘴角上扬，伸出右手把人拽到怀里，翻了个身，林归梦成功被压在了床上。

"试试？"

应照离在恒言的实习期马上就要结束了，也没必要避讳和梁言的关系了。

周围的人陆陆续续发现梁总监和应照离竟然在自己眼皮子底下谈了那么久的恋爱！

应照离还坐在电脑前整理数据。

董斯萱踩着高跟鞋走了过来，少见地面带羞涩："照离。"

应照离回过头来，起身跟她说话："怎么了，萱姐？"

只见董斯萱从挎包里拿出一张喜帖，递到应照离的手里："我要结婚了。"

应照离看着手里的喜帖，新娘的名字是董斯萱，然而新郎不是王文羽。

"新郎是家里介绍的，对我特别好，所有事都以我为先。"董斯萱笑着说。

就这么简单的一句话，解释了她为什么会和王文羽分手。

很现实地说，如果真的没有遇见一个自己特别特别爱想共度一生的人，只是考虑结婚的话，找一个爱你的，一定会比找你爱的过得舒服些。

"恭喜萱姐啊，早生贵子。"应照离真心地祝贺她。

董斯萱顿了下，说道："照离，刚来的时候我对你的举动希望没对你造成困扰，这个月过完，我就辞职了。"

应照离听到她要辞职，有些蒙，皱着眉问了句："怎么突然要辞职？"

"嗨，不想在大城市待着了，压力太大，不如去我家那边找个稳定清闲的工作，一个月也能赚不少钱。"董斯萱叹了口气。

应照离也没再说什么，只是说婚礼那天自己有时间的话一定会去。

午饭的点到了。

梁言为了奖励应照离最近一直跟自己吃营养健康餐，订了比萨和炸鸡。

两个人在他办公室吃完午饭之后，梁言便开车出去陪梁恒应酬一个饭局，跟应照离交代等自己回来接她下班。

应照离本来好好地坐在自己的位置上上班摸鱼，反正也没有什么活交给她。

没一会儿，就听见有女人在嚷嚷，还有高跟鞋"哐哐"踩地板的声音。

女人踩着高跟鞋扭着腰，趾高气扬地走进办公室。

她穿了一身大牌的短款连衣裙，化着精致的妆，一头鬈发，两只手都做了镶碎钻的美甲，提着一个名牌包，环视了一圈。

"你们这群人里，哪个女的叫应照离啊？"

应照离本来没被女人吸引，但冷不丁听到了自己的名字，她疑惑着回过头去，站起来礼貌地说：“我是应照离，请问找我有什么事吗？”

大牌女双手环胸，假睫毛贴得卷翘，那张脸胶原蛋白充足，卸了妆应该是个清纯淡颜系的小美女，偏偏打扮得那么成熟。

“和梁言分手吧。”大牌女嗓音还有着小女生的稚嫩。

应照离觉得有些荒唐，笑着问道：“小妹妹，你叫什么？上大学了吗？”

大牌女听见她喊自己小妹妹，皱着眉头敌意更深：“我不是小妹妹，我都成年了，我有名字的，叫卢希彤！”

“嗯，好，小妹妹，你有什么权利让我和梁言分手？”应照离也没生气，耐心地问她。

卢希彤听她还叫自己小妹妹，无语道：“他未来得养我，反正不能养两个人，我够法定年龄就要和梁言哥结婚！”

应照离没信她的胡话，站着有点累，把自己椅子往外一拉，坐下了。

“梁言知道你要和他结婚吗？”

卢希彤没想到这个女人竟然坐下了，不服气地把旁边人的椅子也拉了过来，一屁股坐下，发现自己裙子太短了，拿包也遮不住，气得又站了起来。

“梁恒叔叔认定我是儿媳妇了，你还是赶快和他分手吧。”

应照离听见她说梁恒，这才表情有了点不自然：“你认识梁言的爸爸？”

卢希彤歪头骄傲地说：“对啊，我们两家是世交，我算是梁家的童养媳吧。”

应照离心里大概明白了一些，大概就是朋友家的女儿，小时候大人胡乱开玩笑定的娃娃亲。

“高考完选专业了吗？”

卢希彤看她突然转移话题，还是关心自己的话题，一时没跟上思路：“还没选呢。”

应照离一本正经道：“那你千万别选法学。”

卢希彤的眼睛一瞪，感觉自己好像被家长管教了：“凭什么不让我学法啊？那我还偏要选法学。”

应照离不厚道地笑出声，开始给小姑娘科普法律知识：“童养媳是旧社会才有的，你用童养媳逼婚是违法的，这种法律常识都不知道，我怕你年年挂。”

“你！”卢希彤气急败坏，跺了下脚，指着坐在椅子上的应照离，“我不管，反正梁恒叔叔认定我了！梁言哥肯定是要娶我的，他和你玩够了就甩了你这个坏女人！”

应照离看她气得直跳脚的样子还有些娇憨的可爱，挑了下眉，想逗她玩：“你觉得你和我比有什么优势呢？”

她慢悠悠地站起来，目光瞥过小姑娘的身材，摇摇头，带点可惜的意味“啧”了一声：“你是比我漂亮或身材好，还是比我情商高？”

卢希彤看到应照离刚刚的眼神，低头看了一眼自己，感觉受到了极大的侮辱性："我比你有钱，而且我学历比你高，不是每个男人都吃你狐狸精那套。"

卢希彤来之前打听了应照离的一些事迹，发现这女人竟然本科考那么差，台江的一个破二本，瞬间自信了起来。

应照离"扑哧"轻笑了一声，拍了拍她的肩膀："首先，我不认为梁言已经穷到靠女人来包养了；其次，你那所谓的一纸学历，是能高过梁言，还是你觉得靠学历就能在床上取悦他了？"

卢希彤听到应照离说的最后一句话，刚高考完的小姑娘还是没经历过什么，瞬间羞红了脸，气鼓鼓地说："你！你怎么能说出这种不要脸的话！"

"不好意思啊，见过的人多了，别人对我的态度，决定了我会说什么样的话。"应照离懒得跟她纠缠，盘算着怎么把人打发走。

卢希彤白了应照离一眼，想把受的气发泄出来："像你这样的女人我看透了，你就靠着那点姿色，博上位，想当恒言公司的老板娘，哼，不要脸！"

应照离对她说的这话，带了点反驳的语气，情绪有些变化："小妹妹，你这话说得就有些过分了。"

卢希彤看她终于有了点情绪，心里一阵舒爽，趾高气扬地说："怎么，戳到你的痛处了？"

应照离抬手撩了一下自己深棕色的鬈发，几绺发丝落到眉眼边上，把那颗眼睑下的泪痣衬得勾人。

她靠近卢希彤，看着那双眼睛上的假睫毛贴得实在是不顺眼，还快掉了。她按着卢希彤肩膀给揪下来，扔到了脚边的垃圾桶里。

她扭头看着一脸震惊还瞪着双眼的卢希彤，假睫毛卸下来果然顺眼多了，不紧不慢地勾笑道："没戳到我的痛处，只是想说，我的姿色——可不止一点。"

卢希彤眨着眼睛，看着眼前冷艳妩媚的女人，突然不知道该说什么了，只是觉得，真好看。

她不受控制地抬起胳膊想用手戳戳那颗泪痣，还没碰到，就被眼前横插一脚的人握住了手腕。

邵睿诚挡在应照离身前，一脸戒备地看着眼前的卢希彤，浅茶色的眼眸里蕴了点怒气："说话就说话，别动手打人。"

卢希彤看着抓住自己手腕的邵睿诚，眉心一跳，咽了下口水，气势瞬间弱了，声音也软了下来："我没想打她，你这人怎么这样，占一个刚成年的小女生的便宜，我要拍下来给你女朋友看看你是什么德行。"

见卢希彤打开手机的录屏功能就要录下来，邵睿诚一把松开了她，还是挡在应照离面前没动，淡淡道："抱歉，我没女朋友，你录下来也没用。"

卢希彤的眉梢微微扬起，心情似乎不错，小声嘟囔了一句："原来没有女朋友。"

"表姐！你人呢！

"表姐？卢希彤！"

办公室外传来小孩的声音，应照离听着有些熟悉，往远处一看，竟然是褚皓明那个小家伙。

卢希彤看到邵睿诚胸膛上挂的实习牌，上面有姓名和一寸照片，她默默地记了下来。

褚皓明走到卢希彤身边，看到邵睿诚身后的应照离，惊喜地咧开嘴走过去，笑着说："照离姐姐！你怎么在这儿啊？"

应照离听到褚皓明刚刚喊卢希彤表姐，应该是亲戚，捏了捏他的小脸蛋："我在你梁言叔叔这儿上班。"

"你俩什么时候生孩子啊？生出来借我玩几天呗。"褚皓明最近迷上了看婆媳剧，里面刚出生的小婴儿特别好玩的样子。

应照离被他这句话给尬到了，不知道该回些啥。

卢希彤踩着高跟鞋走过来，拧着褚皓明的小耳朵。

"表姐！松……松手！疼！"褚皓明拽开她的手，揉着自己发红的耳朵。

卢希彤用指头戳了一下他的脑门："你是哪边的啊？叛徒！"

褚皓明无语道："喂，你又不喜欢梁言叔叔。别以为我不知道，你就是接到任务来拆散他俩的，我可不同意。"

卢希彤捂住他的嘴，瞪眼警告小屁孩："我没有，别瞎说！"

被人无情拆穿的卢希彤悄悄瞥了一眼旁边的少年，这戏也演不下去了，她抓着褚皓明的手，"哼"了一声。

"你叫邵睿诚是吧。"

邵睿诚抬眼看她，语气平淡："是。"

卢希彤舔了下嘴唇，用不自然的语气无理取闹道："我的手腕红了一圈，特别疼，怕是伤到骨头了，你得带我去医院看看。"

"我刚才没使力气。"邵睿诚显然不想被碰瓷。

卢希彤生气道："你要不陪我去，我就投诉你！"

应照离看她的手腕红得确实比较厉害。

"睿诚，你陪她去看看吧。一个小姑娘带着更小的一个，也不安全。"应照离跟邵睿诚说了几句。

少年点了点头，陪着两个人去附近的医院看一看。

到了快下班的点。

应照离给邵睿诚发了条微信，问他情况怎么样。

邵睿诚给她简述了现在的情况。去医院的路上，卢希彤替褚皓明拦了一辆车把褚皓明送回家，在医院检查了一遍，确认手腕没受伤后，他就打算回来了，但卢希彤不依不饶地说自己一个人回不了家，硬是让他陪着给送回去了。

见没有什么大事，应照离放心了。

"嗡嗡嗡！"

梁言的电话打了进来，让她下楼，接人回家。

坐到副驾驶的位置上后，梁言凑过来盯着她。

“看我干吗？”应照离被盯得有些不好意思。

梁言笑笑：“今天一下午没见，怪想的，想见你，想抱你，想亲你。”

应照离垂眸轻笑了下，扭头对上他那双眼，也盯着看了一分钟。

“好了，现在见够了。”

她侧过来，伸出胳膊抱住梁言的腰身。

“这是欠你的抱抱。”

应照离又勾住他脖子，覆上他的嘴唇，亲了一下，刚起来又被按了回去。

“这还没到一分钟呢，离离，严谨点。”

梁言揉着她细软的头发，一下一下地吻着。

“你今天的口红，是巧克力味的。”

第九章 / 咫尺天涯终重逢

应照离被松开之后，眼眸还有些雾蒙蒙的，微微喘着气。

“快开车回家吧。”她催着梁言开车。

一路上，应照离都在回想今天卢希彤的事情，褚皓明那个小鬼说是因为卢希彤接到了任务，根本不是喜欢梁言。

那显而易见，布置任务的人便是梁言的父亲——梁恒。

应照离想到他那张精明的商人面孔，不禁有些退缩，对答应梁言要去见崔青的约定，甚至有些想反悔了。

是，她现在很优秀。

她保送失败加高考的那段日子，确实是因为梁言才努力的，可在高考前一天看到父亲抱着那块铁磕倒在地时，她真的就一秒之间成长了。

永远都不要只是为了其他人而优秀，你要做自己的支柱，这样即使那个人离开，便只是离开了。

你会感谢他的出现，却不会因此失去自我。

所以大学期间她考明华的研究生，履行和梁言的约定是一方面，另一方面，她想要靠自己，够一够那年鹊桥之上夏清所说的这个社会的阶层壁垒，让家人过上好日子。

可庙会去梁言奶奶家那次让她清醒，虽然自己研究生毕业后未来的收入很可观，但还是和梁言的家庭底蕴有很大差距。

“今天，你爸派了个小姑娘来，她说是要和你结婚。”应照离还是决定告诉梁言，既然他想带自己见父母，那就应该相信他，共同解决问题。

梁言把车速慢了下来，只是侧了一下头，又看着前面继续开车，问道：“小姑娘？”

“嗯，褚皓明的表姐，叫卢希彤。”应照离跟他说了名字。

梁言轻嗤一声，淡淡道：“那丫头还小呢，梁恒真是老糊涂了。”

应照离看见他对梁恒不怎么礼貌的态度，试探性地说：“你和梁叔叔——关系不好？”

梁言愣了下，如实说：“他跟我妈在我保送落定后离婚了，瞒到我收录取通知书的那天，才演不下去告诉我的。”

应照离第一次开始了解他真正的家庭情况，父母离婚确实多多少少会影响到孩子的学习。

"卢希彤那个小女生挺漂亮的，我本来想把你让给她，但想了想，你俩差六岁呢，不说别的，等她大学毕业就结婚的话，你都是奔三的老男人了，要是腰酸背痛的工作病犯了，她估计每天并不是忙着和你恋爱，而是给叔叔揉腰踩背。"应照离故意开玩笑逗他。

梁言听到这儿荒唐地一笑，接了她的梗继续往下说："嗯，差六岁确实不怎么好，我妈想在三年后抱孩子，这么一看二十六岁就要结婚，二十五岁感情要稳定下来，那我就得在一年之内和她建立良好的感情基础。"

"算得挺清楚啊，那你可得抓点紧。"应照离知道他故意的，但还是有些吃醋。

梁言打着方向盘转了个弯，不紧不慢地说："离离，可你忘了一件事。"

应照离："什么？"

梁言："按照这个时间线，生孩子的时候，她才大三。"

"不过如果是你的话，就刚刚好，两年后研究生毕业，一手毕业证，一手结婚证，爱情事业双丰收，何乐而不为？"梁言随手推了下眼镜。

应照离听到他这打算，抿了抿嘴："可梁叔叔貌似不认可我这个儿媳妇。"

"你嫁的是我，不需要取悦或迎合任何人，包括我爸妈。"梁言很淡定地陈述自己内心真正的想法。

公司离梁言的公寓很近，没多久就回到了家。

应照离最近在写导师布置给她的论文，她在这一方面的能力又不太够，于是决定完成论文之前都窝梁言的公寓里麻烦他。

梁言晚上做好了饭，去书房叫她的时候，发现她还在深挖金融监管的两种模式，找了好多数据，研究了国外金融监管的趋势。

想完成一篇关于我国未来金融监管模式如何选择的论文。

第一次交上去的初稿，那个古怪老头不满意，给打了回来，应照离大修后交了第二遍，还是被打了回来。

这次再改有些颓废了。

她头发被挠得有些凌乱，一门心思想论文。

应照离都没发现梁言进来了。

男人挨着墙边走到她的椅子背后，看着电脑上的一行行文字，梳理了下思路，大掌盖在她纤细的手上，把 Word 页面先最小化，页面被退出来。

梁言打开了浏览器，把光标放到搜索框中，输入了金融监管套利泛滥，紧接着网页出现了一堆相关的知识。

"你可以试着从这个角度入手，目前金融分业模式越来越不适应金融大融合的趋势，未来几年的时间，国家为了金融行业稳定发展，必然会加强金融监管协调，补齐监管短板，说不定会设立专门的机构。"

应照离被他点通思路，竟然觉得有些挫败，为什么自己绞尽脑汁都没想出来的东西，别人只是看了看，就能很快地解决。

她不由得小小地负能量了一下。

“我以为我是学金融的料，但好像在这一方面确实没有什么天赋，只能靠努力。我的导师其实更喜欢另一位学生，她既聪明，又有天赋，还很会讨导师欢心，说真心话，我挺嫉妒她的，你会不会觉得我很坏啊？”

梁言看着眼前的人不避讳地说出嫉妒别人，温柔地捏了捏她软软的耳垂：“不会。”

应照离撇撇嘴，又坦白道：“其实，那时候我从夏清那偷偷存了你前女友的照片，她漂亮，家境还好，也有同等的学历跟你并肩。我经常会盯着她那张照片看，然后发现我没办法不去羡慕她，甚至衍生出了嫉妒。刚开始，我觉得自己好可怕，可当我把嫉妒转化成学习动力的时候，确实是要感谢她的。”

世界上没有完完全全真善美的人，人性里本来就存在劣根，平时你觉得多善良的朋友也会在心里有过恶毒的想法，哪怕只有一瞬间。

好人和坏人哪能那么容易就分清，如果非要定出个界限，那就看他会不会把恶毒的想法付诸行动。

心中那道能拦住你的防线，可以理解为做人原则。

“给你讲个我小时候的故事吧。”梁言倚靠在桌边，慢条斯理地说。

应照离抬起头来，饶有兴趣：“你说。”

那是发生在梁言八岁时的事。

当时他参加小学的围棋比赛，虽然跟爷爷从来没有下赢过一盘棋，但他的技术在同龄人里还是很出挑的。

仁初小学把围棋比赛办得特别盛大，梁言挺到了决赛场。

和梁言打比赛的是隔壁班一个小朋友。

梁言知道对手的水平不如自己，想比完赛后拿了奖杯回家给爷爷看，他答应爷爷一定要把奖杯赢回去。

比赛进行到最后。

这次决赛竟没有观众来看，只有评委和参赛选手。

梁言认认真真下着棋，即使对方的水平不如他，也没有骄纵，尊重对手，这是爷爷教给他的道理。

下到了一个关键棋子，梁言落棋之后本来输赢就定了。

对面的男孩突然耍赖把白子换了位置。

梁言皱着眉，有礼貌地说了句：“我赢了，你为什么耍赖？”

“我没有，本来就是下在这儿的。”男孩不承认。

梁言起身去找评委，就小孩子比赛而已，评委也没仔细看，说就按这个继续下。

小梁言气不过，走回去拉那男孩，把他拽了起来。

“我已经赢了，我不和你继续下。”

小男孩：“你不下就是认输了呗。”

梁言歪着脑袋：“既定的赢局，为什么还要和你下？”

“现在的棋局就是还没分输赢，你不下就输了。”小男孩不要脸地说，还朝他做了鬼脸。

梁言义正词严：“我不下，我已经赢了。”

小男孩看他这么执着，还抓着自己的袖子，着急想甩开他的手，劲儿使大了，自己没站稳膝盖磕到了棋盘上，棋子撒了一地。

评委这才看过来。

小男孩放声大哭，一口咬定是梁言推搡他。

小少年站在那儿不说话，只是看着那个奖杯，走过去拿到手里。

那个小男孩见奖杯被拿，撑着胳膊站了起来，一瘸一拐跳过去，一把将奖杯抢过来抱在怀里。

他嚷嚷着要找自己的父母来，让梁言赔医药费。

评委不想把事情闹大，本来就是个校内小比赛，就按梁言推搡同学取消了他的资格，把奖杯给了小男孩。

小少年当天背着书包，心情沉闷地回了家。

他觉得评委怎么那么不公平，那个小男孩为什么会做出这样的事，心里没有愧吗?

其实世界上有无数件不公平的事散布在各个角落，但如果可以，请相信能量守恒定律。

梁言走回家后，给爷爷说了今天的比赛经过，看了颁奖仪式上笑得特别开心的小男孩就生气，心里空落落的。

梁爷爷笑着摸摸小梁言的脑袋，一脸慈祥，嗓音厚重让人沉下心来：“小言，爷爷跟你说，一颗钻石呢，在未被开采之前，被埋在几百千米的地下深处，黑暗无际的时间里啊，不知过多久，才会被发掘其价值，在咱们精致的玻璃柜里闪闪发光。所以，孩子，市面上那些夺人眼球、哗众取宠的东西，是人造玻璃，不要去羡慕它一时的光芒，以免自降了身价。”

梁言一直记得爷爷说的话，此后他再没有羡慕过别人，只专注自己有没有比以前进步。

梁言伸手把应照离拽起来，很认真地说：“离离，你要知道，明珠不会永远蒙尘的，如果有，那一定是妄称明珠。”

应照离握着梁言的手，内心的负能量消失了，笑着弯起眼：“梁爷爷的道理是对的，但我不认同这个比喻。”

“噢？”梁言对她的不认同产生了兴趣。

“你仔细想想，人造玻璃又有什么错呢？因为它普通、价格低贱，就失去发光的资格了吗？平常人只能负担得起人造玻璃的价格，它没钻石与生俱来的高贵，可也能给人们带来简单的快乐。”应照离说得缓慢，阐述了自己内心的想法。

梁言感觉掌心暖暖的，她的热量冲进去暖化了自己那颗心，滴答滴答的汤汁儿浇灌着五脏六腑，不禁有些燥。

“嗯，你说得对，这个比喻肤浅了。”他赞同她的说法。

应照离笑着揉揉他的脸，撇着嘴共情道：“我家梁言小朋友真可怜，到手的奖杯白白被别的小孩拿走了。”

“没关系，奖杯得了很多，多出这一个也没地儿放了。”

梁言搂过她的细腰，两具身体紧紧贴在一起，他的拇指在女人腰窝的地方摩挲着，引出一股酥痒麻意，深邃的眼眸盯住她：“还吃不吃饭？”

应照离钩住他的脖子，没什么胃口：“我不怎么饿。”

“那——我们做点别的事，消耗消耗体力，就饿了。”梁言循序渐进地说着自己的意图，声音里带了几丝压抑住的性感。

应照离拍了拍男人的脸：“清醒点，这还没到晚上呢。”

“也不是不可以。”

梁言另一只手把架在鼻梁上的眼镜拿下来放到书桌上，一下一下地轻啄着她柔软的唇瓣。他又俯身侧头在应照离纤细修长的脖颈上亲了一下，吸吮着薄薄一层皮肤，留下按键大小的殷红印子。

应照离默默承着他的吻，她起伏的身线贴在男人滚烫的身体上，呼吸变得不规律起来。

梁言把她抱到书桌上，她一只手摸索着放到桌面上支撑，不小心将他练字的毛笔打翻滚到了地上。

她的注意力被东西落地的声响吸引，扭头去看。

还没来得及看到笔掉哪儿了，脑袋就被人正回来，梁言皱皱眉，声音低哑：“别分心，坏了就换一支。”

应照离挂在肩膀上漂亮的荷叶袖变成了一字肩，锁骨上绽开几朵粉红的荷花。

两只交颈的小鹅，在笔墨纸砚中，在淡绿茶盏旁，白羽绒飘飘散散，随着小翅膀的扑打，攒成一支毛笔，在宣纸上成就行云流水之姿。

倏地。

应照离觉得一股暖意从腰肌环绕，蜿蜒向下。

她整个人怔了一下，立马推开了梁言，脸色变得不好。

“怎么了？”梁言看她突然的反应，有些没明白。

应照离舔了舔嘴唇，有些尴尬地说：“我好像来例假了——”

梁言深吸了几口气，稍微压了压自己的欲望，帮她把两只袖子挂回到肩膀上，把裙摆拽下来。

男人抱着她进了卧室，掀开被子将人放进去。

应照离见状要起来：“别把床单给染了。”

梁言按住她，连被角都不放过，裹紧了她，不紧不慢地说：“染了我洗。”

家里没有预备卫生巾，应照离也没想到自己会提前来“姨妈”。

“那个，我没带卫生巾。”

梁言将空调温度调高了几度，把遥控器放到桌上，往前走了几步，推开磨砂玻璃门，进更衣室换了身衣服。

梁言：“我去楼下超市买，你要什么牌子的？”

应照离：“都行，记得买一包日用，一包夜用，夜用要420厘米超长的。”

应照离嘱咐他，自己来“姨妈”特别容易侧漏，可能是因为睡觉不老实，她习惯性地买最长版，有时候甚至还垫两片日用的在两侧。

梁言默默记到脑子里，出门去了楼下的超市。

他先是看到了卖食材调味品的那栏货架，上面还摆着红糖，不过是很大一袋那种。

梁言想着红糖水好像是女生来那个必喝的，他看了眼售货员，迈着步子走了过去。

“你好，我女朋友来例假了，冲红糖水买哪种红糖比较好？”梁言今天没穿西服，套了件黑T恤，就出了门，头发也没整理，刘海微微遮眉，比平时年轻了几岁。

售货员盯着他的脸愣了下，立马绽开笑容：“帅哥，建议您选我们超市卖的这款阿胶红糖，补气血，养颜，营养丰富，里面是一小包一小包的，一次冲一包，也不用操心倒多倒少的问题。”

梁言拿过她手里那包阿胶红糖，看了看成分表，扔到了提着的购物篮里。

“还得麻烦你帮忙选一下卫生巾。”

“哦，好，您跟我来。”售货员领着他走到了卫生巾的那栏货架。

梁言看着各种各样，大小不一的包装，发现原来还有这么多讲究，他随手拿了包小的。

“这是日用吗？”

售货员笑着跟他说：“不是不是，这是护垫，不是卫生巾。”

梁言听过护垫，问了句：“就是几天后才需要用的？”

售货员：“嗯嗯，来例假前后都能用。”

他默默地又拿了一包护垫，扔到购物篮里。

“比较好的卫生巾是哪一种？要两包日用，两包夜用，夜用要420厘米的。”梁言复述了应照离嘱咐他的话。

售货员给他推荐了一款比较好的日用，又问：“其实一般女生用不到那么长的，您是不是记错了？”

梁言这脑子怎么可能记错，礼貌地回了句：“没记错，她要的就是夜用420厘米的。”

售货员：“那应该是担心侧漏吧，帅哥，你看我们超市新进的这款安心睡眠裤，360度无死角包裹，透气清爽，怎么翻都不担心侧漏。”

梁言拿过那大大的包装，看见上面的实物图是立体的纸尿裤形状，也不知道好不好用。

“你确定不会侧漏？那她一直侧着睡觉也没关系？”梁言追问。

售货员的语气充满自信：“绝对不会，侧一晚上也没事。”

梁言想到如果能一直侧着，那就可以搂着应照离睡觉，这倒是很不错。

他买了一包，还是不放心，又买了一包夜用420厘米的，去前台那儿结账。

前台的售货员看见台子对面的帅哥买的竟然都是女生用的东西，还买了这么多，女朋友真有福气。

她一包一包地用手里的扫描仪扫完，然后支付完成。

梁言看着售货员弯腰从里面拿了一个黑色的大塑料袋，把东西往里面装。

“为什么要用黑色塑料袋？”

售货员被他给问住了，眨巴了一下眼睛，磕磕巴巴地回复：“这、这不是卫生巾吗？有些女生比较害羞，不太想让别人看到自己买的是这个。”

梁言皱了皱眉，对装进黑色塑料袋的行为表示迷惑：“又不是什么见不得人的东西，给我用正常塑料袋装就好，谢谢。”

售货员笑笑，连忙揪了个透明的新塑料袋，给他装好递到手里。

梁言走出超市，路过的行人偶尔也对他手里拿的一大包卫生巾投来异样的眼光。

他并没有在意，来例假明明是件十分正常的事情，不可避免的生理期为什么会这么见不得人呢？

梁言好像见过班里许多女生都会悄悄在书包遮盖下将卫生巾塞到校服袖子里，然后若无其事地出门上厕所。

好像这种事就应该偷偷摸摸的，上不得台面，有些小男生还会拿卫生巾开玩笑。

可是来例假并不可耻，没有女性的生理期，也就无法繁衍生息。

这么伟大的一件事，却一直被视为羞耻，应该在黑暗里，不为人知的地方进行。

不知道会在未来的哪一天，能看到生理期的小姑娘不必靠着书包的遮掩，把卫生巾藏在一切可以藏的地方。

再也不会看见那些异样的目光。

梁言回到公寓后，应照离乖乖地躺在床上，一脸凝重，也不知道拿着手机和谁在聊天。

“怎么了，那么严肃？”他把卫生巾放到她面前，先把那个安睡裤找了出来。

应照离纠结地说：“刚刚，阿姨加我微信来着，说这周末让你带我回家吃饭。”

梁言把包装袋先撕开，里面原来有两条安睡裤，他揪出一条放到应照离的手里：“怎么，你不想去？”

“我没说不想，只是，时间太赶，我也不知道该买什么礼物。”应照离撇了下嘴，眉头还皱着。

梁言笑了笑：“见婆婆这么紧张呢？”

“我不得留个好印象。”应照离的音量越来越小，看他塞到自己手里的安睡裤，皱了下眉，“我先用日用的，等睡觉再换这个，还没吃饭呢。”

梁言弯腰把拖鞋摆好，淡淡道：“换上之后别乱动了，在床上躺着，我把做好的饭端过来。”

应照离把衣服都换了，听梁言的话又躺回到床上。

男人把米饭和几盘菜放到床头柜上，把几乎没怎么用过的床上小桌子找出来，架到被子上。

应照离刚想跟他说话，见他转身就离开了。

自己默默吃起饭来。

没一会儿的工夫，梁言推门进来，右手拿着 iPad，左手握着一杯阿胶红糖水。

“先把这个喝了。”梁言给她递过去。

应照离拿到手里一口一口喝着。

她抿了抿嘴，感觉自己好像被他照顾成了小孩，不好意思地笑笑：“那个，我其实不痛经的，没必要搞成这个样子。”

“应照离。”梁言垂眸将 iPad 页面打开，修长的手指抵在下面，指尖不断地划动着。

应照离：“啊？”

他把 iPad 调到了很经典的一部韩剧，是之前应照离在朋友圈里发过的自己超级喜欢的《请回答 1988》，将保护套折了两下，放到小桌子上。

“你能不能对自己好点。”梁言把她喝完的空玻璃杯放到床头柜上，不紧不慢地说，“以后别天天点外卖吃，生理期即使不痛经，也不能吃辣的，喝凉的。”

梁言想着说了她也不会听，叹了口气：“算了，以后这些事，我来干。”

应照离抬头看着他，拍了拍身边空着好大一块的床：“男朋友，陪我一起看吧。”

梁言换上家居服，和她一起窝在床上，喂她吃饭。

“你看过这部剧吗？”应照离问他。

梁言语气温柔：“很早之前看过，都快忘了剧情了。”

“哎，那你喜欢阿泽还是狗焕？”应照离八卦地问。

看这部剧的人好像都逃不过这个问题。

梁言顿了下，淡淡道：“阿泽吧。”

“为什么？狗焕多帅。”应照离问。

梁言捏了捏她的脸蛋，故作玄虚地说：“我不告诉你为什么。”

应照离小声嘀咕：“不告诉就不告诉。”

窗外也不知什么时候下起了淅淅沥沥的小雨，雨点在玻璃上滑成长线，变为俊俏姑娘的眼泪流在脸蛋抹的粉底上，干涸后洇成了泪痕。

应照离小时候很喜欢下雨天，尤其是不用上学，窝在家里的床上，喝一杯甜甜的蜂蜜水，听窗外淅淅沥沥的雨滴打到高大的树上，叶儿沙沙的，被洗成翠绿色，从下午一直睡到晚上，然后奶奶喊自己起床吃饭。

如今看着一部如此治愈的剧，躺在最爱的人怀里与他十指相扣，应照离不由得感慨，雨声、电视剧的声音打破了世间的万籁俱寂，涓涓细流淌的，是两个人相契合的生命。

剧里阿泽的爸爸扎了两个小辫子，认认真真地从贴纸上将白雪公主的裙子剪下来，经典的咩叫响起，珍珠哭着问他“肩膀呢”，弹幕里全都哄笑起来。梁言轻轻笑出了声，应照离扭头看了他一眼，也跟着他开心地笑笑。

其实自己看了好多遍，这里并没有那么好笑，但应照离觉得，下雨的傍晚，男人胸膛炽热的温度令人心动了一丁点罢了。

她窝在他的怀里睡着了。

梁言护着应照离的头，缓缓挪到枕头上，把 iPad 关掉，收拾好小桌子，掀开被子进去。

他慢慢将胳膊从枕头下面穿过去，把面前睡颜乖巧的人搂紧，温柔地在她的额头上落下一个吻。

梁言确实更喜欢阿泽，因为崔泽对德善的爱，从来没有过一次的犹豫。

他对应照离的爱也从来没犹豫过。

梁言的声音很轻，像外面的夏雨般，他说得很慢，一字一顿，口齿清晰：“我想把光明的、灿漫的、坚定不移的爱，全部给你，除此之外，附加条件是，你要幸福。”

周末。

应照离一大早就起来，满床的衣服没一件称心的，穿短裙觉得不庄重，白色长裙又太素，最后，她穿了那件一直没上身的旗袍。

旗袍是应照离在一家旗袍店相中的，店家纯手工制作，整体色调为紫色，比起淡紫浓了那么几分，若说深紫却又清和些许，起名为拂紫绵，来源于李贺的诗“铜镜立青鸾，燕脂拂紫绵”。

她又根据这身旗袍化了一个淡妆，将头发用簪子绾在后面。

应照离把包装精致的礼盒拿着，去楼下找梁言。

“怎么打扮这么漂亮？”梁言看她穿的这一身旗袍，有些挪不开眼。

应照离把礼盒放在腿上，瞥了他一眼：“快走吧，阿姨该等急了。”

梁言心情愉悦，挑了下眉：“就算迟到，我妈也不会怪你的。”

在路上行驶了大概一个小时，便到了崔青住的那栋院式的小别墅。

应照离从车上下来，手里紧紧地攥着礼盒上面的两根绳子，腰板挺得很直，把曼妙的身姿显出来。

“愣着干吗？”梁言牵上她的手，往大门口走去。

应照离在后面默默跟着，说了句：“我、我害怕。”

梁言“扑哧”笑出了声：“我妈又不会吃了你。没事，还有我呢。”

应照离调整好呼吸，跟着他进了门。

崔青已经把饭都做好了，拿出好茶来等着儿子、儿媳妇进门。

应照离走进去，在玄关处把鞋换好，指甲快嵌到掌心里了，心脏“扑通扑通”的。

梁言见她这一脸紧张得仿佛上考场的表情，忍不住揉了揉她的头发。

“我刚做好的发型！”应照离打了他手一下，小声且激动地说道。

梁言弯着嘴角：“没乱，很完美。”

走到正厅时，她看见了气质淡雅、身着素衣的中年女人，那张脸保养得很好，最吸引人的莫过于一双如玉的手，纤纤素指提着茶壶，往茶盏里倒了七分满。

“妈，我带离离来了。”梁言牵着应照离的手走过去，崔青抬眸和她对视上。

应照离弯了弯柳叶眼，礼貌又大方地说：“阿姨好。”

“来，快坐，我这离市里远，一路上肯定累了。”崔青笑着把人拉到自己身边。

应照离乖乖坐下，接受着未来婆婆的打量。

“长得真俊，以后我孙子还是得随他妈妈一些的好，秀气。”崔青对应照离的印象很好。

梁言见应照离不知道该怎么接话，连忙救场：“妈，孙子长得像您，您肯定最开心。”

“像我也行。”崔青的眼神就没离开应照离，又接着说，“照离，你是第一次见阿姨吧？”

应照离顿了下，实话实说：“这是第二次。”

其实她第一次见崔青，是在高二那年。

应照离还记得是个周五，放学时她拉着行李箱去校门口坐远洋辅导的班车，把行李箱交给老师后，她背着书包去班车上找座位。

班车上前排都被占了，人乌泱泱的，很吵。

应照离跑到后排，看见一位穿着素雅的女人坐在窗边，手里捧了一本书，安静地读着，仿佛在自家的书房里一样自在。

她见女人身后一排还有位置，就在那儿坐下了。

开车之前，她往前排一瞥，看到手里拿着一支雪糕的少年，穿着白衬衣、蓝西裤，往她这个方向走过来。

应照离直直地盯着梁言，他在离她只有一排的位置，坐到了那女人的身边。

“妈，今天还去老师家学德语吗？”梁言侧头问崔青。

应照离怕他看到自己，连忙低下了头。一路上，梁言只是在一旁睡觉，崔青安静地看书。

“真是有缘分。”崔青听了这句话感叹。

“我也没想到会在班车上看见阿姨。”应照离弯弯眼角，回应着。

这顿饭吃得十分融洽，梁言和崔青给她夹菜，她的碗里快堆成了小山。

崔青用聊天的形式问了应照离好多问题，她的兴趣，怎么遇见梁言的，研究生毕业后想去哪家公司，结婚想办中式婚礼还是西式婚礼，喜欢男孩还是女孩……

奇怪的是，唯独没问应照离的家庭情况，这个见家长必被问的问题。

“妈，离离给您挑了礼物。”梁言把礼盒拿过来，放到应照离的手里。

应照离起身，两只手提着，递给崔青：“希望阿姨能喜欢。”

崔青收到后拆开，礼盒里是一支毛笔，苏州金鼎牌的，兼毫形若壮笋，墨白分明，刚柔相济，很适合她平常练字。

“还以为你们这个年纪的小孩会送保健品。”崔青很喜欢这支毛笔，打趣道。

饭后，梁言主动去刷碗，应照离本来想陪着，被崔青拦住。

“照离，你跟我来一下书房，阿姨有东西给你。”

应照离看着梁言，男人给了一个安慰的眼神，示意她跟过去，别紧张。

进了书房，一股淡雅的香气弥漫了整个屋子，应照离看到书桌上放的镂空香炉。

崔青来到书桌前，将锁着的抽屉打开，顺口问道：“你见过小言一直用着的那支钢笔吗？”

应照离没见过梁言用其他的钢笔，乖巧地回了句：“是那支黑色笔身的吧？笔尖刻了字。”

崔青温柔地笑笑：“对，就是那支。”

“梁言给我用过，所以我有印象。”应照离走到她身边。

崔青从书桌的抽屉里拿出来一个细长的红木盒，上面花纹精致，有一个小巧的锁扣。

崔青站起来，拉过应照离的手，将细长的红木盒交到她上里，在她的手背上拍了拍。

“送你的，打开看看，喜欢吗？”

应照离低头看着细长的木盒，犹豫了一下，伸出手指将锁扣拧开。盒盖翻上去，里面铺了一层细绒布，钉紧在盒壁，静躺着的，是一支通体白色的钢笔，给人一种清亮的感觉，和梁言那支黑色钢笔简直如出一辙。

应照离傻了眼，想到梁言初中那次给自己介绍钢笔笔尖刻字的来源，磕磕绊绊地说：“这、这太贵重了，阿姨，我不能要。”

“你不喜欢？”崔青反问她。

应照离笑了下：“喜欢。”

崔青握着她的手，两个人坐到旁边的沙发上。

崔青把钢笔从盒子里拿出来，塞到应照离的手里。

“拧开笔帽看看。”崔青眉目柔和，看着这支钢笔也思念起了梁爷爷。

应照离眨眨眼，将笔帽拧下来，银白色的钢笔尖泛着光，看起来便很有故事，镌刻着“南声函胡”的下一句——“北音清越”。

“这支钢笔啊，是小言他爷爷亲手打造的一对鸳鸯笔，当年他把白色这支给了我这个做儿媳妇的。”崔青笑着，语气里有些物是人非的感觉。

应照离摸着笔身，上面的花纹很美，让人爱不释手，但她还是将笔放回了盒子里：“既然是梁爷爷给您的，那我更不能收了。”

“照离，阿姨把这支钢笔送你呢，你就收着，除非你觉得梁言配不上你，也不愿意当我儿媳妇，那我便不强求了。”崔青一本正经地说，语意中带着不可拒绝的意味。

应照离抿了下唇，把红木盒好好放到手里：“谢谢阿姨，我一定好好保管它。”

崔青叹了口气：“唉，自从小言经历了他爷爷过世的事，他整个人变化很大，后来便经常做噩梦，我和他爸离婚后，小言也自己出去住了。”

应照离怔住，想到当时公司出去露营时，她做了噩梦叫梁言出来的那个晚上，那次说的噩梦就是跟梁爷爷有关的吗？

“梁言之前跟我说，他做噩梦后，用学习和看书麻痹自己，一直到天亮。”

崔青拍了拍她的肩膀，语重心长地说：“小言在这件事上钻了牛角尖，我本来以为看不到他三十岁之前结婚了。照离，他是我身上掉下来的肉，小言从来没主动向我提过一任女朋友，也没带过别人回家，你是第一个，我相信，也会是最后一个。”

应照离没想到梁爷爷的去世对他打击那么大，试探性地说出来：“阿姨，您知道梁言之前为什么那么频繁地换女朋友吗？”

“我只知道和他爷爷离世有关，具体的，小言没有告诉过任何人。”崔青实话实说。

应照离有点失落，应了声：“好吧。”

崔青语气中带了点鼓励：“你去问问他，阿姨相信，你可以解开他的心结，小言真的很爱你。”

应照离笑了笑，认真地回答：“我会尽最大努力。”

梁言和应照离两个人与崔青吃完晚饭，就开车回公寓了。

等洗完澡准备睡觉的时候，应照离窝在梁言的怀里，还在思虑着今天崔青跟她说的那番话。

到底要不要和梁言提这件事呢？要是他觉得自己和他关系还没有到那种地步怎么办？可他都带自己见家长了，问一问他应该也不会生气吧？

她的脑子一团乱，不知不觉，眉头紧紧地皱了起来。

“想什么呢？男朋友在这儿，还那么不专心，嗯？”梁言抬起她的下巴，一只手按在她的眉心处，给她把皱着的眉头舒展开。

应照离两只眼睛盯着他，倏地掀开被子穿上拖鞋下了床。

梁言：“干吗去？”

“我、换个卫生巾。”应照离走出卧室。

梁言不能理解，卧室里不是有卫生间？

他感觉应照离从崔青那儿回来后就一直怪怪的，老是皱着眉头看他，想说些什么却又憋着。

没一会儿，应照离推门进来，手里还拿着一个红木盒子，钻到被窝里。

“离离，我妈是不是跟你说什么了？”梁言看着主动钻到自己怀里的女人，搂紧后把被子往上拽了拽。

应照离抬眸看他，没吭声，勾住他的脖子，亲了亲他的下巴。

梁言对她突如其来的举动有些费解，忍不住追问：“到底怎么了？她说了——让你不开心的话？”

“没有，阿姨对我很好。她还把这个送给我了。”

应照离把红木盒子交到梁言的手里，将锁扣打开，他看到里面盛放的那支白色钢笔，瞬间变了眼神。

几秒过后，梁言笑弯了眼：“宝贝。”

应照离看他：“嗯？”

“这支钢笔，可是传给梁家儿媳妇的。”梁言不紧不慢地说。

“我知道。”应照离的声音很小，但还是能被人听见。

“你愿意当我妈的儿媳妇？”梁言非要问出来。

应照离伸手捧住了他的侧脸，露出鲜有的极其认真严肃的表情，语气里没有一点不正经：“你能告诉我，为什么上大学的时候，你要那么频繁地换女朋友吗？我听说——跟梁爷爷的去世有关。”

梁言笑着的表情凝固住了，嘴角变得平直，眼眸里的光也熄灭。

他沉默了好几分钟。

应照离也不说话，只是静静地看着他，也不生气他的不回应。

过了一会儿，终于动了动。

梁言神情复杂，声音很淡，连语调都是平的：“你有权利知道，但是知道了，我可就不允许你以任何方式离开我，你还想听吗？”

应照离本来就没想着离开，点了点头：“想听。”

他摸着那支钢笔停顿了下，眉宇之间覆上了很浓的、抹不开的阴云。

“这件事还得从我保送后的那个暑假说起。”

台江的暑假，烈日炎炎。

整个城市像是进入了大蒸笼一样，闷热又令人烦躁。

梁言毕业后，暑假没有再去远洋当助教，崔青给他找了德语的家教老师。与此同时，因为他想修商科，为了能拿到明华大学的双学位，只能在还没开学就要比人先行一步。

他仍然记得那天外面的太阳毒辣得很，自己正在书房复习上节课老师讲的知识。

按理来说，这个点德语老师应该已经到了。

梁言从楼上顺着楼梯下去，还没走到最后一层，就听见了梁恒的声音。

这个时候，父亲不应该在文城忙着吗？

“梁恒！你跟我吵可以，咱们出去吵，你把小言的德语老师赶走是什么意思？”崔青气急败坏的声音传过来。

梁言第一次听见母亲这么大声地说话，语气这么冲。

“还学什么德语，到时候我托托关系，让儿子直接修商科，跟你说话真是费劲。”梁恒的语气也不是很好。

崔青反驳道：“我的儿子，从小到大他的教育、吃穿用住全是我一手安排的，还轮不到你来插一脚。”

梁恒的语气强硬起来：“我那些年难道不是忙着创业，忙着赚钱，给你们创造更好的生活条件吗？”

“你天天都在忙，你有没有想过我们母子究竟想要什么？”崔青回道。

梁恒冷嗤一声：“你可别忘了，咱们俩离婚的时候，要不是我把这套房子留给你，你现在能住哪儿？”

梁言听到这句话直接愣在原地。

离婚的时候——

爸爸、妈妈——离婚了。

少年从拐角处迈着步子走到他们两个人面前，整个人面容呆滞，直直地盯着眼前的男人。

“你和我妈，什么时候离婚的？”

“小言——”崔青看到梁言，声音立马软了下来。

梁言直直地站着，面无表情地说：“你们什么时候离婚的？为什么没告诉我？”

梁恒看已经这样了，干脆把所有的事都说了出来：“我和你妈离婚半年了，就你保送成功的那天，正式离了婚。”

“我要是没撞见，你们打算什么时候告诉我？”梁言冷笑一声。

崔青伸手想安慰他，被少年躲开了：“儿子，妈妈是怕影响你学习，本来想等所有的事情都尘埃落定就告诉你的。”

梁言不是不知道两个人的关系不好，他甚至尝试过接受爸妈如果真的离婚这件事，如今情绪如此激动，是因为他们瞒了他半年多，甚至都没考虑过自己的意见。

“好，我知道了。”

梁言话音落下，头也没回地跑了出去。

外面热得快把树叶都蒸蔫了，少年只是不管不顾、漫无目的地走着，汗珠一颗一颗从鬓边流到脖颈。

台江的天是出了名的阴晴不定，艳阳还在高照着呢，一片云彩承着重，怕是看到了路上的美色，忘记把水珠兜住，“哗啦哗啦”倾盆而下。

雨像坐上了游乐场里高空跳楼机的皮孩子，直直坠落，弹到茂盛的树上还不甘心，非要去碰碰云彩所迷失的人间美色。

少年的身上湿透了，衣服紧紧贴在精瘦的胸膛上，头发上的雨滴落到睫毛、鼻梁、嘴唇……

梁言行走在雨中，他走了许久，到了爷爷、奶奶家。

梁奶奶在院子外面的花圃忙着盖上大片的塑料布，别把这些娇嫩的花骨朵儿给折腾得奄奄一息。

梁爷爷在后面给她撑着伞，时不时地咳嗽几声，眉眼里多了几分病态。

“小言？”梁奶奶看见站在门口浑身湿透的宝贝孙子。

两个人忙不迭地把他弄到屋里去，给他找件干净衣服换上。

梁言拿毛巾擦着头，睫毛覆盖住眼眸里的情绪，坐在沙发上，也不说话。

“你告诉爷爷发生什么事了？”梁爷爷从来没见过自己孙子的情绪如此外露。

梁爷爷一直教导梁言，真正成熟内敛的人，情绪从来都是要处于稳定状态的。

一个情绪稳定的人，再加上正确的三观，是能成大事的栋梁之才。

梁言眼珠微微转动，抬起眼皮望着爷爷，声音有点哑：“爷爷，我爸妈早就离婚了，他俩瞒我到现在，你们是不是也早就知道了？”

梁爷爷脸色一变，还没说话，就听见梁奶奶脱口而出：“他们离婚了？”

梁言看到爷爷、奶奶的反应，好像不是只有自己被瞒着的。

梁爷爷立马给梁恒打了电话过去。

“你什么时候和小崔离婚的？”梁爷爷开口质问。

梁恒：“爸，梁言是不是在您那儿呢？这孩子，我还没说他呢，就跑出去了。”

“我问你什么时候离婚的？你怎么能不过问我和你妈的意见，擅自就离婚！”梁爷爷气得咳嗽起来。

梁恒好像在开车，语气里有点不耐烦：“爸，我和她没感情了，崔青除了会舞文弄墨，她在公司这方面一点都帮不了我！”

“当初娶儿媳妇进门，你说你喜欢她身上的那股文气，让我不要嫌弃崔青的出身，如今，嫌弃的人却是你。”梁爷爷说教起他来。

梁恒打断梁爷爷：“爸，我又不是不找了，我有个正在发展中的，她家很有钱，正好可以帮我把公司规模扩大。”

电话声音有些大，这是梁言当助教赚的第一份工资，给爷爷、奶奶配的智能老年机。

梁言听到梁恒说有新的发展中的女人，整个人愣住，骨节攥得泛白。

“行，我梁敬章没你这个儿子！梁家的儿媳妇只有崔青一个。”梁敬章气得挂断了电话，开始剧烈地咳嗽起来。

梁奶奶给他拍着背顺顺气，但没想到他越咳越厉害，直接吐出来一口血，两眼一翻晕了过去。

梁言被吓坏了，拿着手里的毛巾就跑到梁敬章身边，手发抖地擦着他嘴角的血。

“爷爷，爷爷，您怎么了，您别吓我和奶奶！”梁言从裤兜里掏了两次才把手机拿出来，打了120。

外面还下着雨，虽然医院离得近，但120出车到这儿需要一段时间。

“奶奶，您快把爷爷的东西收拾一下，我先背着他去打车，您慢慢来医院，注意安全！”

梁言拿了件防雨的厚外套，披在梁敬章身上，奶奶帮衬着把人背到少年后背上。他勾紧梁敬章垂着的腿，跑了出去。

爷爷、奶奶家虽然在市中心，但因为是老城区，所以车流量并不多，尤其是刚刚下了一阵大雨，梁言在马路上没有拦到出租车。

少年发了急，背着梁敬章往比较繁华的街道跑去，肩膀蹭上了爷爷嘴角的血。

终于，打到了出租车，往医院赶去。

等送梁敬章进了急救室，梁言整个人浑身发着抖，指尖麻木哆嗦着，眼睛像是不会眨了一样，直勾勾地盯着地面。

仿佛过了一年那么长。

梁敬章从急救室被推出来，转到了重症监护室。

医生跟他说是突发性脑溢血，现在情况还不稳定，需要观察。

梁奶奶打电话叫了崔青过来，两个人把所有的手续都办好。奶奶年纪大了，晚上陪护是崔青在这里守着，梁言陪着奶奶回了家，不想让另一个老人再出事。

住院第二天一大早。

梁言带着煲好的粥和早饭来了病房。

崔青就这么坐着睡了过去，身上连个毯子都没盖。

梁言看着妈妈眼皮下覆上厚厚一层青灰色，整个人憔悴了很多。他脱下外套，轻轻盖在崔青身上。

动作已经很轻，但还是把她惊醒了。梁言坐到旁边，看着仍然闭着眼的爷爷。

“小言，怎么这么早就来了？你不多睡一会儿？”崔青把外套拿着盖到腿上。

梁言实在不忍心看见她这个模样，开口说：“妈，您今天回去睡会儿吧，这里我守着，别爷爷还没醒，您身体就垮了。”

崔青看了眼梁言，又看了看躺在床上的梁敬章，叹了口气：“行，那你好好看着，爷爷有什么事，立马找医生。”

梁言点点头。

一直到下午，他坐在病床前，看见爷爷醒过来。

“爷爷，您醒了！有没有哪里不舒服？您等下，我去找医生！”梁言立马站起来想往外走，但被梁敬章的咳嗽声止住了脚步。

梁言回过头来，看见梁敬章看着他。

“怎么了，爷爷？”

梁言看见老人的手指微微动了下，指着他攥在手里的手机。

梁言把手机翻过来，看到梁恒打过来的电话，立马接了起来。

“喂！爸，爷爷醒了！您快过来！他想见您！”梁言的声音带着点颤。

梁恒在那边说：“爷爷醒了？那就好，小言，爸爸这边要见个特别重要的大客户，那个单子不能丢，你先陪着爷爷！”

梁言听到这儿，眼神里竟然生出了几丝恨意：“爸！您就不能把您那些所谓的单子放弃，真那么有必要吗？！”

还没等梁恒说话，旁边的心电监护仪屏幕上的曲线波动起来，把梁言吓得不轻。

“爷爷，您别激动，您想说什么？”

他看见梁敬章嘴巴在动，立马凑过去，模模糊糊听见了一声。

“手……”

梁言看着自己的手机，放到耳边情绪失控地说着：“爸！您快来！我求求您了！”

梁恒的语气也有点焦急：“我现在真的过不去，我谈完立马就去。小言，你先去找医生，快！”

梁言看着屏幕的通话记录，开了免提：“我开免提了，您跟爷爷说。”

梁言把接通的手机放到爷爷手里：“爷爷，我爸就在这儿，您先听他跟您说，我去找医生！”

梁言刚起身，爷爷掌心的手机“啪”一声掉在了地上，梁言的膝盖直接顺势跪在了地上，捡起手机放到他的手里。

少年扶着床边起来，看到了心电图变成了一条平直的线。

爷爷的手垂落下去，手机又摔到了地上，里面还传来梁恒“喂”的疑惑声。

梁言呆住，双腿像是灌了铅，哪怕一步都迈不开，整个人像是失了魄。

这是他顺风顺水的人生中，第一次不可控的大事，梁言从小到大都走得太顺了，什么都能用钱解决，哪经历过磨难，亲眼看着爷爷的去世让他直接崩溃。

应照离听梁言讲完，整个人也怔住了。

梁言的语气异常平静，淡淡道：“后来我读了一本医学期刊，书上说，人在临死前最希望的就是抓住挚爱至亲的手。”

应照离喉咙哽咽，眼泪止不住地流下来，她刚刚还在忍着，想安慰梁言，听见这句话却直接情绪崩了。

其实梁爷爷从一开始就不是想要手机、想要梁恒来看他，他只是想在临走之前，握住自己小孙子的手。

骨肉至亲、血脉相连，如此，黄泉路上即使自己一个人走，也不孤单了吧。

应照离的泪珠落在梁言的睡衣上，浸湿了一片。

“我——我没有——”梁言的泪从眼中漫出，他嗓音里全是后悔与愧疚，发了颤，“没有抓住他的手，我亲眼看着爷爷的手垂落下去。”

应照离伸手把他的眼泪抹掉，这是他第一次在她面前哭。

原来在她的眼里无所不能的少年也会崩溃。

“离离。”梁言抱紧她，把头埋在应照离的肩窝处，她感受到一颗一颗滚烫的泪珠积存在里面，“爷爷会不会怪我，怨我一点也不懂他？”

“不会的。”应照离摩挲着他宽厚的背，安慰道，“爷爷理解你，他知道你有多爱他。”

自己一直在追寻的光，此刻把心中的软肋毫无保留地暴露在她面前。

过了一会儿，梁言整理好情绪，从应照离身上起来，抽了张卫生纸给她擦拭着锁骨上他流下的泪：“自从爷爷去世后，我开学去了文城，回台江也只是看看奶奶。我爸的公司，就是如今的恒言也如他所愿在文城站稳了脚跟。”

应照离被擦得有点痒，握住了他的手：“然后你就因为梁爷爷的事开始用谈恋爱发泄自己的情感？”

梁言看着她眼里的疑惑，笑了下：“我又不是小孩了，肯定不是受到打击就随便谈恋爱。”

梁言继续把她搂到怀里，不紧不慢地说：“是梁恒给我的未来做好了打算，他希望我好好的，乖乖巧巧地听话，最后娶一个能帮助公司的富家女，所以刚上大学就开始找合适的女生跟我见面。”

“你就没有喜欢的？”应照离问道。

梁言淡淡道：“没有。他越是这样，我越反感他。梁恒把我的爱情看成了可交易的筹码，可我偏不，我偏要败坏自己的名声，让他不能得逞。”

“那你和梁叔叔的关系——”应照离想问他有没有缓和。

“我频繁换女朋友是真的，但是没有对不起她们。每个跟我在一起的女生我都提前说明了原因，她们觉得无所谓才在一起。”梁言多解释了一句，他现在竟然也开始怕应照离会不会因为自己女朋友多而嫌弃他。

“哦。”应照离抿了下嘴，心里有几丝甜意蔓延。

“梁恒自从做了商人，真是应了那句商人重利轻别离，他当初有多爱我妈，跟她离婚的时候就有多嫌弃她。但爷爷、奶奶把我妈当成亲儿媳妇，爷爷去世后，提前写的遗书里给我妈留了很多字画外加一套房子。”梁言继续说着，问了她一句，“离离，你知道我为什么恨梁恒却还要修商科，进自家公司吗？”

“你喜欢商科？”应照离猜了下。

“算是一个原因吧。其实，我想告诉我爸，他儿子和他不一样，我不会为了经商或公司利益就将自己的爱情丢了。”梁言默默地说着。

应照离有些感慨：“梁言，谢谢你，谢谢你能和我说那么多。”

“乖，睡觉吧，明天上班。”

男人给她盖了盖被子，在她的额头落下一个吻。

应照离在恒言度过了最后半个月的实习期，明明已经可以转正的她，递交了辞职信。

她想过段时间去阳晖公司面试。

步阳晖给应照离走了个小小的后门，他答应她只要能面试上，实习期从半年缩减到三个月。

明华在七月放了暑假。

这个暑假并没有很忙，导师没给应照离布置新课题，她收拾收拾东西，回了台江。

梁言因为公司的事一堆，自然不能跟她一起回去。

回到家的应照离度过了一个十分清闲的暑假，可以伴着清晨的凉空气去省图书馆借书看，有时候可以直接在那儿一待待一整天。

跑了几次梁言奶奶家，陪老人家剪剪花枝，聊聊梁言小时候的趣事。她还学会了写毛笔字，虽然只是学了点皮毛。

唯一的变故，发生在她要回文城的前一周。

应裕闻叫住了刚洗完澡的应照离。

“妮妮儿，忙学校的事吗？爸爸跟你聊聊天。”

应照离把吹干的头发扎起来，说了句：“不忙。”

父女俩坐在了沙发上。

“你在文城有没有认识什么新朋友啊？”应裕闻问起她在文城的近况。

应照离回道：“在实习的公司里认识了几个关系还不错的同事。”

“有没有相中的呀？”应裕闻也开始关心起她的终身大事来，之前高中严禁她早恋，大学考得不好，也不让她谈恋爱。

应照离笑笑：“爸，您想啥呢，关系不错的都是女同事。”

她和梁言谈恋爱后，都没敢跟家里说，老觉得自己和他还在偷偷地早恋。

“妮妮儿，咱要找对象啊，还是台江的好，离家近，你有什么事我们也能及时赶到，平时也能帮衬着你。”应裕闻给她唠叨了自己对未来女婿的看法。

应照离想着梁言老家也是台江的，爸爸应该能接受，敷衍地应了一声：“嗯，好。”

她低头看着手机里突然蹦出的消息，打开微信。

梁言：“宝贝，什么时候回来？男朋友想你。”

应照离努力维持着淡定的面部表情，回复了句：“再等一周就能见到我了，到时候亲亲抱抱解你相思之苦。”

“我跟你说，你三大爷家的那个哥哥，你还有印象吗？”应裕闻问。

应照离点点头：“有啊，咋了？”

应裕闻：“你小时候不是和他玩得挺好的吗，现在还联系不？”

“早都不认识了，都多少年没见了。”应照离已经想不起那个什么哥哥的长相了。

应裕闻叹了口气：“本来还想着说你俩见见，他是学土木工程的，你三大爷存的那些钱，准备提前给他预备下婚房呢。”

应照离这才意识到老爸这是给自己相亲呢，她沉默了下，还是觉得说清楚比较好。

“爸，我有男朋友了，只是一直没告诉您。”

应裕闻明显惊了一下，问道：“啥时候在一起的？”

“六月，在一起快三个月了，我是认真的。”

应照离这么一想，她和梁言竟然才在一起三个月，可是这三个月仿佛有三年那么长，不仅亲了睡了，还见了家长。

如果是别的人，她肯定立马打上渣男的标签，但他们之间好像是不同的。

很多人都会把告白当成冲锋的号角，可梁言的告白更像是两个人的心照不宣、水到渠成，只是单纯地需要一个仪式确定关系而已。

“他是哪儿的人啊？”应裕闻对自己未来女婿着实有点好奇。

应照离如实说道：“是我高中的学长，家也是台江的，和我一样是明华大学的研究生。”

应裕闻拍了拍自己闺女的肩膀，说道：“你要是真心喜欢他，今年过年，把孩子带回家来，给你爷奶奶看看，他们年纪也都大了，就想看着你啊，早点结婚。”

“咳，今年、过年吗？”应照离没想到她才谈了三个月应裕闻就让她把对象带回家。

应裕闻以为她不愿意，试探性地说出来：“是——没考虑结婚？”

“考虑了。那今年过年，我带他回家。”应照离笑笑，也不知道爷奶奶对梁言的印象会如何。

一周后，应照离回到了文城。

简单和梁言见了一面后，全身心地投入了阳晖公司的面试上。

虽然步阳晖说了要给她开后门，但是不向面试官展现一定的实力，她这个空降兵确实会有点不服众，遭人口舌。

忙着忙着，眼看着九月过去了三分之二。

她好像忙忘了一件大事，那天找手机备忘录里存的东西，一个设置提醒从屏幕里弹了出来。

距离某个人生日还剩五天。

应照离的瞳孔一震，怪不得最近老觉得忘了点啥，忘了男朋友的生日！

她立马给林归梦打了电话去。

“喂，宝儿，咋啦？”林归梦也不知道在吃什么好吃的，含混不清地说。

应照离：“我把梁言二十四岁生日给忘了，离 9 月 25 日还有五天，怎么办，你快问问吴樯，男生一般都喜欢什么生日礼物。”

“好好好，你等着，我马上问。”林归梦应了句便没声了。

过了将近十五分钟。

应照离都打算将电话挂了自己想，对面突然传来了声音。

林归梦："吴樯说，男生喜欢的无非玩游戏、看美女、打篮球、踢足球之类的，从这些方面下手准没错。"

应照离有些无语。

"照离，别听吴樯的，他说话一贯代表了广大直男。"林归梦好心提醒应照离。

应照离思虑了一下吴樯的话，倒也不是没有可取之处。

"我先挂了啊。"

挂断电话之后，应照离起身收拾了一下自己，想着出门逛逛看看有没有什么礼物可以送。

她相中了一双皮鞋，但是送鞋好像寓意不太好，代表越走越远的意思。

应照离想着领结和胸针、腰带都送过了，还能送点什么他喜欢的。

思虑了许久，最终，她敲定了一块男士手表，在柜台一眼看上去很适合梁言，而且指针设计很独特，于是肉疼地买了下来。

应照离倒也没想送手表寓意也不怎么好。

时间一天一天过着，这五天，她忙，梁言在公司也忙，两个人基本都没有见面。

9 月 24 日晚上。

应照离早早洗漱完上床静待零点，卡着零点的那一秒把生日祝福发了过去："生日快乐啊，男朋友。"

这是她第一次正大光明地给梁言送上生日祝福。

其实应照离从高二再次遇见他之后的每一年，都祝他生日快乐了。

但从来没敢让梁言知道。

小姑娘当时只会在日记里记录，然后卡着零点在每年的 9 月 25 日发一条说说。

说说内容极其简洁：

生日快乐。

不提人名，不说其他，只有一句祝福。

应照离盯着手机屏幕等着人回复，等来等去也没等到，她觉得梁言可能已经休息，又等了一会儿，自己也关灯睡觉了。

第二天一直到上午九点多，她才收到梁言发来的消息："我都忘了 25 日是我生日了，今天忙得抽不开身。明天和你一起补过一个怎么样？"

应照离看着消息，吐槽道："自己生日都能忘。"

她给梁言简单地发了一个"好"字，低头看着手里的手表礼盒，若有所思。

一直到下午六点，应照离把阳晖公司的面试资料都整理好后，点了份外卖吃，给盐盐和信封准备好食物后，去浴室里洗了个澡，还顺带刷了牙。

她在自己衣柜里挑了件艳红色连衣裙，捯饬完头发，扎了一条黑色丝绸发带，化上很精致的妆容。

收拾好后，应照离提着装礼盒的袋子，又拿了一瓶红酒，出了门。

她打车来到梁言的公寓，已经快晚上九点了。

应照离轻车熟路地用密码打开门，红色细高跟轻踩着，从玄关处进去，走廊的筒灯没关，散发着昏暗的暖黄色，照得各个角落钻出来几分暧昧旖旎的氛围感。

她走到沙发处，将红酒和手表盒放到桌子上，袋子搁置在地下，然后默默坐在那儿，等着梁言出来。

几分钟后。

男人从卧室推开门，白衬衣没扣扣子，敞开着，露出腹肌和精壮的胸膛，看见坐在沙发上的应照离顿住脚步。

她眨眨眼，柳叶眸中聚着光，从梁言的脸掠到衬衣的第二颗扣子，滑到衣角边缘看见优越的人鱼线延伸到腰带。

梁言没想到这么晚了应照离会过来，洗完澡后正想试试孔正初给他送的生日礼物，一套新西装，想到自己的领带被扔在了客厅外面，也没顾忌就直接出来了。

如今看到应照离赤裸裸打量的目光，细碎地笑出声，一双修长的手将衬衣扣子一颗一颗扣好，顺势拿起了电视机旁的领带。

应照离的目光一直没离开过他。

梁言挑了下眉，把衬衣衣摆先塞进腰间，语气里拖了点腔调："矜持点？"

应照离看见他这一身定制西装，明明看惯了男人正装打扮，但还是会被这具斯文儒雅的皮囊勾引。

她起身，踩着细高跟，一步一步走到他面前。

应照离弯着眼角看他，伸出纤细的胳膊，指尖按压上他有些干的嘴唇，拽着领带踮脚不紧不慢地覆上去。

她感受到梁言的胳膊搂住自己的细腰，笑靥如花，指尖又在男人滑动的喉结上轻轻刮扯着，侧头吻上去，微微张开的唇瓣露出左侧锋利的小虎牙，使坏咬了一口，在他的脖颈正中央留下唇印。

"离离。"梁言声音低哑，垂眸看着使坏的小妖精。

应照离没说话，手指勾住他的领口，解开了第三颗扣子，摸着好看的锁骨，在上面落下一个吻。

梁言手里的领带也到了应照离的手里，她给他戴好，"啧"了一声："这一身挺好看。"

"你送我的生日礼物呢？"他问。

应照离指了指桌子上的手表盒，说了句："本来想送你一块手表，但是好像寓意也不怎么好。"

梁言揉揉她的发丝，笑着说："迷信。"

"所以——"应照离歪了下头，嘴角勾起，"我临时准备了一份更好的礼物。"

梁言不知是什么。

她抬手把黑色丝绸发带解下来，长长的深棕色鬈发铺盖在肩膀上，踮脚将丝绸发带蒙紧男人细长的双眼，在他的后脑勺处系了个蝴蝶结。

“这是干什么？”梁言被蒙住眼睛，下意识去抓应照离的胳膊。

结果被人躲了过去，只留下一句：“站这儿等着。”

梁言只好在这儿站着，静等应照离回来，没有擅自把发带解开。

没过多久，眼睛上的黑色发带被人解开，他睁开眼睛，闯入视线的是扎起了高马尾的应照离。

女人穿了一身蓝色的球衣，胸前的数字是25号，背后是LIANG YAN的汉语拼音，有几绺碎发还在纤细的脖颈处，没来得及梳上去。

梁言看着球衣遮住了她的大腿根，一双白皙光滑的腿，她没穿鞋，脚丫就踩在地上。

“这才是礼物？”他扶着她踩到自己的脚上。

应照离勾住梁言的脖子，撇了下嘴：“你不喜欢吗？”

打篮球的男生不是都喜欢自己女朋友穿球衣的样子？难道她穿上有些丑？怎么办，要不还是把我的红裙子换回来？

好像裙子有女人味一些？

梁言的胳膊环住她的腰，把她的手握住，引到自己的领口，咧开嘴笑着，声音低沉：“乖宝贝儿，解个领带？”

她以为刚刚自己给他系好的领带有些紧，勒得梁言难受，连忙给他解下来。

男人俯身吻住她的唇，亲了几分钟才放开，大掌蹭过她眼睛下的那颗泪痣，声音像是在下蛊：“学长让你开心。”

应照离听到久违的“学长”两个字出现在这种情况下，竟然还有些羞耻。

她看着梁言勾引性的眼神，解开了他两颗扣子，笑着问：“怎么开心？”

这个女人在调戏人方面真的无师自通。

梁言抵着应照离的额头，骨节分明的手从她的肩膀慢慢撩拨至纤细突出的锁骨，嘴里说着好听的德语：“Ich will dich.”

应照离视线落到他青筋微暴的脖颈，弯着眼角拿指尖去挑逗那双细长抹上情欲的眼睛，挑了下眉：“你想要我？”

男人的眼睛瞥向桌上的那瓶红酒。

“要不要把红酒开了？”

应照离看他那么有兴致，便点了点头。

梁言弯腰把她抱了起来，走到沙发处，拿起了那瓶红酒，往家里的小吧台走过去。

他没把应照离放到高脚凳，而是直接让人坐在了吧台上。

梁言去旁边拿了两个高脚杯和开瓶器。

他熟练地转动开瓶器，封住瓶口的木塞也随之慢慢地向上移动着，最后“啵”的一声被拔出来。

红色液体从瓶口处倒出来，在玻璃杯底铺了浅浅一层。

梁言把一杯递给应照离，她刚想喝，却被攥住了手腕。

男人的胳膊与她相交缠，形成了喝交杯酒的动作，她笑笑，红色液体被一口一口灌入口腔里。

两个人喝了三杯后，梁言把高脚杯放到了桌子一边，里面还剩了一些。

应照离的脚丫在桌子下悬空晃荡着。

梁言往前走了一步，把她脖子上的几绺碎发拨到后面，捧着她的脸就亲了下去，温热的口腔壁里满是红酒的味道，让人发狂。

这一晚上，窄窗外的树木见证了两个人的爱情，高脚杯里不断晃动的红酒和她一起放纵着。

应照离也不知道什么时候被人抱回了卧室。

第二天一大早，应照离醒来时，睁开眼睛第一件事就是伸手去揉自己的腰。

应照离见梁言还在睡着，稍稍起身，看自己那件蓝色球衣被扔到哪儿了。

刚看到衣服的身影，整个人就被搂过去贴上一具温热的身体，他的手还在自己的腰上不紧不慢地揉了两把。

“怎么醒那么早？”

梁言抬起眼，看着怀里的应照离，眼神扫过她的脖颈，顺势往下，嘴角默默上扬。

“早安，二十四岁的梁言。”应照离的胳膊环上他的脖子，在他脸上“吧唧”亲一口。

梁言宠溺地笑笑：“腰还疼吗？抱歉，昨天晚上没顾及好你的感受。”

应照离翻过身去，细长白皙的腿从被子里伸出来，她用脚尖勾起乱扔在地毯上的蓝色球衣，起身把衣服穿好。

凌乱的头发被人用手指梳理后乖巧地披在肩膀上。

应照离扭头看向盯着自己穿衣服的男人，笑着跨坐到他的身上，弯腰趴到他的耳边：“生日礼物，男朋友还喜欢吗？”

“喜欢。”梁言一个翻身把应照离压在了身下，被子没遮住他的后背，露出线条流畅的肌肉，他挑逗性地勾勾她的下巴，撇撇嘴，“可我不想只能生日的时候才有。”

应照离推了推他，假装正经地说：“性生活不能太频繁，有损健康。”

“我身体好得很。”梁言刮蹭着她的耳垂，慢条斯理地说，“离离，你搬过来吧。”

“搬过来干吗？”应照离问。

梁言挑眉：“带你天天锻炼。家里的健身房，我一个人用太空了。”

应照离想到搬过来好像也不是不行，但这就是同居了，这种事如果让父亲知道，那肯定完蛋。

她家是有点传统保守的，应裕闻从小就特别严厉地说教她禁止早恋，高中稍微臭美一点就会被怀疑心思是不是不在学习上，穿衣服也要规规矩矩的，不能涂指甲油、不能染头发。

应照离第一次正大光明在家里化妆还是大四刚毕业，小时候搬着马扎坐在大门口陪奶奶，有一个路过的阿姨，穿着漂亮衣服，化着精致的妆，是嫁到这来的媳妇儿，经常被一群人在背后嚼舌根。

“你看看穿的那是一套啥。”

“都结婚了还整天顾着打扮，也不知道早点要个孩子。”

…………

庄里嫁来一个浓妆艳抹会打扮的阿姨，就像是出现了一个怪物，这种明明在大城市十分正常的装扮，却与这一小撮人格格不入。

所以应照离第一次在家涂口红的时候，被应裕闻还训斥了一番，叫她不要化妆，后来又做出点妥协，吃饭的时候让她把口红擦了。

“今年过年——你还回台江吗？”应照离看着梁言，问道。

梁言：“回，看看奶奶。”

应照离沉默了会儿，开口说：“我爸让我今年过年带你回家。”

“应叔叔知道我们俩的事了？”梁言怔住，舔了下嘴唇，“你爸妈喜欢什么？爷爷、奶奶是不是应该买点保健品，我前两天在手机上看到了老年人专用足浴盆来着——”

应照离抬手捂住他的嘴，笑出声：“这还不到十月，离过年早着呢，你急什么？”

梁言握住她的手：“第一次见爸妈，肯定要提前准备好一切。”

“也不用这么提前吧？”应照离忍不住说。

梁言：“等我好好研究一下去岳父、岳母家应该带什么礼物。”

“我还没说要和你结婚呢，叫什么岳父岳母。”应照离小声嘀咕。

梁言打开手机用浏览器搜索着，回应了一句：“都收了梁家传给儿媳妇的钢笔了，还嘴硬不承认。”

应照离没理他，掀开被子去卫生间洗漱。

半个月后。

应照离在阳晖的面试得到了人事部门的高度肯定，很快就办理好了实习生的手续，开始实习。

学校的事和阳晖实习同时兼顾着，很充实地过完了三个月，明华放寒假后，阳晖的实习也结束了。

应照离陪着梁言买了一堆回家的礼物，把盐盐和信封办托运到台江。

等恒言也放了年假后，两个人一起回了台江。

应照离先去梁奶奶家陪老人待了两天，除夕那天回了家。

大年初一，现在搬到小区住了之后，也不用挨家挨户地串门拜年，省了麻烦，但少了许多年味。

梁言下午两点就给应照离打电话，说他收拾一下自己马上就去她家拜访。

应照离别的没有嘱咐，只说了句穿点显胖的衣服。

她发完消息过了两个小时，听见门铃响了，应裕闻喊她去开门。

打开门后，就看见穿着一身黑色长羽绒服的梁言，里面穿着西服，还特意搞了搞发型，手里提了三四个礼盒。

应照离小声说："你怎么搞得那么正式？"

"怎么办，我有点紧张，得要女朋友亲一口。"梁言凑近她的脸，笑着盯住她没涂口红的嘴唇。

她回头看了看，超快地碰了一下梁言的嘴唇，低头给他拿拖鞋，把外套挂到衣架上。

"爸、妈，梁言来了。"应照离冲里面喊了一声，带着梁言走到客厅里。

爷爷、奶奶还在那儿看电视，应爷爷拍了拍应奶奶的肩膀，大声冲着她的耳朵喊了句："你孙女婿来了！"

"我奶奶耳朵不好使，一会儿你跟她说话大点声。"应照离小声提醒。

应奶奶起身回头看到了梁言，往这边走过来。

梁言立马把礼盒放到桌上，扶着应奶奶的胳膊："奶奶，您快坐下！"

"哎！"应奶奶一脸喜欢地打量着，拍拍他的手，皱着眉头又说，"你看你们这群小年轻，都那么瘦，我以前天天让离离多吃饭，就是不听，长得又胖又壮的，这身体也好不是。"

应照离无奈地笑笑，拉着梁言坐到沙发上，跟他解释："我听这唠叨听了十几年了，知道为什么让你穿得显胖点了吗？"

"这就是梁言吧。"苏钰娟从厨房里出来，刚巧撞见应裕闻从卧室走出来。

梁言起身，很有礼貌地说了声："叔叔、阿姨，我就是梁言，离离的男朋友。"

苏钰娟看他这一身西装打扮，又帅还成熟稳重，给应照离递了个眼色，对女婿还比较满意。

应裕闻只是简单地应了句。

等到下午开始做饭，梁言主动去厨房帮苏钰娟，并且自己做了几道应照离爱吃的菜。

"小言，你是怎么相中我们家离离的啊？"苏钰娟看他这么优秀，家里肯定也是挺富裕的。

梁言低眸，想到德国的偶遇，笑着说道："离离去德国旅游的时候，我正巧在那儿出差，就一见钟情吧。她身上不管是优点还是小缺陷，我都喜欢。"

苏钰娟边切菜边问："你们俩——谁追的谁啊？"

"我追的她。"梁言回道。

苏钰娟摇摇头，"啧"了一声："肯定不好追吧。你别看我这个闺女脾气这么软，她可轴得很，认定了的事，不会撒手的。"

"这么轴？"梁言笑出了声。

“也不怕跟你说，高三那年我收拾她房间的时候看到了一本笔记，也不知道她从哪儿弄来的，睡觉都放在枕头下面枕着。之后我想着高中毕业也没用了，留着占地方，纸都脆了，就给她扔到楼下的垃圾桶。她知道后硬是跑下去又捡了回来。”苏钰娟说着。

梁言愣了下，问道：“阿姨，那本笔记现在放哪儿您知道吗？”

苏钰娟：“我上次收拾的时候放到她的书架上了，一个黑壳的厚笔记。”

应照离把饭桌收拾干净，一盘一盘菜被端到桌子上，等最后一盘土豆炖牛肉被梁言端上来后。

一家人坐在一起，开着电视准备吃饭。

应奶奶非要让孙女婿挨着她坐，应照离只能坐到梁言旁边。

“小言啊，今晚别走了吧，住这儿。”应奶奶说道。

梁言礼貌地笑笑：“这太麻烦了，我还是开车回家吧。”

“没事，家里还有一间空房间，也没人住，让照离给你收拾出来。”苏钰娟也劝他留下。

应裕闻没吭声，只是低头吃着饭，过了会儿张口说道：“这么晚了，回去也不安全，就将就睡吧。”

梁言听到这儿，也没再推托，答应了下来。

“照离说，你在明华大学读研究生？”应裕闻问。

梁言不紧不慢地说着：“我比离离大一级，本硕连读，修的双学位。”

应裕闻：“那——你现在找到工作了吗？”

梁言：“叔叔，我现在在恒言公司当财务总监，不出意外的话，未来会继续留任升职。”

“是照离实习的那家公司？”应裕闻记得应照离也是在这家公司实习的。

梁言的筷子一直没动，回应着应裕闻的问题：“嗯，恒言，也是我家的公司。”

一顿饭吃完后，应照离给梁言收拾出没人住的那个屋子后，找了身换洗的衣服，先让他去洗澡，自己则在客厅陪爷爷、奶奶看电视，应裕闻走过来把她喊到了屋里去。

应照离进屋之后坐下，顺口问了句：“怎么了爸？”

应裕闻叹了口气，脸色严肃：“你跟梁言的事，我不同意。”

应照离见他的态度如此斩钉截铁，皱起了眉头：“为什么？”

应裕闻拿出手机来，把浏览器打开，在搜索栏里一下一下地用指头点着，输上了恒言公司，看着上面的词条。

他拿给她瞧，语重心长地说：“离离，梁言那孩子的家庭，不是咱们这种普通人家能轻易接触的。”

应照离咬着唇，不断地眨眼，忍住自己的情绪，随后说：“爸，您是觉得我高攀他了吗？”

“当然不是。我家闺女嫁给谁，都是他高攀了你，即使再完美的人，爸爸也能给他挑出刺来。”应裕闻没想到她会这么想，连忙解释。

“那——我觉得其他都不是问题。”应照离还是有点不明白爸爸为什么会反对。

“妮妮儿，他们那种富贵人家，你想过以后要是嫁过去怎么办？”应裕闻抬起胳膊拍了拍她的肩膀，语气中带着无奈，“人家那边的亲戚总归会看不起你，公公、婆婆再不待见，伺候他们吃喝，看人眼色活着，生了孩子之后你要是再不工作了，花销都得找男方，到时候他们只顾着宝贝孙子，谁会管你一个外家人。这么一想想我就难受啊，我闺女得受多少苦。”

应照离没想到爸爸会考虑那么多，一时间不知道该怎么还嘴了：“爸——”

应裕闻：“唉，爸爸不求你大富大贵，只求你下半辈子过得安安稳稳，找个和咱一样普通点的人家，公公、婆婆都对你好，不顺心了立马咱就回来，什么气都不用受。”

应照离抿着嘴，认真听他说，过了一会儿，开口问了句：“爸，您还记得初中买电脑的时候我问您为什么不买便宜点的吗？”

“早忘了，都多少年了。”应裕闻回道。

应照离复述了一遍他当年的话：“您说供我上仁济就是愿意力所能及地让我去见见世面，给我买最好的东西，也是想着我长大后就不会为了些小恩惠迷住了眼儿。”

“爸，我已经见过世面了，您让我找个普通人家过安安稳稳的日子，确实很不错。”应照离调整了一下呼吸，低着的头抬起来，对上应裕闻皱纹横长的那双眼睛，“可那种日子对我来说，就是当初迷住眼儿的小恩惠。”

应裕闻看着女儿坚定的眼神，卸下了心中的防线，儿孙自有儿孙福，他从小就管着应照离，从来没有意识到孩子是有自己想法的。

如今才真真正正觉得她是个大姑娘了，她的人生应该由她自己选择。

应裕闻松了口：“妮妮儿，是爸爸把你想得太脆弱了，只要你幸福，怎么都好。”

“那——您觉得梁言表现怎么样？”应照离试探地问道。

应裕闻咳嗽了声：“一般吧。”

第二天早上。

应照离在家里睡到了十点多，醒来之后见梁言陪着爷爷、奶奶在包饺子，爸爸、妈妈在厨房里忙活。

“真勤快。”她坐到梁言身边，用只有两个人能听见的音量说出来。

应奶奶笑着说：“离离，人家小梁这包饺子的手法可比你好，你看看你，这么的大姑娘了，还啥也不会做呢。”

“奶奶！反正以后他做饭，我只管吃就行。”应照离把音量放大，怕奶奶听不见。

苏钰娟过来拿饺子下锅，敲了一下她的头："也不嫌害臊。"

一家人吃完饭。

下午应照离正窝在沙发上倚着梁言看剧，苏钰娟出来喊她陪自己到楼下超市去买点东西。

她只好起身把鞋换了，陪苏钰娟下楼。

应裕闻这才坐到沙发上，跟梁言谈起话来。

"小梁，你跟叔叔说实话，有没有认真考虑过和离离结婚的事。"应裕闻很严肃地说着。

梁言回话："叔叔，不瞒您说，我妈已经见过离离了，我打算在照离研究生毕业的时候就和她结婚。"

应裕闻想了想时间，还挺合理，有些满意地点点头。

"我向您保证，您不用担心离离嫁过来会受委屈。"梁言又如实说，"我的家庭背景很简单，我爸是恒言公司的董事长，我妈是书法协会的成员，平时就爱在家里练字，写了作品就卖几幅。他俩在我成年后离婚了，我是家里的独生子，爷爷去世，目前奶奶在台江，身体还健朗。如果她想回台江发展，我就陪她回来；如果她想留在文城，结婚后我会凭借自己赚的钱买一套婚房，不需要她去顾及谁的感受。"

应裕闻听完这一番话，心里的顾虑消减了大半，本来就是骨子里刻着教养的小孩，能做出这样的承诺，他也能放心将女儿交给他了。

过完年，应照离和梁言回到了文城。

她的房租到期了，也不想继续租下去，应照离考虑先在梁言那凑合着，等她在阳晖公司附近找到合适的房子再搬过去。

这天晚上，应照离因为下午喝了咖啡，实在是有些失眠，梁言只能搂着她，陪她说说心里话，消遣一下时间。

"过年来我家的时候，你有没有想过要是我爸不同意怎么办？"应照离好奇地问，带着点期待。

梁言笑了笑："还能怎么办，只能磨到应叔叔同意，他肯定也不忍心让我一直不结婚。"

"我爸一开始还真不同意，他觉得我们俩之间的家庭差距太大。"应照离回道。

梁言皱了皱眉："我结婚的对象是你，家庭并不能成为阻挡的原因。"

"你知道，我为什么这么喜欢喝雪碧吗？"应照离发现从小就没经历过什么磨难的梁言，把这个世界想得很美好。

梁言思考了下："不知道。"

"我上小学的时候，每天放学后就能看见很多小朋友在学校门口停着的三轮车零食摊上买一毛钱的软糖、五毛钱的辣条吃，那时候谁兜里有五块钱就是大富翁。"应照离现在说起小时候来还是不自觉地弯起了嘴角，有些怀念。

梁言逗她：“那我家宝贝有当过大富翁吗？”

“肯定有过啊，我妈经常偷偷给我零花钱，虽然不怎么多。我当时特别想喝雪碧，可是两块五毛一瓶对我来说太贵了，所以雪碧都是得过年的时候才能喝到那种大桶的，那是我喝过的最好喝的饮料。后来长大了，自己有钱后，对雪碧就有种病态性的执着，想把小时候没能喝的雪碧全补上。”

“所以也可以这么说——”应照离看着梁言，眼神里充满了认真，“我这辈子最爱的，除了雪碧就是你。”

梁言：“原来我就值两块五。”

“能不能听重点，别走偏。”应照离无语。

梁言：“好。”

“我说雪碧的事，就是想说……”应照离缓缓呼了一口气，把真心话全部倒出来，“我和你天生就是不一样的，两块五的雪碧我能执着到现在，第一次知道新百伦是因为被人指出这是山寨货，而不是妈妈在商场里蹲下给我试最新款的鞋；发现班里的女孩子会有专门用来拍照的美颜手机，而不是前置摄像头 50 万像素的杂牌子；知道三文鱼的吃法是在偶像剧里面学的而不是日式餐厅。”

梁言第一次听应照离说这些，他对她的以前的了解还只停留在那本小王子日记本里，他觉得日记里的小姑娘已经很让人心疼，可那只是应照离能记录下来的冰山一角。

男人把她搂紧，忍不住吻了吻她的额头，声音温柔又虔诚：“离离，我爱你，我会做到最爱你，来弥补这些你觉得不一样的地方。”

应照离知道他只要说过，肯定会做到言出必行，但还是忍不住反驳：“梁言，你要知道，这个世界上，没有任何一个男人比我爸更爱我，包括你。”

她停顿了几秒，上下眼皮有些打架。

“你根本不知道他有多爱我。他可以夏天忍着蚊子成片地咬他，把渔网一个个地下到水沟里，在边上守那么一整夜。他可以为了赚那么点钱，没有防护地下河，用吸铁石吸几十斤重的铁，然后徒手搬上来。他可以为了他闺女，拿自己的身体去扛这几十年。”

梁言怔住，只是紧紧地搂着她。

“我那时候觉得，钱好像把我这辈子都害惨了。”

梁言听着她碎碎念了好久，终于抵不住困意的来袭，睡着在了他的怀里。

男人看着脸蛋上还有泪痕的应照离，起身找了张湿巾小心翼翼地给她擦干净。

时间总是在不知不觉中就溜走了。

来年的三月，林归梦和吴樯办了婚礼，应照离当伴娘，梁言当伴郎，看着两个人幸福地走向了婚姻的殿堂。

婚礼上扔捧花的时候，林归梦几乎是快直接把花送到应照离的手里了。

所有的事都在往好的方向发展着，应照离在阳晖公司顺利转正，她和梁言两个人的感情也越来越坚固，偶尔去崔青那陪她吃吃饭，梁恒对应照离的态度竟然也好转了……

5月26日，应照离过了二十三岁生日。

当天林归梦、吴樯，还有梁言一起陪她许愿的时候，来了两个不合时宜的电话。

打断了她许下希望能和梁言永远在一起的愿望。

梁言不紧不慢地接起了手里的电话："喂。"

"喂，您好，请问您是仁济中学2013届毕业的梁言学长吗？"对面传来了一个极为寡淡又清冷的声音，很有礼貌。

梁言眨了下眼："我是。"

"打扰您了，我是仁济高二的学生，叫徐堂砚，本周六仁济即将举办建校四十周年庆典，想邀请您作为优秀毕业生来参加典礼，不知道学长您有没有时间？"少年像是例行公事一样说完，倒也没有期待着梁言的同意。

梁言想了下这周末没事，于是答应了下来。

这边刚挂断电话，应照离手边的手机屏幕也亮起来。

她接通电话。

"喂，您好，请问您是仁济中学2014届毕业的应照离学姐吗？"这次传来的是甜甜的、有些娇的女声。

"嗯，我是。"应照离回道。

"我是仁济高二的学生宁皙临，本周六仁济即将举办建校四十周年庆典，想邀请您作为优秀毕业生来参加典礼，希望学姐有时间可以准时参加哦。"

少女的声音又甜又软，叫人不舍得拒绝，她见梁言答应了下来，也答应了。

只是应照离不知道在挂断电话的那一瞬间，对方挂着甜美微笑的脸蛋把笑容收敛起来，歪头看了眼面前的少年。

"这小妹妹声音可以啊！如果不是'声优怪'，肯定长得不赖。"林归梦凑在应照离的耳边，眼睛瞪得老大。

应照离拍了她的脑袋一下，皱眉看了眼："收收你的口水。"

"离离，你不懂声控，就像我不懂你是手控一样，反正谁也别嫌弃谁。"林归梦说完，朝她做了个鬼脸。

吴樯无语道："都是结了婚的人了，还是个幼稚鬼，看来我以后得养两个孩子。"

"怎么，这就先变成婚姻的坟墓了？"林归梦给了他一个白眼。

梁言挂断电话后，发现教导主任给他发了消息，说让他准备一段演讲词，等周六的时候上台做优秀毕业生代表演讲。

应照离在旁边看着，这两天梁言还在忙公司的事，她看他准备回绝教导主任上台演讲的邀请，立马把手机夺了过来。

梁言疑惑地看她一眼："怎么了？"

"拒了干什么，我还想看我男朋友站在舞台上讲话的模样呢。"应照离低头给主任回了一句“好的”。

梁言淡淡道：“写演讲词太麻烦了，这两天我实在是没空。”

“你把我这个专业主持人放在哪里？”应照离勾勾唇，十分自信地说。

梁言顿了下，压抑住上扬的嘴角，声音平静：“你写？”

“嗯，稿子包在我身上。”应照离朝他挑了下眉。

今天是周四，步老先生特意给她批了两天的假让应照离好好地过生日，她和梁言周五的时候回了台江。

晚上洗完漱，应照离坐在书桌前开始写稿子，第一版写得很官方，是同学们听了必会打瞌睡的那种。

她不知道如果写得不那么正经，会不会被打回来重改，但还是忍不住自己心里的躁动，写了另外一版。

又修改了好几次，才把最终版本的两份文档发给梁言，她一个尾缀了官方版，一个尾缀了真心版。

梁言：“你想让我讲哪个？”

应照离看着男人发过来的消息，笑了笑，回道：“当然是真心版了，可我怕主任看了给你打回来。”

梁言：“我发给他看一下。”

应照离：“好。”

过了一会儿，应照离手机“嗡嗡”振动了下。

梁言：“主任还是让我用官方版。”

应照离小小失落了下，回了句：那就用官方版，我就当另一个写着玩的。

梁言：“辛苦了，女朋友，明天见。”

应照离：“晚安。”

周六一大早。

应照离被六点的闹钟吵醒，起床之后洗了澡，然后穿上了德国啤酒节的那件法式复古红丝绒长裙。

她把头发吹干后，拿卷发棒做好发型，深棕色的长鬈发肆意地披在肩膀上。等妆面也完成后，应照离抬起脚换上高跟鞋。

起身走到全身镜前，镜子里的女人一袭红裙，衬得皮肤冷白，玻璃窗洒进来的光打在纤薄突出的锁骨上，从骨子里散发出来性感妩媚的气质。

她看着自己的这身打扮，明明是同一件裙子穿在身上，但自己好像跟一年前完全不一样了。

应照离把披着的头发用丝绸发带扎了个低马尾，显得比刚刚庄重了许多。

她走到梳妆台前，把一个木头小盒子打开，里面放着的是那个小玫瑰的胸针，应照离拿出来别在了自己的发带上。

等她收拾完下楼去，梁言坐在车里等着，十分认真地盯着手机，也不知道在看什么。

“刚刚看什么呢，这么入神？”应照离打开车门坐进来，把安全带系好。

梁言把手机关了放到一边，回道：“顺顺稿。”

“噢，走吧。”应照离一想到回仁济，还有些紧张。

行驶了大概一个多小时，她一眼望去，仁济金色的大圆顶依旧那么突出，一架飞机拉着奶白的长线从顶尖掠过。

应照离毕业离开仁济后，大学期间再也没回来看过，不是对母校没有感情，而是高考没能考好让她觉得没脸回来。

她还记得毕业典礼那天，整个班的同学最后一次坐在班里，杜韵说着心里话，差点把妆都哭晕了。

梁言把车停下，手里提着一个袋子和应照离并肩走着，还没来得及逛逛校园，教导主任就迎了过来，十分热情地把梁言和应照离招呼到了办公室里。

梁言被拉着叙了很久的旧，应照离给杜韵发了个消息，知道了老师办公室在哪儿。

她见主任跟他聊得还很嗨，客气地说了一句去看看自己的老师，把梁言一个人撂在这儿了。

应照离走到教学楼，还是熟悉的教室，却已经换了一批又一批的人。

杜韵的办公室在二楼，她走到门口，敲了敲门，听见“请进”之后推门进去了。

应照离看见那张熟悉的脸，只不过眼角多了几条鱼尾纹。

“老师，好久不见。”她笑着走过去。

杜韵站起来，上下打量着应照离，感叹道：“真是女大十八变，要是走在路上，老师都不敢认你。”

“您还是那么年轻。”应照离笑弯了眼。

杜韵拉着她问了问近况，说了说班里的其他同学，讲起往事还差点哭了。

她突然想起什么来，扭头朝着最里面的办公位喊了一声。

杜韵把两位穿着校服的学生叫了过来，热情地介绍道：“这是我班上的两个孩子，你的直系学弟学妹，这是你们 2014 届毕业的学姐，应照离。”

“老师，我知道学姐的名字。”小姑娘直勾勾地盯着应照离。

应照离觉得女孩的声音很熟悉。

她抬头看过去，入眼的先是一双小皮鞋，随后是纤瘦白嫩的双腿，穿着苏格兰小红短裙，白衬衣被扎进裙子里。

“你怎么知道的？”杜韵有些奇怪。

小姑娘顿了一下，露出了特别灿烂的微笑：“邀请优秀毕业生的时候，是我给学姐打的电话。”

应照离这才想起来，为什么会觉得声音熟悉了。

两个人对视上，应照离也朝她笑了笑。

她生得很俊俏，黛眉深目的，鼻梁挺翘，五官带着混血感，深棕色的鬈发被扎成了高马尾，有种英伦风。

“学姐，我叫宁皙临。我旁边这位也是杜老师的学生，他叫徐堂砚。”

应照离看向她旁边的少年，刘海刚过眉梢，一双眼睛眸色很浅，比旁边的宁皙临高出来一个头，身形瘦高，穿着白衬衣，整个人清冷又寡淡。

她没多看，挪回目光看着杜韵。

“我有有别的事要干，你们俩把昨天的卷子写完放我桌上，然后就去吃饭吧。”

杜韵临时接到了活，嘱咐完两个孩子后，她让应照离在办公室等等自己，然后匆匆地出了门。

两位学生又坐回到最里面的位置上。

应照离打开微信，发现梁言没有回消息，估计还在主任办公室。

屋里空调开得很足，老师也都不在，只有笔在纸上写字的摩擦声。

应照离伸手摸了一下自己的头发，感觉玫瑰花胸针的位置歪了。她打开包，拿出了里面的小镜子，头微微侧着，调整好歪掉的玫瑰花。

应照离把镜子又侧了侧，没等镜子放下，她的眼睛定在了镜子里照出的画面。

刚刚对自己笑得特别甜美的小学妹，她的脚踩到了徐堂砚的鞋上，白色的鞋面被弄脏，她还没意识到。

宁皙临托着腮，无辜的眼神看着正在给自己讲题的男生，笑着撇撇嘴：“这道题好难啊，我想听你再讲一遍。”

徐堂砚低眸看着手里的卷子，清冷的脸上没有一丝丝变化。

应照离把镜子收起来，眼看到了饭点，她跟杜韵发了消息，去主任办公室找梁言吃饭。

庆典的开幕式定在了下午三点，梁言还需要参加一遍彩排，陪应照离吃完饭后就去了圆顶楼的大礼堂。

她自己一个人，默默地逛着整个校园，从学校最右边的操场那条路开始。

应照离一步一步走着，高中的时光与现在一点点重叠，每走过一个地方，在那里发生的事就如同电影一样在眼前播放。

她看见了在操场上知道梁言近况后忍着眼泪的小姑娘，又看到脚扭伤时两个人走去医务室的背影，还有在高三楼前自己偷偷溜进去，拿走遗留下的笔记、资料，还有姓名卡……

一幕一幕都历历在目，她的回忆原来很早之前就被自己埋在了深土里，只待多年后的一个契机，小小的火星子把这一整片荒原又燎着了。

高三教学楼是在学校的最西边，这儿比较安静，当然，和别处相比，也有些荒凉。

她看了眼手机，不知不觉竟然已经快下午三点了。

应照离记得这有个小道，能直通圆顶楼，就是曲折又拐弯，但比走大路要快很多。

她凭着印象从树道里走进去，今年台江的气温很高，这才五月底，就已经有蝉鸣了。

应照离一步一步走着，低头小心脚下的石子，很安静的环境里，传来了窸窸窣窣的声音。

她刚一拐弯，不小心在后墙边上看见背对着自己的两个人，是自己在杜韵办公室遇见的学弟、学妹。

应照离又躲了回去，想着等他们走了自己再走。

不过，两个人走着走着突然停住了脚步，应照离看见宁暂临踮起脚，小皮鞋被压出一道痕迹。她嘴角咧得很开，睫毛下那双无害的眼睛盯着他徐堂砚。

她微微张嘴，不知道说着什么。

下一秒宁暂临挥了挥手，迈着轻快的步伐往前走去。

少年攥着的拳头微颤，他没做停留，隔着一段距离跟在绑着马尾辫的小姑娘身后，消失在树林里。

应照离有些看不懂两个人的关系，还在疑惑着，手机“嗡嗡”响了两声。

梁言给她发了张彩排照片，拍了她的位置，让应照离别迟到找错位置了。

她笑着回了句“好”。

她加快速度，卡着两点五十五分到了礼堂内。

先是被身上挂着红色丝绸条带的学生引到签名墙处，她在一堆签名里找到了梁言的，拿着马克笔在旁边写上了“应照离”三个字。

她坐到第二排的位置，典礼开始。

四个学弟、学妹穿着正装和礼裙走到舞台中央报幕，又是规规矩矩的步骤，致开场词，随后校长讲话，过了半个多小时，应照离等到了优秀毕业生代表上台演讲。

她看着一身暗蓝色双排扣西装的梁言，系了自己买的那条波尔多红复古领带，挺拔又修长的身姿走到舞台中央，鼻梁上的金边方框眼镜把人衬得十分斯文。

男人站到演讲台旁边，把手里的稿子放到上面，开始了很官方的演讲。

最初她还听见周围还有好几个学妹在小声地说他帅，后来也不说话了，认真听着台上的人讲。

应照离笑着摇摇头，果然，美色还是最吸引人的，刚刚校长讲话，也没见有几个抬起脑袋瞪大眼睛听的。

演讲稿大约完成了二分之一，应照离也在听着，突然声音停了下来，她皱着眉看他。

“怎么停了呀？”

“学长是不是忘词了？”

…………

过了几秒，梁言在台上轻轻笑了一声，惹得观众席一阵哄乱。

“就这样讲，你们会不会觉得很无聊？”

应照离不知道梁言抽了什么风，把手里的稿子折起来放到了一边，开始脱稿演讲。

接着讲的内容是自己写的真心版，应照离心虚地瞟了眼坐在自己前方的校长，他竟然没生气，反而津津有味地听着，本来着急上火的教导主任，看到校长的反应，也没再说什么。

她听梁言很快讲完了自己写的稿子，观众席里的学弟、学妹都被激起了兴趣，略带点不正经的演讲，对一帮正值青春年少的学生，有着极大的吸引力。

梁言把稿子讲完，到了提问环节。

有个学弟率先站了起来，问道：“学长！你这么优秀，那你觉得学历这个东西是最重要的吗？”

梁言不紧不慢地开口：“当然不是最重要的，学历并不能代表什么，但在现在这个社会，它确实是一块昂贵的敲门砖，能让你跃入一个更高的平台。你们如今好好学习，不是为了一纸学历，是为了让未来的你们有更多的机会选择别人，而不是让别人选择你。”

一本正经的提问结束。

后面出现了很多和学习不怎么沾边的，但又努力跟学习挂上钩。

“学长，你后半场的脱口演讲是你临场发挥的吗？”

梁言如实地说：“不是。”

那个学妹坐下后小声跟同学嘀咕着：“原来不是他自己想的啊，我觉得后面讲得真的好。”

“演讲稿是我夫人写的，并不是本人撰写。”梁言指尖推了推眼镜，嘴角勾笑又补了句。

应照离愣了下，这还是第一次从他口中听到他称呼自己为夫人。

这一句话把这群孩子的八卦之魂给点燃了，哄哄嚷嚷地讨论着。

“学长！你觉得我们现在谈恋爱对学习有影响吗？你高中有没有暗恋的女生啊？”

披着学习外壳的八卦被说了出来。

梁言耐心地回应：“什么人值得你们喜欢呢？当你在喜欢他的时候，性格已然在不知不觉中改变，从而变成了更优秀的自己。这种恋爱，值得一谈。还有，我高中的时候并没有暗恋的女生。”

“那学长你和你夫人是怎么在一起的啊？”

问题一个接着一个，学生都直接自己站起来喊。

“她是小我一届的学妹，偶然在德国遇见了，我对她一见钟情。”梁言没有提暗恋的事情。

“哇，这也太浪漫了吧。”

“我要是能有这样的老公，直接藏起来，只给我自己看！”

…………

提问环节结束，梁言往后台走去。

应照离继续看着接下来的演出节目。

所有表演结束后，主持人上台做闭幕致辞。

按顺序领导们先离开，学生留下等着。

应照离从自己的位置上起来，跟着人流往外走，想到梁言会不会找不到自己，她走到签名墙那儿，给他发了条消息说在这儿等他。

领导都出去了，学生们也开始一小拨一小拨地离开礼堂，有些想自拍的就在位置上多待一会儿。

应照离望着整个礼堂，茫茫的白衬衫海，洋溢着青春的味道，是她已经回不去的十七岁。

远处，一个身影颀长的少年自人群中坚定不移地朝她的方向走过来，身上穿的是写满签名的白衬衣和蓝西服裤。

梁言走到应照离面前，即使过了那么多年，再看这身打扮，还是能让人一瞬间怦然心动起来。

应照离看着这件白衬衣，是他毕业典礼签了名字的那件，也是和她一起合影的那件。

“怎么换衣服了？”应照离问道。

梁言：“离离，我有个东西想找你讨一下。”

应照离：“什么？”

梁言拿起旁边的马克笔，递到应照离的手里，笑眼微弯，声音温柔：“讨个签名。”

应照离抿了抿嘴，笑着拔开笔帽，正打算签，手被人握住往他胸膛那块留白的地方引过去。

他垂眸看着她，笑声碎成星星，缓缓说道：“签这儿。”

应照离攥着马克笔，在男人的胸膛处签了自己的名字。

梁言把马克笔放到一边，抄着裤口袋的手拿出来一枚戒指。

他盯着她，单膝跪地，认真又虔诚：“如果能重来一次，你还会选择在宣讲时遇见我吗？”

应照离低头看着那枚戒指，眼里蕴着泪珠，笑出了声：“原样交接啊，仁济的传统不能丢。”

“离离，”梁言深呼吸，说出了最重要的那句话，“我爱你，你愿意嫁给我吗？”

应照离怔在那儿，她被求婚了，还是自己一直心心念念的人。

她把攥紧的手张开，伸了过去，用行动说出了“我愿意”三个字。

戒指戴到了手上，周围的学生看见求婚的场景还在起哄，送出真挚的祝福。

她的故事自仁济开始，又在这里画上了完满的句号。

茫茫人海中，签名墙前，两个人在一片混乱的祝福声中接吻，他们实现了“岁月常相见”的诺言，陪伴彼此之后的岁岁年年。

爱情的模样有很多种，最常有的，便是暗恋。

上帝有句很美好的话语：

如果在你十七八岁，心里有念念不忘的，不管是人还是物，即使过了多少年，这个梦你不放下，总会实现。

应照离突然想起自己看过的一句话：暗恋的故事每天都在上演，我说你是我的偶然遇缘，却也是我的一见钟情。

番外一 / 公主与骑士

应照离被梁言求婚之后，两个人本来打算在应照离研究生毕业那年结婚的。

但人算始终不如天算，有一天，梁言带着应照离去吃西餐，刚把牛排一块一块切好，推到她的桌边。

应照离拿起刀叉，插了一块牛排，还没送到嘴边，眉头就皱了起来，她觉得胃里一阵翻涌，捂着嘴往餐厅的厕所跑去。

梁言立马跟着去了厕所门口，饭也没吃，开车带着满脸苍白没有血色的应照离去了附近的医院。

做完一系列检查才发现，应照离已经怀孕两个月了。

听到这个消息的时候，她整个人怔住，想到好像有一次是因为在安全期，避孕套也用完了……

为了避免穿婚纱显出来，梁言如愿以偿地和她提前领了结婚证，在春天的时候在台江办了一场盛大的婚礼。

当天晚上，梁言还没把那一身西服脱下来，先跑去浴室在浴缸放满水，帮应照离把敬酒时穿的有些烦琐的礼服脱下来。

他盯着应照离纤薄的后背，伸手用指尖在脊柱沟轻轻划过，撩拨起几分欲气。

梁言往前走近一步，搂住她的腰，整个身子贴上去。

“老婆，你今天累不累？”

应照离拍了一下他不安分的手，转过身来说道：“就算不累，也别想有的没的。”

梁言突然低头吻住了她的唇，他今天陪着喝了很多酒，口腔里还带着酒气，怕她不喜欢，而且对孩子不好，只敢在她的嘴唇上浅尝一下。

他又在她的脸上轻轻吻着，今天的应照离格外美，除了是新娘，还有母亲的身份。

过了几分钟，梁言终于肯放过她，手覆到她的小腹上，无奈地说：“后悔了，我还没过够二人世界。”

“嘘，别说这话，小孩会听见的。”应照离拿手捂住他的嘴，结果掌心被人亲了一下。

梁言蹲下来，在她的小腹上轻轻吻了一下，说道：“你们两个乖乖的，快点来到这个世界，别让妈妈受苦了。”

随着月份的后延，应照离的肚子也越来越大。

临生产的前两个月，梁言跟公司请了假，天天在家里伺候老婆。

有天应照离正窝在梁言的怀里，躺在沙发上看电影，看到正尽兴的时候，肚子突然开始一阵疼痛，指甲把梁言的小臂都抓破皮了。

他给应照离披了条毯子，抱着她立马下了楼，也来不及去车库开车，打了出租就往医院跑。

两个小生命在所有人的期待下如约而至，一男一女，龙凤呈祥。

病房里。

应裕闻乐呵呵地抱着自己的外孙，崔青和苏钰娟看着小女娃，梁言守在应照离床边。

等应照离醒过来的时候，入眼便是自己所爱之人的脸。梁言握着她的手，把她乱了的发丝理顺，在额头上轻轻落下一个吻。

“辛苦了，老婆，我爱你。”

应照离笑了笑，没力气起来看看两个小婴儿，只是声音很轻地说道：“我也爱你，老公。”

她出院回到家后，坐月子期间，梁言把两个娃交给了爸妈带，自己和苏钰娟照顾着应照离。

她产后恢复得很好。

没过多久，就等来了孩子满一百天的纪念，梁言和应照离在家里摆了宴会，请了林归梦、吴樯他们来，卢希彤和褚皓明也来了，还有邵睿诚。

一顿饭吃完，卢希彤把褚皓明这个小屁孩丢在这儿，非要让邵睿诚送她回去。

邵睿诚有些无奈，这个大小姐算是黏上他了，自己当初为什么要去希宁公司应聘，阴错阳差地进了她家公司。最后他只能跟应照离他们说了声再见，和卢希彤一起离开。

过了没多久，林归梦、吴樯也走了。

家里只剩下一家四口，外加一个褚皓明。

傍晚，应裕闻给应照离打了电话，说百天抓周，别把这事给忘了。

她让梁言在家看着娃，自己和褚皓明下楼去超市买抓周用的东西。

“照离姐，那两个小孩叫什么啊？”褚皓明今天一直没有碰到小娃娃，林归梦和吴樯人手一个，还在那儿讨论要不要自己也生个双胞胎，正好当亲家。

他还有些郁闷，明明说好生出来借给自己玩玩的。

“哥哥叫梁琛昱，妹妹叫梁念漓。”应照离牵着褚皓明的小手逛着超市，随口说道。

褚皓明又问：“有什么寓意吗？妈妈给我起名的时候，希望我前途一片光明，取了‘皓明’两字。”

应照离把一个计算器放进购物篮里，很温柔地说：“琛昱呢，琛指珍宝，昱代表坦坦荡荡，两个字合在一起，寓意着一生荣贵又光明磊落。”

褚皓明眨了眨眼：“那妹妹呢？”

应照离："念漓，漓字取自漓江，温柔似水的字，寓意着充满快乐，光辉熠熠。"

两个人买好东西，回到了家。

应照离在桌上铺了小毯子，把钢笔、书、印章、计算机、一百块的纸币、发卡、花骨朵、化妆品、零食、玩具等搁到上面。

梁言抱着梁琛昱，先让他抓。桌子有点高，褚皓明踮着脚，手放在桌上，看弟弟会抓什么东西。

梁琛昱两只眼珠转了转，伸出手去抓了那本书，是个和他爸一样学霸的料。

"妈妈的小念漓，到你啦。"应照离抱着女儿走到桌子前，让她去抓东西。

小娃娃粉嫩的嘴微微张开，咿呀咿呀地叫着，倾身往前够，过了几秒，小手一把抓住了放在桌边的那只大了两圈的手。

褚皓明眼睛瞪大，梁念漓的小手软软的，像没有骨头一样，在他的手背上乖乖放着，捏了两下他的手。

"宝贝，这是你皓明哥哥的手，不是物品，再抓一个？"应照离笑着抱稳她，把小孩的注意力引到桌子上的东西上。

褚皓明"唰"地把手拿了下来，背到后面去，抠着手掌心。

小念漓扭头看了应照离一眼，明亮的眼珠又盯住褚皓明咧开没牙的小嘴"吧唧"两下，然后被桌上的一个东西所吸引。

她张开手，眨巴眨巴眼睛，有些好奇地抓起来应照离的那支白色钢笔。

"小念漓以后是想当个大作家吗？"应照离看着女儿手里攥紧的钢笔，温柔地和她说话。

梁念漓回过头来，对着妈妈像是有点腼腆，闭着小嘴巴笑了笑。

等哄着两个小祖宗睡着后，梁言开车把褚皓明这个小鬼送回了家。

回到家已经很晚了。

梁言轻轻地走进卧室，见应照离已经睡了，换了睡衣之后，先去看了看粉色摇篮里的梁念漓，睡得很香，又静悄悄地走了几步看到蓝色摇篮里的梁琛昱，小家伙两只眼瞪得很圆，也不哭闹，就是看着爸爸。

梁言小心翼翼地把小家伙从摇篮里抱出来，往门外走去。他抱着梁琛昱走到厨房，用奶瓶冲了奶粉，一点一点喂他，然后又回了卧室。

梁言把他放到摇篮里，拍着小家伙，等他睡着后才走到床边，脱鞋掀开被子钻进去。

应照离睡得很沉，第一次当妈妈照顾孩子，很多事情都不了解、不熟练，这几天即使吃得好，脸蛋也瘦了一圈。

梁言慢慢挪到她身边，把胳膊垫到她的脖子下，将她搂到怀里。

见应照离皱了皱眉，他拿另一只手哄孩子一样，拍着她的后背。

等她眉宇舒展开，呼吸渐渐平稳，梁言吻了吻她的额头，也闭上眼睡觉。

几年后。

在飞德国的机场，梁言单手拉着行李箱，怀里抱着一个面容俊秀、眉眼清隽的小男孩，男孩的手里还拿着一本基础版唐诗。

身边是穿了一袭白色长裙的应照离，深棕色的长鬈发绾了一个低马尾。太阳有些晒，女人戴着墨镜，拉着另一个行李箱。

旁边跟着一个比她矮了几厘米的小少年，有些清瘦，背着一个粉粉嫩嫩的小书包，怪异中又带着点出乎意料的和谐，手还牵着才到他膝盖往上一点的小不点。

梁念漓抓着小少年的手，津津有味地看着自己怀里抱着的那本童话故事集。

上飞机后。

“念漓，过来跟妈妈一起坐。”应照离刚想蹲下把梁念漓抱起来，结果梁念漓像只糯米团子黏在了小少年的腿上，她的脑袋和他的膝盖在一个水平线上。

梁念漓声音奶奶的，撇着嘴，把头往腿后面挪了挪：“念漓要皓明哥哥讲灰狼狼和小白兔、兔的故事。”

“照离阿姨，我看着念漓吧。”褚皓明的声音带着少年气，清澈的眼眸眨了两下。

其实应照离也很久没有见褚皓明了，这次去德国故地重游，褚皓明的爸妈正好在德国出差，让梁言帮忙把自己儿子捎带着。

她记得第一次见褚皓明的时候，他还是个只到她腰间的小屁孩，古灵精怪的，小嘴也很能说。他现在都快和自己一样高了，马上就小升初考试，十二岁的小孩，对自己疏远礼貌了起来。

“你以前不是还叫姐姐，现在我怎么变成阿姨了？”应照离跟他调侃了一句。

褚皓明抿了下嘴，笑着说：“当时不懂事，你和梁言叔叔都结婚那么久了，肯定得改口。”

“皓明真是长大了，妹妹就交给你照顾了，尤其是起飞的时候，看着她的状态，分散一下念漓的注意力。”

应照离给褚皓明嘱咐好注意的事，空姐又给了她一个安全带，把小念漓绑在少年的怀里。

小孩看着自己身上绕着的安全带，又扭头看了看褚皓明身上的，大眼睛带着浓密的睫毛一扑闪，张嘴问：“皓明哥哥，那个戴帽子的怪阿姨，为什么要绑念漓？”

褚皓明把她的《格林童话》拿到手里，翻到白雪公主的故事，转移她的注意力。

“念漓不想和哥哥坐在一块吗？”褚皓明从口袋里又掏出一块糖，攥到手心。

梁念漓思索了一会儿，头摇得像拨浪鼓：“不是，念漓想。”

“你看，哥哥身上也系了安全带，你和我坐在一起，自然也是要系的。”褚皓明说道。

见飞机就要起飞，褚皓明记得起飞过程中，耳朵会有些不舒服，做吞咽动作可以缓解，他把软糖剥开糖纸，递到梁念漓的嘴边。

小朋友盯着那块糖，不说话，又抬头看着褚皓明，张开嘴巴。

褚皓明以为她要给他看自己嘴里的蛀牙，不能吃糖，又用糖纸包了起来。

梁念漓张着嘴巴，秀气的眉一皱，说话都不利索了："哥哥怎、怎么不、不喂我？妈妈都是一、一口喂到我嘴里的。"

褚皓明看她皱眉的小模样，实在是可爱，没脾气地给她把糖剥开，喂到嘴里。

他低头看着手里的童话书，给她讲白雪公主的故事。

讲到公主被恶毒王后喂了毒苹果，梁念漓眨眨眼，脑袋瓜里也不知道在想什么。

等整个故事讲完之后，褚皓明把书收了起来，想法子让她睡觉。

梁念漓嘴巴张开，一本正经地说："这个故事不好听。"

褚皓明有些惊讶，这么点大的小孩还知道好不好听，问道："为什么不好听呀？"

"继母也是妈妈，怎么会无缘无故针对她呀？而且我妈妈那么漂亮，肯定不会因为魔镜说我是最美的，就不喜欢我。"

梁念漓小嘴叭叭地念了一堆，竟然没有磕磕绊绊，很流畅。

"嗯，念漓说得很棒，然后呢？"褚皓明鼓励她继续说下去。

梁念漓见褚皓明这么想听，来了兴致，又说了起来："而且白雪公主还没念漓聪明呢！妈妈告诉我，陌生人的东西不能随便拿，她怎么那么笨呀，谁的话都相信。"

小念漓说的话不是没有道理。

事实上，一个对什么都毫无戒备心只知道善良的公主，在现实中，和傻子没什么区别。

"但是恶毒继母一直对付她呀。"褚皓明跟她说。

梁念漓顿住，眨巴眨巴眼睛，想着继母的事："继母只是披、披了大坏蛋的斗篷，要不是继母，白雪公主不会遇见善良的武士，也不会有七个小矮人当好朋友，继母不给她吃毒、毒苹果，也不会有王子把她亲醒啦。"

褚皓明发现梁念漓这个小朋友对童话故事总能比同龄其他孩子要想很多，她会去思考为什么，而不是只当睡前小故事听。

"真棒。"褚皓明笑着夸奖她。

听到夸奖，梁念漓眼睛亮起来，很开心地说："真的吗？那念、念漓吃了毒苹果，皓明哥哥会把我亲醒吗？"

褚皓明没想到她会问这个，连忙否定道："哥哥不会让念漓吃到毒苹果的。"

梁念漓听到这句话有点开心，又有些不高兴，不吃毒苹果，就不会有王子把她亲醒。

"那你不是念漓的王子吗？"小念漓揪住了他的袖子，撇着嘴。

褚皓明很认真地说："念漓的王子呢，会在你长大之后出现，所以，有人要是想亲亲你，或者对你做亲密的举动，你都要拒绝。"

梁念漓乖巧地点点头，问道："皓明哥哥是什么？"

褚皓明被她问住了，过了会儿才回道"皓明哥哥是念漓的骑士，负责保护你的。"

飞机在天空中飞着，穿过云层。

很多年后梁念漓的新书签售会，书皮封面上有一句出名的话："能亲吻公主的不只有王子，还有忠贞不渝的骑士。”

梁念漓的嘴里含着糖，皓明哥哥轻轻地拍着她的后背哄着人，慢慢地，小姑娘在他的怀里“呼呼”睡过去。

应照离两手空空，儿子在老公的手里抱着，梁琛昱还在跟爸爸学习唐诗，她有些无聊地倚在梁言的肩膀上，闭着眼睛休息会儿。

下飞机的时候，应照离也没叫醒女儿，女儿趴在褚皓明的肩膀上一直睡着。

应照离和梁言带着小朋友们来到褚皓明爸妈租的别墅，两个人大概又去了别的地方谈生意，把这留给了梁言，托付他带褚皓明好好玩一玩。

梁琛昱从梁言的怀里探出头去，拿手戳了戳自己妹妹的脑袋：“别睡了，梁念漓。”

梁念漓闭着眼睛烦躁地扭过头去，搂着褚皓明的脖子换了一个位置睡。

等把行李都收拾好，梁念漓揉揉眼睛，醒了过来。

“这是哪儿？”小孩好奇地看着大别墅，眼睛瞪大。

褚皓明回道：“我们的新房子，要在这里住几天。”

小念漓摇晃着褚皓明的手，很真挚地问：“哥哥，念漓还想吃糖。”

“不行，会长蛀牙的。”

“想吃——”

“只能吃一颗。”

“好。”

应照离决定来德国旅游其实也是为了和梁言故地重游。

这几天，他们去了天鹅堡，在城堡前一家四口外加一个褚皓明找人帮忙合了影。在莱茵河畔霍亨索伦桥挂上了两个人的爱情锁，将钥匙丢进河里，锁住爱情。还如约参加了慕尼黑的啤酒节……

最后一站，他们去了海德堡。

海德堡真的是个很美的城市，它容纳了所有的浪漫与爱情故事，马克·吐温曾畅言海德堡是自己到过的最美的地方，“把心遗失在海德堡”是歌德对它最高的赞誉。

梁言牵着儿子的手，看向旁边的应照离，几年过去，她如同那年与他同游慕尼黑的应照离没什么区别。

非要说点什么的话，只能说比以前更美了。

他看着应照离的侧颜，脑海里蹦出了当年她跑路时写的明信片的内容。

梁言笑逐颜开，好奇地问她：“离离，你当年为什么选了海德堡的明信片给我写那段话？”

应照离听到这儿，整个人顿了一下，扭过头去。

她的柳叶眼微弯，温柔又妩媚：“听说海德堡是个偷心的地方，我只是突然妄想，把你的心偷渡过来。”

番外二 / 旧事件与新公告

又是一年春天过去。

邵睿诚在研究生毕业之后，离开了文城，以及卢希彤家的公司，回到台江发展。

正值花季，台江的天气好得出奇，温度适宜，邵睿诚本来在工作室编程序，编到一半，太阳穴有些隐隐作痛。

“睿诚，你昨晚是不是又熬夜了？咱工作没必要拿身体拼啊，我看你也没有找对象的打算，赚那么多钱干吗？”

他坐在电脑面前，青色的头发稍稍长了些，一双浅棕色的眼睛里夹杂着几根血丝。

邵睿诚和自己在文城认识的几个好哥们儿一起创办了工作室，文城消费水平太高，不适合刚步入社会的没有什么积蓄的年轻人发展。

台江倒是个不错的好地方，短短一年，他混得倒也还不错。

“嗯，卡思路了，我出去转转，换换脑子。”邵睿诚把手里的鼠标推到一边，起身往门外走去。

“啧，老李，他也就仗着他那张脸，这闷葫芦的性子，再好的姑娘都能被他撵跑。”

等这哥们儿吐槽完，邵睿诚已经下了楼往另一条街拐了过去。

这条街人流有些密，时不时地，邵睿诚还被路过的人瞥一眼，悄悄被夸一句帅哥。

他见旁边有个理发店，想到自己许久没剪头发了，抬脚迈了进去。

刚想跟眼前的人说随便修一修，他就听见熟悉的女声钻到耳膜里。

“我要的是大卷！大卷！你这直接给我搞成羊毛卷，让我怎么出去见人？”

“美女，你长得那么漂亮，这个发型很适合你啊！”理发师显然对自己的作品表示赞赏。

邵睿诚愣了一下，往前走了两步，绕过镜子，看见了那张熟悉还生着气的面孔。

卢希彤刚想大战一场跟理发师争个高低，抬眼便看见了盯着自己的邵睿诚，瞬间蔫了下来。

“你、你怎么在这儿？”卢希彤用左手扶额，挡住自己的脸。

邵睿诚笑了：“这是台江，要问也是我问你吧。”

“那个，我是来旅游的。”卢希彤挡着脸心虚地解释道。

邵睿诚没拆穿她，淡淡地点了点头："嗯，挺好，这家理发店也是台江的一个旅游景点，我经常来这儿观光。"

他看另一个理发师空出来了，便过去简单洗了下头，坐到座椅上。

卢希彤把那蓬松到不行的羊毛卷扎了起来，留了两绺碎发，衬得有些懒洋洋的可爱。

她挎着包，手里提上一个凳子，坐到邵睿诚旁边看着他剪头发。

"哎，脖子后面那里不要剪太短了。"卢希彤看着理发师手里的"嗡嗡"作响的理发器，连忙说道。

理发师看了她一眼，轻轻在邵睿诚的脖颈上方修剪了一下。

他拿着剪刀和梳子刚想把邵睿诚的刘海剪短一些，瞥了一眼旁边坐着的祖宗，剪到眼皮上方三分之一处就停了，没再剪下去。

"别偷工减料啊，他眉眼好看，得露出来，你把刘海剪到眉毛稍稍上一点。"

卢希彤歪着头认真地给理发师分析邵睿诚长相适合的发型。

邵睿诚本来闭着眼睛眯觉，默默睁开，看着卢希彤想说点什么，又停住了，抬头对理发师说："按她的想法剪吧。"

两人走出理发店。

外面天有些阴，淅淅沥沥地下起了雨，随后雨势转大。

春雨晚来急，"哗啦哗啦"地打下来，滑下伞沿，在每个行人的脚上独舞、演奏。

"带伞了吗？"邵睿诚侧头问卢希彤。

卢希彤眨眨眼："没，要不我们去商场里买一把？"

邵睿诚想到工作室、家里都有好几把伞了，没让她去买。

他瞥见路前方有公交站点，把自己外套的拉链一拉，脱下来盖住卢希彤的头，自己抄着手往站牌走去。

"哎——"

卢希彤拽着他的衣服连忙踩着小高跟跑过去。

她有点无语，按照偶像剧剧情，男主角都是把衣服披到自己身上，然后让女主角钻到怀里啊？！

站牌上有很多路公交车，邵睿诚扫了一眼，看见了熟悉的仁济中学的站点。

"我们坐哪一路回你家啊？"卢希彤把衣服攥到自己手里，问他。

邵睿诚看着站牌上的站点，开口说："带你去个地方。"

"好。"卢希彤干脆应道。

公交车没几分钟就到了，卢希彤走上车，在后面找了个位置坐下。

扭头跟邵睿诚招手让他快点过来。

卢希彤："我们要去哪儿啊？"

邵睿诚："我的高中。"

卢希彤："见班主任吗？我要不要准备礼物啊？"

邵睿诚沉默了下，随后说："不见。"

卢希彤："噢。"

车开了将近一个小时，到达了终点站。

卢希彤醒了之后跟着他下了车，看到了占地面积很大的仁济中学。

只不过，圆弧形长长的校门上的大字被改成了台江职业技术中学，左侧贴的满墙的仁济荣誉也都没有了。

邵睿诚还不知道仁济早就搬校区了。

这个老校区变成了别人家的学校，他的青春也随着校区的搬迁发了灰，像是一台老旧却精致的日历，你舍不得丢掉它，留着却也没什么用，只能够聊以慰藉。

你会有新的日历，也需要新的日历。

没有人会在一本旧日历中永远沉迷下去，邵睿诚也不例外。

校门口似乎没有保安看着，他和卢希彤推开门就进去了。很多地方都变了样，大长梯上的孔子像不见了，操场翻了新，金色的大圆顶依旧没变，闪闪发亮，飞机也仍拖着尾线划过天边。

这里的角角落落都有着仁济的旧记忆，也掺杂着不属于他们的新记忆。

邵睿诚带着卢希彤把周围逛了个遍，偶尔开口给她讲一下自己的往事。

他走上鹊桥，想起了转学前最后一次走上这儿的画面。

那时候的邵睿诚才刚被主任找了家长，因为他最近这段时间种种的反常举动，以及把同班同学打了的事件。

没过多久，夏清的父母找到学校来，点名道姓地把邵睿诚单拎到办公室骂了一顿。

说什么也要给他处分，为了不耽误自己闺女的大好前程，要求校方给自己一个合理的解决方法。

邵睿诚先单独回到了班里，大家都在安静地上自习，有人抬头看了一眼他，又低下头忙自己的事。

杜韵作为班主任，也被叫到主任办公室和夏清的父母商量解决事情。

邵睿诚的家长没有来，主任给他妈妈打了电话，想跟她说一下邵睿诚的情况，没想到刚接通电话就听见对面哭泣的声音。

杜韵看到主任的脸色变化和递过来的手机，连忙放到耳边，听见女人抽泣的声音。

班里。

邵睿诚把没做完的保送辅导题摊开继续做，临近下课点，杜韵走到班门口，眼眶通红，也没有管闹腾的那几个学生，只是喊了一声："睿诚，你出来一下。"

话音刚落，一颗眼泪绷不住地流下来，她连忙转过身去，背对着班级。

之前被邵睿诚打的男生还在小声地跟同桌说："你看他这次又闯什么祸了，把杜韵都给气哭了，指定有罪受，活该。"

邵睿诚不知道杜韵为什么哭，他的心率突然有些不齐，咽了下口水，不断地眨眼，让自己冷静下来。

“睿诚，我已经跟校门口的保安说好了，他会给你放行。刚刚接到了你妈妈的电话说你爸爸白血病恶化，可能撑不住了，她让你赶快去医院。”杜韵边说边把眼泪抹掉，又歉疚地说，“对不起，老师之前对你说的话太重了——”

邵睿诚听到“恶化”两个字就往校门口疯跑过去，根本没在乎杜韵的那句“对不起”。

那句“对不起”到底也没能让邵睿诚听见。

…………

“后来，我赶到了医院，也没能见到我爸最后一面。”邵睿诚声音很平淡，仿佛在说别人的事。

他没跟卢希彤提起最后一次来鹊桥是回来办转学手续的时候，想跟应照离道个别，却看见她和夏清在聊天，小姑娘洗过的头发还没干，脸上出现了无力又想辩驳些什么的表情。

邵睿诚没去打扰，离开了学校。

“对、对不起，提及了你的伤心事。”卢希彤听完之后眼眶红了一圈。

邵睿诚看见她这模样，笑了笑：“是我主动跟你说的，你有什么好对不起的。你知道高中最让我难受的事情是什么吗？”

“没考上保送？”卢希彤问。

邵睿诚摇摇头：“都不是。其实最让人难受的，不是别人对你的谩骂，也不是他们正大光明地欺负你嘲笑你，而是每个人都对你很好，但每个人都和你有着鸿沟一般的差距，这种不平衡感让人根本没地方发泄，因为所有人都是对的。这就像是扎进心头的软刺，心脏跳一下，你就会被刺痛几分。”

卢希彤没插话，默默听他讲着。

邵睿诚：“我爸去世之后，家里确实轻松了不少，我妈也不用一个人打三份工了。”

卢希彤撇着嘴：“真是辛苦阿姨了，这附近有卖保健品的吗？”

“有吧，怎么了？”邵睿诚问道。

卢希彤：“我要多买一些，你给阿姨带去。”

邵睿诚笑得很轻：“我妈现在身体比你都好，保健品还是你比较需要。”

卢希彤想到刚刚他说自己转学，夏清的父母对他的逼迫就一股闷气涌上心头：“你那朋友就没拦着她父母啊，就让他们这样对你！”

邵睿诚：“她家长来学校找我的事，她并不知情，不怪她。”

卢希彤沉默了一会儿，从鹊桥的台阶上站起来，拍了拍自己裙子上沾的灰，把手伸到邵睿诚面前。

他抬头看着眼前的姑娘，一头蓬松的羊毛卷莫名有些可爱，化着淡淡的妆，在阳光的照耀下让人忍不住想去捏一捏脸蛋。

邵睿诚被她拉起来，他低头看着她，听她笑着开口说："我都没想到自己还能这么幸运。"

邵睿诚没能理解她突如其来的好心情。

卢希彤伸手戳了戳他的胸膛，问道："你大学到现在没谈过恋爱吧？肯定没谈过，那我就是第一任。"

他沉默了片刻。

邵睿诚："彤彤，我们俩不合适。我跟你说了我的家事，就是想让你知道，你应该找个更好的男人。和你家庭条件相匹配的，学历高、长得帅的，对你好的。"

卢希彤脱口而出："可他们不叫邵睿诚。"

邵睿诚："重名我也不在意。"

卢希彤不说话了，抬脚迈上台阶，才跟他一般高。

"我爸和我妈对我就是放养教育，他们不干涉我的恋爱。你知道我为什么来台江吗？"

"你不是说来旅游的？"邵睿诚回道。

"我考研要考台江大学，你在这儿我就来找你。"

卢希彤高考只上了211，想考研弥补985的遗憾。

邵睿诚看着她，突然笑了，像是搅动了瓷白茶盅里的一汪茶水。

"台江大学可不好考，你要是真能考上，我就答应你一个要求作为奖励。"

卢希彤双眼一亮，追问道："真的吗？什么都行？"

"违反法律道德的不行。"邵睿诚回道。

卢希彤将两只手背到身后，说了句："你走近些，我有话跟你说。"

邵睿诚听了她的话，往前迈了几步。

随之而来的，是被揪住的衣领，和温热的唇瓣贴过来，他愣住。

"你——"

卢希彤撇了撇嘴，朝他做了个鬼脸："考研那么苦，我总要先讨个甜头！"

她跑下鹊桥。

邵睿诚缓过神来笑了笑，往前面跟去。

在学校里，公告板上张贴的旧通知总会被新公告覆盖，循环往复，我们的人生也是这样。

番外三 / 蝴蝶效应

高考目标落空之后，应照离在那个炽热的暑假结束之际，心里的某个念想渐渐逝去。

九月，她一只手拉着行李箱，另一只手里是和颂大学的录取通知书，来到这个台江极其普通的二本高校的大门面前。

大学生活的开启并没有在应照离的内心掀起过大的波澜，她甚至急切地想逃离这里。

开学的第一天，辅导员及班助对同学们进行了入学讲解，每个同学都在众目睽睽之下介绍了自己。

新生军训为期两周，应照离在班助的鼓励下申请了班里的临时负责人这一职务，她在仁济的时候，从来没有当过班里的班委，最多也就是个课代表。

其实并不是她不想当，只不过能力强学习又优秀的同学太多，只有在保送生独自分班之后，她才临危受命，当上了班里的团支书。

等多年后回想起来，应照离觉得自己竞选主要班委这个决定是大学期间最值得纪念的事情。

大一开学后她几乎每天都忙得团团转，时时刻刻盯着手机，输不完的“收到”，听不完的讲座，参加不完的各种加分活动。

大学好像并没有比高中闲多少，唯一的区别是，高中的忙是有准确目标的，而大学忙得漫无目的，每天都在重复毫无意义的步骤。

同学们上课也不会听讲，没人去争着坐第一排，反而最后一排的位置节节课都是香饽饽。

去一两次图书馆就会被人贴上学霸的标签，对于专业课的学习，认真程度大概都没有学院里举办一场晚会付出的精力要多，所有人好像都在高考结束那天从学习中脱离了出来，嘴边最常挂着的就是期末考试只要不挂科就好了。

这是应照离对大学的第一印象。

大学留给她的第二印象来自某天的一节普普通通的英语课。

老师检查上节课给大家布置的口语作业，每个同学都要上台展示。应照离按照仁济上英语课做课前展示的标准简单准备了一下，却没想到自己的英语水平竟然是全班最好的。

英语老师对她的英语口语发音特地单独表扬了一番，后来英语课的小组展示作业，还有代表学校参加的英语大赛，专业里第一个想到的就是她。

应照离从来没有在英语方面受过表扬，这是第一次。

可过高的吹捧很容易让人迷失自己，她找回了小学在班里当第一的感觉。

有句老话说的是“宁做凤尾，不做鸡头”。

鸡头当久了，就束缚住了再前进一点的想法。

应照离还没意识到自己正处于一种什么状态，直到身边的朋友们开始流行使用微信。

她建了自己的微信号，加上了许多高中同学、大学同学。

那时候大家都很热衷于发朋友圈，有些分享欲强的，一天可以连发好几条。

应照离的朋友圈大概分成了两类，周围认识的同学晒的都是一连九张的自拍，吃吃喝喝，各种琐事及吐槽学校的无语规定。

而考上保送的朋友，甚至是和自己关系最好的林归梦，过的生活也和她完全不一样。

他们会分享自己的考级分数，吐槽终于做完了作业，有很出名的成功人士做开学致辞演讲，乐意去攀岩、摄影来丰富自己的兴趣爱好，假期去大公司实习和免费支教，参加各种比赛，做盛大活动的志愿者。

当然，也会谈甜甜的恋爱，会为了看一场演唱会省吃俭用，旅游拍照，打卡美食。

而这些，应照离只能从屏幕里看着这些，羡慕着，却无法触及。

她这才真正意识到了，都说大学之间有差距，其实不是差在“985”“211”的名衔上，而是差在学校里的大部分学生都在过什么样的生活。

应照离在和颂的所有闪光点，到了这些人面前，还是会熄灭的。

她感觉自己没办法一下子去改变自己所在的环境，也没有这个能力改变周围的人，只能在自己的力所能及里，做得再好一点。

于是趁着大一、大二空闲，她报了学校附近的小语种班，学了德语。

交的六千多块学费来自自己攒出来的小金库。

室友们一开始都觉得应照离有钱烧的，学德语有什么用，学个日语、韩语好歹还能在看动漫和追韩剧的时候派上用场。

可她还是执意要学。

或许只是想感受一下梁言所学的专业，这样仿佛就不曾离他那么远。

等到大二的时候，她已经学到德语 B1 的程度了。

应照离按照等级考试的报名时间，在电脑上预约了考试地点。

因为台江并没有设立德语等级考试的考点，她只能选择去别的城市考，正好文城的考点能预约上，应照离就预约了那儿。

考试的前一天晚上，她拉着行李箱坐高铁来到了文城。

这是她第一次来这座城市，一个有梁言生活气息的城市。

考试还算顺利，分数不算很高，但也过了。

她自己逛了逛文城的景点，用手机拍摄了很多照片。

平静的心绪被一通好久不联系的电话打乱了，夏清看到了应照离新发的朋友圈，知道应照离来了文城。

两个人好久没有见面了，夏清也一直都在忙学业的事。

趁着有空，她便邀请应照离来明华玩一玩，顺便请应照离吃饭，尽一下地主之谊。

应照离在电话另一头沉默了几秒，终是没有舍得拒绝夏清的邀请，挂断电话的那刻手还是抖的。

她坐着公交车到了明华大学站，远远看见来站台接她的夏清。

夏清的变化很大，学会了化妆，穿衣打扮都和原来不一样了，整个人散发着自信。

她领着应照离进了明华大学的校门，身边的人几乎是走到哪儿拍到哪儿。

夏清笑话她怎么哪哪都拍，应照离笑了笑，说要把最高学府的照片拿回去向室友炫耀。

还没待多久，夏清被临时叫去有事，让她自己一个人随便逛逛，等她一起吃晚饭。

应照离看着夏清走远的背影，回过神来，迈着步子继续往前走，手里还不忘拍照。

她恨不能每一步都踩实在脚下，留下一点点属于自己的印痕。

原来这就是梁言生活了三年的大学。

如果，自己走遍每一个地方，那么会不会有一个脚印，刚刚好在未来的某一时刻，就和他的重叠呢？

可她到底没有完成这个实验。

应照离看见了两年没见，却一眼认出的背影，以前留在眼里的只是他一个人的背影，而这次有了区别。

另外一个背影挤占了空间。

她看见了梁言身边的女孩子，只不过不是高考前看见的那个。

那个女生很漂亮，手里还拿着草莓圣代，她看见女生侧过脸，洋溢着幸福的笑容，挖了一勺冰激凌送到梁言的嘴边。

还没等反应过来，应照离只觉得视线一下模糊了，肉体的疼痛似乎分解掉一部分心脏的窒息感。

“同学没事吧！”

自行车和她都摔在了地上，鼻梁上的眼镜被撞掉，镜片着地，沾了一层土。

“怪我骑车太猛了没注意人，我扶你去医务室吧。”

“没事，就磕了一下。”应照离连忙捡起眼镜在衣角上擦了擦，戴回到鼻梁上往远处望去。

“实在是对不起。”

熟悉的背影已经消失了，她也没听见那个同学的道歉。

那天离开得匆匆，夏清的一顿饭最后还是没能吃上。

她也迎来了大二的下学期。

这个学期是专业课与选修课最多的一学期，几乎每天都是早八到晚九。

应照离本来对涉及数学领域很深的知识就不太擅长，偏偏这学期一下子学两门和数学相关的。

她没办法兼顾学习和学生会以及班委三者之间的关系，于是在最后期末考试里，不幸挂了一门概率论。

林归梦知道这件事之后安慰她，你们专业概率论挂了一半人呢，这已经算是老师教学事故的问题了，你就专心补考，没啥大事。

伴随概率论的挂科，还有一件打击性的事情发生了。

应照离收到了梁言发来的 QQ 消息，她当即愣在了那里，可是看到消息内容才发觉，梁言好像被盗号了。

她还没回那个骗子几句话，就被删了好友。

不过后来还是厚着脸皮加了回来，但那个号后来便一直处于离线状态，从来没有上过线，也没再发过说说。

应照离对梁言仅有的了解渠道也没有了。

她堕落了好一阵，不想学习，也不怎么去图书馆，成绩下滑得连导员都找她谈话。

就是那一段时间，应照离学会了化妆、穿衣打扮，保持身材，摘掉了一直戴着的眼镜，还留长了头发。

她沉浸在放肆的低俗快乐中，平时也会有男孩追她，走在路上也会被要联系方式。

有时候，真的很想身边能有一个人陪着自己，她也想过要不要和跟自己表白的男生在一起，谈段时间就分手。

反正认识的朋友里有的两年时间都不知道换了多少个对象，只有她还是处于单身状态。

总会有人对应照离这一行为好奇，想知道为什么她能这么久不谈恋爱，个人条件那么好。

她也每次都简单应付过去，从来没提过那个人。

应照离觉得，她现在连提他的名字，承认自己喜欢他这种事都没有勇气做了。

因为他太好，而自己在沼泽地里清醒地堕落着。

她就这么持续到了大三上学期。

不知不觉，身边的人都开始对自己大学毕业后有了规划，有同学报了教资课，有同学准备考研报了考研班，还有人已经开始在自己心仪的公司实习，只有她还没找寻到自己的目标。

那天是个周末。

应照离课表上的选修课有了变化，有两门新增的选修课安排到了周六上，很多同学都暗地里抱怨，还有一些同学直接找到她这来了，说自己周末在辅导机构有教资课和考研课，能不能调一下。

应照离问了问班长，班长让她自己去找任课老师反映一下，就再也没管。

她就趁上课前和两位任课老师说明了这件事，正好老师也有空，跟同学们周四的课表也不冲突，就很乐意地去找教务处调课了。

可周天晚上，辅导员突然打电话联系她，问她为什么擅做主张去找任课老师调课。

应照离一头雾水地被训了一顿，然后才知道教务处嫌他们班事多，训了调课的任课老师及班导。

那天晚上她也没怎么睡好觉。

第二天一大早，醒来之后就看见辅导员给她发的 QQ 消息，让她立马来办公室。

应照离还有课，只能让班长和老师说一声，洗漱完就跑去办公室了。

然后，负责调课的老师在办公室里劈头盖脸地骂了她一顿。

应照离从小到大基本没有挨过批评，这次还是当着办公室所有老师的面，那个男老师话又说得难听，她脸皮薄，差点没控制好自己的情绪。

“一天到晚美得你们了，想啥时候上课就啥时候上课了？

“本来成绩就差劲，还出了名的不好管，教务处就光负责你们一个班吗？

“你还是班里团支书，因为周六有很多报教资课和考研班的同学，就要来调课。怎么，专业课不上，要去上什么辅导课，学校还得顾及你们了？”

明明只是反映了大家的意愿，老师却把所有的错都怪在了自己的身上。

离开办公室之前，辅导员让她好好说一下不能调课这事，安抚好同学们的情绪。

她点头答应，回教室去听课。

应照离心里难受，一顿午饭只吃了几口，趁着中午回宿舍，先是和任课老师道了歉，又跟同学们说明了情况，整个人感到疲倦。

班里的心理委员也是应照离大学里最好的好朋友，听她说被骂了一顿之后还安慰她，当着她的面骂那个男老师有毛病。

今天晚上没有课，舍友都订了外卖，她自己一个人去餐厅吃饭。

餐厅新装修了沙发座，一桌能坐四个人，也可以在那里学习。

应照离端着餐盘找了最远处还空着的沙发坐下吃饭，吃着吃着，听到了背后传来熟悉的声音。

“调课这件事本来就是应照离的问题啊，我听说她还甩锅给咱班里上辅导班的同学了。”

“她只是替同学们问能不能调，有问题的是那个男老师吧。”

“人家就是在那儿演，你呢，你还感激涕零的，知不知道她在背后说你坏话啊？”

“她怎么是这种人。”

“这下行了，课没调成，还连累我们在领导那印象又不好了。非要越级上报，对她挺好的导员估计都要烦她了。”

应照离攥紧手里的筷子，想到她所谓的好朋友在自己面前维护她时真切的样子。

一个人的名声总是能被几句谣言轻易地就毁掉，无中生有是最简单且最有伤害性的。

“而且我跟你们说，你们知道她考研想考哪儿吗？”

“哪儿啊？没听说她要考研啊。”

“她想考明华大学，我在她写日记的时候偶然瞥见过一次，真是痴心妄想，以为自己是天才呢。”

…………

应照离一直忍到她们四个离开，才从沙发座上站起来。

其实并不是她懦弱胆小，只不过其中牵扯的利益关系太多，没必要撕破脸，毕竟还要在同一屋檐下待一年多。

她回到宿舍后，也没表露出什么情绪来，只是正常的洗漱完就上床躺着了。

舍友还在打游戏，宿舍里声音嘈杂。

应照离点开微信，刷了刷朋友圈，看到夏清转发了明华大学外国语学院的公众号，她默默点了赞。

QQ 的消息界面突然蹦出来，她点进去看见是林归梦给她发来的搞笑视频。

应照离着实情绪低落到不想回任何人消息。

刚退出聊天界面，她看到空间动态那里有个小红点，点了进去。

应照离发现今日访客那里有个 1，她好久没有发过说说了，也不知道是谁冷不丁访问了自己空间。

点开我的访客之后，她定在那儿了。

熟悉的头像，心中默念了无数遍的名字，就这么出现在了眼前。

梁言访问了她的空间，并且查看了最新一条说说。

是她拍的学校里躺在草地上睡觉的小橘猫。

就在那一秒，应照离绷不住了，眼泪像断了线的珠子，一颗连着一颗往下掉。

应照离突然觉得没关系了，在床上边哭边笑，屏蔽了周围所有声音。

她想对梁言说很多话。

她想说，生活里很多时候就是这样。

一件你觉得微不足道的小事，能冲淡我一整天受过的委屈。

没有什么动作是不具意义的，只是你没有意识到，蝴蝶效应对另外一个人产生的影响会有多巨大。

不管这一天之前经历了什么，在看到你的那一秒后，对于今天的定义就无法改变了，你是我的绝对治愈。

应照离拿出枕头底下放的小王子的日记本，翻到空白的一页，悄悄写下了一段话。

我也不知道喜欢你到了什么样的程度，大概就是，所有的委屈都在你出现之后不翼而飞，只剩下那颗“扑通扑通”为你跳动的心脏，驰骋着，叫嚣着，想要冲到屏幕的另一边，却在冲动的最后一秒停住了，我会想，我现在是不是没有补口红。

她的眼睛有些酸痛，又在那段话下面写了几个字，关上夜灯睡了过去。

应照离做了一个梦，关于梁言的梦。

她梦见自己在一面高墙前，顺着绳子往上爬，可是那根绳子突然断掉了，自己的身体往下坠。

倏地，一只手拉住了她。

应照离睁开眼睛，看到梁言拽住了她的手，把她拉了上去。

她看见弥弥无际的绿野，漫天都是扑扇着翅膀的蝴蝶，一抬头，站在身边的，是青春里永远特殊耀眼的少年，白衬衣衣角纷飞，他和她在梦中相见。

“你要来明华找我吗？我等你。”

“好。”

番外四 / 潘多拉魔盒

“在平行时空里，我依旧与你相爱。”

这天晚上，天空暗得连颗星星都没有，只有一轮月亮孤零零地挂在黑色幕布上，像是一个黑色盒子，印着弯月印记。

应照离刚洗完澡，上床钻到了梁言的怀里，搂着他的腰沉沉地睡去。

不知道睡了多久，她眼珠在薄薄的眼皮下还能看见转动，但就是醒不过来，太阳穴处涌上来一阵一阵的晕眩。

应照离在梦里，看见地上有个很复古、中世纪的长方形盒子，上面雕饰着很精致的纹样。

她蹲下捡起来，拿到手里仔细打量了一番，随后把拱形的盒盖打开，里面的一束光闪了她的眼睛。

瞬间，浓暗无光的黑被吸收进去，有一种要扯裂开的空间撕碎感，应照离受不了，双手抱住头蹲在地上，过了好一会儿，才缓过劲。

她听见身边嘈杂的吵闹声，睁开眼的时候，应照离发现自己来到了一间教室，教室里的人穿的是普通校服，并不是仁济的蓝西装。

她低头打量了一下自己，身上并没有穿校服，而是看起来就很贵的裙子。

应照离看了看自己的课桌，是小学时候的那种木桌子，上面还有因为抽烟烫出来的很多小坑，放着一张用红笔打了十几分的试卷。

“照离，你今天的裙子好好看啊！肯定很贵吧！”一个女生走到她身边，用羡慕的眼光看着她，随后和别人玩去了。

她笑笑，回了句：“还好。”

女生走到后面去，小声地跟另一个同学说“家里有钱就是好”。

应照离发现在这个班级里，她好像谁都不认识，但所有人都认识她。

她拿起自己的书包翻了翻，里面装了几本书，更多的是化妆品和昂贵的电子产品，手上还戴了块一看就不是便宜货的手表。

应照离看到了书包里的镜子，她拿到桌子上，立起来，看见自己的模样。

少女散着一头长鬈发，面容显出化妆带来的妩媚，像是小孩子的故作成熟。

应照离把那快飞起来的眼线擦了擦，口红换成淡淡的豆沙色，修改成了比较正常的一个淡妆。

原来高中时候自己打扮起来这么漂亮呢。

她发现这里好像是所普通民办高中，设备都很烂，同学们的穿衣打扮大都很朴素，这么一对比，应照离显得格格不入。

在仁济的时候，她就觉得自己和同学们不是一个世界的，怎么在自己的梦里，还是和同学们不一样。

上课铃响起。

她发现所有人都像没听见似的，该干吗干吗。

老师的胳肢窝里夹着一本生物书，走到讲台上，用黑板擦敲了敲桌面，结果也没人理。

门口匆匆忙忙走进来一个少年，穿着宽大的校服也遮盖不住斯文气质。

“老师，我去交作业了，所以来晚了。”少年声音温润，很有礼貌。

生物老师连忙笑了起来：“没事没事，快回去坐下吧。”

应照离从他进门的那一刻，就认出了这个少年是梁言，她捏了一把自己的胳膊，发现疼痛感是真实的，也不知道这到底是不是梦。

梁言走到她身边，坐到了旁边的空位置上。

应照离侧过身盯着他，眨了眨眼，用不确定的语气叫了声：“梁言？”

他低着头把发下来的试卷上的错题改了，顺便应了句：“干什么？”

原来真的是年少时候的他。

应照离还没跟梁言做过同桌呢，也没见过他认真做题的模样，不知不觉间，看得入了神。

自己家老公学习起来真是忘我的料。

她能感觉到，梁言好像和自己这个所谓的同桌关系并不怎么好，正想着怎么破壁，老师一个提问把她叫了起来。

“应照离，你上讲台来画一下细胞染色体分裂时期的数目图。”生物老师把课本卷起来，敲了敲黑板。

她整个人在座位上僵住，自己毕业多少年了，这哪能记得！

应照离看了一眼做题的梁言，伸出手，拽了拽他腰间的校服，小声说道：“数目图怎么画啊？”

“自己想。”梁言在她拉住自己校服的时候明显怔了一下，淡淡道。

应照离看他不帮自己，只能硬着头皮起来去黑板上随便画。

她起身的时候，白色的连衣裙有个很高的分衩，走起路来一双腿会露出来，很能抓人视线。

应照离起了个身，还没站稳，手腕处被抓住，那股力量压着她又坐下来。

梁言抬眸，对上老师的视线，提醒他：“老师，上次您落下的知识点还没给我们补，这节课马上就下课了。”

生物老师这才想起来，忽略了应照离，讲起知识点来。

整节课好像只有梁言一个人在听讲，其他同学干什么的都有，玩手机、化妆、打游戏、睡觉……

她笑了笑，自己喜欢的人，原来在什么环境之下，都不会改变。

下课之后，应照离把凳子往梁言那搬了一块距离，头凑过去，散落的发丝缠绕在他的肩膀处。

“你刚刚为什么替我解围？”

她那双柳叶眼看向少年领口，里面穿了一件白T恤，校服拉链几乎全拉上了，显得十分乖。

梁言的喉结上下滑动，眼神还是避开她：“我只是不想让你浪费课堂学习时间。”

“哦。”应照离笑了笑，想到自己的书包里还有一块巧克力，拿了出来。

她抬手刚想将巧克力放到梁言的桌面上，顿了一下，又收回来，纤细的胳膊低垂下去，差点蹭到了少年的校服裤。

“你干什么？”他问。

应照离眨了下眼，若有所思地问：“你十八岁了吗？”

他正写着字的手晃了一下，停住笔，说道：“上周天刚过了十八岁生日。”

她皱了下眉，怎么生日变成了夏天过，应照离打开手机一看，上周天是5月26日，是自己的生日。

应照离没吭声，把巧克力放到他的桌洞里，搬着凳子挪回到自己的位置。

她在那儿冥思苦想，自己怎么才能和梁言快速熟悉起来，没有看到他的嘴角在看到巧克力的时候微微上扬。

课间的时候，她找和自己玩得比较好的一个小女生打听了一下梁言的情况：爸妈出去务工，家里只有奶奶照顾他，结果去年奶奶也过世了，只剩他一个人。

应照离听到这些突然怔住，虽然知道这是虚构世界，但还是不由自主地心疼起自家老公。

一直到下午放学，她趴在桌上，装出一副很难受的样子，梁言见大家都走没影了，应照离还不收拾东西，脸色也不太好。

他背着书包，刚迈出去一步，又退了回来。

梁言：“你没事吧？”

应照离：“有事。”

梁言：“不舒服？”

…………

应照离趴在桌子上看着他，勾了勾手示意梁言过来。

梁言走过来之后，她从凳子上起来，抬头看他，有些虚弱地说道：“我来例假把裙子染了。”

少年看着眼前穿着白色短裙的小姑娘，把自己书包放到了桌子上，拉开校服外套的拉链，将衣服脱了下来。

“抬胳膊。”梁言垂眸，往前走近一步，用校服环过她的腰，把两只袖子打了个结。

应照离背过手去，往后撤了一步：“你能帮我背书包吗，我没力气了。”

他侧了侧身，弯腰从桌洞里拿出书包来，白 T 恤有些空空荡荡，露出梁言的腰腹，让站在后面的少女一眼看了个遍。

出了校门后，应照离看到手机里司机叔叔发来的消息，她编了个理由，把他打发走了。

“你家——司机呢？”梁言没看到校门口经常停着的那辆车。

应照离把手机锁住，然后回他：“我家司机叔叔没来你都知道？”

看来，也不是像表面一样不关心自己吗。

“车太惹眼了而已。”梁言丝毫没看出来慌张，解释道。

应照离问他哪里有超市，自己要买卫生巾。

梁言只能带路，陪她一起到学校旁边的小卖部买了一包劣质卫生巾。

“梁言，你家离学校近吗？”应照离问。

梁言点了点头。

应照离伸手拽着他胳膊，捂着肚子说：“我难受，想先去你那借用一下厕所。”

梁言本来想拒绝，看她这个样子，怎么也开不了那个口。

两个人一前一后，小姑娘拽着少年的白 T 恤，跟在后面，走在坑坑洼洼的小路上。

又走了一段，来到了一条巷子，在门口用大盆洗着衣服的中年女人看了眼两个学生，笑着说道：“小言放学回来了。”

“嗯，杨婶婶好。”梁言朝女人笑笑，打了声招呼。

杨婶婶看到他身后跟着的应照离，问道：“这小姑娘，长得真俊。”

应照离凑到梁言身边，对她开心地笑笑：“婶婶好，我是梁言最好的朋友。”

梁言见杨婶婶的表情，知道她肯定想多了，只能拉着应照离往自己家走去。

“喂，你走慢点，照顾一下病人。”应照离看着他拉住自己的胳膊，故意往后抽了抽，变成了拉手腕。

梁言放缓步子，刚把她松开，张开的手被人一把握住，攥紧。

“应照离，你松手。”少年只是嘴上说松手，倒也没有直接把她的手掰开。

她就是不松手，歪头问道：“你刚刚走那么快干吗？”

梁言没吭声，只是默默地往家里走去。

应照离跟在后面，也不生气，随他进了家。

梁言家的房子很简陋，好像也没有人，他给应照离拿了件干净衣服，让她把裙子换下来。

她拿着 T 恤、短裤，走到厕所，把身上的裙子脱了下来，换上他宽大的衣服。

走回客厅的时候，发现梁言在桌子前写辅导题。

应照离坐到他身边，指着政治的一道选择题，慢悠悠地说：“这道题选 C。”

梁言没听她的，做完后对答案发现真的是C。

“还不走？”他低着头，用红笔把错题标注出来。

应照离又往他身边靠了下，胳膊撑着看向他的侧脸，声音带着少女的稚嫩：“高考是6月7日吗？”

梁言语气里多少带了点斥责，淡淡地说：“你也是要高考的人怎么连日期都记不住？”

“高考完来找我吧，第一时间来找我。”应照离说得平静又坚定。

梁言手里的笔一滑，掉在了桌面上，扭过头来盯住她：“如果在同一个学校考试，考完我在门口等你。”

见她不说话，梁言摘下眼镜握在手里，起身往自己卧室走去，拿还没刷完的数学题。

应照离也起来，跟着少年走过去，她没进卧室只在门口瞧了一眼。

卧室挺简陋，但很干净整洁，是他这个人的风格。

梁言将书桌上的题拿着，再回到客厅时，应照离已经走了。

少年坐在沙发上，愣了半分钟，把自己的政治课本收起来，却看见上面被人用黑笔写了一句话。

“梁言，要带着一整束矢车菊。”

…………

潘多拉魔盒给了两个人新身份，以陌生的面孔再次遇见，她的猫在平行时空里依旧活着。

夜色漫天，成群的星星带着两个人的爱恋涌过来，薛定谔的猫仍旧义无反顾地跳过墙缝，且听星颂，捕捉住自己的心动与玫瑰花种。